顶凶

孙立乾 著

郑州大学出版社

图书在版编目（CIP）数据

顶凶 / 孙立乾著. — 郑州 ：郑州大学出版社,2022.2（2024.6 重印）

ISBN 978-7-5645-8278-4

Ⅰ.①顶…　Ⅱ.①孙…　Ⅲ.①历史故事－作品集－中国－当代　Ⅳ.①I247.81

中国版本图书馆 CIP 数据核字（2021）第 213081 号

顶凶

DING XIONG

策划编辑	孙理达	封面设计	孙文恒
责任编辑	暴晓楠	版式设计	孙文恒
责任校对	孙理达	责任监制	李瑞卿

出版发行	郑州大学出版社	地　　址	郑州市大学路 40 号（450052）
出 版 人	孙保营	网　　址	http://www.zzup.cn
经　　销	全国新华书店	发行电话	0371-66966070
印　　刷	山东华立印务有限公司		
开　　本	710 mm × 1 010 mm　1 / 16		
印　　张	32.5	字　　数	520 千字
版　　次	2022 年 2 月第 1 版	印　　次	2024 年 6 月第 2 次印刷
书　　号	ISBN 978-7-5645-8278-4	定　　价	98.00 元

本书如有印装质量问题,请与本社联系调换。

谨以此书，献给长眠于地下的任积太先生

序

周大新

　　《顶凶》是一部成功的长篇章回体小说。它讲述的故事是真实发生在光绪初年豫西南地区的一起大冤案。作者以清末吏治腐败、司法黑暗为时代背景，在尊重历史案件案情的基础上，进行了演义加工。通过跌宕起伏、错综复杂的故事情节，呈现出正义与邪恶撞击的情景，塑造出了一个个性格迥异的鲜活人物，可谓章章叩击人心，处处震撼灵魂，表现出作者文简义丰、高度凝练的叙述功力。

　　这部书把抗争命运、祸福自求的人生主题贯穿始终。主人公尚慧娟敢于冲破封建礼教束缚，与父抗争，不畏权贵，九死一生，替夫喊冤；黄少文为妻忍辱顶罪，这种为情舍命，爱而不淫，生死相许，抗争命运的爱情故事，有"关雎"之风。与当今社会少数败德毁行之事相比，可为"世人照镜"。书里诠释了"善恶有报，因果不虚"的世间定律。三河县黄家累世修德，好善不倦，才有百年名门望族之称，每临生死攸关之际，高僧大德总能及时点化并出手相救。相反，尚发祥薄恩寡义，嫌贫爱富，虽有丰穰寺方丈偈语暗示，却因一个"贪"字迷失心性，最后落得身败名裂。普天之下，芸芸众生，有的安享富贵，有的贩负肩挑，有的贫病交加、糟糠不继。刨根追源，乃是种善根、造恶业所致，尽管匪枭呼三山、县令冯庶、按察使、巡抚等权势滔天，显赫一时，但终因贪赃枉法，草菅人命，悖理逆德，落得恶报。因此，种瓜必得瓜，种豆必得豆，乃千古不变的至理真言。全书弘扬了诚为至德、孝为基石的传统文化精髓。书中的黄少文洗冤昭雪后，面对荣华富贵、花一样的前程，却选择了回乡奉养父母，显示了一代才士的高洁品格。作者在书中还特别呼吁：身处公门要崇德尚廉，作为官吏上承国家重托，下联百姓生计，做事循天理，行事凭法规，处事合民意，公正廉明，方成官德。反之，不但损害国家利益，而且祸及百姓，甚至一失足成千古恨，悔之晚矣！书中的三河县县令褚光耀一年四季衙门口放一火盆，升堂断案理事时，说情枉法信件一概丢进火盆焚之。刑部能吏赵侍尧更是一碗水清到底，宰辅夜访到家竟无钱宴客。古人尚且如是，何况当今之盛世，因此，要常洗一颗贪婪心，但作苍生孺子牛。

　　万事皆是缘。《顶凶》付梓之际，笔者有幸先睹为快，顿生清风拂面之感。相信该书的出版，对崇德兴仁，化育人心，会起推动作用，乃欣然提笔作序，权作抛砖引玉！

目 录

楔　子

　　大清同治八年冬，豫西南三河县一带奇冷无比。腊月初八刚过，一连几天彤云四合，先是飙风裹着雪粒细雨如线，继而像丢棉花似的团团片片羽花涌乱，愈下愈猛。刹那间，空旷无垠的田野，影影绰绰的村落，白茫茫一片，一时间竟成了冰雕玉琢的世界。

　　"叭"，一声清脆的响鞭撕破了雪野上的岑寂。一辆由北向南的敞篷马车，在模糊不清的田径上稳健地行驶着，也许是老马识途的缘由。车轮碾压着厚厚的冰雪，发出咯吱咯吱的响声，留下两条窄长的辙痕，但很快又被鹅毛般的雪花覆盖，仍是一片白茫茫的混沌世界。

　　"老爷，前面是卧牛岗！"说话的是一位二十多岁的敦实小伙。他坐在车前，左手执着酒葫芦，喝上一口酒，右手便熟练地扯个响鞭。他叫王小六，驾车赶马的老把式。见主人不发话，又赔着小心道："老爷，再过两个时辰就回到大黄庄老家啦！"

　　"不，卧牛岗吉祥客栈打尖！"被王小六称作老爷的人年近四十，白净面皮，目光深邃，是三河县城东大黄庄的庄主，叫黄天福，咸丰三年举人。因外出访友，遇上了这场突如其来的暴风雪，心中发急，面上却不动声色。清癯的面孔上略带倦意，话语不多却透出一股不容抗拒的威严："荒岗野坡，大雪封路，越是到了家门口越要小心！"王小六嘿嘿笑道："老爷说得极是。不过，咱爷儿俩外出时日不短，俺怕夫人在家惦记！"黄天福探头看了看天，吁了一口气，说道："跑了半晌路，也该让牲口歇歇脚，加点草料。"

此时，已入酉时，夜幕渐合，冰雪映得旷野上亮晶晶的。倏地，大青马一声长嘶，前蹄猛然跃起，几乎把这主仆二人颠下车来。王小六反手一鞭，大青马臀部立现一条血印。然而，马车在原地晃了晃，连半步也没有挪动。

"快下车！"黄天福话音甫落，王小六已跳下马车。倏地，他一声惊呼："车前有个死人！"黄天福急忙下车，蹲下身扒去死者身上的积雪，不禁倒吸了一口凉气：死者四十岁左右，头戴一毡黑缎瓜皮小帽，二尺长的发辫上挂着冰碴儿，灰布长袍浸着斑斑血渍。身上有三处刀伤，伤口的血已凝成紫黑色，在雪光下格外瘆人。王小六皱眉说道："老爷，好像是被劫财害命的主儿！"

黄天福默默地审视着死者，此人双目微睁，似乎死不瞑目，手握一本账簿，周围依稀有打斗的痕迹。"看来此人刚死不久，是个做生意的。"黄天福用雪搓了搓手，睨了一眼王小六，起身一叹："把车上挡风芦席揭下来就地掩埋。"

也是此人命不该绝。正当主仆二人用芦席裹埋死者时，死者竟"哼"了一声，王小六扔下芦席撒腿便跑，惊慌失措地叫道："妈呀，诈尸了！"

黄天福也是一惊，乍然想起人死如虎、虎死如羊的俗语，旋即静下心来，瞪了一眼惶恐的王小六，用手在死人鼻子上拭了拭，又搭手切脉，沉吟良久，说道："人还有气，快抬上车。"

王小六暗自埋怨主人多事，但又不敢不听，帮黄天福把伤者抬上马车，扬鞭打马，直奔卧牛岗吉祥客栈。

卧牛岗是八百里伏牛山之首——灵山支脉，经菊县，穿丰穰，在三河县城东十八里淤结而成，横亘洮河、滔河之间，有"两水夹明镜"之说。宛平通荆襄的驿道穿岗而过，岗上设有驿站，凭地理聚集不少客商，兴置产业，演变为镇。吉祥客栈是陕西一位老客在明朝万历年间开办的老字号客栈。因大雪阻断了交通，镇上行人寥寥。天刚擦黑，店主便让伙计打烊。恰巧这时，黄天福他们到了。

店主见来了财神，笑呵呵地迎了上来，因太胖，笑起来连腮帮子上的赘肉都叠着笑纹。乍见王小六从车上背下一个"僵人"，顿时脸拉得驴长，说道："俺这小店只侍候活人。"

黄天福随手将一块银饼丢在桌上，店主顿时堆起笑容，当即吩咐伙计们帮忙。

店伙计和王小六把"僵人"平放在一张木板上，粗通医道的黄天福让王小六去街上买回金疮药，简单包扎后，又命人端来一盆雪，扒掉"僵人"衣裳，双手不停地用雪在"僵人"身上擦拭揉搓，足用了五盆雪，那"僵人"身上才泛起紫红色。黄天福让店主做一碗姜汤鸡丝面，用竹箸撬开那人牙关，用汤羹喂着。直至"僵人"腹内连声咕噜，放了一串响屁。黄天福停下汤匙，笑谓："此人命大！"

店主见黄天福有起死回生的绝技，便亲自敬上一杯香茶。黄天福接过茶碗，呷了一口，吩咐店主："生着火炉，多加床棉被。"

亥初，那人醒了，大约是姜汤鸡丝面的作用，失血的脸上泛起了红润。他睁眼看了看守在床边的黄天福和众人，明白被人救了，便挣扎着爬起。黄天福扶那人躺下，关切地询问尊姓、台甫、为何遭人暗算。

那人垂下泪来："恩公，我家住丰穰县尚家寨，叫尚发祥，咸丰五年秀才，有薄田三十亩。与大桥镇一远房亲戚去汉口做玉器生意，可恨那亲戚暗中与老虎寨土匪勾结，在这荒岗野坡截杀我，抢走银两，使我险成冻殍，可怜我上有八十岁老母，下有一双儿女幼小，我若饮恨西归，家中老小谁人照应！"言毕，索性放声恸哭。

黄天福外表像个冷人，却生着一副怜天悯人的软肠子，见他说得凄惶，一阵心酸，遂安慰道："这儿你可有亲戚？"

尚发祥凄然摇头。

黄天福见状，说道："我叫黄天福，三河县大黄庄人，靠祖上庇荫留点薄产，日子还能凑合，若不嫌弃，先到我家静养，待你伤好再做计议，你看可好？"

王小六见尚发祥沉吟不语，说道："俺老爷是三河县有名的一门五进士之家。"

尚发祥闻言暗吃一惊，他久闻三河县大黄庄黄家是百年望族，从乾隆爷到当今同治，出了一个状元、四个进士，惊诧之下仔细打量黄天福，只见他身材修长，目光炯炯，温文尔雅中透着温馨可亲，叹道："想不到恩公祖上竟是皇上老师……"黄天福淡然一笑，默默地用火箸拨弄着炭火盆。时光仿佛回到了很久以前……

原来，黄天福的高祖父叫黄三品，长得风流俊雅，自幼与三河县城望族陈家定亲，十八岁那年，一顶红呢大轿把陈家姑娘迎到黄家。孰料，新娘正闹肚子，迈过四道门坎，竟拉了五次屎，看热闹吃喜糖的都笑弯了腰，幸亏黄三品见多识广，联想到"屎"与"仕"谐音，不恼反笑道："新人屙进士哩……"次年，新媳妇果真产出一对双胞胎。乾隆三十八年，父子三人均高中进士。此后，孙子辈竟中了一名状元、一名进士，被后人传为佳话。

尚发祥虽潦倒异乡，却是个伶俐之人，忍着浑身的疼痛，挣扎着翻身下床，叩头发誓："我尚发祥若忘了您的救命之恩，让背上长痈疮而死！"

翌日，风歇雪停。黄天福把尚发祥带回大黄庄，又派王小六去丰穰县尚家寨接来尚发祥的妻小，尚发祥心存感念，只是流泪不语。

过完腊月二十三小年，尚发祥伤口愈合，执意要回。半月有余，黄天福与尚发祥情意日渐笃深，结为异姓兄弟。黄天福苦留不住，拿出二百两纹银馈赠，又设宴为其钱行。席间，黄天福心中凄楚难以自持，便唤过儿子黄少文代父敬酒。

黄少文，单字斌，是黄天福的独生子，十岁左右，虽稚气未退，却有神童之称。一张俊脸羊脂白玉般。这些时日，常与尚发祥的女儿尚慧娟一块玩耍嬉戏。

尚发祥从黄少文手中接过酒一饮而尽，灵机一动，说道："大哥，贤侄可曾聘名门闺秀？"

"犬子幼小，尚未定聘。"

尚发祥含泪道："大哥，我想以姻缘续两家情谊，若不嫌弃，把小女许配令郎，朝暮执箕，你看如何？"

黄天福笑吟吟地望着尚慧娟，此女五官俊秀，稚气的瓜子脸上泛着粉嫩的红晕，配着一双水汪汪的杏仁眼，煞是讨人喜爱，遂笑道："这是俺老黄家修来的福分！"

尚发祥暗自庆幸上苍佑之，取下挂在胸前绿莹莹碧幽幽的玉观音，亲自戴在黄少文的脖子上，因激动说话有些发抖："让大慈大悲的观世音菩萨为证吧。"

黄天福顿时热血奔涌，趑身进内室取出一个精致的檀木匣，从匣内取出一方端砚放在桌上，霎时间满屋生辉。

尚发祥定睛看时，见砚台池心湛蓝墨绿，水气似露似雾，石质润滑。砚台右端横卧着一只金蟾，口含露珠，晶莹欲滴。他做生意走南闯北几十年，从未见过这等宝物，陡然一个闪念，说道："莫非是传说中呵气磨墨的端溪血砚？"

黄天福因酒量不宏，脸上泛红，显得神采焕发，侃侃说道："端溪血砚产于唐代，为四大名砚之首。相传，端州工匠们在精雕细琢时，因心头血滴在砚台上面，砚台变成了血红色。自宋代后已绝迹！"

尚发祥听到这里，猛然想起宋代诗人张九成曾赋诗端砚，脱口吟道："端溪古砚天下奇，紫花夜半吐虹霓！"

"实不相瞒，此砚也叫金蟾吐玉砚，是端砚中的极品！"黄天福轻拂金蟾，说也奇了，那金蟾竟吐下一滴晶莹露珠落在砚台池心。

尚发祥顿时看得双目放光，惊愕得说不出话。只听黄天福说道："俺祖上是皇帝老师，致仕归乡时，皇上隆恩，就把端溪血砚赐给他，成了俺黄家的镇宅之宝！"

"老爷，这玩意儿是皇帝佬赏赐的传家宝？"不知何时，王小六出现在眼前。虽是个车夫，黄天福从来没把他当下人看。尚发祥喟然一叹，笑道："多少豪门权贵和江洋大盗不惜杀人越货，只为一方端砚！"

黄天福见王小六痴痴地看着宝砚，哧地一笑道："你斗大字不识一升，说给你也不懂，收拾一下，待会儿送客人回丰穰！"

"哎！"王小六应声而去。

望着王小六远去的背影，黄天福端起一杯酒吃了，深不见底的瞳仁盯着这宫廷御砚，幽幽地说道："用这滴露磨墨，漆黑柔润，清香细腻，字形千年不变。"他边说边把宝砚拆卸为二,把金蟾托于手上,情绪亢奋激昂:"贤弟,金蟾无砚不吐玉,端砚无蟾墨不香。送别的东西不足为贵,这方宝砚底座我家珍藏,金蟾送你尚家惠存,既是尚黄两家的定亲之礼,又权作你我兄弟暂别信物。你回丰穰县见蟾如见愚兄,我在三河县睹砚如见贤弟,待孩子们大婚之日,再让端砚合璧!"说着,声音有些哽咽,黄天福也被自己的情绪感染了。

待立一旁的黄少文、尚慧娟虽说两小无猜、情窦未开,也朦胧地觉得父辈们在谈论他们,相视一笑,俊脸生晕。

尚发祥做梦也没有想到黄天福如此重情重义,更想不到自己险丧黄泉,竟否极泰来,能结交黄天福这样的豪门君子,遂双手接过金蟾,含泪作别。

风起了,裹起的沙尘、枯叶在空中打着卷儿,遮住了黄天福站在村头的视线。他做梦也想不到,今日的娃娃亲,十几年后险些给儿子带来杀身之祸。

第一章
黄天福元宵庆寿诞
智和尚化缘点迷津

春燕秋鸿，转眼到了光绪七年元宵节。这天恰巧是黄天福的五十岁生日。知天命之年，黄天福的五十大寿办得甚是热闹。

黄天福二十二岁中举，此后屡试不第，便消了功名心，教子读书，过着田家翁的生活。因他家祖上几代做官，有着数不清的瓜葛与牵连，加之他为人厚道，济危解困，素有"黄善人"之称，哪个不来捧场凑趣？帖子发出去后，贺寿送礼的络绎不绝。丰穰县尚发祥因老母过世，背上又患痼疾，遂派儿子尚玉龙带着戏班前来祝寿。最惹人羡慕的是三河县县令褚光耀题写的"福寿绵长"的匾额，笔道苍劲古朴，清雅遒劲，挂在中堂上格外醒目。此刻，黄天福笑容可掬地接受着人们的祝贺，心情从来没有像今天这样惬意、满足、舒泰、开怀。

午初时分，贺寿的客人陆续到来，有衙门官吏、富商巨贾、地方乡绅，也有不少穷苦百姓，黑压压一片。有站在滴水檐下谈笑风生的，也有围着方桌品茶论道的。王小六是这次寿宴上最忙碌的人。他今儿穿戴齐整，因刚剃了头、刮了脸，短眉小眼的脸上挂着不消退的微笑。他时而提壶倒茶，时而与人说笑打诨，进进出出，很有点一人之下万人之上的味道。

其实，王小六此时的心境和这阴霾的天气一样起伏不定。他原是白河县人，自幼父母双亡，讨饭到三河县被黄天福收留。去年，他在三河县福兴寺碰到失散多年的姐姐后，便在兴奋、痛苦和恐慌中煎熬。姐姐已经嫁人，住在宛平城。姐夫竟是横行几省的官府缉拿要犯——老虎寨大寨主呼三山，江湖上人称花豹子。这次黄天福五十大寿，呼三山让他做内应，抢劫黄家祖传宝砚。

可黄天福对自己有救命之恩，王小六不忍下手。但呼三山的话很诱人，事成之后，给他五百两银票，再娶一个二八娇娘。面对荣华富贵，他心痒难耐。此时，他站在滴水檐下，扫了一眼平时根本不正眼瞧他的那些达官豪绅，还有那些穿金戴银，走起路来风摆杨柳、浪气十足的骚娘们，暗骂一声："过了今日，老子就是人上人！"

一阵寒风裹着散雪席地卷来，王小六不禁打了个寒噤。突然，一只有力的大手搭在他肩上："王管家，别来无恙！"王小六肩上一沉，转身细看，心里一阵发怵。来人四十来岁，"国"字脸黑中透红，腮下怪肉横生，一双铜铃似的牛蛋眼精光四射，满脸凶狠之相。王小六顿时骇得倒退几步，像大白天遇到了鬼，结结巴巴地说道："啊哈哈，是呼——？"

"王管家真是贵人多忘事，在下是马山口卖山货的呼掌柜，专程赶来给你家老爷拜寿的。"

王小六从惊恐中缓过神来，忙拱手笑道："呼……呼掌柜，失敬！"来人正是老虎寨二寨主呼一彪。见王小六面带惊慌，上前一把握住王小六的手，阴笑道："山野草民，哪儿见过这种排场，陪俺走走！"

王小六顿时半个臂膀一阵酸麻，试着抽手，哪儿能挣脱，当下双膝一软，几乎跪下，低声哀求道："呼寨主，黄家待我不薄，我怕——"呼一彪脸一寒，从牙缝里挤出话来："豹爷说，生意办砸，剜你的心肝当下酒菜！"说着，手上用力，王小六疼得"哎哟"一声，几乎瘫倒在地。

"阿弥陀佛！"身后传来一声浑厚的佛号。呼一彪抬眼望去，一位身穿土黄衲子衣，外披袈裟的癞头和尚款款而来，双手合十道："施主是在寻找一件宝物吗？"呼一彪一震，挑衅地望着癞头和尚："你是怎么知道的？"癞头和尚嘻嘻笑道："昨晚似睡非睡时，有人告诉老衲的！"呼一彪哼了一声道："你知道我是谁？"

"虽不知姓名，地煞星高照，做月黑风高营生！老衲可曾说错？"

呼一彪心里发毛，觑着眼瞧时，癞头和尚虽黑瘦，一双深邃的眼睛却炯炯有神。他肩上落着一对白鸽，微笑地望着自己。不禁怒道："秃驴，你不在寺院诵经打坐，竟敢跑这儿坏老子的好事，你他妈找死？"

癞头和尚嘿嘿一笑，说道："明明是你搅闹人家五十大寿，反说老衲误了你的好事！"他指着不远处一株盛开的梅花，说道："施主，你看这一株花，恍惚在梦里一样，何时才能醒来？"

"放屁！"呼一彪杀心顿起，怒极反笑，顺手摘下一朵梅花，先是放在鼻子底下闻了闻，瞅癞头和尚不注意，一扬手，那梅花疾射癞头和尚面门，癞头和尚仿佛浑然不觉。突然，肩上两只白鸽振翅相迎，扑棱一声，那朵梅花竟转头朝呼一彪倒射，吓得他抱头鼠窜。癞头和尚念了声："阿弥陀佛！"

一旁的王小六看呆了。这时传来一位女子的声音："小六哥，那人是谁？凶巴巴的，挺吓人！"

王小六从惊怔中清醒过来，见是夫人的贴身丫鬟玉兰，心一慌说道："俺不认识！"

"夫人叫你哪！"玉兰见癞头和尚怀中的两只白鸽爪上带血，说了声，"天可怜见的，罪过呀！"

癞头和尚默默地摸出两粒药丸用雪拌着塞入鸽嘴，而后盘膝而坐，双手合十喃喃念道："一对鸽，四只脚，黑眼圈，长嘴啄。祝寿要请客，宴客杀白鸽，我不是鸽，鸽不是我。我气鸽，鸽气我，鸽怨我，我冤鸽，鸽怨冤鸽识不破！"

丫鬟玉兰和王小六见他绕口令般絮絮叨叨，觉得好笑又好奇，便驻足观看，癞头和尚面色潮红，头顶上冒着蒸蒸热气，瞬间化作一道紫色光环，罩在头顶。说来也奇，那两只白鸽，竟扑棱凌又回到癞头和尚肩上，顿时引来围观众人炸雷般喝彩："好！"

王小六陡然犯疑，莫非癞头和尚也是劫宝而来？正胡思乱想，丫鬟玉兰叫道："少庄主来了！"

王小六忙趋步年轻人跟前，悄声道："少爷，这和尚有点邪门！"声音虽低，癞头和尚微微一震，双目微开，打量面前二十岁左右的年轻人：面如满月，骨骼清秀，一双深潭似的瞳仁黑得深不见底，稚气的脸上透着清华神韵，顾盼之间英气勃勃，让人一见乐而忘俗。暗赞此人根基深厚，是佛家修炼的好苗子，遂一哂道："施主有缘！"

"和尚纳福！"被称作少庄主的人应声说道，无意间竟是一副对联。来人正是黄天福的独生子黄少文，自幼在三河县春风书院读书。刚中秀才，正值风华正茂春风得意之时。忽报门外来一疯和尚，心下好奇赶了过来，遂合掌一揖，吟道："达摩栖栖暗渡江，鉴真跨海赴东洋，请问大和尚高栖何寺，作何而来，缘在何处，佛在何方？"

"寺即不住，住即不寺！"癫头和尚见黄少文一上来就禅锋逼人，对这位年轻人顿生好感，有心点化，朗声一笑，一语双关道："因饿（鸽）而来，破迷（你）开悟，离苦（屋）得乐，缘在（栽）佛心。"

黄少文虽饱读诗书，才智过人，但压根没有想到癫头和尚禅锋袭人，身子一挺，问道："和尚贵姓？"

"佛姓！"

"你没有姓名？"黄少文心中一凛。

"性空即无，"癫头和尚默然说道，"缘起性空，性空缘起，见性成佛，佛在众生。"

"人弗为佛，佛在心中。"黄少文眼前一片灿烂，顿时悟出儒道两家及诸子百家，虽穷识天下，最终不如佛家般若正观。但他秉性恃才傲物，眉毛一扬，笑道："佛经妙义，在乎一个'悟'字，请问癫头和尚的'癫'如何写？"

围观的众人又是一阵哄笑。王小六深知癫头和尚功夫了得，生怕他施妖术伤了少庄主搅了寿宴。哪知癫头和尚并不生气，嘻嘻一笑，他用手指着自己光秃秃的脑门，一哂道："'癫'字去'疒'添'心'为'懒'，时日久了便懒出傻样，癫在贫僧头顶，这是施主不留意处。贫僧专指点迷津之人，乘觉海归慈航。"

"多谢大和尚教诲。"黄少文博览群书，已知癫头和尚讲的是唐代悟融禅师牛头山北岩石室修禅的故事，方知癫头和尚外示邋遢内藏锦绣，心悦诚服，合掌道，"弟子愿拜大和尚为师！"王小六惊呼道："少爷着魔了！"癫头和尚心中一漾，陡然见黄少文胸前挂着一枚玉观音，叹道："可惜你俗缘未了，求佛不能成佛！"黄少文怫然不悦，对王小六说道："咱们走！"

不知何时黄天福也挤在人群中观看。此刻，他径直走到癞头和尚跟前，合掌一礼道："大德莫非是慧净法师？"

"正是贫僧。"癞头和尚双手合十，淡然一笑，"喜闻黄庄主五十大寿，特来结缘！"

"请大德移步堂下教诲！"黄天福诚敏相邀。

"不劳庄主。"慧净阒然开目，说道，"今见令郎才思敏捷，我精研佛学半生，险栽他手，看来善缘已结，有心让他皈依我佛，不知庄主答应否？"

"能得法师指点，是他前世修来的造化！"黄天福有些尴尬地说道，"不过，吾儿是黄家独子，岂不闻不孝有三，无后为大！"

"跟了老衲，或许能避过一场厄运！"慧净喟然一叹道，"只是——"

黄天福朝众人挥了挥手，见人们离去，赔笑道："请大师慈悲垂怜！"

慧净嗒然垂目，观照良久方微开二目，缓缓说道："我观庄主柔肠慈面，慧根深厚，恕老衲直言，庄主宽厚无度，难免鱼龙混杂，须防小人暗算，祸起萧墙！"

王小六并未走远，闻言不由暗惊，这老秃驴究竟是哪个道上的，要坏我大事！刚要发作，只见黄天福仰天大笑："君子坦荡荡，小人长戚戚。我已到天命之年，虽无大成，却亦磊落，未做昧心之事，何惧鬼来敲门！"

慧净神色暗淡，起身长叹一声，吟道："天道盈虚轮回，皆是因缘所为，福兮祸之所依，凡夫焉知棋局！"吟毕，竟自离去。

第二章

虎眈眈花豹子劫宝
势汹汹褚县令救人

慧净走了，一种不祥之感爬上黄天福心头，他神情有些恍惚，对王小六吩咐道："寿仪开始！"

随着王小六一声高唱，五声代表五十秋的礼炮鸣过，三盘唢呐同奏《百鸟朝凤》。黄少文、尚玉龙诸亲朋好友轮番向黄天福跪拜。"福如东海九万里，寿比长城三千年"的祝寿声如旱雷聒耳，萦绕栋宇。黄天福的心情大畅，吩咐一声："开席！"一桌桌丰馔的佳肴从前厅摆到后院。霎时，赴宴的人们觥筹交错，猜枚划拳，提耳罚酒，打趣说诨，借酒献佛的不一而论，热闹非凡。

寿宴从午时起到酉初，大部分客人已经离去。此时，雨住风歇，门外，舞龙狮、乘旱船的锣鼓声一阵紧似一阵。五颜六色的烟花在空中织成了一幅美丽的画卷，但瞬间又消失得无影无踪。少数滞留亲友借酒赏花，可坑苦了厨子和端盘倒茶的伙计，不断地忙乎。最有趣的是西山县马山口马戏团的精彩表演，一只戴官帽、着花衣、蹬朝靴的猴子，随着有节奏的鼓点，腾、挪、翻、跃，滑稽地表演着《童子拜观音》《麻姑献寿》戏折中的片段，那一颦一笑一招一式学得惟妙惟肖，博得众人喝彩声不断。黄天福饮了酒，脸上带着酡颜，兴奋地击节赞道："这猴精扮相好、演技好，耍得不错，若非中原灵秀之地，焉能调教出这般上乘功夫！来呀，赏银五两！"

"谢黄庄主厚爱！"马戏团班主见黄天福如此大方，演出更加卖力。

这时，一家丁急匆匆趋至黄天福面前，呈上一个精致的檀木匣，躬身说道："老爷，门外有一客人敬送一份寿礼，要您亲启。"

黄天福有点意外，却无暇细思，忙不迭打开檀木匣，只见匣内放着一把明晃晃、寒森森的匕首，压着一张名刺，上面赫然写道：老虎寨呼三山觐见黄庄主。

黄天福的心猛地往下一坠，酒涌上来，心头突突乱跳，拿名刺的手也微微颤抖，强自镇静笑问道："人哪？"

"在这儿！"灯影下几个挎刀持枪的蒙面汉子，大踏步走了进来，从眼洞露出鬼火般的眼睛扫视着客厅。突然，马戏团班主惊叫一声，哆哆嗦嗦用手指着当中一人："你是呼……"

话未说完，一位魁梧的蒙面汉子老鹰抓小鸡似的把他掼出门外，用刀尖点着他的面门，吼道："你他妈的再胡咬麦秆，老子宰了你！说，谁是黄天福？"

原来，那马戏团班主前些日子被老虎寨土匪掳到山寨演出，逗留十余日，与山寨的大小头目混得厮熟，几个汉子虽蒙了半边脸，但眉眼鼻裸露外面，加之他辨貌听音，一眼就认出拿刀抵住自己的是二寨主呼一彪，身后几位是三寨主王老虎、四寨主李疤痢。最后一位形状古怪，身着夜行衣，两道粗重的连心眉间有颗黑痣，在灯火下格外瘆人——此人正是老虎寨大寨主呼三山。此刻，那班主吓得木了半边身子，哪儿还能说出话来。

"嗖"的一声，头戴官帽穿着花衣的猴子箭一般扑向呼三山，嘴里还发出"嗤嗤"的怪叫声，样子可怖之极，一副拼命的架势。

饶是呼三山躲闪极快，但蒙脸巾被撕下半边，夜行衣下摆被猴子撕开了半尺长的口子。呼一彪勃然大怒，忽地横刀斜劈，那猴子一声惨叫身首异处。呼一彪没事人似的把刀在鞋底上擦了擦，哈腰捡起尚存体温血淋淋的猴头，怪笑道："猴脑下酒，妙极！"

所有人都被这突如其来的变故吓呆了。少顷，宾客们发出凄厉的尖叫声。

呼呼几声枪响，混乱的宾客立刻静了下来。呼三山吹了吹冒着烟的枪口，嘿嘿冷笑着朝黄天福走来。

"放了他们！"黄天福从噩梦中醒过神来。起初，他被蒙面汉子的威势所震，难免临危失色，见蒙面人出手如此狠辣，明白是冲自己来的，不由得浑身热血偾张，身子一挺，朗声说道："我是黄天福！开个价，要多少银子，滥杀无辜，算哪门子好汉！"

呼三山仰天大笑："好，痛快！"他话锋一转道："交出宝砚，我花豹子绝不枉杀一人！"

黄天福的心略喳一下。当下明白这帮土匪是为端溪血砚而来。今若拱手送于土匪，犯欺君灭族之罪不说，百年后何颜见列祖列宗，况且，御赐端溪血砚又是儿子的定亲之物。心念至此，反而没了惧怕，跨前一步不疾不徐地说道："岂不闻，世上有三不送——老婆、田地、传家宝，我家宝砚乃皇恩雨露，岂能送于尔等？"

话音甫落，只觉脸上火辣辣生疼，早着了呼一彪一个扇风嘴巴："你他妈活得不耐烦了，老子上门借宝是看得起你！"他把刀横架在黄天福脖子上，叫道："交出宝砚，免你一死！"

"慢！"王小六从人群中闪出，抱拳团团一揖道，"好汉爷息怒，让小的劝劝我家老爷。"

黄天福久经沧海，略觉意外地盯着王小六不语。

"老爷，都是那皇帝佬惹的祸，赏啥都行，偏赏个石头疙瘩，中看不好吃！"王小六窄长的脸上泛着诡秘的奸笑，凑到黄天福跟前，"好汉爷儿们人多，把咱府上围个密不透风，连鸟都飞不出去，少爷、夫人的命，庄上所有人的命，都在好汉爷儿们手中攥着哩，只要你交出那块端什么砚，俺保证他们不杀人！"

"凭你！"黄天福恍然大悟，他万没有想到，这个自小失去爹娘讨饭至此，被自己收留的王小六，竟引狼入室帮贼人说话。他用寒冽的目光瞥了一眼王小六，冷冷骂道："一条没心没肺的狗！"

"良心？称称有几斤！"此时的王小六像一条断了脊椎的疯狗，闪了一眼呼三山，当即横下心来，干咳一声说道，"不错，你救了我的命不假，这二十多年来，我像狗一样为你看家护院，可你想过没有，你吃香的、喝辣的，晚上搂着女人睡觉，那是啥滋味？我已是近三十的大男人，连个媒茬儿也没有，夜里睡在床上，你知道又是啥滋味？"

"畜生，可恶！"黄天福悔恨交加，怒极而笑，"横竖都是一死，要宝砚没门，要命一条！"

"老子三天不吃人心，牙就发痒！"呼一彪十五岁因杀人上山为匪，靠杀人成癖位居山寨二当家，还从未见过像黄天福这样不怕死的人。顿时，牙咬得吱吱作响，恨不得一刀捅死黄天福。三小六忙趋步上前，对呼三山耳语一阵，呼三山倏地转身，大声喝道："来呀！"

"在！"黑暗中，四周匪徒众声齐吼，如同夜空打了个炸雷。呼三山断喝一声："把人带上来！"只见四个彪形大汉把黄少文和他的母亲推了过来。

原来，王小六见众宾客酒酣正烈，便悄悄溜入后院，把护院家丁调回前厅吃酒。而后，趁机打开后角门，按事先约好的暗号，用红灯笼向外晃了三晃，埋伏在后院的土匪们一声喊，拥进院内，黄少文服侍母亲正要歇息，忽听门外大呼小叫，出门看个究竟，便被拥进的土匪堵个正着。

黄天福望着自己的独生子和朝夕相伴的贤妻，禁不住一阵酸楚，泣道："想不到咱一家三口会命丧在我五十寿辰之日！"

"老爷，不，黄庄主，"王小六拿腔作调摆谱装大，说道，"老虎寨豹爷是我失散多年的亲姐夫，他答应事成之后，给我娶一个二八娇娘……"王小六擦一下顺着嘴角流下的涎水，说道："好汉不吃眼前亏，交不出那块宝贝石头，老黄家就要断子绝孙了。"

"啰唆个球！"山寨的四当家李疤瘌突然大吼一声，把钢刀架在黄少文颈上，犀着眼，盯着黄少文，扯着公鸭嗓，"长得细皮嫩肉的，怪可惜的啊！"又猛地怪目圆睁，对黄天福吼道："我数个一、二、三，交不出宝砚，就杀了他！"遂即喊道："一！"

"老爷，"黄少文的母亲膝行数步，抱着黄天福的双腿，哭喊道，"咱黄家就这一条根呀！"

"二！"李疤瘌又喊了一声催命符。黄天福心知不能善了，霍然开目，凄然长叹道："放了我儿，不准伤他半根汗毛。"黄天福顿了顿，又说道："不准涂炭我大黄庄一人一禽，若其不然，玉石俱焚！"

"成！"呼三山干笑一声，吩咐道，"放人！"

此刻，黄天福像万箭穿心，他步履蹒跚地走进内室，轻摁机关，闪入一条夹壁，颤抖着双手捧出宝匣。

呼三山舒了一口气，懒洋洋地站起身来，神态安详得像一个刚刚睡醒的婴儿，连着打了几个哈欠，从黄天福手中接过宝匣，漫不经心地打开，顿时眼前一亮，轻咳一声，掩饰着心头的狂喜。这御赐宝砚确实不同凡响，底座呈莲花状，可谓巧夺天工，尤其在这混浊的夜晚，折射得满屋生辉。突然，呼三山把玩的手颤了一下，不由自主地"咦"了一声，呼一彪趋步近前细看，抬手给黄天福一个嘴巴："老杂毛，宝砚的另一半在哪儿？"

"俺知道！"王小六躬身一笑道，"在丰穰县尚家寨！黄庄主，俺说得不错吧？"

"你会遭报应的！"黄天福嘴角渗着殷红的鲜血，气得跺脚大叫，"天哪！你咋不打炸雷哩！"

黄少文抱着母亲大哭："悔不该没听和尚之言……"

呼三山一个火把，房屋顶上火焰熊熊燃烧起来。火光中，呼一彪提着砍刀，磔磔怪笑着逼近黄天福父子："黄庄主，明年的今日就是你们一家三口的周年！"说罢，挥刀砍下，黄天福夫妇挡在黄少文面前，绝望地闭上了眼睛……

"当"的一声，呼一彪手腕一松，砍刀落地。一条人影倏地一闪，一柄长剑直冲呼一彪面门，李疤痢忙挺刀架住，只听得"砰"的一声火光四射，李疤痢虎口震裂倒退几步，呼一彪趁势就地一滚，才算躲过这致命的一剑。

"玉龙哥哥，快来救我！"黄少文绝地逢生，激动地落下泪来。

原来，尚玉龙见一群蒙面土匪持刀闯入，悄悄翻身上墙，打倒一名土匪，夺得一匹快马，直奔三河县官衙，三河县县令褚光耀闻讯大惊，让尚玉龙先行一步，而后火速调兵救援大黄庄。

呼三山做梦也想不到半路里杀出个愣头青，见来人剑法精湛，杀伐骁勇，暗自心惊，但欺他人单，呼哨一声，一群持刀大汉把尚玉龙团团围住。

呼一彪捋袖攒眉叫道："先灭了这个小杂种！"

尚玉龙见贼人势众，不如擒贼先擒王，对着呼一彪虚晃一招，直取呼三山。呼三山慌乱中举枪对准尚玉龙放了一枪，尚玉龙一个趔趄，左肩中枪。但他一把剑舞得密不透风，护着黄天福且战且走。呼三山大怒，又举枪瞄准了尚玉龙。

紧急关头，一支响箭直冲云霄，霎时，密集的枪声和众人的呐喊声由远而近，无数只灯笼把大黄庄照得亮如白昼。火光下，三河县县令褚光耀英武得像天神下凡，带着三百余名官兵呐喊着扑向土匪。呼三山一声"扯风"，众匪徒纷纷上马，扬尘而去。一直等着领赏的王小六此时上前拦住呼三山："姐夫，我的赏钱！"

呼三山阴笑道："背主求荣的东西，也要赏钱！"抬手一枪射向王小六胸膛，王小六万没有料到不但没领到一文赏钱，反而挨了一枪，指着呼三山："你……你他妈卸磨杀……杀……""驴"字始终没有说出来，便倒在血泊之中，呼三山策马绝尘而去。

第三章
钝书生投亲尚家寨
尚发祥受惊犯沉疴

一夜的惊心动魄过去，黄天福家几辈人建起的深宅大院被烧成残垣断壁，仅留下一枚巴掌片大、中间嵌着"呼"字的腰牌，被三河县县令褚光耀作为物证收起来。王小六临死前吐出了这场血案的始作俑者，是老虎寨巨匪呼三山。被土匪们砍伤的不说，加上耍猴的一共三条人命。待寻尚玉龙时，已不知去向。褚光耀这位眼睛近视得厉害的能吏连夜回衙，起草文案上奏不题。

经此大变，黄天福好似做了一场噩梦。一阵凄风吹来，枯树寒叶好像在颤抖哀鸣。刚刚吐丝的柳条婆娑起舞，仿佛在向世人诉说昔日的三河县望族如今家败势尽。恍惚间，他觉得有人给他披衣裳，抬眼瞧时，是儿子黄少文。这个自幼在糖罐长大的公子哥，好似一夜间长大了。此刻，黄少文看着仿佛老了十几岁的父亲，一股又苦又酸的咸味在胸中泛起，他强忍着心中凄楚，抚慰道："咱家遭匪打劫，资财殆尽，衣食难继，儿子不愿读书考取功名，愿学陶朱公弃文经商，重振家声！"

"住口！"黄天福好像被蝎子蜇住般腾地起身，因激动说话的声音颤抖，"圣人云：'欲昌和顺须为善，要振家声在读书。'"

黄少文见父亲动怒，扑通一声跪在地上，流泪说道："您老教训得极是，孩儿记下了！"看着孝顺知礼的儿子，黄天福顿生"家贫出孝子，白屋生公卿"的感慨。他的心绪似乎好转些，淡淡说道："积财建屋，不如读书，你暂去丰穰县岳丈家栖身，到龙山书院读书，只要学业不废，定能光宗耀祖。"

"儿啊，不怕贼偷，就怕让贼人给惦记，听你爹的，出外躲避一下，不能让贼人一锅烩了！"说话间，黄少文的母亲颤巍巍地走了过来。她十八岁嫁入黄家，三十二岁得子，费尽了艰辛才把孩子拉扯成人，如今儿子要远去他乡读书，心里一阵酸楚："告诉尚家，防着土匪抢劫宝砚！"她话未说完，已是声结气咽，抱住黄少文哭成一团。

黄天福家遭此横祸，丰穰县尚发祥却浑然不知。自同治八年尚发祥被黄天福搭救后，否极泰来，玉器生意越做越大。在丰穰、宛平城、老河口开有商铺。俯仰十年间，已成为丰穰县有名的富户。他昨晚偶做一梦：南天门一颗亮星，斗大如牛，自南至北落入后院，坠地有声。惊醒后骇然无寐。天明便请来城南刘半仙占卜起卦，批解为福星临门，贵人上宅，上上大吉。尚发祥大喜过望，赏了算卦先生。正自兴奋，李管家匆匆来报："三河县大黄庄黄公子求见。"

"黄公子？"尚发祥忽地站起，目光炯炯，盯着李管家，"你再说一遍！"

"咱家的姑爷到了！"

尚发祥心中一阵惊喜，昨晚梦中预兆竟应验在未过门的姑爷身上——天上文昌星下凡，占着星相的贵人。他忙不迭地吩咐道："快请！"说罢，急步来到书房。

"小婿拜见岳父大人！"黄少文跨前一步，伏地叩首，向尚发祥行了翁婿大礼。

"快快请起！"尚发祥笑呵呵地双手扶起黄少文，吩咐道："梅香，上茶！"

黄少文从丫鬟梅香手中接过茶碗轻啜一口，觉得香甜可口。他有点渴，因第一次进岳父家门，不敢莽撞牛饮，浅尝一口便放在桌上，见屋内朱榻漆桌、书案茶几，架上图书琳琅满目，摆设极为讲究，居中而坐的尚发祥衣着光鲜，花白的辫子梳得一丝不乱，胖乎乎的一张圆脸上油光发亮，写着不尽的得意。只是眼睑上爬上了鱼鳞纹，显出老相。正盘算着如何说话，却见尚发祥满脸疑云，良久，嗤地一笑道："黄公子，瞧你这身行头，莫非家中遭贼打劫不成？李管家，给姑爷做一套像样衣服！"

“不急!”黄少文眼中泪水瞬间涌了上来，遂将元宵节遭老虎寨土匪抢劫的情形说了一遍。末了，他咽着气说道：“我家资财已尽，家父无奈才让我投亲，到龙山书院读书，以图将来……”

尚发祥蓦然一惊，满脸的喜气瞬间被冲得无影无踪，脸色苍白如纸，瞪着惊诧的眼睛看着黄少文——满身风尘，头发蓬松，脸色灰暗，一双黑瞋瞋的眸子黯然神伤。袍角扣错了位，前后襟高低不匀称。肩上斜挂着一个蓝布包裹，那神情与一个逃荒的乞丐无异。什么文昌星临门，狗屁！陡然一个闪念：三十年河东，三十年河西，黄家已败落无疑，可娟儿长得花朵似的，嫁给一个穷酸书生，岂不是鲜花插到牛粪上！黄少文见尚发祥遭电击般蔫在那里，忙上前扶住，柔声劝道：“您老要挺住……”孰料，尚发祥一把推开黄少文，问道：“龙儿呢?”

黄少文唏嘘着说道：“玉龙兄肩上中枪，贼人去后，他没了踪影，俺猜测他去了东南山……”

尚发祥闻言，犹如兜头浇了一桶冷水，浑身透心般冰凉，腿肚抽筋似的不停地颤抖。突然大叫一声：“龙儿!”背上疮口崩裂，便背过气去。黄少文顿时吓蒙了，半晌方回过神来，失惊打怪叫道：“来人哪!”

院内顿时大乱，李管家、丫鬟梅香及仆人一拥而入，有的搓胸揉腿，有的掐人中大声呼唤，有的寻觅茶水，四处乱窜。尚发祥的夫人李氏拧着小脚走来，见尚发祥嘴角流着涎水，抽搐一团，撑不住头一个放声大哭。几个仆妇、丫鬟也跟着放声大哭，一时间，书房里像死了人般哭作一团。

“都给老子噤声，嫌我死得慢吗!”从昏厥中醒来的尚发祥倏地一个鲤鱼打挺坐了起来，阴郁的目光犀利地扫向众人，发作道，“号什么丧，老子还没死，滚!”说完眼前一黑，又昏了过去。

又是一阵不安的骚动，黄少文此刻倒是冷静，喝住众人：“老爷是急火攻心，不妨事的，都先退下!”待众人离去，他扯住李管家，悄声说道：“快去请郎中!”

约莫一个时辰，李管家快马请来了大桥镇的名医“赛华佗”。赛华佗五十开外，三绺长须飘在胸前，很有点仙风道骨的味道。因擅长治疗疮才有赛华佗的绰号。甫看尚家上下老小心急火燎得像热锅上的蚂蚁，赛华佗却一点也不着急，过足了大烟瘾，才打起精神，坐在尚发祥榻前，搭手切脉后，又俯身查验疮口，但见背上痈疮状如碗底，数十个小疮布满四周，赛华佗不禁倒吸了一口冷气，他攒着眉，起身踱了几步，合起折扇说道："此病乃百年绝迹的'百鸟朝王'。除非南石县丹霞禅寺天然法师……"

黄少文面带诧异：天然法师一千多年前已坐化成佛，怎能使得？

赛华佗垂下眼帘，粗重地叹息一声道："传说，天然法师在世时，山民得了这种怪病，死了不少人，天然法师上山采百味草药研制成'万灵膏'，敷在痈疮上面，治好了无数山民。可惜年深日久，丹霞禅寺的万灵膏再无现身！"赛华佗不胜感慨："老朽无能，回天乏力啊！"说罢，摇头叹息而去。

屋里立刻一片号啕声，李氏边哭边说："我的爷，你怎么得了这种怪病，叫人怎么活啊！"她上前扯住李管家："你拿个主意呀！"

李管家是一个胸无定见之人，见李氏发话，今日请来城南周神仙，明日又请来城西的扁鹊刘，又散发揭帖，重金悬赏郎中。几经折腾，尚发祥病势加重，液枯气结，浑身像个烫人似的。李氏焦虑之下，竟茶饭不思，卧病不起。李管家趁势造谣，说黄少文是扫帚星下凡、妨主精。

第四章

尚慧娟送衣落魄人
呼三山挟技诈端砚

黄少文踏进尚家门，遭此大变，暗暗叫苦，无奈忍气吞声，默默地为尚发祥熬药喂汤，擦屎端尿，衣不解带昼夜服侍。半月打熬下来，人竟瘦了一圈。眼睁睁见尚发祥进气少、出气多，黄泉路近，决意告知未婚媳妇尚慧娟，去南石县丹霞禅寺求医，或许能治好尚发祥的病，但又碍于男女授受不亲。正自彷徨，竹帘一响，丫鬟梅香捏着个手帕走了进来，轻咳一声，闪着媚眼笑道："黄公子，你这么枯坐着，是想家，还是想俺家小姐哩？"

黄少文目光霍地一跳，当下莞尔一笑道："想又怎的！可惜'想'字中间隔座山，'想'见无缘，闺门深似海哟！"

梅香闻听抿嘴一笑："你那文绉绉的话，俺听不懂，只要想俺家小姐就中！"说罢，转身向门外，脆生生叫道："有请小姐，黄公子想你哪！"

"贱妮子，看俺撕烂你的嘴！"竹帘挑处，一位十八九岁的姑娘捧着一套簇新的衣服袅袅娜娜跨进门来。黄少文闪眼瞧时，面前女子修眉凤目，乌云叠翠，鬓如刀裁，上身穿浅红绣花小袄，下身着梅花绣边葱绿褶裙，一张俏脸生晕，像熟透了的苹果，恰似月宫嫦娥下凡，昭君重生。黄少文不禁看呆了，想不到十几年未见的娟妹，竟出落得这般水灵标致，是位绝色佳人。

梅香睨了一眼黄少文，拍手笑道："你是看人，还是有事相商呀？"

"啊！"黄少文这才醒过神来，忙拱手一礼道，"小姐请坐！"尚慧娟蹲身福了两福算是回礼，红着脸说道："黄公子，俺赶制了一件衣裳，看合身不？"梅香一旁插嘴道："俺家小姐为你赶做衣裳，熬了两个通宵呢！"

　　黄少文不禁动容，尚家上下大小都把自己当作丧门星，唯独尚慧娟还牵挂着自己，当下也不言语，转身进了里屋，一阵窸窸窣窣的声音响过，黄少文又复转出来，丫鬟梅香竟"啊"了一声，一双杏子眼直勾勾地望着黄少文。这哪儿是粗布蓝衫、满身油灰妙主精！

　　黄少文原本一表人才，此刻换上新衣，果真是人靠衣裳马靠鞍，显得精神焕发。这套新衣针脚细密，宽窄适度，长短得体，再配上他堂堂的仪表，目若朗星，面若冠玉，分明是潘安再世，宋玉重生。梅香竟禁不住脱口赞道："书呆子，好俊呀，俺家小姐真有福气！"黄少文见尚慧娟娇羞满面，秋水送波般望着自己，魂儿已被尚慧娟勾走，起身谢过道："承蒙小姐厚爱，实在惭愧得很，是我连累了你家！"

　　尚慧娟正色道："俺爹病势不轻，母亲忧愁成疾，据我看，他们多半是心病所致。哎，梅香，把黄公子换下的衣服送到我房间！"望着梅香去了，尚慧娟眼圈一红，睨了一眼黄少文，叹道："命运无常，尚家眼看着要败落，哥哥又不在家，俺又是女儿身……特来找你寻个法子！"尚慧娟脸红到了耳根上，声音像蚊子嘤嘤般呢喃着："你若有难处，俺也不勉强……"

　　黄少文见尚慧娟话说到这个份上，浑身的热血仿佛在倒流，因激动，他一把拉过尚慧娟的手，说道："你只管放心，俺也是因这个急着见你，今日就去南石县丹霞禅寺，哪怕跪上三天三夜也要把万灵膏求来，治好咱爹的病！"

　　尚慧娟的手被黄少文攥着，既惊喜又羞涩，红着脸低头跐着脚。骤然听黄少文要去丹霞禅寺求药为爹爹治病，张着水汪汪的大眼，不无担心地说道："去丹霞禅寺有几百里，你一个人去，俺怕——"话音甫落，却见丫鬟梅香进来，禀道："外边有一郎中求见！"

　　"不见！"黄少文忙松开尚慧娟的手，吩咐道，"取两串钱打发他走！"

　　"不妥吧！"不知何时，李管家幽灵般出现，端起管家的架子，说道，"人家为救人而来，怎能不见。"他吩咐梅香道："有请！"

　　"福祸在旦夕之间，生死存一念之差！"片刻间，一郎中轻摇泥金竹扇款款跨进门来，团团一揖道，"天下有千奇百怪之病，无不可救治之人！"黄少文是头一次遇到这等口出狂言之人，禁不住打量来人：三十七八岁年纪，五短身材，两道浓粗的连心眉中间长着一颗黑痣，好像一只苍蝇趴在眉心，团团圆圆一张脸，怪肉横生，笑起来颌下拥起层层赘肉，给人一种滑稽可笑的感觉。李管家沉着脸，揶揄地说道："先生这个时候登门，莫不是打秋风的吧！"

来人冷笑道："想不到我丰穰城济善堂的大掌柜古月杰，古道热肠，救人于水火，却遭人戏谑，也算开了眼界！"他大咧咧地一甩发辫，说了声，"告辞！"

"慢！"黄少文见来人说大话胀死牛，暗忖："莫非此人真有能耐？"忙上前拦住，说道："既然先生有扁鹊重生之技，就是尚家的贵人，何不当场亮出手段！"遂高声吩咐道："看座，上茶！"

"你是谁？"

"我是谁并不重要！"

李管家插话道："他是尚家未过门的姑爷！"

古月杰跷足而坐，把辫子往后一甩，挖苦道："进门气死老丈人的原来是你！犯星相的人呀！"

黄少文一点也不生气，竟嗤地一笑道："你忘记说，黄某寄人篱下，学齐人乞食于道旁呢！医者仁心，古先生，请！"

古月杰冷哼了一声，起身来到尚发祥榻前，拿腔作势，俯身看了看尚发祥背上的痈疮，又翻了翻病人的眼皮，依床搭手切脉好一阵子，方松开了手，起身缓缓说道："脉象似惊鸿孤雁魂不守舍，瘀气堵塞，受到惊吓引起肝火攻心，使背上痈疮崩裂。"

"古先生说得在理！"尚慧娟对古月杰敛衽一礼，嫣然一笑道，"请问俺爹患的是什么痈疮？"

古月杰张眼瞧时，顿时被尚慧娟的美貌所惊，体态丰盈，杏眼桃腮，好比出水芙蓉亭亭玉立，艳丽惊人。怔了半晌，方收敛心神，说道："此病乃传说中的'百鸟朝王'。"

黄少文见古月杰和赛华佗诊得一样，对古月杰一个长揖，说道："还能治吗？"

古月杰用那双半开半合的风流眼，在尚慧娟身上扫来扫去，皮里阳秋地笑道："看在这位仙姑的分上，病还是有九分可治的，为啥？我有家传秘方，医人无数，何惧之有？"李管家听得脸上放光，亲自奉上香茶，说道："古先生，治好了老爷的病，你便是尚家的贵人！"古月杰这才笑吟吟地从袖中掏出一张皱巴巴的薛涛纸，递了过去，笑道："照方抓药，药到病除。"尚慧娟接过看时，上面密密麻麻一片，竟是一头雾水，顺手递给黄少文，黄少文看时，上面画的是一些曲曲弯弯的图画，各类花草、树木，还标注着一些符号，跟天书一样，纵然黄少文天赋过人，终不解其意。

古月杰诡谲地朝尚慧娟一笑道："秘方专结有缘人！"

尚慧娟抬起头来，黑得深潭似的瞳仁盯着古月杰说道："请先生开个价，说出药名！"

这几句莺声燕语，流眄送波差点酥倒了古月杰，他歪着脖想了想，假意说道："这让人咋说呢？"

"只要能治好俺岳父的病，二百两银子如何？"

"说得轻巧，吃根灯草！"古月杰闻听"岳父"二字，心里比吃个蝇子还腻。他轻蔑地瞟了黄少文一眼，扭过了脸。此刻，黄少文做梦也想不到，站在他面前的古月杰，正是老虎寨大当家呼三山！他自抢劫大黄庄后，明面上销声匿迹，暗中却时刻窥视着尚发祥家中的另一半端溪血砚。忽闻尚发祥背上长的痈疽乃是百年罕见的"百鸟朝王"，适逢丹霞禅寺一位和尚在山中采药，便掳到山寨，逼他交出了丹霞禅寺治疗痈疽的秘方。现因借治病之机察看庄内情势，遇上国色天香的尚慧娟，让他心猿意马，心中盘算着如何既得宝砚又得眼前美人儿。李管家冷不丁冒出一句："古掌柜，砸锅卖铁，给你三百两银子！"

"千年秘方，无价之宝，拿三百两银子换一条人命，公平吗？"呼三山跷足而坐，挥扇品茗，满脸不屑地瞥了一眼老实巴交、一脸无告相的李管家，狡黠地笑道："除非——"

"只要能办到的，你尽管说！"

呼三山霍然开目："久闻尚家珍藏着皇帝佬御赐的端溪血砚，放着主子爷不救，却在我面前叫穷！"

黄少文怵然而惕，顿生疑云，呼三山刚抢走端溪血砚底座，古月杰是什么人，竟拿秘方要挟，换宝砚另一半？他倏地抬起头来，下死眼盯着呼三山，冷冷说道："古掌柜，你怎知尚家有端溪血砚？"

"上至八十岁老翁，下至七岁顽童，丰穰城谁人不晓！"呼三山打量着满脸疑云的黄少文，真后悔当初没有一刀捅死他，留下一个祸根。但他表面上却不动声色，一哂道："救爹还是要宝砚，全凭尚小姐一句话！"

"这哪儿能成？宝砚是尚、黄两家订婚之物，怎能用来交换！"尚慧娟眼中已是饱含泪水，却忍着不流下来，颤声道，"除了宝砚，俺啥都答应！"

呼三山闻言一喜，看来端溪血砚的另一半确在尚家。刚要说话，黄少文突兀地问道："古掌柜，有万灵膏吗？"

"闻所未闻！"呼三山一时愣住了，仰着脸想了想，实在想不透，遂摊开两手，"万灵膏是什么玩意儿？"

黄少文拉过尚慧娟，愤愤地说道："别求他，咱们走！"说罢，两人悻悻离去，竟把呼三山晾在那儿。

第五章

丹霞寺布施飘零客
大德僧点化梦中人

翌日拂晓，黄少文策马进入大山深处。此时，天际已泛出鱼白色，万道霞光把连绵起伏的群山装扮得绚丽多彩。举目望去，丹霞禅寺已在眼前，坐北朝南，背靠大芒山，左扶青龙山，右傍白虎山，万山重来，诸峰朝拱。一湾溪水从寺前青板石上潺潺流过，溪边石缝葛藤倒挂，奇石异草景色宜人。黄少文在马上感叹："真乃人间福地也！"

忽然，一阵怪风扑面，随着一声长啸，一只花纹金钱豹从山上狂奔而来，大青马一声长嘶，前蹄跃起，竟把黄少文掀下马来。他翻身坐起，张眼瞧时，大青马已瘫卧在地，浑身颤抖发出哀鸣。转眼间，花纹金钱豹疾扑跟前，黄少文大叫一声："我命休矣！"往后便倒。

"畜生，不得无礼！"忽听一声呵斥，一个十五六岁的小沙弥手执长鞭飞奔而来。金钱豹顿时摇头摆尾，小孩见娘般伏在地上，腼腆得像一个未出嫁的姑娘。小沙弥扶起黄少文，轻声叫道："施主醒来！"

黄少文转过气来，看着匍匐在小沙弥面前的金钱豹心中大骇。小沙弥笑道："施主莫怕！它是寺里护院的金钱豹，不伤人的！"

小沙弥看着一脸迷惘的黄少文，侃侃言道："前年，寺里师父下山化斋，遇到一只奄奄将死的豹崽，便抱回寺中喂养，豹崽从小在寺中听师父诵经，时日久了竟有灵性，有时也学着师父模样双掌合十，好像在念'阿弥陀佛'，那样子着实讨人喜欢。"黄少文听了觉得好笑又新奇，打量眼前的小沙弥，身着土黄衲子衣，相貌不落俗套，忙起身一礼道："小师父，去丹霞禅寺的路咋个走啊？"

"阿弥陀佛！"小沙弥用长鞭指点着，"从这儿往前走，穿过一道山梁，翻过两道冈，蹚过三条溪水，拐四个山坳，再爬五个山坡，前面有六棵大槐树……"黄少文接口道："那就到寺门了？"

"看山跑死马，还没有啊！"小沙弥嘻嘻笑道，"再走七个独木桥，见八块卧牛石，登十八台阶，跨越十里峡谷后就到啦！"

"多谢指引！"黄少文这才明白民间流传的八百里伏牛山、五百里丹霞禅寺并非空谈，遂向小沙弥深施一礼，"烦请师父带路，帮俺引荐方丈，行吗？"

小沙弥笑道："施主请随我来！"说罢，长鞭一甩，那金钱豹竟摇头摆尾紧随小沙弥前边带路。

当下，黄少文牵着大青马跟着小沙弥涉水爬坡、渡桥穿峡，时见山穷水尽，复又峰回路转。七拐八弯，不到一个时辰，已到山门，黄少文恍然明白，六棵树、卧牛石、独木桥全是应景儿。正自胡思乱想，小沙弥笑道："施主稍候。"说完便进了寺门。

黄少文第一次来这里，丹霞禅寺果真是中原名刹，靠山有脉，临水有源，上有镇山之塔，下有通市之桥，占地六十余亩。殿宇巍峨，翠柏成荫，两尊丈二高的石狮张牙舞爪分立山门两旁，底座上镌刻着"丹霞禅寺十方丛林"八个大字。山门正中悬挂着光绪皇上御赐的"万岁牌"，黑底黄字熠熠闪光。廊下有碑林，他俯身察看碑身记载："每日旦暮，彩霞赫炽，起自山谷，色如渥丹，灿如明霞，唐朝长庆四年天然禅师在此建寺，故名丹霞禅寺。"黄少文猛想起丹霞烧木佛和横卧天津桥公案，不禁肃然起敬。

正看得有味，忽听一声："方丈有请！"黄少文随小沙弥进了方丈禅房，黄少文定睛看去，蒲团上坐着一个身着土黄衲子衣、斜披袈裟的和尚，慈面朱颜，苍眉如霜，银须似雪，手拿念珠，盘膝而坐，二目微开，睃了一眼黄少文，慢条斯理地说道："居士来寒寺，不知有何贵干？"

黄少文见方丈发问，忙躬身一礼道："我乃三河县书生，姓黄名少文，单字斌。因我家元宵节遭匪打劫，投亲丰穰县岳父家读书。不料，岳父受惊吓，背上痈疮崩裂，奄奄待毙，郎中诊断为'百鸟朝王'，久闻宝刹有起死回生的万灵膏，才冒昧而来，望法师慈悲喜舍！"说罢，伏地叩头有声。

"施主请起！"方丈慈爱地看了黄少文一眼，闭目观想移时，心下了然。他起身踱至窗前，看着满山绿树红花，久久俯仰一叹，默默从柜中取出一木匣，拿出一个黄布封口铮亮发光的黑色釉子瓶，徐徐说道："此乃万灵膏，我寺始祖天然禅师用毕生精血研制，治疗痈疮很是灵验。"说着，把万灵膏交到黄少文手中。黄少文小心翼翼双手接过，正欲谢过，忽听方丈又道："适才听施主讲，痈疮名为百鸟朝王，老衲推断，乃是业障病，还得配上百草汤内服方能痊愈。"

黄少文疑惑地问道："敢问法师，何为业障病？"

方丈目光幽幽地盯着门外合抱粗的银杏树，仿佛在追溯往事："很早以前，这儿的山民们猎杀飞禽走兽作为生计，虽饱了口福，却被疫禽传染，不少人患上了百鸟朝王的怪病，死人无数。天然法师心怀慈悲，上山攀崖采药，研制成百草汤，让山民们内服，用万灵膏外敷，活人无数。此方传到今朝时，一名和尚进山采药遇到土匪，被抢走了百草汤秘方！"黄少文听完，一颗心顿时悬得老高，紧张地问道："百草汤秘方现在何处？"

"当年，天然法师为防百草汤秘方失传，把它一分为二，由方丈和主持各持一张，一张为图案，另一张是隐语。图案和隐语合二为一时，才能参酌出百味草药名称，对病人施治，土匪抢走了秘方一半，另一半还在老衲手中！"

黄少文眼睛霍然一跳，想起古月杰手中的图案秘方，不知是否出自丹霞禅寺百草汤。转而又想，只怕未必这么巧合，遂问道："方丈手中的可是隐语秘方？"方丈惊异地抬起眼帘："你怎么知道是隐语秘方？不过，秘方眼下不在我手中！"

黄少文乍听之下如当头一棒，坠入冰窟，半晌方道："丰穰县有一姓古的郎中拿图案秘方要挟我岳丈家，要用端砚换取！"方丈"咦"了一声，缓缓说道："老衲有一个叫慧净的师兄，人称癫头和尚，他人品资质极佳，前些年来寺，我把百草汤隐语秘方交他参酌，凭他的悟性或许能参悟出秘方另一半！"

"是他?!"黄少文好像漂泊在茫茫大海中忽然遇到一条舢板，心中一喜，但随即明亮的眼睛又暗淡下来，喃喃说道，"他一个游方僧人，漂泊不定，何处寻觅！"

"凡事讲究一个'缘'字！"方丈唤来小沙弥吩咐道，"放出信鸽，让你慧净师伯赶往丰穰县尚家寨！"

黄少文忙伏地叩首："我岳父若能痊愈，定让他断荤吃斋，重修寺院！"

方丈却道："施主可否听老衲一言相劝?"

黄少文双手据地说道："愿听方丈教诲！"

"施主可效仿天然禅师不选仕而选佛！如何?"方丈见黄少文骨骼清奇，根基深厚，是佛门苗子，便有心点化。

黄少文一震，方丈竟与癞头和尚劝化如出一辙。沉吟良久，叹道："佛经有云：欲做诸佛龙象，先做众生牛马！"

方丈于心不忍，扶起黄少文，说道："人世间难买后悔药！"

黄少文深知方丈好意，想了想，轻轻摇了摇头道："眼下俗缘未了，实难从命！"

方丈不再言语，嗒然垂目，恍然入定。黄少文朝着方丈深施一礼，牵马下山不题。

第六章

智慧净妙手疗顽疾
呼三山使诈反成拙

却说尚家寨的尚慧娟，自黄少文走后，一直在忧愁、焦灼中等待，待到第三日，尚发祥已水米难咽。李管家事到临头，反而埋怨尚慧娟不该放黄少文去丹霞禅寺，又在夫人李氏跟前撺掇，用宝砚换呼三山的家传秘方。呼三山放出狠话："五百两银子加宝砚方能成交。"他深信，鱼儿总有上钩的时候。

正当尚家人惶恐不安时，门人来报："有一和尚化缘！"李管家不耐烦地摆手道："从账房支十文钱打发他滚蛋！"门人却道："那和尚怪怪的，非见主人不可！"李管家吼道："轰走！"

"慢！"尚慧娟觉得有异，吩咐道，"看看去，不可轻慢！"

李管家窝着满肚皮火气来到门口，果见一和尚，肩上落着一对白鸽，容貌枯悴，脚穿木屐，门人逐赶他，他却吟道："今生猪狗为何因，前世皆因骗害人，今生多病为何因，前世杀生害命人，今生无病为何因，前世施药救病人……"

李管家拧眉怒目："秃驴，你竟敢讥笑俺家主人，来人，揍他！"

"休得无礼！他是给老爷瞧病的！"众人循声望去，黄少文飞马而至，在和尚面前滚鞍下马，合掌一礼，"慧净师父，有缘哪！"慧净双目微开，顿时精光四射，闪了一眼黄少文，嘻嘻笑道："有人骂老衲，老衲自说好，有人打老衲，老衲自说倒，涕沫唾脸上，任他自干了……"

大黄庄遭匪打劫后，黄少文已知慧净是有道高僧。他幽怨地睃了一眼李管家，忙上前扶住慧净，伸手相让："请！"

原来，慧净接到了方丈飞鸽传书，便日夜兼程直奔尚家寨，反被门人所挡，见黄少文如此诚敬，当下也不多言，直趋尚发祥床前。尚慧娟早在床前守候，见黄少文朝自己投来笃定的眼神，略觉宽心，朝慧净敛衽一礼，默默退到一旁。慧净见尚发祥二目紧闭，口角流水，眉梢不易觉察地抖了抖，再看背上疮痈状如盆底，数十个小疮环绕四周，竟"咦"了一声，而后搭手切脉，良久霍然开目，说道："业障病！"

黄少文一阵惊愕，慧净竟与丹霞禅寺方丈说的一样，用征询的目光看着慧净，慧净叹道："杀生贪吃飞禽的人才会得此怪病。此病叫百鸟朝王，也叫百鸟朝凤，倘若全身溃烂，腥臭难闻，便无药可施。"李管家闻听暗忖："臭和尚说得太准了，平时，尚发祥常派人去市上买鸟，下河捕鸭，伴上佐料塞满鸭腹用温火清蒸，吃时用筷拨开鸭腹，丛鸟罗列其中，味道鲜美极了。"正胡思乱想，却听黄少文问道："有救吗？"

"看造化！"慧净头也不抬地盯着尚发祥说道，"施主若能立誓戒杀改过，贫僧为他施治！"

尚慧娟抚膝叹道："人病到这个份上，俺爹还能听见？"

慧净道："他听得见！"话音甫落，躺在床上的尚发祥竟吃力地点了点头。尚慧娟喜极而泣，俯身给尚发祥掖了掖被角，轻声说道："爹，咱家来了救命的活菩萨，你有救啦！"慧净睨了尚慧娟一眼，方把目光转向黄少文："拿来！"

黄少文当即会意，忙把万灵膏交给慧净，慧净用棉絮蘸着盐水擦洗痈疮后，小心翼翼地敷上万灵膏。

李管家看着再平常不过的黑色釉子瓶，疑惑地瞟了一眼慧净，见他伸了个懒腰打了个呵欠，把手搭在尚发祥背上，暗自发力，运功治疗。此时，躺在床上的尚发祥顿觉背上有一股清凉麻酥气流，沿身柱穴至阳穴、心俞等穴，漫延五脏六腑四肢百骸，顿觉通身畅泰，种种焦虑积郁一扫而光。一个时辰不到，尚发祥竟睁开了眼，看了看众人又昏然睡去。

慧净随即收了功，说了声："看来还有救！""神了！"黄少文暗自惊讶称奇，忙合掌道，"方丈说，患此病者虽有万灵膏外敷，还须用天然禅师研制的百草汤内服方可痊愈，请法师慈悲！"

慧净嘻嘻一笑道："老衲精研数年，方悟其中奥妙，你却得了彩头。"他絮叨着伸手往身上摸去："这药方嘛——"

"在这儿！"竹帘挑处，呼三山昂然而入，扬了扬手中的秘方，冷冰冰地说道，"一个不守清规的疯和尚在这儿招摇撞骗，你不怕送衙门治你罪吗？"转脸又对李管家厉声喝道："把臭和尚轰走！"

众人都被呼三山的气势震住了。李管家迟疑地望着尚慧娟，尚慧娟把目光投向黄少文，黄少文却轻轻地摇了摇头。

慧净双手合十，念了声"阿弥陀佛"，微眯着眼打量呼三山，平静地说道："施主，你认识老衲？"

"我怎会认识一个秃驴！"呼三山阴森森地扫了慧净一眼，"古某自幼访名师于深山，深谙岐黄之术，有起死回生之技，丰穰城无人不晓！"顾盼间，神情颇为倨傲。他本想用秘方换取宝砚再敲诈俩钱，孰料，黄少文竟去了丹霞禅寺，请来了慧净。他生怕耽误久了，落个竹篮打水一场空，便提着袍角跨进门来，见慧净发功给尚发祥治病，顿时来气，怒极反笑道："真是阴阳颠倒，连寺院的秃驴也改行走江湖卖狗皮膏药！"他扬了扬手中的秘方，在众人面前晃了晃，一甩手扔给了慧净，恶狼似的红着眼咆哮道："你识得治疗百鸟朝王的秘方吗？你不识字也摸摸济善堂的招牌。若识不得，古某一个夯子送你去县衙牢里蹲着！"他声嘶力竭地吼着，震得满屋嗡嗡作响。李管家吓得腿肚抽筋，惨叫一声："妈呀！"几乎瘫倒。

慧净静静地看完呼三山甩给的秘方，不禁"咦"了一声，嘻嘻笑道："妙手法师近来无恙乎？"

妙手正是被掳到老虎寨的采药僧人，呼三山闻听又惊又气，横了一眼一脸平静的慧净，暗忖："妙手给的图案秘方像天书，老子横看竖看倒着看，都参不透其中奥妙，莫非眼前和尚已识破秘方？"遂跨前一步，嚷道："什么妙手法师，古某不认识！"

慧净一点也不生气，缓缓说道："施主识得秘方的名称和用法吗？倘若识不得，老衲这儿也有一张秘方，施主不妨参详一下，或许有益！"说罢，把秘方递给呼三山。

呼三山接过秘方，粗略地看了一下，倒吸一口凉气。当初，他逼妙手法师交出秘方时，妙手告诉他，秘方共有两张，另一份由丹霞禅寺方丈保管，两张秘方合在一处方可参出百味草药名字。他以为妙手编谎，便杀了他。现在看来，妙手所言不虚，仔细看慧净的秘方时，竟是一头雾水。刹那间，一个闪念：逼慧净说出谜底，夺了两张秘方。遂刷地把秘方甩给慧净，怒道："秃驴，是我在考较你，讲不出来，休想走出丰穰县！"

慧净淡然一笑："施主孟浪了，此方别说老衲识得，随便找一个人都识得！"他朝黄少文使了一个眼色，又道："施主若不相信，让这位居士说给你听！"

黄少文从慧净手中接过两张秘方，略一浏览，顿时眼前一亮，竟是丹霞禅寺方丈所说的图案与隐语两张秘方，造化之神居然光顾尚家，不禁脱口说出："百草汤！"呼三山万想不到黄少文这个穷酸秀才能说出这秘方名称，正自惊愕气恼，却见慧净吟道："四君百草味真仙，六味君子天下传。八珍六味行气血，常受百草万应丹。"呼三山虽粗通医道，却听得如坠云雾。抬眼见慧净拍了拍黄少文头顶，又道："胸中荷花！"黄少文顿时满目清亮，不假思索，援笔写道：穿心莲。

"西湖秋英？"黄少文奋笔疾书："杭州菊！"

"晴空夜珠？""满天星！"

"初入其境？""生地！"

"长生不老？""万年青！"

"永远康宁？""千年健！"

"老娘获利？""益目！"

"警惕家人？""防风！"

"五除三十？""商陆！"

"假临期满？""当归！"

"胸有大略？""远志！"

"军师难混？""苦参！"

"郎中接骨？""续断！"

"老实忠诚？""厚朴！"

"药店关门？""没药！"

（注：此百草汤药方，乃小说演义应景而作，切不可使用。）

顷刻间，一服完整的草药方子呈现在书案上，众人无不叹服黄少文才思敏捷。呼三山侧身看时，都是药店平常药材，方知自己对百草汤秘方一无所知，却让这个烂书生轻松地说出来！他狠狠地剜了一眼黄少文，狞笑道："治死了尚员外，你吃不了兜着走！"黄少文反唇相讥："这是尚家的事，谁让你咸吃萝卜淡操心！"俩人正自较劲，却见慧净指着药引，又道："人内人。"

"人肉！"黄少文应声而出，片刻间显得光彩照人。

慧净不肯罢休，深邃的目光如两颗寒星闪烁，逼视着黄少文："人肉药引分阴阳，熬成起死回生汤！"黄少文令人取来剪刀，默默地剪下自己的指甲，又让尚慧娟剪了指甲交于李管家，李管家忙不迭吩咐人上街买药。

药很贱，又经慧净一番炮制，很快煎熬成汤药，尚慧娟服侍尚发祥喝下，在床前默默候着，静观其变。

呼三山深恨慧净搅黄了他的好事，见墙头上挂着一把宝剑，劈手抽了出来，晃一晃寒气森森，用刀尖指着慧净，咬牙说道："待会儿人若醒不过来，先劈了你！"

"一个风月场上人，听老衲良言相劝，苦海无边，回头是岸！"慧净打了个哈欠，他显得很疲倦，瞟了一眼呼三山，缓缓说道，"行善得善，作恶得恶，欺人自欺，害人害己！"

"风月"二字乃江湖上黑话——月黑风高夜，杀人放火时。这些黑话别人听不懂，呼三山却心中雪亮，已知慧净是有来历之人。顷刻间，他刚刚升起的杀机顿时烟消云散，僵尸般立在那里。

午初时分，床上的尚发祥肚里一阵咕噜，放了一串响屁，拉了两抔屎。烧亦退了，尚慧娟喜极而泣："爹，你醒了！"

第七章

黄少文犯颜谏岳丈
丫鬟女黉夜戏书生

内服外敷果然疗效非凡，尚发祥的病未及半月已痊愈，夫人李氏不治自愈。黄少文与尚慧娟重金酬谢慧净，可慧净坚辞不受，临走时送给黄少文一本书，还留下一首诗："鸟为贪食入网络，人为名利动干戈。莫如深山去修行，脱去皮囊归正果！"黄少文看着慧净飘然离去，胸中一阵惆怅，他哪曾料到，错过了慧净两次点化，几乎给自己带来了灭顶之灾。

日子过得飞快，转眼已是阳春三月，黄鹂鸣翠柳，新燕啄春泥。尚发祥的病虽好了，却心病难医。他压根不领黄少文的情，反而让他与李管家下乡收租，甚至还让他干一些割草牧牛挑水铡草的粗重活，可怜黄少文一介文弱书生，一双握笔杆的嫩手竟粗糙不堪，整日累得弯腰躬脊，把尚慧娟心疼得泪水涟涟。呼三山却成了尚发祥的座上宾。尚发祥开口一个恩公，闭口一个先生，把呼三山捧到了天上。呼三山万想不到当初对尚家百般刁难，却换来尚发祥如此盛情。他每次光顾尚家寨出手阔绰，合家丫鬟仆人几乎都私下受过他的小恩小惠。丫鬟梅香跟屁虫似的围着呼三山乱转，那脆生生的"古老爷"叫得清脆肉麻。呼三山色眯眯地看着梅香那起伏的胸脯，仿佛不经意地问道："你家小姐喜欢啥样首饰，尽管向我开口！"

尚慧娟实在看不下去，便气咻咻地走进尚发祥的书房。母亲李氏正在烧烟泡，尚发祥躺在大迎枕上，端着烟枪吞云吐雾，见尚慧娟挑帘进屋，两道寿眉不易觉察地抖了抖，说了声："娟儿，有事？"尚慧娟皱了皱眉说道："爹，国家有禁令，您怎么还抽这个？吸坏了身子骨败家业不说，让人告发会坐牢的！"

"古月杰送的，怕啥？人家还挂着长衙胥吏头衔呢！"尚发祥沉下脸，说道，"你来找我，莫非为姓黄的讨情，让他去龙山书院读书？"

"嗯！"尚慧娟被说中来意，木讷地点头说道，"这次若不是黄公子，爹的命恐怕——"

尚发祥当即不悦，他在庄上人心目中是位敦厚亲切、极有雅量的绅士，但在家里就是皇上，从来说一不二，眼见得自己闺女胳膊肘往外拐，火气便一燎一燎地往头上蹿。忍了忍，说道："等等再说！"尚慧娟扑通一声跪下："爹，咱不能恩将仇报，以怨报德，你就抬抬胳膊放黄公子去读书吧！"

尚发祥被女儿的举动弄得一怔，可于情于理，女儿的话无可挑剔。他瞪着眼看着长跪不起的尚慧娟，话一出口像刀子一样犀利："他黄家当年救了我不假，你哥为救黄家连个音讯都没有，还有我、你娘，因受黄家惊吓病成这样，我真后悔当初瞎了眼与黄家联姻，把你推到了火坑……"

"爹，咱不能悔婚！"尚慧娟惊得脸色苍白，却不肯服低，长跪在地，哽咽着说道，"黄公子人品端方，苦学上进，将来会有出息的！"

"这都是你养的好女儿！"尚发祥被尚慧娟顶得一愣，便把怨气撒在夫人李氏身上，"你以为我年老昏聩，用不着你教训老子，我精明着呢……"他一口气噎着，猛地咳嗽起来，尚慧娟慌忙起身和母亲一左一右给他捶背搓胸。

尚发祥喘息稍定，推开母女二人，阴着脸甩手去了，剩下母女二人面面相觑。

黄少文默默地忍受着尚发祥的冷淡。如今，故乡难返，投亲不靠，下步该怎么办呢？他胸中像塞了团烂棉花，咽不下吐不了，堵得心慌，觉得自己就像大海中的一叶孤舟，随波逐流。

一阵凉风吹来，黄少文从迷惘中醒了过来。不知何时，李管家来到跟前，悄声说道："今日老爷生日，古掌柜送来一包上好烟土，老爷又让厨房做了一道百鸟朝凤菜款待古掌柜！你是姑爷，劝劝老爷甭上这道菜才是！"见黄少文木着脸呆立不语，他扯着黄少文进了客厅。

尚发祥与呼三山正在吃酒。见他俩联袂而来，尚发祥笑呵呵地招呼两人入席。尚发祥今日的气色不错，一点也不像沉疴痊愈的老人，花白的头发梳理得一丝不乱，刚剃了头，额头上像酒坛子般泛着光亮。因吃了酒，脸带酡颜。他斟满了一杯酒，说道："老夫这次沉疴不死，多亏古掌柜送来秘方！古人说：'过来昨日疑前世，睡起今朝觉再生。'真个贴切至极，古掌柜请满饮此杯，谢你救命之恩！"寥寥数语竟把黄少文的功劳剥得一干二净。

黄少文抬眼见满桌佳肴中间，摆放着一盘精致的"百鸟朝凤"，刚想劝说，尚发祥呵着酒气，用筷子拨着鸭腹，腹腔内露出了罗列的丛鸟，心里更是五味翻滚。却听尚发祥笑道："这道菜做工也不复杂，让活剥的麻雀塞进鸭腹，再放上葱姜辣椒，而后清蒸，那味道真叫美呀！"呼三山趁机爬杆，笑道："论色泽、味道，皇帝佬恐怕也难吃上这道菜！"

黄少文暗骂呼三山不是正经人，更没有想到尚发祥竟认贼为友，但又委实咽不下这口气，摁了摁心中的火苗，婉言劝道："慧净师父为您老疗疾时，您老应允戒杀的，百鸟朝凤这道菜辛辣雄猛，您身子骨还弱，一旦复发，遭罪的还不是您？"

"你少拿和尚压我！"尚发祥觉得黄少文有意跟他过不去，气得满脸涨红，挑着眉剔着牙怔了半晌，陡然间想起黄少文进尚家寨前夜做的异梦，便睃了一眼黄少文，但见他粗布蓝衫，满身灰尘，一条破烂的黄带子系在腰间，一身的汗臭味让人掩鼻，用哪只眼瞧都是一脸苦寒之相。再看呼三山，虽五短身材，貌不出众，却衣着光鲜，脸上满面红光，举手投足带有几分官家势派，莫非梦境中的星相下凡，应验在此人身上？娟儿若是嫁于此人……他不敢再往下想，轻咳一声，掩饰着内心的慌乱，没好气地抢白黄少文道："我已过天命之年，受苦受累大半辈子，享这点福有何不可！"

一番好意却被当作驴肝肺！黄少文忍了忍，下着气劝道："古人云，杀是苦事，故言惨易；欲是乐事，故言惨难。明明安毒于美食之中，是杀之惨也，智者思之。诗云：劝君莫打三春鸟，子在巢中望母归。您老明鉴。"

"轮不着你来教训老夫！"尚发祥一忍再忍，胸中火气终于爆发了，他把筷子一摔，说道，"老夫偏不信那秃驴！"

呼三山趁机撺掇，一哂道："天生万物就是供人所用，本是上天所赐。倘若人人吃素戒杀，岂不是地上虎狼成群，鸟禽遮天蔽日，人还能活吗？什么百鸟朝王，那叫百无禁忌！人生苦短，该吃就吃，该喝就喝！"说着，竟挟了块鸟翅，大嚼大咽，吃得嘎嘣脆响。

黄少文陡生疑云，尚发祥病已痊愈，此人为何三天两头盘桓尚家寨蹭饭？转而又想，再劝下去，是自取其辱，便默默地起身，平静地说道："忠言逆耳，苦口良药，前院还有事，失陪！"说完起身离座，扬长而去。走了老远，听到尚发祥拍桌子摔碗，发作道："古掌柜，来来来，请——真他妈扫兴！"

此时，太阳已经落山，殷红的太阳被漫上来的火烧云遮盖。一阵晚风吹来，满院树木摇曳生姿，透着浸骨的凉意。黄少文窝了一肚皮委屈，饭后便回到了住处。这些天，他养成了白天干活，晚上读书的习惯。再忙，也不能荒废了学业。

慧净去时留给黄少文一本《太上感应篇》。今晚，他读诵时，倍感字字珠玑，令人深省。当读到"见他色美，起心私之，负他货财，愿他身死"佳句时，不仅拍案叫绝。正读得津津有味，忽听门外一阵异样响动。他疑心门外起风，树枝摇动，但仔细一听，好像是人，当即发问："谁？"

"黄公子还没睡呀？"门外一女子娇笑道，"老爷让奴婢呼猫。"

黄少文闻听是丫鬟梅香，当即心下一宽，笑道："深更半夜呼猫作甚？"

梅香鬼灵地笑道："奴婢喜欢呼小猫，更喜欢呼大猫，快开门，让俺瞧瞧猫躲在这儿没？"

这几句娇滴滴的莺声燕语，几乎让人酥倒，黄少文无暇多想，伸手拉开了门，梅香闪身进了屋。黄少文瞟了一眼梅香，不禁一怔，这哪是整日不离小姐左右、叽叽喳喳的小跟屁虫？灯影下，十五六岁的梅香一身鲜亮，身着紫红水仙裷子，下穿荷色百褶裙，眉似柳叶，面如新月，娇憨的两腮陷着深深的一双酒窝，不笑亦晕，不禁心头突突乱跳。

梅香见黄少文痴痴地望着自己，妩媚一笑道："书呆子，看什么看！"

一阵凉风吹来，黄少文一个寒噤，自失地一笑道："俺房内除了床被、书桌，空空如也，什么大猫小猫，啥猫也没有！"说着，踱至门口，伸手一让道："你去别处寻找吧！"

"傻样，你就是俺寻的大猫！"梅香往前凑了凑，媚眼如丝，盯着黄少文，娇笑道，"俺与小姐相比，谁长得好看？"

黄少文心中一漾，很快醒过神来，正色道："深更半夜，男女多有不便，我要看书，请自便吧！"

"俺偏不走！"梅香嘟起了小嘴，一屁股坐在床沿上，撒娇道，"除非你把俺抱出门！"

"你不走，俺走！"黄少文心中发焦，跨出门外，灵机一动，叫道，"小姐，你怎么来啦？"

梅香顿时大惊失色，撒丫便走，一溜烟去了，黄少文趁机进屋，把门顶得死死的，重新坐在桌前看书。

不多时，忽听门外梅香叫道："黄公子，小姐为你赶做了一双鞋，奴婢给你送来了，请开门！"

"多谢梅香姑娘！"黄少文心中一暖，开门的手瞬间又缩了回来，温言笑道，"有劳你把鞋放在窗台上！"孰料，梅香嗤地一笑道："黄公子嫌俺长得丑，不让进屋吧！"她边说边把窗纸揭破，露出一个圆洞，一双滴溜溜的杏子眼闪着波光："黄公子，俺长得哪一点比小姐差？"黄少文默然良久，挥毫写道："捣破窗纸容易补，损人名节最难修。"写完，便糊在捣破的窗洞上，劝道："女子未嫁而失身于人，终身污点，让你父母、夫家蒙羞！"

窗外没了动静。一些不知名的虫儿浅吟低唱，好像要为这静谧的夜晚配上美妙的韵律。黄少文以为梅香含羞而去。不多时，门下发出窸窣的响动，黄少文见门缝里塞进了一张纸条，俯身捡起，见上面墨迹未干，赫然写道："欲求先生欢！"

黄少文又惊又气，暗恨梅香这个贱妮子思起春来竟不顾羞耻，略一思忖，挥毫续上："唯恐天神知。"写毕，展纸一吹，又从门缝塞了出去，正色道："你死了这条心吧，俺心里只有小姐！"

门外传来一阵泣泣声，黄少文最怕女人流泪，竟坐也不是，立也不是，哪有心思读书。正无可奈何处，咚咚咚，一阵急促的敲门声擂得墙上的灰尘簌簌而下，梅香叫道："黄公子，你让奴家进屋吧，有人让俺来的，由不得你！"

"不可呀不可！"黄少文又惊又急又光火，搬桌椅顶门，急急地说道，"梅香你识相点，省得明日我到老爷跟前告发你！"

砰的一声响，窗格子震得簌簌作响，黄少文惊得向后一退，一口吹灭了灯，却听梅香冷笑道："你也不想想，这半夜三更的，门敲得啪啪山响，为啥没一个人出来？俺回去那滋味更不好受，你可怜可怜俺！"说着，砰砰两声，砸得窗棂乱颤。

黄少文一个机灵："那人是谁？"他脑海里闪过一个人，但他不敢往下想去，下意识从窗口望去，但见星汉高远，村廓人静，一弯新月像一把金黄的镰刀挂在空中，好像在嘲讽和戏谑自己的懦弱。他顿了顿，口气冷得像结了冰："家父令我来尚家寨读书，倘若与你做苟且之事，他日何以再见家父，又有何颜面见尚小姐？"

"人家嫌弃你，难道你看不出来！"门外的梅香娇喘吁吁，"俺真心喜欢你，能跟你这样的俊俏郎君度个良宵，死也值了！好了，不与你说这些，你不开门俺就砸，反正没人敢管这事！"说着，又砸得窗格子山响。黄少文一颗心又悬了起来。梅香的话再直白不过，如果没人暗中指派，借她一百个胆，梅香也不敢造次。明摆着，有人早挖好陷阱，单等自己把持不住，往里面跳。眼见得梅香势如疯牛，推窗砸门，黄少文找来木棍顶门支窗，跺脚大叫："不可呀，不可！""不可"二字实在太难啦！

第八章
飘零客怒作戒淫文
白云观斗诗会英才

梅香在门外甩着哭腔："难的是我呀！"黄少文埋怨道："穷人为啥要难为穷人！"

就这样，一个砸、一个堵，一个推、一个扛，直到更鼓将尽繁星渐隐，黄少文急中生智，挥毫写下一首诗："风清月白夜窗虚，有婢来窥笑读书。冰心玉壶如磐石，春风桃李不相属！"写毕，将诗封好，隔着门缝塞了出去，说道："梅香，你收好这个，保你无事！"

门外静了下来，许久，传来一阵抽泣声，却听梅香说道："这里人不待见你，不是个好居处……"门外梅香叹息一声道："黄公子保重！"

黄少文见梅香离去，一时间，竟没了困意，索性挑灯伏案洋洋洒洒写了一篇《戒淫文》："盖闻业海茫茫，难断无如色欲；尘寰扰扰，易犯唯有邪淫。拔山盖世之英雄，坐此亡身丧国。绣口锦心之才士，因此败节堕名。况乃嚣风日炽，古道沦亡。轻狂小子，固耽红粉之场。慧业文人，亦效青衫之湿。言窒欲而欲念愈滋，听戒淫而淫机倍旺。于娇姿于道左，目注千翻；逢丽色于闺帏，肠回百折；残容俗姬，偶然簪草簪花，随作西施之想，陋质仆妇，设或带香带麝，顿忘东妇之形。岂知，天地难容，神人震怒，天道轮回报应不爽。吾一介书生，投亲寄檐，栖身读书，然觉悟之心尚存。芙蓉白面须知带肉骷髅，美貌红装不过蒙衣漏厕。纵对如玉如花之貌，皆存若母若妹之心。有志者，清净为基，存诚为用，坚忍为守，决烈为志，宁可人笑迂板，不可稍自宽纵。朱熹云：世上无如人欲险，几人能不误平生，可哀也夫！"

天明，黄少文洗漱毕，草草用了餐便直奔上房。尚发祥因梅香昨夜差事办砸，正在发作李管家："你连个丫鬟都调教不成，还有脸张口借钱！"抬眼见黄少文进来，李管家还想解释，尚发祥摆手示意李管家退下。遂笑吟吟地说道："坐下叙话！"黄少文应了一声坐在一旁。一双黑瞋瞋的眸子不认识似的盯着尚发祥，尚发祥好像昨晚上的事跟没发生一样，淡淡说道："有事？"

"昨夜小婿读《太上感应篇》，偶有心得，乘兴赶写一篇文章，请您老指点一二！"说罢，庄重大方地把《戒淫文》呈给尚发祥。

尚发祥含笑接过，略一浏览，"戒淫文"三字扎眼刺目，心下已是雪亮，梅香昨夜之事黄少文已起疑心，作一篇《戒淫文》挖苦自己，但尚发祥毕竟阅事极深，脸上带着厌恶和不屑，问道："你这是给我看你的功课？这叫苦读上进？"

"您老言重了！"黄少文从尚发祥装腔作势中断定他心虚，他故作装傻充愣，眨了眨眼，"昨晚小婿夜读《太上感应篇》，见文中立意深远，甚是喜欢，忽闻丫鬟梅香在院中大声呼猫，惊动四邻甚为不安，有感而发！"

尚发祥听着黄少文这些一语双敲的话语，满脸的不自在，他掩饰着心中的慌乱，在屋内踱了几步，终于拿定了主意，端着长辈的架势训斥道："做人要心存正念，不要读乱七八糟的书！"

黄少文满腹憋屈，自来尚家寨后，出力不讨好，还遭人算计，他忍了忍说道："您老教训得极是！不过，我来这儿已有些时日，想回三河县老家看望二老！今日一见就算辞行！"

"慢！"尚发祥一按桌子站了起来。今日放黄少文回三河县，梅香昨夜的事已成把柄。他起身踱了几步，假惺惺地安慰道："你在尚家寨辛苦为我，我岂能不知，眼下你玉龙哥哥音信皆无，娟儿又是女儿身上不了台面，家中一大摊子事让老夫一人担着，身子骨不争气啊！"说罢，他长叹一声颓然落座。一时间，屋内空气仿佛凝固了似的。黄少文迟疑了一下，说道："好吧，暂缓几日也行！"

农历三月三，与尚家寨相隔不远的白龙镇正值庙会，夫人李氏执意去白云观上香还愿。黄少文原想在家温习功课，经不住李管家极力撺掇，随车而去。

白龙镇是一个人烟辐辏繁华集镇，一条长年不息的洮河水呈月牙形绕镇而过，白云观坐落在白龙镇的东南隅。据传，宋仁宗年间，这里白云飘飘，瑞气罩顶，此观便依河而建，故称白云观。观内四进院落，上百间房舍，香火历来极旺。三月三是祖师爷生日，周围数十里的百姓纷至沓来，集市连着庙会，京广杂货、马山口山货、线庄、布庄等各种货摊蜿蜒起伏。

黄少文第一次赶庙会，张眼望去，一座座席棚、布棚棚挨棚连绵起市，酒店茶肆鳞次栉比，人流如蚁，车辆如织。一溜长堤绿树掩映，锣鼓管弦之声不绝于耳，勾得客商们流连忘返，十分的好景致。黄少文见人车拥挤不堪，便弃车步行，搀扶着李氏随着人流，进入白云观内。待拜完四重殿堂，走出观门已过午时。李氏鬓发零乱气喘吁吁，黄少文亦是汗透蓝衫。李管家揩了揩脸上的臭汗，笑道："夫人，前面有一客店，不如去那儿歇歇脚、喝口茶如何？"李氏颔首笑道："依你！"

黄少文抬头看时，果真见前面一座酒肆，坐北朝南，临河靠街，一堤杨柳如烟，河内沙鸥翩翩，画舫如梭，奇怪的是门前围着一群人。黄少文近前看时，门首左边写着："劳心苦劳力苦、苦中作乐，拿壶酒来。"却没有下联，店伙计笑谓众人："俺家店掌柜发话，对出下联者不收饭钱，外加赏银十两！"李管家不禁感叹道："难！"说着，不经意地看了看黄少文。

黄少文略一沉吟："这有何难？"

"说大话不怕闪了你的舌头。"一个横眉立眼的壮汉，上一眼下一眼打量着衣着寒酸的黄少文，嘴一撇，说道，"凭你？能对出下联，俺头朝下走路！"

黄少文一声不吭，就着现成的文房四宝，拽袖濡墨，续出下联，众人望去，一笔颜体遒劲飘逸，淋漓酣畅："为名忙为利忙、忙里偷闲，饮杯茶去。"对句一气呵成，与上联相映成趣，堪称珠联璧合，看热闹的人不约而同齐声叫绝。再看那壮汉时，竟木头人似的呆立不语。这时，从里边走出一位老者，从挑盘中拿出十两纹银，捻须笑道："先生高才，这银子归你了！"

"慢！"一位临窗而坐品茗不语的年轻人微笑起身，闪了一眼黄少文，笑道，"在下有一上联没有下联，先生若能对出，我再加十两银子！"说罢，顾自吟道："闷闺阁闻闹闹开门闲问。"吟毕，一双清澈的大眼凝视着黄少文微笑不语。

黄少文见这位青布蓝衫眉清目秀的年轻人和自己年龄相仿，竟能吟出如此刁钻古怪的上联，十个字用"门"字作框。他蹙着眉踱了两步，几次欲言又止，抬眼间见满大街万头攒动，人声嘈杂，灵机一动，吟道："读诏诰说讲议语言谊谭"。

众人哄然喝彩，下联十个字均用"言"字作旁，年轻书生一惊，惊喜的目光盯着黄少文痴痴不语。此时，夫人李氏、丫鬟梅香、李管家等人依次坐下吃茶，见黄少文得了彩头脸上光鲜。那位老者更是震骇不已，他叫陈建生，同治八年举人，做过县丞。因年老赋闲在家，在白龙镇借庙会悬重金征联，想不到竟被眼前年轻人轻而易举对出下联，心中一喜，吟道："言对青山不言青，二人土上说原因，三人骑头无角牛，草木丛中立一人。"

"你诗中含义是'请坐，奉茶'！"那年轻公子伸手一让，从袖中摸出十两银子递给黄少文，笑道，"你赢的，归你！"

"以文交友，何必沾铜臭味！"黄少文爽朗一笑，推过封银，伸手握着年轻公子的手，"兄台贵姓，台甫？"

年轻公子霎时俊脸生晕，抽了抽手没有抽回，情急之下脱口说道："我吗？——夏商之时夜间光，飞入农家壁梁上。你呢？"

"足下叫——古月燕。"黄少文不假思索猜出对方名字，更显得光彩照人。"兄台果真高才。"年轻公子双颊红得像喝了酒，顺势抽回手赞道，"神了！我叫古月燕，字云飞。"

"我叫黄少文，单字斌，三河县人！"

"两位兄台高才，在下仰慕得很，何不合并一桌，来个三员会文？"一位靠窗而坐啜茶观战的青年突兀近前，从怀中摸出二十两银子放在桌上，嘻嘻一笑："算个彩头！"

黄少文抬眼望去，见此人二十五六岁，中等个头，"国"字脸，白面皮，头戴鸭舌帽，浓黑眉毛下的一双深邃的眸子显得沉稳干练。与众不同的是，地气已暖，他还穿着锃亮皮靴，打着绑腿，虽面带微笑，却有一种亲而难犯的官家势派和名士风范。

黄少文拱手一礼，说道："足下尊姓，仙乡何处？"

"在下谭雄飞，单字鹏，三湘省人。"

"好，雄飞和我云飞一字之差。"古月燕大合胃口，一边殷勤让茶，一边笑道，"来的尽是有缘人！请上座！"

"江南省巡抚谭溪霖老爷是谭先生什么人？"黄少文漫不经心，啜一口茶问道。

"是不才近族二叔！"

陈建生大吃一惊，眸子放光，想不到小小客栈竟际会如此人物，刚要搭讪，黄少文侃侃言道："善剑术、研佛经、倡新学、喜诗词，徒步云游大江塞北，足迹遍及天涯海角，著有《漫谈佛学》可是足下？"

"正是不才，小道耳！"

黄少文爽朗一笑道："君子怀德，修身齐家。无小道焉有大道！"他谈兴正浓，忽见店伙计领着一名十五六岁的丫鬟，径直走到李氏身边，蹲身福了两福问道："您老可是尚家寨的尚老太太？"

李氏诧异看着头上扎着蝴蝶结的丫头，僵僵地点了点头："你是——？"

"俺家夫人说你像她近支姐姐。"那丫头一脸诚敬，"既是尚夫人那就没错，俺家夫人有请！"说罢，将手一让，丫鬟梅香扶起尚夫人刚要离去，黄少文谏道："咱和人家素不相识，贸然而去，万一有个闪失，咋办？"

"不碍事的！"李氏见黄少文结交的尽是官宦子弟，心里吃蜜一般，遂笑道，"这晴天大日头，会个亲戚还能让人吃了？"黄少文赔笑道："您老真要去，我陪您！"

李氏哪里肯让，笑道："你还是会文吧！"说罢，带上李管家、梅香二人迈着莲步离去。

黄少文瞅了一眼远去的李氏，心里有一种空落落和不祥的感觉，忙收摄心神，笑道："谭兄，何所闻而来，何所见而去？"

"闻所闻而来，见所见而去。"谭雄飞大咧咧地在古月燕对面坐下，一晒道，"古先生，我对的可成？"

坐在一旁的陈建生见谭雄飞信口对出下联，暗忖：看来姓谭的又是一个才子！忙吩咐伙计布菜上酒。古月燕冷哼了一声："妙，谭公子一派大言覃相随。"

"好，古先生半个古人月作伴。"

黄少文咣地吟了一杯酒，趁机杀入阵中，吟道："四水江第一，四时夏第二，公子江南来，谁第一？谁第二？"

黄少文吟罢笑盈盈地看着谭雄飞。此联发语不凡，若回答不当，或显得傲气，或给人自卑。坐在下席口的陈建生会过无数名人硕儒，哪有过如此场面？一个劲地劝酒。古月燕已经服了，他自负才高，今日才真正领悟天外有天、山外有山的含义，一双秀目盯着谭雄飞，看如何应对。

"兄台出对考我了！"谭雄飞略一思索，莞尔一笑道，"三教儒在先，三光星在后，雄飞崇佛教，不言先，不言后。"

黄少文此时方知，谭雄飞绝非胸无点墨的纨绔子弟，乃是心雄万夫的一代志士。

谭雄飞此时正在兴头上，便借机逞才，见店里放着现成的文房四宝，援笔濡墨在宣纸上笔走龙蛇，古月燕踱过来看时：

> 天连河山河连天，
> 烟锁山村山锁烟。
> 天连山河山烟锁，
> 锁烟山村烟河山。

这首诗正念倒念都是一首优美的诗。黄少文目光灼然生光，惊叹道："当今天下能写回文诗的人不多！"他起身踱了几步，放眼窗外，但见远山含黛，河水淙淙，几片白云从树梢上空飘然而过，遂撩衣抖袖，蘸得笔饱，挥笔续出：

　　　　蓝蓝天空天蓝蓝，
　　　　潺潺河水河潺潺。
　　　　树中云接云中树，
　　　　山外楼遮楼外山。

　　谭雄飞引颈看时，全诗二十八个字，只用了十四个不同的字，每句还有两组叠字，意境清新，仿佛是一幅美丽的山水画，他看着眼前衣着平常的黄少文，顿生惺惺相惜相见恨晚之感。

　　古月燕痴痴地望着黄少文，木讷地说道："这是夷文诗？"

　　"这是带有重叠字的倒句回文诗，传说为明代才子唐伯虎所创。"黄少文一脸谦逊至诚，徐徐说道，"无论是顺读倒念，都顺理成文。"古月燕倒读一遍果真畅顺，顿时肃然起敬。陈建生大起爱才之心，惊呼道："小店有如此人物，小老儿怠慢了各位！"

　　谭雄飞见黄少文有如此能耐，便有心结交，嘿然一笑道："黄兄弟，不知在何处高就？"

　　"一言难尽！"黄少文神色暗淡，默无声息地吃了一杯酒，刚想倾诉，抬眼见李管家和梅香俩人哭丧着脸在店门口徘徊，招手让其进屋，问道："回来了，夫人呢？"

　　"夫人不见了！"仿佛平地一声惊雷，把黄少文震倒在当场，只听李管家说道："夫人一出店门便被人请上了轿，俺们几个紧随在后，可街上人山人海拥挤得很，转悠一会儿，那顶轿子不见了，白龙镇找了个遍，哪有个影儿！"

　　"毛贼如此猖獗，这还了得！"良久，谭雄飞气得一掌拍在桌子上，霍地站起，呵呵冷笑道："国家千孔百疮，非变法改良不可！"边说边从上衣袋内摸出两张名刺，一张递给古月燕，一张塞到黄少文手上："黄兄、古兄，两江总督张香帅与家父交情笃厚，为在下捐了个候补知县，用得着时知会一声！"

"用得着在下时，请黄兄吩咐！"古月燕也正容说道。

"今日有幸与两位兄台倾心交谈，黄某永世难忘。"黄少文叹息一声，苦笑道，"峰回路转，后会有期！就此别过了！"双手一揖，带上李管家匆匆离去。

戌时，黄少文回到了尚家寨，刚踏进门，尚发祥虎着脸挖苦道："黄公子，你会文忙得很呀！你岳母呢？"

"这……"黄少文竟一时无语，低下了头。李管家见尚发祥迁怒于黄少文，忙上前跪了："这事不怪黄公子，都怨……怨……"

"怨我是不是！呸！"尚发祥恨不得一脚踢死李管家，厉声吩咐，"叫起全庄十八岁以上男丁三十里外找人，老子活要见人，死要见尸！"话音甫落，黄少文惊叫一声："有刺客！"猛地推开尚发祥，只见一只阴森森、白闪闪的飞刀钉在楹柱上。

第九章

计中计奸雄设圈套
戏中戏才士行仗义

饶是黄少文胆大如牛，头上也沁出冷汗，他上前拔下飞刀，下面竟是一张雪涛信笺。

尚发祥哆嗦着从地上爬起，急切地接过信笺，就着摇曳不定的烛光，黄纸虽然粗糙，字迹却颇为工整，上面写道：

尚发祥先生台鉴：

夫人失聪迷路，现已迎往山寨。衣食茶水俱全，勿念。久闻令爱才貌出众，尚待闺阁。余久居山寨，压寨夫人之位悬缺日久，愿结良缘，望其照准。三日为限，寨前换人，若有不从，玉石俱焚也！

老虎寨花豹子

尚发祥不相信似的揉了揉眼，顷刻间捏信的手竟抖了起来，双腿一软坐了下来。原来李氏被掳到老虎寨贼窝里，要挟女儿做花豹子的压寨夫人换回李氏。他微睨了一眼长得花朵般的女儿，突然失心疯般发出狂笑："哈哈……俺遭啥孽了，天灭俺尚氏一门啊！"一阵似哭非笑的干号，如乱坟岗中的野猫受惊而叫，其声磔磔，在这万籁俱寂的夜间，让人听着格外瘆人。众人被尚发祥近似疯狂的样子吓呆了，愕然相顾，不知所措。

黄少文拾起飘落在地上的信笺粗略地看了一眼，像挨了一闷棍，脸色变得又灰又白，怔在那里。李管家见尚发祥乱了方寸，上前轻声安慰道："事已至此，您老要撑住呀！"

"说空话有屁用啊！"尚发祥突然粗暴地打断李管家的话，冷笑道，"我去老虎寨，无非一个'死'字，就是死俺与娟她娘一起死！"李管家连连摇头："不可呀，老爷！万一有个闪失，这个家咋办？"尚发祥吼道："就是死也不能让娟儿跳进贼窝！"

"爹！"尚慧娟拭着泪站起身，她身着月白褶裙，脸上平静得似一泓清水，在昏暗的灯光下，像广寒宫中的嫦娥。她款步上前，扶着浑身乱抖的尚发祥坐下，婉言劝道："您老是气糊涂了，土匪是冲着女儿来的，俺娘一时半刻不会有事的！不如静下心想个法子！"说完话她瞥了一眼黄少文。一语提醒了尚发祥，他取火点烟，猛抽几口，对黄少文说道："你自负才高，有啥法子？"

"一时还未想好！"

"等你想好，黄花菜都凉了！"尚发祥气咻咻地转脸问李管家，"你是尚家的老人，你有啥办法？"

"报官府！"李管家起身离座，习惯性摸着后脑勺说道，"县衙里您熟，让官府派兵剿了老虎寨贼窝，救出夫人！"

"花豹子撕票呢？"尚发祥皱眉说道，"官府不是老尚家的孝子贤孙，即便官府派兵围剿，人吃马喂得花销多少银子填那个坑，老虎寨拉竿子多少年了，官府剿了多少次，杀了几个土匪？还不是装个样子，糊弄老百姓！"

"要不，多花点银子，把夫人赎回来。"

"你说这话等于没说！"尚发祥暴怒地吼道，"花豹子是冲着娟儿来的，不是钱的事。"

"我已经想好了！"黄少文平静地说道。

"讲！"

黄少文说道："老虎寨提出的条件咱先应允下来……"

"放屁！"尚发祥红脖子涨脸咆哮道，"自古老婆田地不让人，你这馊主意是烟囱摆手，把我往黑洞里引！"

黄少文缓缓说道："容我把话说完，我想来个移花接木！"

"嗯?"尚发祥像一只饿狼看到了一只羊羔,身子一探说道,"说下去!"

"花点银子,买一姿色颇佳、容貌姣好的与小姐相似的青楼女子,再派一名胆大心细、能言善辩之人,带上这一女子,去老虎寨冒充小姐,换回夫人!"李管家已听得脸上放出光。刚想插话,却见尚发祥狐疑地说道:"老虎寨土匪发现调包咋办?"

黄少文笃定地说道:"老虎寨土匪久居山寨很少下山,对小姐,听得多,识者少。虽是一着险棋,只要安排精当,可保万无一失。"

尚慧娟闻听,心里一阵快慰,想不到黄少文一介文弱书生,关键时刻出此绝招。她欣慰地朝黄少文投去一个赞许的目光。尚发祥像只狸猫闻到了鱼腥味,身子一挺,说道:"这话说得在理,刚才老夫有些失态了!"黄少文受到鼓励娓娓言道:"这样,既圆了老虎寨花豹子的梦,又不失尚家体面,只是……"尚发祥说道:"不要吞吞吐吐。"黄少文一脸庄重地说道:"此计一旦走漏风声,老虎寨土匪便会撕票!"

尚发祥早已站起,阴冷的目光扫视着众人,说道:"谁要泄露出去,我把他扔到河里喂王八!只是眼下手头有些紧。"黄少文跨前一步,朗声说道:"我来时,带有二百两银票,愿拿出来以渡时艰。"

"好!"尚发祥大喜过望,"剩下的由我填补!"忽然双腿一软又坐了回来:"良谋虽好,谁人为使!"李管家挺身而出:"老奴愿往!"

"这差事你干不了!"尚发祥瞪了李管家一眼,"你老实有余,应变不足,再说,家里这么一大摊子事,咋办?"黄少文心里明镜似的,说道:"我愿上山救人,倘若有失,情愿留在山寨当人质!不过,还有一事相求。"

"讲!"

"退婚!"

"为啥?"尚发祥满脸疑惑,眼前的书呆子这个时刻提出退婚,有何用心?他装出生气的样子:"莫非是你嫌弃尚家!"

尚慧娟乍听之下不禁花容失色,幽怨地瞥了黄少文一眼,强忍着在眼眶里打转的泪。

"岂敢!"黄少文激动得脸颊潮红,朗声说道,"此去狼窝,万一身遭不测，你携娟妹远走他乡，宝砚权作纪念。"

尚慧娟心中一热，坠下泪来。蹲身对黄少文福了一福，惨笑道："黄公子，我虽女流之辈，也懂得三从四德，从一而终，万一你遭不测，俺决不苟活世上！"

黄少文顿时激动得不能自持，他霍地起身，大声说道："俺明日上山！"

尚发祥此刻已平静下来，当下与黄少文、李管家又议了一阵子，查漏补缺，连夜筹措布置不题。

翌日，黄少文准备停当，正欲上山，门人向尚发祥禀道："济善堂古掌柜求见！"

"不见！"尚发祥此刻哪有心情见人，厌烦地一摆手。李管家却忽然叫道："等等！"李管家对尚发祥说道："据老奴所知，此人虽是药店掌柜，却是黑白两道上蹿得很开的人。这个时刻，他突然造访，必有缘故，不妨见见。"尚发祥木着脸点头道："让他进来吧！"

呼三山衣带飘飘昂然而入。尚发祥面无表情地问道："古掌柜，有什么事？"呼三山大咧咧地坐下，跷起二郎腿，轻摇折扇，泰然说道："为救人而来！"

尚发祥其实对呼三山并无好感，他对呼三山献药方疗疾的事，心里明镜似的。因嫌弃黄家败落，故意做出来让黄少文看的。此刻见呼三山如此摆谱拿大，心中不快，不凉不热地说道："不劳古先生费心！老夫自有安排！"

呼三山突然纵声大笑，尚发祥有些恼怒地问道："你笑什么？"

"古某笑你玩火自焚！"

黄少文冷冷地说道："古掌柜岂不闻陈香救母的故事？"

呼三山目中波光一闪，冷笑道："花大价钱去青楼买一面容姣好的女子，冒充尚小姐上山换母，岂能瞒得了古某！"

一语既出，举座皆惊。黄少文心中一凛，自己偷梁换柱之计算无遗策，是谁走漏了风声？还是所见略同？他哪里知道，挟持李氏上山寨正是呼三山一手策划。他早看出尚发祥嫌弃黄家，不喜欢黄少文，便苦思冥想盘算着如何纳尚慧娟为姨太太。不料，昨晚得报，尚家寨在丰穰城出高价买一青楼女子，便急急来到尚家寨游说。尚发祥见对方已点破，满脸的不自在，一哂道："古先生从哪儿得到的消息？"

"世上没有不透风的墙！"呼三山见鱼儿上钩，趁机说道，"这事瞒不过花豹子！豹爷是什么人，能糊弄吗？到时候救不了夫人不说，反而搭上卿卿性命！"

尚发祥盯着呼三山："依你之见呢？"

呼三山一边吃茶一边漫不经心地说道："实不相瞒，当年我给老虎寨豹爷治过病、疗过伤，与几个寨主熟稔。我若上山救人，这点薄面，他们会给的！"

"你为啥要帮尚家？"黄少文突兀地问道。

呼三山呵呵一笑道："岂不闻，好狗护三邻，好汉护三村，尚家眼下有难，我岂能袖手不管！"黄少文不放心地问道："老虎寨花豹子倘若识破，撕票咋办？那是一个杀人不眨眼的畜生！"

"岂不闻盗亦有道！"呼三山恨不得一刀捅死黄少文，忍了忍，勉强笑道，"当年豹爷身受重伤命悬一线，是我救了他。我若上山救人，他能撕票吗？"

真是一语惊人。尚发祥紧锁的眉头舒展开来，目光炯炯地问道："古先生，你开个价！"

呼三山一拍胸膛，说道："只需带二斤上等烟土！"

"啊！"二斤烟土，违反朝廷禁令不说，黑市价格在五百两银子以上。尚发祥顿时肉痛不已，暗忖："倘若此行有失，岂不赔了夫人又折兵。"遂咯咯一笑道："多谢古掌柜美意，救人如救火，耽搁不得，还是让黄公子上山寨！"

呼三山像看透了尚发祥心思似的，一哂道："尚员外果真精明得很，不过，你尽管放心，烟土我已备好，倘若救人成功，你再还钱不迟！你把心放到肚子里，古某断不误事！"

真是天上掉馅饼的好事！尚发祥顿时喜笑颜开，吩咐道："拿酒来，为义士壮行！"须臾间，李管家献上酒，尚发祥双手奉上，呼三山接过酒一饮而尽，哈着酒气呵呵笑道："定下万丈深潭计，摘得骊龙项下珠！"

第十章
丰穰寺尚员外进香
后花园黄少文遇艳

三天后，呼三山果真一顶小轿抬回了夫人李氏。李氏大难不死回到家中，有恍若隔世之感。尚发祥泪眼婆娑地拍着李氏的肩膀，安慰几句，便吩咐摆宴。

因酒宴是为呼三山而设，满桌人都向他轮流敬酒。呼三山虽然肚大量宏，却架不住众人频频敬酒，待菜上五味，酒过三巡，呼三山已酒涌心头，醺然欲醉，便耐不住话多："男子汉大丈夫，不为良相便为良医。济善堂意在救民，医者仁心，我踏遍豫、鄂、皖数省，活人无数，与老虎寨恩结义连数年，给山寨大小当家治病无数次。这次上山救夫人，见识了钻刀廊、跳油锅的阵势，多亏二寨主、三寨主几个当家的替我说话开脱，才算有惊无险！"他突然意识到自己说漏了嘴，骤然打住。李氏插话道："多亏了古先生在山寨人缘好，若换了别人，俺的老命不保。"呼三山接口道："这次救下夫人，一靠夫人洪福，二靠尚家祖上有德，三靠贼窝里有人照应。"

因呼三山是救人英雄，所有人的目光都围着他转，听他自吹自擂，直说得唾沫乱飞，天花乱坠，满脸得意溢于言表。众人做梦也想不到，这一幕幕恶作剧，竟是呼三山自编自演。

尚发祥听得心惊肉跳，仿佛又回到了十几年前那个风雪交加生死劫难中。黄少文悚然而惕，一个药店掌柜与尚家素无瓜葛，为啥舍命相救？他赔着小心满桌子敬酒，心中涌出不少疑云。李管家瞪着昏花的老眼："听着怪瘆人的，跟唱戏说书的一样！"梅香则痴痴地望着呼三山不语。夫人李氏满脸感激之色，眼泪汪汪，说道："古先生，你开个价，多少银子谢你？"

"把我当外人是不！"呼三山扬眉笑道，"古某自幼父母双亡，历尽人间酸甜苦辣，眼下虽小有积蓄，可缺少父母宠爱，若父母健在，该有多好啊！"呼三山说到这里竟触动情肠，掏出手帕拭泪。

尚发祥忙道："以后这儿就是你的家！"

呼三山突然抬起头来："若不嫌弃，古某愿拜您为义父！"

"俺欢喜还来不及呢，咋能嫌弃！"

"父母大人在上，受儿子一拜！"呼三山起身离席，伏地叩首行了大礼。喜得尚发祥夫妇眉开眼笑，忙将呼三山搀扶起来。当下，唤过尚慧娟见过呼三山，认下这个哥哥，叙兄妹之情。呼三山盯着尚慧娟，放出异样的光。尚慧娟屈膝福了两福，叫了声："哥哥在上，小妹有礼了！"这才把他的魂拉了回来。他忙还了礼。呼三山拜尚发祥夫妇为干爹干娘，关系更进一层，呼三山趁机住了下来。黄少文心中又是一惕，一种不祥预感萦绕心头。

尚发祥平白无故得一义子，觉得这是上天安排，陡然想起前些时日梦见文昌星临宅，莫非应验在此人身上？便决意去丰穰寺进香还愿，求方丈指点迷津。

丰穰寺位于桃花山的南麓，唐代永徽年间所建。坐南朝北，左有龙山横卧，右有虎山盘踞。山涧水垂帘而下，注入一方平台，形成碧幽幽绿莹莹水池。山上山下老木参天，藤蔓横枝连理，山花交错纷呈，方圆数十里，雾霭缥缈，清凉淡雅之味沁人心脾，十分精致。尚发祥入山门、拾级而上，经钟鼓二楼进入寺内，参拜了大雄宝殿、卧佛殿和观音殿，信步来到禅堂。小沙弥一掌当胸，说道："此处是方丈面壁参禅之地，香客不得入内！"尚发祥沉吟片刻，从袖中摸出碎银，笑道："请小师父通融一下，只求见一面你家方丈就走！"

小沙弥推过尚发祥递给的银子，说道："我家长老吩咐过，一概不见，除非——"

"除非什么？"

"长老吩咐，除非是尚家寨尚员外！"

"什么！"尚发祥有些惊讶，激动地说道，"你瞧瞧我是谁？"

"阿弥陀佛！"一位须眉皆白、面色红润的老和尚斜披袈裟从禅房款步踱出，念了声，"阿弥陀佛！老衲等你已很久了！"伸手一让，引尚发祥进了一间精舍。

尚发祥连忙施礼："信民尚发祥拜见长老！"

"施主不必拘礼！"方丈霍然开目，说道，"不久前，一位云游和尚来敝寺稍住，临走时特意嘱咐老衲，尚家寨尚发祥施主来寺时，奉送这首偈语！"

尚发祥哪里知晓，这位云游僧人便是癞头和尚慧净，当下不胜惊奇，忙双手接过，抽笺细观，上面写道：

　　一足踏两船，一镜照两边。
　　团圆又费力，费力不团圆。

禅房里静极了，尚发祥反复展读，不知其义，半晌方道："恕尚某愚昧，不得义理，久闻长老是活佛转世，穷通物理，常渡与佛有缘之人！"

方丈根基深厚，已证得无上菩提，见尚发祥发问，他幽幽地望着窗外俩人合抱不住的千年银杏树，沉吟良久，长叹一声，起身在一张宣纸上挥毫写道：

"坐不得，行不得，春去也，口添画，一人为大，火烧宝盖头。"

尚发祥望着偈语苦苦思索，却参不透偈语中的玄机奥妙。一阵山风吹来，尚发祥不禁一个寒噤，翕了翕嘴唇，欲再问时，方丈已经入定，便不再言语，掸了掸袍角，默然退出。

回到尚家寨已过午牌。尚发祥胡乱地用完饭，径直去了书房，半躺在太师椅上想心事。竹帘挑处，黄少文有些拘谨地进来。尚发祥抬了抬手，说道："坐下说话！"

"是！"黄少文应了一声，斜坐在椅上，见案几上茶杯是空的，忙上前斟茶，尚发祥忙起身把案几上的偈语塞在袖中，一脸庄重地说道："有事？"

黄少文笑道："我想去龙山书院读书，接受新学，不知您意下如何？"

"你志存高远，走学而优则仕之路，成杰人之才，老夫焉有不允之理。"尚发祥起身离座，用手抚着修剪整齐的"八"字胡须，踱了几步，慢条斯理地说道，"家里摊了这么多事，开销太多，到账房取五两银子，权作学资。眼下，你玉龙哥哥久无音讯，干活缺少人手，你再放三天牛，然后去龙山书院读书！"

"是！"

投亲尚家寨三个多月，黄少文犹如过了三年。他饱尝了寄人篱下受白眼的滋味，想不到今日如此顺当，当下别过尚发祥，兴冲冲去给尚慧娟报信儿。

此刻正值未时，黄少文抬头看了看天空，天上几朵闲云悠悠，迎面煦风习习，斜阳映塘荷，黄莺啼暖树。黄少文穿过客厅，绕过假山，沿着一条幽径直奔尚慧娟住处。忽然，不远处的柴房里有异样响动。黄少文有些好奇，便蹑手蹑脚来到窗下，屏声敛息，凝神细听，好像是一男一女在说话，忍不住用舌尖舔破窗纸向里望去，大吃一惊。

房内一男一女正搂抱在一起，男的竟是尚家寨的大恩人——济善堂古掌柜，女的不是别人，正是丫鬟梅香。一张晶莹瓜子脸笑靥生晕，一双水杏眼如醉如痴，两只莲藕般的胳膊像两条白蛇紧紧地缠在对方的脖颈上，整个身子像烂泥般软瘫在男人的怀中，任对方恣意抚摸捏弄。

此刻，呼三山满脸淫笑看着梅香，好像一只老狼捕获了一只羔羊，梅香叫一声"别……"便被呼三山热辣辣的嘴唇堵上了。他两手肆意在梅香身上乱摸。

窗外的黄少文脑子里嗡的一阵响："想不到济善堂古掌柜，竟是衣冠禽兽之徒！"恼怒之下，不小心碰倒窗台上一个花盆，砰的一声掉在地下。这一声响非同小可，房里顿时寂静下来，黄少文猛然醒悟：这事张扬出去，尚家脸面何存？忙返身准备退去。

忽然柴房门大开，梅香身穿红肚兜，一阵香风扑向黄少文，像梨膏糖似的贴在了黄少文身上，一边狂吻着黄少文的脸颊，一边伸手解开了黄少文的衣扣。

黄少文猝不及防，他语无伦次地推开梅香："你——?"梅香又猛地抖乱头发，伸手在黄少文的脸上、颈上抓出一道道血印，大声呼叫："救命啊!"

第十一章
狠岳丈借机逐才子
失意人怒生寻死心

"啪"，梅香脸上早着了黄少文一记清脆的耳光，黄少文双目喷火，喝道："梅香，我不揭破你，你还赖我不成！"

梅香捂着脸一阵气馁，忽听得一阵急促的脚步声杂沓而至，一眼瞭见李管家疾步而来，她灵机一动，又发疯般对黄少文又撕又抓，顾自喊道："你这下流胚子，姑奶奶今儿个跟你拼了……"

"姑爷与丫鬟打起来了！"刹那间，尚家大院乱得一锅粥似的，所有人纷纷出来看热闹。李管家上前劝拉时，忽见人群中尚发祥阴沉着脸瞪了他一眼，又忍住了，挓挲着手呵斥着，让俩人停手。但他素无刚气，梅香势如疯虎，又抓又踢，根本制止不住。尚慧娟闻听黄少文调戏梅香，顿时脸色苍白背过了气。夫人李氏气得脸色焦黄，抖着嘴唇不知所措。呼三山原本想趁机溜走，见梅香死死缠住黄少文，倒定住了神，决计帮梅香把屎盆子扣到黄少文头上，他摇着湘妃竹扇，一脸坏笑地说着风凉话："放着一个好好的姑爷不当，调戏一个通房丫头，真看不透读书人，满嘴孔孟之道，背后却是一个吃碗里看锅里的风流冤家！"一时间，看热闹的人们嘈杂纷纭，莫衷一是。

"住手！"尚发祥终于憋不住了，红着眼吼道，"尚家的脸面让你俩给丢尽了！"他这一声怒喝，梅香与黄少文俩人都住了手。黄少文发辫散乱，衣冠不整，前襟多处已被抓破，脸上更是青紫不定，恨恨地朝梅香啐了一口，别转了脸。梅香披头散发，敞怀露皮，扭曲的瓜子脸抽搐了几下，惶恐中见尚发祥一脸狰狞地盯着自己，灵机一动，跪在尚发祥面前，哇的一声大哭："请老爷还小女子一个公道！"

尚发祥一声闷哼："讲！"

"是！"梅香故作羞涩地说道，"俺收拾完客厅出来，刚好碰上姓黄的，他说要领俺去柴房看一样东西，俺想他是未来姑爷，便随他一起来到柴房。谁知他一进柴房，就抱俺、亲俺、摸俺，撕扯俺，说下流话挑逗俺，还要那个……"梅香哭泣着说不下去，少顷，她断断续续地说道："俺喊破了嗓子，多亏古掌柜路过这儿……"

梅香这番话真个是骇人听闻，满院所有人都把目光投向黄少文，黄少文这才意识到已坠入对方编织的网中。

看着梅香满腹憋屈的样子，黄少文脑海中浮现出梅香与药店掌柜，在柴房梨胶糖般粘在一起的情景，他怒不可遏地上前一把扯过梅香，吼道："贱婢，你敢看着我的眼睛吗？你敢对天发誓吗？你敢摸着心口说话吗？"梅香被黄少文近乎疯狂排炮般的问话震住了，只听黄少文激愤地说道："我投亲尚家寨，无非是栖身读书，我与你前世无冤，今世无仇，你为何污我清白，难道你就不怕天上打雷遭报应吗？"

呼三山见梅香胆怯，龇着黄板牙挑唆道："人证物证俱在，还逼着一个丫鬟发誓赌咒，真真可笑至极！"

"都住口！"尚发祥断喝一声，他心中已是雪亮，前些时日，李管家暗中指使梅香送货上门黄少文都不收，梅香现在说黄少文在柴房对她动手动脚，打死他都不相信，明摆着是梅香与药店掌柜的风流事被黄少文撞见，又反咬一口，嫁祸姓黄的！他大脑飞快地思索着，权衡再三：何不借这件风流事逐走黄少文，断了这门穷亲，堵住众人口舌。主意一定，尚发祥口气极为刁蛮地对黄少文说道："老夫把你当作掌上珠、心头肉，你却做出这等伤风败俗之事，老黄家怎么出了你这个不孝之子！"黄少文的心仿佛被刺穿，压了压满腔怒火，说道："你听到的、见到的都不是真的！是小人栽赃嫁祸，故意往俺碗里下蛆！"这时，有人惊呼："小姐晕过去了！"梅香忙移船上岸，扶住尚慧娟："小姐，你醒醒啊！"

尚发祥面色阴沉，说道："我素来宽仁待你，让你去龙山书院读书，你却做出这等荒唐下流之事，凭这一条，俺尚家就难容你，自今以后尚、黄两家割袍断义，你走你的阳关道，我走我的独木桥，再无瓜葛！"

"这桩婚姻本来就是你与家父做主，眼下你要退婚，你想怎样就怎样，不过临走前，我想见小姐一面，当面撇清！"

"免了吧！"尚发祥冷笑一声道，"俺家门槛低、池子浅，容不下你，你还是走吧！还有，端溪血砚三天之后我派人送还你家！来人，把姓黄的轰出去！"

几名壮汉嗷一声扑上来架起黄少文就走，黄少文犹自不屈，挣扎着大叫："姓尚的你不讲道理，他们诬陷我，难道你真的不知道吗？姓古的，你来路不正，居心不正，心术不正！不是正经人，尚家总有一天会看清你的嘴脸！"他声音凄厉无比，满院人听了无不战栗变色，尚发祥气急败坏地吩咐道："别让这个疯子进院！"

黄少文浑身是嘴无处可诉，从尚发祥家拂袖而出，只气得手脚冰凉头发晕，双脚像踩在棉花堆上似的，一脚深一脚浅地走着。尚家寨的百姓们耳报神极快，听说尚发祥未过门的姑爷调戏一个丫头，被轰出门来，这是亘古未有的稀罕事。眼见得黄少文发辫散乱，灰头土脸，衣衫不整，满脸泪痕，迷人一般走出寨门，人们像看怪物般从背后指指点点，有些村妇手帕捂嘴，像母鸡下蛋般咯咯地笑个不停。

猛然间，黄少文闪现一个念头，今日之辱不如一死，横尸尚家寨也算向尚慧娟还一个清白。他微睨一眼寨门吊桥下湍湍急流，略一沉吟，便昂首走上木桥。

"黄公子！"随着一声惊呼，李管家急急赶了过来，几个月来，他与黄少文朝夕相处，深知此人是诚实君子，眼见得黄少文直趋桥上，疑他要投河轻生，忙疾步赶来。黄少文晕头晕脑，张眼看时，见是李管家，恍恍惚惚地说道："是李……李管家呀，托你一件事，俺想见小姐一面，你若周全，我自然领情，你若不肯，也就罢了……"

李管家不待他说完，拉着他走下吊桥，在一无人处压低声音道："黄公子，你的人品我知道，日久水落石自现，眼下老爷正在气头上，小姐哭得背过了气，她哪有心情见你！"他边说边从袖中摸出二两碎银，"这点银子是我的一点心意，找个客栈先住下，等他们气消了再说！"黄少文早看穿是尚发祥指派他，用二两银子打发自己滚蛋，顿时来气，哼了一声，也不接银，仰着脸走了。

第十二章
途穷客施财救五命
乔家庄寿联得彩头

经李管家这么一搅和，黄少文寻死的心没了。既然尚家寨容不下自己，去龙山书院读书也化为泡影。回三河县大黄庄徒为父母添堵，不如等等看情势再说。他心里一团乱麻般毫无目的信步走着，不知不觉来到一座关帝庙前，庙门两旁一笔泥金颜体写着"忠延汉室三分鼎、志在春秋一部书"的楹联，石狮子旁边，一名相士正在给人观相，一群人或蹲或站听那名相士批解，七嘴八舌啧啧称奇。黄少文本不相信，可人在潦倒无奈时又想试试运气，便踱到相士跟前，说道："请大师为在下一观！"

那相士五十岁上下，身着道袍，鹤发童颜，倒有几分仙风道骨，闻听后，一双似开似合的金鱼眼瞄着黄少文，微微一叹道："你面相枯槁，神情虚浮，天庭上已出现晦文，三日内必遭横祸而死！"

"你不怕以后我砸了你的招牌？"

"你已经没有以后了！"那相士从摊上捡起几枚铜钱，冷冷说道，"这个送你，算个发丧钱！"

黄少文霍地起身，把十文铜钱摔在地上，咬牙狞笑道："妖道，我弄点狗血来，看你还敢满嘴柴胡！"

相士纵声笑道："三日后你还在人世的话，我绝不为人看相。"

黄少文仰天大笑道："我是死过一回的人，死何惧哉！"说罢，头也不回地离去。

既然活不过三日，何不去一僻静地方死！黄少文茫然走了二里许，来到河堤上，但见河面狭窄，水流滚滚咆哮不息，河面上空，蒙着雾一样的霰雨，飘飘洒洒消失在混沌不清的远方。此刻，他万虑皆空，一心等死，只是苦于寂寞难耐，又无法排遣，一个人在河堤上徘徊。忽见一布衣荆钗的中年孕妇怀抱一个娃，手拉一个娃，身后还跟着一个总角童子，边走边哭，跌跌撞撞，翻堤下河。黄少文觉得奇怪，岸上空旷无人，河中水波连天，又无渡船，莫非投河？遂上前拱手问道："天色近晚，这位大嫂要去何处？"

那中年女子陡然停步，厌恶地皱了皱眉头说道："去死，你管得着吗？"

黄少文苦笑道："俺是等死之人，又遇上你们赴死之人，咱们同是赴黄泉之人！大嫂，说出来，或许俺临死前能帮你点忙！"

那中年妇女抬起泪水涟涟的脸，愕然睨了黄少文一眼，哽咽道："俺男人在官衙守粮库，去年，这儿闹蝗虫又遭旱灾，收成不好。城南饿死不少人，俺男人便挪用库粮，开仓放粮，济了饥民，救活了无数条人命。不久，上边追查，俺男人便卖了家产还债，还欠公门十两银子。如今，俺男人关在牢中。今日，十两银子不归还，后天便要砍头，俺男人死了，娃子们谁养活？俺还有啥活头，不如先走一步，可怜俺肚里的孩子还未见他爹一面！"说罢，失声痛哭。

黄少文怔住了：天下还有比自己更冤之人。自己死期将至，身上银子已无他用，从袖中摸出十两银子递到中年妇女手中："这位大嫂，快去官衙救你丈夫吧！"

中年妇女惊讶地张大了口，慢慢地目光变得柔和，蹲身福了两福，千恩万谢去了。

黄少文此时已身无分文，抬头看了看天色，但见金乌西坠，倦鸟归巢，摸摸胸口跳动有力，没有死的征兆，索性原路返回关帝庙，在廊下蹲一宿。心想，茫茫黑夜，杳无人迹，倘若狐精或野鬼来吃自己，这里便是自己的死地。坐定之后，竟酣然入梦。忽听得一阵吆喝之声，抬眼望去，殿内灯火通明，兵勇森然站立两厢，中间坐着关圣帝君，一位紫衣小吏从班中闪出，禀道："今天，河边有人救了五条人命，应当给予福报！"话音刚落，早有一位黑衣书吏禀道："此人命数已尽，应在今夜子时。"关圣帝君说道："哪有积大德之人早夭绝后，如果这样，怎能劝世人为善，应改注死期，再经一劫，让他福禄双全！"

黄少文正凝心静听，忽听耳旁有人大呼："快走，快走！"遂大惊而醒，只听得墙土簌簌而下，连忙爬起往外便跑，刚走上几步，墙体轰然倒塌，压在所坐之处。他怅然而悟，相士所言"三日内必死"，无谬。

天明，黄少文整衣肃拜了关圣帝君，走出庙门，见了那位摆摊算命的先生，那相士见黄少文大吃一惊，惊讶地说道："一日不见，你的骨骼面相气色变了，你一定做了非同寻常的大善事，挽回了造化之力，你不会死了。不过观君相貌，你性情耿直，用心太痴，恐遭歹人暗算，谨记谨防！"

黄少文一怔，忙问："请大师指点迷津！"

那相士摇了摇头叹道："此乃天机，非人算可及！"说罢，又忙着替人看相。

黄少文暗忖，相士为了赚钱，非把没影的事儿说得神乎其神，他摸了摸空空如洗的钱袋，苦笑着摇了摇头。

"恩公！"黄少文转身看时，认出昨日被救的中年妇女，她身后还跟着一个胡子拉碴的男人，领着几个孩子齐刷刷跪在面前。黄少文连忙扶起。客套几句后，那中年男子道："俺看恩公像大户人家子弟，为何流落至此？"

黄少文双目暗淡下来，苦涩地一笑："惭愧得很，在下三河县人，也算名门望族。因来丰穰县投亲，遭小人陷害被逐出门！"

"以后咋办？恩人不如先住我家！"

黄少文惶然道："那怎么成，我上街卖诗，攒点积蓄，还要去龙山书院读书！"

"卖诗？"那中年男子歪着头想了想，说道，"乔家庄乔探花的父亲要过大寿，出百两银子悬赏寿联！恩公何不一试？"

黄少文呵呵笑道："正愁囊中空如洗，忽听乔家送钱来！"他别过那一家老小，直奔乔家庄而去。

一个时辰不到，黄少文来到乔家庄，乔探花家果真门第高大，门楣上方泥金大字"乔府"在阳光照耀下格外醒目。门人见黄少文衣着平常，以为是打秋风蹭饭而来，绷着脸不放他进去，黄少文发作道："狗眼看人低的东西，你去禀告乔家老爷子，三河县一门五进士后人求见！"说罢，伸手撕去墙上悬赏寿联的帖子。

那门人见黄少文如此强势，连忙通禀，不一会儿门人又返回来，说了声："有请！"

黄少文大踏步走了进去，听得有人在上房吟诗作赋，觑着眼瞧时，见几个衣着鲜亮的文人正凑在一起，围着一个老者，凝思皱眉，寻章作对，遂团团一揖道："哪位是乔老爷？"

众人不禁愕然相顾，居中一位须发如银的老者欠身答道："老朽便是！"

"喜闻乔老爷子重金悬赏寿联，在下特来凑个热闹，讨个彩头！"

那几个衣着华贵的文人，见黄少文衣着寒酸却口出大言，都是满脸讥讽，其中一名老者捻须吟道："傻马趟沙沙打傻马眼，傻马走得慢。"暗指黄少文是一头瞎撞的"傻马"。

恰巧有一下人赶着毛驴，驮着青草向后院马厩走去，黄少文双眉微挑，续道："草驴驮草草压草驴腰，草驴腰压弯。"

乔老爷暗吃一惊，他自幼擅长对联，有对联探花之称，年轻时做过一任县令，举手投足带有几分官家派头，见黄少文虽衣裳破旧，眉宇间却含着一股英气，出语不凡，对句工整，伸手一让，笑道："请坐，敬茶！"

黄少文见室内摆设极为讲究，书案上放着现成的文房四宝，当即援笔在手，随口问道："不知乔老爷何日寿诞？"

"十一月十一日。"乔老爷随口应道。

黄少文揎臂濡墨在宣纸上挥洒：十一月十一日。

乔老爷伸首看时暗暗叫苦，这算寿联吗？原来，乔老爷离八十大寿还有几个月时光，可他喜欢风雅。他儿子乔振北是光绪二年的探花，寿诞那日，贺寿的客人会很多，为光耀门庭，才重金悬赏寿联。围观的文人们见乔老爷眉头拧成一个"川"字，满脸不悦之色，便轰然起哄："这叫十八扯，这叫俗不可耐！"黄少文头也不抬，又问道："乔老爷春秋几何？"

乔老爷强忍住一肚皮不快，淡淡地说道："八十岁！"

　　黄少文笔走龙蛇：八千春八千秋。

　　乔老爷子愣了一阵儿才回过神来，这种先抑后扬的大手笔，竟出自一个年轻寒士。"八千春八千秋"典出庄子《逍遥游》："上古有大椿者，以八千岁为春，八千岁为秋。"自己正好八十岁，岂不是太妙了！此刻，他激动得手有些发抖，昏花老眼中放出奇异的光芒，大声吩咐道："请上座，敬香茶！"

第十三章
柳学忠逞凶乔家庄
风流士舍身救侠女

霎时间，黄少文被众星捧月般推向了首座，这才打量乔老爷：鹰钩鼻子，山羊胡须，下巴前倾，暴凸的前额下面长着一双昏花的老鼠眼。十足的破相集于一身，让人看了有一种不舒服的感觉。但他却是货真价实的当朝探花的父亲——做过一任县令的正牌进士。因年老致仕在家，过着锦衣玉食般的日子。

黄少文正胡思乱想，乔老爷笑道："黄先生高才，老夫钦敬之至，犬子振北，在京城请人给老夫画了一幅童子拜寿图，黄先生若肯赏脸题字，老夫再加一百两谢银。"说罢，颤巍巍地从锦匣中取出那幅画。黄少文含笑接过，他举目瞧时，这幅画确实出自名人之手，图上童颜白须的光头寿星拄着龙头拐杖，笑呵呵地望着一对金童玉女擎着的寿桃，略一沉吟，挥毫写道："画上寿星不是人。"众人一阵哄笑，乔老爷老脸一寒，却见黄少文奋笔疾书："南极仙翁恋儿孙。"

众人轰然叫妙，引颈往下看时，"玉女金童是毛贼"，乔老爷刚刚转好的心情又泛起怒气，突然，黄少文又续了下句"盗来蟠桃奉至亲"。又是一片轰然叫好声。乔老爷子眼中放光，脸上光鲜，暗赞：此人才学，不在小儿振北之下，活脱脱的吕蒙正转世。乃拊掌大笑道："黄先生乃当今奇才，却潦倒到街头，有失照应，老朽之罪也！来呀，摆宴！——给黄先生洗尘！"

饭后，黄少文在乔老爷一干文人的簇拥下出了乔家大院，走出老远，还见乔老爷向他招手，让他有空再来会文。怀揣着二百两纹银，去龙山书院读书的事不犯愁了。他无声地透了一口气。他又好气又好笑又很无奈，家大业大的岳丈竟不如一个赋闲在家的老寿星有眼光，又暗叹自己从此成了文丐。正自嗟，忽见麦场中间围着一大群人。黄少文挤进去一看，只见一位黑脸大汉赤着上身，扎着马步，旁边一位四十多岁的中年汉子抄起一根胳膊粗的木棒，对着黑脸大汉头顶猛砸下去。砰的一声响，木棒断了几截，黑脸大汉却毫发未损，黄少文吓得"啊"了一声，黑脸汉子竟笑嘻嘻团团一揖，发科道："这走南的、闯北的、骑马的、挑担的、经商的，停一停，看一看哪……"随着一阵紧似一阵有节奏的锣鼓声，一位眉清目秀的青年，碎步细腰面带微笑出场，一个白鹤亮翅，拿出两把明晃晃的短刀，又从发辫上剪下一束头发，放在刀刃上，轻轻一吹，无数碎发随风飘散，内行的人一看便知，是吹发而断的宝刀，人们正自惊讶，那青年把两把短刀仰面嵌在木凳上。

黄少文不觉看呆了，觉得青年面熟，一时又想不起在哪儿见过，踮脚细瞧时，那青年光着两只脚丫，轻轻一纵，双脚便稳稳地立在两把明晃晃寒森森的刀刃上，黄少文暗赞此人轻功不凡。黑脸汉子趁势抽出一把银枪，分心就刺，那青年扮了个鬼脸，在刀刃上闪、挪、腾、跃，如履平地一般。旁边一名汉子拎起一桶水，朝青年身上泼去，青年嘻嘻一笑，趁势从黑脸大汉手中夺过银枪，上下翻飞，舞得密不透风，竟泼不进一滴水珠。看热闹的先是一阵沉寂，接着便是一片轰天价般喝彩，纷纷向场内掷下雨点般的铜钱。

忽然，场外大乱，十几个官府捕快一拥而入，黄少文一阵心悸，刚要离去，有人喊道："柳学忠来了！"

说话间，柳学忠已来到了场中，黄少文看时，但见来人高挑个儿，短眉毛，脸上布满蚯蚓状的粉刺疙瘩，腰间掖着毛瑟短枪，剽悍凶猛，他正是丰穰县县衙的捕快柳学忠。此刻，柳学忠歪着头，打着酒嗝，捋了捋袖子问道："有人举报，你们是老虎寨的绺子！"

黑脸汉子忙上前赔笑道："柳捕头，俺们是北山口杂戏团的，出来混碗饭吃！"

"放屁！"柳学忠横着眼径直走到那青年跟前，冷不丁伸出手，一把扯下青年的头巾，一条乌黑的秀发垂了下来——竟是一个女的！柳学忠阴笑道："燕妹，几年不见，出落得越发俊俏了！"说着话，冷不丁伸手向对方胸上抓去。

"住手！"黄少文已认出那青年竟是在白龙镇会文的古月燕，只是没有想到她是一位纤纤女子，当即血往上涌，跨前一步，说道："你凭什么欺侮一个卖艺的弱女子！"

"嗬！你从哪个裤裆里露出来的？"柳学忠大怒，"啪"的一巴掌打得黄少文眼前金星乱冒，"你他妈的也不问问老子是谁，敢在太岁头上动土！"

黄少文牙齿咬得咯咯作响，右手捂着渗血的嘴角，冷笑一声道："我不管你是谁，青天白日欺侮良家女子，还有王法没有！"

"呸！猪八戒照镜子——猪样！"柳学忠一个眼神，几个捕快扑上前抓古月燕，却被古月燕巧妙躲过。黄少文脸涨得通红，抬手一个巴掌扇在柳学忠脸上。捕快们见柳学忠挨打，放下古月燕，对着黄少文猛揍，黄少文踉跄一下，几乎栽倒。他朝着古月燕喊道："古兄，还不快走！"

柳学忠捂着半边脸大骂："跑得了和尚跑不了庙，给我往死里打！"几个捕快一拥而上，围着黄少文狠踢猛打，黄少文眼前一黑昏死过去。

第十四章
攀高枝父子生龃龉
放厥词同窗充媒妁

尚发祥赶走了黄少文这个人憎狗嫌的淫贱材料。万没想到，生意场上一些与尚发祥不睦的人趁机生事，编派童谣：

尚发祥老龟孙，赶走姑爷昧穷亲。

嫌贫爱富坏良心，枉披人皮活个人。

这些童谣一经传唱，霎时给尚发祥带来了意想不到的麻烦，他在丰穰城内的珠宝商铺顿时生意萧条。西安、老河口、汉口几家与他常有来往的珠宝商竟断了贸易。他走到街上，一些市井小民纷纷向他投来异样的眼神，还有一些泼皮顽童向他掷石块。一连数日，尚发祥躲在家中，不敢露面。

一日，尚发祥独自在家中闷坐，忽听门外传来尚玉龙粗腔大嗓："爹、娘，俺回来了！"尚发祥觑着眼瞧时，果真是儿子尚玉龙，粗壮的身板配着黑红的脸膛，显得威猛壮实。自三河县大黄庄遭劫后，传言他被土匪所害。今见儿子平安回家，很是意外。愣怔了好一阵，方醒过神来，叫了声："龙儿——"已是老泪纵横。李氏抱住尚玉龙又哭又笑，丫鬟仆人也围着尚玉龙嘘寒问暖，尚家出现了久违的欢笑声。

待母亲及众人散去，尚玉龙压低嗓音说道："爹，江湖上传言，老虎寨土匪要抢咱家端溪血砚，那是娟妹与黄公子的定亲之物，俺不放心才赶回来！"

"正好，明日你把它还给黄家！"

"为啥？"

"姓黄的调戏梅香！我把他扫地出门了！"

"我不信，黄公子人品贵重，不会的！"尚玉龙满腹狐疑，"娟妹咋办？"

"济善堂掌柜古月杰救过你娘的命，我想把娟儿许配给他。"

"不成！"尚玉龙一口顶了回来，"爹，古月杰年近不惑，有五房姨太太！让娟妹去给他做小？娟妹刚过十八岁生日，爷不爷、孙不孙的，咱尚家脸往哪儿搁？"

"男大女十岁、二十岁，自古皆有，他五房姨太没生一个崽，娟儿嫁给他，三年两载生个儿子，母以子贵，他那万贯家财不都是咱的？"尚发祥看了一眼儿子，顺着自己的思路说道，"这样做，也断了老虎寨土匪让娟儿做压寨夫人的念想！"

尚玉龙惊愕地张大了嘴，半晌，方吃惊地问道："娟妹同意嫁给姓古的？"

"婚姻大事我说了算！"尚发祥烦躁地踱了几步，叹道，"我还怕姓古的看不上娟儿呢！"

尚玉龙气呼呼地反驳道："古月杰不是个正道人，水深得很，黑白两道蹚得开，你不能把娟妹推进火坑！"

尚发祥刚转好的心情又阴了下来，他恼怒地从怀中掏出丰穰寺方丈给的偈语，甩给尚玉龙："你看看这个就明白了！"

"儿子是个粗人，看不懂也不信，只有黄公子才能解开谜底！"

"提他干啥！"尚发祥心中一阵光火，刚想发作，李管家捏着一个拜帖跨进门，躬身说道："龙山书院高先生来访！"

尚发祥接过拜帖有些愕然，摸着光溜溜的脑门，竟一时想不起来。尚玉龙一旁提醒道："莫非是爹早年同窗高伯伦？"尚发祥这才想起。高伯伦，字少华，大桥镇人，咸丰九年中举。多年未曾来往，今日突然造访，这太意外了！他横了一眼儿子，埋怨道："都是你把我气糊涂了，还不快去迎接你高世叔！"话音甫落，门外传来高伯伦爽朗的笑声："尚贤弟，想煞我了！"尚发祥急忙迎出，见高伯伦五十开外，高挑个，麻秆腰，因背有点驼，精瘦身材呈弓形，长弧脸上架着一副黑框玳瑁眼镜，很有一副三家村老学究的派头。尚发祥目光霍地一跳，一脸恭敬地握着高伯伦的手，端详着对方，寒暄道："多年不见，没想到高年兄风采依旧，真真羡煞小弟哟。"又对垂手侍立的尚玉龙说道："快见过你高世叔！"尚玉龙忙上前行礼。

尚发祥不知这位同窗突然造访有何用意，睃了一眼鬓发半苍的高伯伦，客气地说道："高年兄不羡京华富贵，一心回乡倡办新学，开启民智，可谓功德无量！"

"善欲人见，不是真善！"高伯伦轻摇湘妃竹扇，凝视着尚发祥，徐徐说道，"道光年间，丰穰县与南石县交界的深山里，住着一位老秀才，家境殷实，有一条大河阻隔山里与山外交通。道光二十八年闹灾，山里人因不能去山外谋食，许多人被饿死，老秀才发誓，要修一座桥供人渡河！"

"两山之间架座桥，难啊！"尚玉龙已是听得入神，不无忧虑地说，"得花多少银子？"

高伯伦将着山羊胡子瞥了一眼尚发祥，缓缓说道："老秀才变卖了家产，没日没夜地架桥。大桥竣工之日，山里人高兴疯了！忽然一阵山风吹来，老秀才从桥上一头栽到河中淹死了，妻子闻讯惊吓而死，撇下一个不到满月的女婴和一个十二三岁的男孩！"

尚玉龙被故事感染，感慨道："颜回短命，并非凶恶之徒，盗柘长年，岂是善良之辈？好人没好报，那俩孩子挺可怜的！"

"从大山深处来了一位姓林的道人，提笔在渡桥上写了'天无眼'三个大字，并收养了两个孩子！"

尚玉龙合掌念了声"阿弥陀佛"，然后问道："不知那孩子如今怎样？"

"十多年后，那男孩跟着林道长学成济世悬壶的本领。"高伯伦幽幽地望着窗外随风摇曳的龙爪槐，声音沉静而清晰，"当时，正值荆襄一带闹瘟疫，他开起了药店，医好了无数百姓。今春，大批难民逃荒涌入豫西南，虽说朝廷也在赈灾，可层层克扣，到灾民手中所剩无几。紧要关头，他又像当年老秀才那样拿出家资，搭起三个粥棚施粥，真个儿活人无数。"高伯伦说完，摘下老花眼镜用手擦了擦，又重新戴上，紧盯着尚发祥的脸不语。

尚发祥好似沉浸在故事之中。这件事他在茶馆酒肆闲磕牙时听人说过，一直以为只是稗官野史，经高伯伦说来，竟有鼻子有眼。他喟然一叹道："愚弟福浅，只恨无缘一见！"

"丰穰县济善堂掌柜古月杰是也！"高伯伦话风陡然一转，"古先生至今已步入中年，仍独身一人，思来令人神伤……"

尚发祥陡然明白，原来高伯伦拐弯抹角编派故事，是替古月杰保媒而来，但脸上一副漫不经心的样子，淡淡地说道："像古先生这样品位极高的大善人，十步之内必有芳草！"

高伯伦微微一笑，一只手轻抚刚剃得趋青的脑门，说道："久闻贤弟膝下有一才女，有道是：好花寻流水，渔人觅桃源。愚兄特来替古先生保媒，愿知音同结，淑女配佳男！"

话题乍然转入女儿婚事，尽管尚发祥早意识到高伯伦来意，但突如其来当面保媒，仍感始料不及。尚玉龙心中暗骂："丰穰县三尺懵童都知道古月杰已娶五房女人，还当面撒谎光棍一人。"刚想上前揭穿，却听尚发祥沉声说道："你得古月杰多少好处？这样的好姻缘为啥不让给令爱？"

高伯伦见尚发祥脸色不善，话语尖酸刻薄，有些心虚，有点后悔不该来尚家保媒。但他毕竟久经沧海，若无其事地呵呵一笑："愚兄虽一介寒儒，从不贪人钱财，小女丑陋不堪，难入古先生法眼！古先生仰慕令爱已久，非淑女不娶，今日特来求婚！"

尚玉龙心中纳罕，刚才父亲还打算把娟妹嫁与古月杰，可对方遣媒到家，他又翻脸不认。正自思量，尚发祥"哼"了一声，冷笑道："不巧得很，拙女已与三河县大黄庄定有百年之约，鹊桥之盟，三河才子多属文，萤火焉能比月轮！"

"可惜五弦尚在，秋鸿难觅。"高伯伦静静地望着尚发祥阴晴不定的脸，哈哈大笑道，"尚、黄两家一个富到天上，一家穷到地下，门不当户不对，况且，那姓黄的已被你逐出门外，靠卖诗乞讨为生……"

"那也不成！"尚发祥顿时被问得涨红了脸，颓然落座，冷笑道，"毕竟尚、黄两家还未退亲!"

高伯伦被尚发祥的话噎得一怔,红着脸,憋着气,已是呼吸不匀,狞笑道:"忘了告诉你,老虎寨土匪还在惦记着令爱!"

尚发祥呼地起身,眼中闪着阴毒的寒芒:"我宁死也不把女儿嫁给土匪!"尚玉龙毛发皆竖,把双枪"啪"地往桌子上一摔,吼道:"老子的双枪也不是吃素的!"

高伯伦吓了一跳,张了张嘴又忍了下去,正欲起身告辞,尚发祥叹道:"难啊!人有五尺躯,最怕三寸舌,舌上有龙泉,杀人不见血。倘若我现在答应这门亲事,我以后如何做人哪……"

高伯伦见尚发祥松了口,忙道:"愚兄来时,古先生交代,若能玉成此事,送玉如意一对、玉马一双、绸缎十匹、翡翠六盒、金条四根、丰穰城建豪宅一座。"

尚发祥目光一瞬间放出贼亮的光,他坐直了身子,脸上闪着一丝不易觉察的得意。至此,尚玉龙这才算看透父亲这招欲擒故纵的套路。正胡思乱想,却听尚发祥呵呵一笑道:"古先生乃云中龙,人中杰,老朽能攀上这样的高枝,也是小女的造化。不过,我先让拙荆探探小女的口风!"

高伯伦听着尚发祥忽明忽暗的话语,心中已是雪亮。这时,梅香走进屋内,她紧锁双眉,满脸不悦,屈膝福了两福,禀道:"小姐写了一首诗,让奴婢送给高老爷。"

高伯伦接过瞧时:"兖州无儿去,下着无头衣,泪水一边流,虫钻布匹里。"

第十五章
吃醋味丫鬟遭蹂躏
兄妹俩拷婢得真相

高伯伦早年有神童之称，略一浏览，已悟出其中含义。前三句为"滚"，后一句为"蛋"，合起来为"滚蛋"二字。高伯伦的脸腾地红到耳根，尴尬一笑："侄女高才，老夫领教了！"尚玉龙侧身看时，竟嗤地笑出声来。

高伯伦此刻恨不得钻到地缝中，脸上青红不定，说了声："告辞！"便登轿离去。

高伯伦走出村不远，却见梅香背个包裹，气喘吁吁地从后边撵上来，至轿前蹲了个万福，说道："高老爷，请借一步说话！"

高伯伦见是尚家丫鬟，不禁诧异，一跺脚哈腰出轿，走到一棵老槐树下，见四下无人，说道："何事？"

"俺给古先生做了双鞋，劳驾高老爷捎给他！"梅香说着把手里的包袱递给了高伯伦。

高伯伦有些惊讶：一个丫鬟为啥给古月杰做双鞋？他盯着梅香又问道："还有事吗？"

"还有……"梅香羞涩地低下了头，脚尖跐地犹豫了片刻，说道，"请您老给古先生捎个话，既然当初他答应娶俺，就不该让您老给小姐做媒！"说着，一双黑瞛瞛的杏子眼滴溜溜地瞅着高伯伦。

高伯伦闻听犹如兜头浇了一桶冷水。良久，方咯咯一笑道："小小年纪，净说疯话！"

"俺说的都是实话！"梅香见高伯伦不相信，索性将头一仰，心一横说道，"他亲过俺、摸过俺，还睡过俺，他亲口说要娶俺的……"

一阵冷风吹来，高伯伦下意识瞅了瞅四周，细琢磨这小妮子所言不虚。他沉吟少顷，盘算着如何打发走这个半路生事的贱妮子。突然，树上的栖鸟受惊而飞，惊愕间，一只大黄狗倏地从乱草中蹿出，轿夫一声呵斥，大黄狗掉头飞奔而去。高伯伦又是一惊，静下心默谋良久，已拿定主意，他把小包袱递还给梅香，虎着脸佯怒道："古先生何等人物，岂能与一个丫鬟有染，请自重！"言毕，看也不看梅香，乘轿而去。

梅香愤愤地啐了一口，气咻咻地踅身回屋，坐在床上木着脸呆呆出神。突然，一个人影闪身进屋，轻声唤道："梅香——"

梅香吓了一跳，定睛一看，见是尚玉龙，忙起身道了个万福："少爷，您咋到这里来，有事？"

"有点事！"尚玉龙望着梅香魂不守舍的样子，说道，"娟妹让郎中诊病，开出个草药方子，你上街把药买回来。"说着，把药方递给她，闪身走了出去，梅香揑着药方，心里顿时有了主意。

申初时分，梅香一口气跑到丰穰县城济善堂，买完了药，梅香便溜进了与呼三山平时幽会的一间精舍。

不料，屋内有人。原来，呼三山听了高伯伦的禀报，当即招来老虎寨的呼一彪、王老虎、李疤癞几个头目议事。呼一彪一双牛蛋眼瞪得溜圆，正色道："当断不断反受其乱，大丈夫不能因儿女私情坏了大事！"呼三山干笑一声，说道："天予弗取，反受其咎。宝砚是咱山寨的命根子，指望它给弟兄们封妻荫子！"话犹未尽，只听"吱"的一声，梅香闪了进来。呼三山脑子嗡的一声响，劫宝之事若传入此女之口，岂不毁了老虎山寨！当即脸一寒，说道："你来做甚？"

梅香今日穿着缎面隐花浅红紧身小褂，乌黑的发鬓斜扎着一朵绒绢梅花，眉眼含春，秋水瞳瞳，因走得太急，娇脸粉红，妩媚动人。呼一彪、王老虎、李疤癞等人瞪着色眯眯的眼睛，盯着梅香那饱满的胸脯。梅香忸怩地低下头，忽地又仰起脸，说道："古先生，你答应娶俺，为啥还派人去尚家寨保媒，娶俺小姐为妻？"

　　"为这个呀！"呼三山当即松了一口气，起身走出房门，在一无人处说道，"你家小姐与我属相吻合，主生贵子！"

　　"俺咋办？"

　　"这好办，你家小姐嫁过来时，你作陪嫁丫鬟，虽无名分，也能相守一生！"

　　"不，俺要你明媒正娶！"

　　"没法子的事！"呼三山从袖中摸出一张十两的银票，奸笑道，"缘分尽了！"

　　"俺不要……"梅香拉着哭腔，"俺要你娶俺，不然的话，俺把你诬陷黄公子的事说出去！"

　　呼三山已阴了脸，返身回屋，对一脸淫笑的李疤瘌说道："四当家，你替我招待她一下！"那李疤瘌瘦得像麻秆，弯腰弓背的脖子上长着个冬瓜脑袋，见梅香眉眼如画，娇滴滴的美人儿，恨不得将其一口吞下。当下见呼三山发话，喜不自禁，上前老鹰抓小鸡般把梅香抱到隔壁，尽情恣意蹂躏……

　　梅香一腔春梦化作泡影，被李疤瘌快活后，当即被赶出门外。她迷糊人一般，深一脚浅一脚地回到了尚家寨，迷迷糊糊地将药交给李管家便回到房中，躺在床上，暗自饮泣。不知何时，门哗的一声大开。尚玉龙和尚慧娟联袂而入，尚慧娟悄悄走至床边，轻声呼唤道："梅香——"

　　梅香吓了一跳，忽地从床上坐起。此刻，她的头又昏又涨又疼，一缕斜阳映衬在一个盈盈玉立的女子身上，觉得似真似幻，揉了揉眼，只见尚慧娟身着浅红比甲，下身穿月白石榴裙掩到脚面，瓜子脸，柳叶眉，真个是病中西施，万种风情，低首再瞧自己，顿生架下野鸡怎比凤之感，怯怯说道："小姐有事？"

　　望着梅香无告的可怜相，尚慧娟恨不得一口浓痰唾在她脸上。原来，尚玉龙压根不相信像黄少文这样的正人君子会调戏梅香，便一直暗中跟踪，梅香与高伯伦对话，他听得清清楚楚，便假意让梅香上街买药，他暗中跟随。若不是亲眼所见，打死也不敢相信这是真的。回家后，便将真相告诉了尚慧娟，尚慧娟竟半晌说不出话来。

此刻，尚慧娟内心翻腾得厉害，悔、恨、怜、悲、疼，啥滋味都有，一眼瞥见一双男子穿的千层底布鞋放在枕头旁，心中雪亮却不说破，问道："梅香，你到尚家已有五年了吧，我待你咋样？"尚慧娟闪着一双透着寒意的秀目，盯着梅香问道："是不是有些委屈你了？"

"小姐待俺天高地厚，亲姊妹一样。"梅香躲避着尚慧娟咄咄的目光，勾着头满脸的不自在。

"好！有你这句话我就放心了。"尚慧娟看了梅香一眼，温和地说道，"你我情同姐妹，可你毕竟岁数小，不识字，历事少，有些事情看不透，难免中了人家的套，吃了亏，不经意做了对不起我的事儿……"

"我……"梅香突然一阵寒意袭身，用惊恐和哀伤的眼神瞥了一眼尚慧娟，语无伦次地说，"我，我没有……"

尚玉龙早按捺不住，一脚将梅香踹在地上，用枪抵住梅香，喝道："你个吃里爬外的贱人，你做的好事，还不承认！"

"真的没有？你和黄公子究竟是怎么回事？"尚慧娟嘴角挂着冷笑，仿佛看陌生人一样盯着梅香，冷冷说道，"你给古月杰做鞋是怎么回事？你要做古月杰的小老婆，有没有？你对高伯伦说些啥？还有，今天买完药后，你去了哪里？"

尚玉龙顺手从茶几上拿过精瓷茶碗握在掌心，咯嘣一声脆响，顷刻间茶碗成了碎末。尚玉龙黑着脸，盯着梅香："讲！"

梅香顿时惊得面如死灰，双膝一软跪在尚慧娟面前，扇着自己的脸，哭着说道："小姐，我对不起你！"

"不要怕，说出来心里就好受些！"

"小姐，我不是人！"梅香膝行数步，抱着尚慧娟的腿哭着、诉说着……

第十六章

弱女子抗命糊涂爹
呼小燕客栈动芳心

此刻的尚发祥在客厅对李管家说道："你明日带上宝砚去趟三河县大黄庄，把娟儿的婚事给退了！"

李管家哈腰赔笑道："三河县你那亲家问起黄公子咋个回话？"

"谁与他是亲家！"尚发祥蛮横地说道，"让龙儿与你一起当个保镖！"

"我不去！"说话间，尚玉龙与尚慧娟相继而进。

尚玉龙亢声说道："俺查清了，黄公子是冤枉的！"

"有何凭证？"

"在你心里！"尚玉龙硬生生地顶了回来，"梅香给俺说了，咱家发生的那些丑事与你也有关联！"

"放肆！"尚发祥见儿子当着李管家的面揭他的老底，大为恼火，喝道，"一个丫头说的话能信吗？"

"梅香所言不虚！"尚慧娟见哥哥把窗户纸捅破，索性直说，"梅香被姓古的骗了身子又踹了，还挨了打，这样的人能托终身吗？"

久坐不语的李氏插话道："断了黄家这门穷亲戚，攀上古家这头高门，你爹是为你好啊！"

"好个屁！"尚玉龙心底泛起一阵悲哀，竟忘了是在跟父亲说话，梗着脖子说道，"你知道姓古的根底吗？他一不做官二不经商，设粥棚、建义仓，钱从哪里来？江湖上一些挎刀弄枪不三不四的人常在他家走动，他能算正道人？你常说，人心隔肚皮，虎心隔毛衣，娟妹心里没他，怎能让娟妹嫁给他。再说，没有黄家当年救爹，哪有咱家的兴旺发达，咱不能看黄家遭背运就嫌弃人家！儿子以为，请回黄公子，扎牢咱家篱笆！切莫一步走错步步错，世上没卖后悔药！"

尚发祥被儿子的话呛得一愣，于情于理尚玉龙说得无懈可击。抬眼见三三两两的家人、仆妇聚在屋檐下伸头缩脑，窃窃私语，旋即端起长辈架子训斥道："翅膀硬了长能耐了是不是？当年，我热桌子冷板凳寒窗苦读考取功名，那时还没有你，为了这个家，我走南闯北贸易经商，置下这份家业时，你还穿着开裆裤。没有我的昨日，哪有今天尚家的兴旺！你爹我啥事没见过，轮不着你来教训老子！"他呷了一口茶，厉声吩咐："李管家，我的话从不说二遍，明日去三河县，把婚事退了！"

"爹，女儿的话也不说第二遍，除了黄公子，我宁死不嫁！"尚慧娟仰着脸，咬着嘴角，极力不让泪水流下来，"你若逼俺嫁给那姓古的，俺宁愿去死！"说罢，也不行礼掩面而去。

"甭拿死来吓唬老子！"尚发祥心里又是一阵窝火，发作道，"想死，高头是梁，院内有井！"

尚慧娟负气回到闺房，想着哭、哭着想，越想越哭、越哭越想，越想越气，既然糊涂爹一心退亲，不如一死，一了百了，遂起身抽出一条白绫，掇个机子垫在脚下，将白绫搭在梁上挽个圈套，将头伸入，一脚踢开机子。可怜红颜贤淑女，一缕香魂拜瑶池。

也是尚慧娟命不该绝，正当香魂杳然、飘飘悠悠时，李氏上楼劝女儿吃饭。乍然间，见女儿挂在梁上，惊得一个踉跄，几乎瘫倒，忙双手托住。可怜李氏上了年纪，心慌腿软，哪能托起，适逢梅香进屋，失惊打怪喊道："小姐上吊了！"

霎时，尚家大院炸开了锅，尚玉龙似离弦之箭冲上楼，双脚踏杌，托起尚慧娟，解开了套，把尚慧娟放在床上。李氏忙上前，见尚慧娟双目紧闭，旁边的尚发祥一脸黑线呆立不语。李氏猛扑上前，撕扯着尚发祥，哭着说道："挨千刀的，你赔俺闺女！"

"娟妹还有救！"尚玉龙翻开了尚慧娟的眼皮，手又在她鼻下拭了拭，当即一掌贴在尚慧娟背上的灵台穴。

昏迷中，尚慧娟忽觉一股似凉似麻的气流沿着脊中穴直冲百会穴，顿时，心底清亮，"哼"了一声，醒了过来，抬眼看了看众人，哇的一声大哭起来。

尚家寨闹得沸水盈天，黄少文此刻正睡在悦朋客栈。店名大约取《论语》开篇：有朋自远方来，不亦乐乎。但此时，黄少文却悦不起来。他两颊潮红，双眼迷茫，呼吸急促，忽而见尚发祥横眉立目，吼道："尚、黄两家从此割袍断义！"忽而又见柳学忠面目狰狞，朝自己扑来，忽而又仿佛躺在母亲的怀里，口腔里灌满了琼浆玉液，清凉甘甜。忽而母亲变成了尚慧娟，轻蔑地斥道："负心忘义的小人！"黄少文拉着尚慧娟的手，期期哀求："小姐，我是清白的。"忽然天上飘来一片黑云，遮住了太阳，抬头看时，古月杰磔磔怪笑着，携尚慧娟飘然而去。黄少文大叫一声："小姐，你不能撇下我呀！"一翻身惊醒，发现自己睡在榻上，身上盖着棉被，待要坐起，周身疼痛，动弹不得，张目看时，惊讶地叫道："云飞贤弟，怎么是你？我怎么会在这儿？"

"黄兄醒了，是俺让你住这儿的！"古月燕酸溜溜地说道，"你被柳学忠他们打昏，又着了风寒，烧了三天三夜，你叫的那小姐姓甚名谁？"她顿了顿，有点忌妒地笑道："凭你这份才情，牵肠挂肚地念叨，冰山也暖化了，要是我……"她陡然想起黄少文在昏迷中把自己紧紧抱住的情景，脸上飞起两片红霞。口风一转，朝外叫道："黑蛋——"黄少文见她这样，陡然想起与柳学忠打斗时，她分明是个女的，何以又变男身，正想发问，竹帘一响，一位眉清目秀，年纪十二三岁的男孩，端着鸡汤走进屋来，笑嘻嘻地叫道："姐姐，熬鸡汤时我加了点东北老人参。"

黄少文听了更加惊异，分明是一个女子甜美的声音，为何称"黑蛋"？谁又是姐姐？他挣扎着从床上坐起，从黑蛋手中接过鸡汤呷了一口，觉得鲜美可口，忍不住问道："姐姐是谁？"屋子里一阵空寂。半晌，古月燕抽泣起来："黄兄，俺是……"边说边摘下头巾，刹那间古月燕秀发如乌云，明眸皓齿，竟是一位绝色的清丽佳人。黄少文愣怔间，却听她说道："谢谢黄兄那日冒死相救！"

　　黄少文恍然大悟，一笑道："'云飞'二字有天高任鸟飞之意，是以名曰'燕'，北宋词人晏殊《浣溪沙》中有'无可奈何花落去，似曾相识燕归来'的名句。"

　　古月燕行走于江湖，从没有与青年男子这样亲近过。当下见黄少文病困交加仍不失君子风度，怦然心动，她生来面容白皙，极易脸红，霎时颜若玫瑰，双颊生晕，佯怒道："人家好心待你，你还有心取笑俺，俺不理你啦……"

　　"你救了我的命，谢还来不及哩，哪敢取笑！"黄少文一口气喝完了碗中鸡汤，咂了咂嘴，觉得味道好极了，顿感周身通泰。见古月燕一双秋波投来柔和的光芒，方将三河县大黄庄遭匪劫，丰穰县投亲反遭陷害，被逐出尚家寨的情形粗略地说了一遍，说到最后叹道："惜乎！堂堂五尺男儿好比一只孤雁，有家无颜回家，投亲举目无亲，潦倒街头，以卖诗为生！"说罢，潸然泪下。

　　砰的一声，黑蛋将黄少文喝鸡汤的瓷碗摔个粉碎，怒道："姐姐，俺去剁了这个老杂毛！"

　　"不可乱来！"古月燕叱一声喝住黑蛋。见黄少文满脸疑云，自失地一笑，说道："黑蛋是个女的，她不姓黑，姓柳，叫柳小凤，是清河县三棵柳人。祖辈耕田，因母亲长得漂亮被佃主诱奸，含愤悬梁自尽，她爹上县衙告状，当天夜里就被沉尸大清河。黑蛋为葬父母，大街上头插草标卖身被我遇上，便买下她作丫鬟。闲时教她一些武功。又怕遭仇人毒手，调配些颜色涂在脸上，很像个野小子，才取名黑蛋，常和我女扮男装行走江湖。"

　　黄少文听得心中酸热，觑见黑蛋热泪汪在一双凤眼内滚来滚去，竟没淌出来，心知是一个要强的女孩，顿生"同是天下沦落人"的相惜之心，又怕沿着这个话题说下去让人伤感，遂话锋一转笑道："燕妹，你为何要和马戏团一起，讨这个苦呢？"

　　古月燕被他说得羞红了脸，许久，吁了一口气道："黄兄，你为救我受伤，不宜多说话，等你身子骨硬朗些，俺一股脑儿给你说……"见黄少文不语，莞尔一笑道："你这样的大才子，竟这等寒酸。"言毕，转身进屋，搬了一匹蓝布出来，比着黄少文身材裁剪起来。这一夜古月燕失眠了。

　　她是南石县呼家冲人，原本姓呼，叫呼小燕，和呼三山是嫡亲兄妹，自幼失父丧母，稚弱无依，东南山林道长把他们兄妹接进道观，教文习武，随着岁月流逝，林道长的大女儿林月娥与哥哥好上了，不久，南石县城有一个绰号"赵半县"的劣绅，依仗女婿是县令，坏事干尽。一日，他带着家奴进山狩猎，碰上了采药的林月娥，便命家丁抢入府中强行奸污。后来，哥哥得知是赵半县所为，便到县衙喊冤。孰料，判牍上却写着'林月娥色相勾引名绅讹诈钱财'，还要抓哥哥下狱。一个雷雨交加夜晚，赵半县宅子突然起了大火，直烧到天亮，人们发现赵半县已被烧焦，从此哥哥再无踪影。当时，她只有七岁。从此，她与林道长相依为命。过了几年，林道长突然死去，她找到了哥哥。此时的哥哥已是老虎寨的大当家，为避开官府，兄妹俩隐名改姓，将呼字改为谐音"胡"，"胡"字各取一半，哥哥更名古月杰——在丰穰县城开设济善堂隐居下来，自己取名古月燕。这次，她偷偷下山，无意遇上了仇人——丰穰县县衙捕快柳学忠，这才出现黄少文出手相救的一幕。几天来的朝夕相处，她内心对黄少文有一种割舍不断的情愫。如今，黄少文又识破了自己的女儿身，以后又该怎样相处？

不知什么时候窗外起风了，还夹杂着淅淅沥沥的雨滴声。呼小燕直到鸡叫头遍方昏沉沉睡去。

天方晓，呼小燕醒了，还未起床，黑蛋已嘻嘻哈哈地捧着昨晚赶制的蓝布长衫进来，猛听店外有人叫道："店家，这里可住着一位姓黄的客官吗？"

呼小燕听着耳熟，刚要出门上前答话，却见黄少文阴沉着脸从房中出来，清秀的脸上带着一副轻蔑和不屑，冷笑道："姓尚的，我已经被你们扫地出门了，还要赶尽杀绝吗？"

来人正是尚玉龙，进店时脸上还带着的憨厚笑容顿时凝固了，下死眼盯着黄少文，僵立着一句话也说不出来。

第十七章

尚玉龙谢罪释前嫌
失意人潦倒悦朋店

　　良久，尚玉龙有些口吃地说道："黄公子，惭愧，俺是来向你赔罪的！"

　　"赔罪？给谁赔罪？我罪孽深重，其罪可诛！"黄少文以为尚玉龙寻自己的晦气，书卷子气顿时上来，满腹牢骚尽情宣泄，"我一个穷途末路之人，学伍子胥乞食于吴市，步吕蒙正夜宿寒窑，千人憎、万人嫌，岂敢奢望丰穰县响当当的豪门大户给一个穷酸赔罪，我哪儿担当得起呀！"

　　尚玉龙愕然盯着黄少文那张棱角分明的脸，听着他那句句诛心的话语，起先时，脸上还挂着讪笑，慢慢地竟蔫在那里。呼小燕、黑蛋俩人吃了一惊，但不明缘由，搓挲着手瞅了这个瞧那个。半晌，尚玉龙叹息一声，一个长揖倒地，哽咽着嗓子说道："我代俺爹给你赔礼道歉！"

　　"这，我如何担当得起！"黄少文一愣，原想着尚玉龙来店找茬寻事，没想会是这样，忙道，"快快请起！"

　　尚玉龙头也不抬，呜咽地说道："黄公子，你不原谅，我就这么跪着！"

　　黄少文满脸泪光，忙俯身挽起，说道："玉龙兄，我原谅你就是，我也有不对之处，早看出岳父不满，应早挑明说破，都怪我性傲，书呆子气浓，没把话说透。再说，岳父训诫晚辈也是出于好心！"

　　"好！两个都是诚心待人的仁义君子。"呼小燕在一旁看得目眩神动，忙上前说道，"师兄，别来无恙乎！"尚玉龙怔了一下，顿时喜上眉梢，叫道："燕妹，是你呀！几年不见，可好？"

　　"不劳你惦记！"呼小燕突然翻脸，高傲地仰起头，口气干燥而冰冷，

"自今日起，请免开金口叫燕妹，我叫古月燕！"

"月燕……"尚玉龙脸憋得通红，急急地说道，"都怨俺不好！"

黑蛋、黄少文俩人茫然地看着他俩古怪的表情，却无从劝起。

原来，呼小燕早年随林道长在东南山学艺。十一岁那年，林道长临终前把她托付给栖霞山紫云观的清风道长，尚玉龙也在那儿学艺。几度春秋，呼小燕已渐渐出落成亭亭玉立的少女。尚玉龙长她一岁，混沌已开，紫堂色的"国"字脸上，一双火辣辣的眼睛，仿佛不经意间常在她身上扫来扫去。一个闷热的傍晚，呼小燕在山溪洗澡，发现尚玉龙在偷窥自己，便告知了师父。道长一怒之下把尚玉龙赶下了山。从此，俩人再没见面。也是造化弄人，俩人竟在这小店不期而遇。虽然事过境迁，但尚玉龙无时不在悔恨中度过。听呼小燕的口气，心知她未能释怀，当着黄少文、黑蛋的面又无法解释，叹息一声哑然不语。黑蛋忽闪着两只水灵灵的大眼，捧着呼小燕赶制的长衫说道："黄公子，你穿上试试看，合身不？"

黄少文返身进内室将长衫穿在身上，低头看时，但见针脚细密，做工精巧，腰身袖口，长短宽窄无不适宜，再出来时，仨人眼前陡然一亮，黄少文气度潇洒，清华神韵中含着勃勃英气，哪儿像是一个大病初愈的人。呼小燕忽闪着一双明亮的杏仁眼凝视着黄少文，脸上红扑扑的倍加娇艳。突然，呼小燕质问尚玉龙："像黄公子这样的正人君子，你家何故容不下他？"

尚玉龙顿时一个倒噎气，目光游弋地望着窗外不语。良久，方长叹一声，遂将黄少文投亲尚家寨以来发生的事，一五一十地说了出来。

砰的一声，几上茶水震得四溢，呼小燕闻听哥哥与梅香偷情，顿时气得柳眉倒竖，杏眼圆睁，逼近黄少文，吃力地问道："他说的都是真的？"

黄少文触动情肠，一股又酸又涩的苦水涌上心头，竟哽咽地说不出话，木讷讷地点了点头。呼小燕的脸苍白得无半点血色，转脸质问尚玉龙："你敢发誓吗？"

黄少文见呼小燕刁难尚玉龙，忙说："事情已经过去了，提他做啥！姓古的又不与咱们沾亲带故。"

"这……"呼小燕一阵气馁，压根不信相依为命的哥哥竟是一个偷香窃玉的小人，心里被马蜂蜇住一样疼痛难禁。她猛地从座上跳了起来，说道："我不信！你们在骗我！"

黑蛋却嘻嘻笑道："姐姐，不信不听，不听不信，生哪门子气哟……""啪"的一声，黑蛋脸上已挨呼小燕一记耳光，呼小燕喝道："走！"也不跟黄少文、尚玉龙打个招呼，遂破门而去。店里的伙计们吓得一缩头："乖乖，是个女响马！"

这时，一缕和煦的阳光透过窗棂，似一道清亮的瀑布斜射进来，照得室内通彻明亮。窗外，一对黄莺在树梢腾挪跳跃，欢快地唧喳着。尚玉龙望了一眼恬淡自如的黄少文，说道："丰穰寺方丈给咱爹写首偈语，都看不懂，你瞧瞧！"说着，将偈语递了过去。黄少文一边拆封一边谦逊地笑道："偈语是四不像，信则有，不信则无。"当下凝神细看，脸上笑容凝固了。这哪里是偈语，分明是一条暗语："坐不得，行不得"是一个"立"字，"春去也"为"夏"字，"口添画"为"日"字，"一人"为"大"，"火烧宝盖头"是"灾"字，这几个字连起来是"立夏日大灾"。

"玉龙兄，从偈语上看，立夏那日，农历四月初八，你家有大难！"黄少文掐指算着，想了想又道，"丰穰寺方丈在示警！"

尚玉龙不禁骇然："下一步该咋办？"

"凡事预则立！"黄少文低头盘算了一会儿，说道，"那日是浴佛节，还有十二天！最好请教一下丰穰寺方丈，解铃还须系铃人嘛！"尚玉龙说了声："晓得了！"遂拱手离去。

一时间，店房里显得空落落的，黄少文抬头看天，已是辰时，忙招呼店伙计端来汤菜，胡乱地扒了几口又猛地停箸，只觉得口中的饭菜冰冷塞牙，难以下咽。刚想发作，店主跨脚进屋，见几上的残羹剩饭，故作惊讶地说道："怎能让你吃这个！都怨小的虑事不周，来人，给黄先生做上等饭菜！"

黄少文被店主这几句温馨的话语说得浑身舒坦，一摆手止住了，笑道："你们这些鬼把戏，我还能不知道？拐弯抹角，归根到底是一个'钱'字！"

一句话说得店主笑嘻嘻的："爷是个至理明白人，这饭钱加药钱共计二两八钱。"黄少文懒得理他，起身到衣柜前寻钱褡裢，那里还装着在乔家庄卖诗得的彩头——二百两纹银呢。但他忘了，在乔家庄替呼小燕打抱不平时，二百两银子早被柳学忠的属下抢走。黄少文摸索了半晌，竟无一文。呼小燕、尚玉龙走得匆忙，没留下银两。黄少文顿时急得一身臭汗。那店主见黄少文迟迟拿不出钱来，以为是搁错了地方，笑道："爷再仔细想想，像你这样的阔少还能缺银子？"

"不就是二两八钱银子吗？瞎叫唤个啥！"黄少文自幼哪为银子犯过愁，见店主催要，焦躁地说道，"俺还能赖你不成！"

"痛快！"店主把手一伸，"拿来！"

"再等两天，自然送银子还你！"黄少文气得牙根痒痒的，嗔怒戟指道，"我乃三河县官宦门第，秀才出身，船破还有三千钉，就是上街卖诗，也少不了你一个铜板。"

店主闻听黄少文是一个有功名的人，不禁一惊，若真的有啥闪失，麻烦就大啦，他下死眼盯着黄少文，"哼"了一声，说道："我信你一回！"拂袖而去。

但是，黄少文却病倒了。因早上着了点凉又吃了些剩菜凉食，遇上店主逼债生了点闷气，到了晚上，先是腹胀、腹疼，而后成腹泻，一夜之间竟去七八次茅房。好汉架不住三泡稀屎，第二天，黄少文竟眼窝塌陷，浑身软绵绵的，像个烫人似的。

一缕残阳从窗外倾泻进来，照在黄少文苍白无血的脸上，如同蒙上了一层薄薄的蜡纸。忽然，门外传来一阵阵叫骂声，黄少文勉强支撑着身子隔着窗子瞭望，气得差点晕了过去。只见店主婆左手叉腰，右手拎着一只花白公鸡，对着黄少文的房门，扯着嗓子骂道："老娘好吃好喝供着，你这挨千刀的，连个蛋也下不了！"一番话，店里人淹口而笑，有人戏谑道："稀奇！公鸡怎能下蛋！"

店主婆啐了一口，骂道："阉公鸡还会育鸡娃哩！"

黄少文知是店主婆指鸡骂自己，心里窝火又自知理亏，暗自掂掇：人在屋檐下，还得忍耐点。只是店主婆一腔比一腔高，一句比一句难听，句句攒心刺耳。心中火苗不由一蹿一蹿的，勉强移身下床出去理论，只觉得眼前一黑，不省人事。

再醒来时，已是第三天早上，黄少文抬抬胳膊伸伸腿，试着下床走了几步，觉得好多了，他哪里知道，店主发现他晕倒床下，惧怕背上害死人的罪名，才破费请来郎中治好了他的病。孰料，他拉开房门，便见门上贴着一首打油诗，上面歪歪扭扭写着：

　　进得店来是贵客
　　坐问张良要萧何
　　住店好比三结义
　　讨债亚如请诸葛
　　并非本店不赊账
　　王八野种养不起
　　天下攘攘本为利
　　店里认钱不认爷

黄少文一字不漏地看了，顿时红了脸，气得浑身乱颤，上前一把揭了，狠狠地用脚踩在地下。

"哟嗨！一个穷酸秀才，白吃白住，由老娘供着养着还耍威风！"店主婆依着店门左手叉腰，满脸的鄙夷和讥讽，那神态活像一只叼住羊羔的母狼，一双母猪眼瞪得溜圆，右手指着黄少文骂道，"养条狗还能看家护院哩！"话音甫落，脸上早挨了一记耳光。黄少文嗔怒戟指，骂道："狗眼看人低的贱人，我乃三河县官宦之家，书香门第，酸秀才也是靠文章换来的，一时落难，竟敢糟践于我！"店主婆顿时一蹦八丈高："你敢打老娘，来人，把这个乌龟王八蛋送衙门！"几个店伙计见店主婆发话，早已如狼似虎地扑上来，架起黄少文就走。

第十八章
李疤瘌街头施淫威
张邋遢仗义救英才

　　一群人推搡着黄少文刚出店门，突然店主上前喝住众人："放开他！"

　　店主婆双手叉腰："凭啥？"店主在她耳旁悄声说道："这穷酸秀才与女响马有牵扯，惹恼了他，咱这店还开不开？"店主婆大吃一惊，一努嘴，让人放了黄少文。黄少文耸了耸肩走出店门。他摸了摸干瘪的衣兜，身上已是分文不存。店家不会再赊账供他吃住，要打起精神去城里走一趟——那里有座山陕会馆，做生意的常在那里歇脚，说不定遇个熟人，借俩钱填饱肚子再作理会。黄少文遂转过身来，大声说道："店家，尔等好生听着，我这进城找点钱来。"店主婆撇了撇嘴，轻蔑地哼了一声，扭身进屋。

　　待黄少文到东大街已近巳时，抬头望去，巍峨的石牌坊上气势恢宏地写着"山陕会馆"四个泥金大字，院内有大殿、拜殿、悬鉴殿、戏楼、钟楼、鼓楼、春秋楼、廊房、群房等，占地足有四十多亩。牌房外连着街衢，堆放着许多山货、京广杂货、农资百货。两旁还有一挑两担式的风味小吃。独特的胡辣汤锅散发着诱人的葱姜味。黄少文随着人流拥了进去，发现迎门处摆着一个测字摊，用砖块压着的宣纸上写着"龙、篷、偶、俱、封、倪、化、裕"等，密密麻麻，右下角钟王小楷写道："每拆一字打一成语，一文钱。"黄少文一看便知，这是一种会意测字法，不觉技痒，略一思忖，提笔濡墨，在"龙"字身后按序写道："失宠无官。"篷（相逢一笑），偶（一人向隅），俱（半真半假），封（闺中无对），倪（人貌不同），化（匕首刺人），裕（新浴更衣），待往下续时，突然有人叫道："先生，请留碗饭吧！"

黄少文扭头一看，竟是测字先生。只见此人和自己年龄相仿，生得五官清秀，皮肤白皙，举止斯文，一说话显得怯生生的，显然是一落难书生，乃歉然一笑道："恕在下鲁莽，请问阁下台甫、名讳。"

测字先生连忙还礼道："在下姓王，名鹤亭，新县人，父母双亡，来丰穰县姑家投亲不遇，盘缠用尽，无法返乡。"王鹤亭说着有点羞涩起来："只好摆摊混口饭吃！"

"我叫黄少文，单字斌，跟你一样是投亲不着，遭人遗弃，一文不鸣，流落街头……"

话无法再说下去，王鹤亭转身去汤锅店为黄少文买了一碗胡辣汤和两个烧饼，说道："没啥好招待的，请黄兄包涵……"

黄少文实在是饿急了，一碗热饭和两个烧饼下肚，浑身舒坦，心里充满了感激之情，再看王鹤亭时，又从钱匣中摸出仅有的十几个铜板放在自己面前，腼腆地说道："半天没发市了，就这点钱，算是彩头，请黄兄收下！"

"不，这怎么能成！"黄少文忙起身推让，"啥彩头不彩头的，同是天下沦落人！"

"不，贤兄跟我不一样，你好像大户人家少爷，没吃过苦，受不住打熬！"王鹤亭一脸诚敬，"俺家是佃户，爹妈下世早，喂猪放羊啥苦都吃过，你要嫌少，我就……"

黄少文万没有想到自己在落魄无饭吃时，竟遇上这样的仁厚君子。他用感激的目光重新打量这个貌不出众、心存善念的年轻人，心里一阵发抖，他弯腰从桌上捏了三个铜板装在怀中，又紧紧握住王鹤亭的手说："成！咱取个'桃园三结义'的'义'字，你这个朋友我交定了！"

俩人正说着，街头一阵骚动，有人惊呼："快走！棕毛狐来啦！"王鹤亭闻声顿时唬得脸色煞白，慌乱地收拾摊子，并催黄少文快走。黄少文却满脸狐疑，抬头看了看头上的蓝天白云，自语道："青天白日头的，哪来的棕毛狐？"言未毕，一个嘶哑的声音传来："我就是这里的棕毛狐！"黄少文循声看去，见来人麻秆细腰，身着蓝竹布截衫，白布青鞋，脸色黝黑，黑中透煞，连发络腮，耳根后一条三寸来长的疤痕，在阳光照射下格外显眼。奇怪的是，身后却跟着一位挎着竹篮的亭亭少妇。王鹤亭一慌，有些口吃地说道："您……您老人家也……来测字？"

"听说你测什么鸟字赛神仙，老子也来凑凑热闹！"棕毛狐大咧咧地一屁股坐下，跷起二郎腿似笑非笑地举起右手，在王鹤亭眼前晃了晃，说道："你猜我手里攥的是啥？若猜得不对，我把你摊子砸了！"棕毛狐因生下来毛发是棕黄色，生性残忍多疑，才有此绰号。其实，他原名叫李大发，耳根后有刀疤，人们念错音叫李疤瘌，老虎寨四当家，满脸的横气。王鹤亭看着瘟神般的李疤瘌，刹那间腿一软，几乎把持不住，双唇哆嗦了一下，竟没说出话，不安地望了一眼黄少文，黄少文却不咸不淡地说道："这位先生，倘若在下猜出你手中攥的，你赌什么？"

"哟嗨！谁裤裆烂啦，露出个你来！"李疤瘌从未遇到戗茬的人，寒冽的目光瞥了一眼黄少文，向身后一指，咬着牙说道，"就赌这个小娘们——老子刚从人市上买来的，还没开苞！"

"请你写一字！"

"老子连自己的名字都不会写，还写甚鸟字！"李疤瘌被逗乐了，龇着黄板牙仰天大笑，"奶奶的，孙悟空吃麦秸——憋肚猴哩！"

"那，你就指一物吧！"

"啰唆个球！"李疤瘌显得极不耐烦，瞪着一双疤瘌眼吼道，"就这个婊子，快猜，我手中攥的啥？老子还有事！"

黄少文仔细打量李疤瘌身后的少妇。小妇人看上去二十岁上下，身着重孝，嫩生生的鹅蛋脸上柳眉紧锁，一双水汪汪的杏眼含着不尽的酸楚，酷似病中西施。只见她莲步上前，对着黄少文敛衽一礼，轻启玉唇道："奴夫新死，为葬亡夫自卖自身，可怜公婆卧病在床，无人照料，请先生救我！"言讫，掩面饮泣。

黄少文叹息一声，征询地望着王鹤亭，王鹤亭见对方关键时刻如此仗义，非常感激，亢声说道："全凭贤兄主持！"

"好！"黄少文踱至李疤瘌面前，说道，"这位先生，方才你说的话可算数？"

"屁话！"李疤瘌腾地从座上弹起，恶狠狠地说道，"老子啥时候悔过口！"

"一只麻雀！"黄少文脱口而出。

"是死，是活？"李疤瘌心里咯噔一下。

"生与死全在你一念之间！"

"啊！"李疤瘌顿时惊得大张着口，挂在脸上的阴笑瞬间变成了惊骇，他慢慢地伸开了手，众人引颈看时，李疤瘌手中果真攥着一只死麻雀。人群中先是一阵静寂，而后，轰天价般爆出一声："好！"

半晌，李疤瘌方回过神来，闪着狐疑的目光："你怎么知道我手中攥着一只麻雀？"

黄少文望了望黑压压的人群，清了清嗓子侃侃说道："这位孝妇年少漂亮是位佳人，'少'字添'佳'便成了'雀'字，她身穿孝衣，孝衣由麻织成，故而断定是只麻雀。"

王鹤亭此刻对黄少文佩服到极点，深知此人才学胜出自己十倍，刚想上前劝黄少文见好就收，黄少文却转脸对少妇说道："我赢了，请回家去吧！"

少妇蹲身福了两福，泣道："你叫什么名字？奴回家给恩人立长生牌位！"

"慢！"李疤瘌一把拽过少妇凶狠地说道，"要走，没恁便宜，爷还要十八摸哩！"边说边在少妇胸脯上抓了一把。

"放开她！让她走！"黄少文勃然大怒，喝道，"你出尔反尔，禽兽不如！"

"你敢管爷的闲事，找死！"李疤瘌翻着白眼瞪了一眼黄少文，拉着少妇淫笑道，"走！给老子回家暖被窝！"

"慢！"人群中闪出一个蓬头垢面的道士。李疤瘌大怒："你他妈是哪个坑里鳖！"一巴掌抡了过去。那邋遢道士反手一拧，攥住了李疤瘌的手腕，李疤瘌使劲往回抽了抽，只觉得疼彻骨髓，遂杀猪般叫道："你有种报上名，老子让豹爷剁了你！"那道人闻声心中一凛，轻轻一送，李疤瘌被掼出一丈开外，趴在地上动弹不得。那道人笑嘻嘻吟道："三支金镖压绿林，一根鸡腿定乾坤，浪荡江湖数十秋，埋渍邈遢张真人！"此语一出，看热闹的人群一阵骚动，谁人不知张邈遢是中原出名行侠仗义的清虚道长，多少江湖好汉提起张真人大名莫不退避三舍。黄少文见张邈遢有如此手段，忙上前致谢。

张邈遢眉棱骨轻轻抖了一下，冷眼见少妇拎着竹篮，笑道："小娘子，这小小竹篮用来作甚？"

"盛东西！"少妇脸红到耳根，扭捏地低下头看着地面。

"为何说盛东西，不说盛南北？"张邈遢倏地敛了笑容，转脸紧盯黄少文，口气冰冷似铁，"说得对，这一少妇归你处置，说得不对——哼！休想放人不说，还要砸了测字摊子！"李疤瘌万没有想到张邈遢帮自己说话，也不顾身上的疼痛爬将起来，歪着脖，趿着鞋子拍手打掌叫道："好！再罚他一百两银子！"

王鹤亭顿时吓得木了半边身子，怯怯地看着黄少文。黄少文目光炯然一闪，说道："五行中的金、木、水、火、土可以用东、西、南、北、中五个方位与其对应。东方属木，南方属火，中央属土，西方为金，北方属水。"他抬眼看了看黑压压的人群足有几百人，竟然一声咳痰不闻，深知只要一语不合，后患无穷，当下提足了精神，徐徐说道："平常物件多为金木所制，名为东西，乃金木之统称也；而南方属火，北方属水，以竹篮盛火则焚，盛水则漏。是故，竹篮只可盛东西，不可盛南北。此话当否，还请道爷赐教！"言犹未毕，围观众人雷鸣般齐声喝彩。

张邈遢见黄少文把"东西"二字讲得精当得体，已知他胸中藏锦织绣，仔细打量黄少文，目如点漆，气宇轩昂，如明珠出海，大为惊讶，想不到山陕会馆会藏着这样一个人物，忍不住吟道："出乎其类，拔乎其萃，宜如登天焉！"

这句出自《论语》。黄少文略一沉吟，也用《论语》对出："仰之弥高，钻之弥坚，可以语上也。"

张邈遢听着，已敛了那副拖泥带水玩世不恭的样子，心里不禁发抖。此人潦倒街头还志存高远，凭这身傲骨，不失君子风度！刹那间他已打定收黄少文为徒的主意，转身对亦步亦趋的李疤瘌说道："输赢已分，放孝妇走人!"李疤瘌哪儿敢再耍刁，当场放了孝妇。

刹那间，黄少文成了众人仰慕的英雄，众人纷纷测字问事，掷钱捐银。黄少文数了数足有二十多两，留下十两给王鹤亭作返乡盘缠，还剩下十多两，除还客栈房钱外，衣食住行暂时无忧。中午，这位江湖上响当当的张邋遢，竟屈尊降贵地宴请黄少文，要收他为徒。直说得天花乱坠顽石点头，可黄少文竟没应允。张邋遢气得一跺脚，径直走了。黄少文踱出酒楼，迎面走来一位年轻公子，一双黑溜溜的大眼睛盯着自己。黄少文被凉风一吹，酒也醒了，仔细打量对方，二十岁左右，柳眉细目，面如满月，十分俊逸。觉得面熟，拍着脑门想了想，因饮了酒，大脑茫然一片，有些迷惘地说道："你是——?"

第十九章

痴心男女山盟海誓
贪心员外得财种祸

那年轻公子微低着头，咬着嘴唇，不住地瞟着黄少文。黄少文觉得对方怪怪的，便打着哈哈。突然，那年轻公子摘下毡帽，一道秀发瀑布般垂了下来。这一下黄少文看得再清楚不过，丹凤眼，柳叶眉，樱桃嫩口微微上翘，鹅蛋脸上嵌着一对深深的酒窝——活脱脱的仙女下凡。正是他梦魂萦绕的尚慧娟。黄少文乍然间血脉倒流，激动得一颗心要跳出胸膛，又仿佛一道亮光划破脑海中满天的乌云，顿时满目清亮，用颤抖的声音说道："怎么是你呀，娟妹！"尚慧娟眼中早汪满了泪水，捏着衣角，忸怩地说道："黄公子，实在对不住，让你受冤屈了！"她瞟眼不远处有人朝这儿张望，遂端起公子哥的架势说道："走，去客栈！"

黄少文和尚慧娟回到客栈时，店里伙计正要打烊。黄少文唤来店主付了账，进到房门，无声地一笑，挨近了尚慧娟。尚慧娟忸怩地低下了头，掠下鬓发，良久道："看啥哩，没见过我……"

"你来看我，我很知足。"黄少文一把拉过尚慧娟那润滑的纤手。尚慧娟抽了抽手，被黄少文紧攥着，梦呓般说道："你们男人坏死了！"黄少文见她这样，身子早已酥倒，一把揽过尚慧娟对了一个嘴，尚慧娟羞涩地把头埋在黄少文胸前，笑声和哭声搅和在一起。两人忘记了客栈，也忘记了自己……

蓦地，黄少文推开尚慧娟，问道："来时你爹知道吗？"

尚慧娟双目迷离地仰起脸，望着自己倾心的男人，嘤嘤地说道："咱爹昏了头，逼着李管家去三河县退婚，让哥拦下了。今日，姓古的又来提媒，万般无奈，哥让我寻你！"

黄少文的头嗡的一声涨得老大，下面的话一句也听不清了。

尚慧娟见黄少文拧眉攒目半晌不语，又道："俺想好了，豁出去跟你回三河县老家！"

"成！有你这句话，死也值了！"黄少文见尚慧娟如此痴情，如沐春风之中，喜滋滋上下打量着尚慧娟——柳眉带秀，桃腮含晕，少女的幽香直扑鼻息。黄少文一向恃才傲物，此刻心中一荡一荡的，无声地笑道："我求你一件事？""说吧！"尚慧娟见黄少文目光如醉如痴，蚊蝇嗡呢般地说道，"只要俺能做到的……"

黄少文拦腰抱起尚慧娟放在床上……尚慧娟身子倏地一颤，飞红了脸，喃喃地说道："别……让人撞见……多不好，你若要……你就……"

黄少文扑上去，先是在她眼上、颊上、脖子、唇上深深地亲吻。尚慧娟想着自己早晚都是他的人，又被黄少文撮弄得软绵无力，反而紧紧地抱住，任他恣意风流，遂成云雨之欢。

黎明之际，忽听店外脚步杂沓，人声喧哗，好像很多人拥进了客栈。尚慧娟起身隔着窗子向外一瞧，顿时唬得面如土色，忙推黄少文起身，自己匆匆穿衣系带，尚未就绪，虚掩着的店门砰的一声被踢开了。

愣怔间，李管家带着家丁跨进了房门，见此情景，先是一愣，而后，又惊又急又恼怒，犹如一只憋足了气的癞蛤蟆，仰着脸、拧着脖，一双绿豆眼一鼓一鼓地在眼眶内来回滚动，射着恶毒的寒芒，他扯着又尖又亮的嗓门，骂道："千顷地里咋会长出你这个歪脖黄瓜，哄骗了俺家小姐的身子！你个挨千刀的野杂种——老子这就送你去官府衙门！"

正骂得起劲，店主凑过来劝道："大管家消消气，息息心火，生米已做成熟饭，大清早你大喊大叫，张扬出去，丢人现眼多不好……"话未说完，李管家照脸一啐，骂道："露球能，你爹你妈做你时点灯了没有！"

一句话骂得围观众人掩口而笑。黄少文见尚慧娟脸无血色低首饮泣，心中不忍，掂掇一会儿，说道："李管家莫把事做绝了，尚、黄两家早有婚约，俺俩成亲是早晚的事，不如你做个顺水人情，让我带娟妹回三河县老家成亲！"

"呀呸！"李管家轻蔑地一撇嘴，盯了一眼黄少文，说道，"尚家压根就没有认你这门穷亲——一个饿不死、打不烂的穷酸秀才，说大话也不怕闪了你的舌头！这就送官！"说着话，他一个眼神，几个家丁便扑了上来，架住黄少文就走。

"慢！"尚慧娟立起身，一双杏子眼没了羞怯，横了一眼李管家，口气冷得似铁，"他是我的男人，放开他！"

李管家咬着牙狞笑一声顶了回来："小姐，老爷有话，尚家姑爷姓古不姓黄，等官府判个流氓罪……"

"啪"的一掌扇在李管家的脸上，尚慧娟虽说女孩家出手轻，也打了个李管家晕头转向，娇叱道："你充其量是俺尚家的一条狗，我再说一遍，放人！"

"甭逼我！"李管家右手捂着脸，硬着头皮说道，"我只听老爷的！带走！"

几个家丁推搡着黄少文就出了店门。

陡然间，一家丁惊叫道："小姐！别……"众人循声望去吃惊非小，尚慧娟站在二楼窗台上，犹如一尊冰清玉洁凌波仙女，迎风而立凛然生威："放开黄公子，我跟你们回家，不然，我从这里跳下去……"

一群人顿时傻眼，李管家唬得脸色煞白，暗暗叫苦，半晌，方把持定了，说道："成！"一挥手，众人放开了黄少文。

"要不看在小姐面上，早打断了你的狗腿，剥了你的皮！"李管家两手叉腰，像一头恶狼猛地推开黄少文，吼道："滚！"转身吩咐道："扶小姐上车！"

眼见尚慧娟被李管家一群人带走，黄少文身上那股特有的野性爆发出来，他将辫子甩在脑后，发疯般扑向李管家，劈手抓住李管家前襟，嗔怒骂道："你个狗眼看人低的狗杀才，娟妹已是我的人，放了她，让我们回三河县成亲，不然，我杀了你！"

李管家见黄少文五官错位势如疯虎，脸上露出了怯意，但很快挣脱了黄少文，拍手打掌一蹦老高破口大骂："你个王八羔子！等着俺家老爷收拾你，走——"

黄少文此时心乱神迷，呼天抢地追赶上去，尚慧娟从马车上探出头来，凄然地喊道："黄公子，枕角下压着二十两银子……"

　　黄少文此刻啥也不顾了，哭着、喊着娟妹，疯了般奔跑着、追赶着。突然一个趔趄扑然倒地，爬起再追……李管家在尚家十几年，哪见过这等不要命的主，吓得面如土色，浑身起栗，仿佛背后有股冷风，阴森逼人。

　　尚慧娟与黄少文客栈相会的事把尚发祥气个半死，觉得无脸见人，便把满腹的怨毒全发泄在下人身上。李管家被他骂个狗血喷头，又无端打了两个下人。他最爱吃的百鸟朝凤也被他扔得满屋皆是。李氏婉言相劝，也让他呛得差点晕过去。丫鬟梅香及家人都晓得尚发祥脾气古怪，赔着小心，像老鼠见猫般躲着。尚发祥顾自生闷气，李管家挑帘进屋小声地说道："门外一陕西老客求见！"

　　"不见！"尚发祥心绪坏到了极点，手一摆极不耐烦地说道，"就说我不在庄上！"

　　"那老客说他有一件家传宝物，让您老鉴赏！"李管家却站着不动，眯缝着眼，说道，"俺也纳闷，素不相识的，不见也好……"

　　"这有啥大惊小怪的，我做了一辈子珠宝玉器生意，相识满天下，认识我的人多了……"尚发祥心绪稍稍好转，好像一只狸猫闻见了鱼腥味，换过了颜色，吩咐道，"让他进来吧！"

　　少时，李管家领着一位四十岁左右、肩上挎着蓝包裹的中年男子走了进来。男子上前对着尚发祥拱手一揖，操着浓厚的陕西口音，说道："小的王得贵见过尚员外！"

　　尚发祥忙吩咐让座看茶，定睛瞧时，此人蓬头垢面，身着半旧宁绸蓝布长衫，也不系腰带，脚蹬千层底布鞋，脸色蜡黄，三角眼大嘴叉，嘴上的"八"字胡须沾着零星饭渣，随着说话一颤一抖的，让人一看便知是一个落魄的生意人。尚发祥顿时放下心来，遂端着架子板着脸，说道："我看你不是正经生意人，打着让我赏宝的幌子，诳我俩钱是真，老夫说得可有半点差错？"

　　"小的是地道的陕西老客！"王得贵一脸憨厚，"实不相瞒，俺做的是正经玉器珠宝生意，从汉口返家途中，遭匪打劫，仆人被杀，银钱被抢，俺装死瞒过盗匪，所幸一件宝物藏在乱草丛中未被劫走。宝物虽好却不能充饥，俺沿路讨饭至此，闻知尚员外是出了名的大善人，特来拜见，权且把宝物押在仙庄，当得些许银两作为盘缠，不知员外赏脸不？"说着，窸窸窣窣解开了包裹，拿出一尊五光十色的"六童戏蟾"，折射出五彩荧光。

"唐三彩！"尚发祥目光陡然一亮，放下跷着的二郎腿，把"六童戏蟾"托在手中，仔细地品赏，又用手轻轻地叩几下，断定此物不假，乃是上等货，心中一阵惊喜。盘算良久，突然喝道："何方来的鬼魅小人，拿一赝品蒙诳老夫，快说实话，免得老夫送你去官府！"

"一个不识货的瞪眼瞎子！"王得贵一脸不屑，操着一口地道的陕西话轻飘飘道，"既然你有眼不识金镶玉，不劳驾你，俺带祖传宝贝去官府衙门，资助俩盘缠！"说着，他又把"六童戏蟾"装入包裹，转身便走。

"慢！"尚发祥怎能让煮熟的鸭子飞了，忙上前几步，拉着王得贵的手笑道，"这年头骗子多了，老夫不得不防，你开个价吧！"

王得贵先是一怔，遂一哂道："好吧，一千两银子！"

"——二百两？"

"五百两！再少俺就不当了！"

尚发祥皱眉咬牙，好像下了很大的决心说道："二百两。"

"你真是芝麻秆榨油——阴损到家了，"王得贵一脸无奈地说了声，"成！"

望着王得贵远去的身影，一缕笑意爬上了尚发祥的脸颊。天黑时分，李管家匆匆来报："老爷，那陕西老客好像死在村东边大沟里了！"

"哦！"尚发祥双目霍然一跳，诡谲地一笑。

第二十章
蓄险心呼三山用计
着圈套尚发祥昧心

　　关帝庙坐落在城西门外的牵牛岗，四周云树环绕，万树生姿。原有四进院落。捻军攻打丰穰县城时，一把大火烧毁了几百间房屋，殃及了此庙。仅存石牌坊、大殿、卷棚、东西廊房，院中到处是残缺不全的瓦砾和杂草。天风飒然的关圣帝君塑像上布满了纵横交织的蛛网和厚厚的灰尘，五彩壁画斑驳脱落不堪，楹联上的泥金大字缺撇少捺，显然是香客稀少，游人罕至。

　　然而，今日却不同，庙里来了几位不寻常的人。单檐歇山、四角挑檐的藏经楼内，窗户用黑纱遮得密不透光，几根大蜡烛照得室内明光通亮。此刻，呼三山与老虎寨头领呼一彪、王老虎、李疤瘌等人在这里议事。奇怪的是，说是议事却没有人说话，个个如庙中泥胎般默默地盯着呼三山不语，呼三山有个习惯，每逢决议大事，要过足大烟瘾。此刻，他微眯着眼，半靠半躺在椅中，嘴角挂着一丝狞笑，端着烟枪，旁若无人般吞云吐雾，好像一尊泥胎，置身于一个虚无缥缈的仙境，众人围坐在他周围抽烟喝茶，静静地等他发话。

　　良久，呼一彪挺了挺身子，瓮声瓮气地说道："派往尚家寨的绺子回事，尚家寨窝里乱成一锅粥，没有一点防备。"

　　呼三山双目微合，看似朦胧混沌，却听得极为专注。"端溪血砚眼下由尚玉龙保管，听说这小子武功不弱，是个刺头！"王老虎欠了欠身子，睨了一眼仿佛入定的呼三山，不无忧虑地说。

　　李疤瘌腾地站起来，啪的一声把枪摔在桌上："奶奶个熊，姓尚的老不死得了咱的‘六童戏蟾’宝贝，咱借故杀进寨里，连人带宝一扫光！”

“说得好！”呼一彪立即附和，“撒出去的绺子回事说，姓尚的婊子不是失踪，是去客栈会那个王八羔子。到时候连那姓黄的龟孙一并收拾，谁让他沾惹大当家的女人！”

呼三山听着杂七杂八的议论，两道浓粗的连心眉拧成一团。此时，他心中极不平静，京城孝亲王府常管家传书：孝亲王颐贤已给吏部打招呼，外放中原省臬司衙门，吏部票拟很快下来，速将端溪血砚送王府，以博王爷欢心。本来他一声令下，尚家寨端溪血砚便唾手可得，却被尚慧娟的美貌所倾倒。可尚慧娟却偏偏喜欢姓黄的穷酸秀才。每想起来牙咬得嘎嘣脆响。他恨天、恨地又恨人，恨不得立刻娶来尚慧娟做姨太。此时，听着呼一彪他们的议论，一股杀气直冲脑门，他倏地放下手中烟枪，双目已是炯炯有神，一双犀利的目光在众人身上扫来扫去。移时，轻咳一声，众人顿时鸦雀无声。呼三山阴森森一笑，向众人娓娓道来，说出了全盘计划。正说得起劲，忽听窗外发出一声轻微的响动，他扑地一口吹灭了灯，屋内光线顿时暗淡下来，李疤瘌身子一探，厉声喝问：“谁？”

异样的声音突如其来，屋里的人都听见了。呼一彪见呼三山神色有变，噌的一声拔出枪来，跳出门外，王老虎飞身上房，张目四顾，哪有人影。

“搜！”呼三山满脸杀气地喝道，“一只麻雀也不能放过！”

呼一彪一声呼哨，庙内外扮作香客的十几名喽啰很快聚拢过来，十几个人分四拨呈扇形摸了过去……

门外确实有人偷听。此人不是别人，正是呼小燕的贴身丫鬟黑蛋。自悦明客栈呼小燕得知哥哥与梅香有染后，非常生气，暗中指派黑蛋打探哥哥行踪。适逢呼三山与老虎寨头领在关帝庙议事被黑蛋发现，便潜入关帝庙偷听。起初，房里的谈话听不明白，至后来才听清楚他们要抢劫尚家寨，加害黄少文，呼吸竟急促起来，慌乱间一头撞在窗棂上，听里面呵斥，撒丫便跑，刚闪过前殿，便听到王老虎扯着破锣般嗓门喊道：“快堵住大门！”

黑蛋心里一炸，趔转身往回跑，抬眼见呼一彪黑着脸提着枪朝这边摸来，猴急之下绕过卷棚朝左拐，见靠西围墙有一株两仁人合抱不住的银杏树，老桠虬枝新叶吐绿，她情急生智，哧溜几下爬了上去，见树腹有穴，遂缩蜷着身子钻了进去，只露出两只眼睛忽灵灵地注视着树下的动静。不料，慌乱中惊动了栖在树上的一只猫头鹰，扑棱棱向大殿飞去。

呼一彪见一只猫头鹰飞落面前乱草丛内，骂了一声："晦气！"拾起一块半截砖朝猫头鹰砸去，猫头鹰再度惊飞。呼一彪拍了拍手上的灰尘，笑着对聚拢而来的王老虎、李疤瘌等人道："一只夜猫，回楼上接着议。"又招手对几个发愣的喽啰道："看紧了这院子！"众人应了一声纷纷散去。

看着树下的人渐次散去，黑蛋悄无声息地从树洞里爬出，顺着大树溜到围墙上，看了看外边一眼望不到边的庄稼地，嗖的一声跳下围墙，不小心从田埂上倒栽下来，又一个鹞子翻身跳起，撒丫钻进黄澄澄的麦田，没命地跑了起来……

自李管家客店弄走尚慧娟后，黄少文便处在一种病态之中，一次次口问心心问口，不住地喊着尚慧娟的名字，遇到风吹草动或是虫鸣鸟啾，便一跃而起大喊大叫，出门相迎。有时还跑到大街上，在川流不息的人群中搜寻尚慧娟的倩影，直望到星汉灿烂，银河倒转，大街上只剩下他孤寂一人时，才疲惫地回到客房。

就在黄少文眼巴巴盼着念着尚慧娟之时，黑蛋乌眉灶眼、满脸臭汗地钻了进来，一进门便屁股不沾座地嚷道："快逃，贼人害你！"说着话，端起早已放凉的茶碗，牛饮般灌进肚里，不在意地在嘴角抿了一下，原本满是污秽的娃娃脸顷刻成了大花脸。

黄少文起身为黑蛋倒杯茶，温和地笑道："慢慢说！"黑蛋方将关帝庙偷听土匪们商议抢劫尚家寨的事儿一股脑儿说了。末了，她嘻嘻一笑道："是姐姐让俺来的！"

黄少文听得脊背发凉。门外骄阳如火，但身上却透着一股寒气，冷得发抖，原来乱糟糟的情绪一下子变得清醒。他断定这伙强人与今年元宵节抢劫家中端溪血砚的是一伙的。因为端溪血砚不合璧便是一件废物。沉吟片刻，对黑蛋深施一礼道："你今儿传信就是救命之恩，替我谢过你家姐姐，再麻烦你去趟丰穰县衙报官府，我去尚家寨救人。"言毕，两人分头而去……

却说尚发祥见女儿回到家中，心里一块石头顿时落地，又因得了陕西老客的意外之财，一扫多日压在胸中的块垒，午间来了客人便多吃了几杯。正自酣睡，李管家叫醒了他："门外两个陕西老客求见！"尚发祥有个午休的习惯，又酒猛头沉，睡得正香，一肚皮不快，刚想发作说声不见，转念一想，莫非还有意外之才！遂轻咳一声，吩咐道："客厅等候！"

客厅的两个陕西老客显然有些等急了，不住地搓着手来回走动，见尚发祥睡眼惺忪懒洋洋地趿鞋进来，忙上前施礼，尚发祥闪眼看时，这俩老客与上次的客商不同，衣服鲜亮，干净利落，都是三十开外的年纪。一个瘦高个，眨着一双精明的绿豆眼；一个矮胖子，圆圆一张脸，笑起来腮上肌肉乱颤，忙让座献茶，还未开口细问来意，瘦高个便殷勤地递上了名刺，指着矮胖子，操着一口浓重的陕西话，介绍道："这是俺的王掌柜，小的姓刘，名长顺，跟班的伙计。"

王掌柜略一颔首，眯着眼笑道："承蒙尚员外抬举，家兄前几日路过贵地，将家传镇宅之宝'六童戏蟾'存当贵府，家兄仙逝，员外破费安葬，我代家父谢过员外。"说罢，深施一礼。

尚发祥脑子里"嗡"的一阵响，心想："糟了！明明是死无对证的事，怎么又找上门来！"正自发呆，那王掌柜又娓娓言道："请尚员外把'六童戏蟾'交给在下，俺这就告辞了！"说着，把一张二百两银票递了过来，两只黑豆眼箭一般直射过来。

尚发祥愣了好一阵子方醒过神来。他心有异却神色不慌，慢条斯理地拨着碗中的浮茶，呷了一口，打着哈哈把推过来的银票挡了过去，故作惊讶地说道："王掌柜，恕老夫愚昧，这是怎么回事？"

"这是家兄生前在贵府的当银凭据，上面有您的印记！"王掌柜有些发急，脸上却佯笑道，"敝人还要急着赶路呢！"

"什么当银不当银的，没影的事！"尚发祥一口回绝，心中却在盘算，倘若承认有这事，"六童戏蟾"没了不说，不定死人的事还会引火烧身。再说，这些陕西老客人生地不熟的，强龙难压地头蛇，尚家大院有谁敢透出半个信儿？他扶了扶架在鼻梁上的老花镜，阴沉着脸，一字一板说道："王掌柜，老夫说句得罪的话，在丰穰县，我也算得有名望的绅士，家有良田豪宅，出门有仆人相随，思食有珍馐百味，穿衣有绫罗绸缎，什么'六童戏蟾'，祖传之宝！谁见了？谁稀罕这破玩意儿！至于你家兄，我根本就没见过！莫非你记错了？"

"没错！就是这儿——尚家寨！"坐在一旁喝茶抽烟的瘦高个突然插话，笃定地说道，"当时大掌柜进寨，俺在寨外马车上候着！"

"放肆！这里有你说话的份儿？"李管家在一旁断然喝道。

"来呀！"外边廊下的家丁轰地应了一声鱼贯而入，尚发祥默谋着，此时若不打一下这俩人的气焰，堵住他们的嘴，张扬出去丢八辈子人。他扫视了一眼鹄立两旁的家丁，奸笑一声说道："既然来过尚家寨，认识这些人不？"

瘦高个上前仔细辨认，漠然摇了摇头。

尚发祥拍案而起，断喝一声："青天白日头，想讹诈老夫不成，送客！"说罢，拂袖而去。

"天地良心啊！"瘦高个上前一把拽住尚发祥衣襟，带着哭腔，"请您老抬抬胳膊，那是俺祖上传下来的！"

"滚！哪来的下贱坯子！"李管家突然一反常态，一把抓住瘦高个的前襟，照脸就是一啐，"尿泡尿照照你自己——尿样！不识字你也不摸摸招牌，想讹人你龟孙摸错了庙门！"边说边用力向后一搡，瘦高个站立不稳，一个趔趄额头恰巧碰在桌腿上，顿时，鲜血汩汩乱冒。王掌柜气得一蹦老高，戟指着尚发祥跺脚大骂："没娘贼，昧良心，昧了俺的祖传宝贝还打人！"说着像一头疯牛朝尚发祥撞去。尚发祥朝家丁们使个眼色，李管家大喊一声："日你亲妈！上！狠捧这两个野杂种！"说着，朝王掌柜猛扑过去。众家丁发一声喊，围着王掌柜和瘦高个没头没脸便是一阵狠打猛踢，打得这俩人死了娘般号叫："没娘贼的，救命啊！"

第二十一章
花豹子智劫尚家寨
尚玉龙护宝遭暗算

　　喊打声早惊动了满院里的人，尚玉龙一声不响在一旁观战，陡然起疑，十几个家丁围着两个陕西老客臭揍，看上去拳打脚踢，打得俩人满地乱滚，实际上没有打在俩人身上，相反，俩人巧妙地滚、爬、挪、跃，不住躲闪，无不恰到好处。不是家丁扑空便是自相误打，显然俩陕西佬身负武功不是省油灯，他们在猫戏老鼠，好像磨蹭时间等人。尚玉龙猛想起今儿个是农历四月初八——立夏日——浴佛节，不禁心下一凛，莫非其中有诈！刚想上前制止，忽见门外黄少文衣着不整，满头热汗奔跑而来，心知有异，却听黄少文大声喊道："住手！你们着了人家的套！"

　　众人被这突如其来的一嗓震住，都停住了手，见是黄少文颇感意外，齐刷刷地向尚发祥望去。尚发祥压根想不到黄少文又回来，也是一愣。棱着眼瞧时，见他满身灰尘，形同乞丐，心底里泛起一阵恶心，猛想起他与女儿在店里私会，一股无名火一燎一燎地往上撞。正不想理会，李管家跨进院门，白了一眼黄少文，向尚发祥禀道："姓黄的报复咱们，一队官兵朝咱家赶来，莫不成他要借官府的手领走小姐？"

　　尚发祥从鼻孔"哼"了一声，满脸的不屑，阴森森地说道："正好，当着官府把亲事退了！"李管家顺势爬杆，横了一眼黄少文，无不挪揄地挖苦道："哎哟，几日不见落到这般田地——你的脸皮咋跟城墙一样厚，甭他妈癞蛤蟆想吃天鹅肉，心存妄想，小姐已是名花有主！"

　　"生就的王八母猪眼，我不跟你计较！"黄少文径直走到尚发祥跟前，不失礼节地拱手一揖满脸的挚诚，"岳父大人，尚家寨大难临头，小婿特来向你报信！"

"谁是你的岳父？你又是谁的小婿？"尚发祥高傲地仰着脸冷笑道，"我尚家寨族无犯法之男，女无再婚之妇，不犯王法，蒙谁哩！滚——"

李管家双手叉腰高声喝道："把这三个胡咬麦秸的龟孙轰出去！"家丁们饿虎一样扑上来，推着黄少文和两个陕西客商朝外便走。黄少文急得涨红了脸，挣扎着叫道："你们这样对我，会后悔的！"

"慢！"一旁默不作声的尚玉龙拦住道，"松开他，让他把话说完！"

"玉龙兄！"黄少文见到尚玉龙，鼻子一酸几乎坠泪，佯装揉眼掩饰过去，说道，"老虎寨土匪来抢……""抢"字还未说完，轰然一声，好像寨门倒塌的巨大声响传来，人们惊讶间，一队衣甲鲜亮持刀挎枪的官军拥了进来。一位身材魁梧的军官在门前翻身下马，用马鞭指着众人，操着一口不南不北的官腔说道："谁在这里聚众滋事？"

李管家见是官军，忙上前说了声："官爷，来得正好……"话说半截，劈脸便挨了两马鞭，脸上立刻显出两道鲜红的鞭印。

王掌柜和瘦高个迅速交换了一下眼色，立刻趴在军官面前喊道："官爷救命！"

那军官眉棱骨不易察觉地抖了抖，瞪着牛眼，打雷般吼道："讲！"

王掌柜遂将赎宝挨打的事哭诉了一遍，末了泪眼婆娑地指着尚发祥："是他害死了家兄，骗了俺祖传宝贝！官爷若不信，一搜便知！"

"反了，啊！"那军官瞪了一眼木然的尚发祥，"可有此事？"

尚发祥原想借官军驱赶黄少文和陕西客商，见军官发作，心一慌，说道："他……他……胡说！"

"啪"的一声，尚发祥脸上早挨了一鞭。那军官从牙缝里蹦出一个字："搜！"

顷刻间，两名陕西老客一骨碌爬起，领着一群士兵炸了锅似的扑向后院，不管青红皂白，翻箱砸柜，满院各房屋顿时折腾得鸡飞狗跳，乌烟瘴气，士兵们趁机在腰里塞着各种值钱的物件。瞬间，屋里便传来女眷们嘤嘤的啜泣和尖叫声。又很快被赶到院中，尚发祥看着满院瑟缩发抖的家丁和女眷，不知是被吓的还是心痛家财，陡然间大喝一声："你们简直是一群土匪！"

一语提醒了黄少文，他轻轻碰了碰尚玉龙，指着提刀揎臂的那位军官，悄声道："他们是假扮官军的土匪，冲着宝砚和娟妹来的！"

"没有你引路，老子能这么顺当进寨？"黄少文声音虽小，领头军官却听得清爽。那军官正是老虎寨二寨主呼一彪所扮。见黄少文说破身份，更加狂躁凶猛，刷地抽出刀来，指着尚发祥的心窝，嘿嘿怪笑着："窝藏的宝贝在哪儿？交出来！"

尚发祥从没见过这阵仗，吓得浑身战栗，哪儿还能说出话来。呼一彪阴森森地喝道："不说是不是——"他一把抓过李管家，把钢刀在他脖子上轻轻一勒，一股鲜血汩汩冒了出来，李管家急了，脱口说道："甭杀我，我带你们去——"

呼一彪一努嘴，俩陕西客商麻利地和两名士兵随李管家而去。

此时，太阳已落山，漫涌上来的乌云遮住了晚霞余晖，把整个村落笼罩得灰蒙灰暗。土匪们点起灯笼火把，照得满院通明，呼一彪一脚踏在机子上，手中提着一柄寒光四射的倭刀，棱着眼盯着尚发祥嘿嘿冷笑，那模样不亚于从地狱冒出来的瘟神，十分可怖。须臾，一脸油汗的王掌柜拍手打掌笑道："宝物找到了，还多了一件！"

尚发祥引颈看时，两腿一软，几乎晕了过去……

呼一彪目光一横，除"六童戏蟾"外，端溪血砚透着五彩荧光，在灯火下格外醒目，呼一彪心中大喜，提刀大呼："弟兄们！端了这个鳖窝，每人赏银十两！"土匪们闻声嗷嗷呼叫着，向各屋扑去……

"打呀！"黄少文突然跳上一条板凳，振臂大呼，"我已报知官府，他们不是官军是土匪！"

家丁们此时方醒悟过来，纷纷找家伙扑向土匪。尚玉龙闻声一个空翻，惚过众人头顶，从王掌柜手中将那件端溪血砚托在手上，冷笑道："大胆的毛贼，竟冒充官府打劫，看剑！"呼一彪见端溪血砚落在尚玉龙手中，顿时火冒三丈，红着眼，嗷嗷怪叫着，一把泼风刀舞得如风车一样，直冲尚玉龙面门，几个回合下来，呼一彪竟落下风，假扮客商的王掌柜、瘦高个原是老虎寨王老虎、李疤瘌所扮，见尚玉龙杀法骁勇，转身来救呼一彪。尚玉龙见对方人多势众，没有硬接呼一彪的大刀，只是绕着游走一圈，瞭了一眼蜷缩在墙角发抖的人们，高叫道："爹、娘，你们快逃！"边说边连连使出西施浣纱、西施穿针、西施采茶三招，招招剑走轻灵，凌厉狠辣。只听"嗤"的一声，呼一彪的官帽已被挑飞，头上的辫子也被截断，王老虎气喘吁吁，肩上已裂开一尺多长的口子。

尚玉龙正杀得兴起，忽听砰的一声，臂上一阵疼痛，乍见一皂衣蒙面人躲在暗处向自己开枪，他忍住疼，直取皂衣蒙面人，一把剑舞得梨花带雨，刺、劈、挑、勾，把皂衣蒙面人罩在剑下，转眼间，蒙面人右肩已被刺中，惊恐之下就地一滚躲过，却被尚玉龙挑破头罩，尚玉龙一惊之下脱口而出："是你！"愣怔间，一声枪响，尚玉龙应声倒地，呼一彪趁机抢走端溪血砚。

尚发祥见尚玉龙倒地，疯了一样扑了过来："畜生，老子跟你们拼了！"尚慧娟、黄少文也哭喊着扑过来："哥哥——"

突然，呼一彪朝天连放几枪，指着尚慧娟喊道："豹爷有令，带上这个小娘们给豹爷做压寨夫人！"土匪们闻声纷纷举枪使刀扑向尚慧娟。李管家高喊一声："打贼呀！"他一边喊着，顺手抄起木棒。家丁们也发一声喊，向土匪们杀去。刹那间，喊声、杀声、枪声、哭叫声混作一团。

第二十二章
张邋遢绝技惊顽匪
冯县令苦思破敌策

仓促之间，家丁们竟把土匪打个手忙脚乱。可时间一长，家丁们便落了下风。这些家丁们都是庄稼汉，久不训练，哪儿经过这样的阵仗，土匪们手里有枪、有刀，能各自为战，单打独斗，个个都有绝活，家丁们根本不是这些月黑风高杀人越货者的对手。有几个胆大冒进的庄丁竟被土匪砍瓜切菜般一阵狂杀，立时断胳膊少腿，疼得满地乱滚，惨号不止。剩余的家丁护着尚发祥、李氏和尚慧娟退到墙角。呼一彪提着枪，犀着眼，面无表情向尚慧娟逼近。

这时，李疤瘌从人堆中拖出梅香，一脸淫笑向呼一彪禀道："这小妮子一身狐骚味，我想把她带上山寨！"梅香此时已吓得浑身瘫软，说不出话。呼一彪瞟了一眼黑衣蒙面的呼三山，见他轻轻摇头，冷冷说道："豹爷有令，侍主不忠，贻害无穷！"说着，一刀捅进梅香心窝，又猛地一抽，梅香的血箭一般激射出来，喷溅得呼一彪和李疤瘌一身。梅香一心想做呼三山的老婆，却落个这样下场，她艰难地往前爬了爬，吃力地朝尚慧娟说道："小姐，俺好后……""悔"字还没有说出口，头一歪，气绝身亡。

事到临头，尚发祥反倒没了害怕，正色说道："我女儿宁愿去死也不能做贼人婆娘！"

呼一彪突然仰天大笑："老子是老虎寨二当家，让你女儿做豹爷的压寨夫人是看得起你！"他一脸狞笑，用刀指着满脸怨毒的尚发祥："看不起老子，那就送你上黄泉路！"说着，把刀举过头顶，尚发祥绝望地闭上眼睛。

倏地，一道白光射中呼一彪手腕，咣当一声钢刀落地。呼一彪低首看时，却是一个啃剩的鸡腿。张眼看去，一个邋遢道人晃悠悠走了过来。他径直走到呼三山跟前，拍了拍呼三山的肩膀说道："见好就收吧！"呼三山刚想发作，可浑身一点力气也没有，心知遇到了高手。黄少文闪眼看时，心中一喜，只见那道人满脸油腻，好像几年没洗过脸似的，身上的道衣恰似剃头匠的荡刀布，散发出阵阵的酸臭味。来者正是江湖上人称来无影、去无踪的张邋遢，道号清虚。黄少文刚想上前相认，清虚笑着对着呼三山道："乖儿子，何不放下屠刀，随我云游天下，落个善终！"

呼一彪大怒，飞起一脚向张邋遢肋骨踢去。黄少文在一旁看得真切，叫了声："道长小心！"

张邋遢像没事人似的呵呵笑道："清虚无故受你的大礼，不敢当哟！"硬生生接住了呼一彪这一脚。不料，呼一彪这一脚好似踢在铁砧上，蹲在地上痛得龇牙咧嘴，方知是位惹不起的老怪物。众土匪见清虚如此了得，哪个还敢近前。

"你找死，怨不得我！"王老虎见呼三山暗示，举枪便要射击。孰料，清虚一口酒向他喷去，化作无数条酒箭直射王老虎面门。王老虎还未扣动扳机，便迎面倒下，疼得满地打滚。

清虚嘴角带笑，对着葫芦喝了一口酒，指着呼三山说道："妖孽见福，其恶未熟，至其恶熟，自受罪酷！"

呼三山下死眼盯着江湖上出了名惹不起的张邋遢，恨得牙根痒痒的。正无可理会处，一喽啰匆匆来报："寨外无数火把朝这边涌来……"言未毕，村外已枪声大作，喊杀声逼近。呼一彪登高一望，果真见无数条火龙正向这边涌动，心知官兵到了，遂与呼三山嘀咕了几句，大声吩咐道："豹爷有令，扯风！"一声呼哨，土匪们没命逃去，霎时没了踪影。

清虚也不追赶，对尚发祥稽首道："令公子是我的徒儿，让我带走他的尸首，按道家规矩安葬，可否？"尚发祥早听说张邋遢大名，知道是位奇人，或许儿子有救，焉有不允之理，忍着心中悲痛点头应允。当下，张邋遢抱起尚玉龙蹒跚离去。走了老远黄少文还听到他吟道："道可道，非常道，名可名，非常名……"

这时，门外传来惊天动地"拿贼"的呐喊声，夹杂着枪声。紧接着县令冯庶带着官兵，执枪挎刀拥了进来，火把把尚家大院照得如同白昼。冯庶这位上任不到半年的年轻县令在火把照耀下，一张刚毅的面孔如金刚神下凡。他指挥众人扑灭大火，抢救伤者。经勘查二死六伤，烧毁厢房六间，抢走金银钱财无数，现场还拾到一块椭圆形镶着金边中间嵌着"呼"字的腰牌，明人一看便知是老虎寨大当家呼三山所为。他令人葬了死者，又温言抚慰尚发祥，便打轿回衙不题。

丰穰县出了惊天大案，省巡抚和臬司衙门发文责令县令冯庶限期破案。这几日，他忧愁得寝食难安。他是浙江人，二十五岁中举，二十八岁考上进士，翰林院修编一年，便外放丰穰做六品县令，正是踌躇满志之时。尚家寨血案第二日，便乔装打扮下乡私访，又四处张贴告示悬赏缉拿凶犯呼三山，又知会三河县、南石县等县联合追拿呼三山。衙皂们原本懒散惯了，看冯庶年纪轻轻，又是查案新手，龇着牙等着看洋戏。孰料，这位年轻县令竟出手不凡，把衙皂们逼得像陀螺一样，四处打探消息。

一日，丰穰县县衙突然响起一阵急促的击鼓声。冯庶急忙升堂理事。原来，尚发祥一纸诉状把黄少文给告了，状告黄少文与土匪合谋引贼入室，抢劫尚家。冯庶见黄少文白白净净一书生，说话腼腆得像个大姑娘，觉得蹊跷，当堂询问。当得知黄少文乃三河县名门望族，因遭匪劫来丰穰县投亲的真相后，当即大怒，驳回诉状，将黄少文当庭释放，训斥尚发祥昏聩荒唐，良莠不辨！

几天过去，这位年轻县令为尚家寨血案竟煎熬得茶饭无味，一个人闷坐在后堂，苦思冥想破案之策。

正在冯庶恍惚间，竹帘挑处，一位身材敦实、满脸粉刺疙瘩的汉子走了进来，抱拳一礼道："尚家寨区区小案，何劳大人如此挂怀？"

第二十三章

计前嫌柳学忠献计
美人计王驴子背主

冯庶平时最厌恶那些说大话办小事、办砸差事糊弄上宪的人，他睃了一眼来人，见是捕快柳学忠，阴沉着脸，说道："一个小小的捕快，竟敢藐视本县破不了此案！"

"属下不敢！"柳学忠见冯庶脸色不善，忙行了庭参礼，赔笑道，"自古丰穰县匪患成灾，百姓深受其害。自大人上任后，剿抚并重，盗贼渐息，百姓们说大人是丰穰县大清国以来第一个好官，乡民们商议要给你送万民伞……"

他话未说完便被冯庶打断："甭说那虚话、废话，说直接的！"

"是！"柳学忠咽了一口唾沫，接着说道，"近日见大人为尚家寨血案夜不寐，饭不思，眼圈发暗，人瘦了一圈，着实让人心痛。属下落魂时，蒙大人提携，委以腹心，属下愿替大人分忧……"

此言一出，虽说有拍马之嫌，冯庶也未能免俗，听着很是受用，虽不喜形于色，却用赞许和鼓励的目光热辣辣地看向柳学忠，向他许了个"往下继续说"的暗示。

"尚家寨血案，凭现场留下的'呼'字腰牌，我敢断定是老虎寨匪枭呼三山所为。"

冯庶抚着乌黑发亮的发辫无声地吁了一口气："老虎寨匪众与捻匪常有联络，来无影、去无踪，纵横中州、江南几省，捉拿匪首呼三山，势如大海捞针，难哪！"

"我知道!"

"在哪里?"

"丰穰县城!"

"凭什么断定?"

"灯下黑!"柳学忠见冯庶满腹狐疑地盯着自己,狡诈地一笑,说道,"大人别忘了我以前也是匪呀!"

柳学忠一番话对冯庶来说有醍醐灌顶之效,顿时驱散了积郁在冯庶心中的阴霾,一双黑瞳瞳的眸子上下打量柳学忠。只见他身着毛蓝半截褂,一双三角眼精光四射,通身上下干净利落,暗赞眼皮底下竟埋没着这样一个人物。他上前轻轻拍着柳学忠的肩头,口气笃定地说道:"你若擒下匪首呼三山,本县抬举你当捕快班头!"

捕快班头是一个跺跺脚城四角乱颤的有权差使,还是一个肥得流油的实缺,有多少捕快干了一辈子,到头来什么也没得到。柳学忠强摁住狂跳的心,麻利地打了个千儿走出衙门。此时,天色已是昏黑,下着蒙蒙细雨,给闷热的傍晚带来凉意。柳学忠望着一街两行林立的商铺,南来北往一张张陌生的面孔,觉得亲切无比。他原本是老虎寨土匪头子呼三山麾下的一名头目,因偷看其妹洗澡被呼三山打出山寨。逃出山寨后,被冯庶收抚做了一名捕快。这几日见冯庶一门心思破案,觉得机会来了,借官府之手抓获呼三山,一雪心头之恨。他正胡思乱想,忽听前街不远处,人们炸了锅般地狂喊:"打,打,使劲地打!"柳学忠闻声不禁一怔,抬眼望去,见一群壮汉围着一个汉子狠踢猛揍。

柳学忠紧走几步凑近一瞧,觉得挨打之人有些面熟,刚要发话,旁边一人骂道:"王驴子,我日你亲妈!欠俺的七两赌银赖着不还不说,还挑逗你干妈,老子现在就送你去县衙……"

"张五爷,别,别这样,俺见干妈洗澡,多看了一眼,忍不住就摸了一下她的屁股……"王驴子一席话说得众人捂嘴偷笑。那个被称作干妈的女人已是半老徐娘,却风韵犹存,此刻羞得无地自容,恨透了他,从街旁污水坑旦挖出一把又腥又臭的污泥,猛地扑上前,给王驴子糊个满嘴满脸,顺手又猛地拽下王驴子一把头发来，疼得王驴子满地乱滚。

柳学忠陡然想起当年在老虎寨偷看呼小燕洗澡，与眼前人一样遭众人欺侮的那一幕，顿时有同病相怜之感。此刻，他认出挨打之人，正是呼三山家中做饭的厨子王驴子。真个是瞌睡遇枕头，再巧不过，遂大喝一声："住手！"

众人不禁一怔，住了手，见是县衙捕快柳学忠，忙闪开一条甬道。张五爷满脸堆下笑来，亮着嗓门说道："这泼皮调戏良家妇女，俺们正要把他送交衙门治罪！"王驴子此刻已认出柳学忠，只是柳学忠现在变成了官府的鹰犬——专门捉拿自己的死对头，顿时吓得三魂出窍，趁张五爷和柳学忠搭话套近乎之机，一个鲤鱼打挺撒腿便跑，众人一声惊呼，柳学忠当即撇下众人在后紧追不舍，穿过十字街，绕过黉学堂向东一拐，王驴子一溜烟钻进了一条死胡同，被柳学忠堵个正着。柳学忠劈手抓住王驴子的前襟，恨不得揎他两个耳光，忽而又松手，笑道："兄弟，你躲我作甚？"

王驴子已成了惊弓之鸟，情知惹不起这个魔头。他好汉不吃眼前亏，先是抹鼻子流眼泪，又作揖又磕头，百般巴结，语无伦次地说道："大哥，不，大爷，只要你放我一马，我给你当牛做马都行，你大人大量，抬抬胳膊让小的过去……"

柳学忠忍不住扑哧一笑，双手扶起王驴子："好兄弟，咱哥儿俩谁跟谁呀！走！跟哥喝两盅！"王驴子眨巴眨巴一双母猪眼，猜不透柳学忠葫芦里卖的是啥药，满腹狐疑地随柳学忠进了一家酒馆。

几杯老酒下肚，王驴子那张泛白的脸上浮上了潮红，见柳学忠不住地往自己碗里夹菜，心里一热，叹道："大哥，你是官府的人，还把俺当人看，有啥事你只管吩咐，小弟为大哥敢下油锅摸鱼……"

"屁事也没有！"柳学忠两眼眯成一条线，温存地瞧着王驴子，伤感地说道，"为个黄脸婆，不值！多亏让我碰上……"说着话，掏出五两银子，推了过去："今晚就让你快活个够！"

王驴子本来怕柳学忠把他抓进衙门当土匪办了，万想不到如此义气，心下一宽，多吃了几杯酒。他酒量又窄，不多时，舌根发硬，酩酊大醉。

柳学忠把醉醺醺的王驴子送进思春楼，亲眼见一名娇艳的女子把酩酊大醉的王驴子扶进了红纱鸳鸯帐，才踅回衙门。

待王驴子醒来时，已是第二天卯初时分。一缕朝霞透过薄如蝉翼的窗纱洒在屋内，更显得柔和宜人。一位身穿水红肚兜、浑身透着妖冶风骚的女人，紧紧依偎在王驴子身边。此时，他直勾勾地看着睡在怀中这位风情万种又销魂的女人，酥胸裸露，肤如锦缎，犹如棉花遇着火一般，禁不住在她粉脸上猛地亲了一口。

那沉睡的女人惊醒了，娇脸含嗔，秋水瞳瞳，搂着王驴子的脖子荡声淫气地说道："俺叫小桃红，从昨晚儿起，就是你的人啦……"王驴子见她这般风骚，犹如一枝盛开的野菊花，撩得欲火大炽，大叫一声，翻身压在她身上，俩人你贪我欢，遂成交颈野鸳鸯。

正当俩人如胶似漆之际，忽听房门擂得山响，慌得王驴子还未整衣，柳学忠便推门而入，大约他昨晚没睡好的缘故，眼圈有些发乌，黑黝黝的脸上布满了粉刺疙瘩，更显得面目狰狞可怖。他一脸怪笑着拉过小桃红说道："从今儿个起，这位爷便是你侍候的男人，等老子大事办妥了，再把你赎出来……"

"大哥就是我的亲爹！"王驴子扑通一声跪下道，"大哥说有啥大事没办，小弟愿效犬马之劳！"

"痛快！"柳学忠一把拉起王驴子坐下道，"你告诉我，花豹子藏在何处？"

仿佛头顶响起一声炸雷，王驴子的心立刻紧缩一团，恐惧感瞬间袭遍全身。良久，方鼓起勇气说道："老虎寨的规矩你也知道，若泄露半点，豹爷就会扒我的皮，点我的天灯！"说着，王驴子就要往外走。柳学忠一个眼神，小桃红一把搂住王驴子："爷，你走了，俺可咋办哩？好歹听这位官爷把话说完！"说着，嘤嘤抽泣道："昨夜姻缘天注定，焉有姻缘擦身过……"王驴子也听不懂这些文绉绉的话语，只觉得小桃红温软如玉的身子烤得心里暖烘烘的，望了望那张娇花拂水的粉脸，立时心软了，乞乞哀哀地说道："大哥，你让俺与小桃红回家过日子吧！"

柳学忠阴寒的眼神盯住王驴子，一字一板地说道："老子昨日救你，掏钱替你还赌债，供你吃喝睡女人，图的是拉你一把走正道，这叫上船容易下船难！"

"我王驴子哪条船也不上！"

"眼下摆在你面前两条路！"柳学忠寒着脸阴森森地说道，"一条路，我以土匪罪名把你办了，关在南牢，秋后菜市口给你一刀……"

"不，不能呀！"王驴子膝行数步，抱着柳学忠双腿不放。

"另一条嘛——"柳学忠阴阳怪气地说道，"乖乖听我的吩咐，说出花豹子的藏身处，不然的话——哼！"

王驴子闻听倏地站起，双膝一软又一屁股蹲下，双手抱着脑袋，使劲地拍着……

小桃红蹲下身子挎着王驴子的肩膀，浪声浪气地说道："爷，放着百年夫妻不做，荣华富贵不享，活个人多没意思，不就一句话吗，你说呀！"

"小弟给你说了，你可不能卸磨杀驴啊！"王驴子思索良久，一横心说道，"你得给俺起个誓，保准以后不泄露出去！"

"成！以后我若泄露出去，就让俺大白天蹦蹦死了！"柳学忠上前扶起了王驴子。

王驴子缓缓站起身，揩了一把脸，脸上不知是泪水还是冷汗，诉说起来……

第二十四章
修栈道钱师爷贪色
设圈套呼三山被擒

　　呼三山血洗尚家寨，虽没有把尚慧娟弄到手，但抢来了端溪血砚的另一半，端溪血砚合璧后果真是人间稀世珍宝。且不说构思匠心独运，雕琢巧夺天工，单是选料就很难得。白昼呈五彩斑斓之色，夜间透出幽幽虹光。呼三山一刻也不耽搁，亲自护宝，连夜送往北京城孝亲王府。十多天后，不显山不露水，又回到了济善堂。

　　端午节这日，他邀来了宛平知府李克的刑名师爷钱壮，钱壮因午间醉酒，酉末戌初时分方迟迟起床。晚宴毕，呼三山陪着钱师爷来至大宅院，在爬满了蔓叶、葡萄青藤的棚架下面，几名家丁用吸筒把凉水喷射至棚顶，在棕黄色的灯光下，犹如几条翻腾的蛟龙喷云吐雾，让人顿觉阴凉扑面。虽是盛夏，却一点都不热。

　　棚架下搭一戏台，台上流苏低垂，帏幔轻撩。台下摆着紫檀木桌凳，放着各类水果和精细糕点。呼三山与钱壮分宾主坐定，钱壮捋着老鼠胡须，干咳一声，笑道："俗话说，为官三代，方知吃饭穿衣，钱某跟随李大人多年，也算是见过世面的人，可一来这儿，方知仁兄这块宝地才是福地洞天呀！"

　　"钱师爷取笑了，在下一介草民，闲云野鹤罢了！哪儿比得上您和李大人为国操劳，为民分忧！"呼三山见钱壮感叹，心中暗笑，你所见到的仅是老子的冰山一角！甭看济善堂一溜十间倒厦出前檐起脊房，紧挨闹市不起眼。殊不知，半条街都是老子买的，按太极八卦改建，曲径通幽，到处是路，还有一条暗道直通郊外。遂狡黠一笑道："小弟本心让您松泛一下身子骨，以解案牍劳神之苦！"随吩咐道："开戏！"

霎时，戏台上调筝弄弦，笛声悠扬，戏幕徐徐拉开，两名彩旦轻移莲步，踩着鼓点扮演《西厢记》一折。一个闪翘亮相，台下轰然叫好，钱师爷张眼望时，扮演崔莺莺的彩旦愁锁双眉，风荷摆塘般浅吟曼唱道：

> 我这里开时和泪开，他那里修时和泪修，多管是搁着笔儿，未写泪先流，寄将来泪点儿兀自有，我这里新痕把旧痕淹透……

呼三山眯着眼暗窥钱壮，见他已入戏境，又见他一双色迷迷的山羊眼死盯着扮相俏丽的崔莺莺，一双手随着鼓点有节奏地击拍着镂花靠椅扶手，不时迭声赞道："你看那眉似远山浮翠，眼如秋水无尘，肤赛凝脂无瑕，腰似弱柳一束，仁兄艳福不浅哪！"

"钱师爷果真识货。"呼三山瞟了一眼已过天命之年、干筋黑瘦的钱壮，心底泛起一阵恶心，脸上却笑道，"这俩女孩是我从汉口花一千两银子弄来的，芳龄一十八岁，还未开脸，钱师爷若喜欢……"正说着，高伯伦走了进来，他把话硬咽了下去，忙起身让座沏茶。高伯伦望了望跷足而坐、架子十足的钱壮："恕老朽眼生，这位是……？"

"噢！忘了介绍，"呼三山忙笑道，"这位是宛平知府李克大人驾前的钱师爷！"

钱壮瞟了一眼高伯伦，点了下头，又继续看戏。

高伯伦见他如此拿大，心中不悦，勉强一礼，笑道："失敬！"又望了一眼呼三山欲言又止。呼三山端起茶碗呷了一口，说道："钱师爷不是外人，有话直说。"

高伯伦欠身说道："尚家寨的案子，县衙抓了姓黄的，姓冯的太爷又给放了。"

"这也算事儿！"呼三山仰天大笑，"这井水不犯河水的事与我何干？快坐下看戏！"

"没事就好！"高伯伦热脸贴了个冷屁股，心中不快，睨了一眼摆谱装大的钱壮，说道，"高某告辞！"遂踽踽离去。钱壮此刻哪有心看戏，望着台上扭腰摆臀的旦角，早已失去六分矜持，多了四分温存，恨不得一口把戏台上的崔莺莺吞进肚里化作糖水，呃着嘴连声夸道："惜乎李大人忙于公务，难能一饱眼福！"

呼三山见火候已到，倏地大声吩咐道："停！"戏台上管弦和曼唱之声戛然而止，戏子和乐手们茫然望着台下的呼三山。呼三山命人带来还未卸装的红娘和崔莺莺，对发怔的钱壮说道："既然李大人和钱师爷如此垂爱，这俩孩子就送给你俩一人一个吧！"

"这哪能成！"钱壮心里一阵狂喜，嘴上却客套地说道，"愚兄岂能夺人所爱，再说，李大人也过意不去呀！"

"傻妮子，让你俩去宛平府侍候李大人、钱师爷享福快活，多少人巴结不上哩，还不赶紧谢过钱师爷！"那俩戏子忙蹲身福了两福，齐声说道："奴婢愿往！"钱壮早已色迷心窍，拉过两名戏子，嬉嬉笑道："真个是左香草右美人。"当下喜不自禁，遂与呼三山拱手作别。

这时，门人匆匆来报："二郎山罗六爷来访。"呼三山觉得意外。罗老六，大名罗华英，此人一身武艺，行侠仗义，是中原一带有名的同心会帮主，手下会徒十万余人，大名在江湖上响亮得很。但自己与罗老六素无瓜葛，他突然造访，莫非他闻到了鱼腥味不成！有道是：事事如棋，局局翻新，弄不好——心中一烦，便挥手说道："就说我不在府上！"门人答应一声，刚转身离去，呼三山一瞬间又改变了主意，招手道："回来！"门人复转，欠身说道："请爷示下！"呼三山目光游弋，阴沉地问道："罗六爷他们有几人？"

"天黑，看不清！"门人赔笑道，"好像是王驴子引着！"

"请！"呼三山悬得老高的心顿时放了下来，王驴子是一个厨子，又是自己的线人，因老娘有病，才让他回家探母，也算山寨的老人。不过，他还是觉得不踏实，眯着眼觑着门人，不紧不慢地说道："既然是同道，按江湖上规矩报名进来！"

这一次呼三山却失算了。来人非罗六爷，而是柳学忠逼着王驴子和一群捕快上门催命来了！柳学忠用美人计赚得王驴子上钩后，又吓又哄逼着王驴子道出了尚家寨血案经过和呼三山的隐身处。经过缜密策划，柳学忠便借绿林好汉罗华英的名头，逼呼三山现身，打他个措手不及。此刻，天上的莲花云一动不动，一轮圆月在树影婆娑中缓缓地移动着，少女似的显得恬淡安谧。谁能想到这诱人的月色下，凶险正步步逼近。柳学忠让身着夜行衣的捕快们隐蔽在树丛中，自己则用刀抵着王驴子的后腰，让王驴子报门。王驴子无奈，心一横，用江湖黑话扯开嗓门叫道："日出东方一点红，二郎山出了个大英雄！"

"燕子钻天蛇溜道，牛舐前蹄马卧槽！"黑暗中闪出一个看不清面目的人，扯着破锣般嗓子应道，"王驴子，你怎么带个外人？"边说边掀起挂在后壁上的药王爷画像，摁了一个机关，后墙半壁吱吱呀呀滑出一个门来，柳学忠跟着跨进门来，不觉倒吸一口凉气，里面曲曲弯弯到处是路，不知走哪一条合适。正惊讶间，只听嗖嗖嗖，三把飞镖分左、中、右贴着头皮擦过，不禁毛发倒竖，一把将那人老鹰抓小鸡般提到胸前，低声喝道："说，走哪条道儿，说错一句，老子就捅了你！"

那门人吓呆了，颤着手指着中间那条幽蜒小径："这儿，走这条……"话未说完，柳学忠用刀一抹，那人闷葫芦似的躺倒地上。王驴子见他如此凶狠，身子一颤，身上的烟枪竟滑落下来，"当"的一声掉在地上。不远处传来低沉的断喝："谁？""我，王驴子！"王驴子腰被柳学忠刀尖抵得生痛，吓得腿肚转筋，差点背过气儿，抬眼看了看满院树影婆娑，房舍灯火全无，黑暗中不知有多少双眼睛盯着自己，惊得汗毛直竖，壮着胆子问道："谁在当值？"

"蛋球话多！"黑暗中有人粗鲁地骂了一声，接着说道，"星星跟着月亮走，彩云绕着太阳行。"

"一棵树上两朵花，五百年前是一家。"柳学忠因早些年在江湖上行走，对绿林那一套黑话烂熟于心，随口又续道："天有天堂，地有鱼行，能舍亲爹亲娘，不舍同心会帮。"

"果真罗六爷到了，失敬！"说话间，只见一人提着灯笼，直趋跟前，

"罗六爷，请走中间这道……"柳学忠凑着微弱的灯光细看，面前摆着三条道，左右两条道与中间那条道没啥异样，只是左右道上铺一层薄薄的稻草，忍不住俯身探个究竟，稻草苫子下面，一排明晃晃的三棱尖刀阴森森獠牙般朝着上面，在夜光下格外渗人。他这一看不打紧，打灯笼的人就着灯光，见他一身血污，脸上的谄笑仿佛凝固了，看着亚赛黑白无常的柳学忠，突然提高了嗓门："你不是罗六爷，你究竟是什么人？"柳学忠立刻明白打灯笼的人是在向里边报信，猛扑上前，一把挟住他的脖颈使劲一扭，又猛地抬起脚向他的心窝端去，那人哼都没哼，立时软瘫在地，手里的灯笼摔出老远。

呼三山坐在客厅内喝着酽茶，忽听门外发出异样的声响，一跃而起闪在门后，问道："王驴子，怎么回事……"话未毕，只见王驴子一声不吭地倒进门来，呼三山一惊，闪眼瞧时，灯影下，十几个皂衣打扮的蒙面汉子虎视眈眈地站在他的面前。呼三山只觉得一股凉气顺着脊背哧哧往上爬，踢了一脚躺在地上的王驴子，喝道："罗六爷哪？"

王驴子被柳学忠点了哑穴，又被当作肉蛋搡进客厅。此刻，呼三山一脚不偏不歪踢在王驴子腰上，穴道顿时解开，望了一眼黑煞神般的柳学忠，又绝望地看着惹不起的呼三山，只感到死亡向自己逼近。同样是死，不如死于呼三山，遂叫道："他们不是二郎山的罗六爷，快走！"他一个鲤鱼打挺猛扑柳学忠，企图掩护呼三山逃走。柳学忠刀光一闪，王驴子一颗圆溜溜的人头已滚出老远，整个身子又向前走了几步才倒下，一股鲜血喷溅得满屋淋淋漓漓。

"好汉息怒，有话好说！都是道上混饭吃的朋友！"呼三山一边紧张地思索着，一边缓缓地讪笑道，"山不转路转，山不青水清，不念水清念鱼情，我知道弟兄们手头紧了，请说个数目，一万两银子咋样？"

"糊弄谁哩，谁人不知你富得流油，金银珠宝多得数不清！"柳学忠故意磨蹭时间，等待后续人员，又道，"三万两银子不还价！"

"这……怕一时凑不齐！"呼三山也在拖延时间，他耸了耸肩故作无奈地笑道，"好吧，二万两已是天价了，再说，多个朋友多条路，多个冤家竖道墙，都有用着谁的时候！"

忽听门外一阵鼓噪，满院吆喝连天："捉贼！"霎时，灯笼火把照得如同白昼，到处是人们奔走的脚步声。"谁他娘活过月了，敢在老虎头上搔痒，太岁头上动土！"火光下，呼一彪带着十几名家丁打扮的喽啰，提刀揎臂，立眉竖眼拥进院门，指着柳学忠大骂："哪来的鸟人！跑这儿撒野，你仔细瞧瞧，老子的钢刀放过谁！"

呼三山闻声，瞬间像换了个人似的，跷足而坐，取火点烟猛吸了一口，怪笑道："刚才我还在说，折腾大了对谁也没有好处，这下可好，我的手下不答应！"

柳学忠使了个眼色，几名黑色蒙面人箭一般扑向猝不及防的呼三山，用毛瑟枪抵着呼三山的脑门，呼一彪投鼠忌器，竟不敢贸然上前，只是围住伺机下手。

柳学忠把手伸进嘴里，一声尖厉的哨音，潜伏在墙上、房上的捕快飘然而下，把呼一彪等人围了起来。柳学忠一把摘去蒙头黑帕，仰天大笑："豹爷别来无恙呀？"

"是你！"呼三山惊讶之下醒了过来，一边挣扎一边骂道，"真后悔当初没在山寨杀了你！"又对呼一彪喝道："不要管我，杀了姓柳的狗杂碎！"

呼一彪双眉倒竖，盯着近在咫尺的呼三山，一时竟下不了手。

呼三山突然脸色一转，微微笑道："杀人不过碗大个疤，别那么凶嘛！想当初你我弟兄是何等情分，我眼下落入你手，早晚是砧板上的鱼，菜市口的客，你不看僧面看佛面，到时候你给我个全尸，感谢不尽了！哎！王驴子，你咋又活了——"柳学忠下意识地扭头望去，呼三山乘机身子往下一缩，就地一滚大叫道："杀了这些王八蛋！"

呼一彪抬手一枪击中柳学忠左臂，呼三山乘机而逃。柳学忠捂着肩膀，一声呼哨，捕快忽地散开。呼三山惊讶间，一张大网从空中落下，把呼三山罩个正着，他脚蹬手抓乱扯一通，哪知越缠越紧，捕快们一拥而上，顷刻间把呼三山捆得米粽子般动弹不得。

柳学忠提枪冷笑道："花豹子，我看你还往哪里逃！"

第二十五章
陷图圄豹爷贿捕头
救匪枭刁吏说顶凶

呼三山面如死灰，望着几次来救自己又被密集弹雨压回去的呼一彪，惨然叫道："甭管我，带弟兄们快走！"

呼一彪双目通红，用枪指着柳学忠吼道："你若动豹爷一根汗毛，老子把你碎尸万段！"说罢，飞身上房，霎时没了踪影。柳学忠也不追赶，押着呼三山奏凯而还。

柳学忠半个月不到抓获了江洋大盗呼三山，县令冯庶高兴得有些忘形，走起路来双肩不自觉地向上挑着，笑起来新蓄的"八"字胡须一翘一翘的。他连夜升堂进行审讯。呼三山先是徐庶进曹营——一言不发，继之，干脆破罐子破摔，竟把冯庶骂个狗血喷头。

冯庶不温不火，不急不躁，既不动大刑，也不大声呵斥，唤来柳学忠，指证与他在老虎寨义结金兰，又当堂拿出从尚家寨血案现场留下的"呼"字腰牌，与呼三山宅第上搜出的腰牌对照相符后，再根据呼三山臂上黑痣，当场扒去呼三山上身勘验吻合。呼三山这才醒悟过来——这位坐在堂上，进士及第，身着八蟒五爪袍服，缀着鹭鸶补服的六品县令，不是花钱买来的冒牌货，只得承认自己是呼三山，对尚家寨血案供认不讳。还虎死不倒架地梗着脖子说道："人是我杀，宝是我夺，财是我抢，横竖一死，给个痛快！"冯庶吁了一口气，让他在供词上签字画押，打入死牢。

捕获呼三山的第二日，冯庶便晋升柳学忠为捕快班头。此刻，柳学忠心里有说不尽的得意，人也显得格外精神，连脸上的粉刺疙瘩也闪光发亮。一连三天宴客，凡与他有点瓜葛沾亲的、贺喜的、送礼的、奏趣的人络绎不绝，还有人借机给柳学忠提媒，拍马屁说奉承话的盈积于耳。

中午时分，柳学忠满面红光执着酒壶挨桌劝酒。这时，一名捕快匆匆进院，禀道："老太太被几名素不相识的人扶上了一顶小轿，不知去向。"柳学忠头轰的一声几乎炸了，也顾不得招呼客人，打马狂追，哪儿还有母亲的踪影。悻悻回到家中，案几上一把明晃晃的匕首压着一张信笺格外刺眼。柳学忠捡起看时，上面赫然写道："三日之内，拿豹爷换回你娘！"信上没写姓名、地址。柳学忠反复看了几遍，只觉得浑身冷汗淋漓。自己六岁丧父，是母亲纺花织布拉扯自己成人，至今，刚打熬出个人样儿便出这事，他竭力地让自己狂躁的心安静下来，他断定是呼三山手下干的。一阵凉风吹来，清醒了许多，这才意识到自己来到了关押呼三山的牢房。

牢头拍手跺脚叫道："柳班头，你再不来，那姓呼的死定了！"

"死了倒好，只当老母牛没尿尿！"柳学忠一肚皮不快，刚想发作，又突然打住，斜着眼问道，"怎么了？"

"那姓呼的已绝食三天，吵着要见你！"

柳学忠无暇多想，命人打开牢房，一股扑鼻而来的酸臭腥味令人作呕。再看呼三山时，不禁大吃一惊，才几日不见，呼三山像换了个人似的，一脸颓丧，满身污秽，额前头发足有寸长，好像老了十岁，真个是虎落平阳，龙遭浅滩。柳学忠心中充满了莫名的快感，揶揄道："豹爷平时大鱼大肉早就吃腻了，尝尝吃糠咽菜挨饿的滋味，消消食气又有何妨！说吧，有何事求我？"

"求你？呀呸！你算什么东西！既来这里，我就没有打算活着出去！"呼三山对柳学忠的挖苦讥讽针尖对麦芒，语气犀利而刻薄，"我的秉性你也知道，虽然薄情，却不寡义，能死在你手里，不枉你当年跟我山寨一场！给你留下三万两银票，在我上刑场时给个痛快！"

"三万两银票！"柳学忠心中一动，但脸上并不带出，厉声喝道，"临死前你还想诓人！"

"老子的话从来不说第二遍！"呼三山虎着脸艰难抖动着铐在手脚上的锁

链，"三万两银子足够赎出你娘亲！"

柳学忠惊得几乎跳起来，他已经呆了，自己老娘刚刚被劫，呼三山已经得知。显然呼三山的耳目无处不在。看着眼前这位既熟悉又陌生的魔头，一阵莫名的恐惧感袭上心头。此时他才大梦初醒，自己已坐在随时会爆炸的火药桶上，半晌方道："你想怎样？"

"一条关在笼里的死老虎，还能吓着你？"呼三山得意地扫了一眼有些气馁的柳学忠，"你把我身上这扣子摘下来，三万两银票就在里面，我临死前会通知他们，不难为你母子俩！"

柳学忠听着这含骨露肉的话语，越听越心惊肉跳，再看呼三山时，既像一只周身布满毒针的刺猬，又像一个烫手的山芋，深悔自己不该沾惹这个杀人不见血的魔王。瞥了一眼牢门外走廊内几个来回游动的监禁卒，顿时觉得很像呼三山安插的线人，强压着心中极度的恐慌，低首思忖良久，改容笑道："豁了命救出哥哥不难，但小弟有一条件！"

"讲！"

"只要你答应我和燕妹的婚事！"

恰似一声炸雷在呼三山心头滚过，他大叫一声晕倒在地。

柳学忠乍见呼三山突然两眼上翻，心下一紧，忙唤过狱卒端来一瓢凉水兜头泼去，呼三山方颤悠悠地睁开了双目，柳学忠轻蔑地笑道："好歹你也是从刀尖油锅里走过来的，熊样！"

呼三山战栗了一下，见柳学忠那张丑陋的脸，似笑非笑地向自己凑近，顿时，一股又臭又酸的葱蒜味扑鼻而来，他下意识地扭过脸，良久说道："难道你还嫌钱少？"

"我妈眼下还在你手上！"

"倘若真是我的手下干的，我会给你一个交代！"呼三山心里明白，柳学忠母亲被劫，必是呼一彪用来要挟柳学忠交换的筹码，他腮旁肌肉抽搐两下，眼中冒着阴森森杀气，但转瞬间又笑道，"只要放我出去，一句话的事儿！"

"放不放我娘，不急！"柳学忠无动于衷，抖着二郎腿龇牙一笑道，"只要你答应把燕妹嫁给我,一切都好说!"呼三山的心像被马蜂蜇了一下,钻心般疼。他高傲地仰起头,嘴角上吊着冷傲与不屑:"我宁可下地狱,也决不让燕妹嫁给你这条恶狼!"他怒视着柳学忠,"悔不该当初没有一刀割了你那条是非根,断了妄想!"

"呸!"柳学忠照着呼三山脸上一啐,又劈脸一掌掴去,打得他一个仄斜,半边脸上五个鲜红的指印顿时隆起。柳学忠拧眉攒目,切齿骂道:"你个乌龟王八种,胆敢小瞧老子!这些年你睡了多少女人,嗯?老子三十大几的人还打着光棍,没别的意思,就是让你那妹子还债!你听清楚,这儿不是老虎寨,是牢房!是老子的地盘,你当你是谁呀!一条臭虫而已,杀你如同踩死一只蚂蚁!"

呼三山猝不及防被柳学忠掴了一耳光,脸色变得十分狰狞。他自出道以来,哪儿受得这等污辱,瞬间又充满了野兽般的霸气,咆哮道:"别看老子眼下是你池中鱼、笼中鸟、砧板上肉,杀英雄头、剥英雄皮也是人生一快,你给我记住,我死后,你和你娘比老子死得更惨,燕妹会剜你的心当下酒菜!"说罢,迎着柳学忠那咄咄逼人的目光,像一只恶狼雄视着对方。

柳学忠气得嗷嗷暴跳,正欲发作,刑名师爷杨道三闪身进来,一把拽过柳学忠,扑哧一笑道:"想不到你还是这毛躁脾气,为一个女人值吗?咱仨人在山寨是磕头换命的兄弟!兄弟如手足,女人是衣裳,手足断了不可接,衣裳没了还可再买。当初为燕妹的事,若按山寨的规矩你必死无疑,可豹爷没有杀你,也没阉你,念在你为老虎寨效过力、卖过命的份上才放你一马,今儿个豹爷落在你手上,你还记恨着当年与燕妹的事儿?豹爷的秉性脾气你是知道的,'义'字当先,记恩不记仇,倘若豹爷死在这儿,山寨的兄弟们哪个是吃白食的省油灯,就连我也不会放过你……"

柳学忠吃惊地后退一步:"你身为官府师爷,怎会替他说话?"杨道三嘿嘿一笑:"实不相瞒,我是豹爷安插在衙门的内线,还有很多,我不便说出他们的姓名!"柳学忠下意识地打了个寒噤,脸上却不肯带出来,哼了一声说道:"你在威胁我——"

"杨师爷说的句句是实!山寨这么大,官府里没眼线怎么成?"呼三山艰难地抖动了一下锁在手脚上的铁镣，顿时发出刺耳的声音，瞟了一眼有些气馁的柳学忠，眉梢一扬，阴笑道，"我花豹子是天下第一硬汉子，白手起家创下老虎寨这块根基，纵横数省，天马行空独往独来。给你说句掏心窝的话，甭看我是你的阶下囚，你杀不了我，可我要你的命易如反掌。今儿有杨师爷作证，不信你试试看！"

柳学忠蓦然心中一震，但又不服，盯着呼三山时，突然纵声大笑："我乃捕快班头，你是鼠我是猫，难道还治不了你这只死老虎，来人！"两名狱卒应声而入，柳学忠咬牙吩咐道："给他点颜色瞧瞧，让他长长记性，这儿不是拴驴圈狗的地方！"奇怪的是，两名狱卒立着不肯动手，柳学忠见状刚要发作，杨道三苦笑道："柳班头，别难为他们，他们是——"

呼三山嘴角吊着轻蔑的冷笑，对两名狱卒说道："你们下去吧，这儿没你俩的事！"两名狱卒对呼三山躬身一礼退了出去。呼三山幽幽地望着惊得合不拢嘴的柳学忠，淡淡地说道："我是属猫的，九条命！"柳学忠又羞又怒，忽地拔出刀来指着呼三山咆哮道："大不了一死，老子今日先剁了你，替天行道！"

"你先把我杀了，再杀豹爷！"杨道三挡住柳学忠说道，"哪有窝里打横炮，自己人动刀枪！"他转脸对呼三山说道："柳老弟对燕妹爱慕已久，不如成全……"话未说完，呼三山已转过弯来，喟然一叹道："燕妹那火暴脾气你也知道，燕妹得知我死讯，她宁死不会答应的！"

柳学忠闻听狐疑地愣住了。当年，他落草老虎寨，一个闷热的夜晚，呼小燕沐浴时，被柳学忠撞见，她那光滑白皙的皮肤，丰腴的身段，饱满的胸脯，把他看得欲火大炽，便不顾一切踹门而入，呼小燕拼死不从，大声呼救。此事惊动了整个山寨。按着呼一彪的意思，柳学忠脑后长有反骨，留着早晚是个祸根，勒死算了。王老虎、李疤癞等提议把他阉了。呼三山权衡再三，乱棒把他打出山寨——柳学忠这才投靠官府。

杨道三见柳学忠发怔，趁势说道："豹爷同意你与燕妹的婚事，还不向豹爷赔礼！"

这些年来，呼小燕的影子始终在柳学忠心中抹之不去，乍听之下，柳学忠不相信地看着呼三山，突兀地说道："你真的答应我与燕妹的婚事？"

呼三山无声地点了点头，眼中射出和蔼的光芒："你和燕妹的婚事，我本想再撂上几年，没想到阴差阳错，我进了牢房，本来很多不想说的话，很多要办的事，今儿个给你有个交代！"

柳学忠心里又是一震，愕然望着呼三山一时无语。

呼三山侃侃言道："咱老虎寨这么多年官府都拿咱没辙，靠的是——学梁山泊的宋江，结交官府。"

"啥？"柳学忠眼睛瞪得更圆了。

"要升官，靠招安！"呼三山直直地望着窗外的蓝天白云，幽幽地说道，"咱山寨能抗过官府吗？"他自问自答："不能！又不能让弟兄们一辈子守着山寨当土匪，死后进不了祖坟！"他顿了顿，语气突然加重："我观山寨中有能耐、能忍辱、能挑起这根大梁的只有你一人。借燕妹那点小事，我把你打出山寨，暗中助你投靠丰穰县衙，让你历练，熟悉官场套路，以备将来之用。也怪我当时没跟你挑明，你若犯疑，杨道三和你手下捕快丁家旺他们可以作证！"

一股温情夹着酸楚涌上柳学忠心头，他眼中已汪满了泪，跪了下去，哽咽道："哥哥在上，请受小弟一拜！"

呼三山见柳学忠已臣服，心中充满着生的希望，僵木的脸上绽出一丝不易察觉的笑容，他朝杨道三使了个眼色，杨道三刚要发话，柳学忠黯然说道："放你出去，要砍我的头咋办？"

"没事的！"杨道三身子一仰，说道，"寻个人顶替！"

"怎么个顶法？"

杨道三睃了一眼柳学忠，迈着罗圈腿，橐橐地踱了几步，说道："鼠有鼠道，蛇有蛇路，三百六十行，行行有套路！找人顶凶自古就有。有权、有钱、有势的大户人家犯了王法，判了死罪，花大价钱买个替身——这些替身可在人市上买，也可在死囚犯中买，也有花钱骗来的……五花八门，门道多得很。"

"上边衙门多了，层层审核复准，一直到朝廷皇帝老子那里，那么多关卡，你能逐个打通关节吗？"柳学忠满脸迷惑，咽了口唾沫刨根追底，"难道大清天下没有一个清官？万岁爷是睁眼瞎子？"

"问得好！"杨道三笑道，"这叫仨钱买个土地爷——钱能通神。大户人家用重金从县衙一直买到刑部，这在官场是公开的秘密，靠的是各级衙门的刑名师爷，这些刑名师爷个个手眼通天，人人都是轻车熟路。哪个地方出凶案，案子无头绪，主犯抓不到，上司又追查得紧，暗中找个人顶个名塞进去，这叫投案自首，若是败露，各级官员怕丢了头上的顶戴，层层蒙骗上司，包庇遮掩。上边各级司衙揣着明白装糊涂，又怕得罪下边一大片官员，断了财路，只好当睁眼瞎，下边乘机贿赂上司，上司得了贿银，哪儿还再查。皇帝佬整日搂着娘娘睡，哪知道官场里的猫腻！"

杨道三一番言语听得柳学忠茅塞顿开，他想了想又道："冯庶非等闲之辈，让谁来当替身？"

呼三山笑道："我想好了！有一个人最合适！"

"谁？"

第二十六章
花豹子虚情诓嫡妹
柳学忠忍辱娶侠女

"姓黄，三河县人！"呼三山淡淡地说道，"是他往枪口上撞的！"杨道三眼前一亮，立刻心领神会，说道："据说这小子投亲尚家寨，姓尚的又悔亲，他又是外乡人，让他顶替，真是天意。只是冯庶这一关如何糊弄？"

"这个好办！"呼三山目光霍地一跳，笑道，"实不相瞒，我这次去京城，孝亲王爷让我到省城做官。只要我当上官，冯庶便是我的属下，他敢以下犯上？"

"好！"柳学忠听得两眼放光，趁着呼三山高兴，笑道，"燕妹的事……?"

呼三山微微皱了一下眉头，随即笑道："劳烦杨师爷传话，让燕妹见我！"

呼小燕来到牢房时，天色已晚，牢房里光线本来就暗，呼小燕费了好大劲才看清楚，仅几天光景，只见哥哥眼圈发乌，满脸灰暗，人瘦了一圈，佝偻着身子，坐在铺着柴草的牢房内，孤零无靠，一脸沮丧。呼小燕自小和哥哥相依为命，从未见哥哥这么狼狈。一股无言的酸楚涌上心头，泪水夺眶而出，一句话也说不出来。

呼三山见呼小燕伤痛不已，强忍着不让眼泪落下来，良久方道："燕妹，你来得正好，哥有一事求你！"

"嫡亲兄妹，啥求不求的！"呼小燕哽咽着说道，"只要能救你出狱！"

"燕妹，眼下只有你能救哥！"

"我？"呼小燕收住泪，一脸迷茫地望着哥哥，"咋个救法？"

"只要你肯委身嫁给柳学忠，我就能走出牢房，不被砍头！"

"哥，你疯了！我宁死不嫁！"

"哥没疯！"呼三山无声地淌下泪来，忽地跪在呼小燕面前，"哥大难临头了，你就答应哥吧！"

"天哪！我怎能嫁给这个畜生！"呼小燕惊得几乎跳起来，双腿一软也跪在了呼三山面前，一张娇美的脸因激动而有些扭曲，悲凄地说道，"哥，你把我杀了吧！"

"哥也不想这么做，也不知道怎么对你说才好！"呼三山声泪俱下地说道，"这些天我在牢房想得很多，一闭上眼睛，便想起咱娘，仿佛看见娘那双忧郁的眼睛，痴痴地，默默地瞪着我……可我知道娘要说什么，因为咱家从祖上迄今三代单传，到哥这一代无嗣呀！你若不答应与柳学忠成亲，我就死定了，或今夜，或明天就要被砍头了，我死不足惜，可咱呼家就得绝后，从今往后连给爹娘上坟送纸钱的人都没有……"呼三山触动情肠，一把鼻涕一把泪地哀号不止，"不孝有三，无后为大，既然你不答应，我活着还有啥意思，娘啊！你不该生下我这个不孝之子，你等等我……"说着，猛地往墙上撞去。

呼小燕乍见哥哥一头往墙上撞去，一跃而起拉住呼三山，泣道："哥，你要把妹子往绝路上逼呀！我……我答应你就是……"说完，哭着跑了出去。

几天后，柳学忠与呼小燕的婚礼办得煞是热闹，三盘唢呐"一"字摆开，不歇气地吹着，三台大戏对着唱，光宴席就摆了几十桌，从门前到胡同口停满了各类车辆和凉轿，连县令冯庶也派人送来了贺仪。因呼小燕的娘家人——呼三山还在牢房，呼一彪带着山寨王老虎、李疤瘌等众弟兄，扮作呼小燕的娘家人参加婚礼。柳学忠的母亲因在老虎寨作人质，杨道三便以磕头兄弟的身份主持婚礼。前来参加婚礼贺喜的，有街坊邻居，有官衙的，有丰穰县商会的，也有闯江湖的，各个山头当土匪的。官府与强盗同席，鱼龙与虾鳌混杂，双方既心照不宣又把酒言欢，既称兄道弟又惕然防范，各自怀着异样的心思，推杯换盏一碰即喝。柳学忠心知肚明，面上却装愣充傻，打着马虎眼，暗中派些扮作客人的捕快混在中间，以防出乱子。说也奇怪，参加柳学忠婚礼的人虽说形形色色，竟屁事没有。

柳学忠当了一天新郎官，宴客已毕，便猴急着要进洞房。不料，洞房门紧闭，房门前放着一张小桌，桌上却空无一物，柳学忠正自纳罕，呼小燕的徒儿——贴身丫鬟黑蛋笑吟吟地从侧门而出，把一个锦盒轻轻放在桌上。柳学忠打着饱嗝趁着酒劲说道："新娘为何不开门相迎？"黑蛋指着锦盒浅浅一笑道："小姐有话，新郎过三道坎方能入洞房。"说完，转身进屋，掩上房门。

"老子大风大浪经得多了，甭说三道坎，就是三百座大山也能一步跨过！"柳学忠忙打开锦盒细看，顿时怔住，竟是一张纸，上面写道："晏子使楚，八戒喝汤，王婆骂街、臣见皇上。"右下角注明，请按谜底行事。他上过两年私塾，还经常逃学，是一个斗大字不识一升的人，肚中没墨水，哪能看懂其中奥妙，急得抓耳挠腮仍不得其意，耳听着谯楼三鼓月上楼头，愈加窘迫，有一个姓罗的捕快当伴郎，在一旁提醒道："何不请教丫鬟？"

柳学忠灵机一动，姑奶奶叫了好一阵儿，黑蛋才从侧门探出个脑袋，笑嘻嘻说道："破解一道坎，十两银子。"柳学忠只得低声下气送上三十两银子，黑蛋方摇头晃脑地说道："晏子使楚，出自春秋战国时期，齐国派晏子作使臣到楚国，楚国君王见晏子身材矮小，其貌不扬，不让他走大门进，而让他从侧门旁边狗洞里爬进来……小姐意思，今晚洞房花烛，新郎也从狗洞而入！"

柳学忠闻听又气又恨又好笑，瞥了一眼抿嘴偷笑、欲要掩门的黑蛋，猛然想起小时候，老人们闲磕牙讲韩信忍辱钻胯下的故事。强抑住心头火，迎着黑蛋那嘲讽的目光，当真伏下身子爬进了狗洞里……

黑蛋见柳学忠爬过狗洞，进了庭院，遂对着洞房花窗高叫道："新郎过完第一道坎！"又复转身对灰头污脸的柳学忠说道："八戒喝汤嘛，出自《西游记》，大唐高僧唐三藏去西天取经，路过八百里深的盘丝洞时，他手下的二徒弟猪八戒为探洞捉妖，喝下八十碗汤饭的故事……"

还未讲完，柳学忠咧开嘴乐了："这个不难，我也当回猪八戒，喝他八碗酒可成？"

"小姐早就给你备下了三味人参汤！"黑蛋用手指了指房门口放着的一盆黏糊糊的汤水，戏谑地说道，"喝吧！味道好极了！小姐说，喝得罄净方见真心！"

柳学忠不由大喜过望，端起那盆"人参汤"先是闻了闻，又晃了晃，上边漂浮着一层薄薄的浮油，一仰脖，竟喝下肚中，只觉得一股又酸又腥、又苦又涩的怪味直冲脑门，直憋得胸闷气噎，满脸涨红，此时才知上当。又见黑蛋挤眉弄眼对着自己吃吃发笑，还扮着鬼脸戏弄，不禁发怒道："贱妮子，存心捉弄人！"

"这是小姐特为你备下的！实不相瞒，俺家小姐心可诚了，用洗脚水刮下的脚茧、剪下的脚指甲下的料，熬做成上好的人参汤！"

"我剁了你这婊子养的！"柳学忠再也忍耐不住，气势汹汹地逼近黑蛋。

"小姐说她生不如死，早就不想活了！"黑蛋没有半点惧色，迎着柳学忠那吓人的目光，硬生生给顶了回来，说道，"有种先把我给杀了！"

柳学忠转念一想，三道坎已过了两道，仅剩一道，小不忍则乱大谋，遂破颜一笑道："疯丫头，跟你闹着玩呢，第三道坎是啥？"

"这第三道坎嘛——"丫鬟故意拖着长腔，瞅着柳学忠干笑不往下说。

"快说！急死我啦！"

"王婆骂街！王婆在大街上乱骂一通必遭众恶，要掌嘴惩戒！"黑蛋白了一眼双眼瞪得浑圆的柳学忠，娓娓说道，"臣见皇上，是朝臣见了皇上要行三拜九叩大礼，小姐说，她在马戏团时，新郎有些不安分，今晚要有点小小惩戒，权作个纪念，新郎官今年三十一岁，请你跪在礓石上面，自己掌嘴三十一次，长个记性！"

"满嘴喷粪！"柳学忠气得鼻子都歪了，真想一脚踹开房门，恰巧，隔着门缝瞧时，见里面红烛高烧，帏幔低垂，呼小燕俏脸生晕，杏眼微闭，斜躺在床上，真个是千娇百媚，万般风情，摄人魂魄，顿时火气消到爪哇国去了。望了一眼洞房门前铺着一层带刺的礓石，心一横，双膝一软，竟跪了上去，忍着钻心般疼痛抡起巴掌，左右开弓朝自己脸上扇去……

只待扇到三十一次，只听吱呀一声，房门大开，黑蛋捂着脸从房门跑出去，柳学忠只瞧了一眼躺在床上的呼小燕，哪禁得住，也不言语，怪叫一声，饿虎一般扑了上去……

第二十七章
黑白移位群妖闹衙
鼠蛇同穴捕头反水

三日后，柳学忠到县衙当值，便见衙门口围着一群衣着光鲜肥头大耳的乡绅，他们毫无顾忌地高声议论着、叫嚷着。柳学忠心里一乐，这些人是自己暗中撺掇为呼三山叫屈而来。他们没有一个是省油灯，怎会把上任不到半年的冯县令放在眼里？正自窃喜，忽听咚咚咚堂鼓连响三声，三班衙役手持水火棍，一队分两行急趋大堂，墨线般鹄立两厢。县令冯庶身着八蟒五爪袍服，戴着六品顶戴，足登黑缎官靴，一步三摇、泰然自若地坐在大堂中间。轻咳一声，吩咐道："请各位乡绅上堂！"

不一会儿，众乡绅弹冠振衣鱼贯而入，黑压压一片当堂跪下，行了参见大礼。众人见冯庶冷人冷面一脸肃杀之气，哪儿还敢有半点放肆，柳学忠赔着小心，静观其变。

冯庶坐在堂上，目光晶莹俯瞰着堂下一群乡绅，示意免礼，含笑吩咐道："看座！"

"诸位！"冯庶见众人落座，敛了笑容，字正腔圆地说道，"本县自光绪七年莅任丰穰县，因忙于公务，疏于拜望，望诸公海涵！"他不疾不徐，语气十分平静，扫了一眼洗耳恭听的众人，口风一转，说道："今日在座的诸公，都是丰穰县声望极高的名门乡绅、士民的楷模，我大清的根基，全县百姓生业之繁荣，繁荣之昌盛，乃至绥靖一方，全仰仗诸位支撑。诸位的一言一行都代表着朝廷的尊严，存着官家的体面。"说到这里，冯庶有意顿了顿，突然语气加重，说道："今日诸位不约而同汹汹到衙，不知有何事急奏？本官当虚怀若谷，择善从流！"他说完话，犀视着堂下乡绅，好像要洞穿每人的五脏六腑似的，众人难免临威失色，不敢与冯庶目光对接。刹那间，大堂上一声咳痰不闻，静得连一根针掉地都能听见。

少时，有人起身离座，亢声说道："小民有要事禀报！"柳学忠望去，此人乃丰穰县商会会长赵连城。虽长得粗壮像油桶，却心思玲珑，生财有道，绰号"赵半城"，是这群人的头领。

"嗯！赵会长！"冯庶心里明镜一般，他已经得报，这群牛鬼蛇神来衙的目的——替呼三山作伥马之鸣。冯庶猛地意识到自己刚才那番训导，并没有把这伙人震住，心里一凛，脸上却堆起笑容，和蔼地说道："讲！"

"是！"在众目睽睽之下，赵连城拱手道，"丰穰县商会会长赵连城愿以身家性命，担保济善堂掌柜古月杰不是大盗呼三山！"赵连城团团圆圆一张冬瓜脸，一说话两只蛤蟆眼便使劲地眨一下。因惧公堂威仪，说话有些结巴，就这么一个貌不出众平常不过的人，在丰穰县开了六个钱庄，富得流油。此时，他见冯庶紧绷个脸不言语，侃侃言道："古月杰在丰穰县城开药堂多年，妇孺皆知，怎能与老虎寨呼三山勾连在一起，帽子掉了还可再戴，砍掉了脑袋是长不出来的！小民说句该掌嘴的话，老爷一日不在县衙署理公事，城中百姓不足为奇，古月杰一日不在济善堂，城里商贾、乡野村夫便要奔走呼号，没别的，他开药堂、设粥棚、济穷困，仗义疏财，活人无数！"

众乡绅也随声附和："大人明鉴，古月杰冤枉啊！"一时，大堂上嘤嘤嗡嗡，如滚水锅似的众说纷纭。

"荒唐！这儿没有古月杰，只有囚犯呼三山！"冯庶听得眼中冒火，两道眉毛剔成倒八字形，在案几上抽出呼三山的案卷供词，直视着赵连城及众人，狞笑道，"供词上白纸黑字，上面还有呼三山签字画押，难道是本县抓错不成！"

"既然大堂上挂着'明镜高悬'的匾额，就是一个循国法存公理的地方！"说话的是赵连城身后的珠宝行掌柜金永福，他虽年届花甲，却声若洪钟，"老朽有一事不明特来请教！"金永福迎着冯庶那锐利的目光，无一点怯意，"大人，老虎寨匪首呼三山是在何处擒获？"

"丰穰县城济善堂!"

"老朽真的犯糊涂了!"金永福翘着老鼠胡须咬文嚼字地说道,"丰穰县三尺顽童皆知济善堂掌柜叫古月杰,古大善人怎能像孙猴子一样摇身一变,成了山大王呼三山?呼三山远在二百里之外的深山老林之中,喝人血、吃人肉,打家劫舍,杀人如麻,他怎会放下屠刀到丰穰城济善堂治病救人?恕老朽直言,老爷断得有些唐突,古掌柜是一个'扫地恐伤蝼蚁命,爱惜飞蛾纱罩灯'之人,我愿意以身家性命担保,古月杰不是土匪头子呼三山!"

金永福的一番慷慨陈词犹如干柴遇烈火一燃就着,有几个人跟着起哄:"古月杰冤枉啊!"霎时,大堂上嚷成一锅粥。一群道貌岸然的乡绅仿佛成了一群讨债的叫花子,站班衙役们哪见过这个,忍不住掩口偷笑。

柳学忠兴奋得差点喊出声,他私下里安排红枪会帮主胡建义打头炮喊冤,可胡建义临时下了软蛋,半路里杀出珠宝行金掌柜,竟能在大堂上滔滔不绝,像斗鸡场上的一只公鸡,嘴嘴见毛。正胡思乱想,猛听得冯庶一声喝问:"柳班头!"

"属下在!"柳学忠一个激灵回过神来,闪身而出,拱手一揖道,"请大人示下!"

"尔当着众乡绅的面,说说你是怎样捕获老虎寨元凶呼三山的!"冯庶眼中喷着火苗,盯着这帮城狐社鼠,手一扬,把呼三山的供词扔给柳学忠,略带揶揄地说道,"让诸位看好了,呼三山在供词上都说了些什么!"

"这……"柳学忠面呈惶恐之色,忽然,扑通一声双膝跪下,说道,"有些话不便在这里明说,讲出来怕对大人不好!"

"讲!非讲清不可!"冯庶声色俱厉地说道,"明镜高悬匾下,无私话可讲!"

"属下还是不敢说!"柳学忠不敢抬头,嗫嚅地说道,"请大人恕属下无罪,方敢直说!"

冯庶见柳学忠欲言又止的样子,不禁满腹狐疑,但箭在弦上不得不发,冷笑一声说道:"恕你无罪,放胆直说!"

"牢里关押的呼三山是个假的!"

"放屁！"冯庶仿佛头顶上响起个惊雷，惊得半边身子都木了，半晌方回过神来，嘿嘿怪笑着，说道，"本县待你不薄，你竟蒙骗于我！真乃让人寒心！"他啪地拍了一下堂木，"南牢里关押的是谁？"

"小的实在该死！"柳学忠装出一副害怕的样子，伏地叩头道，"尚家寨血案发生后举县震动，上宪一日三催限期破案，小的见大人愁得寝食不宁……"

"甭拐弯抹角屁话连篇！"冯庶此时竟忘记了在大堂之上，怒不可遏地打断了柳学忠的话，专横地喝道，"讲！谁是呼三山？"

"是！"柳学忠睨了一眼气得五官挪位的冯庶，硬着头皮编着谎言，"有一日，大人把我唤至后堂，亲口对我讲，上宪追查得紧，要限期破案，抓呼三山如大海捞针，哪怕弄个假呼三山搪塞一下。属下蒙大人收留，又抬举小的当上捕快班头，时时想着舍身报恩，济善堂古月杰与小的有仇，便把古月杰当作呼三山给抓了，既报了私怨又交了公差……"末了，柳学忠膝行数步，委屈地说道："属下原本不想讲，可您非逼着属下……"

第二十八章
大堂上匪首耍伎俩
宛平府师爷充信使

此话一出，满堂哗然，堂下人群中出现了一阵骚动。

冯庶顿时气蒙了，他做梦也想不到，自己亲手扶植起来的捕快班头柳学忠，竟在大堂上当众编谎不脸红，他戟指着柳学忠的手微微有些颤抖："你收了呼三山多少银子？"

"属下从不收人钱财！"柳学忠痛呼一声，"天地良心哪，属下处处、事事秉承着大人意思办差，您老不能卸磨杀驴，开销了我呀！"

看似软绵绵的一句话，硬生生地把冯庶逼上绝境。冯庶已气得半死，自己何曾对柳学忠说过，弄个假呼三山来搪塞上宪。刹那间他已明白，自己让恶狗给咬了，眼下只有再提审呼三山才能捅破这弥天大谎。思量着，冷笑一声："带呼三山！"

话音甫落，刑名师爷杨道三跨进大堂，禀道："死囚犯呼三山号哭求见大人！"话未毕，一阵号啕痛哭声传入大堂，冯庶心里不禁咯噔一声，略一思忖，吩咐道："带进来！"顷刻间几名衙皂带着呼三山铁锁锒铛进来。因呼三山是出了名的悍匪，名头响亮得很。霎时，衙门前看热闹的人越聚越多。冯庶闪眼堂下的呼三山时，不禁一怔，入牢房前，呼三山还是白白胖胖遍身绫罗绸缎，才几日不见像换了个人似的，浑身布满猩红的鞭痕，血渍斑斑，不禁诧异。略一沉吟，冷冷说道："呼三山，你罪恶累累，人神共愤，号哭请见，还有何罪供出？"

"小民冤枉！"

"像你这样的人渣也知道啥叫冤枉！这些年你造了多少孽，毁了多少家，伤害了多少无辜百姓的性命，即使本县慈悲为怀从轻判处，那些屈死的冤魂野鬼岂能放过你？"

"那是诬陷！草民不是呼三山，我是济善堂掌柜古月杰！"呼三山迎着冯庶寒冷的目光，款款言道，"古某一向谨遵'诸恶莫做，众善奉行'，从无越轨行事，不知何时开罪大人，被抓进大牢，施以酷刑，草民熬刑不过，不得不承认。"他叹息一声，又道："我死不足惜，济善堂门前有多少穷苦百姓，奄奄待毙的病人等我诊治……"

"可恶！本县何曾对你用刑？"

呼三山悲不自禁地低下了头，喉头一热涕泪滂沱，呜咽道："大人请验伤！"

呼三山的伤根本无须再验，肩、颈、背、腰、臀、腿上，凡是裸露的地方，条条殷红的鞭痕赫然在目。刹那间，大堂上一片唏嘘之声，所有人的目光都齐刷刷射向了冯庶。

冯庶骇得一颗心几乎要跳出胸膛，头涨得老大，一股无名火直冲脑门，喝道："柳学忠，你照实讲，谁指使对呼三山用刑？"

柳学忠似乎有些怯意，迟疑了一下，咬牙说道："大人，是您指派属下对他用刑的。"

"屁话！"冯庶一拍案几，几乎从座位上蹦起来，因在盛怒之下，两只手竟抖动得不听使唤，他哪里知道，这是前天夜里柳学忠与呼三山密谋，上演周瑜打黄盖的苦肉计。此刻，冯庶也觉得自己失态，黑着脸盯着柳学忠移时，心底泛起一阵恶心，断喝一声："柳学忠，你良心叫狗吃了，作伪证是要治罪的！"

柳学忠梗着脖子说道："属下说的句句是实！不敢欺蒙大人！"

冯庶又惊又怕又恨又急，两道细眉挑得老高，咬着嘴唇寻思半晌说道："那好，你当着乡绅们的面再讲一遍，你是何时与呼三山结为异姓兄弟的？是怎样冒充罗六爷连闯三道关，捉拿呼三山的？衙门的两名捕快又是怎样战死的？"冯庶声色俱厉，排炮般追问。柳学忠倒抽一口冷气，顿时张口结舌。

跪在一旁的呼三山见状忙接口道："谁是罗六爷？我不认识，济善堂何来三道关，这是栽赃！"冯庶立刻呵斥道："住口！谁让你插嘴！"柳学忠立即灵醒过来，反咬一口："是您邀功上宪，逼着属下瞎编的！"冯庶气得脸色煞白，转脸对呼三山喝道："你抢劫尚家寨时肩膀上的刀伤又是怎么回事？"

"那是你指派人用刑所伤！"呼三山仰天冷笑。

乡绅们乘机起哄，替呼三山鸣不平，有跪着抱冯庶腿求情的，有擤鼻涕扯黏液的，有擅臂大呼大叫的，有打太平拳的，大堂上顿时乌烟瘴气。衙皂们哪见过这等场面，伸着脖子看热闹。因冯庶没有号令，谁也不敢拿人。正闹得不可开交之时，杨道三跨进大堂禀道："宛平府钱壮师爷求见！"

顷刻间，大堂上鸦雀无声。冯庶接过名刺，勉强笑道："请诸位乡绅退出堂外！"对杨道三说道，"有请！"

"不必啦！"钱壮飘然而入。冯庶闪眼瞧时，来人瘦高个子，拐弧脸上长着一个不讨人喜欢的酒糟鼻子，大热天穿一件灰绸纱布衫，浆洗得纤尘不染。冯庶忙起身离座，拱手一礼，笑道："钱师爷屈驾敝衙，有何贵干？"

钱壮惬意地睒了冯庶一眼，说道："钱某受李克大人委派特来传信！"说着，扫了一眼冯庶，呈递一封信札。

冯庶双手接过展目细看，上面赫然批着："尚家寨一案乃老虎寨呼三山所为，然尔勘验有误，诬良为盗，激变乡民聚府呼冤，可见尔昏聩至极也，着令当即释放无辜，限十日破案，缉拿真凶，秉公依律谳理，此令！"字迹狂草淋漓，一看便知是李克在盛怒之下而写。

冯庶心中一动，他已明白，这案子背景大着哩。但心中又委实不甘，不能太便宜了这些害群之马。陡然间静下心，呵呵一笑道："钱师爷稍候，下官这就遵命办理！"说完，返回堂上，威严地一拍惊堂木，说道："呼三山，你可知罪？"

"草民叫古月杰，不知何罪之有？"

"你狂妄！"冯庶冷傲地睒了一眼呼三山，阴笑道，"起初，尚家寨血案尔供认不讳，如今又出尔反尔，视大清律如同儿戏，论情按法，尔已触犯律条。"冯庶顿了顿，轻蔑地哼了一声："来呀！拉下去杖脊四十，遣回家中，闭门思过！"

　　早有几名如狼似虎的衙皂，不由分说架起呼三山向堂外走去……

　　钱师爷见冯庶意存轻蔑，此时方知这位年轻县令风骨铮铮。柳学忠见冯庶气色不善，当堂跪下，叩首道："卑职有罪，请大人发落！"

　　"你也有罪！"冯庶恨不得一刀劈死柳学忠，仰着脸喝道，"杖脊三十，限七日破案！"言罢，黑着脸吩咐道："退堂！"说完徐步离去，把钱师爷晾在大堂上。

第二十九章
悦朋店呼小燕示警
丰穰寺沦落人遭捕

一连几日，黄少文在悦朋客店拿不定主意，是回三河县老家还是苦等尚慧娟消息。恰逢一连几天阴雨不断。黄少文望着窗外淅淅沥沥的雨线，顿生凄风苦雨愁煞人之感。几杯老酒下肚，不觉蒙眬睡去……

黎明时分，风停雨歇。一阵异样的响声搅醒了黄少文，他一惊之下，忙翻身坐起，见案几上放着小纸包，抖开看时，包内非金非银非珠宝，而是几颗红枣和一撮茴香，黄少文细看之下陡然醒悟。几颗红枣取谐音"早早"，茴香释为"回乡"，联在一起便是"早早回乡"。他立刻意识到有人向自己示警，逃离这里，可这人又是谁呢？他陷入了极度的紧张和深深的思虑之中。

"黄先生！"店伙计叫了一声，闪身跨进屋内，笑嘻嘻地说道，"有人让我把这个交给你。"店伙计说着，把一个包儿递给黄少文，黄少文并不急着打开，漫不经心地摸出几个铜板扔给店伙计道："这个赏你！"看着店伙计出门了，他掩上房门，抖展开来，包裹里是一幅大雁南飞山水画，天光水色，山冈树影。山腰上矗立着一座丰穰寺。左下角落款"形影"。下面，几行用绒线刺绣的蝇头小楷：

　　　远树两行山倒映
　　　轻舟一叶水横流
　　　有位女子堪称奇

小口贴在月上头

黄少文暗赞：好一幅诗画！按照诗中意境，在纸上涂了两株"丰丰"，又在下边画了一个歪倒的"山"，顺着山下边画一叶扁舟，加三点为"心"，再写一"女"字，"月"上添"口"，顿时拼凑成"慧娟"二字。黄少文惊喜之下，一通百顺。落款"形影"，是尚慧娟故意漏掉相随二字。大雁南归画整体寓意联结起来为：南归三河县，尚慧娟在丰穰寺与之形影相随。

黄少文不禁痴了，暗自宾服尚慧娟心思缜密。只是不明白，丰穰寺在丰穰城北紧邻鄂省，距此较远，尚慧娟又何故绕这么大一个圈子。惊喜之余，他又把几颗红枣和一撮茴香与大雁南归图放在一起比较，"早早回乡"是另有其人。抱膝苦思冥想半晌，竟理不出个头绪，但无论怎样，示警者并无恶意。黄少文决计立刻动身前往丰穰寺与尚慧娟会合。

丰穰寺是一座千年古刹。它坐落在桃花山半山腰上，四进院落，石阶上面是一片开阔的空地。壮观的山门上四个鎏金大字"丰穰禅寺"灿然生光，掩藏在数株千年银杏树的林荫之中，彰显得寺院更加庄严肃穆。

待黄少文赶到丰穰寺时，已是巳初时分，此时，天刚放晴，一空如碧，山风习习，沁人心扉。放眼望去，自桃花山涌出的洞水垂帘而下，犹如珍珠卷帘注入一方平台，形成清澈见底的水池。崖壁上古藤缠绕，深青浅翠，十分景致。黄少文顾不得贪恋眼前的景色，扮作一名香客，徜徉在善男信女中间，寻觅着尚慧娟的身影。忽觉肩上被人一拍，转身看时，一名眉清目秀的青年公子哥轻摇湘妃竹扇，笑眯眯地看着自己，愣怔间认出是女扮男装的呼小燕，当即喜不自禁，紧紧握住呼小燕的手呵呵笑道："是你呀！"

"随我来！"呼小燕一双纤手被黄少文攥着，脸上两片朝霞腾地漫过耳根。绕过卧佛殿，黄少文松开了手，说道："燕妹，你来这儿做甚？"

呼小燕急切地说道："客店的红枣和茴香，你可见到？"

黄少文闪着惊愕的眸子注视着呼小燕俊俏的脸，说道："是燕妹你放的呀！为什么？"

"有人害你！"

"我又没招惹谁呀！"

"我，这……"呼小燕一时竟不知如何回答。原来，碧云观与黄少文会文时，她暗中喜欢上黄少文，在乔家庄柳学忠作践她时，黄少文因救她挨打，她被黄少文舍生忘死相救所感动。不料，造化弄人，黄少文喜欢的却是尚慧娟，尚发祥嫌贫爱富又非常厌恶这个潦倒的书生。自嫁于柳学忠后，柳学忠与哥哥的关系更进一层。昨晚，她得知柳学忠要对黄少文下毒手的消息，便偷进客店，把几颗红枣和一撮茴香放在黄少文房内，她深信黄少文能悟出"早早回乡"之意，会连夜逃走。孰料，他竟没事人一样，有闲心游丰穰寺。面对自己倾心的男人，又不能说出事情的真相，呼小燕内心极为矛盾。此刻，她一个眼神扫见卧佛殿墙角处有几个人压低草帽向这儿窥视，忙压低声音急急地说道："你不要多问了，快些逃命，再不走就来不及了！"

"燕妹，你这样待我，就有点不公平了，我一不盗人钱财，二不打家劫舍，三不触犯大清律条，逃啥命哩！"黄少文书卷子气上来了，瞪着一双明亮的瞳仁盯视着呼小燕，笃定地说道，"即使眼下有人来杀为兄，我也不能扔下她顾自逃命！"

"你说的那个她是谁？"

"你那未过门的嫂嫂！"黄少文莞尔一笑，遂将与尚慧娟在丰穰寺相约，一同回三河县老家的打算向呼小燕说了出来。末了，还饶有兴致地说道："她该到了，认识一下你嫂子！"

俩人正说着话，一行人簇拥着一顶凉轿迤逦而来，在寺前银杏树下停了下来，轿帘挑处，颤悠悠走下一老一少，黄少文闪眼看时，正是尚慧娟和她母亲李氏，惊喜之下，几乎喊出声来，呼小燕扯了扯他，示意他不要出声，黄少文才猛然想起今儿是和娟妹私奔，不宜声张。他强抑着一颗怦然乱跳的心，火辣辣的目光盯着尚慧娟寸步不离。大约是尚慧娟心绪好转的缘故，素服淡妆，嫩生生的瓜子脸上鹅眉轻舒，一双秋水般的杏子眼如两枚黑宝石左右流盼，显然她也在寻找黄少文。丫鬟兰花十三四岁年纪，头上扎了一对蝴蝶结，扶着夫人李氏进了寺门。

眼巴巴瞧着尚慧娟母女不紧不慢进了大雄宝殿焚香跪拜，黄少文却不便上前搭话，饶是他才思敏捷，抱膝苦思冥想，也觉得无计可施。正当黄少文和呼小燕一筹莫展不得主意时，一眨眼工夫，尚慧娟和母亲已拜完了大雄宝殿、卧佛殿，向观音殿走去。黄少文此刻头上渗出细密的汗珠。陡然间心生一计，对着呼小燕耳语一番，呼小燕闻听一笑，整了整衣襟，拦住了李氏，彬彬有礼，讪讪说道："夫人府上可是尚家寨？"

"你是——"李氏瞪着一双昏花的老眼，见是一位年轻英俊的后生，摇了摇头说，"我不认识你！"

"伯母！"呼小燕轻轻地叫了一声，上前拉住李氏的手说道，"我是玉龙兄的师弟！同一个师父，不信你瞧瞧这个！"呼小燕麻利地掏出上面绣有"尚"字标记的钱褡子——这是尚玉龙早年随清虚道长学艺时，李氏亲手为儿子缝制的。因同在山上学艺，钱褡子常放在一起，尚玉龙暗恋着呼小燕，一次装着不经意的样子拿错了钱袋子，把自己的留给了呼小燕。虽时过境迁，不料今日竟派上了用场。

李氏接过钱褡子仔细瞧时，认出是儿子所用之物，不禁又惊又喜，一把拉住呼小燕颤声说道："是龙儿的！他在哪儿？"

尚家寨遭劫时，尚玉龙中枪倒地，被清虚道人救走。李氏思儿心切，几乎哭瞎了双目，经女儿撺掇才来丰穰寺烧香许愿。孰料，佛菩萨真的显灵——儿子有消息了，她急切地抓住呼小燕的手，催促道："快带我去见龙儿！"

呼小燕趁机把李氏支开。

尚慧娟见呼小燕支走了母亲，趄身来到观世音菩萨相前默默跪拜。黄少文见状忙凑上前去，见了丫鬟兰花在侧，摸出二两银子递了过去，笑道："看你人小懂事，麻烦你去寺外买点水果供品，余下的赏你，去吧，可怜见的！"眼见兰花走开，他顺势跪在尚慧娟身后，装作合掌拜佛的样子，低声说道："娟妹！就这一丁点空儿，我就直说了，今儿瞒着家人随我回三河县老家，后悔不？"

"有菩萨作证，后悔俺就不来丰穰寺！"

黄少文默谋了一会儿又道："我让店小二给你捎口信，为啥你绕了这么大的弯子从丰穰寺回三河县？"

尚慧娟无声地叹息道："自从那晚在客栈出了那档子事后，俺爹派人日夜盯梢！"说到此处，尚慧娟一边用手帕拭泪，一边说道："俺思来想去，只有往北绕道丰穰寺进香，才能除去俺爹娘的疑心！"

"我家已今非昔比，俺怕你吃不了苦！"

"你这话是小瞧了俺！"尚慧娟一双深潭似的瞳仁，诚挚地盯着黄少文好一会儿，决绝地说，"俺这辈子跟了你，是坑是崖俺都跳，这是命，只要你不嫌弃俺，不记恨俺就中！"

"有你这话，俺就是死也值了！"黄少文激动得有些不能自持，"娟妹，上有天目如电，下有佛祖菩萨作证，我对你终生不离不弃！"黄少文还想再说，忽听得一阵橐橐的脚步声由远而近，心知此地不可久留，立起身来，压低声音道："娟妹，寺院后边有一角门通往后山，咱们快走！"说着，拉起尚慧娟急匆匆地向后边奔去，刚出后院角门，便听到殿前丫鬟兰花大呼小叫喊着小姐，隐隐约约夹着一阵阵急促杂乱的脚步声、男人们的吆喝声、李氏又尖又利又响的哭号声。

黄少文情知事已露馅，拉着尚慧娟便往后山上飞奔。但见苍树翳影，花红绿浓，仅有的一条幽蜓小径通向山顶。尚慧娟久在闺阁，沿着小路没跑多远，已是娇喘吁吁筋软骨酥，举步维艰，黄少文几乎是拽着她跑，速度明显减慢。耳听得丰穰寺那边呼叫声一片，黄少文干脆背起尚慧娟发疯般往绿荫深处奔去，累得上气不接下气，好容易跑到山顶，放下吓得脸色煞白的尚慧娟，刚想喘口气，忽听得蓬蒿荆棘深处，稀里哗啦一阵山响，一个身穿短褂，满脸疙瘩，揎臂提枪的壮汉，带着十几人从青藤棵中冒了出来，那汉子眼尖，失声叫道："这不是乔家庄挨揍的那个兔崽子吗？"

黄少文听得耳熟，一眼认出领头汉子正是乔家庄调戏燕妹的柳学忠，真个是冤家路窄，他用身体护着尚慧娟，紧盯着柳学忠的脸说道："你们要做甚？难道没王法了吗？"

"在这儿，老子就是皇上！"柳学忠龇着黄板牙，用枪指着黄少文，阴笑着，"日你妈，看你还能往哪里走！"他倏地变脸作色，厉声喝道："单凭你拐骗良家女子，已触犯大清律条，拿下！"

刹那间，黄少文被扑上来的几名捕快捆得像鸭子浮水一样。至此他方明白呼小燕让他早早回乡的隐语，但他犹自挣扎："快放了我，那是我媳妇！"

"满嘴喷粪！"柳学忠走过来对着黄少文劈脸一掌，喝道，"带走！"

尚慧娟从惊悸中醒了过来，哭喊着追赶："黄公子，是我害了你呀……"可没跑几步又跌倒在地，爬起来再追时，李氏和丫鬟及家人赶到，尚慧娟痛不欲生，大叫一声昏厥过去……

第三十章
黄少文无辜受酷刑
冯县令堂上施淫威

柳学忠把黄少文当作巨匪呼三山抓获，冯庶当即开堂审理。随着一阵沉雷似的鼓声，三班衙皂鱼贯而入，一溜两行笔直地鹄立大堂，喊着堂威。冯庶身着八蟒五爪袍服上缀着鹭鸶补服，头戴一顶小蓝宝石素金顶子，迈着方步，在明镜高悬匾下居中而坐，轻咳一声，用冷漠的目光扫了一眼堂下，一拍堂木："来呀！带人犯呼三山！"

"喳！"

顷刻间铁锁银铐的黄少文被押了进来。此刻，围在堂口看热闹的百姓黑压压一片，耍猴似的看着黄少文，交头接耳，指指戳戳。黄少文心里不安地瑟缩了一下，但旋即又镇定下来，暗道："没做亏心事，不怕鬼叫门，当个庙里菩萨，一语不发，看他怎样发落于我！"主意拿定后，竟无怯意，闪着一双点漆般的大眼睛，平静地望着堂上的冯庶冷笑不语。

冯庶闪眼堂下囚犯，二十岁上下，长眉修目，面如冠玉，虽一身粗布蓝衫，却透着一股英气。他陡然起疑，堂下人犯是前不久释放的无罪之人，怎么又变成了江洋大盗呼三山？他对柳学忠一招手，柳学忠忙趋至跟前，悄声道："大人尽自放心审理，不会错的！"冯庶当下脸色一寒，厉声喝道："大胆毛贼，为何见本官不跪？"

"我乃有功名之人，无罪之身，怎能跪于一个发昏县令！"

"一个毛贼，公堂之上自称功名之人，真乃阴阳颠倒！"冯庶又好气又好笑，见黄少文出言不逊顶撞自己，便想打下他的气势，猛地一拍惊堂木，冷笑道，"你好大的口气，上次蒙骗本官侥幸放了你，你如今身在不测，从实招来或可减罪！来人！按他跪下回话！"

一名衙皂照着黄少文膝弯处狠踹一脚，黄少文膝下一软，两名衙皂顺势把他摁跪在地上。黄少文乘衙皂们不备，又忽地起身，怒视冯庶。站班衙皂见黄少文文静得跟大姑娘似的竟如此硬气，不禁肃然，有好心的衙皂暗自替黄少文捏了一把汗。

冯庶自上任以来，开堂审理过不少案子，犯人过堂时见了他如同见了阎王，屁都不敢放。堂下这个人犯竟敢骂自己昏聩，真乃望乡台上打冷战——不知死的鬼。他怒极而笑道："姑且不论你功名之人真伪，但凭你见本官不跪，诱骗良家女子就当治罪！"他大喝一声："拉下去！杖责二十！"

众衙皂应了一声掀翻了黄少文，摁倒在地噼里啪啦一顿杖打，可怜黄少文长得细白嫩肉，何曾遭此毒打。但他竟忍住一声不吭。行刑毕，两名衙皂架着黄少文回到堂上。冯庶一脸阴笑道："杀一杀你的匪气，让你知道王法无情！你可知罪？"

黄少文想到黄家三世贵胄，哪把一个昏庸的县令放在眼里，双手一撑站了起来，鄙夷地说道："我本来懒得理你，既然你强加无影之罪，就与你理论一下。你诬我拐骗良家女子，殊不知我们是自幼订婚，有媒妁之言，何罪之有？真想不明白，像你这样胸无点墨的狗官怎能安坐庙堂……"

冯庶最得意的是他科甲二榜第八名，进士及第，虽知丰穰县却授六品官衔，此刻见他辱骂自己，强摁住心中的火气，拍案喝道："本县不与土匪一般见识，呼三山，你是怎样冒充官府打劫尚家寨的？"

"谁是呼三山？"黄少文惊觉地白了一眼冯庶，梗着脖子大声说道，"上次你审问时，我已说是三河县大黄庄人，叫黄少文，单字斌！我何时打劫尚家寨？"

"上次让你侥幸漏网，这次人证俱在，还想抵赖！"

"大丈夫坐不改姓，行不更名，句句是真！"

"不怕你铁嘴铜牙，可知王法如铁！"

"何惧尔张冠李戴，岂能诬良为盗！"

俩人在大堂上唇枪舌剑互不相让，说到这里，两人又同时打住，对视一眼又迅速移开——原来，大堂上的审问，无意中竟结成了一副对联。在堂门口看热闹的百姓和三班衙皂们虽听不懂他俩文绉绉的对话，却听懂了堂下的犯人不承认是呼三山。立时人群嗡嗡嘤嘤，所有人的目光射向冯庶。冯庶万没想到人犯是一个顽冥不化的家伙，遂断喝一声："带人证！"

片刻之间，几名衙皂押着一名蓬头垢面的犯人，在大堂上跪下，扯着一副又尖又亮的嗓门："罪人屄毯蛋给大人叩头！"

屄毯蛋话音刚落，站班的衙皂们禁不住哄堂大笑。天下之大无奇不有！就连满腔悲愤浑身伤痛的黄少文，也忍俊不禁破颜一笑。冯庶差点笑出声来，他假装半仰在椅子上，掏出手帕擦拭眼镜作掩饰，方忍住笑。半晌，方扯着官腔说道："大胆囚犯！竟用粗俗名字戏谑本县，为何报了一个有伤圣人教化的名字？"

"大人，给小的一百个胆也不敢！"屄毯蛋仰起脸傻乎乎愣了一会神，说道，"小的松山县人，父亲姓毕，母亲姓邱，因命中缺土少火，俺爹请私塾先生取名毕邱丹。后来，爹死娘嫁人，俺就上了老虎寨，人贱了被人瞧不起，就叫成串音屄毯蛋了！"

问清了屄毯蛋名字的来历，大堂上原来那种阴森、紧张、压抑的气氛得到了缓和。好一阵子冯庶才板起脸，喝道："毕邱丹！你在老虎寨落草为匪，你可识得此人？"

毕邱丹小心翼翼地直起腰杆，趋至黄少文面前觑着眼一瞧，忙伏地叩首道："豹爷，不，大当家的，您老怎么也被他们抓来啦？"

"你是谁？我不认识你！"黄少文机警地打量着毕邱丹。见此人三十来岁年纪，身着破旧汗衫，足蹬两只破履，"八"字眉、老鼠眼、尖嘴猴腮，面色青黄，用哪只眼瞧都是活脱脱的一个贼。一个与自己素未谋面的人，突然站在公堂指认自己是老虎寨大当家，显然是一条被人豢养咬人的狗。陡然间一股寒意袭遍全身，他强自收慑住心神，高傲地仰起脸，口气冷得如同寒冰："在下与你素无冤仇，又不相识，谁是大当家的？谁是豹爷？"

"您老忘了，小的是巡山的毕邱丹呀！"毕邱丹躲避着黄少文那咄咄逼人的目光，一脸颓丧地说道，"小的熬刑不过，已供出您带弟兄们冒充官府打劫尚家寨的事儿，您也招认吧，省得受皮肉之苦！"

真是一语惊心，没影的事儿竟然被说得煞有介事，有鼻子有眼。黄少文不禁勃然大怒，说道："毕邱丹，大堂之上你昧着良心诬陷我，就不怕遭报应坠入十八层地狱，受那炮烙之刑？"

"那是说书唱戏诳人哩，谁信呀！"毕邱丹使劲地挤挤眼说道，"还是早些招了吧！"

黄少文明白：对一条恶狗讲报应是对狗弹琴，最终是击不中对方要害的！沉吟有顷，突然冷不丁问道："你是松山县人，为何听你口音却是荆襄一带？"

"这……"毕邱丹顿时语塞。

黄少文见毕邱丹脸呈慌乱之色，心知已击中对方要害，不能给他片刻喘息机会，大声说道："松山有座老虎寨，南石县也有座老虎寨，你说我是哪座老虎寨上的呼三山？你又在哪个县哪座老虎寨跟着我从匪？"

"南石县的老虎寨，不是……"毕邱丹一双老鼠眼在眶内来回转动，语无伦次，不知怎样回答才好。黄少文乘势追击："毕邱丹，县衙大堂是朝廷行法执纪的地方，你凭空诬告好人，按大清律要罪加一等，要砍头的！"

"我——是他们——"毕邱丹一时心慌，无奈地舔了舔嘴唇，可怜巴巴地望着柳学忠……

端坐大堂之上的冯庶也不禁愕然，厉声喝道："不说实话，大刑伺候！"

柳学忠此刻又恨又惊又怕露出马脚。毕邱丹是他从牢里收买的一个窃贼，让他咬死黄少文是老虎寨的呼三山。万没料到黄少文是个难剃的刺头，更想不到毕邱丹受不住盘问，马上要露馅，遂跨前一步"啪"的一个扇风掌抡了过去，切齿骂道："球娘攘的！老子问你，他是不是老虎寨大当家呼三山？"

"是！"毕邱丹面若死灰，睨了一眼一脸凶相的柳学忠，嘴唇哆嗦着，唏嘘了好一阵子，才点了点头说道，"回老爷的话，他是老虎寨花豹子，若有假话，天打雷轰！"

"这就对了！"柳学忠松了一口气，不等冯庶发话，手一挥吩咐道，"带下去！"又一脸阴笑对黄少文说道："这下你该招认了吧！"

"一个上不了台面的捕头也能在大堂指手画脚！"黄少文高傲地仰起头，不屑地说道，"看来冯县令在丰穰县是个提线木偶！"

冯庶腾地红了脸，他既气愤柳学忠越俎代庖，又恼恨他弄了个脓包证人，丢人现眼。刚想发作，却见柳学忠咆哮道："不动大刑，是不会招的，来呀——"

冯庶见柳学忠又一次越权行事，心中不是滋味，但事到临头，势如骑虎，不动大刑，堂下的"呼三山"岂能轻易招认，自己如何下得了台，断喝一声："大刑伺候！"伸手把签子掼了出去。

上大刑比打板子杖责厉害得多。衙皂们嗷的一声将楸木夹棍扔了出来。柳学忠一个眼神早有两名粗壮衙皂拿着夹棍极其熟练地将黄少文夹了起来，两头绳子一收，黄少文哪儿受过这等酷刑，痛得嘴角一抽，顿时脸色苍白，初时还破口大骂，到了后来，只觉得天旋地转，眼冒金星，头一歪什么也不知道了。柳学忠仍不依不饶地连声叫道："夹，夹，给我使劲夹！直到他招认为止！"一名衙皂忙摆手制止，禀道："再用刑要出人命的！"柳学忠满眼怨毒，呸地啐了一口，申斥道："当差没有宰牛心，枉在世上活个人！"边说边取过一碗凉水朝黄少文脸上泼去，黄少文慢悠悠地醒了过来。

冯庶已是气躁心烦，见黄少文死而复苏，惊堂木一拍，厉声喝道："招还是不招？"

"呸！你收了呼三山多少黑钱！"黄少文强忍着浑身疼痛，盯着一脸假笑的冯庶，嗔怒大骂，"狗官，吾乃三河县一门五进士之家，堂堂望族贵胄子孙，岂能为匪！"

柳学忠在一旁说道："一派胡言，什么一门五泡屎，我咋不知道！"

冯庶一摆手制止了柳学忠，他见黄少文痛得浑身冒汗，竟没发出一声呻吟，暗赞此人一身傲骨。黄少文眼中闪着火苗切齿说道："狗官，你若不相信，可派人到三河县一查便知！我来尚家寨投亲，尚发祥是我未来的岳丈！你领牧丰穰，执朝廷法规，竟不问青红皂白动刑逼人为匪，居心何在？"

冯庶闻言倒吸一口冷气，此时方疑柳学忠捕错了人。他仰着脸想了一会儿，说道："好一张伶牙利口，来呀！传尚发祥上堂！"

第三十一章
挟私意尚发祥移祸
蓄险心柳捕头摊牌

　　片刻之间，尚发祥被带到大堂之上。他平生第一次在众目睽睽之下与人对簿公堂，见居中而坐一脸威严的冯庶，忙拱手一揖道："晚生尚发祥拜见大人！"冯庶见他一身秀才装束，吩咐一声："看座！"早有衙皂搬过一张椅来，待尚发祥坐定，冯庶轻声问道："尚员外认识此人吗？"

　　柳学忠生怕露馅，抢先说道："尚员外，这名土匪说你俩是亲戚！"冯庶厌恶地皱了皱眉，横了柳学忠一眼，对尚发祥说道："人犯供出与你是翁婿相称，可是真的？"

　　尚发祥闻听浑身哆嗦一下，认一个土匪当女婿，自己岂不是也通匪——杀头之罪啊。他惊愕地抬起头来，盯着眼前的黄少文，但见他二目失神，脸色灰白，殷红的鲜血透过衣衫，浑身血迹斑斑，蜷缩在大堂上气如游丝，以前的风流倜傥已荡然无存，认他做女婿，岂不是倒了八辈子血霉。此刻，黄少文也在注视着一身光鲜的尚发祥，人世间最尴尬最无奈的情景莫过于此，昔日的乘龙快婿，今日的冤家对簿公堂，既冰炭不同炉无话可说，又有扯不清撕不断的瓜葛。此情此景让黄少文唏嘘不已。他艰难地爬起，用渴求的眼神看着尚发祥，只要他说一句公道话，他便是无罪之身。

　　孰料，尚发祥腾地从椅中站起，盯视着黄少文轻蔑地说道："一个下贱坯子！哪个与他是翁婿？"

　　"你还有何话可讲？"柳学忠按着腰刀，活像一只恶狼用爪子按住一只羊羔，虎着脸喝道，"快招！"

黄少文见尚发祥竟不念过去的翁婿之情，膝行数步，拽住尚发祥的衣襟，叫道："爹，你真的不认识我？"

"呸！谁是你爹？"尚发祥觉得认识黄少文有辱自己的身份，满脸嫌弃，厌恶地冷哼一声，背过脸去。

黄少文悲怆地撕开上衣，露出了挂在脖子上晶莹剔透的玉观音，悲切地说道："十年前，尚、黄两家定亲时，这尊玉观音作为信物，你该认识吧……还有，我家送给你家的端溪血砚！"

"呀呸！"尚发祥被顶得无言以对，一咬牙，梗着脖子较上了劲，"老夫只认你领着土匪打劫我家，其他的一概不认！"

黄少文顿时气得头昏脑涨，忍了忍，长叹一声说道："我黄家遭老虎寨土匪打劫，已经精穷，再穷也不会抢我家的端溪血砚呀！"

如同晴天打个响雷，堂上堂下顿时大哗，冯庶浑身一颤，惊出一身冷汗，已知此案疑点较多，倘若再细审深究，后果不堪设想。他恶狠狠地扫了一眼蔫在那里的柳学忠，吩咐道："把人犯押下去，以后重审，退堂！"言毕，看也不看众人，拂袖而去。

一阵闷气过后，冯庶渐渐冷静下来。晚上戌正时分，冯庶拍了拍有些发木的脑门，青衣小帽来到牢房，详细地讯问了黄少文。当他得知三河县县令褚光耀是黄少文座师时，懊悔自己昏了头，错把一个来丰穰县投亲的三河县秀才当作老虎寨匪首呼三山审理。传出去丢人事小，头上的顶戴难保事大。回到后堂时，方明白乡绅商贾去宛平府衙叫屈、聚众在丰穰县衙替古月杰鸣冤、呼三山当堂反供绝不是偶然。这一连串的怪事堆叠在一起，看怪不怪了——呼三山买通了捕头柳学忠，放走了古月杰这个真呼三山，弄一个假呼三山做替身——他不敢再深想下去。忽听门外有人惊呼："有刺客！"

冯庶惊怔之下忙闪眼看时，窗外一条人影一晃即逝，但见一把明晃晃的匕首迎面飞来，嵌在后堂楹柱上。书童阿毛闻声而入，发现匕首下扎着一封信笺，忙取了过来，冯庶展目看时，上面写道：

葫芦僧判糊涂案

头上顶戴方保全

倘若半个不照办

血溅乌纱命归天

花豹子

花豹子是呼三山的绰号。冯庶拭了拭额角上浸出来的冷汗。从信上看，花豹子不是来夺命的，而是恐吓要挟催命的。他挥了挥手，示意阿毛和闻讯赶来的人退出门外，思索良久，方拿定主意，一个朝廷命官不能被一个土匪头子的一封恐吓信打趴下，他毕竟是匪，邪不压正，抓呼三山鼠辈是天经地义。眼下要急办的是如何抓回济善堂古月杰，不，呼三山重审。正自焦虑，门帘一挑，刑名师爷杨道三禀道："柳捕头求见！"

"他还有脸见我！"冯庶顿时一股无名火直蹿脑门，他虽不待见柳学忠，想了想，只有见了才能摸清柳学忠实底。他冷冷地对杨道三吩咐道："让他给我滚进来！"

"见过大人！"柳学忠哈腰进屋，跪下说道，"属下特来请罪！"

"你也有罪？"冯庶面色凝重，嘴角上吊着一丝不屑的狞笑，哼了一声，挖苦道，"瞎子玩牌——看不出，你戏演得不错，红脸黑脸你都能唱，起来说话吧，让你跪着，本县吃罪不起，横竖你长能耐了，在大堂上把本县给卖了！"

"大人说这话真是折杀小的！"柳学忠起身看了一眼一脸怒容的冯庶，低下了头，咽了口唾沫，咽着气回道，"属下设身处地替大人着想，错抓了济善堂古月杰，引起丰穰县士民四处呼号，替古月杰呼冤，我怕激起民变，把事态弄大，扫了县衙颜面，损了大人官声，权宜之计，才替古月杰开脱，平息了民怨，求大人体谅属下对大人的一片忠心！"

"你的心早让狗扒吃了！"冯庶再也按捺不住，忽地从座位上站起，棱着眼说道，"你做那事该剜眼凌迟！你给我交实底，为啥抓个白面书生，诬人清白，替呼三山顶罪？"

"不！他是呼三山！"柳学忠一口咬定，"甭听他胡说！"

"还敢狡辩！"冯庶怒上加怒，砰的一声拍了一下桌子，因桌腿不稳，案几上的一个细瓷茶碗竟震落地上摔得粉碎，"我已摸清查实，你抓的那人是三河县名门望族，叫黄少文，刚中秀才，三河县县令褚光耀是他的座师，这下可好，你把天捅个洞，把我也连带上啦！"

"大人，莫听小人蛊惑！"

"你才是真小人！"冯庶指着柳学忠怒斥道，"你据实讲，赵半城这些猪狗们到县衙替古月杰呼冤，是不是你私下串通的？人家若不按你的话去做，你扬言杀他们全家可是有的？"

柳学忠乍听冯庶揭自己的老底，虽说是大热天却感到一股寒意袭遍全身，暗骂赵半城这条老狗把自己给卖了。但事已至此，非得硬撑着，仰着脸说道："那是诬陷！"

"难道我说亏了你？"冯庶如数家珍般说道，"你早年投身山贼与呼三山结下梁子，险些丧命，潦倒街头险成饿殍，我救你到衙门做事当上捕头，尚家寨案发，你在济善堂抓获了古月杰——不，老虎寨匪首呼三山，你俩做了一笔交易，你拿了姓呼的银子，又娶了人家妹妹，可是有的？"柳学忠听得浑身起栗。他实在想不通，这些天知、地知、鬼知、神知的事，冯庶怎会知道得如此详细。殊不知，这几件事，除了冯庶私访得来的消息，其他是据理推断的，柳学忠毕竟做贼心虚，惊怔间，冯庶大声说道："你演的顶凶鬼把戏还要让我往下说吗？快从实招来！"

"这……"柳学忠此刻已惊得真魂出窍，腮上的肌肉痉挛似的抖动了几下，他突然意识到丰穰县衙捕快班头这个响亮的名头，已经不属于自己。冯庶貌似软弱可欺，实则内方外圆精明到家，他已经紧紧地卡住了自己的咽喉，把自己逼上了绝路。转而又想，既然冯庶置自己于死地，倒不如鱼死网破！瞬间思索，柳学忠仿佛聚集了最后的力量，他偷觑一眼冯庶那张阴晴不定的"国"字脸，装着一副轻松的样子，干咳一声说道："大人说这话属下不明白，也听不懂。即便大人说的都是真的，不知有何证据？"言毕，竟大咧咧跷足而坐。

冯庶见对方如此蔑视自己，窝在心中的火气顿时迸发出来，起身朝门外大声喝道："来人!"刑名师爷杨道三闪身进来,躬身说道:"大人有何吩咐?"

"把柳学忠抓起来!"

"是!"杨道三迟疑了一下,立着不动,难为情地看着满脸阴云的冯庶,苦笑了一下道,"请大人消消气熄熄心火,柳捕头若做顶凶一案,属下万难相信。再说,后堂审案,惊动家眷,多有不便,夜深了,还是明日在大堂之上审理为好!"

"大胆!难道要我亲自动手?"

"慢!"柳学忠霍地起身,眉棱骨不易觉察地抖动了几下,挺胸说道,"男子汉大丈夫何必装熊做缩头乌龟!愿以实相告!"

"讲!"

"济善堂掌柜古月杰,是老虎寨大当家呼三山,宝是他抢,人是我抓,又是我暗中使手脚找人顶替,逼大人当堂放人!"柳学忠一副好汉做事好汉当的架势,遂把前后经过竹筒倒豆子般一股脑儿说了出来。他侃侃而言,把冯庶听得瞠目结舌,半晌方木讷讷问道:"呼三山现在何处?"

"他已连夜携宝前往京城!"

"去京城做甚?"冯庶悚然而惕,寻根问底。

"投主买官!"

"哈哈!"冯庶仰脸大笑,"编谎编得太离谱了吧!吏治再腐败,也不至于让一个打家劫舍的山大王当官!"他冷笑一声刚想说下去,见刑名师爷杨道三干笑不语,便突兀问道:"杨师爷,你为何发笑?"

"笑大人迂腐!"杨道三闪着一双狡黠的黑豆眼,欠身答道,"拿钱捐官在大清官场已是常例,见怪不怪,大人可听说土匪想招安,花钱去买官?"

一语提醒了冯庶,他逼视柳学忠:"呼三山前往京城投往何人?"

"还是不说为好!"柳学忠阴阳怪气地奸笑道,"大人,恕我直言,你热桌子冷板凳苦读圣贤书十载有余,方熬得个小小的六品县令,小的若说出来怕你惊受不起!"

"狂妄!竟敢小瞧本县官小职微!"冯庶气得手脚冰凉,一拍案几喝道,"快说,免遭皮肉之苦!"

第三十二章

魑魅乱舞老鼠戏猫
沆瀣一气扮猪吃虎

杨道三看了一眼冯庶，似笑非笑地说道："大人，柳捕头既已招认，却不肯说出投主捐官的姓名，你不觉得这里面有戏吗？"

冯庶冷哼了一声，狂躁地一挥手："他怕我一查到底追查其主！"

"投鼠忌器！"杨道三一双椒豆眼晶莹闪烁，直视着冯庶娓娓言道，"听话听音，敲锣听声，事已至此，卑职念在与大人一起共事的分上，奉劝一句，官场秘闻不知道比知道了好！"

"我深信邪不压正，最恨官盗一家！"冯庶仰着脸、梗着脖阴沉沉地说道，"除贪缉盗，惩恶扬善乃本县份内职责，无论牵涉谁，不管他是鼠或是器，本官都要一查到底！杨师爷，你现在派人去京城路上缉拿呼三山。"

杨道三站着没动，迅速地和柳学忠交换了一下眼神，柳学忠刹那间似乎从中得到勇气，黑红的脸膛显得阴森可怖，毒蛇般的目光盯着冯庶说道："看来大人真要穷追到底，那我就实话实说吧！"

"讲！"

"呼三山把宝砚送给孝亲王爷！"

"放屁！"冯庶拍案而起，"说大话也不看啥地方！"

"呼三山拜把子兄弟是京城孝亲王府总管，通过总管认识了孝亲王爷，已被王爷收为门人，抬籍为旗人。孝亲王喜欢收藏古砚，呼三山若献上端溪血砚，王爷承诺给呼三山一个官当当。呼三山这才铤而走险，劫得宝砚。"柳学忠瞟了冯庶一眼，徐徐说道，"大人，我本不愿说，看在你收留我当捕快班头的情分上，恕小的冒昧，你抓呼三山之时，便是你倒霉之日！"

仿佛一声晴天霹雳，把冯庶震在当堂，他嘴唇嗫嚅一下，没有说话，半晌才透过气来，头摇得像拨浪鼓，大声道："我不信，大清的孝亲王爷，国家的柱石，还如此卑劣？"

"大人，自古官匪一家。"杨道三眨着一双贼亮的黑豆眼，干咳一声道，"如今的大清天下，大官大贪，小官小贪，无官不贪，上下结成蜘蛛网，一扯葛藤满山动。古有屈原举世混浊唯他独清，众人皆醉唯他独醒，到头来落个汨罗江自尽的下场。何况你官小职微，露水大的前程，岂能以卵击石！"

"哦！"冯庶心里咯噔一下，警觉地瞥了一眼杨道三道，"你怎么替罪犯说话，又何以熟悉内幕？"

"实不相瞒，属下乃呼三山花钱安插在县衙的眼线！"

冯庶平时极讲究体尊矜贵上下之分，忽听刑名师爷杨道三是呼三山安插在县衙的内线，犹如一根鱼刺卡在喉。他踉跄了一下，竟碰翻了案几上的茶杯，溅得满案水淋淋的。良久方把持住，不认识似的瞅着杨道三，突然扬天大笑："本县花钱养的刑名师爷，原来是个贼！"

"当今世道贼比官好！"柳学忠见冯庶如此狼狈，已知击中要害，便乘机鼓动如簧之舌，"呼三山犯事，找个替死鬼顶着，在大清国不算稀罕事！"

冯庶头晕目眩四肢无力，瘫坐在椅中，无须再问，顶凶的事，他俩是主谋，还要拖自己下水，与贼为伍。他又慌又惊又怒又恨，头和手颤抖得有些不听使唤，痴痴地问道："你俩这样做图的是啥？"

杨道三干咳一声，从袖中摸出一万两银票晃了晃，说道："呼三山孝敬您老的，请笑纳！"

"贿赂我！"冯庶将一万两银票摔在杨道三脸上，喝道，"来人，将他俩拿下！"

门外却无人应声……

杨道三缓缓起身踱至门口，诡秘地奸笑道："让属下代劳吧，来人！"

四名衙皂应声而入，杨道三对冯庶拱手一礼笑道："大人，你该清醒了吧？"

“你……你们是一窝贼！”冯庶顿时惊得浑身哆嗦，站不起来。

“他们是我从山寨精选的跟班弟兄，以备急时所用。”杨道三见冯庶目光游弋魂不守舍，自是一脸兴奋，“恕属下无礼，事前不曾禀报大人。不过，请大人放心，兄弟绝无加害之意，请您领着我等把顶凶这场戏一路演下去，救出我主呼三山，兄弟担保大人有花不完的银子，还能官升三级！”杨道三凭着三寸不烂之舌，不知不觉把“属下”改为了“兄弟”，又勾画出冯庶花一样的前程。

柳学忠对杨道三已是刮目相看佩服至极，暗自庆幸帮呼三山算是帮对了人。虽是捕快班头，手下的人大多是呼三山安插的卧底，自己竟一无所知，不然的话，头掉了还不知是怎么回事。正幸灾乐祸，瞭眼见冯庶双手捂脸，泪水从指缝中渗出，已知冯庶心中防线崩溃，进退维谷，遂奸笑道：“良禽择木而栖，识时务者为俊杰，大人速作决断吧！”

冯庶抬起泪眼，阴郁地看着眼前的鬼蜮小人，长叹一声，起身踱了几步，乘柳学忠不备，抽出腰刀便向喉头刺去……

“慢！”柳学忠惊得一跃而起，深知冯庶一死，娄子就捅大了，救不了呼三山不说，连自己的小命也难保全，整个都乱套了，急忙上前死死抓住冯庶的手臂，说道，“大人，万不可冲动！”

杨道三一把夺过冯庶手中的刀，往地上一摔，说道：“大人若为大清尽忠，兄弟也不拦挡，不过大人死后，有人告你！”

“告我？”冯庶瞪目说道，“本官居官自清，何罪之有？”

“罪孽大着哩！”杨道三一副高深莫测的样子，似笑非笑地说道，“告你贪污受贿，勾结土匪呼三山劫钱抢宝血洗尚家寨，放走真凶呼三山。因事不密，畏罪自杀！反正死人不能说话，编啥是啥！”

“真乃刁吏，好狠毒啊！”冯庶突然发疯般跳起来，揪住杨道三的衣襟，切齿骂道，“你这条吃人不吐骨头的眼镜蛇，既然你让我死不下，活不成，本官就封金挂印，解甲归田！”

“此路虽好，已经迟了！”杨道三挣脱掉冯庶，不紧不慢地说道，“畏罪潜逃，躲避法律，株连你的家人和亲戚，让你生不如死！”

"你究竟是人还是妖？"冯庶惊骇之余，不假思索地说道，"既然没活路走，你不妨直说，我该咋办？"

"还是老话，葫芦僧判断葫芦案！"杨道三蹙眉皱额，一副怜天悲人的样子，侃侃剖析道，"卑职不忍看大人下场凄惨，你抓三河县那个小白脸秀才，又动了大刑，逼良为盗已触犯大清律条，凭这一条你头上乌纱帽不保，再者，你又当堂放走真凶呼三山，堂堂朝廷命官，通匪纵匪，仅这一条已是死罪！"

"走到这一步，还不是你们逼的！"冯庶猛然醒悟飞刀传书原来是杨道三所为，张眼见杨道三抖着二郎腿、仰着脖根本不把自己放在眼里，好像他是上宪，自己是杨道三的下属，心中熊熊烈火又腾然而起，骂道，"想不到养了两只白眼狼，本县恨不得亲手剐了你们这帮畜生！说个痛快话，让我做啥？"

"话不能这样讲，上船容易下船难，眼下你我都是一条船上的人！"杨道三不温不火，不冷不热，惬意地瞟了一眼气得五官变形的冯庶，平静地说道，"将错就错，放着尚发祥的诉状，让三河县姓黄的顶替呼三山，做好口供，逼他画押，审报朝廷，秋后问斩，平了尚员外的愤，保了大人的官，又救了呼三山的人，可谓一石数鸟，何乐而不为？"

"王八蛋！"冯庶望着杨道三一脸的虚情假意，劈脸一掌掴了过去，骂道，"老子死也不与贼同流合污！"

"死到临头还敢嘴硬！"柳学忠嗖地拔枪，顶着冯庶脑门，冷森森地说道，"既然你不从俺，横竖是个死，杀了你这个鸟官做个垫背的！"

一个女人的声音突然传来："柳兄弟息怒！让奴家劝他一下！"随着话音，冯庶的夫人崔氏慌忙从内室走出，挡在柳学忠与冯庶中间，"你们先下去吧！"

冯庶此时仿佛做了一场噩梦，望了一眼娇小玲珑的崔氏，眼中涌出泪来，喃喃地说道："夫人，我真后悔当这个县令！"

柳学忠、杨道三俩人迅速对望一眼，会意地一笑，退了出去，剩下冯庶和妻子抱头大哭。

第三十三章

探牢房侠女助淑女
囚室内书生揭黑幕

黄少文被抓后，尚发祥生怕女儿偷偷去县衙叫屈，便软禁了尚慧娟，一日三餐由丫鬟兰花端送。尚慧娟如笼中鸟、池中鱼，终日伏枕号哭不止。

丫鬟兰花见尚慧娟哭得凄惶，不由动了恻隐之心。她原是兰平县人，因黄河决口逃荒至此，被尚慧娟收留，作了贴身丫鬟。今日，她在客厅献茶时，见一衙门官爷和老爷叙话，听到"把姓黄的当土匪给办了"一语时，顿时惊得茶水溅在手上，退下来告诉了尚慧娟。

此时六月，酷热难耐，尚慧娟却惊得浑身起鸡皮疙瘩，身子一晃，几乎跌倒，兰花忙上前扶住。对尚慧娟耳语一番。尚慧娟见她小小年纪如此见识，不禁打量兰花。她十三四岁的年纪，梳着一根小辫子，额前刘海似云，衬着鹅蛋脸，虽一身粗布蓝衫，却透着机灵讨人喜欢。当下，兰花脱下衣服让尚慧娟扮作丫鬟，兰花换上尚慧娟的衣裳，装作小姐。因怕连累兰花，尚慧娟用绫绢把她绑缚椅上，口中塞上棉布。天刚放明，尚慧娟趁人不备混出了尚家寨，找一僻静处女扮男装，一副公子哥派头。一路上紧走慢赶，已初时分，进了丰穰城东门。

牢房位于县衙门的西北角，这是一座坐南朝北的大院，四周设有岗楼，修了一圈高墙，形成墙外墙，似一座双重的铁围把这里划成内外两个世界。嵌着铜钉的朱漆大门上，雕刻着狴犴神兽，在骄阳照射下更加狰狞阴森，给人一种望而止步的恐惧感。

尚慧娟第一次来这里。牢房这个名字对她来说既遥远又陌生，在她的印象中，戏台上《卷席筒》的主人公小苍娃替嫂嫂顶罪，身陷囹圄那个地方才叫牢房，眼前的景象和戏台上的牢房相比更加阴森可怖。蓦地，尚慧娟有点胆怯，正自忐忑不安，忽听一声低沉的猛喝："什么人？"尚慧娟骇得一震，细看时，站班的狱卒挎刀握枪直挺挺盯着自己。她心里一紧，蓦然惊出一身汗来，强摁住突突乱跳的心，拱手一揖，笑道："公爷辛苦，在下探视一个名叫黄少文的表台。"

狱卒歪着头想了想，说道："没有这个人！"

"前些日在丰穰寺抓的那个！"尚慧娟忙摸出两块银饼递了过去，"大热天讨杯茶喝！"

"不行！"狱卒像被马蜂蜇住似的又把银饼推了回来，警觉地按住腰间的佩刀，棱着眼看着这位英俊的陌生人，口气冰冷："你说的是关押在内监的大土匪头子呼三山。"一位年长的狱卒叹道："嗨！人不可貌相，文弱得像个书生，竟是一条害虫！"

尚慧娟闻听一怔，刹那间有一种不祥之感，她读过方苞写的《狱中杂记》，知道牢房分为内监、外监和女监。内监叫死牢，又称虎头牢，杀人劫舍判斩绞的重犯囚禁在内监。外监叫作普牢，关押普通人犯。妇女犯罪收在女监。听狱卒说话的语气，黄公子变成了大土匪头子呼三山？她深感此事蹊跷，又摸出碎银，笑道："公爷，行个方便，见一面就走！"那年长的狱卒说道："不是我等办事死鳖，委实上边禁令如山，除非你有柳捕头的腰牌……"

"谁说要柳捕头的腰牌呀？"说话间，一位面目清秀、衣着华丽的青年公子，轻摇折扇走了过来，轻蔑地瞟了两名狱卒一眼，用不容置疑的口气说道："我的一位朋友，让她进去！"

尚慧娟顿时眼前一亮，来人正是女扮男装的呼小燕，呼小燕因惦记黄少文前来探视，碰巧遇上尚慧娟。俩狱卒已是满脸谀笑："柳太太呀，恕小的眼拙，既是您的朋友，就是柳捕头的贵客，柳捕头的腰牌还不是您老掌管着？"边说边伸手往牢房里让。尚慧娟方知道呼小燕已是柳捕头的妻子，想不透这样一个美貌绝伦又有侠肝义胆的女子，怎会嫁给一个生性残忍的捕头。正自嗟叹，呼小燕呵呵一笑道："尚兄，俺陪你进去！"说着话，乜斜着眼看着俩狱卒，莞尔一笑，随手扔去几块碎银，没事人似的用竹扇打着掌心，抬脚跨进牢门。尚慧娟不再言语，和呼小燕一前一后进了牢房。

俩人沿着甬道走了不远，来到一个大铁栅门前，立刻便闻到一股又腥又臭又呛鼻的味道。呼小燕忙掏出手帕捂住鼻子。尚慧娟竟忍不住打几个喷嚏。张眼瞧时，屋内光线昏暗，一张矮桌上搁着一盏高角油灯，鬼火一样摇曳不定，旁边放着一只大碗，却没筷子，麦秸草上铺着一领席和一条脏兮兮的薄被，黄少文蜷缩在"床上"脸朝墙睡着，对呼小燕和尚慧娟的到来浑然不觉，似乎是一个僵人。尚慧娟的心仿佛被刀割成了无数的碎片，噙着泪轻声叫道："黄公子！"

黄少文没有应声。

"呼三山，你耳朵塞驴毛了！"狱卒麻利地打开了铁锁，大声叫道，"有人来看你来啦！"

"小爷姓黄不姓呼！"黄少文咬着牙腾地翻身坐起，一眼瞧见站在铁栅门的尚慧娟和呼小燕，竟呆住了，嘴半张着，两眼直直的一眨不眨，恼怒的脸一瞬间变得似哭似笑的，表情复杂，木桩似的僵在那里。尚慧娟不认识似的上下打量着黄少文，褴褛的脏衣透出条条鞭痕和殷红的血迹，头发蓬乱像鸡窝里的柴草，一双乌黑的大眼失去了昔日的光泽，显得有些呆滞。才几日不见，好像换个人似的，这哪儿是挥扇品茗、吟诗作对、风流倜傥的黄公子！半晌，尚慧娟才醒过神来，尖叫一声："黄公子！"发疯般地扑了过去。黄少文也从懵懂中醒过神来，此刻，爱、恨、怜、痛、悲五味涌上心头，他醉酒似的抱着尚慧娟泪如泉涌："想不到还能见到你……"

"眼下还不是伤悲的时候！"呼小燕见他俩哭作一团，深知不知有多少双眼睛在暗中盯着他们，忙催促道，"拣紧要的说，耽搁久了，怕不好办！"

尚慧娟从极度的悲伤中恢复了理智，用手帕拭了拭泪，无声地叹息了一声道："把门的不让进，多亏了燕妹。唉，为啥他们称呼你呼三山？"

"此事你不问，俺也要对你说，"黄少文艰难地挪动了一下身子，皱着眉唏嘘地说道，"落到这般田地，我也纳闷得很，他们抓我、打我，把我往死里整，为的是让俺承认是老虎寨土匪头子呼三山！连你爹也在大堂上指认我是呼三山，你爹疯了，县官也疯了！整个世道都疯了！他们编了一张大网逼我往里钻！"他看了一眼脸色苍白的尚慧娟，说道："你在闺房绣花，哪里知道牢房暗无天日，这里的人没有一点人性，我已经连着三个晚上'担金砖'了，那滋味比死还难受啊！我拼死熬刑，不承认是呼三山——那是砍头的大罪啊！"他长吁了一口气："若不是为了你，我真想脱去这身臭皮囊，了却这无尽的折磨与烦恼，活一天好比十年啊！今日你来看我，我死也瞑目了！"他看了一眼满脸惊愕的呼小燕，苦笑道："燕妹，再不能与你品诗论文！今日一见，也算别过！"呼小燕早已泪如雨下，呜咽着说不出话来。

尚慧娟悲伤地看了一眼呼小燕。她哪里知道呼小燕此刻铭心刺骨般疼痛，恨不得跪到黄少文面前向他忏悔赎罪。呼小燕见尚慧娟盯着自己，忙道："风闻'担金砖'是监狱里最厉害的一种酷刑，夜里把人犯捆个鸭子浮水，跪在铺满带刺的礓石上，肩上再担一百多斤重的土坯，让犯人硬撑着，时间久了，支撑不住，一个筋斗从桌上栽下来，年岁大或身子弱的当场就死了，年轻力壮的也累得当场吐血，还没有明伤。唉！每天都有被害死抬出去的囚犯……"

尚慧娟自幼在闺房吟诗抚琴，哪听说过这惊破胆的旷世秘闻，先是惊恐地大张着嘴，继而心中烧起愤怒的火焰，问道："难道没有王法了吗？俺要上告！"

"娟妹，你听说过破家县县令吗？"黄少文咽了一口唾沫，咂了咂干涩的嘴唇，静静地说道，"我反复琢磨，明面上害我的人是丰穰县县令，还有在丰穰寺抓我的柳捕头，其实他俩背后还有其人——自古官匪一家，我揣摩极有可能是老虎寨匪枭呼三山在暗中作祟，可我没有招惹他呀，怎么会……唉！"他实在想不通，自投亲丰穰县，这帮人为何上下勾结把自己往火坑里推。

呼小燕心中却翻腾得厉害，黄少文的话她听得浑身战栗。事情的来龙去脉她心里明镜似的，一方是嫡亲哥哥，为了保命，让妹妹与狼共枕，与一帮豺狼联手害人。一方是自己朝夕牵挂的倾心男人。刹那间，她恨不得立刻破门而出，逃离这块污浊肮脏的是非之地，她痴痴地望着黄少文那张棱角分明的脸，很想宽慰几句，却一句话也说不出，呆呆地伤心抹泪。正自悲伤，黄少文说道："燕妹，我求你办一件事！"

"说吧！"

"麻烦你去趟三河县大黄庄，把我的事告知我爹！"黄少文盯着呼小燕，"凭我家一门五进士的声望，找一下祖上亲朋故交，若念旧情，或许我还有出头的日子！"

呼小燕含泪点头道："嗯！俺记下啦！"

"娟妹！"黄少文幽幽地说道，"他们不会放过我的，你爹视我为眼中钉、肉中刺，仇人一样。唉！你我今生今世有缘无分。我不恨你，也不拖累你，若遇着中意的，你另择高枝吧！"黄少文说着眼泪扑簌簌落下，仰天长叹："天乎！天乎！你为啥让我来到人世间，蒙受不白之冤！"说完，稀泥一样瘫在地上痛哭失声。

第三十四章

大街上烈女呼冤枉
冯县令有意正视听

"俺不同意！"尚慧娟满眼尽是怨恨之气，凝视着黄少文那张痛苦扭曲的脸，愤然说道，"桥归桥，路归路，俺爹他是他，俺跟他不一样！"尚慧娟掠了一下鬓发，决绝地咬了一下嘴唇，又道："你横竖是俺的男人。有道是君子修道立德，不因穷困而败节。既是夫妻理应同气连声同生共死，下地狱，跳油锅，俺决不皱眉。"她微睨了一眼呆立不语的呼小燕，对黄少文说道："你给我写张诉状，县衙告不赢，俺去府衙，府衙不准，俺去省城，省城不行，俺去皇上那儿告，告他个鱼烂刺出来，俺就不信，大清没有一个好官！"

黄少文万没料到尚慧娟竟有如此铮铮傲骨，真是个知己又知心的好妻子，当下让呼小燕索了文房四宝，提笔濡墨。顷刻间，洋洋洒洒一张诉状交到尚慧娟手中。呼小燕在一旁看得又怜又羡又妒又疼，见狱卒催促，便拉着尚慧娟走出牢门。

尚慧娟、呼小燕俩人各怀心事走在大街上，火辣辣的太阳像下火一样炙烤着大地，熏风裹着热浪热得人喘不过气来。忽听迎面一阵铜锣响，有人扯着大嗓门，高喊道："冯大人回衙喽！军民人等一应回避——咣！"尚慧娟闪眼看时，一顶四人抬的官轿在众人的簇拥下浩浩荡荡迤逦而来，前面衙皂举着"肃静""回避"的牌子，在刺眼的阳光下活似一对吃人的怪兽。呼小燕看着官轿满脸的不自在，扯了一下尚慧娟，小声说道："是冯县令，咱回避一下！"

尚慧娟恍若没听见，痴痴地望着越来越近的官轿。她猛地推开呼小燕，向前紧跑几步，跪在街心，把状纸举过头顶，凄厉地喊道："冤枉啊！"

"何方刁民，竟敢拦轿呼冤！"前面的衙皂一声怒斥，早有两名凶巴巴的扈从走过来，虎着脸喝道，"找死！"

"民不畏死，何以死惧哉！"尚慧娟因两名衙皂的推搡，蓬松的秀发瀑布般滑落了下来，露出了女儿身。衙皂不禁一愣，转身向轿前禀道："大人，拦轿者是一女子——"

"住轿！"轿内正是冯庶，见一女子拦轿呼冤颇为惊奇，心中一动，脚一跺，大轿便款款落下。冯庶立时哈腰出轿，因眼睛近视，凑近瞧时，立时被她容貌惊呆了。面前年轻女子姿色十分出众，一头浓密的黑发虽然蓬乱，却掩藏不住那张清丽的瓜子脸，一双弯月眉下配着两只会说话的杏仁眼，仿佛向人们吐露着不尽的哀怨和愤懑。冯庶收回目光。良久，轻咳一声，缓缓地说道："你这女子，家住哪里，姓甚名谁，不去衙门击鼓叫屈，为何在这大街上拦轿呼冤，状告何人哪？起来回话！"

"民女家住尚家寨，叫尚慧娟。"尚慧娟对冯庶敛衽一礼，一双滴溜溜的乌黑大眼盯着冯庶，说道，"为我丈夫蒙冤一案，状告丰穰知县冯庶！"

话音甫落，众人哗然，躲在远处望风的呼小燕暗替尚慧娟捏一把汗，众衙皂敛息屏气，看冯庶如何发落这名女子。

"告我？"冯庶大惊，世上竟有这样泼辣放肆的女子！这丫头看上去白白净净，温文尔雅，公然当面锣对面鼓状告一个堂堂知县，简直匪夷所思。刚想申斥，又无一点毛病可挑剔。这场面让人既尴尬，又无可奈何。抬眼见街上行人驻足龇牙咧嘴围拢过来看热闹，冯庶恨得牙根痒痒的，想发作又念及是在街上，忍住气皱着眉在大街上踱了几步，说道："你状告本县，我官正如水清，两袖清似风，告我什么？就不怕判你民告官之罪吗？"

"冯县令！"尚慧娟毫无怯意，说道，"俺告你食皇上俸禄，执朝廷法纪，却与狼共舞，执法犯法！"她怨恨地盯着冯庶道："只要能洗去我丈夫的不白之冤，什么罪，奴家都认！"

"本官佩服你的胆量！"冯庶傲然白了一眼尚慧娟，阴笑道，"可有状纸？"

"有！"尚慧娟双手把状纸呈上，"请冯大人过目！"

"一笔好字！"冯庶接过状纸，略一浏览便吓得身上一震。待他看完，已惊得通身是汗，强摁住突突乱跳的心，明知故问地说道："你丈夫叫什么名字，哪里人氏？"

"他叫黄少文，三河县大黄庄人，是个秀才！"

"这话就奇了！"柳学忠在旁刁狠地一笑，说道，"丰穰县牢房是关押坏人的地方，从无关押过一个有功名的秀才黄少文，真真没影的事！"

"你还在装相！那天，是你带人在丰穰寺抓走俺的丈夫！"尚慧娟一眼认出柳学忠。她缓缓抬起头，没有半点怯意和羞涩，指了指柳学忠对冯庶说道："民女告你纵容下属，擅抓好人，用尽酷刑，逼俺丈夫承认是老虎寨匪首呼三山！"

她的话如金钉钉地，立刻引来众人议论，冯庶不禁骇然。炎炎酷日下一股寒意袭上心头，但他很快又恢复了平静，扫了一眼满脸不自在的柳学忠，问道："柳班头，你看——"柳学忠早认出眼前的红颜祸水——与黄少文一起私奔的尚慧娟。他恶狠狠横了尚慧娟一眼，喝道："你这个臭婊子，偷汉子赖到老子头上，诬告知县大人，民告官已是有罪。来呀，拿下！"

"在！"众衙皂雷轰似的齐声应道。

"慢！"冯庶见看热闹的百姓越聚越多，深知大街上不是施威的地方，弄不好会激起民变，这事要张扬开来，传到省里和京城，自己可真要"顶子红"了。心里憋着气，还得做表面光的事。他紧张地思索了一阵儿，突然一笑道："你这民女，可知道是谁把你丈夫告到大牢？"

"是俺爹！"尚慧娟忸怩了一下，喃喃说道，"尚家遭匪劫，俺爹他气糊涂了。"她突然抬起头来，没了羞涩，一双瞳仁又黑又亮，毫无怯意地直视着冯庶道："俺爹犯浑，犯了诬告之罪，难道大人也犯糊涂，昧着良心审案，诬良为匪？"

话一出口，众人哗然，一个弱女子状告县令已属罕见，又在大街之上，当着冯庶的面毫不留情地顶撞县令，又指责自己的父亲，可谓天下奇闻。一时间，众人交头接耳议论开来："天下有狠心儿女，没有狠心父母，这女人是个妖孽……"

柳学忠生怕尚慧娟再往下深说，"腾"地蹿上来，戟指着尚慧娟破口大骂："你这个淫贱坏子，你以下犯上，再胡说八道，老子宰了你！"

尚慧娟鄙夷地说道："不就是衙门里一条看门的狗吗！昨日还迈着个鸡慌腿去俺家送礼，逼着俺爹作假证，对俺爹说，尚家寨命案，姓黄的是罪魁祸首，他是老虎寨土匪呼三山。老天爷！你睁眼瞧瞧，为啥让这些猪狗不如披身官皮的东西，身居庙堂陷害好人啊……"

真个是波浪叠起，众人又是一阵鼓噪热议。呼小燕一旁暗赞：这女子若是个男儿身，必是个状元！

冯庶见尚慧娟句句说到要害处，既窘迫又兴奋，拧着眉头思量半晌，突兀地说道："你既有天大的冤屈，可有人证？"

"有！"尚慧娟掠了一下秀发，毫无怯意地说道，"尚家寨大小几十户上百人都是人证！他们都知道黄少文是尚家未过门的姑爷！俺若有半点瞎话，任杀任剐不喊冤！"

一直混在众扈从中的杨道三突然冒了出来。此时，他已看透冯庶故意引诱着尚慧娟，在大街上当众揭露案情真相，忙对冯庶一拱手道："大人，这位女子拦轿喊冤，大街上也不是审案的地方，不如把她带回衙门，细细审问如何？"

"唔！"冯庶阴郁的目光霍地一跳，顿时明白杨道三要杀人灭口，他耸着肩，仰着脸，话中有话地对尚慧娟说道，"你这民女，案子过几天还要开堂重审，到那时你上堂作证如何？"说罢，威严地扫视一下围观众人："来呀！把这民女拖过，打道回府！"

众衙皂齐声应道："是！"

第三十五章

懦县令情急寻退路
奸师爷虚情慰书生

尚慧娟大街上拦轿呼冤，立刻引起市民们街谈巷议，冯庶意识到纸里终难包火，丢官事小，连累一家老小身家性命事大。回衙后，他强摁住怦跳的心，唤来夫人崔氏，把尚慧娟大街上拦轿的事略说了一遍。

崔氏与冯庶同为浙江金华人，她出生在一个书香人家，长得白白净净，温柔贤淑，见丈夫破天荒将公事与自己商量，沉吟良久，说道："这儿是个鬼窝，惹不起躲得起，不如学关寿亭侯封金挂印，回浙江老家做个耕樵渔夫！"

"你说对了一半，可眼下情势，上山容易下山难！"冯庶脸色忧郁，无言地从柜中取出一个锦盒，崔氏打开看时，里面全是银票，有五六张，她满脸疑惑地望着丈夫。冯庶叹息一声说道："我须防着他们给咱家一锅烩了。"他压低声音，"明日，你以去丰穰寺上香为由，带上母亲和孩子离开此地，既不投亲也不寻友，先去龙兴城，再绕道徐州，乘水路回金华老家！"

崔氏噙泪望着丈夫："我走了，你咋办？"

"芭蕉虽枯心不干，竹竿虽细身有节！"冯庶双目炯炯，紧握着崔氏的手，"天是大清的天，法是大清的法，我堂堂朝廷命官，岂能与猪狗为伍！我留下做个鱼饵，引开他们视线，护你们安全离开，我若能平安渡过这一关，便辞官归乡，自然与你团聚。若遭不测，天幸你生的是个男孩，扶养我冯家一脉留下后代！"说着，泪水夺眶而出。崔氏满脸是泪，忍着不敢放声，一边拭泪，一边恋恋不舍地嗯了一声，说道："俺这就去准备！"冯庶忽地又道："你唤阿毛进来，我有事吩咐！"

崔氏深知事关重大，退出门外。须臾，书童阿毛跨门进来，见冯庶神色有异，忙问道："老爷有何吩咐？"

冯庶无言地取出两封火漆书简递给了阿毛，几乎贴着阿毛耳朵悄声说道："这两封书信，一封你亲手交给宛平知府李克大人，而后，你火速去龙兴城，面呈巡抚杜宗山大人！"

"何时动身？"

"今晚更深夜静从后花园角门出去，一路上要拣着人少的小路，莫和熟人搭腔说话，此事重大，不得有误，要速去速回，我一家老小性命全压在你一个人身上！"冯庶说着，不由触动衷肠，潸然泪下，哽着嗓子道，"若不是怕人瞧见，我给你跪下了！"

阿毛原是崔氏陪嫁小奚奴，冯庶见他伶俐，作了书童。此刻，他见冯庶一脸凄惶，仿佛老了十岁，不禁动容，低声说道："老爷，甭说了，我遵命就是！"说着便退出门外。

冯庶安排停当，略觉安心地吁了一口气，回到屋内，半躺在竹椅上，一手索来邸报看着，一手轻摇扇子，不知不觉竟自浑然睡去。冯庶做梦也没想到，他家早被呼三山派人日夜盯梢，一张大网悄没声息向他张开。

却说柳学忠见冯庶脸色不善拂袖去了后堂，向杨道三使了个眼色，杨道三会意，当下俩人来到城十字街济善堂，由一名哑仆领着进了月洞门，往东一拐是空场。绕过迎壁，偌大个院落仅有几间房舍，都是黄茅结顶，上面爬满了牵牛花、丝瓜秧、爬山虎等，阴森森、碧幽幽，清凉爽目。俩人从未来到这院中之院，正自唏嘘嗟叹，哑仆伸手一让，退了下去。惊疑间，呼三山从里边出来，笑道："我料两位贵客要来，特备下薄酒，请！"仨人围桌而坐，几杯老酒下肠，柳学忠面带酡颜，本来心绪不佳，加之酷暑难耐，竟满头热汗，见杨道三坐在桌旁，默默地审视着晶莹剔透的酒杯，怔怔出神，便忍不住说道："姓尚的疯丫头拦轿喊冤，冯庶有意将事挑明，万一破包露馅，可如何是好？"

杨道三端起酒杯在鼻子上闻了闻，椒豆眼鬼火般灼然生光："豹爷，咱们眼下每走一步都在踩钢丝，都关乎着咱们荣枯存亡。姓冯的跟咱尿不到一个壶里，线人来报，他在安排后路，反水是早晚的事。姓尚的丫头水蛇腰、狐媚眼，天生的浪货，铁了心告状，干大事岂容儿女私情，该有一个了断……"

"把那疯丫头给拾掇了，留着终究是个祸根！"柳学忠腾地起身，满脸杀气，"咱本来就是土匪，整日看姓冯的脸色行事，受窝囊气，不如杀了姓冯的，回老虎寨，大碗喝酒，大秤分金，自在逍遥！"

"性急吃不了热豆腐！你已是有家室之人，还是这个毛躁脾气？记住，把姓冯的看死盯牢，切忌人家不乱咱窝里先乱！"呼三山脸色青中带黄，眼中闪着狠毒的光，"我送你俩一句话，打尚家女的牌子，请姓黄的入瓮，然后再……"

柳学忠眼睛一亮，咧开嘴乐了。

杨道三何等人！当即看透了呼三山的意图，他平时有些纳罕，县衙发生的事他怎会如此清楚？此刻，他突然醒悟，县衙里布满了呼三山的眼线，眼线又盯眼线，他让自己盯着柳学忠，别人暗中盯自己，每条单线都与呼三山直接联系，是以衙门有个风吹草动，呼三山都了如指掌。想着，心里乍然一惊，大热天竟无端打了个寒战，左手端起的酒杯险些掉落地上。他自失地一笑道："豹爷就是豹爷，不是凡品，遇事不慌，大将风度，凡事布置筹措得滴水不漏，这叫'双手推开窗前月，一石击破水底天'，兄弟佩服！"柳学忠不像杨道三那样说话文绉绉的，咬文嚼字，他扔掉芭蕉扇子把胸脯拍得山响："啰唆个球，咱们先去牢房办大事！"

平日紧闭的铁门"吱呀"一声打开了，这扇门自牢房建立之日算起，关闭的多，敞开的少，不知有多少囚犯从这里走上了不归路，也有不少满腹冤屈的还没来得及昭雪，已被活活折腾得含冤而死，用老百姓的话说，来这儿的人不死也得脱层皮。守门的狱吏见柳学忠与杨道三联袂进来，忙拱手往里面让。

牢房里散发的霉臭味扑鼻而来，柳学忠常到牢房里提人，对这里已经习惯，杨道三养尊处优惯了，顿觉胸闷、腹胀、反胃，他勉强忍着没有呕吐，向里面瞧时，黄少文发辫散乱，昏沉沉蜷缩在潮湿的地上，一盏摇曳不定的灯光，照得他脸色格外惨白。听到响动，黄少文慢慢地转过身，见柳学忠与杨道三俩人一脸奸笑地看着自己，心中一沉，目光暗淡下来。杨道三惊愕地打量着黄少文，见黄少文目光如炬朝自己扫来，好像夜行人遇到了鬼，竟吓得"啊"的一声倒退了半步。柳学忠见黄少文虎死不倒架，如此拿大，瞠目骂道："杨师爷来看你，嘴里噙球啦，摆什么谱，装什么好汉？"

黄少文艰难地坐起身，"呸"地啐了一口，骂道："衣冠禽兽之辈，也配与我说话！"

"哼哼！老子不信就制服不了你！"柳学忠满脸狰狞，喝道，"来呀！玩磨豆腐！"

"慢！"杨道三忙摆手制止，他已经看出，外表文静瘦弱的黄少文是一个用酷刑征服不了的硬汉，竟对黄少文深施一礼，说道，"君子以义为质，礼以行之，像你这样的君子，怎能以非礼待之！"

杨道三说着竟亲手打开黄少文脚镣手铐，满脸堆笑地搀扶起黄少文，轻声说道："让黄先生受屈，鄙人深为不安！"他朝狱卒吩咐道："弄桌上等酒菜，我要与他好好唠唠！"狱卒应了一声，转眼间一桌丰馔的酒食满满地摆在方桌上，有道口烧鸡、红烧牛肉、醋焖鲤鱼、羊排、竹笋，四荤四素，热腾腾、香喷喷，煞是勾人胃口。黄少文剜了一眼满脸虚情假意的杨道三，毫不客气地坐在桌旁，手撕口嚼，须臾间，一桌饭菜被他吃了个精光，酣畅淋漓地打了几个饱嗝后，又用脏兮兮的衣袖抹了抹油腻的嘴巴，自嘲道："可惜无酒！"

杨道三闻言脸呈喜色，看来此人吃软不吃硬，连声吩咐狱卒拿酒。待酒上来时，他亲自斟酒为黄少文把盏，赞道："先生乃当今烈烈丈夫，谦谦君子，我敬你一杯！"黄少文自入牢房，受尽了折磨，哪儿食过一顿美味佳酿，索性敞开肚皮畅饮，苍白的脸上渐渐泛起了红潮，看了一眼似笑非笑的杨道三，说道："承蒙谬奖，英雄豪杰在下还论不上，身上没有软骨倒是真的，是时候了，该把肚里的坏水倒出来了，说吧，我洗耳恭听！"

柳学忠见黄少文一副刀枪不入满不在乎的样子，恨不得掀翻饭桌，因不知杨道三葫芦里装的是什么药，不便发作，只得耐着性子等下去。

第三十六章

俩酷吏游说假刑犯
春宫戏摧垮性情人

"痛快!"杨道三见这个打死不叫爷的书呆子松了口,心里一阵兴奋,干咳一声凑近黄少文说道,"其实再简单不过,只要你承认是老虎寨呼三山,在狱中充数应卯,我保你天天吃香的喝辣的,还保你无性命之忧,三个月后出狱!"

"姓冯的狗官差你来做说客?"黄少文双目如电,两道寒光直射杨道三,冷笑道,"你不配,让姓冯的狗官来与我谈!"

"不是!"杨道三两只小眼睛咕噜噜转了转,阴阴地笑道,"鄙人是可怜你,人生犹如青云路口,你眼下身陷囹圄,熬尽了苦刑,何必跟自己过不去,只要你承认是呼三山——"

"哦!我明白了,是呼三山让你来游说!"

"也算是,也不是……"

"你算什么东西!"黄少文冷笑一声,斥道,"我乃清白之躯,凭什么让我背黑锅冒充贼首?"

"凭这个——"杨道三扬了扬手中的一张一千两银票,诡谲地笑道,"只要你答应,这一千两银票就是你的,出狱后,与你那心上人远走高飞,快快活活一辈子!"

"说得轻巧,吃根灯草!"黄少文犀着眼盯着杨道三说道,"上司追查此事,你作何应对?"

杨道三嗤地一笑,用竹扇轻轻叩打着掌心道:"实不相瞒,这种事我经得多了，花上几百两银子，先封住管事的口，再报个暴病死亡，监狱里死个人如同踩死只蚂蚁，再平常不过，上面真要查，有上宪顶着，怕啥！"

"草菅人命！"黄少文心里一颤，吃惊地望着这位麻秆细腰、干筋黑瘦，长弧脸上一双贼眼不停乱转的人，分明是一条吃人肉不吐骨头的眼镜蛇！抬眼见窗外巴掌片大的天上，褐灰色的云团缓缓地滚压过来，从窗外吹进来的熏风扑面灼人，加上牢房里原本闷热，有一种让人窒息的感觉。突然，他纵声狂笑："在下实在想不明白，我乃三河县百年簪缨望族，你们逼我承认是呼三山，岂不是瞪着眼睛说瞎话！闲话不说，有啥毒刑请用吧，小爷等着！"

"你从三河县来丰穰县那日起，头脑就没有清醒过，"杨道三高深莫测地一笑，哗地把竹扇打开，轻摇折扇，眯缝着眼说道，"说句掏心窝子的话，甭动辄拿你三河县老家名门望族的牌子唬人，有道是风水轮流转，三十年河东，三十年河西，转眼间你由天上掉到地下，穷得精光，俗话说，到什么山唱什么歌，你大老远从三河县来丰穰小县，吃苦受罪，还被当贼娃告到公堂，你也不想想，这是为什么？——这里又是什么地方？这里是人变鬼、鬼变人，鬼都不肯来拉屎的地方！既然来了，就得好好谈谈，就得按照我说的规矩办事，听我的安排，不然的话，你会后悔一辈子！"他不冷不热，不紧不慢，娓娓道来，剖析透彻，听起来好像处处在为黄少文着想，但字字绵里藏针。既含蓄又透骨，循循善诱，步步都是把黄少文往死胡同里引。

柳学忠此刻打心眼里服了杨道三，这个平时球事不干，一天到晚抱个水烟袋，只会在冯庶跟前点头哈腰溜须拍马的主儿，心底竟如此瓷实。这么想着，柳学忠暗哑着嗓子对黄少文嚷道："老子干脆把话说明挑透，你若不听杨师爷的，让你活不下死不成，生不如死！"

"我已是死过的人，何惧死哉！"黄少文牛脾气又上来了，仰着头，咬牙道，"小爷宁肯站着死，也决不跪着生！"

杨道三并不生气，轻轻叹息一声，随即眼中波光一闪，娓娓说道："这话我不爱听，现在官场贪官污吏横行，朝廷里哪个不贪、不盗，其实都在盗大清根基，与呼三山相比，无非是大盗小盗、明盗暗盗而已！我把其中利害讲透，也是替你现在的处境着想，为着你好，并不是一定要攀附你，胁迫你，你若坚决不肯，我也不会勉强，不过——尚家寨可就遭殃了！"

"你威胁我！"

杨道三奸猾地一笑，噌地从袖中抽出一张纸，甩到黄少文跟前："你睁大眼睛瞧瞧，上面写的是什么！"

黄少文展开看时，两行狂草字血淋淋地写道："若不顺手，灭尚家寨满门！"

虽无落款和日期，黄少文觉得字体眼熟。猛然想起，这字体他在尚家寨飞刀传书时见过。黄少文看得心里一阵发毛，但一瞬间又拿定了主意，无所谓地一笑道："尚家寨已与我井水不犯河水，无任何瓜葛，有人灭尚氏一门与我何干？"

"关系大着哩！"杨道三吐了口浓浓的烟雾说道，"有人会到官衙告你为霸占良家女子，暗地勾结老虎寨土匪打劫尚家寨，论罪也是死罪一条！"

"血口喷人，贼喊捉贼！"黄少文猛地站起，怒视着杨道三移时，说道，"我乏了，要睡觉，请你们出去！"

"看来你是不见棺材不落泪！"杨道三陡然变色，阴森森地朝外喊道，"来呀！扶他起来看看西洋景！"话音甫落，早有两名狱卒进来麻利地将躺在"床上"的黄少文架起来就走。穿过长长的甬道，七拐八弯约半个时辰，来到一间又昏又暗的小屋内，黄少文诧异间，杨道三在壁上轻轻一揿机关，只觉得眼前一亮，半个壁墙已吱吱呀呀缓缓滑动，闪出一块方桌面大的透明玻璃镜。隔镜望去，黄少文顿时呆了——原来，这间小屋连着里间大屋。昏暗的灯光下，鹅眉紧锁的尚慧娟面无表情地坐在一张木床上支颐沉思，黄少文连喊几声娟妹，尚慧娟仿佛睡着了一般，他失神地一屁股蹲在地上，喃喃自语道："是她，怎么会是她？"

"哈哈哈……"黑暗中，柳学忠发出一阵淫邪的狂笑，"老子这些天上火得很，就让她败败火气如何？"边说边脱光衣服朝尚慧娟大步走去。奇怪的是，尚慧娟目光迷离，一脸媚笑迎着柳学忠，张开雪白的双臂，勾住了柳学忠的脖颈，一张香腮紧贴在柳学忠那毛茸茸的脸上乱拱，说话嗲声嗲气，浪劲十足，俩人竟当着杨道三和黄少文的面，拧作一团，交媾快活起来。

　　黄少文一张俊脸因痛苦扭曲了，满脸通红，呼吸紧促，几乎昏厥过去。

　　黑暗中，杨道三幽幽地说道："她已经服了春药，将终生成为淫女，青楼将是她一生的归宿。"说话间，柳学忠已云收雨住，跳下床来，咂着嘴，不迭声叫道："奶奶的，味道好极了！"杨道三却乘机煽火说道："弟兄们！扒光这女人的衣裳轮流上，尝尝鲜，解解馋……"黑暗中几名彪形壮汉应了一声，饿狼般扑了过去……

　　突然，黄少文从震惊中清醒过来，牙齿咬得咯咯作响，疯子般朝杨道三扑来："畜生，你们这帮没人性的畜生，还我的娟妹——"

　　"哈哈哈……"随着一阵狂笑，屋内所有的灯突然亮了。柳学忠摆了摆手，围着尚慧娟发狂的壮汉们所有的动作都停止了。杨道三凑近黄少文嘿嘿笑道："你真傻，这里是监狱，哪有你的娟妹。那是怡春园一妓女，你已与尚家两清，还惦记娟妹做甚？"

　　黄少文这才从极度的恐惧中回过神来，定睛细瞧时，那女子根本不是尚慧娟，只不过和尚慧娟长相相近而已。他颓然落座，大口喘着粗气，恍惚还在做着噩梦，怔怔地一语不发。

　　杨道三盯着痴迷中的黄少文，奸笑道："看了这场春宫戏，说说看，有啥想法？"

　　柳学忠一旁恶声叼气地说道："啥球金枝玉叶尚小姐，在我看来都是残花败柳，惹老子上火时，明天我就把她弄到这间黑屋里给拾掇啦，玩腻了，再把她送到山上，让弟兄们开开荤，乐和乐和！"他看了一眼木然不语的黄少文，话锋陡然一转，杀气腾腾地说道："给个痛快话，你到底认不认呼三山？"

　　"一条道走到底，对她对你都不好，要救得心上人，刀山要上，火海要跳，不然的话——"杨道三一脸阴笑地说道，"你那心爱的娟妹就会落得刚才你看到的下场——吃上春药，沦为娟妓，终身成为淫女，那才叫剜心割肉般疼哩！"

　　黄少文低首不语，良久，霍地起身，眼中射出怖人的寒光，瞠目骂道："你们这帮猪狗不如的东西，你们杀了我吧！"

第三十七章

杀书童威逼妻儿命
懦冯庶无奈入贼瓮

一连几日，冯庶度日如年如坐针毡。昨晚又梦见几条毒蛇缠身，惊醒后心惊肉跳，一种不祥的感觉萦绕心头。他盘算着阿毛今日该回来了。蒙眬间，一声沉雷惊醒了他，他倏地抬起头来，揉了揉又困又涩的眼睛，一阵急促的脚步声由远而近，他惊得一跃而起，只见人影倏地一闪，他厉声喝道："谁？"

"我！"阿毛衣裳陋烂，满脸污垢，踉踉跄跄跌进屋内，破油布般的裤角下立刻渗出一摊血水。冯庶大惊，几日不见，阿毛好像从地狱中爬出来。阿毛扑通跪下，抱住冯庶的腿，嗳嗳一下说道："老爷，遭暗算了……"

冯庶悬着的一颗心几乎蹦出胸膛，脸上的表情随着窗外雷鸣电闪忽明忽暗地变换着，他凝视着浑身着伤、血透衣衫的阿毛。许久，方吃力地问道："给李大人和杜大人的信可送到了？"

"信在这儿！"随着话音，柳学忠和杨道三一前一后跨了进来，柳学忠眼中闪着狠毒的光，他瞧了一眼伏在地上的阿毛，一脸奸笑着把两封信摔在案几上，杀气凛凛地说道："大人，这两封书信你可识得？"

伴着一声惊雷，震得冯庶向后退了几步，两眼一黑几乎昏厥过去。良久方煞白着脸，失神地望着阿毛说道："这书信……"

"老爷，都怪我办事不力。"阿毛见冯庶绝望地看着自己，撑着一口气吃力地说道，"真他妈邪门，俺把信交给李大人的师爷，刚出宛平城去龙兴的路上，未走二十里，就着了人家的道儿，奶奶个熊，他们竟敢截杀官差，凭这一条死罪难逃，老子要上告他们！"

"晚了！"柳学忠咬着牙一脸怪笑道，"你只有到阴曹地府阎王老子那儿告吧！"说着，他猛地一个剜心脚踢向阿毛，阿毛猝不及防，一个嘴啃地，但他倔强地爬起来，一口鲜血吐向柳学忠，溅得柳学忠满脸满身都是殷红的鲜血，那模样，活脱脱一个魔鬼。

冯庶又惊又气，只觉得两腿不听使唤，惨叫一声："阿毛——"扑了过去，抖着手把阿毛揽在怀里，眼眶里的泪水走珠般落下。阿毛软绵绵地躺在冯庶怀里，费力地睁开眼，翕了翕干裂的嘴唇："他们好狠毒啊！你要替我……报……仇……"说完，头一歪，便再也不动弹，一双眼瞪得圆圆的。连又奸又滑的杨道三也惊得倒退了几步。阿毛是冯庶寸步不离的书童，情深意厚，顷刻间丧于柳学忠之手，冯庶不由得痛彻心扉，抚着阿毛那乱蓬蓬的头发，哭道："是我害了你呀！我不该把你带到这世上最险恶、最肮脏的官场！"

柳学忠瞟了一眼躺在冯庶怀中没了声息的阿毛，冷笑一声："来呀，把这个吃里爬外的混账东西拖出去喂狗！"话未毕，从门外蹿进来俩人，硬从冯庶怀中拖走了阿毛。杨道三轻咳一声，清了清嗓子说道："大人，人算不如天算，天算没有豹爷算得准。说直白点，宛平府的李大人与呼三山是八拜之交的兄弟！属下奉劝大人一句，古往今来，官匪一家亲，清官有几人，甭拿鸡蛋往石头上硬碰！"

一声心悸的炸雷仿佛就在屋顶滚过，震得墙体簌簌发抖，一股带着雨腥味的罡风从门外蹿进来，冷飕飕激得冯庶一颤，方知宛平知府李克与呼三山是一丘之貉。他倏地站起，朝柳学忠招了招手，柳学忠以为冯庶吓怕了，涎着一张醉醺醺的脸凑了过来，冯庶攒足了劲，"啪"的一个扇风巴掌掴在柳学忠的脸上，骂道："你这下三烂的混账东西，竟敢杀害本官书童！"柳学忠顿时火起，刷的一声拔出剑来，怪叫道："你敢打我，老子这就送你上西天！"

"哈哈……"冯庶悲愤交加亦哭亦笑、似悲似喜，咬着牙捶胸顿足骂道："畜生，你有种朝这儿砍！"柳学忠本意是吓唬一下冯庶，不妨这个软柿子县令竟发昏发疯又发飙，挺着胸膛一步步往刀口上硬撞，他吃惊地一边后退着，一边诈唬道："姓冯的，你别逼我……逼急了狗也要跳墙！"

"你也配作狗！狗还能替主人看家护院，你这个猪狗不如的混账东西！"冯庶疯人一般瞪着血红的双目，迎着柳学忠的刀尖往前走，"你怕了是不是，你敢杀我这堂堂的六品县官吗？哈哈……"

柳学忠山贼出身，虽遇冯庶好心收留又提携为捕快班头，平时对冯庶敬上三分，此时见冯庶当面谩骂，刁蛮凶狠的豺狼本性顿时显现出来。他怒视着冯庶，呵呵冷笑道："姓冯的，你是我亲爹亲妈我也敢杀你！"说着举起刀来。

"慢！"杨道三已看出冯庶要一心寻死。冯庶若死，甭说救不下呼三山，连自己小命也难保。恰逢这时，冯庶的夫人崔氏携子带母浑身湿漉漉地进了后堂，他情急生智，一把拉过崔氏，阴笑道："大人，你看看她是谁？"冯庶惊得半晌合不拢嘴，良久，方期期艾艾地问道："怎么又回来了？娘呢？"崔氏泪水涟涟，哽咽道："俺让丫鬟扶她去了内室歇息！"见冯庶满脸疑云，用手帕拭泪道："俺们未到襄南县便被强人劫了回来！"

杨道三瞟着冯庶不禁失笑道："冯县令恁粗心，夫人和伯母赴龙兴城，路途遥远，多有强人出没，卑职怕大人分心，派人把她们接回来啦！"

冯庶的脸在雷鸣电闪中一暗一灭，铁铸般犹自不动，怔怔地看着被倾盆大雨笼罩了的县衙大院，一边紧张地思索着。原以为阿毛把信送到宛平和省城，妻子、儿子和老娘回浙江老家，自己心无挂碍，不料想一切又回到了原样。他惨笑一声道："想不到我冯庶也有今日，人不人、鬼不鬼，本想一心为朝廷做事，不料被奸小所害。柳学忠，杀了我吧！"

杨道三自入官场，从未遇到今日的场景，一双老鼠眼晶光一闪，有了主意，假惺惺地上前，一语双关地劝道："柳班头，不能啊，孩子是冯大人的命根子！"

柳学忠幡然会意，劈手从崔氏怀中夺过孩子，嘿嘿怪笑道："杀不了朝廷命官，老子杀他儿子，让冯家断子绝孙，挖苗断根。"边说边将刀架在孩子的脖子上，孩子受到惊吓哇哇大哭起来。

"不！学忠兄弟，求你放过孩子！"崔氏见柳学忠要杀儿子，朝柳学忠跪了下去。

冯庶怒喝道："不要求他，死哉死尔！谁让他生在一个县令家！"

崔氏返身扑跪在冯庶的脚下，嘶哑着嗓子，哭道："老爷，可怜冯门一条根啊！"

冯庶心中犹如一锅沸盈的滚水，见崔氏披头散发一把鼻涕一把泪地跪在脚下，苦苦哀求，心下一紧，跺脚说道："夫人休再相逼，一失足便是千古恨，再回头已是百年身。我意已决，决不从贼！"崔氏呼天抢地："我的娇儿啊！"

杨道三一旁添柴煽火地劝道："火烧眉毛了，大人若固执己见，片刻之间血溅华堂！"

冯庶扭过脸去，强忍着不让泪水滚出。柳学忠见这位愣头青二百五县令，竟是王八吃秤砣——铁了心，破罐子破摔，一心殉节，竟迟迟不敢下手。此刻，他两只贼眼骨碌碌地转了转，冷笑道："临死前老子找个垫背的，值！"说着，猛地抓住小孩的两条小腿，高高举过头顶……

"慢！"一个苍老的声音传来，"按理儿妇道人家不该参与政事，今日牵涉俺孙子的性命，老婆子来换我孙子命！"

"这儿有你说话的份儿？"柳学忠见一个满头银发拄着拐杖的老太婆多嘴管闲事，断喝一声，"滚出去！"杨道三却认得是冯庶的母亲，忙制止道："这是冯大人的高堂，老人家，你来得正好，劝劝冯大人，不然的话，要闹出人命的……"

"我只要孙子，余事不管！"冯庶母亲满头白发丝丝乱颤，仿佛不胜其寒瑟瑟发抖。一阵凄风吹来，雨腥味呛得她猛地咳嗽起来，冯庶忙上前替她捶背，却被她推开，恨恨地说道："俺是黄土埋到脖子的人，还能有几天阳寿，冯家三世单传，官可以不做，但不能没个送香火的人！"说着拐杖笃笃着地，拧着小脚，直趋柳学忠跟前，厉声说道："放过我孙子，俺来抵命。"

"妈——"冯庶痛呼一声，跪在母亲面前。他幼年丧父，靠母亲纺花织布供自己读书才有今日。上任伊始，他一心要做清官、做好官，想不到摊上呼三山这起命案，卷进这场官匪混杂的激流旋涡之中，他真后悔，现在他宁可株守田园，也不出仕做官，但已经晚了，他泪眼模糊地看着皓发如霜、颤巍巍的母亲，揪心般疼痛，喃喃说道："儿子不孝，殃及母亲……"

啪！冯氏抬手掴了他一个耳光，睁着一双昏眊的老眼，拐杖重重地捣在地上，发出笃笃的响声，发威道："我不要你孝敬，只要孙子！……孙子……啊哈哈。"

冯庶平时对母亲极为孝顺，今见母亲不要命的架势，膝行数步抱住了母亲的双腿，泣道："您老是上了岁数的人，别气坏了身子骨，好生歇着吧，我会救孩子的！"

杨道三长长吁了一口气。此时，他见火候已到，跨前一步假意劝道："老夫人，消消气，活人能让尿憋死？有道是车到山前必有路，船到桥头自然直，我们这不是正与冯大人商量着呢吗！"冯氏气咻咻地啐了一口，扯过一张椅子坐了。杨道三对冯庶道："不孝有三无后为大，事情到了这般地步，该断不断，反受其乱哪！"

冯庶阴着脸坐下，恨不得一个掏心拳打死这个吃人不吐骨头的家伙，苦涩地说道："承蒙指教！"

"指教不敢当！"杨道三嘴角闪出一丝不易察觉的冷笑，"其实，再简单不过，只要冯大人与我等真诚合作，不节外生枝，按照咱们以前议定的，把呼三山一案办实，弟兄们唯您马首是瞻！"杨道三说着话，脸上显着真诚和激动，"往后您就是我们的主心骨，你是皮，我等是毛，关着门便是一家人！"

冯庶一屁股跌坐在太师椅内，颓然说道："难呀！即便我把罪名强按在姓黄的头上，姓黄的死不承认是呼三山，案子咋审咋断？再说人家还是秀才，万一捅漏出去，我可真要顶子红了！"说罢，不住地摇头叹息。

"我等自有安排，你只管开堂审案！"杨道三见冯庶入瓮，阴阴地一笑道，"请太爷屏退左右，我实言相告！"

冯庶半信半疑，有气无力地一挥手，崔氏抱着孩子、搀扶着母亲退了下去，屋内仅剩下杨道三、柳学忠与冯庶仨人。杨道三幽灵般凑近冯庶，几乎是耳语般说道："豹爷已打通关节，吏部票拟候补知府，现已赴任中州省！"

此刻，窗外风停雨住，冯庶梦游人似的望着天上一团团乌云压顶而过，喟然叹道："木已成舟，回天乏力呀……拿酒来！"就在这时，一衙皂拿着名刺进来，打了个千儿禀报："省臬司衙门古督察大人驾到！"

冯庶一震："快快有请！放炮开中门！"说着话，忙穿戴齐整，一甩手走出了后堂。霎时，丰穰县衙中门洞开，炮声响过，冯庶亲自出门相迎，不一会儿，一顶蓝呢凉轿徐徐落地，一名头戴小蓝宝石顶子，身着八蟒五爪官袍上缀着白鹇补服的官员哈腰出轿，在一群扈从的簇拥下显得格外精神。

冯庶忙趋步向前，弹衣撩袍跪了下云，口称："丰穰县县令冯庶叩见督察大人！"

"免礼！"督察傲然地瞟了一眼冯庶，双手虚扶，"冯大人快快请起！"

冯庶听着耳熟，忙起身觑着眼瞧来人，失声叫道："是你——"

第三十八章

呼三山荣升省督察
尚慧娟闯堂救书生

一随从喝道："此乃新任省臬司衙门古督察，贵县休得失仪！"

来人正是化名古月杰的呼三山。因刚下过雨，炽热的太阳像一个大火球，烘烤着潮湿的大地，冒着霭霭雾气，熏蒸得人们喘不过气来。呼三山面无表情，一双连心眉下的三角眼鹰一样盯着木头人似的冯庶。许久，从齿缝中挤出一句话来："贵县莫非让本官晒蔫了才让进衙？"

因为静，话音如金属之声带着威慑，冯庶下意识打了一个寒噤才醒过神来，拭了把额上的汗水，又睃了一眼官架十足的呼三山，伸手一让道："请！"

霎时乐声骤起，冲淡了冯庶心中的阴霾和刚才那种尴尬气氛。冯庶头前带路，呼三山及扈从紧随其后，大家怀着异样的心思进入仪门，来到接官厅，又相互揖让客气一番，方分宾主坐定。

因过去认识，呼三山今非昔比，虽隔着一层窗户纸，谁也不愿捅破。冯庶做梦一样，不敢相信昨日的阶下囚如今摇身一变成了朝廷的命官，还是自己的上宪，代省臬司衙门巡察丰穰县。自己冷桌子凉板凳十年寒窗，三下考场才熬到今日。呼三山一个山贼，老鼠竟坐在猫的位置。这年头，官通匪，匪连官，匪又当着官管着官，大清的气数尽了！他幽怨地白了一眼跷足而坐的呼三山，真恨不得上前捆他几个耳光。

此刻，呼三山也在冷冷地看着冯庶，看他像一只被猎人在蒿草中哄起的兔子，带着不测的畏惧和敬畏坐立不安，几乎让他笑出声来。他想起过去在山寨屡遭官府围剿，一夜数惊、三餐无味的场景，感慨万千：当官比当土匪好啊。他清楚地记得当他把端溪血砚这件稀世珍宝送到京城王府时，王爷竟破例下阶相迎。没隔几日，吏部批文下来，领五品候补知府衔，分派中州省臬司衙门。因尚家寨的案子久悬未决，他在按察使林奋那里主动请缨，巡察丰穰县。

此时，呼三山幽幽地望着在烈日照射下显得又灰又白的照壁，倏地把目光收回，居高临下地说道："尚家寨血案贵县可曾了结？"

冯庶心中暗骂贼喊捉贼，但面上却诚惶诚恐地欠身说道："回大人话，疑犯已缉拿归案，正自审理，尚未完结。"他微睨一眼满脸得意的呼三山，突然有了主意，"这下好啦，大人这次巡察丰穰县，若能亲自审理，早结此案，卑职幸甚、丰穰幸甚、朝廷幸甚！"

呼三山一听便知冯庶要把这个烫手的红炭团抛给自己，他好金蝉脱壳。呼三山深知冯庶与自己不是一条船上的人，若不打下冯庶的气焰，这个案子就无法了结。思量着，他突然纵声大笑。

"不知大人为何发笑？"

"丰穰县发生惊天大案，贵县难辞其咎！"呼三山倏地敛了笑容，打着官腔说道，"有人越级到省抚院告你，本官替你担待着，你不领情也罢，还在本官面前推诿、搪塞，打马虎眼？"

冯庶细思自上任丰穰县以来，除了这个案子外，从未招惹过谁，更无授人以柄，心中不服，亢声顶了回来："不知何人诬告本县？"

呼三山见冯庶不服，板着脸身子向前一探，说道："贵县能耐再大，一只手难遮头上的青天，丰穰县乃是大清的天下，不是贵县的私宅庄园！"他从袖中拿出诉状甩给了冯庶，哼了一声说道："你仔细看看，难道本官冤枉了你不成？"

冯庶拾起飘落在地上的状纸，闯入眼帘是："丰穰县赵连城等二十八名乡绅，状呈抚院杜宗山大人，丰穰县县令冯庶贪赃枉法，官匪合一，蔑大清法律于不顾，置百姓冤屈而不闻，拘匪首而迟判，熬时日而养奸，意在掩过饰非，纵虎为患……"

真是一篇讨伐檄文。冯庶身上的血仿佛一下子被抽干了，他脸色又青又暗。蓦然间他明白，又是杨道三、柳学忠串联丰穰县的土豪劣绅们，去省里告假状陷害自己。刹那间，他有一种被污辱的感觉，反而稳住心神，傲然仰着脸，冷冷看着呼三山："笑话，此乃一群刁顽不化之徒诬告本县，尚家寨命案，我勘察研鞫再三，追根拿贼三审六问，疑窦丛生，况匪首拼死熬刑，拒死不供，是以无法判决，仅凭蕞尔跳梁小丑信口雌黄混淆视听，岂能掩盖事实真相？望大人明鉴！"

呼三山没想到这个软面蛋县令根本不买自己的账，深知再问下去，只要一言不合冯庶便端茶送客僵成死棋。他粗重地喘了一口气，说道："难道丰穰县乡绅没一个好人，冤屈了你？"

眼见两人红了脸，较上了劲，杨道三心里发急，他明白，少了冯庶这道挡风墙，案子就无法了结，以前所做的努力也将化为泡影，他阴毒地望了一眼冯庶，刚要搭话，忽听一阵急骤擂鼓声，咚咚咚。

呼三山身子前倾，喝问："何人击鼓？"

柳学忠闪身禀道："有一女子击鼓喊冤。"

冯庶心中一动，因大清律规定：凡有人击鼓喊冤，各级主官必得升堂视事。此刻，他看也不看呼三山，吩咐道："升堂！"

霎时，三班衙皂由照壁前面鱼贯而入。因呼三山职在督察，在冯庶的陪同下，迈着方步一步三摇，在堂威声中来到大堂上，冯庶在"明镜高悬"下坐定，呼三山坐在左边的案几前，刑名师爷杨道三已在"肃静回避"旁设案几援笔待录。冯庶用冷峻的目光扫了一眼众人，轻咳一声道："带击鼓人上堂！"

"传击鼓人上堂！"衙皂一声接一声高唱，一名白衣女子头顶状纸径直在呼三山公案前跪下，说道："请大人为小女子做主！"

呼三山略感诧异，这一民女为何不到冯庶案前举状？抬眼瞧时，这位女子面容娇美，柳叶眉下一双乌黑的大眼如两颗寒星闪烁，真个是秀而不媚，清而不寒。此刻，他已认出这一女子，两眼放出光来，咽了一口泛上来的涎水，拍了一下堂木，厉声喝道："你这民女，姓甚名谁，家住哪里？"

来人正是尚慧娟。这些天来，从呼小燕那里听到省里来人督察这一大案，她便不顾一切逃出尚家寨，直奔县衙鸣鼓叫冤。

"小女子名叫尚慧娟，尚家寨人！"

"为何立而不跪？"

"民女我是原告！"

"状告何人？"

"小女子状告本县县太爷！"

冯庶早认出尚慧娟，佯怒斥道："怎么又是你？你不怕判你个以下犯上之罪吗？"

"既来告官，就不怕官，若是怕官，岂敢告官！"

"好一张利口！"冯庶脸上青红不定，喝道，"本县清如水，明如镜，何罪之有？"

呼三山见尚慧娟状告冯庶，顿时来了精神。一双半开半合的风流眼看着长得像花朵般的尚慧娟，柔声说道："你不要害怕，由本官做主，请放胆讲来！"

"小女子状告冯太爷与老虎寨盗匪一体，拘良为盗，诬奴家丈夫黄少文为呼三山！"尚慧娟此时已将一切置之脑后，遂将尚家寨被劫一案来龙去脉细说了一遍，末了又道："依民女看，是冯太爷庇护真凶，冤枉好人！求大人秉公而断，还我丈夫一个清白！民女送大人一块清官匾千秋传颂！"

她的话一出口，众人觉得新鲜好奇，自古哪儿有民告官，何况告状人还是一名女子。所有人的目光都投向了冯庶。冯庶顿时脸色泛白。尚家寨血案从根到梢，曲曲弯弯他再清楚不过。身为一县之令，却有令难行，形如提线木偶。如今，身陷泥潭，难以自拔，低首想了想说道："此案正在审理，你应听候终审，岂能再三告状。再者，这儿只有羁押重刑犯呼三山，没有你丈夫黄少文，本官念你是女流，不与你计较，你若不服，省臬司衙门古大人专程督办此案，你一问便知！"

尚慧娟掠了一下鬓发毫无怯色地说道："黄少文、呼三山，哪个真哪个假，传到大堂上让俺亲眼一见，当堂一问，岂不省去很多麻烦！"

呼三山见冯庶再次把皮球踢向自己，心下一惊，他下死眼盯了尚慧娟一眼，目光变得阴沉，喑哑着嗓子说道："重刑犯岂能随便传唤，想见就见，公堂之上岂能儿戏！"

"大堂是让百姓讲理说话的地方，上面还悬挂着'明镜高悬'！"尚慧娟瞟了一眼呼三山，冷哼一声，"还清如水，明如镜，俺看未必！"

"放肆！"呼三山断喝一声。他此行的目的是敦促冯庶尽快结案，不料，半路里闯出个尚慧娟，不禁大怒，厉声斥道，"一个没调教的疯丫头，也不看是什么地方，来这里撒野，轰出去！"

几个衙皂扑上来推搡着尚慧娟往外走。尚慧娟这才看清大堂上的呼三山。她犹自不屈，啐了一口愤然说道："不就是一个药店掌柜，当了官有啥了不起的！"

呼三山尽管垂涎尚慧娟的美貌，但事关安危，何况刚上任就受到一个女子的奚落，顿时来气，发作道："乱棍打出！"

"慢！"杨道三忙起身制止，他迅速与呼三山递了个眼神，对冯庶拱手一揖道，"属下说句该掌嘴的话，您老为此案操碎了心，却落个上宪不满、百姓冤告、两头受气的下场。依着属下，何不将呼三山带到大堂上，当面锣对面鼓审他个小葱拌豆腐——一清二白，还您老清正廉明，堵住诬告人之口，何乐而不为？"

冯庶不知杨道三葫芦里装的什么药，但骑虎难下，何不借风行船，审他个瓜清水白，当堂揭下呼三山的面纱，释放黄少文岂不更好！他把目光转向尚慧娟说道："你这民女，一定要见重犯呼三山？"

"一定要见！"

杨道三阴冷地瞟了一眼冯庶，冷哼一声，说道："此案关乎着冯大人的身家性命，倘若是诬告——"

"任杀任剐，悉听尊便！"

第三十九章
冯太爷无奈铸冤狱
痴情汉忍辱护烈女

冯庶一拍堂木，说道："来呀！带呼三山上堂！"

"喳！"须臾间，几名衙皂带黄少文来到堂上。尚慧娟举目望去，正是朝思暮想的黄公子。几日不见，黄少文人瘦了一圈，浓浓的"一"字眉下，一双深潭似的大眼睛凹陷下去，显得眉棱高耸，目光也变得有些呆滞迷茫，头发蓬松零乱，夏日的阳光隔窗照射在他那五官匀称又白皙的脸上，显得更加苍白清冷，褴褛的衣衫中透着殷殷伤痕，显然在狱中受尽了酷刑。与过去不同的是，上嘴唇竟长着茸茸的胡须，看上去比实际年龄大得多。此时，黄少文表情木然，在跪板石上站定，一眼瞧见尚慧娟也在堂上，先是一凛，又无声地叹息一声，泪水走珠般顺颊而下，忙扭过脸去。

"黄公子……"尚慧娟突然惨叫一声扑了过去，却被两名衙皂拦住。

黄少文浑身哆嗦了一下，茫然的目光在尚慧娟俊美的脸上一扫而过，喃喃自语道："娟妹，是你在叫我吗？"

声音虽然细微，大堂上的人还是听见了，柳学忠听来犹如惊雷贯耳，倘若黄少文与尚慧娟相认，以前所做的一切都是徒劳，他恼怒地抬脚对着黄少文的腿窝踢去，黄少文膝下一软，跪了下去。

坐在堂上的冯庶看着一个翩翩的公子哥沦落到这一步，心里很不是滋味，自己身为一县之令，却保护不了一个无辜的穷秀才，反而与虎谋皮，任人摆布，昧着良心审理冤案。他强忍着心中的火气，抬眼见呼三山、杨道三、柳学忠用异样的眼神盯着自己，心一横，喝道："下跪何人？"

"呼三山！"黄少文瞥了一眼尚慧娟，有些不自然地应道，"绰号花豹子！"

"今年多大？"

"三十七岁！"

"何时从匪？"

"十年以前。"

"家住哪里？"

黄少文不经意地抬起头来，微睨一眼坐在旁审桌上的呼三山，木然答道："居无定所，山寨为家。"

呼三山被黄少文冷冷的一瞥，心里顿时发毛，为掩饰心中的惊慌，阴恻恻地插话道："这么说来，尚家寨的主凶是你？"

"正是！"黄少文漠然应道。

尚慧娟惊得差点背过气，失声叫道："黄公子，你疯了不成，你是三河县大黄庄的黄少文，俺是你的未婚妻娟妹呀！"

黄少文冷冷地瞥了她一眼，脸上出现奇异的神色："你是谁？娟妹又是何人，我不认识她！"

尚慧娟不禁愕然，双唇哆嗦着一时竟说不出话来。自己背着爹爹不顾羞耻，冒死前来替他喊冤，他却吃了迷魂药，承认是呼三山。她心有不甘，大声说道："黄公子，这是过堂，你说错一句话，要判砍头之罪呀！"

黄少文只觉得胸中郁塞，血气上涌，哇地吐了一口殷红的鲜血，痛苦地扭过脸去……

杨道三见状忙从"肃静回避"前的案几上起身，踱至尚慧娟跟前，恶狠狠地盯着她，说道："这里是公堂，不是你家庭堂，你来喊冤告状，不是来这里认亲，天下同姓同名同貌之人多得是，你大概是认错了人吧，你若要再搅闹下去，冯太爷可要治你扰乱公堂之罪！"

"你胡扯，我没认错人！"尚慧娟全身发抖，用手指着杨道三，"你们用迷药害他，用酷刑逼他承认是土匪头子呼三山，我要上告……"突然，她一阵眩晕，胸中微甜，一口鲜血吐在地上，鲜血殷然。黄少文见状，大叫一声晕死过去。

冯庶觉得奇怪，像黄少文这样的硬汉，怎么会轻易地承认是呼三山。此刻见尚慧娟一脸痛楚，心中多有不忍。他有点纳罕，像尚发祥这块料，竟养出这么个好女儿，再看黄少文，虽衣衫破烂却眉清目秀，与尚慧娟乃是天造地设一对璧人。他扫了一眼堂上众人，除了冒失鬼尚慧娟外，没有一个是自己人。至此，他才明白，呼三山今日来丰穰县，要借自己的手制造顶凶一案。一瞭眼见呼三山、柳学忠一干牛鬼蛇神虎视眈眈逼视着自己，想起一家妻儿老小攥在他们手中，怅然一叹，大厦将倾，孤木难支，但愿苍天知我心！他强打精神，一拍堂木，喝道："呼三山，你盘踞老虎寨多年，打家劫舍，祸害一方，与官府对抗，杀人越货，制造了尚家寨血案——你好好想想，本官可有冤枉你之处？"

黄少文慢悠悠醒过神来，抬起头闪了一眼满脸假笑的杨道三、柳学忠，无声地透了一口气，平静地说道："回大人的话，这些罪名我都认！"

"不！你说的不是真心话！"尚慧娟不顾一切地冲到黄少文跟前，哀求道，"黄公子，你真的不认识我了吗？"

黄少文饱含深情地看了她一眼，强忍着眼中的泪水，说道："你是谁？何必纠缠于我？"

冯庶心知肚明，堂下黄少文顺顺当当承认是呼三山，必是杨道三、柳学忠他们在牢中做了手脚。看着可怜无告相的尚慧娟，他心中隐隐作痛。思索良久，大声喝道："传尚发祥上堂。"须臾间，衣着光鲜、吃得油光水滑的尚发祥上得堂来。因是秀才，对冯庶双手一拱算是见面礼，然后，满不在乎地站在一旁，见尚慧娟也在，压着嗓门喝道："女儿家不待在闺房绣花，来这儿丢人现眼？"

尚慧娟跪在尚发祥面前，哭道："爹，女儿不孝，求你救救黄公子，说句公道话呀！"尚发祥气得一跺脚喝道："尽说疯话，救一个土匪娃，做梦！"

冯庶想不到黄少文把所有罪责一股脑儿揽在自己身上，又见尚发祥如此绝情，心中犯疑又犯痰气，不及多想，他突兀地大喝一声："尚发祥！"

尚发祥一惊，躬身道："晚生在！"

"这一女子可是你亲生女儿?"

"是!"

"这就怪了!"冯庶起身离座,围着尚发祥转了一圈,狞笑道,"你女儿诬告本官,官盗合一,诬良为盗,当堂认匪首呼三山为丈夫,你又状告呼三山抢劫尚家寨金银财宝伤人性命,究竟是怎么一回事?"

"回大人的话,我女儿患了失心疯病!"尚发祥已被女儿搅闹得颜面扫尽,恨不得钻进地缝里,也恨透了黄少文引狼入室打劫尚家寨,他也认出了坐在堂上曾向尚家求婚的济善堂的掌柜。若不咬死姓黄的与土匪有牵连,尚、黄两家婚约何日了断?他踌躇一会儿,指着黄少文说道:"我亲眼见他领着土匪抢劫我家,老夫说的句句是真,绝无半句谎言!"

尚慧娟抱着尚发祥的腿哭喊道:"爹,老天爷在上头啊!"

冯庶颓然落座,无声地叹了一口气,吩咐衙皂们让黄少文和尚发祥在供词上画押。然后,朗声宣判:"查呼三山,乃丰穰县一大顽凶,竟在清平盛世,啸聚山林,光天化日抢劫尚家,谋财害命。自古欠债还钱,杀人偿命,血债血偿,不杀不足以平民怨,不法办不足以儆豪强,判处死刑,即行收监,审报朝廷,秋后处斩!"

念毕,抬眼扫视了一眼众人,像卸下了千斤重担似的轻咳一声:"退堂!"

尚慧娟听完判词,只觉得天旋地转,大叫一声:"冤枉啊!"昏死过去。

第四十章
黄天福寻子挥老拳
贤儿媳雨夜救公爹

黄少文被判死罪后，尚慧娟一怒之下，直奔宛平府衙击鼓喊冤。知府李克当即升堂。别看他身材矮小，干筋黑瘦，一脸猴相，却一肚皮的不怀好意，见尚慧娟长相出众，体态万方，淫兮兮的目光像两只鬼火般，不住地在尚慧娟身上扫来晃去，让人既生厌又害怕。当尚慧娟把状纸呈上，口说手比马庶如何枉法冤枉无辜时，李克当即拉长了猴脸，简单地问上几句，便把尚慧娟轰出大堂。

尚慧娟绝望了，她神情恍惚，双脚好像踩在沙堆上，晕晕乎乎地走着，衙皂们怎样连推带搡把她轰出衙门，怎样出了宛平城都记不清了。她只有一个念头：救不了黄公子，还不如先他走一步。红石河渡口北边有一片林子，她毫不犹豫走了过去，将带子搭在树上，挽了一个套，喊了声："黄公子，来世再做夫妻！"把头伸进套内。忽听噗的一声，挂在树上的带子断了，一个清冷的声音传来："宛平府官司告不赢，去省城告，省里告不赢，去京城告，告他个铁树开花，冰山融化！"她睁眼瞧时，是呼小燕，飞刀割断了树上的带子，俩人抱头大哭一场，尚慧娟回到了尚家寨。因死不下、活不成，又怒火攻心，她大病一场，直至七夕节才勉强下床。从衣柜内拿出春燕南归图，上面青山含黛，飞瀑泉溪，白云蓝天，双燕南飞，睹物思人，禁不住伏案恸哭。

正自悲伤，丫鬟兰花匆匆来报。有位老者自称是三河县人，嚷着要见老爷。尚慧娟吃了一惊，颤声问道："人呢？"

"在大门口"。

"去看看！"尚慧娟有种预感，已隐隐约约猜出来者是谁。一溜烟向前院奔去。老远见一个五十开外的恂恂老者，被门人凶巴巴地挡在门外。她闪了一眼老者，一脸慈祥，身着半旧不旧的纱月白长衫，肩膀上挎了一个小包裹，一双深邃的眼睛和黄少文极为相似。尚慧娟怦然心动，眼前老者十有八九是黄天福。刚想上前相认，却见门人乜斜着两只金鱼眼，抖着腿，轻蔑地盯着来人，极不耐烦地问道："你与尚家是亲戚？呀嗨，这些年头骗吃、骗喝、骗钱的冒牌亲戚俺见得多了，你也不看看自己那个穷酸样，俺家老爷正在会客，哪有闲工夫见一个穷要饭的！"

"瞎眼的狗奴才！我叫黄天福，尚发祥是我的亲家翁，我儿子是尚家的姑爷，就是这么个亲戚！"

那守门的吃了一惊，上一眼下一眼打量黄天福，见他面容威严，目光深沉，一根半苍的发辫垂在脑后，虽衣着平常，却浆洗得干干净净，看贱不贱，透着尊贵。一溜烟去了。

不一会儿，门人返回来了，棱着眼鄙夷地说道："俺家老爷说了，他不在家。"说着，咣当一声就要关上大门。

黄天福顿时气得头摇手颤，刚要发作，陡然闪出一个念头："看来，传闻儿子被尚发祥陷害关进大牢所言不虚，故意让这个二五眼的门人挡道。"心知有异，便大声喊道："尚发祥，你不见我也就罢了，让我儿子少文出来见我！"

一句话惹得看热闹的人一阵窃窃私语："尚发祥这个龟孙，赖婚不说还把人家一个好端端的后生推进火坑……好戏还在后头哩……"

正乱着，尚发祥慌乱地走了出来，对门人斥道："满嘴柴胡，谁说我不在家！"又紧走几步拉着黄天福的手："兄台，都怪我管教不严，莫与这狗才一般见识，进屋叙话！"

黄天福舒了一口气，脸色霁和，闲适地一笑道："狗咬挎篮的，人巴结有钱的，自古通理，俺黄家败落至此，也难怪下人小瞧！"说着，从袖中摸出几个铜板塞给门人，这才飘然而入。

黄天福随尚发祥迈入大门，过穿堂，进后院，抬头望去，上房是一溜五间青砖碧瓦，房顶上饰着五脊六兽和形态各异的飞禽走兽，东西厢房也是檀木隔扇，上面绘龙描凤，显示着这家主人的尊贵和富有。来到客厅，尚发祥一边命人给黄天福打水洗漱，献茶，一边吩咐摆上酒菜。几杯老酒下肚，黄天福见尚发祥不称呼"亲家翁"，一口一个兄台叫个不停，心中犯疑，又见他目光飘忽，游弋不定，环顾左右而言他，绝口不提两家的婚事，一副魂不守舍的样子，猛然想起头天晚上，梦见一条头上有角的白蛇躺在荆棘丛中，蛇身上爬满了鱼、鳖、虾、蟹肆意噬咬，顿时心中一凛。梦中之事虽属荒谬，却也不是好兆头。他装作漫不经心的样子，徐徐说道："亲家翁，从同治八年愚兄救你算起，转年十几个年头，十几年间，黄家遭劫落败，你家却兴旺发达，可谓三十年河东三十年河西，世事难料啊！不如趁着你我身子骨硬朗，把孩子们婚事办了，你看如何？"

"这门亲事怕做不成了！"

"为何？"

"你家黄公子变卦了！"尚发祥鼻子发酸，他掏出手帕佯装拭泪，粗重地叹息道，"提起这事心口犯疼！"他起身踱了几步，朝门外叫道："李管家——"

李管家闪身进屋，赔笑道："东家，有何吩咐？"

尚发祥不胜感慨地说道："你把黄公子的事给黄大哥念叨念叨！"李管家面露难色，迟疑了一下："这——"

一阵不祥的预感爬上心头，黄天福勉强笑道："我儿年少无知，多有冒犯，李管家你直说吧！"

李管家被黄天福深邃的目光盯得一矮，说了声："得罪！"而后徐徐说道："俺家老爷待黄公子如掌上明珠，可日子久了，黄公子不思读书，整日提鸟架笼，斗鸡玩狗，喜欢在青楼混日子，老爷见他学业荒废，不让他走出大门，让他安心读书，孰料，他与小姐的丫鬟好上了，做出了有伤风化之事！"

"啊！"黄天福起初脸上还带着笑意，慢慢地变得苍白。他霍地起身，觉得头晕目眩，一屁股瘫坐在椅中，喃喃自语："怎么会是这样，快让这个畜生来见我！"

"俺家老爷气蒙了，申斥了他几句，谁料想他连夜出走了！"

黄天福的头嗡的一声响涨得老大，双腿不听使唤地微微颤抖，惊问道："难道他上山当土匪不成？"

"黄大哥你猜对了！"尚发祥突然插话，"他千不该万不该，不该去老虎寨与匪为伍，勾引土匪打劫尚家寨，抢走了端溪血砚，还搭上了我儿子玉龙和丫鬟两条人命啊！"

刹那间，黄天福如掉进了冰河里，整个身子都麻木了，他压根没想到半年前还孝顺知礼的儿子，竟变成了一个杀人的恶魔。当下，呆着脸问道："我儿子现在何处？"

"他关在丰穰县死牢里！"尚慧娟应声而入，对黄天福蹲身福了两福说道，"见过黄伯伯！"

"你是谁？"黄天福突兀地问道。

"我是你那未过门的儿媳！"

"娟姑娘啊！"黄天福心中空落落、乱糟糟。尽管有人传信，儿子被关在大牢，但一经证实，浑身好像被榨干了血，脸色青中带黄。半晌，无声地透了口气，说道："我不信，他怎么会成死罪？"

"黄公子是人品端方的正人君子，说他与丫鬟有染，那是他们有意陷害的！"

"娟儿，你疯了！"尚发祥以为这招瞒天过海，做得天衣无缝，想不到窗外有耳，当场戳穿西洋镜的竟是亲生女儿。他看了一眼形同木偶的黄天福，梗着脖子喝道："来人，把这个疯丫头拖出去！"又对黄天福一躬身说道："我与黄大哥算得上知心知音又知己！不要听娟儿胡说，她近来神智失常！来，小弟敬您一杯！"

"俺没疯！"尚慧娟被两个仆人推搡着往门外走，但她犹自不屈，"俺爹嫌贫爱富，要把俺嫁给姓古的……"她猛地挣脱出来，扑到黄天福跟前，双膝跪下："儿媳不孝，素知'忠义'二字，黄公子被当作土匪呼三山才判刑的，俺爹他是原告……"她难过得说不下去，嘤嘤啼哭不止。

黄天福脸上肌肉猛地一抽，睃了尚发祥一眼，哗的一声掀翻了桌子，桌上佳肴及湿淋淋的汤汁顷刻间撒了一地。他怒极反笑道："你好狠毒啊！"

尚发祥犹如暴晒的雪堆，顷刻间雪崩融化，他目光闪烁不定，不敢与黄天福对视，抬眼见李管家一副幸灾乐祸、袖手观火的样子，上前"啪"地扇了李管家一个耳光，咬牙骂道："都是你这蠢货暗中瞎掺和，黄公子才会蹲大狱！"

"姓尚的，甭在我面前假惺惺地演戏，十几年前，是你开口要与我家联亲！"黄天福悲愤交加，极度的冲击，他的心已经碎了，似哭非哭地说道，"如今，我儿子被你冤告，判为死罪，这秦晋之好……"

"啥时候天气，还谈婚论嫁，散伙呗！"尚发祥陡然间撕破了脸皮，像一只憋足了劲的气蛤蟆，撇了撇嘴道，"俺女儿花容月貌，金枝玉叶，咋能与一个死囚犯过一辈子！"

"俺要和黄公子在一起！"尚慧娟没了羞涩，大声说道，"他死俺不活！"

黄天福上前一把抓住尚发祥前襟，喝道："你凭啥诬我儿子是土匪？我与你去县衙见官！"

尚发祥此刻也红了眼，冲黄天福吼道："我亲眼所见，你儿子领着土匪抢宝砚！"

"屁话！哪儿有抢自己家的宝砚！"

"俺龙儿若不护宝，也不会死！"

"那叫报应！"

俩人你来我往，你推我搡互不相让，像一对叮红了眼的斗公鸡，撕扯一团。但时间一长黄天福有些吃不消，他从三河县老远赶来，又累又乏，哪儿经得起尚发祥近乎疯狂的撕扯，禁不住一松手，往后退了几步，摔倒在地，前额恰巧碰在桌框上，顿时鲜血直流，昏了过去。

黄天福再醒来时，发现自己躺在一间昏暗的屋子里，一盏油灯闪忽不定。他隔窗向外瞧时，黑漆漆的什么也看不见，显然是在夜间。不知何时，房外淅淅沥沥下起雨来，屋檐水吧嗒吧嗒响个不停，一道道金蛇般的电闪伴着巨大的惊雷，把一团团、一层层乌云撕裂成无数碎块，又镶上耀眼的金边，瞬间又恢复了黑暗。此时，他不知道身在何处，只觉得头疼难忍，从窗棂中飘洒进来的雨丝散落在脸上，略带一些凉意，寒在心里。突然，一阵急促的敲门声传来，黄天福忽地坐起，厉声喝道："谁？"

"我！"

听不出谁的声音，黄天福慌忙下床，顺手找来一根木棍，闪身门后。

门环又响起来。"是我，快开门！"门外说话的竟是女子声音，黄天福一咬牙，忽地拉开了门，两个黑影倏地闪了进来，返身又掩上了门。黄天福就着忽明忽暗的台烛，见是两个女的，一个是白天见的尚慧娟，另一位不认识，他迟疑地放下木棍，冷冰冰地说道："你俩出去——"

"黄伯伯，你大难临头了，丰穰县衙听说你大闹了尚家寨，怕坏了他们大事，马上派人要抓你，你立刻得走！"昏暗中，跟尚慧娟一起来的黑衣女子急切地说道，"这是你的包裹！"

"你是谁？为什么要来救我？"黄天福事到临头反而静下心来，推开包裹说道，"我一介草民，又没犯法，为何要抓我，我偏不走！"

"来不及细说，你快走吧！"尚慧娟从那名女子手中夺过包裹塞在黄天福手中，"再不走就来不及了！"

"把我抓进丰穰县衙更好，那里是循法说理的地方！"黄天福牛脾气反而更大了，"撵我走，没那么容易，不说清楚，我决不挪动半步！"

尚慧娟幽幽地叹了一口气，说道："俺爹与李管家定计，把你报与丰穰县衙，捕快班头柳学忠是这位妹妹的丈夫，若不是她来报信，俺还蒙在鼓里！"说着便拭泪。

"俺是黄公子的义妹。"呼小燕苦笑了一下，"黄伯伯，眼下没工夫给你解释，他们来抓你，要把你当作老虎寨土匪！您快走，留得青山在，黄公子才有救！"

"我明白了，这就走！"黄天福猛地拉开门走了出去，一阵疾风骤雨袭得黄天福一个寒战，淙淙雨声中却听尚慧娟小声说道："黄伯伯，不要走大门，那里有人守着，走后角门！"

　　仨人没走多远，前院大门被人擂得山响，有人大叫："堵住前后门，别叫犯人给跑了！"轰隆隆雷声伴着混乱的脚步声嘈杂一片。尚慧娟从贴身小衣取出钥匙打开后角门，气喘吁吁地说道："黄伯伯，快上车吧，这是燕妹给你备的马车，记住，上了车往东拐，出了寨就没事了，保重！"说毕，她闪身退回了角门内。

　　呼小燕扶着黄天福上了马车，一抖缰绳，那匹马放开四蹄飞驰而去。

　　一道明闪伴着一阵巨大的雷鸣，仿佛要把天河劈开个口子，雨越下越大了……

第四十一章

争功劳柳捕头猜忌
行诈谋杨师爷献计

抓黄天福扑空，让煮熟的鸭子飞了，柳学忠气得骂娘。杨道三也觉得扫兴，但又满腹狐疑：是谁走漏了风声，救走了黄天福？尚发祥与黄天福已撕破了脸，不可能放黄天福逃走。他骑在马上苦思冥想，陡然间想起昨晚仨人议事时，屏风上映出一个女人身影，莫非是她？沉吟有顷，他笑眯眯地对柳学忠说道："你我忙碌了一夜一无所获，不如去见见督察大人。"柳学忠哪儿想到杨道三片刻之间肚里拐了十八道弯，当即颔首赞同，马上一鞭，直奔驿站。

呼三山下榻在驿站，驿站门前张灯结彩布置一新。大门两旁值勤的兵士木桩似的叩刀挺胸目不斜视。偶尔有人出入，戈什哈也是细心勘验逐一放行。杨道三与柳学忠地痞出身，哪儿见过官场的派头和体面，揣着敬畏和羡慕进了驿站。

呼三山热情接待了他俩。杨道三闪眼看时，呼三山身着月白丝绸夹衫，腰间系着黄带子，"一"字连心眉下，一双三角眼波光粼粼，微微上翘的嘴唇蓄着"八"字胡须，带着官家的傲气，显得专横与阴狠，正自嗟叹，呼三山笑道："抓不住姓黄的不是你俩的过错，怪我虑事不密、安排不周。"

柳学忠觉得在呼三山面前丢了面子，目光咄咄地直视着杨道三："奶奶个熊，家鬼难防啊！"

杨道三见柳学忠无端猜疑自己，心里很不舒服，默谋了一会儿，噗地笑了，一语双关地说道："家鬼肯定是有，我猜测不在咱仨人中间，应从身边暗查！"

呼三山旋即明白，笑道："你说燕妹？昨晚咱仨人议事时碰巧她在这儿？"思忖一会儿，不禁哑然失笑，摇头道："她是俺的嫡亲妹妹，怎能吃里爬外？"

"真是没屁放找地蹭！"柳学忠本来疑心杨道三把消息透给了相好才泄漏出去，见他无端猜疑自己的老婆，深更半夜给一个素不相识的糟老头子报信，不禁一阵光火，冷森森地说道："你疑俺家的那位是内鬼？"

"不！"杨道三深悔自己口无遮拦，又暗恨柳学忠仗着与呼三山的关系压制自己，他狡黠地眨了眨眼，自圆其说道，"内鬼不一定在咱们中间，比如，尚发祥向咱们告密时，他的家人知道不？他的女儿会不会向姓黄的报信？"

"杨师爷说得极是！"跷着二郎腿的呼三山已悚然而悟。他缓缓起身，背着手默默踱着，他佩服杨道三用心精细，也触动了他内心深处的隐痛。至此才明白，这次衣锦还乡不全是为了这个案子，也是为了这个女子。尚慧娟长得实在是太美了，笼月眉下一双杏子眼水汪汪潭水般纯净，撩人心魄，就像抽大烟上瘾那样，让他欲罢不能。可偏偏这么一个人间尤物却钟爱一个愣头青书生，公堂之上寻死觅活替一个穷酸书生叫屈，连正眼也不瞧自己一下，思来让人神伤。他倏地改容笑道："杨师爷，你疑姓尚的女儿走漏了风声，我信，姓黄的糟老头溜回三河县要与这女子勾手，必有一番折腾，依你之见，这事该如何善后？"

杨道三见呼三山放下官架向自己请教，心里一阵窃喜，刚要说出自己想法，柳学忠极不耐烦地说道："对付一个臭娘们，犯不着操那么大的心，瞅个月黑风高夜，把她抢到山寨，不就得了。"

呼三山淡淡地一笑，眯着眼看着杨道三，说道："孙子曰：不战而屈人之兵，善之善者也。你好像有了主意？"

杨道三何等精明，他早知呼三山看上了尚慧娟的美貌，却不说破，笑道："听大人教诲茅塞顿开，倒是生出三条拙见！"

柳学忠见杨道三故弄玄虚溜须拍马，一门心思讨呼三山的彩头，当下心中不快，他把脸转向窗外，装作充耳不闻的样子。呼三山却亲自为杨道三斟茶，温馨地说道："说下去！"

"圣人云：'未雨绸缪，防患于未然。'自古通理。"杨道三已摸透了呼三山的心思，他啜了一口茶，徐徐说道，"若想从根上剪除隐患，不能动武，只能收服！"

呼三山饶有兴趣，目光熠熠笑问："怎么个收法？"

"纳姓尚的女子为妾！"

"为什么？"

"女人都是菜籽命，嫁鸡随鸡，嫁狗随狗，她们的心都是水做的，您是朝廷命官，身份金贵，若娶了她，处处宠着她、顺着她，时日久了，一块生铁也能暖化！"杨道三娓娓言道，"待过上一年半载，怀孕生子，姓黄的事也早忘了，试想想，世上哪有女人去告自己男人的，何况是您哪！"

"好！"呼三山听得双目放光，但眨眼间又皱起了眉头，"难啊！姓尚的女子是榆木疙瘩不开窍，不答应可咋办？"

"这是卑职生出的第二条拙见，"杨道三笑道，"据卑职了解，尚、黄两家虽有婚约，却无婚期，更无婚姻之实，昧婚、赖婚、退婚古来有之。尚发祥已与姓黄的二五眼划地绝交，大人若用重金作聘，尚发祥又是个见利忘义之人，尚家女貌美又贤，讲究三从四德，只要尚发祥做主，还怕大人不能洞房花烛？到那时，您做了尚家的乘龙快婿，即便三河县姓黄的糟老头到上边告刁状，有尚员外的一张讼词死死扛着，谁能把这案子翻过来！"

"好！"呼三山见他如此见识，双眼发亮，想了想叹道，"不瞒你说，我让高举人遣媒到尚家都没有成功，那是一道硬墙啊！"

"大人是吃了用人不当的亏！这第三解嘛……"杨道三故作矜持地睨了一眼呼三山，一哂道，"我以为您忽略了丰穰县县令冯庶，您想过没有，冯庶是个什么样的人？他是响当当的进士及第，朝廷委派的六品命官，金字招牌，与高举人相比，一个是天上的龙，一个是地下的虫，此人虽然首鼠两端，与咱们不是一个道上人，但若让冯庶到尚家寨做媒，一来尚发祥脸上光鲜，必会应了这门亲事，二来剔除了冯庶脑后反骨，让他死心塌地上咱们的船。三来把案子变成了铁案，消除了大人的后顾之虑，何乐而不为！"

　　"说得好！"柳学忠起初以为杨道三耍小聪明卖乖邀宠，此时才听得出里边的是非曲直，他目光阴寒地看着身材瘦长的杨道三，暗忖，"此人心底如此瓷实，精明过人，倘若此人反水，自己脑袋掉了都不知道。"思量着，一股杀气升腾而起，他不由自主把手按到刀柄上。正思忖着如何下手，杨道三却迟疑地白了一眼柳学忠，说道："只是怕……"

　　柳学忠误认为被杨道三看透心事，紧握刀柄的手放了下来，呼三山却听得满脸兴奋，想不到眼皮底下竟有这么一个人物，哪知道柳学忠已动杀机，他从座位上站起，用赞许的目光审视着杨道三："你怕什么？"

　　杨道三起身一揖道："冯庶乃一县之令百里侯，发号施令惯了，让他屈尊做媒，我一个当师爷的人微言轻，怕不能说服。"

　　呼三山突然纵声大笑："昔有张良献三策定大汉基业，今有杨师爷献三解去我后顾之忧，事成之后，我要给你捐官！"

　　杨道三想不到呼三山如此体恤自己，拱手一揖道："豹爷就是小的的再生父母，愿为大人赴汤蹈火！"

　　呼三山笑吟吟地站起身，浑身舒坦地伸了个懒腰，拍了拍杨道三的肩膀，大声吩咐道："备轿，去县衙——"

第四十二章

冯县令做媒尚家寨
节烈女当庭斥权贵

呼三山让冯庶做媒，冯庶内心虽一万个不情愿，但还是乐哈哈地应允了。他看透了这招上楼抽梯的棋局，不仅把自己套牢在贼船上，还把尚家父女的口给封紧了。次日，便坐上四人抬的蓝呢官轿，带上随从，以下乡查看为由直奔尚家寨而来。

冯庶因任上不随心，常足不出衙，困坐愁城，今日出得城来，一阵凉风拂面，心中顿觉宽敞许多。虽至白露节令，天气还相当溽热。冯庶在轿内掀帘眺望，但见水光绕绿，园林送青，莺啼燕鸣，阡陌纵横，多日的烦恼愁丝一扫而空。田间劳作的乡民很少见县令下乡的做派，无不停下手中的农活，争相目睹县太爷的风采。只有在这一瞬间，冯庶才有一种万民之上的骄傲和满足。

不到一个时辰，冯庶一行到了尚家寨，隔着轿帘望去，寨内飞檐碧瓦，栋宇轩窗，亭台楼榭，错落有致。沿街黄土铺道井然有序。尚发祥早已衣冠肃整在寨门恭候，他早接到冯庶的拜帖，觉得这是一个天大的体面，一个秀才平时结交知县都是托人引进，逢年过节，敬送礼物，还要钻刺打点，见缝插针，自称门生。今儿冯县令亲自造访，这是何等的荣耀和排场，他兴奋得逢人便想笑。寅时刚过，便命家人打扫庭院，抹桌洗碗，摆放花盆，还放倒了一头猪、两只羊，请来名厨烹饪，又弄来两盘唢呐作为礼乐，一直折腾到巳时方见冯庶的蓝呢官轿缓缓而至。此刻，冯庶哈腰出轿。白净的脸上，"一"字眉下目如朗星闪烁，笑容可掬地望着尚发祥。

尚发祥忙哈腰趋步上前，俯身跪倒，口称："晚生尚发祥恭叩冯大人金安！"

"快快请起！"冯庶满面春风，看着平时行为乖张的尚发祥对自己礼敬有加，心里有一种莫名的快慰，握着尚发祥的手，含笑说道，"哎呀呀，尚员外真乃好福气，仙府洞天，景致不凡，世外桃源一般，真让人羡煞哟。本官下乡查看，路过宝地，口渴难禁，讨杯茶吃，不知尚员外赏脸否？"

"大人百忙之中屈驾来到寒舍，这是俺祖上积德、晚生的体面，喜欢还来不及呢！"尚发祥伸手一让，说道，"请大人屋内叙话！"早有李管家一声高唱："奏乐！"

霎时礼乐声声。尚发祥赔着小心恭恭敬敬地在前带路，冯庶端起架子迈着方步一摇三晃紧随其后，其余众人也亦步亦趋迤逦进院。

宾主坐定，献茶一过，冯庶微笑着说道："尚员外门楣善保，必然子孙昌盛，家中还有几口人？"

"回大人的话，家中有四口人。"尚发祥在座中欠身答道，"我和内人，还有一双儿女，只是儿子……"他叹息一声说不下去。

"令郎他是否活着？"

尚发祥痛苦地摇了摇头，无不哀伤地说道："只剩下小女娟儿！"

"不知令爱可曾许配人家？"

"尚未定聘！"尚发祥一听便猜出对方有保媒之意，长叹一声，刚要说出苦衷，不料冯庶身子前倾，拍手打掌笑道："这下可好！古月杰大人对令爱仰慕已久，尚员外可否愿结秦晋之好？"说罢，仰着脸笑眯眯地看着尚发祥。

"难哪！"尚发祥头摇得像拨浪鼓，推托道，"古大人宦门深似海，小家碧玉哪能攀附得起，况且小女患了失心疯病。"

冯庶愕然一怔，忽听得门外一个女子尖亮着嗓子嚷道："我没病，你李管家不过是我尚家的一个奴才，我才是你的主人，凭什么拦着我，县令怎么啦，我要见他，有话要说！"

冯庶不禁诧异，竟有这样泼辣的女人，顷刻间他便猜出是尚发祥的女儿，这位在大堂上宁折不弯，让自己难堪的女子，现在想起来还有点发怵。

他双手紧握扶椅，棱着眼向尚发祥扫去，尚发祥顿时焦急得一头热汗，浑身颤抖着，挥手吼道："甭让她丢人现眼，快把她拖走。"家人们答应一声便扑了过去。

"慢！让她进来叙话！"冯庶顷刻间改变了主意，他将手一摆，大度地说道，"不要惊吓着她！"

门外吵闹之人正是尚慧娟。因黄少文被定为匪枭呼三山后，她脱胎换骨似的变了一个人，她那特有的贤淑、温柔被焦躁、狂怒、悔恨所代替。闻听县令冯庶要来家做客，便想与他理论一番。她早在门外偷听他们谈话多时。原来，冯庶这个脏官竟是做媒而来，盛怒之下便闯进客厅。

冯庶装作不认识似的看着尚慧娟。但见她身穿梅花绲边葱绿百褶裙，外套雪青纱丝褂，素服淡雅，柳眉敛翠，桃腮凝红，眉宇间含着一股冷峻和怒气，恰似出水的荷花迎风而立，带着三分娇羞，显着七分的傲骨，直挺挺怒视着冯庶不语。

冯庶见尚慧娟星眸柳眉，立而不跪，心知来者不善，他装作和蔼的样子，说道："你要见我，有什么事呀？"

尚慧娟毫无惧色地迎着冯庶凛冽的目光，问道："你害了俺的黄公子，俺要讨个说法！"

众人见一个文文静静、弱不禁风的女子竟如此泼辣妄为，目无县令，既好奇又替她担心，一个个噤若寒蝉呆立不语。杨道三一直混在跟班中冷眼观察，冯庶气得五官错位，刚要发作，便听尚发祥怒喝道："疯丫头，还不跪下，哪能这样对冯大人说话！"

"跪他？怕污了这块净地！"尚慧娟一双凤目闪着火苗，挖苦道，"巴结这样的脏官有辱我家门风！"

冯庶原本受呼三山的胁迫才来做媒，现又当众受尚慧娟的抢白，窝了一肚皮火气，他下死眼盯了尚慧娟一眼，突然间脸色变得异常难看，沉着脸说道："本官有好生之德，特地赶来为你保媒，你却这样待我，有些话你不该问，本县也不能给你说，你看到的未必是真的！念在你爹的情分上，我不与你计较，你下去吧！"他气咻咻地看了一眼杨道三，欲抬脚走人。

"这样的好事，大人何不留着将自己的妹子嫁与古大人？"尚慧娟傲然说道，"我自幼读孔孟之书，遵圣人教诲，守三纲五常，虽是女流之辈，却懂得从一而终，奴家从小与黄公子定亲，他才是我的男人，可你偏要与我保媒，错点鸳鸯，是何道理？又凭什么诬陷黄公子是老虎寨的匪首呼三山？"她讥讽中带着辱骂，话语犀利又尖刻。门里门外的衙皂和家人哪见过如此胆大妄为的女子，个个股栗变色，哪个敢上前劝。尚发祥生怕冯庶发怒，早跪了下去老泪纵横，叩头不语。冯庶蓦然间冒出一头细汗，紧张中带着恐惧和惊骇。他盯着尚慧娟寻思半晌，想说又忍住了，只是沉吟不语。杨道三眨巴着一双黑豆眼，见冯庶坐在太师椅中气得呼呼直喘，眼看着此次保媒要砸锅。思量半晌，背着双手踱至尚慧娟面前，笑道："尚姑娘，听在下说几句如何？"

"你不是县衙的杨师爷吗？一肚子坏水！多少人家因你而妻离子散，家破人亡。跟俺说话，你不配！"

杨道三一点也不生气，反而笑嘻嘻地说道："我好心为你，你反而挖苦于我，难道你不想救你的心上之人？"

"你说什么？"尚慧娟电击般浑身一震，呆呆地望了一眼满脸奸笑的杨道三，木讷说道，"你能救黄公子？"

"你这样待我，太不公平了吧？刚才你发起威来不让苍蝇往身上落，一转眼又变成了不食人间烟火的女菩萨！"杨道三见尚慧娟眼巴巴地望着自己，心中窃喜，他故作玄虚地说道，"冯大人为你保媒的人，乃是朝廷命官古月杰大人！"

尚慧娟一口回了过来："命官怎么了，我不稀罕！"

杨道三似笑非笑地厚着脸皮道："你有眼不识泰山，一个朝廷命官，大轿门棍，车水马龙，多少女子梦寐以求而不得——如今，冯太爷保媒，是你前生修来的福气，只要你同意，马上夫贵妻荣，是人上之人！救你想救之人，不过是古大人一句话的事！"

尚发祥此刻又恨又悔又无奈，尚家若能攀上这样的一门官亲，可谓背靠大树一步登天。可恨女儿不争气，不给自己留一点颜面。悔的是，千不该万不该当初与三河县姓黄的联姻。尚慧娟也在飞快地思索着："黄公子过堂那天，姓古的也在大堂之上，却没有说一句公道话，他和冯庶是一丘之貉，他能救黄公子吗？"冯庶居中而坐，虽说风光而来，却无端被尚慧娟作践一番，弄得颜面扫尽。原打算敷衍一下呼三山，只要尚慧娟不应允这门亲事，他就抬脚走人。孰料，杨道三鼓摇三寸不烂之舌诱鱼上钩，又不能说破。捻须沉吟半晌，方弦外有音地说道："尚姑娘，本官遣媒叨扰你家，乃是受人之托，婚姻大事富贵荣辱存乎你一念之间，我从不强人所难！"说罢，他缓缓起身吩咐道："回衙！"

不料，尚慧娟竟移步上前，盈盈下拜，泣道："小女子若答应这门亲事，大人得应允我三件事！"

冯庶凝视着尚慧娟那张苍白无血的脸，吁了一口气，冷峻地蹦出了一个字——"讲"。

第四十三章

杨道三耍滑应三事
囹圄人含冤充魔头

杨道三瞥了一眼尚慧娟，底气十足地说道："甭说三件小事，就是三百、三千件也给办了。"

"那好！"尚慧娟波光一闪，冷笑道，"第一件事，无罪释放黄公子！"众人俱是一愣。杨道三捻须沉吟有顷，刚要答话，却见尚发祥红脖子涨脸地抢白道："你死了一百条心吧，衙门放他出来，我也不让你嫁给他！"一旁柳学忠咧嘴吸着气，说道："要金要银要啥都行，偏偏要放个贼娃子，他是朝廷重犯，谁做得了主——"

尚慧娟决绝地咬了一下嘴唇，说道："不成就拉倒，就算我没说！"说罢，转身离去。

"尚小姐止步！"杨道三见这位油盐不进软硬不吃的纤弱女子，竟是顽石一块，跨前一步笑道，"既然尚小姐开了金口，不应该扫了你的面子，依你！"他对坐在上首气咻咻的冯庶拱手一揖，绕口令似的絮絮叨叨："既是尚小姐的亲戚，也与咱们沾亲带故，黄公子、呼三山，那是尚小姐的称谓，为啥？也不为啥，天理国法人情嘛，冯大人，你说呢？"

冯庶因尚慧娟连嘲带骂早气得发昏，木着脸枯坐着，一口茶也不吃，一句话也不说，形似庙中泥胎。此刻见杨道三一双铮亮的贼眼骨碌碌乱转，不住向自己丢眼色，一副市井无赖泼皮样子，让人又好笑又好气，更摸不透他葫芦里装的啥药，不敢贸然搭话，抱着壁上观的心态僵僵地点了点头。

杨道三诡谲地一笑道："尚姑娘，你提出的第一件事，冯大人点头应允，说说你的第二件事！"他满脸笑容虽油嘴滑舌又不失礼节，哗的一声打开泥金折扇轻摇几下，又哗地合住，跷足而坐，盯着尚慧娟。

尚慧娟紧追不舍："何时放人？"

杨道三拧着眉头沉吟道："你不懂官场的规矩，繁文缛节多得很，都得一关一关疏通，三个月后放人吧！"

"不，三天内放人！"

杨道三歪着脑袋想了半晌，喷地又笑了："也罢，三天内放人！"他也不征询冯庶意见，回答得干脆利落。

"派人把黄公子平安护送到三河县老家！"

"成！应该的！"

尚慧娟脸上掠过一丝不易觉察的苦笑，但瞬间即逝，说话的音调仍是寒气袭人："俺说第二件事：恢复黄公子的声誉。冯知县贪赃枉法、草菅人命的事我暂不申诉，不过，他得向黄公子赔礼认错！"

人们都听呆了，在座的人瞪着惊诧的眼神齐刷刷地向冯庶望去，冯庶心里猛地一紧，他压根不愿意更不想沾惹尚慧娟，但到底还是躲不过去，脸色一寒，额上青筋突出，在这种大庭广众之下，一个弱女子公然与自己叫板，让一个堂堂的县令给一个死囚犯赔礼道歉，岂不是天大的奇闻，倘若张扬出去，让上宪知道，考功司察个无德无才，或者哪个闲散无聊的文人把这事写在书里编成戏文，岂不是把祖宗八辈的脸都丢尽了。他原本对尚慧娟存着同情和怜悯之心，陡然间，那一丝怜悯之心变成了怨恨，他装着大肚能容天下难容之事的器量，掩饰着心中的恼怒，干咳一声说道："本官佩服你的胆量，这一条免议！"

"俺又没沾你惹你下帖子请你，是你无端跑到俺家的，谁让你为小女子保媒来着？"尚慧娟直视着冯庶当面反诘，"你贪赃又枉法，无端拆散俺俩的婚姻，还来这儿愣充菩萨，小女子提出这点要求哪一点过分？"尚慧娟不疾不徐，毫不让步，"倘若你觉得小女子冒犯了你，触犯了大清律，你再枉法一次，用大清律办我！"

"好一个狂妄的疯丫头！"冯庶拍案而起，把几上的茶水溅洒了一片，他咬牙狞笑道，"让我给他赔罪，休想！"

"赔不赔礼是你的事，嫁人不嫁人是我的事，碍你甚事！"尚慧娟冷冷说道，"论官家势派，俺抗不过你，你逼我嫁给姓古的，得照我说的办，不然的话俺不吃不喝、不睡，高吊梁头低跳井，难道你能挡得了我去死？"

在场的大都是见过世面的人，几曾见过有这样的女子，一点不留情面地顶撞县令，尚发祥吓得长跪不起，只是叩头不语。

冯庶气个半死，恨不得拿一块砖头堵住她的嘴，但对方的话又无懈可击，想驳斥又一时语塞，抬脚走人又觉得颜面扫尽，真个是走不是，留不是，如坐针毡。许久，他气呼呼地盯了尚慧娟一眼说道："你把我当作什么人啦！"

尚慧娟亢声说道："你是拆散许仙与白娘子的老法海和尚！"

"反了，简直是反天啦！"柳学忠见尚慧娟夹枪带棒竟把一个县令说得一文不值，也觉得脸上无光，刚要发作，却见杨道三阴阳怪气地说道："请尚小姐消消气，息息心火，你提出的这第二件事嘛，卑职代冯大人答应就是！"

"混账！"冯庶双目冒火喝道，"朝廷的体面让你给丢尽了，本官还是丰穰县的父母官啊！"

"大人英雄一世，怎么糊涂一时呢？"杨道三躬身对冯庶赔笑道，"卑职说句掌嘴挨板子的话，大丈夫能大能小是条龙，只大不小是个虫，你是给黄公子赔礼，又不是给匪首呼三山道歉，怎伤了体面，一味地为这芝麻小事纠缠不休，一桩好姻缘何时才能了结？古大人静候佳音呢！"

杨道三的话透着千斤威压，像一盆凉水把冯庶心中的火苗给浇灭了，他端起桌上的一碗酽茶用嘴吹了吹，然后像喝药一样一仰脖子给咽了下去，心里说不清是愤怒还是羞耻，脑袋嗡嗡作响，半晌苦笑了一下，自我解嘲道："若不是杨师爷提醒，我差点失态了。"

尚慧娟惊愕地看着冯庶，刚才还凶得像一尊金刚神面目可憎，片刻间一个小小师爷轻描淡写几句话，冯庶便俯首听命。她瞭了一眼垂眉低首又叹气的冯庶，不紧不慢地说道："小女子的第三件事，要现银三千两！"

冯庶又是一震，暗忖："这小妮子还真是个人物，狮子大开口敢开出天价。"他并不是替呼三山心疼钱，而是不明白她要这么多钱做啥。当下掂掇一阵。他睃了一眼尚发祥，弦外有音地笑道："尚员外，你没有白养闺女！"

尚发祥心里如同糨糊一样，说不出啥滋味。不过，女儿提出索要三千两银子，他倒听得清爽，心里美滋滋的。起身给冯庶倒茶，手一颤，碗中溅出的茶水烫得他钻心般疼，稀里糊涂对冯庶说了些啥，连自己也不清楚。

"不多！"冯庶似乎有些惊讶，自嘲道，"本县两榜进士，一年俸银才四十五两！"他啜了一口茶揶揄道："千金小姐嘛，嫁妆钱是应该的，又不是去街上买肉买菜！"

"你猜错了！"尚慧娟冷哼一声，说道，"三千两银子是给黄公子进京赶考做盘费和补贴家用的！"

冯庶不禁倒吸了一口冷气，睃了一眼尚慧娟，满脸的赞赏之色。此时，他真正懂了"烈女"二字的含义。自己虽为一县之令，贵为百里侯，却少骨断脊与狼为伍，顿生自惭形秽之感。正自惭愧，杨道三大笑道："给尚小姐道喜了，三千两银子明天派人送到府上，尚小姐还有啥事尽管吩咐，包你满意！"

尚慧娟见对方顺当地应承，淡淡地说道："俺女流之辈，只知道从一而终，而今我改弦更张另嫁他人，只存了一份心！"说罢，掩面哭着离去。

几天后，三千两银票交给了尚慧娟。冯庶一干人亲到狱中当着尚慧娟的面宣布黄少文无罪，开牢房放人，一同前来的呼小燕激动地落下泪来。孰料，狱中的黄少文对冯庶一干人的到来，懒得连眼皮都不抬，盘膝坐在干草上，犹如老僧入定，顾自诵读《金刚经》：

> 须菩提，如来说第一波罗蜜，即非第一波罗蜜。是名第一波罗蜜。须菩提，忍辱波罗蜜，如来说非忍辱波罗蜜，是名忍辱波罗蜜，何以故，须菩提，如我昔为歌利王割截身体，我于尔时，无我相、无人相、无众生相、无寿者相。何以故，我于往昔节节支解时，若有我相、人相、众生相、寿者相，应生嗔恨。

尚慧娟第二次来到这个人不人鬼不鬼、人鬼见了都发愁的地方。见黄少文双手合十放在胸前，专心诵读《金刚经》，对自己视而不见，忙柔声说道："黄公子，您可以回家了，这三千两银票你带着……"

黄少文豁然开目，说道："姑娘，你认错人了，你大约不知道我是谁，我是杀人的魔头呼三山！"

"你已经不是匪首呼三山了！"冯庶神色庄重地说道，"现查证凿实，你是无罪之身！"

杨道三奸笑道："这是尚小姐的功劳，还不快快谢过！"

黄少文此刻几乎崩溃了，他泪眼蒙眬地看了一眼满脸憔悴的尚慧娟，强忍着没让眼泪流出，多少个日日夜夜与她梦中相会。但眼下近在咫尺却不能相认，更不能抬脚走人。昨晚，杨道三的话说得很明白：三河县的黄少文已经死了，牢里只有一个呼三山。冯庶释放你那是一个幌子，你若当真走出牢房，姓尚的女子就让老虎寨土匪轮奸，再卖到青楼当妓女！黄少文百思无计，只能把泪水吞咽到肚里。他冷漠地看了一眼圣洁而美丽的尚慧娟，语气极为平缓地说道："我早年落草为寇，杀人越货，害人无数，已是万死不足之人，到此绝境，我不想连累任何人，欠债还钱，杀人偿命，我只求一死减轻自己罪孽。"他艰难地从衣兜中掏出发黄带着霉味的一卷子纸，又道："这是我的忏悔录，上面记述着我所有的罪过，你若不信，看看就明白了！"

"不会的，怎么会是这样！"尚慧娟突然发疯般抓住杨道三喊道，"你这魔鬼，让他吃了啥迷魂药！"

杨道三干笑一声反诘道："尚小姐太冤枉好人了。"

尚慧娟返身扑跪在黄少文面前，摇晃着他的双肩，哭喊道："我是你的娟妹呀，跟我走吧，我求你啦！"

黄少文漠然摇头，痛苦地闭上双目，急促地诵着："须菩提。又念过去于五百世。作忍辱仙人。于尔所世。无我相。无人相。无众生相。无寿者相。是故须菩提。菩萨应离一切相。发阿耨多罗三藐三菩提心。不应住色生心。不应住声香味触法生心。应生无所住心……"

人生有多少奇遇啊，也有多少意想不到的事儿。呼小燕心中百感交集，一句话也不能说。她不相信几个月前谈吐儒雅、语惊四座的一个公子哥怎么会变得这样固执，她拉起痛不欲生的尚慧娟，颤声说道："他真的疯了！"

尚慧娟浑身瘫软，几乎站立不住，黄少文的话像天上的雷，震得她啥也想不起、听不见，痴呆呆地看着黄少文泪流满面。

杨道三看着尚慧娟痛不欲生的样子，心里在偷笑，他干咳一声，耸了耸肩，说道："尚小姐，我们是真心放人，他固执不出牢房半步，一心忏悔他的罪过，没法子的事，既然他对你薄情寡义，你何必自作多情，犯不着为他生痰气，伤了你的玉体！"

尚慧娟欲哭无泪，痴痴地望着黄少文，泪水挂在脸上凝固了，恍惚如梦，如一尊冰雕玉砌的女神立在那里。少时，她突然发出一阵狂笑，撕碎了三千两银票扬得满室皆是。

杨道三见她这样，心里发毛，怕她寻死，话锋陡然一转，说道："古大人有话，凶犯自知罪孽深重，若有变故，可将他解到省城，到那时再救他不迟！"

"姓古的真的这么说？"尚慧娟绝望的眸子似乎动了动。

"古大人何时打过诳语！"杨道三诡秘地一笑，悬得老高的心松了下来，假惺惺地说道，"要想救心上人出火坑，非古大人不可！眼下，你得听从我的安排！"他吩咐狱吏："好生侍奉这位大爷！"说罢，甩袖走出了牢房。

第四十四章
贞烈女违心嫁奸雄
黄少文上解龙兴城

九月初六是呼三山与尚慧娟的大婚吉日。这天，天气阴沉沉、雾蒙蒙的，一湾河水绕着这座千年的丰穰古城，像一个百岁老人蹒跚东去。因是晚秋，两岸已是红谢绿稀，黄叶遍地。

但呼三山的宅院却是另一番景象，大门外扎着彩门，贴着大红"喜"字。甬道上铺着猩红地毯，仿佛是殷红的鲜血染成的。满院上下穿红挂绿点缀一新，富贵风流。因督察大人娶亲，婚事办得煞是热闹，喜帖发出去几百张，送贺礼的人来了一拨又一拨。门前各类车辆、轿子几乎占去半条街。宛平知府李克亲临府第，知县冯庶见李克亲临，小心陪同。杨道三、柳学忠更是忙得脚不沾地，指挥着一干勤杂人员穿梭般忙碌。呼小燕像只林中的燕子逢人便说："随喜，随喜！"

卯正时分，一阵炒豆般爆竹响起，霎时乐声大起，一顶簇新的红呢子大轿缓缓落下，礼仪官一声高唱，一脸喜气的呼三山披红戴花，搀扶着红布罩头的尚慧娟出了轿门，无数张笑脸争相观看新娘丰姿，小孩子们叽叽喳喳趴在地上，争抢着喜糖。经过一番千年不变的拜堂仪式，新娘在众人的嬉闹声中被送进了洞房。

因呼三山要应酬客人，尚慧娟由两名丫鬟服侍。此时的尚慧娟没有一点新婚的喜悦。她难以忘怀的黄少文，倘若知道自己今日大婚，是独自伤心落泪，还是在诵读经文？思量着，以后路途渺茫，祸福难料，大颗的眼泪淌了出来。正自伤感，门帘一挑，一女子笑盈盈地走了进来，那女子对着尚慧娟福了两福，脆生生地叫了一声："嫂子——"

尚慧娟满腹凄楚，掀起红盖头看时，这位女子十分俊美，白皙的鹅蛋脸上，一双漆黑的大眼闪着喜悦的光彩，不禁脱口叫道："燕妹，是你！"

"怎么又哭了？"呼小燕端详着尚慧娟脸上的泪痕，知道她心里难受，也不说破，朝两个丫鬟挥了挥手，说道，"你们先下去吧！"两名丫鬟唯唯而退。

呼小燕把门掩上，拉过尚慧娟坐在桌前，高声叫道："嫂子，今儿个是你的大喜之日，小妹与你喝个痛快，来，干杯！"尚慧娟刚要举杯，却被呼小燕摁住，声音低得几乎是耳语："好姐姐，你只管听不要作声，刚才说话是让门外人听的，我哥哥不该拆散你与黄公子，你不该做我的嫂子！"尚慧娟惊得一悚，颤声问道："好妹妹，为什么？"

"也不为啥！"呼小燕压低嗓子又道，"有些事我一时也说不清楚，你知道吗？你嫁给我哥已是第六房姨太太了！"

"这俺不计较，只要能救出黄公子！"

"长话短说，这儿不是你待的地方，你要逃出去，到省城衙门告状！"呼小燕拿出事先准备好的丫鬟衣裳，诚恳地说道，"你穿上这个，趁着人多杂乱，我送你出城，再不走就来不及了！"

"不！"尚慧娟不禁动容，但旋即又定下心来，恬然说道，"嫁给你哥俺心甘情愿！你哥已答应救黄公子！"

"那也不能！"

尚慧娟愕然，呼小燕也觉得失言，顿了顿，有些语无伦次地说道："好姐姐，俺是说……俺哥他……他也做不了主。唉！有些事你不懂，俺也说不透，快换上这身衣裳趁乱逃出去！"

"不！"尚慧娟凛然说道，"我逃出去，救不出黄公子，活着还有啥意思！你走吧！"说着，趁其不备把呼小燕推出了门外，又砰的一声关上了门。

呼小燕在外边擂鼓似的敲门大叫："你会后悔的！"

尚慧娟两行热泪顺颊而下，坐在桌前，一杯接一杯地喝起酒来。霎时酒往上涌，玉山倾倒，她泥一样瘫倒在床，醉眼蒙眬地自语："黄公子，你可知我心！"

　　数日后，一切都按尚慧娟提出的条件办理。冯庶开具呈文，派柳学忠把黄少文押解到宛平府复审。知府李克当即开庭亲自审理，从姓名、籍贯问起，一直问到抢劫尚家寨的始末，甚至对每一个细节也不放过。一切审理显得公正无私。黄少文在大堂上温顺得像只小羊，尽管内心深处一万分不愿这样做，但为了尚慧娟，对所犯罪行供认不讳。李克就坡下驴装模作样，明面上拍案呵斥，声势吓人，对一些疑点及关键环节却不深究细查，很快做出"与原审相同，绝无异词"的判决，又将黄少文转解省臬司衙门。

　　柳学忠押解黄少文去龙兴城。一路上与其说押解不如说是护送。这位生性凶悍残忍的魔头一路上殷勤服侍，好汤好菜好酒招待着黄少文，说话轻声细语，从不耍横，一口一个少爷地叫着。晚上打尖住店竟破例为黄少文开枷，打来热水让其烫脚，真个把黄少文伺候得舒舒坦坦。宛平府衙一同来的押解人员还以为人犯与柳学忠沾亲，他们得到柳学忠塞给的银子，也乐得睁一只眼闭一只眼，装作啥也没看见，把黄少文感动得热泪长流，在臬司衙门办完押送交割手续，临分手时，柳学忠又在狱中置办了酒食，抹着泪对黄少文千叮咛万嘱咐："这二百两银票你先拿着，想吃啥喝啥让狱卒们去买。待审问完毕便放你出狱，到那时你携上尚家小姐远走高飞。"

　　此时，黄少文对尚慧娟嫁人一点也不知道，对柳学忠的话深信不疑，流着泪指天祷地说道："官吏守牧，君子重义，我乃书香之家，堂堂七尺之躯，岂能做反复无常小人！"

　　柳学忠一介武夫，对黄少文文绉绉的话听得一知半解，看得出黄少文说得十二分至诚，心中一乐，差点笑出声来，面上还装得十分凄楚，假惺惺地挤出几滴泪来，与黄少文洒泪而别。

　　柳学忠当下在龙兴城逗留了两天，玩足逛够又为呼小燕置了几件新衣，便喜滋滋地回到了丰穰。呼三山见柳学忠把事办得顺当，一时高兴竟把城南一座宅院赏赐给了他。柳学忠兴奋得脸上放光，走路都觉得飘飘欲仙，进家门见呼小燕一个人坐窗前支颐沉思，灿烂阳光从窗外洒在她身上，好似月中嫦娥下凡，当即把呼小燕抱了起来，对着呼小燕的一张俊脸美美地亲了几口，嘻嘻笑道："小亲亲，姑奶奶，天冷了，我从龙兴城给你买了件新衣服，穿上看合身不！"

呼小燕猝不及防被柳学忠拦腰抱住，一张醉醺醺的臭嘴在脸上拱着，顿觉一阵恶心，忽听得他说从龙兴城为她买衣裳，不禁一个激灵，咯咯一笑，用手点了一下柳学忠的脑门，柔声问道："傻子，你去省城是为俺买衣裳，还是有什么事？"

柳学忠自结婚后，呼小燕对他是横挑鼻子竖挑眼，像一支浑身带刺儿的玫瑰，从没正眼瞧过他，哪有今儿的温言细语，一时竟愣住了，半晌方咯咯笑了起来，把呼小燕抱得更紧了，贪婪的眼神充满了欲火，盯着呼小燕那张红扑扑的俊脸，说道："为你也不为你，你哥指派俺押解姓黄的死囚犯！"

"几时押解的，我怎么不知道？"

"俺给你说了可不许给外人讲！"柳学忠此刻欲火正炽，见怀中的小娇娘目光如醉，衬托着一张水仙花似的俏脸，显得十二分的娇艳，亲昵地在呼小燕的鼻梁上刮了一下，笑道，"我是督察大人的亲妹丈，有些机密紧要大事当然让我去做！"当下，柳学忠把黄少文押解龙兴城的事悉数说给了呼小燕，末了，柳学忠得意地说道："过不了三月，姓黄的一死，你哥的心病除掉，还保荐我做个官哩！"

尽管坑害黄少文的事，呼小燕或多或少知道一些，今日，经柳学忠亲口说出来，呼小燕仿佛受了电击一般，一张俊脸神经质地抽搐着，她呸地啐了柳学忠一脸，咬牙切齿地骂道："往日姑奶奶还把你当三分人看，至今才知道你连畜生都不如！你非遭报应不可！"她从柳学忠怀中挣脱出来，刺棱一声从壁上抽出剑来，指着柳学忠骂道："姑奶奶今日剁了你，省得你祸害人……"

柳学忠满脸惊愕，迷惑地盯着呼小燕那张白里透红的鹅蛋脸，他做梦也想不通，刚才还在怀中千娇百媚的呼小燕为何霎时翻脸不认人。惊悸之下，猛然省悟，不禁醋意大发，龇着大板牙，骂道："世上哪有自己老婆拎刀杀自己男人的，莫非你心里恋着那个死囚犯——呀呸！"

"想你姐，想你妈才是真的！"呼小燕脸一红，一跺脚走出门外。

柳学忠颓然落座，刚才那股欲火顿时抛到爪哇国。一阵凉风吹来，窗帘不安地闪动了几下又归于平静。突然，他疯了般抓起从龙兴城买回的花格丝绸布衫撕成缕缕碎片，发出饿狼般的号叫。

第四十五章
逛古镇侠女排愁苦
怜悲曲名士救名伶

呼小燕气冲冲来见呼三山，见哥哥正在打点行装，细问之下，方知哥哥要回省城龙兴，瞧周围没人，说道："为啥把姓黄的押解到龙兴城，要姓黄的命？"

呼三山乍听之下脑子炸了般轰了一声，良久，板着脸训斥道："姓黄的不死，哥哥我就得死，女孩家不在闺房穿针绣花，偏听小人嚼舌。这些事往后少掺和，不然的话，哥对你也不客气！"

呼小燕自幼哪儿受过哥哥这般抢白，难过得哭了，一边哭一边使着性子："既然当哥的也嫌弃俺，从今日起，俺与柳学忠分开过日子！"说罢，奔出房门，抬眼见马厩下拴着一匹浑身透红的枣红马，牵马出厩翻身上马，马上一鞭，那马一声长嘶冲出院门呼啸而去。待呼三山追出门时，哪儿还有踪影，顿时懊悔不迭。

呼小燕悲愤交加，不住地打马狂奔，那马原是官家训练，放开四蹄奔跑如飞。一个时辰后，呼小燕松了一口气，低首看时，那马通身大汗淋漓，便翻身下马，坐在路边痛哭起来。因爹娘离世早，她从小与哥哥相依为命，为救哥哥才下嫁柳学忠。哥哥有许多事情瞒着她，他的心变得深不可测，让人琢磨不透。她越想越悲痛，感到不该来到这个世上，不禁大放悲声，仿佛要把胸中的块垒倾泻尽似的。直哭得声嘶力竭昏天黑地时，忽听见一群男女说笑而来，细听之下，方知他们去大桥镇看一个白菜心演出的大戏。她深悔走得太急，没带上黑蛋出来，有个照应。但她心念一转，反正已离家出走，不如随这群人到大桥镇听听小曲排遣愁苦。

　　大桥镇在丰穰县城的北边，离县城二十里，紧靠洮河。因建大桥而得名，通衢街道人流如织，临水码头，河中商船交错，渔歌互答，五千多户人家滨河而居。一街两行，商铺林立，尽是做珠宝玉器生意的，十分繁华。呼小燕久居县城，乍然来到玉雕大世界，顿时耳目鲜亮，但见商号店铺摆满了千姿百态的玉雕，那飘然欲飞的天女散花，千娇百媚的洛河神女，活灵活现的二龙戏珠，大气磅礴的鲲鹏展翅及喜笑颜开的童子拜观音、十八罗汉，一个个形态各异，巧夺天工，让她惊叹不已。蓦然想起倘若与黄少文同游大桥镇，必会诗兴大发吟诗作赋，思量至此不禁脸热心跳，扪心自问："黄少文的身影为啥时时萦绕心头，挥之不去？"原来自己也暗中喜欢他。她自失地一笑，发现已到十字街口，这里竟是另一番天地，满街风味小吃，有卖烧饼、芝麻烙锅盔馍的，卖馄饨、胡辣汤、高汤烩面、米线、牛肉拉面、刀削面的，应有尽有。人流中还穿梭着卖瓜子、五香花生、红枣、核桃的，他们与饭馆跑堂的伙计一样，放开喉咙高声叫卖，嘈杂声不绝于耳。呼小燕顺手买了一张葱花煎饼，边吃边问店小二："白菜心在哪儿演戏？"

　　"白菜心的名气可大了！"店小二热情地答道，"白菜心唱一腔，慌坏了十村八个庄，男人不干活，女人不烧汤！"

　　呼小燕见店小二说得如此夸张，竟扑哧一笑，店小二见眼前美貌女子笑得花枝乱颤，不禁多看了几眼，又道："你再往北走一箭之地便是大戏院！"

　　呼小燕往北走一箭之地，果真见戏院门口闹哄哄的，坐东朝西，里面搭有一高台，台下已坐满了人，正中间摆了几张八仙桌，桌上放着水果点心，座位还空着，显然给有头面人预备的。呼小燕正自四下观望。忽听一阵乐声入耳动心，幕后走出一位袅袅婷婷的彩旦，随着一阵过板声，那彩旦轻舒袖带曼声唱道：

　　　　俺家住在河水集，爹爹名字叫真神。
　　　　只因俺家遭荒旱，五谷田苗绝收成。
　　　　绳穿绿豆大街卖，河里杂草得论斤……

呼小燕自小随哥哥漂泊流浪，受尽了人间凌辱，乍听得这柔润温滑乳燕归巢般的歌喉，想起自己的身世，不由得触伤情怀。旁边座位上一位戏迷悄声问邻座："台上是白菜心吧？""不是！"挨座戏迷一口截了回来，"台上彩旦叫白菜棒，男扮女角，与白菜心一个师门。他唱完戏帽才能开正板，白菜心那嗓门儿才叫绝哩！"

果真戏帽唱毕，乐声再起，白菜心出场，呼小燕引颈瞧时，一名素服淡妆的花旦似洛水神女般踩着鼓点，移着莲步上得台前，一个亮相，竟满场喝彩。彩声未落，白菜心启朱唇、发皓齿刚唱上几句，一股清凉玉润之气便涌遍全身，血脉筋骨说不出的舒适。偌大一个剧场，鸦雀无声。白菜心那委婉的歌喉如春鸡报晓，让人心神俱醉，一折《大祭桩》唱毕，场上爆发出雷鸣般的喝彩声。呼小燕被白菜心那娴熟的扮相，优美的唱腔折服，万想不到这个偏远小镇能听到如此妙音，欲转身离去，又见谢幕中白菜心在众人的喝彩和挽留声中冉冉出台，对着台下观众蹲身福了一福，唱道：

> 风声起树梢动，门内院外有哭声，人世间究竟有多少恨，怨声老天爷恁不公。

歌喉哀婉，乐声悲怆，台下众人沉浸在戏中。呼小燕陡然想起黄少文满身的冤屈，身陷狱中，不由得心往下沉，侧着身子从人缝中挤到前面，却听白菜心婉转地唱道：

> 奴家祖居赵家湾，父兄经商有多年，只因珍宝遭祸患，赵氏一门起祸端。忽来强盗呼三山，群盗掠尽全家产。亭台楼榭化飞烟，母亲被贼乱刀砍。兄嫂护宝死得惨，俺父女藏在地窖才躲过这道鬼门关，从此后俺父女流落在梨园，沿街卖唱挣俩钱……

呼小燕听到此处，心中哀痛，方知是白菜心自述心曲。又想到黄少文家中二老盼儿归家度日如年的情景，如剜心割肉般疼痛，暗中埋怨声哥哥罪孽深重，抬眼见台下观众一片唏嘘之声，刚想去后台给白菜心赠些银两聊作补歉，忽见一位身披斗篷、长身玉立的青年高声喝道："呼三山乃一撮毛贼，去县衙告他！"白菜心悲愤地又唱道：

　　客官哪！宛平府、丰穰县，奴家击鼓诉苦冤，闻说劫匪呼三山，官官推托无青天，小奴家私下打听遍，方知土匪与官家有牵连。满腹冤屈无处诉，血吞门牙腹中咽。人人都说黄连苦，俺父女比那黄连苦万般。

　　人们正看得凄楚，霍然一声弦乐戛然而止。呼小燕第一次听到乡间百姓对自己哥哥的评判，浑身不自在。正欲离去，忽见人群一阵骚动，拥进一群糙壮汉子，径直走向戏台，为首的一位五短身材，长着满脸的络腮胡子，硕大个头颅像一个冬瓜安放在脖子上摇晃不定，揎胳膊捋袖，瞪着一双阴阳眼，淫笑着伸手摸了一把白菜心的粉脸，骂道："臭裱子，你他妈也不睁眼瞧瞧这儿是谁的地盘，没交保护费不说，还埋汰俺大哥豹爷，活腻了不成？"说着话，斜着眼瞧着站在台角的一位老者，猛一挥手，吼道："老的留下，细皮嫩肉的带走！"话犹未完，两个打手一边一个已架住了白菜心。

　　"三当家的，听老奴说一句！"原来，人称白菜帮子的竟是一位老者，大约他认出来者是谁，忙作揖打躬低声下气地赔笑道，"这是俺爷俩挣下来的钱，您老拿去喝酒，您大人大量饶了俺女儿吧！"

　　那人接过银子悠闲地抖着一条腿，把银子扔得老高又伸手接着，顺手放在衣兜里，淫邪的目光盯着白菜心好一阵子，倏地在她胸前摸了一把，淫笑道："看在老家伙的面上饶了你，不过，她得陪俺睡上三夜，唱三天小曲才中！"白菜心已是杏眼圆睁，朝那人照脸啐了一口，骂道："咋不让你妹、你姑陪你睡上三天三夜！"

　　呼小燕已是怒火中烧。她已认出领头的是老虎寨的三当家王老虎。刚想发作，见王老虎一把拽过白菜心抱在怀里，淫兮兮地说道："呀嗨！老子就喜欢玩带刺的雏鸡！"又在白菜心脸上亲了一口，观众立刻大哗，白菜心眼中顿时涌出泪花。

"啪,啪!"两个清脆的耳光打在王老虎脸上,只见一位身着黑色斗篷的壮士一跃上台,从王老虎怀中救出了白菜心,王老虎当众挨打丢丑,嗷的一声转身扑上,一个黑虎掏心朝这位壮士打去,那壮士上身微晃躲过,反手一抓一送,已将王老虎掼在台下,围观众人轰然喝彩:"好!"

王老虎一跃而起,刺棱一声拔出剑来,十几个喽啰纷纷亮出家伙,哗的一声散开号叫着齐扑过来,吓蒙了的白菜心惊醒过来,急急说道:"恩公快走!"那壮士冷喝一声:"几个小毛贼有何惧哉!"王老虎大叫道:"哪儿来的野种,敢坏老子的好事,打!"

"住手!"随着一声娇叱,呼小燕凌空飞起,稳稳落在台上,对王老虎喝道,"还不退下,他是俺的结义兄弟谭大哥!"

王老虎没想到呼小燕也在这里,眼看对方又是官家派头,功夫了得,哪儿敢再耍横,对着壮士一抱拳:"得罪!"朝手下丢一个眼神,呼哨一声仓皇离去。

"燕弟,怎么你是个女的?"此人正是谭雄飞。自从和黄少文、呼小燕仨人在碧云观庙会分手后,对黄少文那犀利的谈锋,对世局精辟的见解难以忘怀,视为知音,半年后再次北游,想不到在这个偏僻小镇与呼小燕相遇。此刻,他诧异地看着这位熟悉的燕弟,忽地哈哈大笑道:"古有花木兰女扮男装,今有燕弟,不,燕妹片言退匪!你怎么认识这些土匪?"呼小燕支吾道:"这些人被我打怕了!"

当下俩人欢喜不尽,呼小燕拿出五两银子打发白菜心父女离去,便与谭雄飞来到聚仙酒楼,酒过三巡后,谭雄飞闪着一双明亮的眸子,问道:"少文兄近来安否?"

呼小燕垂下睫毛,神色忧郁地说道:"唉!俺正为这事犯愁哩!"

"哦?"

呼小燕粗重地喘了一口气,方道:"他被押在省城大牢里!"

"身犯何罪?"

"莫须有!"呼小燕难过地落下泪来,便把黄少文投亲尚家寨遭诬陷的事说给了谭雄飞，隐去了冤案的作俑者——自己的亲哥哥的真实身份，把责任推给了县令冯庶。

谭雄飞腾地站起身来，恨恨地说道："吏治腐败到如此地步，大清气数真个尽了，好端端一个人才竟给这些城狐社鼠给毁了！"

"求兄台想个办法，救出黄兄才是！"

"中州省巡抚杜宗山与叔父交厚。噢！叔父在江南省做巡抚，你把我的名刺交给杜大人！"谭雄飞沉吟了一会儿又道，"我这就返回江南，让叔父修书给杜大人！"当下俩人又商议了一阵子，谭雄飞才依依不舍地与呼小燕道别。

呼小燕望着谭雄飞远去的背影，捏着谭雄飞的名刺犯愁，这张名刺是交给尚慧娟还是送给三河县的黄天福？她心中明白，这张名刺不管交给谁，都会给哥哥带来杀身之祸。黄少文顶凶案昭雪之日便是哥哥倒霉之时！她站在洮河的大堤上，一阵河道风吹来呜咽作响，沙滩上一大片芭茅如波涛涌动，发出嘤嘤嗡嗡的声音，似乎在倾诉着人世间的苦情。呼小燕仰天叹道："天哪！我该咋办！"

第四十六章
尚慧娟误入后花园
疯婆子泄密救弱女

因黄少文上解省臬司衙门，呼三山急着返回龙兴城，通融各个衙门。本想携尚慧娟一起去省城，又怕这妮子看出破绽。婚后第三天，尚慧娟催促呼三山去省城解救黄公子。听着这些话，呼三山像吃碗蛆一样心里不是滋味，面上还得满口应允，心里暗骂：让你怀上老子的种，这座冰山自然会融化。谨慎起见，他让杨道三、柳学忠明松暗紧盯着她。临行前，呼三山拍着胸膛，对尚慧娟说道："即便倾家荡产、丢职罢官也要把人捞出来！"

尚慧娟静静地听着，觉得呼三山的话缺少点什么，过分的许诺让人听了有不踏实的感觉。呼三山走后，她便关上房门、净手上香，每日诵经抄经，祈求佛祖菩萨保佑黄少文平安回来。

转眼一个月过去，远在省城的呼三山没有捎回只言片语。为排遣愁绪，尚慧娟去后花园散步，刚进花园，感觉周围有几双眼睛在盯着她，蓦然回顾，除几个忙碌的园丁外，别无他人。花园面积有十几亩，种植着各种奇花异草，有草坪、花带，正中间池塘砌着假山，错落间矗立着亭台楼阁。一条弯曲的木栈直通池心假山。一阵秋风漫过，满塘愁波涟漪迎面而来，仿佛向她诉说着人世间沧桑的往事。尚慧娟缓缓走上石墩、登木栈，凭栏远眺，天上云雁飞翔，再看塘中碧水，清澈的水面上映出一位纤弱女子。她无声地叹息一声，沿木栈朝塘中假山走去。未走几步，一名家丁拦住道："夫人，老爷立有规矩，任何人不得到此！"尚慧娟高傲地仰着脸，盯着家丁，扬起巴掌掴在那人脸上，喝道："滚——"

　　她看也不看抱头鼠窜的家丁，来到沍心假山，拾级而上，正中矗立着一座不大的楼阁。刚要推门而入，里边传出一阵似哭似笑的号声："啊哈哈！"

　　尚慧娟乍然听到这怪异之声，猝不及防往后便倒。竟倒在一个人的怀中，原来是丫鬟兰花。兰花长相憨厚，心里却乖巧玲珑。自陪嫁以来，几乎寸步不离，扶着花容失色的尚慧娟，慌急地说道："这儿有鬼，快走！"

　　"你才是鬼！"里边传来怖人的怪笑。尚慧娟惊魂未定，勉强站住。里边忽地唱了起来："人都道官宦家日夜春宵，又谁知庭院内血泪滔滔，忽一日呼啦啦大厦倾倒，你和我就成了任人宰割的羊羔，莫要说模样好如何俊俏，色褪时赛如那荒郊的蒿草……"

　　尚慧娟在长歌当哭中，细听歌词大意，犹如冤鬼夜诉，便扬声斥道："何人入我家花院作祟号叫！"里面立刻回应道："什么你家花院，呸！婊子一个，这儿是老娘的家！"话语中充满着怨毒和怒气。

　　尚慧娟听出是一女子的声音，她心中反而升起一股惺惺相惜的异样感觉，便推门而入，不禁怔住，竟是一位满头皓发的老太婆，一条丈余长的铁链从楹柱上伸出牢牢地套着她的双脚。乱蓬蓬的白发下一双呆滞的目光直勾勾地望着她。兰花跟了进来，见此情景"啊"了一声，吓得躲在尚慧娟身后。

　　尚慧娟在极度惊慌中稳住心神，徐徐说道："老前辈，有何凭证这儿是你家？即便你是主人，又为何被囚在这人不人鬼不鬼的地方？"

　　疯婆子充满敌意地盯着尚慧娟，突然仰天大笑："什么老前辈，老娘今年应该是三十七岁吧！"她声音嘶哑满眼泪光。尚慧娟惊奇地发现她身子骨里透出一股阿娜女子的身影。

　　兰花失声尖叫："俺告诉你，吓着俺家小姐，小心古大人扒你的皮，敲断你的狗腿！"

　　那疯婆子脸色一沉，眼露寒光，这一瞬间，尚慧娟看出疯女人当年是一个美人坯子，刚想喝退兰花，疯婆子厉声喝道："臭丫头，你给我听真了，什么古大人，啊呸！他不姓古，姓呼，是俺的豹子哥！"

　　"谁是豹子哥？"

疯女人鄙夷地白了尚慧娟一眼："榆木疙瘩脑子，他是威震江湖的花豹子！"

一语即出如平地惊雷，一股热血涌到尚慧娟脸上，她苍白的面孔变得通红，惊愕地看着疯女人，大脑急剧地转动着。花豹子是呼三山的绰号，难道呼三山和古月杰是一个人？她不相信，一个朝廷命官怎么会是土匪头子呼三山？眼前这个不知来头的疯女人，虽白发乱颤，脸上却无半丝皱纹，那双杏子眼黑葡萄似的波光粼粼，满身的污垢掩藏不住窈窕的身姿，褴褛的衣衫下露出白皙丰腴的腰身。她为何被囚禁在这里？一阵紧张思索，尚慧娟有了主意，她反唇相讥道："这位大姐，你怎么患上了失心疯病，身处绝境还编谎害人，你设身处地想一想，古月杰放着朝廷命官不做，荣华富贵不享，反而学花豹子落草为寇，你有何凭证说古月杰是土匪头子花豹子？"

疯女人上一眼下一眼打量尚慧娟，忽地惨然一笑道："真是个美人儿！可惜是个花瓶！"疯女人幽幽地吸了一口气，厉声喝道："你是豹子哥新娶的小老婆，还是他的姘头？"

"真是个疯婆子！"兰花撇了撇嘴，嘲笑道，"她是古大人新婚夫人，你贱命一条还想攀附我家夫人高枝！"

"你才是疯子！"那女人气得手摇头颤，铁链发出可怖的哗啦啦的响声，"老娘才是花豹子的原配夫人，论起来，我为正她为偏。咋了，还不快来参拜！"

这骇人听闻的话惊得尚慧娟身子晃了几晃，极力地把持住才没有倒下，脸色蜡黄中透着惨白。兰花"啪"的一个耳光扇在那女人脸上，厉声骂道："俺家夫人金枝玉叶，连古大人都言听计从，再胡说八道，俺掰掉你的狗牙！"

"不可！"尚慧娟看着又脏又臭又满脸怨气的疯女人，心想她定是被幽禁久了，心智失常才胡言乱语，向兰花说道，"何必与她一般见识！咱们回去吧。"说着两人便转身离去。

"臭婊子，老娘菩萨心肠好心待你，竟不识好歹！"疯女人冷不丁冒出一句，"花豹子肚脐下方有一颗黑痣，你是他的小老婆，总该知道吧！"

不啻一声炸雷，尚慧娟顿时惊得面如死灰，这个深藏不露的秘密，疯女人能够清楚无误地说出来，古月杰确实与她有着密切的关系。陡然间，她一个激灵：何不向她讨个实底！心念一动，竟报之一笑，蹲身道了万福，温言说道："大姐，既然你是豹子哥的原配夫人，却为何身陷在此，谁把你害成这样？你把苦情说出来，或许我能帮你，或者，去衙门告他！"

"你还没有回答我的话！"疯女人阴沉着脸喝道，"他身上有没有那颗黑痣？"

尚慧娟红晕罩脸极为羞涩地点了点头。"天可怜见的，又是一个苦人儿！"疯女人显然经历了人生绝顶难以忘怀的惨事，才被关在这儿，过着非人的生活，胸中充满了怨恨，骤然见一个和顺温柔、明艳端丽的女子站在眼前，顿时有一种同病相怜之感，眼眶一红，几乎坠泪，语气也缓和了许多："能遇上我，算你祖上有德，你问我为何被囚禁这儿，问得好，明年的今日，你会跟我一样！"

尚慧娟与兰花迅速地对望了一眼，俩人竟无端地打了一个寒噤，几乎夺门而逃。

疯女人指着兰花说道："你出去，看着人来，我有话对她说！"

待兰花出去，疯女人说道："豹子哥祖上原在明朝做官，李自成倡乱，辞官回乡，举家迁居南石县的呼家庄。在此置买田产，日子倒也逍遥自在。到了嘉庆年间，九盘山的土匪血洗了呼家庄，花豹子的父亲是一个劫富济贫的飞贼才幸免于难。"尚慧娟竟吓得"啊"了一声，怔怔地望着这个装疯卖傻的女人。

"花豹子的父亲并没颓落下去，四十多岁时，家产超过了祖业，只是缺少儿子，有一位姓林的好友劝他到丹霞禅寺上香许愿，当年便添了一个男婴，起名呼三山，小名叫花豹子。千顷地里一棵苗怎能不娇贵。又过了些年，夫人又生下一女婴，取名呼小燕。"

"可他姓古不姓呼呀！"

"老娘说话不许你插嘴！"

"他爹年过半百得一双儿女，便在河上架了一座桥，大桥架起那天，他和老伴却被龙卷风卷入河中淹死。"

"好人无好报!"尚慧娟被疯女人的话深深地打动了,急急地问道,"那后来兄妹俩可咋活哩?"

疯女人凄然长叹道:"姓林的朋友收养了他们,教他们兄妹读书习武,还把家传医学授教于他,他长大成人后,又把自己的女儿嫁给了他!"说着,泪水已顺颊而下。

尚慧娟恍然明白,眼前女人就是姓林的朋友的女儿,只是不明白她为何被囚禁在此。

疯女人抽泣了一阵儿,又道:"俺叫林月娥,是姓林的独生女儿,婚后两年,俺俩还算恩爱,那一年俺怀孕,脾气难免躁了点,摔盆子扔碗之事有之,花豹子表面上对我百般顺从,暗中与城里一名戏子好上了,把家中的积蓄都花光了,俺爹以为他做生意赔了,没有责备他,那戏子见他银子使尽,又与九盘山大寨主刘一刀姘上了。他得知后,杀了这对狗男女,还杀了鸨儿。三条人命啊,他连夜上山当了土匪!俺爹得知后申斥了他几句,之后便不明不白死去,俺一惊之下也小产了!"林月娥说到这里破口大骂:"挨千刀的作孽呀,连个后续烟火也保不住!"

尚慧娟倒吸了一口冷气,讷讷地问道:"那,以后呢?"

"人命关天,官府能不追剿?三个月后,山寨被攻破,他逃出来,带上我连夜上了老虎寨,连做几起绑票案,声势越来越大。半年后,俺下山在丰穰县城开一诊所,靠祖传医道行医为生。说来也怪,千杀的他没过多久,也下山与我一道治病救人,改名古月杰,把诊所取名济善堂。俺以为他浪子回头。后来,才知这狗杀才打着行医的幌子,暗中指使土匪谋财害命,劫来长相俊俏的闺女先跟他睡,玩够了再赏给山上的土匪!"

尚慧娟倏地一颤,说道:"你有何凭据?"

"老娘就是证据!"林月娥横了一眼尚慧娟,傲然说道,"一天夜里,俺出来小解发现客厅有亮光,隔窗望去,狗杀才与山寨的心腹头目正在议事,我躲在暗影偷听,他们商议着先血洗三河县大黄庄,再打劫咱县的尚家寨,向京城王爷献宝。狗杀才还说,谁能把尚家小姐给我弄来,赏银一千两。俺当时肺都气炸了，一脚踹开了房门，千杀的见纸里包不住火，当着几个手下给俺跪下，苦苦哀求让我饶了他。我心知这狗杀才反复无常，便板着脸不语，贼杀才竟口吐白沫两眼上翻，四肢蹬了几下昏死过去。"

尚慧娟双目喷火："这样的人渣，死了活该！"

"都怪老娘心慈手软！"林月娥一脸懊悔，"我取出一颗丹药让他吞服，一个时辰后才见好转。当下他在房中设宴，百般巴结，向我赔罪，劝我饮酒，我见他真心悔过，便多喝了几杯，沉沉大醉，待我醒来时已被囚在这儿，死不成活不下，还披上了一个土匪婆名声，生难见天日，死有愧父亲泉下之灵，难逃地狱之报！"林月娥说完失声痛哭瘫坐在地。

尚慧娟也不禁怆然涕下，良久说道："他把你关在这儿，也许顾念林家对他有救命之恩！"

"他有这份心就不是畜生了！他怪病发作时需要老娘的一粒丹药，若没有这一手，我的骨头早化成灰了！"

尚慧娟不禁骇然，尚、黄两家血案的始作俑者竟是与自己同床共枕的花豹子！希冀用自己的身子救回黄公子，今儿一经证实，自己又是多么荒唐和愚蠢！她木着脸望着可怖可悲又可怜的林月娥，突然对林月娥深施一礼，凄然一笑道："多谢大姐指点迷津，俺先救你出去。"说着，笨拙地上前解那铁链。

"救你自己要紧！"林月娥向尚慧娟倾诉了憋在胸中的苦情，心中郁结好了些，少有地一笑道，"你心地不错，这座假山有一暗道通往围墙外，记住，今夜三更，你再来这儿！"

林月娥话音刚落，忽听丫鬟兰花在门外叫道："杨大人呀，你也来逛花园啦！"那兰花见杨道三鬼头鬼脑朝这走来，便高声报信。

杨道三何等精明，心知有异，便加快脚步，林月娥甚是灵巧，刹那间，撕心裂肺般号叫："哪儿来的骚货，到我蓬莱仙岛……"

披头散发的尚慧娟在兰花的搀扶下跌跌撞撞掩面而逃，因不小心摔倒又爬起，惊恐地喊道："杨贤弟，快来救我！"

"嫂子，休要惊慌，有小弟在此！"杨道三见尚慧娟像一只受惊的小兔跟跄奔出，当下一乐，"妈的，女人真是水做的，前几日见老子还横挑鼻子竖挑眼，上了男人床，对我的称呼也变了！"他紧走几步，哈腰说道："让嫂子受惊啦！"与兰花一起扶着尚慧娟急急离去。

是夜，起风了，天黑得伸手不见五指，阵阵秋雨伴着萧萧秋风竟越下越大。天明时，用人才发现尚慧娟房屋空无一人，连丫鬟兰花也逃走了。

第四十七章
杜巡抚大意铸冤狱
游方僧借鸽喻抚台

呼三山到龙兴城后，翌日，便递牌子请见巡抚杜宗山。

巡抚衙门设在旧都故宫的东北角，龙兴城乃九朝古都，金粉之地。虽历经兵火多易其主，但宫阙依旧，巍峨壮观。呼三山第一次来巡抚衙门，轩敞高大的正门紧闭着，两尊青面獠牙丈二高的石狮，面目狰狞地雄卧大门两侧。当值的戈什哈，挎刀持枪，目不斜视，形同几根木桩。他不禁感慨万千，数月前自己还是一介草寇，今骤然一变，竟成身着五品官服的朝廷命官。与以前落草饥一顿饱一顿、居无定所日子相比，真乃天壤之别。正傻子进城般观看，忽听一声沉喝："牌子！"

呼三山这才意识到了巡抚衙门，想发作又忍住了，巡抚衙门早立有规矩，所有人出入，一律勘验牌子才能放行，呼三山是新补进臬司衙门虚职文官，戈什哈根本不把他当回事，一副公事公办的样子，板着脸直盯着他。呼三山因急着见杜宗山，竟忘了带牌子，正没理会处，衙门内飞跑出一个长随模样的人，高声叫道："古督察，杜大人叫你回事哩，快进来吧！"

呼三山长吁了一口气，看了一眼戈什哈，与长随飘然而入，来到议事厅。便听屋内轻咳一声，说道："进来吧！"

"喳！"呼三山门外应了一声，便挑帘进屋，极其麻利地行了廷参之礼。杜宗山淡淡说道："坐吧！"便命人端来一盘西瓜，亲自拣了一块递给呼三山，笑道："古督察这么快就把盘踞老虎寨积年的匪枭捉拿归案，老夫要上报朝廷为你请功！"一番老官熟谂又温馨可人的话语，呼三山听着心里暖洋洋的。他刚踏入仕途，对官场套路吃不透摸不准，略一思忖，便把巡视丰穰县，缉拿匪枭添油加醋地说了一遍。末了，夸张地说道："若非您居中调停有方，卑职旁证凿引，匪枭焉能甘愿伏法认罪？"

杜宗山是一个沉稳持重的巡抚，他静静地听着，时而啜茶皱眉，时而望着窗外，半句言也未插，见呼三山如此浮躁，脸上掠过一丝不易觉察的失望与厌恶，但一闪即逝。待呼三山说毕，便不咸不淡地说道："丰穰县县令冯庶一举擒拿积年大盗，功不可没，本抚要另行具析，禀报朝廷记功嘉奖。"

杜宗山寥寥数语便把呼三山的功劳剥个精光，呼三山暗骂冯庶瞒着自己向上邀功。他睃了一眼满脸肃容的杜宗山，五十多岁年纪，脸上皱纹像枣树皮一样无一处平坦，宽阔的额头下，一双三角眼偶尔晶莹一闪，寒光四射，只这一瞬间，让人望而生畏。一时间，呼三山竟有些怯意，又听杜宗山似训诫又像慰勉，款款说道："匪首虽擒，但匪窝未戳。匪枭以下的呼一彪、李疤癞、王老虎这些积年惯匪还在作恶。豫西南那块贫瘠地方，自古以来是个不安生的处儿，若不从根上铲除，很容易坐大成患，不能有丝毫懈怠！"

呼三山进门便遭杜宗山训诫，一时间不知道怎样应酬这尊大神。但杜宗山比自己官大得多，还得硬着头皮听着，好容易找个话缝儿，一欠身，笑道："属下认为，像祸害豫、鄂、皖数省的巨匪呼三山应早日明正典刑，一来震慑匪胆，二来当地百姓还要给您送万民伞呢！"

"你说的话如同儿戏！"杜宗山脸色立刻沉下来，"巨枭啸聚山林，祸害百姓，触犯国法应交臬司衙门依律定罪，上报刑部后，呈皇上御决才能问斩。送什么万民伞，邀那些虚名做什么？"

呼三山此刻才真正领教了杜宗山的风骨，不像丰穰县的冯庶那样，软柿子一样任你捏着，殊不知，杜宗山刚入仕途便签分江苏知县，颇受李鸿章垂爱，数年间由道台、按察使、布政使扶摇之上，做到巡抚位置，没有过人的胆识，岂能为慈禧和光绪驾前重臣。正自纳罕，杜宗山口风一转，又道："呼三山的案子按察使林奋审理后，本抚还要详细阅卷核实，不能有半点疏漏！"说着，端起茶碗，一名长随立刻唱道："送客喽！"

呼三山立刻起身笑道："大人，属下知道您雅岸高俊，卑职巡视丰穰县，顺便带了点土特产，一件狐皮外套、两条金丝绒地毯、四件玉雕、几篓猕猴桃，请大人笑纳！"

"猕猴桃润肠通便收下，但要付现钱，今儿个也算破例。"杜宗山命人照价付款给呼三山后，踱至滴水檐下，目送呼三山。

呼三山拱手一礼辞出，他边走边暗骂："假正经，老子就偏不信大清的官就数你最清！"

数日后，巡抚衙门贴出审理江洋大盗呼三山的告牌，立时便招来数不清看热闹的市井乡民，黑压压一片，拥挤在衙门的照壁前，叽叽喳喳议论不休。

一阵震耳发聩的击鼓声骤然响起，巡抚衙门中门大开，看热闹的人群像泄闸的洪水涌向正堂门口，踮脚引颈争相竞看名噪中原的绿林大盗呼三山是个啥模样。只听得一声高唱："杜大人升堂喽！"

巡抚杜宗山身着八蟒五爪官袍上缀着锦鸡补服，头戴珊瑚顶子，迈着方步，进正堂升了公座，按察使林奋、龙兴城知府周道贤和一干师爷人等依序而坐，三班衙皂呈雁形在堂下分列两旁，手着水火棍喊着堂威。杜宗山是个冷人，他原本不问刑案，因呼三山是朝廷缉拿多年的钦犯，不能出丝毫差错，他才亲自审理此案。此时，他刀子般的目光扫了一眼众人，一拍惊堂木："带人犯！"

随着一声高过一声的"带人犯"唱名声，片刻之间，黄少文铁锁银铛被带上大堂。因久不见阳光，经受不了大堂上阎王殿似的阵势，浑身的不自在。经戈什哈的指点在跪石板上跪了，暗窥居中而坐的杜宗山，恰与杜宗山灼灼生威的目光相撞，不禁打了个寒战，很快低下了头。

杜宗山仔细地审视着堂下的黄少文。他的恩师曾国藩有个癖好，用人必先观其相貌。此刻，他犀着鹰一样的黄眼珠，盯着堂下的黄少文，不胜惊讶，堂下人犯修眉凤目，鼻直口方，白皙清秀的面孔上显得文静秀气，除头发有些许零乱外，一身蓝布中衣洗得纤尘不染，映衬着点漆般目光，清秀儒雅，全不似人们心目中那种贼眉鼠目、青面獠牙的江湖魔头。他盯着黄少文半晌，方开口问道："下跪何人？"

"草民呼三山。"

"哪里人氏?"

"南石县呼家庄。"

"何时从匪?"

"因家庭贫寒,自幼占山落草为寇。"

"你撑起面来!"

黄少文惶恐地抬起头,注视着眼前这位口含天宪,满脸威气的巡抚,等待他顷刻发作雷霆之怒。杜宗山却轻声说道:"你的案子经丰穰县、宛平府已逐级呈报,臬司衙门已立卷承审,案由清楚,证据凿实。本抚也认真阅卷,鞫研再三,无可置疑。尔若有不白冤屈可据实回答,倘若蓄意欺蒙,一经查明,罪加一等,这个道理你可明白?"

黄少文惶惑地挪动了一下身子,昨晚的一幕犹在眼前:柳学忠来到狱中叮咛,明日杜巡抚审案务必按原议回禀,判了刑,在狱中待上俩月,保你出狱与尚小姐喜结连理。此刻,他深深地吸了一口气,俯首重重地在跪石板上叩头:"回大人的话,小人愿知无不言!"

"好一个呼三山,尔年纪轻轻,正是读书入仕的大好时光,阳光大道尔不走,却盘踞老虎寨占山为王,抢劫过往商客,糟蹋良家女子,洗劫尚家寨,杀人掠宝!本抚可有半点冤你之处?"

"没有!"黄少文听着排炮般的喝问,心里发虚,他抬起头来,望着一脸阴笑的杜宗山,从容说道,"大人所问与事实出入不大,均由我一人所为,愿认罪伏法!"

"好!算得上一条汉子!"杜宗山狞笑了一声,倏地敛了。冷冷地睃了黄少文一眼,吩咐让他画供,而后,语气冰冷地说道:"佛说,恶有恶报,善有善报,六道轮回,不差分毫!杀人可恕,国法难容。似尔这般自幼从匪,横行数省,祸及无辜百姓,实属罪不可逭,有道是锄一害而众苗成,刑一恶而万民欢,着判……判……"他突然一阵眩晕,忽听堂外传来鸽子"咯咯……咯咯呀咯咯"的鸣叫声,在杜宗山听来,恍惚是"不可……不可呀不可"的声音,他警觉地环顾四周,并无异样,继续说道: "着判……

判……"大堂外又传来好似"不可呀不可"的声音，他心知有异，皱眉说道："何人搅闹本抚审案？"

一名戈什哈跨步进来，单膝跪地禀道："回大人的话，一老僧横卧大堂门外，怀抱两只白鸽鸣叫！"扮作市民装束看热闹的柳学忠循声望去，果真见一个疯和尚旁若无人高跷腿仰卧大堂门外，那悠然自得的神态，像是躺在天底下最舒服卧榻之上。一双白鸽鹤立身旁，不住鸣叫，仿佛在伴奏催眠曲。柳学忠虎着脸也不言语，劈手抓过老僧身旁的白鸽猛摔地上，两只白鸽顿时昏厥。

老僧被突如其来的变故惊醒了，起身双手合十，念了声"阿弥陀佛"，又俯身捡起两只白鸽。这时两名戈什哈不由分说推着老僧，进了大堂。

黄少文见是癞头和尚慧净，不禁纳罕，定睛细看，慧净黄衣草鞋，斜披袈裟，慈眉白须，一双微眯的眼睛半开半合，好像刚刚睡醒的样子，对森罗殿般的大堂竟无半点怯意。他默默地掏出两粒药丸，分别送入两只嘴角淌血的白鸽口中，那神情像呵护一对孪生婴儿那样关爱，喃喃吟道："四大原无我，五蕴本来空，将头临白刃，犹似斩春风。"

杜宗山喝道："和尚，你不在寺院参禅拜佛为何搅闹公堂？"

"贫僧在梦中牧牛！"

"你在胡说什么？"

"贫僧的牛跑到邻居家的菜地吃青，该不该牧牛？"

杜宗山浓眉紧锁，一拍惊堂木："这里是抚署大堂！"

"分明是你们搅闹了老衲的好梦！"慧净拍了拍怀中的白鸽，"可怜一对白鸽无故冤死！"

杜宗山顿时气得手脚冰凉，竟一时语塞。

按察使林奋早已按捺不住，怒道："有冤去县里、府里去告，杜抚台正审案，你也不看这是什么地方，念你是出家和尚，你再胡言乱语，判你个搅闹公堂罪，挨板子吃家伙！"

慧净豁然开目，眼中晶莹四射，盯着林奋说道："老衲四处挂单，与白鸽为伴，路过宝地，突遇恶缘。两只白鸽两条命，无故屈死种苦情。大人，老衲的白鸽冤啊！"

堂上堂下立刻大哗，黄少文怵然而悟，慧净以鸽示警替自己叫屈，让这些城狐社鼠莫要草菅人命。他充满感激地看了一眼慧净，暗自替他捏了一把汗。

龙兴城知府周道贤拍案而起，喝道："哪来的秃驴，给我拿下！"话音甫落，呼三山向慧净扑来。

慧净眼皮也未抬，毫不出奇地晃了晃身子，呼三山竟扑了个空。慧净轻拂怀中白鸽，那白鸽竟睁开灵动双目，闪了闪翅膀直扑呼三山面门，呼三山忙用手去抓，竟抓了两手黏糊糊的东西，细看时，是白鸽拉下的粪便，顿时大怒，一招手，几名戈什哈向慧净和尚扑来。

"住手！"杜宗山怵然而惕，一个和尚替白鸽喊冤，这在清朝闻所未闻。他忽地一个激灵，刹那间，胸中升起一股无名火，恶狠狠盯着慧净，嘿嘿冷笑道："你怀疑本抚审案不公？"

慧净双手合十，念了声"阿弥陀佛"，徐徐说道："世上没有对与错，只有因和果，老衲乃游方僧人，早厌倦凡尘烦扰，岂敢妄言！"杜宗山警觉地瞥了一眼旧裟垢面的慧净，平平常常毫不出奇的一个僧人。又俯首细阅丰穰县、宛平府、省按察司逐级审核过的案卷，见案犯供词始终未变，证据确凿，分明是堂下和尚修炼入魔，无理取闹，遂平捺了一下心头火气，板着脸训斥道："你不在佛堂潜心静修，参禅悟道，却来公堂搅闹，正所谓十缠十使积成有漏之因，六根六尘妄作无边之罪，本抚虽说崇尚孔孟，也敬重佛、法、僧三宝，念你为诵经传法之人，不予治罪，来人，轰了出去！"

"喳！"堂下几名戈什哈应了一声，忙不迭地推搡着慧净举棒便打。慧净念了声"阿弥陀佛"，冷不丁挪动了一下双脚，竟使棍棒齐齐落空。慧净矍然开目，说道："好一群糊涂的官哪！竟不管白鸽冤！"

早已恨得牙根痒痒的林奋断喝一声："来人，支起油锅，油炸了这老秃驴！"

"让他去吧！"杜宗山久经沧海，心存疑忌，便有意放行。

慧净双手合掌，微睨了一眼目瞪口呆的杜宗山，念了声"阿弥陀佛"，默默地托着两只白鸽，飘然去了。老远还听他吟道："春听莺歌燕语，夏闻蝉鸣高林，秋睹清风明月，冬观雪岭山川。"

　　杜宗山尽管见多识广，也觉得蹊跷，陡然意识到这个案子好像少了点什么，但箭在弦上不能不发，缓缓起身，高声判道："着判匪枭呼三山死刑，暂行监禁，报刑部和皇上御览勾决后施刑。"宣判毕，见林奋、周道贤无异议，忽觉得一阵头晕目眩，说了声："退堂!"便瘫坐在椅中。

第四十八章

柳学忠牢房施哑药
尚慧娟途穷遇和尚

黄少文被定死罪后，呼三山悬在心中的一块大石头总算落地。然而，还没有高兴几天，杨道三飞马送来书信，拆开看时，像猴子烫住了屁股似的"腾"地跳了起来，又忽地瘫坐在座上，亢奋的情绪仿佛从天上落到地下，面色也变得阴鸷难堪，从齿缝里骂道："老子刚到省城，后院便着火！"见送信人直愣愣地等回复，吼道："回去告诉杨师爷，掘地三尺也要把夫人找回来！事情办砸了，老子扒了他的皮，滚！"送信人无端遭骂，抱头鼠窜而去。

正自烦恼，柳学忠挑帘进来，见呼三山神情抑郁目光呆滞，遂笑道："你要风得风，要雨得雨，还有啥烦心事？"

"你看看就明白了！"呼三山从惊怒中恢复了平静，把信扔给了柳学忠，又抓过烟枪，装烟点火，猛抽起来，眯缝着眼不动声色地看着柳学忠，好像牲畜交易市面上买主在审视一头驴，许久方道："依你之见呢？"

柳学忠看完了信，不禁骇然，挑着眉毛说道："你那深宅大院，明岗暗哨的，她是土行孙，还是孙猴子七十二般变化，能入地钻天？除非有家鬼暗中相助！"

"你说得一点也没错！"柳学忠一语提醒了呼三山，一双发亮的贼眼不安分地来回转动着，大脑像筛面箩似的飞快地把家中所有的家丁、丫鬟、仆妇等人过滤一遍。柳学忠见呼三山锁着双眉，心神不宁，嗤地笑了，端起茶呷了一口说道："嫂子独守空房，莫非投奔你来啦？"

"不会的！"呼三山拧着眉头苦思冥想，陡然间一个激灵，"莫非是她？

家中通向院外的暗道只有她知晓！"思量着，身上无端地打了个寒噤，他忽地起身，脸上泛起了杀气，腮上的肌肉急剧地抽搐着，咬着牙冷笑道："内鬼不是别人，后花园亭子里的那个贱人！"

"那是您的原配呀！"柳学忠怔了一下，看着呼三山青红不定的脸，说道，"若真的是她？纸里难包火，往后咱们咋办？"

"按规矩办！"呼三山嘴角微微上翘，似讥讽又似发怒，多年憋在心里的仇和怨瞬间迸发，一字一句地从牙缝中发泄出来，"这个贱人逼我上山为匪，逼得我有家难归，有宗难认！我不能让她这样死，让她死得难受，还要让她给老子配方治病，传宗接代哩！"

柳学忠从没见过呼三山像今天这样面目可怖，良久方道："家里出了丑事，不宜张扬，折腾开了，反而乱了阵脚，不如搁一搁、放一放。眼下最要紧的是寻回嫂子，弄清她究竟去了哪里。"

呼三山吐了一口浓重的烟雾，扔掉了手里的烟枪，凌厉的眼神盯着柳学忠："眼下，咱家的底细她已知晓，我的身份已暴露，这贱蹄子性子烈，说不准她去衙门替姓黄的喊冤！或者去牢房向姓黄的报信透底。到那时，你我都得被砍头！老虎寨的弟兄们要散伙！你知道咱们的规矩，泄露咱机密的，无论是谁，非做了他不可！"

"明白！"柳学忠惊得身子又是一缩，他深知呼三山对尚慧娟视若掌上明珠，现在他气头上说要杀了她，万一他将来后悔咋办？他迟疑地又问道："嫂子倘若真来投奔你呢？""那也不能留，你我存亡在她一念之间，岂容儿女私情！"呼三山一双三角眼闪着寒光，"我了解这贱妮子，心底瓷实，说不定她已经到了龙兴城！"柳学忠听着倒吸了一口冷气，刚想说话，呼三山又道："你这就去布置，丰穰县老家要外松内紧，让杨道三派人暗中拦截姓尚的！还有，按察使林奋说刑部对姓黄的判决批文已下来，你去趟牢房，让姓黄的把这个喝下去，省得明日刑场上砍头时，他乱嚼舌头！"说着，拿出一个小纸包递给了柳学忠。柳学忠匆匆离去。

呼三山猜对了，尚慧娟已逃离丰穰县，她女扮男装，晓宿夜行，竟然躲过了杨道三他们的拦截，到了龙兴城，去了牢房。狱卒见她探监的是朝廷要犯、江洋大盗呼三山时，当即就回绝了。无奈何她回客栈经店主引线，使银子打点，狱头方勉强同意。

黄少文因是死罪，又是朝廷的重犯，探一次监虽说只半个时辰，但银子加翻，需三两银子方能探视一次。不料，她刚要进牢房，柳学忠便大模大样地走了过来，若不是眼尖，几乎打个碰面，她忙躲在一边，窥视着里边的动静。

柳学忠做梦也没有想到，呼三山挖地三尺要找的尚慧娟竟离他数步。他见迎面一晃即逝的俊秀青年有点面熟，因心里有事，来不及细想，心急火燎般进了牢房。

黄少文的意志在柳学忠多日的软功下已经融化，他对柳学忠的话深信不疑——不出几日，自己便可出狱。柳学忠虽说五大三粗长相凶悍，做事却粗中有细，滴水不漏。黄少文有个头疼脑热，便请来郎中到牢房医治，一日三餐不离腥荤，时而把酒食拎进牢房，俩人尽兴对酌，就连牢房的狱卒也对黄少文一口一个少爷地叫着，形同主仆。黄少文倒也落得清静，除心中挂念尚慧娟外，每日里盘膝打坐诵读《金刚经》，参悟经书中义理。

此刻，柳学忠亲自打开饭盒，简陋的桌上布满了香气扑鼻的佳肴，满脸的假笑："恭喜贤弟，贺喜贤弟，今日你要出狱了！"

"真的?"黄少文双目放出热切和希冀的光芒，喟然叹道，"柳兄真乃诚实守信之人！"

"让贤弟受牢狱之灾，实乃万不得已！"柳学忠脸上不动声色，亲热地笑道，"有一条贤弟要谨记，出去后，永远不能向外人谈及这段经历。"

"那是自然！"黄少文是一个性情豁达之人，觉得好事来得太突然了，想着马上能与尚慧娟相见，一刻也不想停留，掸了掸身上的灰尘，拱手一揖，爽朗地笑道，"柳兄，酒不吃了，来日方长，小弟就此别过！"

柳学忠忙上前拦住道："别，请饮了这杯酒，也不枉你我兄弟一场！"

"好！"黄少文一想，这在情理之中，接过柳学忠递来的酒一饮而尽，顿时，嗓子火辣辣的疼痛，张了张口竟一句话也说不出，一张俊脸憋得通红，惊怔之间心知有异，戟指着柳学忠一屁股蹲在地上。

"老子玩的叫猫戏老鼠的把戏！"柳学忠倏地变脸作色，大咧咧跷起二郎腿，阴森森地说道，"为了你这个穷酸书生，老子每日点头哈腰，低三下四，把你当作大爷来供着，图个啥？图的就是让你闭口。实话告诉你，明天是你出红差的大喜日子，省得你上菜市口挨刀时瞎叫唤，喊冤来着！"

黄少文抄起一盘菜肴朝柳学忠的面门掷去。柳学忠忘形之下，猝不及防，脸上身上顿时被洒得淋淋漓漓，黄澄澄一片，热乎乎的菜汁顺颊而下流到脖子下，他顿时野性大发，啪的一个耳光，打得黄少文眼前金星乱冒，朝牢门外喊了一声："来人！把这个死囚犯枷起来！"两个狱卒应声而入，他们早被柳学忠买通，只看柳学忠眼色行事，极其麻利地摁住黄少文。顷刻间，熟门熟路地把黄少文砸上了脚镣手铐。黄少文气得浑身哆嗦，只有挣扎的份儿，深悔自己荒唐轻信，落此下场。

"临死前让你当个明白鬼，害你的人不是我姓柳的！"柳学忠擦拭着身上的汤汁，得意地狞笑着，"杀你的人是呼三山，当今五品朝廷命官古月杰！老子差点忘了，你那心上人，娟妹是吧！已嫁给了古大人，不，是呼三山，俩人黏糊得紧，有冤有屈到阎王爷那儿去告吧！"说罢，抬脚走出了牢门。黄少文闻听尚慧娟嫁给呼三山时，大脑轰的一声响，昏死过去。

牢房外尚慧娟眼巴巴看着柳学忠匆匆离去，方随着狱卒进了牢房。尚慧娟见牢房内光线灰暗，廊道潮湿，每一道铁栅门口都有一名面目狰狞的狱卒持枪把守，活赛阎王殿前的黑白无常，吓得她腿肚转筋瑟瑟发抖，撑着劲来到黄少文的囚室，见黄少文脚镣手铐加身，蜷缩一团，奄奄一息，忍着极度悲痛唤道："黄公子，俺来看你来啦！"

此时的黄少文已被柳学忠气昏了头，脑子像涂了一层糨糊似的乱糟糟的，乍然听到一个熟悉女子的声音呼唤自己，恍若地狱中判官的传唤，猛地睁开了双目，认出是女扮男装的娟妹，目光霍地一跳，极其艰难地坐了起来，用陌生冷漠的眼神盯着尚慧娟张了张嘴，而后又痛苦地扭过脸。

"这是龙兴城蒸饺！"尚慧娟没有顾及黄少文脸上变化，端出香喷喷的蒸饺，却被黄少文冰冷地推了过去，他艰难地趴跪在地上，用手指蘸了水在桌上写道："是砒霜还是鹤顶红？"

尚慧娟迷惑地望着黄少文那张熟悉而又扭曲的脸，忙过来搀扶，被黄少文猛地推开，禁不住泪水走珠般滚落下来。狱卒冷冷说道："明日他要出红差，已用了哑药，他虽不能讲话，听觉还在，你拣要紧的话说给他听，让他临死前暖暖心！"说罢，哐地关上牢门，走了出去。

尚慧娟没想到呼三山灭口这么快，一股又酸又涩的苦水涌上心头，全身都在急剧地颤抖，凄然说道："黄公子，苦了你了！"嗓子一哽，泪水夺眶而出。黄少文见尚慧娟眉头紧皱，瓜子脸上如明珠生晕，丰姿绰约，显然已成少妇，心里酸溜溜的，遂用手蘸水在桌上写道："你已是有主的人，用不着可怜我！"

尚慧娟用哀伤凄惶的眼神看着黄少文，心知他对自己怨恚不解，她不想浪费这短短的时光。于是，她拣着主要的，把冯庶保媒、自己如何嫁给呼三山及林月娥泄露呼三山黑幕的事一股脑儿说了出来。黄少文怔怔地看着尚慧娟，泪水无声地在他苍白的脸上流了下来，他虽然口不能言，但听力尚存，俯身在地上写道："我死后，你找个好人家嫁了，你走吧！"

尚慧娟泪水再次夺眶而出，语气沉重得让人透不过气来："贱妾已是不干净之人，苟活世上也没啥意思，明天你断头之时，也是贱妾绝命之日，咱们一同去阴曹地府喊冤！"说完，扑在黄少文身上摇撼着、哭诉着，哀恸不已。

"喊冤"二字提醒了黄少文，何不让娟妹在刑场上喊冤！强烈的求生欲望让他挺起身来，俯身在桌上飞快地写道："娟妹，明日去法场呼冤，或许有个生路！"

尚慧娟何等聪慧之人，但转念一想又犯踌躇，苦笑道："贱妾死志已决，恐怕徒劳枉然！"

黄少文又写道："倘若我能说话何须让你喊冤！若能弄来解药，我自己喊！"尚慧娟顿时眼前一亮：寻郎中、买解药，两人明日一起刑场呼冤。刚商议完毕，狱卒便来催促，尚慧娟匆匆离去。

尚慧娟跑遍了龙兴城大小七十二条背街小巷，济世救人的名医不少，但让一个哑人一夜之间能开口说话，竟无郎中应允。

尚慧娟绝望至极，她目光呆滞地看着一街两行熙熙攘攘一个个陌生面孔，第一次感到人生的孤独与无助，仿佛自己来世上活着是多余的。她恍恍惚惚，毫无目的地在茫茫人海中转悠，突然，一辆装饰豪华的马车撞倒了一位老者，她本来心绪不好，懒得搭理，定睛细瞧，竟是一位身着土黄衲子衣的和尚倒在大街上。南北来往的人们一个个紧绷面孔，随意地在和尚身上跨过，竟无一人将和尚搀起。

尚慧娟急步上前将和尚扶起，细看时，竟是慧净。此时已入深秋，阵阵的寒风刮在身上凉气袭骨，慧净不耐其寒地瑟瑟发抖，尚慧娟是个女的，毕竟身薄力弱，费了好大劲，才把慧净搀扶到客店。她一边流泪一边用棉絮蘸着盐水轻轻给他擦洗，那神情仿佛一个女儿在侍奉自己的父亲。慧净双目微闭，面含微笑，偶尔念声"阿弥陀佛"，竟连个"谢"字也没有。

掌灯时分，尚慧娟轻声说道："师父，好些吗？"

慧净见尚慧娟泪水涟涟，眉梢骨微微地抖动了一下，念了声"阿弥陀佛"说道："施主好像心事盈怀，说出来，老衲或许能帮你，待过了明日，老衲漂泊他乡，你莫要后悔！"

"小女子只有今晚和明日，已没有了后天！"尚慧娟因寻不到解药，心已枯死，说话有些僵板，断断续续，遂把黄少文如何蒙冤被人灌下哑药，明日午时法场砍头的事说了个梗概。最后又道："看来俺俩命数已尽，只能到阴间做夫妻了……"她痛苦地说不下去。

"一对痴人儿！"慧净叹息一声，默默地拿出一个脏兮兮的钵盂，轻轻地拍了拍、晃了晃，然后倒出一块黑得透明发亮、又黏又稠似浓痰又似梨膏糖般的黑色物体，递给尚慧娟，说道："明日他受刑前，施主借祭拜之名把这个化入酒中，让其服下，自见分晓！"说毕，合掌念了声"阿弥陀佛"，竟飘然离去。

第四十九章
城隍庙囚车拜城隍
执刑官犯颜监斩官

　　光绪七年，立冬节令刚过，寒气骤降，西北风刮得满树摇曳生姿。龙兴城紧靠黄河，河道风似乎比往年这个时候更加凛冽，卷起团团黄沙，使本来晴得好好的天穹蒙上了一层蝉翼般的灰黄色轻纱。老年人说，秋决冤屈犯人时，老天爷会发怒的。果然，没过上几日，巡抚衙门贴出告牌，午时在西街菜市口勾决江洋大盗呼三山。

　　消息传出，龙兴城立即沸腾了，人们闻听被砍头的是祸害豫、鄂、皖数省的呼三山，哪个不来凑热闹看稀奇。辰时刚过，一队凶神恶煞般的戈什哈持枪挎刀在前边开路，中间是一辆槛车，两名头裹红巾敞胸露肚、肩上扛着鬼头大刀的刽子手紧跟在槛车左右，缓缓地沿菜街西行，前面士兵不时地大声吆喝着："让开！"

　　"看哪！囚车上的是土匪头子呼三山！"有人突然喊了一声。沿街看热闹的人们齐把目光聚集到牛车木笼中的囚犯，那是一张清秀的娃娃脸，除了头发有些蓬松零乱，全不似人们心目中长着红鼻子绿眼珠的江洋大盗。脖子上插着亡命牌，上面赫然写着"斩立决大匪枭呼三山"。

　　人群开始骚动起来："一个俊俏后生，正是读书的年龄呀！"一位长者捻须叹道："不知婚配没有？"

　　"别看长得人模狗样，不知他糟蹋了多少黄花大闺女！"一位中年汉子愤愤地说着，一口浓痰吐向槛车。

　　"胆小鬼，临死前怎么连个屁也不放啊！"一位络腮胡子的壮汉，把一个酒葫芦扔向槛车。霎时，人们向槛车掷石块、抛杂物，夹杂着一位老太婆凄厉的叫骂声："挨千刀的，你也有今日，报应啊！"

槛笼中的囚犯正是黄少文，面对死亡，他没有吓得一摊泥一样筛糠打摆，而是睁着一双明亮的眼睛，在人群中搜寻着尚慧娟。茫茫人海，哪儿有尚慧娟的影子。

槛车缓缓地行进着，突然，人群中飞出一块青砖"砰"的一声打在囚车上，一名蓬头垢面的汉子从人群中蹿了出来，扑通跪在囚车前喊道："冤枉啊！"

一语甫落，拉槛车的黄牛因受到惊吓陡然间斜穿横出，撒开四蹄朝城隍庙奔去，押解囚车的十几名戈什哈竟拦截不住狂奔的囚车，那汉子一跳老高，拍掌大笑道："我冤死的儿啊！好、好、好！"

跟在囚车后边的，是一顶不起眼的绿呢小轿，轿内坐的是七品监斩官陆天星，见此情景忙哈腰出轿，与押解的士兵一起追赶囚车，追至城隍庙内，不禁呆住了，拉囚车的黄牛面对庙内泥塑的阎君，两只前蹄伏在地上，哞叫三声，其声凄厉令人毛骨悚然，震得庙宇房顶上泥土簌簌落下。那汉子双脚一跳，又疯笑道："好、好、好！"

监斩官陆天星气得三尸暴跳。一名知情人悄悄说道："陆大人，莫生气，他是包公祠后边出了名的张疯子，他老婆模样俊俏，让米店的伙计勾引跑了，落下气心病成了疯子！"待撵走张疯子，老牛任凭兵士怎样鞭打却不肯出庙门。

陆天星压根不愿接这差使，他是大挑出身，初入仕途，资历浅，又无靠山，上面压下来，差使便落在他身上。此刻，见拉囚车的老牛死活不肯出庙门，陡然一个激灵："莫非城隍显灵示警，囚车人犯有冤不成？"遂喝退兵士，令人打来一盆清水，净手焚香，向城隍顶礼膜拜，默默祈祷城隍。孰料，刚祈祷毕，老牛竟抬头向城隍又哞叫数声，而后缓缓拉着囚车朝庙外走去。

陆天星心中一凛，吩咐士兵好生押送。黄少文因囚车骤然疯奔颠簸，口中塞的黑桃滑落下来，张了张嘴仍然喊不出声。陆天星见状又是一惊。待囚车押至刑场，已是午初时分，陆天星觉得蹊跷，他吩咐出红差的刽子手，对人犯暂缓行刑，径直走向监斩台。

刑场设在西郊的校场上，巡抚杜宗山、按察使林奋、龙兴府尹周道贤等官员，早端坐在搭着芦棚的监斩台上。居中而坐的杜宗山因人犯延误时辰，窝了一肚子火。他冷漠地扫了一眼台下的陆天星，喝道："陆天星，延缓人犯行刑时辰，你可知罪？"

"回大人的话，卑职不敢！"陆天星并不害怕，遂将囚车受惊疯奔城隍庙，城隍显灵的事说了个梗概。他抬眼见杜宗山脸色霁和，又道："人犯口中滑落黑桃，属下怀疑有人暗中做了手脚，此案必有隐情，可否暂缓行刑？"一语既出，举座皆惊。一时间，刑场内外鸦雀无声。杜宗山在巡抚任上监斩人犯还是第一次。因呼三山是钦犯，万众瞩目，这才破天荒带着一干官员监斩。他是理学大家，原不相信仙狐附体、装神弄鬼一说，可陆天星说得有鼻子有眼，又有一帮兵士做证，觉得此事匪夷所思。可人命关天又不得不慎。正自沉吟，林奋拍案而起，喝道："陆天星，你造谣惑众！"

林奋是通省最高的司法长官，陆天星当众说犯人有假，无啻于往自己脸上浇尿，顿时火冒三丈，申斥道："钦定重犯，行刑在即，岂能儿戏，废话少说，午时三刻行刑！"

"请大人暂息雷霆之怒，容我把话说完！"陆天星不以为然，款款说道，"卑职以为，罪犯呼三山弱冠年纪，而匪枭呼三山拉竿子有多少年？他俩年龄不合，请大人三思！万一案情有误，人头落地，岂不毁了大人一世英名！"

"荒唐！"林奋怒不可遏，咆哮道，"莫非你受了犯人的贿赂，竟敢违抗朝廷命令，自毁前程，小心你头上的乌纱！"他冷哼一声，喝道："下去，办好你的差使！"

陆天星还想再辩，眼见林奋已气得嘴歪眼斜，杜宗山、周道贤等官员一个个面无表情，无一人帮自己说话，无声地叹息了一声，踽踽退回，吩咐押解的兵士把黄少文从囚车里押了出来，拖到刑场的土台上跪下。黄少文不屈地跪着，硬挺着身子，闪着一双大眼注视着坐在堂上的杜宗山、林奋、周道贤、呼三山等一干官员，不禁感慨万千。这真是一个人妖颠倒、黑白混淆的肮脏世道！真凶呼三山逍遥法外，人模狗样衣冠楚楚高坐庙堂，监斩一个无辜的穷酸秀才。坐在末位的呼三山看着被缚在木桩上的黄少文，心中暗笑："过了午时三刻，你到阎王爷那儿申冤吧，谁让你跟老子抢女人！"

一名报时官直勾勾地盯着日晷，日晷上的阴影渐渐地指向午时，黄少文张了张嘴还是说不出话，绝望地闭上了双眼。

突然，人群中闪出一道缝，一位白衣女子提着竹篮从人海中闪了出来，直奔行刑台上的黄少文。人群先是一阵岑寂，霎时像波涛起伏一样涌动起来，士兵以为有人来劫法场，立即跑了过来，早有两名士兵扭住了白衣女子，押至监斩台前，令其跪下回话。呼三山觑着眼瞧时，差点气晕过去。原来，下面跪着的女子正是他派人四处搜寻的尚慧娟。愣怔间，却听周道贤猛地一拍惊堂木，断喝道："大胆的民妇，你是哪里人氏，叫什么名字？"

尚慧娟战栗了一下，瑟缩地看了看台上正襟危坐的周道贤，羞涩地低下头，迟疑了好一阵儿，才嗫嚅着说道："民女乃丰穰县尚家寨人，叫尚慧娟！"

"这里是法场！你来这儿做甚？"龙兴知府周道贤不到五十岁年纪，冬瓜脸，长着一个不讨人喜欢的鹰钩鼻，又配着一双金鱼眼，刀子般的目光在尚慧娟身上扫来扫去，干涩的话语中带着不可抗拒的威严，"难道你就不怕本官治你个搅闹法场之罪？"

"民女给俺丈夫送别的！"尚慧娟指了指竹筐内放着的酒肴，瞬间静下心来，说话也流利多了，"自古秋决人犯，家人到法场送行祭别，历来皆有，我丈夫他触犯国法，官家循国法处置，那是至公，民女到法场与俺丈夫话别，尽夫妻情分，这是至义！民女愚昧，俺触犯了大清律第几款第几条？请大人明示！"语毕，仰着脸直视着周道贤。

一语既出满场皆惊，台上的杜宗山、林奋等官员面面相觑，个个呈惊讶之色。呼三山惊得如坐针毡，本来乱糟糟的人海立刻变得鸦雀无声。周道贤暗赞此女有胆，略一思忖，阴笑道："好一张利口！谁是你的丈夫？"

"背上插牌写着'呼三山'的那个！"

周道贤惊得心中一跳，想不到眼前这位长得花朵般的民女，竟是大匪枭呼三山的老婆，竟一时语塞，张皇着望了一眼林奋，林奋老刑名出身，从未见过一袅袅娜娜绝色女子在万众瞩目下给丈夫祭别，心中窝火，翻着白眼想了想又无可驳斥。

看热闹的人们越发好奇，交头接耳："这女子长得跟天仙女一般，可惜嫁错了人！咦，想不到土匪的老婆还这般重情重义！"

杜宗山扫视了一眼众人，发话道："下面民女听着，你为夫送行，情在理上，本抚为你做主，给你半个时辰，准许你为夫送行，省得本官给人犯赏辞世酒！"他眯着眼，抬头看了看太阳，吩咐道："来人，带民女给人犯呼三山送辞世酒！"

第五十章
断魂女哭祭断肠人
刀下人险成刀下魂

"喳！"两名戈什哈应了一声，带尚慧娟到行刑土台与黄少文见面。人世间有多少尴尬和际遇啊！斯情斯景斯人斯时，两个断肠人在刑场话别永诀，真可谓百感交集，胸中憋了万语千言，竟一时无语。

尚慧娟是个眼皮薄的人，鼻子酸得不行，泪水像小溪一样顺腮而流，尽管在牢中俩人商定法场喊冤，但到了生死诀别的关键时刻，泪眼人看断肠人，双方的心仿佛要碎了。尚慧娟看着舍命呵护自己的倾心男人，怎么也控制不住肢体上的颤抖和痉挛。她勉强蹲身道了个万福，浑身抽搐得打摆子似的直不起腰，喉头像堵了烂棉花。许久，凄楚地说道："贱妾送你来啦！"

黄少文心里五味杂陈，从柳学忠诱骗自己喝下哑药的那一刻起，他在瞬间仿佛对世上的一切事都看透了，眼前的女人，不仅在过去困苦和委屈中给了自己温存和欢情，还在性命攸关的时刻挺身相救。他感到此生没有枉活，人生天地间，得一红颜知己足矣！此刻，他忘情地凝视着她那哭得有些浮肿的杏仁眼，那里边饱含着痛苦、爱怜、柔情、无奈、勇气和疲惫，他的意志仿佛在她悲痛绝望中变得恍惚不定，嘴唇翕动了一下，仍说不出话来。情急之下，反绑着的双臂也剧烈地抖动起来。一名戈什哈跑过来连抽他几鞭子，咬牙骂道："妈的，快做鬼的人了，还想蹦蹦日天！"

"不准打我的男人！"尚慧娟杏眼喷火，那名士兵竟被她盯得一矮，知趣地扭过身去。尚慧娟深知时间珍贵，从竹篮中取出酒壶——那里边盛着浓烈的白酒拌着慧净和尚馈送的解药。她满脸凝重斟上一杯酒，望着黄少文脸上挂着纵横交错的泪珠，咽着气说道："你我夫妻一场，是前世修来的福分，为妻实指望与你白头偕老，形影相随，谁知上天无眼，贪官夺命，你我夫妻马上阴阳相隔，两世做人，人活在世，遇知己之主，结夫妻之缘，也算人生一幸，这杯酒请你喝下去，只求你把我忘了……"她边说边把酒杯凑到黄少文的嘴边，黄少文酸楚地闪了她一眼，一仰脖咕咚一声喝了下去。

看热闹人群竟然轰然喝彩，士兵们忙上前维持秩序。坐在台上的呼三山牙都酸倒，暗骂："贱货，行完了刑，老子弄死你！"

尚慧娟又斟满第二杯酒，双手擎起，递到黄少文嘴边，长吁一声说道："青山犹在，流水无情，今日一别，再无会期，黄泉道上，坎坷难行，请你饮了这杯酒，地府路上御风挡寒……"黄少文直愣愣地聆听着她祭祀般的叮咛，猛地一张口喝干了杯中的烈酒，咂了咂嘴，除了烈酒的浓香外，并无异样的感受，还是说不出话来，举目环顾四周，只听人群中有人呐喊："妈的，厎包一个，只顾喝酒，连一句话也不说！"

尚慧娟见黄少文喝下两杯酒，竟无奇迹出现，心里一慌，执酒的手已微微发抖，一颗悬着的心提到了嗓子眼。半晌，颤声说道："今日别离，你尽自放心西游，家中二老贱妾自当照顾，只是西天遥远，云山重重，请喝下这杯酒，纵有万般冤孽债，化作灵光见如来。"说完，她长长睫毛一眨，泪水已走珠般顺着脸颊滚下。

黄少文听着句句揪心的话语，脸憋得通红，口一张饮干了杯中的酒。一股热烘烘的暖流直冲脑门。他仰望苍天，阵阵的北风早已吹去了满天愁云，惨淡的太阳刺得他眯缝着眼，鼻孔痒痒的，竟忍不住打了个喷嚏。猛然间想起，慈祥的父亲、辛劳的母亲是否知晓自己马上要身首异处？禁不住潸然泪下。尚慧娟眼巴巴望着黄少文，希冀他能开口说话，可他痛苦地闭上了眼，任泪水横流。忽然，尚慧娟"啪"的一声摔碎了青花瓷酒壶……

日晷上的阴影渐渐地指向午时三刻，报时官拖着长腔喊道："时辰到——"

霎时，一声追魂炮响，周道贤默然对杜宗山一躬，从案几拿起折子，抑扬顿挫，字正腔圆朗读起来。因呼三山是纵横几省的积年大盗，积案较多，都是由县府臬司巡抚衙门汇集核实过的，再加上刑名师爷的妙笔生花，洋洋洒洒写有上万字。周道贤打起精神，足念了半个时辰方才念完，他微睨了一眼冷人似的杜宗山，顺手从签盒里拿一根火签，掼了出去，断喝一声："午时三刻已到——"

"斩！"

"慢！"尚慧娟突然冲着执刑官陆天星尖叫一声，"人犯有假，他不是呼三山！"

因事出仓促，看热闹的百姓齐刷刷望去，见尚慧娟挓挲着双手横在黄少文与刽子手中间。周道贤又是一震，怔忡间，勃然大怒，也不顾身份，破口骂道："放屁，勾决人犯都是一级报一级，三审三决报皇上御勾，岂会有假！来人！将这位搅闹法场的疯女人轰出去！"

"不可！"监斩官陆天星从囚车奔入城隍庙的那一刻起，感到蹊跷，恍惚有一个"不可"的声音在耳边呼喊，他向杜宗山、林奋等众官员团团一揖说道，"呼三山啸聚山林十年有余，可眼前这个囚犯，看年龄像个小孩，难道他十岁从匪？请大人慎重！"

林奋不耐烦地埋怨道："就你多事！"

冷坐枯语的杜宗山觉得陆天星说得有理，喝道："你这民女，你说他不是呼三山，有什么证据？谁又是真凶呼三山？如实讲来！"

尚慧娟此时已不知羞涩与害怕，瞪着一双清澈的眸子，说道："他叫黄少文，三河县人。"她戟指着坐在监斩台上的呼三山，说道："他才是真正的凶犯呼三山！"

话音刚落，举座哗然，杜宗山、林奋、周道贤等官员所有目光齐射呼三山，呼三山蓦然间出了一身冷汗，他最担心、最害怕的事最终还是发生了，但他很快回过神来，身子一挺，厉声喝道："哪来的臭婊子，我不认识你，竟敢满嘴喷粪，攀咬朝廷官员！"

"骗子！"尚慧娟此时已无半点羞怯，她仰起脸来，下死眼盯着呼三山，厉声说道，"你在丰穰县是怎样亲口应允我的？你说人解到省城，过不了几日就放人出牢房，俺为了救他，才答应嫁你，可到如今，为啥食言，还要杀他？"

呼三山脸色顿时青红不定，冷森森地说道："婊子一个，谁稀罕你，刚才你说是犯人呼三山的妻子，杜大人才让你送辞行酒。现在恶口喷人，说我是呼三山，可有证据？分明是呼三山的残渣余孽，借机搅乱秋决人犯！"他起身离座，对着杜宗山一躬身说道："请抚台大人洞察秋毫，与属下做主！"

"这事好办！"林奋插话道，"把人犯带过来一问便知真假。"

陆天星见林奋发话，趁机说道："林大人说得极是！"遂令人把黄少文带了过来。少时，黄少文被押了过来，林奋指着尚慧娟说道："呼三山，你认识她吗？"

黄少文因失音说不出话，见林奋叫他"呼三山"，当即摇头否认，可他又认识尚慧娟，随即又点头默许。陆天星在一旁发急，说道："林大人问话，你要好好回答，这是你最后的活命机会！"黄少文张了张口，仍说不出一句话。

"可恶！"林奋不禁动怒，喝道："你是不是呼三山？"

黄少文脸上泛起痛苦表情，木然地望着林奋不语。

林奋连连冷笑，喝道："你不回话就默认是呼三山！"黄少文痛苦地弯下腰，用乞怜的目光望着林奋。尚慧娟在一旁哭喊道："你开口说话呀！"陆天星也觉得奇怪，为何人犯不发一言，遂跨前一步向林奋一拱手，说道："大人，人犯临刑不发一言有悖常理，莫非有重大隐情？"

林奋见陆天星多次替人犯说话，更是气上加气，申斥道："延缓对人犯行刑，你能担待起吗？退下！"

杜宗山也觉得尚慧娟无理搅闹法场，刚才升起的那一点怜悯之心早抛到九霄云外。法场行刑如箭在弦上，当即阴了脸，沉声喝道："来人，把这一民女拖了下去！"

"喳！"几名戈什哈应了一声，拖过尚慧娟便走。

尚慧娟仰天大喊："老天爷，龙兴城包青天在哪儿！"

林奋大喝一声："监刑官陆天星何在？"

"属下在！"

"行刑！"

"喳！"陆天星向持枪兵士招了招手。两名兵士把黄少文拖到刑场，拔去脖子上的亡命牌，举起了鬼头刀。

黄少文已是绝望，无限留恋地看着又哭又喊又死命挣扎的尚慧娟，下意识地动了动喉咙，突然大喊："冤枉啊！"悲切尖利的喊叫声似晴空惊雷滚压刑场，围观的人们又海潮般涌动起来，保护刑场的士兵立刻炸了锅，哗的一声持戈上前，推搡着涌动的人群。

"刀下留人！"陆天星大喊一声，"暂缓行刑！"

刽子手满脸狐疑，大约他从出红差的那一天起还未遇到过像今天这种怪事，以为自己听错了，追问了一句："请陆大人再说一遍！"

"人不杀了！把人犯带到杜巡抚跟前，出事由本官扛着！"陆天星平静得像午后刚睡醒婴儿，缓缓来到监斩台。

林奋坐不住了，忽地起身，指着陆天星骂道："一个小小的七品蕞尔小吏，你收了人犯多少银子？"

"回大人的话，属下根本不认识呼三山，谈何受贿！"陆天星当即顶了回来，"大清律例规定，凡处决人犯有临刑呼冤的，立刻停刑，把案件上报高一级司法衙门重审！"

林奋已铁青了脸，咆哮道："反了你……"

陆天星向杜宗山躬身一礼说道："属下以为人犯必有冤情，请中丞大人明察，秉公复审！"

"放屁！"林奋咆哮道，"呼三山命在顷刻之间才喊冤枉，分明是苟延残喘企图保命！"

"衣服破了可以缝补，人头落地难以回生！"陆天星鼓足勇气说道，"卑职愿以头上顶戴担保此案有疑！"

杜宗山忽地从座位上站起。一向以办事利落、杀伐果断的他，今儿个不知怎的有些身心恍惚，仿佛空中不时传来"不可呀不可"的呼声。囚车无端闯入城隍庙，显然是城隍显灵提醒人犯身负奇冤。联想到慧净和尚替白鸽叫冤这些荒诞离奇的怪事，连在一起，就看怪不怪了，打定主意后，遂吩咐道:"把人犯带过来!"

"喳!"两名戈什哈答应着将黄少文架了过来,让其跪下。杜宗山脸若寒冰,厉声喝问:"呼三山,你知道这是什么地方?"

"刑场!"黄少文因悲愤交加,眼中汪满了泪水,仰脸答道,"有多少作奸犯科之徒在这儿认罪伏法,也有多少仁人志士冤魂在这儿悲鸣叫屈!"

"放肆!"周道贤啪地一拍案几大声说道,"大人问什么你就答什么!"

杜宗山刻薄地说道:"一个死有余辜之人还叫什么屈,喊什么冤?"

黄少文亢声答道:"我不是呼三山!"

杜宗山厉声喝问:"大胆狂徒,你又是什么人?"

"我叫黄少文,三河县人!"

"一派胡言!"林奋额上青筋暴起,咆哮道,"当初你已承认是呼三山,为何眼下出尔反尔,本官适才审验你时,又为何不发一言?"

黄少文沉声应道:"受人胁迫,不得如此。刚才大人审验时,我被人灌了哑药!"

他话一出口,杜宗山早已骇得坐不住,挑着一双倒"八"字眉,愕然地盯着黄少文。

陆天星看了一眼汹涌的人群,躬身说道:"中丞大人,人命关天,事关重大,不宜在刑场审问!"

杜宗山心中已是雪亮,毋庸置疑,人犯极有可能被一些硕鼠调包,倘若贸然声张,把真相当场抖擞出来,这里边丝萝藤缠、是是非非,不知牵涉多少官员,自己作为通省的主官,有不可推卸之责。一时间,这位宦海沉浮几十年有着丰富阅历的封疆大吏,陷入了极度的恐慌和矛盾之中。

"人犯刑场呼冤,无非是狗急跳墙,想多活一会儿而已,万不可轻信陆天星奸佞之言!"周道贤见杜宗山犹豫不决,一躬身说道,"属下以为,匪枭呼三山罪恶昭彰,证据确凿,是皇上御批勾决的重犯,延误时辰,就是抗旨!"

"周大人言之成理!"林奋立即随声附和。

"不急!"杜宗山警觉地闪了他俩一眼。他深知,杀与不杀,自己都担待着干系，人若一杀，若朝中御史弹劾，自己百口莫辩，立刻会掀起轩然大波，中州官场就会地震，必须从缓处置。顷刻间，他已拿定主意，话语中带着不屑、揶揄、嘲讽和巨大的压力："作奸犯科之徒，死有余辜之人，获罪于天，临刑喊冤叫屈，其罪当诛，无可祷也，无非延缓蕞尔小命而已，死后必打入十八层地狱，饱受炮烙之刑，永世不得翻身。"他抬眼扫视了一下黑压压的人群，口风陡然一转，又道："不过，我朝律例早有明文规定：凡处决犯人，有临刑喊冤的，暂停行刑。本抚自当拜奏皇上，奏请刑部重新核审，尔项上人头权且寄几日罢了，来人！将人犯押回收监！"语毕，他缓缓起身，扫了一眼满脸不自在的呼三山，阴笑一声说道："古月杰，案子涉及你，是非曲直本抚自有定论，请自回避！"呼三山已是惊汗淋漓，形同白痴。

　　杜宗山冷笑一声，说道："回衙！"

第五十一章
留后路按察使摸底
查实情杜巡抚探监

　　黄少文刑场呼冤，立时轰动中原、震动京华。上海《申报》在头版显赫位置刊登文章，词语尖刻辛辣："中州腹地，善化之区，竟发生诬良为匪惊天冤案，官场昏暗，吏治腐败，至此至极！"以陈启泰为首的御史们上书弹劾，直捅到老佛爷慈禧和光绪皇帝御案上，引得光绪皇帝龙颜大怒，旨文的语气尖苛而诛心："清平盛世，昭昭日月，倘若省垣之下酿此冤狱，抚署臬司衙门难辞其咎，着杜宗山如实回奏！"数日后，刑部批文下来，上面写着："匪枭呼三山临刑之词骇人听闻，虽系人犯畏死狡辩，却亦不乏疑点，着详查核实、鞫审再报。"

　　廷寄批文骇得杜宗山寝食难安，但奇怪的是，他具本参劾古月杰的折子如泥牛入海，杳无音信。林奋一次酒醉，当着自己的面唱："悔不该——"显然是在挖苦自己不按套路出牌，多管闲事，弄出这么大是非来。周道贤明面上唯命是从，但一说案子的事，便环顾左右而言他。虽说自己为封疆大吏，手握重权，区区一个案子竟搅得他苦思了一夜。直到黎明才蒙眬睡去，刚过卯时，方起身洗漱。用完餐，还在发怔，门政领着林奋进来，遂笑道："林兄来了，请坐！"

　　林奋躬身一礼，方撩袍坐下，捻须叹道："东翁忧国恤民眼圈发乌，又是一夜未眠，着实让人钦敬！"

　　杜宗山漫不经心地呷了一口茶，抬起略带浮肿的眼帘，瞟了一眼满面红光的林奋，气不打一处来，此人仗着是八旗贵胄子弟，叔父又在朝中做官，在任上徇私枉法，若不是他从中掺和，哪儿会有这些令人头疼的烦心事。忍了忍说道："匪枭呼三山临刑喊冤，举国上下舆论哗然，仔细检点，也是草灰蛇线，不为无因，深究起来疑点较多。这是御批和刑部发来的咨文，提出不少质疑，请林兄过目！"

林奋仔细研读，见廷谕里提到自己的名字，心中一悸，双腿几乎站立不住，他掏出手帕，拭去额前细汗，双手把折子还给杜宗山，说道："林奋知罪，待我另行具折奏明皇上，自请处分！"

"谈处分还为时过早，眼下急办的是如何回奏！"杜宗山见一个下马威让骄横的林奋矮了半截，心中暗笑。他啜了一口茶，不冷不热地说道："依你之见，此案应如何处置为好？"

"属下以为，既然朝廷瞩目，还得走复审程序！"林奋怔忡一会儿，方悟到不能被杜宗山片语吓住，侃侃言道，"论职守，应该从司法官员查起，论案件起因应从丰穰县查办，我大清开国定鼎三百余年，一直沿用逐级审转制，从州县府至按察司上至督抚，进而逐级呈报刑部，最后奏请皇上御决，级级慎重有余，岂能调包有假！不过，"林奋翻着眼睑睃了杜宗山一眼，苦笑道，"按常规一层一层地穷究苦追地查下去，倘若此案不是调包倒也罢了，如果真的是冒名顶凶，牵涉多少官员的顶戴，涉及大人你的声誉和前程！那个古月杰，虽说是纳捐的官，品秩不高，但他是孝亲王的门人，再说，囚犯临刑喊冤，往年处决人犯时亦是屡见不鲜，不如顺风行船，雷声大雨点稀，摆个阵势查下去，对上保存了朝廷的体面，对下各级衙门也卖个顺水人情，省得投鼠忌器，落个乱蜂蜇头得不偿失的结局。"

听了林奋一番话，杜宗山心中震骇不已，他已明白对方是想让自己草草收场。惊骇的是，一个中原大省按察使的为官之道竟如此藐视法律，把人命当儿戏，原以为这一极为普通的命案，臬司衙门自会秉公处置，想不到堂堂的按察使，做着前边撒灰迷后人眼的勾当。俯仰间已有了主意，徐徐说道："林兄见解精辟远瞩，老夫已心领神受！不过，咱们身为朝廷大员，食皇禄就得亲民事，像这样朝野瞩目的大案，如果敷衍塞责，草草收场，当今皇上和老佛爷天聪英慧，何等主子，岂敢欺蒙？将来你我致仕林下，难躲御史弹劲，春秋责备。同治十年，我在三湘省任按察使，有湘民以打官司为荣，诬告是常有之事，蒙冤受屈而下狱者也不乏其辈。我严定审理章程，严惩诬告，洗清冤者。两年过去，刁顽之徒伏法，民风陡然一新。这次，老夫决心已定，不诡随、不矫激，无论这个器是谁，这个鼠是谁，我都要查个水落石头现！我已经发出两张牌票，一张发给三河县县令褚光耀，另一张发给南石县，让呼三山族人印证一下古月杰！"

林奋当面遭到杜宗山驳斥，一张菊花脸顿时寒了下来，刚想发作，又觉不妥。暗思：要复查这个案子，古月杰嫌疑最大，扳倒古月杰，是和孝亲王爷过不去。遂抱定主意，作壁上观，看这个二百五老犟筋巡抚到时候如何收场。遂起身呵呵一笑道："大人说的是至理名言，不愧为社稷干城、百姓父母。卑职不过是好心提个醒，摸摸大人的底牌，好与大人同舟共济。告辞！"

杜宗山起身送至滴水檐下，说道："林兄，今日我有句掏心窝子的话问你，这案子有人背后找你说情没有？"

林奋的脸腾地涨红到耳根。其实，他与此案沾惹不多，卷宗经按察院时，因见犯人没有翻供，没有细研有无纰漏，更不加详查，按程序把案子呈给巡抚衙门。之所以捂这个案子，他已经看出这个案子破绽较多，更要命的是，他的一名爱妾收了古月杰一条翡翠项链、两块金砖，万一案发，他难逃干系。今见杜宗山当面质问，觉得面子下不来，他仇恨地看了一眼满脸假笑的杜宗山，大声说道："大人疑心如此沉重，我今日多余来一趟了，有句话撂在这儿，查出卑职与这命案有丝毫瓜葛，请大人封了我的印，与匪枭呼三山一并处置！"说罢，气哼哼拂袖离去。

杜宗山一点也不气恼，连声说道："这就好！林兄一路走好！"他仰脸看了一下天色，又掏出怀表看了看还不到辰时，便吩咐书办："不要声张，唤那个候补县令陆天星陪我去趟牢房！"

须臾，杜宗山和陆天星俩人青衣小帽悄没声息地来到了牢房，虽勘验了票牌，守门人却挡着不让进，开口索要二两银子，陆天星刚要呵斥，杜宗山摆手止住，轻声说道："让牢头来见我！"

守门人是新来的，第一次当值，见眼前这位干筋黑瘦的老头，长得没有一点出奇之处，一口顶了过来："谁来都没用！牢头打牌熬了一夜正在睡觉，他吩咐过，若有人找，就说他不在！"

陆天星一巴掌掴过去，把看守打了个趔趄，厉声喝道："眼长到屁股上啦，这是巡抚杜大人，快去把牢头喊来！"

看守这才看清了这位其貌不扬的糟老头子原来是巡抚大人，捂着发烫的脸飞快地去唤牢头，少时，那牢头儿一溜小跑来到，见杜宗山一身便装，先是一愣，顿时吓得满身臭汗，一边顾自掌嘴，一边絮絮叨叨说道："不知杜大人巡查牢房，小的该死，请——"

杜宗山也不言语，和陆天星进了牢房，一股难闻的酸臭味直扑鼻腔，杜宗山不易察觉地皱了皱眉头，抬眼瞧时，却被眼前的景象惊呆了，黄少文通身上下鞭痕累累，透着殷红的血迹，脚镣手铐加身，靠在墙角，好像是在昏睡。旁边放着一个大马桶，也是便桶，没有桶盖，臭气盈屋，地上放着碗筷，因久不洗涮脏兮兮的。陆天星第一次与巡抚来到这人间地狱，他轻声对黄少文呼唤道："呼三山，杜巡抚来了！"

黄少文身上一颤，强忍着浑身的疼痛坐直了身子，一眼便认出杜宗山、陆天星，是他俩在法场上救了自己，竟一时呆住了。原来，他收监后，监里的狱卒们每天晚上都让他"过堂"，用蘸了水的棕绳，把他捆得像鸭子浮水似的吊起来，用皮鞭抽打，身上先是渗血，后来浸出黄水，昏死了用凉水喷醒，再行拷打，几个夜晚过去，竟把一个儒雅倜傥的公子哥折磨得变了人形，形同骷髅，黄少文愣怔了半晌方清醒过来，伏在地上叩头："大人，我不是呼三山，冤枉啊！"

陆天星说道："属下斗胆请问杜大人，这案子你是随便过问一下，还是真要一查到底？"杜宗山睃了陆天星一眼，阴冷地说道："此话怎讲？"陆天星毫无怯意地直视着杜宗山，款款说道："大人若真一查到底，请派人把人犯保护起来，防止灭口！"

杜宗山战栗了一下，一双扫帚眉竖了起来，他做过三湘省按察使，是一名老刑名，深谙狱中黑幕，他一眼便看出有人在暗中使坏，做"监毙灭口"的勾当，他用冷得让人发怵的目光，盯视着狱中牢头，冰冷地说道："听着，自现在起，这里的看守全部撤换，重新调配人员，分三班人，由你带班昼夜轮流守护，没有本抚的宪令，任何人不得接近，保证犯人无恙，若敢敷衍，你这牢头就算当到头了！"那牢头顿时吓得脸色煞白，就势跪下磕头："卑职记下了，这就去办！"复又起身，又打了个千儿，忙着布置去了。

陆天星对着发愣的黄少文喝道："呼三山，杜中丞来看你，你还卖傻装疯？"

黄少文感到生命走到了尽头，他浑身伤疤，起初还感到疼痛，到后来疼痛消失，整个身子都麻木了，只是口渴难耐。此时，他从极度的绝望中看到了生的希望，慢慢地恢复了理智。他心中明白，一位权倾中原的巡抚屈驾囚室，看来案子有了转机，他拼着全力爬至杜宗山脚下，叩首道："草民拜见大人！"

第五十二章

泄黑幕假刑犯吐冤
行贿赂呼三山碰壁

　　"起来吧!"说完,杜宗山强忍着囚室内臭烘烘的气味对陆天星吩咐道:"让所有的看守退出去——呼三山,你死到临头大呼冤枉,怎么回事?"

　　"大人,人生百岁终是死!"黄少文瞪着一双清澈的眸子平静地说道,"草民死不足惜,可怜我家中二老年事已高,无人侍奉,未过门的媳妇必为我殉情,一身背负三条人命,可谓大清第一冤枉之人!"

　　"冤枉了你?"杜宗山冷哼一声,盯着瘦弱清秀的黄少文,说话语气生冷如铁,"你啸聚山林,打家劫舍的威风劲儿到哪儿去了?有多少无辜在你刀下丧命,有多少妻子儿女因你而家败人亡,种瓜得瓜,报应不爽!而今,你身陷囹圄,将死之人还大呼冤枉,你可知大清王法如铁,疏而不漏,还要罪上加罪,零刀碎剐,凌迟处死!"

　　听着这些犀利尖刻话语,黄少文没有被吓倒,他深信这位炙手可热的杜巡抚屈尊囚室,对自己申冤昭雪绝对有利,遂鼓足勇气,说道:"大人,我不是呼三山,古月杰才是呼三山!"

　　"正因为你害人太多才身陷囹圄,死在眼前还要拉人垫背害人!"杜宗山双目阴冷得令人窒息,厉声喝问,"有何凭证?"

　　"丰穰县捕快班头柳学忠就是证据。"黄少文抬起头来,一双充满哀伤的眸子毫无惧色地迎着这位权贵射来的两道寒芒,从容说道,"草民在临刑前,被丰穰县捕快柳学忠诱骗喝下哑药,他以为我是死定的人,上法场砍头之前口不能言,忘形之下亲口对我说,古月杰就是匪枭呼三山。"

"柳学忠是做什么的?"

"他是丰穰县捕快班头,是古月杰的亲妹丈!"

"官匪一家"这四个字在杜宗山大脑中闪电般划过,五品督查竟是纵横豫、鄂、皖数省的匪枭呼三山,自己竟一无所知,饶是他为官几十年,也骇得他一颗心突突乱跳。他捻须沉吟了一会儿,方道:"既是这样,判斩之前,你已经知道判的是死罪,为什么还承认是呼三山,心甘情愿要替呼三山顶罪替死?"

"为我未过门的媳妇尚慧娟!"黄少文遂把黄、尚两家自幼联缘,两家又如何遭劫,自己投亲遭冷遇的曲曲弯弯、枝枝节节向杜宗山哭诉了一遍。末了,他咽着气说道:"我若不承认是呼三山,我未过门的媳妇就会被他们送到老虎寨贼窝,任土匪们糟蹋,再卖到青楼!"黄少文说到痛心之处,悲恸得身子有些发抖,伸了伸被枷的双手,泣道:"自古艰难唯一死,承认呼三山是死,不承认也是死,两种死法孰佳,请大人设身处地替我选其一!"

杜宗山的心好似从云端里一下子又坠到了万丈峡谷,盯着眼前这稚嫩而英俊的死囚犯,脑海中闪出"舍生取义"四个字。蓦然想起古月杰那张团团圆圆的阴阳脸,手段狠辣到如此地步,竟无端地打了个寒战。他沉思了一下,又问道:"据你所讲,你乃三河县书香门第,自幼饱读诗书,明白事理之人,当初本抚大堂复核审理之时,你何不当堂揭穿?"

"大人问得极是!"黄少文从极度悲伤中慢慢地恢复了常态,平静地说道,"只因柳学忠说,县、府、臬司、巡抚几级衙门,所有的关节已使银子打通,过堂审问仅是个样子而已,只需在牢房中待上几个月,然后由古月杰,不,呼三山给保释出来,也怪我心存侥幸,轻信了柳学忠他们,才不敢翻供。"

杜宗山一边听,一边来回在室内踱步,突然驻足问道:"你爹知道你替匪顶凶犯下砍头大罪吗?他又为何不替你鸣冤伸屈?"

"爹爹——"黄少文见杜宗山提及父亲,不禁触动情肠。多病的母亲此时在纺车前纺花还是在厨房做饭?年迈的父亲是在田间耕作还是四处奔波,打探儿子音讯?竟憋不住号啕大哭,边哭边诉:"苦命爹娘哪里知晓,我自投亲丰穰县,没有回家一趟,更没有见过爹娘一面,他们只知道儿子投亲读书求功名,哪里会知晓我蒙受天大的冤枉,身陷囹圄,望魂台上度时光——

度日如年哪！生，难报父母养育之恩，死，无颜见祖宗地下之灵！"

　　杜宗山见他哭得凄惶，怜悯之心顿生，思索良久又问道："尔言及为三河县生员，何年入试，房师是谁？"

　　黄少文天分极高，从杜宗山严厉的问话中已窥视到这位看上去令人可畏的巡抚大人面冷心善，他在刨根究底查证事实，遂叩首道："光绪七年入试，房师为三河县县令褚光耀，与家父私交甚厚，大人若不信，派人去三河县一查便知。"

　　至此，杜宗山对黄少文的话语深信不疑，感到此案非同小可，事体重大，涉及中州官场多少官员的乌纱顶戴。又是一起惊动朝野的冤案。他看了一眼惊得面色苍白的陆天星，问道："你看这事？"陆天星处在极度的惊骇之中，见杜宗山垂询，忙欠身答道："中丞，此案是继葛毕氏案之后又一件惊天冤案，须慎之又慎。"他陡然想起京城的孝亲王爷，竟无端打了个寒噤，心中一紧，说道："此案事体重大，涉及各级官员，一时半刻也料理不清，应秘密查证，不宜声张！"

　　杜宗山拧着眉头权衡再三，对黄少文说道："回头我派人给你纸笔，把你经过的事详细写出，密封后我派人来取！"说罢，看了一眼陆天星，抬脚走出牢房。

　　杜宗山回到抚衙，门政来报："古月杰督察求见！"杜宗山心里咯噔一下，暗思此人耳目灵通，自己刚从狱中回衙，他便请见，顿生厌恶之心，皱眉说道："不见！"门政刚要转身离去，瞬间他又改变了主意，招了招手道："回来！让他客厅候着！"

　　黄少文与尚慧娟刑场喊冤，呼三山骇得彻夜难眠，几日打熬下来，他眼圈发暗，眼窝塌陷，一脸的憔悴相。表面上虽不动声色，暗中却对龙兴知府周道贤、按察使林奋使了不少银子，但心中还觉得不踏实，唯有杜宗山这道墙才能遮风避寒，决意蹚一蹚杜宗山的路子。此刻，他装着很悠闲地观赏壁上一幅《牧牛图》。一阵脚步响，杜宗山飘然而入。呼三山见杜宗山身着朝服，忙行庭参之礼："卑职古月杰叩见中丞大人！"

　　杜宗山居高临下地瞟了一眼呼三山，冷冷说道："起来吧！"

"谢大人!"呼三山起身后又打了个千儿,躬身说道,"久闻杜大人是大学问家,今日观壁上这幅《牧牛图》,方知大人在佛学方面造诣颇深,属下钦佩之至!"

"你来衙见我,莫不是为了观赏我客厅的《牧牛图》吧!"杜宗山面无表情地冷哼一声,说道,"什么事,说吧!"

杜宗山不经意的一声冷哼,竟把呼三山吓得头皮发紧。他见杜宗山端着官架,开口说话像大人呵斥小孩似的,心中的无明火腾地冲上脑门,但忍了忍又压了下去。此时,他真正领悟到人在屋檐下、不得不低头的滋味。轻咳一声,说道:"属下叨扰大人实属不得已,死囚犯临刑之际嫁祸属下,本来子虚乌有的事,让他说得有鼻子有眼,让我百口难辩,以后我可怎样办差啊!属下自幼烧香敬佛,慈悲为怀,做官前舍粥棚、施财帛、补路修桥,治病救人,扶危济困,走路还吝惜脚下的蝼蚁生命,抬头又恐树叶砸头,也不知是上辈子作了什么孽,让我清白之身蒙受天大的冤屈!"说到动情处,鼻子一酸竟自落下泪来,因在抚衙,不敢放声,哽咽了好一会儿,又带着浓浓哭腔说道:"因卑职巡视丰穰县,擒拿了呼三山,他在临刑前反咬我一口,请中丞为我做主啊!"说完,伏地叩首饮泣不已。

杜宗山见他如此悲伤动情,心中一叹:真乃大奸大毒之人。如果不到狱中亲审黄少文,了解内幕,几乎错信了他。但眼下没有呼三山的人证、物证,单凭一面之词下定论为时尚早,暂时还不能打草惊蛇。他起身踱了几步说道:"你起来坐着说话,死囚犯刑前喊冤自古皆有,无非心存侥幸多活几天而已。案子又是你在丰穰县一手经办,凿证如铁,你心里没鬼怕啥呀!"

"中丞教训得极是!"呼三山这才收了泪,一颗悬着的心略略放下,他斜签着身子坐下,说道,"中丞一番教诲,让属下想起唐太宗李世民与大臣许敬宗的一段对话!"

"噢?"

呼三山轻咳一声清亮了嗓门,摇头晃脑地背诵道:"朕观群臣之中,唯卿最贤,然有言非者,何也?敬宗对曰:春雨如酥,农夫喜其润泽,行人恶其泥泞;秋月如镜,佳人喜其玩赏,盗贼恨其光明。天地之大犹有憾焉,何况臣乎！臣无肥羊美酒，以调众人之口，且是非不可听，听之不可说。君听臣遭诛，父听子遭戮，朋友听之别，乡邻听之疏，人生七尺躯，谨防三寸舌，舌上有龙泉，杀人不见血……”

这是早年东南山林道长，让呼三山习文时，教授的一段著名的君臣对话，呼三山早烂熟于心，想不到在这儿派上用场。杜宗山觉得滑稽好笑，一个江洋大盗煞有其事地卖弄贤圣名句，他差一点笑出声来，佯装咳嗽掩饰过去，一挥手打断了他的话："后生子，尔孟浪了吧！本抚是大清巡抚，不是唐太宗李世民，并非君；尔是朝廷命官，并非唐朝名臣许敬宗。有人给我讲，刑场上与死囚犯一起喊冤的那名女子，与你有扯不清拽不断的瓜葛。本抚实在想不通，堂堂朝廷的命官，岂能与匪枭老婆有染，放着锦绣的前程不要？我已发出宪牌给三河县县令褚光耀查证此事，到那时，假的真不了，真的也假不了，呼三山真也罢、假也罢，本抚请王命旗斩了他，让世人知晓：官不可欺，法比天大！"

呼三山闻听，一颗忐忑不安的心顷刻间又悬到了嗓门，强摁住心头，赔笑道："天大的笑话，一个土匪婆，谁稀罕！不过，有中丞大人为我做主，属下的心也就放宽了，时日久了，水落石头现！"说着，起身对杜宗山一躬，笑道："属下知道中丞大人清廉自爱，没敢给您老带什么值钱物品，带有独山玉佛一对、犀牛角一斤、唐伯虎字画一幅、信阳毛尖茶叶十斤、白河县桐寨铺鸭蛋两篓、蜜橘两筐，都是些不值一提的土产，请大人赏脸笑纳……"

"上次给你面子，猕猴桃老夫已收下，已说下不为例！"杜宗山寒冽的目光瞥了一眼呼三山，冷冷说道，"怎么，你要坏我规矩，毁我名声，置我于不义之地？"

"属下不敢！"呼三山低垂了头，顿了顿又道，"这点土特产比起京城各部堂官平时冰敬，不过是九牛一毛，属下替大人身子骨着想！"

"久闻桐寨铺鸭蛋能治头晕，我留下，不过.还像上次一样，按市价付钱，其余的我一概不收，本抚一贯这个做派，从不收礼，请你成全老夫！"杜宗山说罢，端茶呷了一口，长随立刻高声唱道："送客了！"

呼三山只得拱手作别。

第五十三章

惊惶惶师爷献三策
急匆匆上宪贿奸雄

初冬日短，太阳刚落山，夜幕便漫了上来，嗖嗖的寒风刮得干枯的树枝婆娑乱舞，发出狼嚎般呜呜的声音。此刻，呼三山的心情如漆黑的天气一样，阴晦透了。面对一桌丰馔的佳肴没有一点食欲，特意从丰穰县赶来的杨道三和柳学忠，仨人像死了爹娘老子似的哭丧个脸。许久，杨道三摸出六个黄澄澄的乾隆铜钱，双手举过头顶抛落地下，俯首数着卦数，掐指算着，仿佛能从中找出灵丹妙药。就这样，仨人默默坐着，好像修行入定的僧人享受着静到深处空明的感觉。

"姓杜的老杂毛好像闻到了腥气！"柳学忠耐不住这沉重的压抑气氛，开口说道，"按察院的林奋、龙兴知府周道贤都被晾到一边，不准插手此案，看来，要对您下手了！豹哥，砧板上的鱼，临死还要蹦三蹦，您说个章程，再不动手，一切都晚了！"说罢，抬头看着呼三山。

"眼下姓杜的还不敢动我！"呼三山神情似乎有点呆滞，蛮横地笑道，"京城孝亲王爷那块金字招牌就是免死牌，姓杜的再犯浑也得掂量着来。眼下最要紧的是把事捋顺！"他话风陡然一转，关切地注视着杨道三："你是我的智多星，说说看！"

"豹哥，您是转世的肉身菩萨，小弟我是您的护法金刚，大方面由您来掌舵，没有过不去的火焰山。不过，这个紧要当口，一步走错步步错，千万不能出岔儿！"杨道三对省城所发生的一切并不知晓，柳学忠刚给他说了个大概。他捻着山羊胡须，一双绿豆眼极不安分地来回滴溜溜乱转。显然，是在急速地思考着。他跟随呼三山十几年，深知他是一位嘴里叫哥哥背后掏家伙的假善人、真魔头。呼三山让自己来龙兴城，明面上商议对策，共度时艰，另一层意思是怕自己阵前反水，倒向冯庶。此刻，听呼三山发问，干笑一声，说道："从卦像看，山雨欲来风满楼，豹哥怕有一番杀戮！"

呼三山被他说得毛骨悚然，喟然一叹："佛心无处不在，平心而论，我不喜欢杀人越货，每杀一人，我都在观音菩萨前忏悔，可干咱们这一行，靠的白刀子进红刀子出，才能拼杀出一条血路，那些跟咱们对着干，要咱们命的人不杀是不行的，杀人是为了生存，劫财是为了让咱山寨弟兄们有好日子过。不过，这次不同，摊上了杜宗山这个硬头钉子！"

"甭说硬头钉子，铜头铁罗汉也得碰！"

"姓杜的是一道硬墙！"呼三山摇了摇头，气呼呼地说道，"中州出了刑场喊冤这档子事，朝廷有旨意，刑部与杜宗山勾着手清理冤狱，姓尚的小女人天天往巡抚衙门告刁状！"

柳学忠拧着眉头，粗声恶气地插话道："红颜祸水坏大事！"

"我未必被她给整倒，破船还有三千钉！"呼三山见柳学忠提及尚慧娟，锥子剜肉般心中不是滋味，他咣地喝干了杯中酒，咬牙冷笑道，"大不了老子不当这官，还回山寨当草头王，绝不能让鼠辈们作践我！"

"眼下还没有到树倒猢狲散的时候！"杨道三收起地上的六个铜钱，呵呵笑道，"豹哥安坐钓鱼台，这次冤狱审结之日，便是杜宗山倒台之时！"

仿佛一声惊雷把呼三山震在当场，他好像不认识似的盯着杨道三，半晌，迟疑地问道："此话怎讲？"

杨道三徐徐说道："这案子从开始到现在，经历了丰穰县令冯庶、宛平知府李克、省按察院、巡抚衙门及刑部，进而到光绪皇上、慈禧老佛爷，都参与了案件审理与勾决。如果朝廷真想清理冤狱，整顿吏治，就会委派钦差和刑部干吏来中州复审。眼下朝廷仅是下旨，责令杜宗山清理中州省冤狱，并没有委派钦差或要员来中州重审。像这样一个普普通通的案件，在通省甚至全国数不胜数，这表明案件的分量不重，朝廷没有把它当回事。杜宗山冒天下大不韪捅这个马蜂窝，当大清第一清官，那要得罪通省和朝中多少官员？"

柳学忠一向觉得杨道三故弄玄虚，危言耸听，忍不住讥笑道："杜宗山掌握着通省民政，权力大得没边，倘若他决心把案子弄清楚，你我能挡得住吗？"

"问得好！"杨道三身子前倾道，"倘若杜巡抚真要沽名钓誉，把案子弄个瓜清水白，大清国近三百年出现继葛毕氏案之后最大的冤案，登基不久的光绪皇上脸上有光彩吗？慈禧老佛爷的脸往哪搁？从朝廷到地方多少官员的顶戴又该如何戴？"杨道三嘴角挂着冷笑，望着呼三山娓娓而言："无论谁平反了这个冤案，都将落个乱蜂蜇头的下场。俗话说兔子急了咬人，虱子多了也能咬死人哪！"

呼三山眼睛一亮，觉得杨道三句句鞭辟入里，入木三分，刚想说出心思，柳学忠粗声大气地说道："你尽说扯淡话，说直白点，下步咱们咋办？"

杨道三并不在意柳学忠的挖苦和挤兑，睨了呼三山一眼说道："依着我，这棋得分三步走！"

呼三山闻听身子一探，盯着杨道三："讲——"

杨道三从呼三山热切的目光中得到鼓励，兴奋地说道："第一步，借刀！"

柳学忠满脸狐疑地望着杨道三："向谁去借，谁又是刀？"

"姓杜的一个人除外，剩下当官的都是刀！"

"借来何用？"

"驱狼赶虎！"杨道三两眼闪着寒光，但瞬间即逝，对呼三山说道，"豹哥可串通冯庶、李克、林奋、周道贤和刑部一些官员联名上奏朝廷，弹劾姓杜的受贿枉法，庇护匪枭，弄得通省地面盗匪猖獗，民怨沸腾，到时候再让孝亲王爷在慈禧老佛爷跟前吹吹风、洒点毛毛雨，到那时，姓杜的屁股底下椅子能坐稳吗？"

本来是一道不可逾越的坎，经杨道三这么一剖析立时线条分明！呼三山激动得脸颊潮红，击掌赞道："想不到我途穷末路之际，遇到你这位小诸葛！"柳学忠也不禁暗自折服，紧盯着杨道三，急急问道："第二步棋是啥？"

杨道三慢悠悠地夹了一块鸡腿送到口中，嚼得咔嘣脆响，又咣地饮了一杯酒，笑道："第二步，杖毙灭口！"

呼三山大脑飞速地转动着，沉吟片刻摇了摇头说道："我明白你的意思，但是在牢中黑了那个姓黄的小子，太危险，因为局势昏暗，变幻不测，弄不好偷鸡不成蚀把米！"

"咱们现在没退路，唯有铤而走险！"

杨道三见呼三山犹豫，急急说道："没了主犯就是一个无头案，杜宗山再闹腾也无可奈何！"柳学忠觉得杨道三说得有理，插话道："当断不断反受其乱，关键是怎么个弄法！"呼三山眼睛一亮顿时有了主意，对杨道三说道："依你！"他起身慢慢地踱至窗前，望着窗外满天星斗沉吟有顷，对杨道三说道："第三步妙棋是什么？"

"断臂疗伤！"

柳学忠腾地从椅中跳了起来，眦着眼问道："断谁的臂，疗谁的伤？总不能把我抛出去！"呼三山目光一犀，盯着杨道三，杨道三平静地说道："摆在明面上的威胁都不足虑，看不见、摸不着的那种危险才叫威胁。姓尚的女子虽说弱不禁风，手无缚鸡之力，可她有口有见识，天天去巡抚衙门告状，杀了姓尚的女子，没了原告和人证——只怕豹哥心疼，舍不得！"

杨道三一番话对呼三山有醍醐灌顶之效。呼三山想了想，咬牙说道："量小非君子，无毒不丈夫，为山寨的弟兄着想，这个臂既使你不说我也会自行了断！"正说着话，门人来报，按察使林奋大人、龙兴府尹周道贤大人来访！

呼三山忙对杨道三和柳学忠说道："请两位兄弟暂时回避一下！"又令人撤下席面，刚说句"快请"，话音甫落，林奋和周道贤已联袂而入，呼三山忙起身笑道："卑职是涉案嫌疑之身，已拖累了两位大人，属下深感愧疚，今儿两位大人黉夜来访，难道不怕杜大人知道，有结党串案之嫌？"因林奋和周道贤品秩比呼三山高，呼三山说罢便撩袍屈腿叩首行礼。

"自己人！古兄何必来这套虚礼！"林奋忙起身拦住，"古兄，你因案受累，闭门谢客，确实不该叨扰你。不过，咱们同省为官，眼睁睁看着古兄受奸人陷害，心中委实激愤不过，所以才不避嫌，特来看望。我和周大人给古兄带来两斤老山参和上好冰片，望笑纳！"语毕，闪了一眼老鼠胡须翘得老高的周道贤，命人把礼物呈上。

呼三山自上任以来，逢年过节总是给上宪送礼，从没有受过上宪或同僚送给的礼物，此时，既欣慰又觉得脸上光鲜，连声说道："两位大人如此厚爱，属下受之有愧！"但他很快冷静下来，两位不速之客在非常之时来访必有缘由，笑道："两位大人深夜来访，不知有何见教？"

"杜中丞指派候补知县陆天星暗中查你，你可知晓？"

呼三山怔了怔，干咳一声道："身正不怕影子斜，随他去吧！"林奋见呼三山不咸不淡一句话挡了回来，用茶盖拨着碗中漂浮的茶叶，吃着茶说道："据我所知，杜中丞参劾你的折子拜发了，你得心中有数，实在不行，去北京城孝王府走动走动，王爷一句话，百邪不侵啊！"

呼三山平素与林奋、周道贤交往不多，品秩又低，更说不上交情，一时还摸不准二人的来意，尽管心中不踏实，但脸上丝毫不显现出来，遂在椅中欠身说道："二位大人的心意我领了，不过，卑职也是堂堂五尺男子，心中没鬼，清白之躯何惧之有？"呼三山闪着一双狡黠的眸子，咯咯一笑道："卑职倒是替二位大人担忧！"

"此话怎讲？"林奋身子前倾，紧盯着呼三山问道。

"二位大人没想想，自刑场出事后，杜中丞找你俩说过案子没有？发牌票抓人取证给你们打过招呼没有？人家乾纲独断，唯我独尊，早把你俩当作涉案之人，据巡抚公廨知情人透息，杜中丞不仅具折参了卑职，也连带了两位大人，罪名是渎职枉法、草菅人命！"呼三山望着一脸不自在的林奋、周道贤，叹道，"其实说白了，我与两位大人是一根绳子上的蚂蚱，都是涉案招嫌之人，面临的都是一座火焰山！"

"哼！"林奋攒着眉头说道，"我乃中州省按察使，也不是软柿子恁好欺负的！"

见林奋动了气，呼三山借机引风煽火，揶揄道："卑职还知晓你和周大人都是咸丰六年两榜进士，朝廷的正三品要员，怪不得今晚我这小庙彩霞蒸腾，星光闪烁，原来应验在两位大人身上！"

　　见呼三山如此轻漫无礼，周道贤不由得一阵光火，但又不得不承认呼三山句句属实。本来他与林奋串通好，借看望之名和呼三山拉近关系，让他抬出京城的孝亲王爷这尊神压杜宗山收手。可话刚切入正题，便被呼三山倒打了一耙。此时，方知坐在对面的古督察并不是任人捏弄的软面窝窝，忍不住反唇相讥道："我和林大人再不济，似乎也比你品秩高些——靠资历一步一步拼着性命给朝廷做事熬出来的，杜宗山既然参劾俺俩，他也得看俺俩是谁，充其量老和尚成亲——有其心无其胆，说说罢了。再说，我和林兄也有参奏权！"

　　呼三山闻声心中一喜，但面上丝毫不显示出来，故作轻蔑地睇了对方一眼，冷笑一声，说道："就凭你俩力量，硬碰一个树大根深、权柄在握的封疆大吏，恐怕只有挨整的份儿，卑职以为两位大人还是闭上眼睛装孙子！"

　　"明知鸡蛋碰石头，也要把石头碰得黄澄澄的！"周道贤忍无可忍拍案而起，狞笑道，"姓杜的一个大挑出身，靠巴结李鸿章才一步步爬到巡抚位置，他一到中州省便沽名钓誉，打着设义仓、招流亡、兴学校、办团练的幌子，勒索下面官员，有三名官员被他所逼弃官而去，而今又借刑场喊冤一事清理刑狱，挤兑作践官员，弄得全省官场鸡飞狗跳，下属斯文扫地，官威无存。别忘了这些官员都是朝廷根基，王道乐化，绥靖一方全靠的他们！"周道贤干筋黑瘦，竟越说越激动，一张猴脸涨得紫中透红，愤愤地说道："不过，我们也不是砧上的肉，任人宰割！林兄，古兄的高枝咱高攀不起，咱们走，回衙里参详一下写密折，哼！看谁能扳倒谁！"

第五十四章

呼三山精心布棋局
落难女大意落陷阱

林奋原本与周道贤寡欢不合，因牵涉这起案子，迫于杜宗山的打压俩人才抱成一团，虽然他俩从骨子里瞧不起不是正牌子出身、靠钻刺打点花钱买官又是虚衔的呼三山，但关键时刻多一分力量多一分势，只要仨人联手，借呼三山是孝亲王门人这股势作挡箭牌，就能与杜宗山抗衡。此刻，见呼三山隔岸观火，光敲梆子不卖油，根本不入套，遂挖苦道："骑毛驴看唱本——走着瞧！待你的冰山倒了，被解职下狱，头上顶子红了的时候，莫忘了给我俩说一声，送你一杯饯行酒！"说罢，冷笑一声便抬脚走人。

"两位大人少安毋躁！"呼三山见时机成熟忙上前拦住，深施一礼，改容笑道，"卑职愿为二位大人赴汤蹈火，唯尔马首是瞻！"

林奋刚跨过门槛，闻声猛地趑过身来，把发辫往后一甩，扯过一张椅子，稳稳坐直了身子，喑哑着嗓子说道："你不怕沾上我们身上的晦气连累了你，丢了官帽子？"

"话说到这个份上，属下不妨实话直说，其实我与两位大人是谁也离不开谁，有两位大人撑腰，怕甚！官帽掉了拾起再戴上，何况咱们还有京城孝亲王这棵大树！"呼三山幽幽望着已燃烧半截的蜡烛，话锋陡地一转道，"不过，仅靠咱仨人联名弹劾杜宗山，势单力薄些！"

周道贤见呼三山亮出底牌，心中一喜，跨前一步，目光变得咄咄逼人，直视着呼三山："依古兄之见？"

呼三山不疾不徐地说道："愚以为具密折参劾杜宗山是臣子分内之事，

也是中州通省的大事，要唯公是从，决不偏私，古某清夜扪心自问，杜宗山清理冤狱，查伪除佞原本无可厚非，但国家正值多事之秋，外有列强欺侮，内有捻匪未靖，国弱民贫，内忧外患，不是一件案子就能绥靖海内，让天下太平的。他急于求治邀功取宠，难免独断专行，根本没把通省官员放在眼里，难道通省无一个好官？"

"透彻见底！"周道贤兴奋地两眼放光，笑道，"古兄这么讲，杜宗山是全省的独夫——不！是官贼！"

这话在林奋听来十分解渴止痒又受用，心中一动，突兀地说道："联合通省官员，联名上奏参劾杜宗山！"

"对，中州与刑部官员一齐上折弹劾！"呼三山阴狠地一笑道，"这叫驱狼赶虎，不，是驱虎赶豹，逐走姓杜的，灭其豆之火，息兄弟之恨，朝廷相安，百官相安，通省百姓相安！"

周道贤听得心摇神动，一双眸子在灯下晶莹闪光。他一直因受杜宗山挤压官升不上去而懊恼，呼三山如此见解，大有知音知己之感，不禁赞道："即使百官上奏的折子让朝廷驳回来，也是法不责众！"呼三山又道："不过，要做成此事，要瞒过陆天星！"林奋笑道："这有何难，一个大挑出身的蕞尔小官，一个闲差，这次出红差才让他去当执行官，想不到惹出这么多麻烦。找个借口开销了他！"说到这里，周道贤与林奋迅速交换了一下眼神："古督察，咱们分头去办！"说罢，与林奋告辞离去。

送走林奋与周道贤，呼三山几乎笑出声来。正兴奋，柳学忠、杨道三俩人从内室走了出来，杨道三看着一脸得意之色的呼三山，忽觉心中一阵心悸和不安，此人谈笑间把两个朝廷三品大员玩于股掌之上，可见此人心底险恶！他不敢往深处想，掩饰地打火点烟，喷了一口浓雾说道："据线人说，姓尚的女子有了……"他想说尚慧娟有了身孕，觉得不妥，改口道："有了病，你看——"

呼三山的脸色顿时阴了下来，他虽说占有了尚慧娟的身子，但没有得到她的心，这贱妮子看着纤弱，实则是个火药桶。沉吟片刻，遂咬牙说道："按山寨规矩办，临死前让她明白，是她对我不忠在先，我这样做是被她逼的，别怪我心狠！"他站起身来，脸上似喜似悲："悦来客店距闹市不远，人多眼杂，最好选个不起眼的地方把活做净，我看响水湾那块地风水不错，是个好去处。还有那个候补知县陆天星，溜沟子拍马屁，跟着杜宗山这个老杂毛背后捅我刀子，也一并做了，省得一颗老鼠屎坏了一锅汤！"

杨道三惊讶地瞪大眼睛："一个七品官员，又在省城，动静大了点吧？"呼三山阴鸷地一笑："留着是个祸根，只有死人不生是非，放胆做去吧！"看着柳学忠、杨道三离去，他想伸个懒腰，忽地打了个喷嚏，竟岔了气，直不起腰，顺手抓起了烟枪。

悦来客店位于相国寺南边的一个不起眼的背街小巷。尚慧娟一直住在这里。大闹刑场后，店主方知尚慧娟是个女儿身，既惊喜又可怜，惊的是尚慧娟刑场呼冤得罪的是官家，弄不好一句话店铺给砸了；怜的是，尚慧娟一个孤身弱女子，乍入龙兴城这座名城大郡，举目无亲不说，因水土不服和劳累，病恹恹的，像得了痨病似的整日呕吐不止。身子骨弱成这样，还强撑着去巡抚衙门告状，眼见得尚慧娟盘缠用尽，卖唱度日。店主不由得暗暗叫苦，汤水茶饭自然也不像从前那样殷勤周到。

忽一日，客店里来了两位身着绫罗绸缎的阔商，店主忙笑呵呵迎了上去，见一位拄着文明棍，戴着茶色玻璃镜的客商，操着一口不南不北的京腔，阴阳怪气地说道："龙兴城乃九朝古都，盘龙卧虎之处，他娘的，怎么连个像样的客栈都难寻啊！请问掌柜的，这儿可有上等的客房？"

店主见这势派，心知来了大主顾，忙赔着小心，笑道："正院上房一溜五间便是雅间。别看咱这小店，不比北京、南京大市面差，在这龙兴城也算是响当当数得着的上等店铺。据先辈们讲，康熙、雍正、乾隆爷南巡时都住在咱这百年老店！"店主十分健谈，很会招揽顾客，一边相让，一边推开了上房，高声叫道："爷台们到了，茶水伺候！"

"很好！"戴着茶色镜的客商用文明棍指点着楼上雅间，说道，"楼上的五间客房我全包了！"说着，大咧咧地从袖中摸出一锭银子，足有五两，扔给了店主："这是定钱！"

店主接了银子，掂了掂，揣在袖中。刚要溜须拍马，这时，阁楼上传来一阵悠扬的琵琶声，一女子隔窗曼声唱道："三江水诉不尽奴的苦和冤，小奴家何时拨开云雾见青天，为夫君俺不顾抛头露面惹闲言，为雪冤俺呕血斑斑落衿前，明知道玉碎竹焚下场惨，愿苍天佑奴家把案翻！"

曲调凄婉，歌词悲怆，穿云击石，让人伤心断肠，戴眼镜客商闻听之下，击节叹道："能在此处听得如此妙音，可谓不虚此行，只是曲调怨气太重，敢问掌柜的，何人在楼上弹唱？"

"阿弥陀佛！是个女的。"店主一脸庄重地说，"二位爷台有所不知，前不久，大闹刑场，替夫喊冤轰动龙兴城的就是这位烈女子，只是眼下盘费用尽，官司不明，靠卖唱挣几个小钱苦度时光！"

那客商突然跨前一步，阴阴地盯视着店主："她家住哪里，姓甚名谁，常与何人来往？"

"这个吗？"店主忍不住睃了客商一眼，在这一瞬间，店主才看清对方长着一副阴森可怖的面容，他不禁打了个寒战，脸上的谀笑仿佛凝固，乍然想起那女的让他隐瞒自己身份的告诫，这才意识到话说得太多，思量半晌方嗫嚅地说道："小的不敢胡乱编派，只知道她有了身孕，潦倒龙兴城，别的一概不知！"

那客商闻听一愣，旋即哈哈大笑，大咧咧地坐在椅中，从怀中取出水烟袋，装烟点火，喷了一口浓雾道："你不愿说出，我来替你说罢，她叫尚慧娟，丰穰县人氏，近来与巡抚衙门的人常有来往。"他阴阳怪气地一笑又道："掌柜的，我说的有假不？"

店主满脸惊讶地点点头，惶惑地说道："爷台们既已知根知底，求爷台体谅小的做生意的难处，你是？"

"你不要问我的来历，你不配知道我们的身份！"那客商一口打断了店主的话。"我出三十两银子，请姓尚的女子唱一小曲儿！"

店主头摇得如拨浪鼓道："难、难、难，爷台们不知，那女子长得貌若天仙，可是个冷血人儿，从不演堂会。"

那客商转着眼珠子奸笑道："你只要把她请来，我再出十两谢银给你。倘若你请不到她——哼！从今儿起，你这店铺恐怕要歇业关门了！"

　　店主本来是个见利忘义之人，哪见过这样出手阔绰的顾主，早把女客官的话抛到九霄云外，诺诺连声去了。

　　住在楼上的正是尚慧娟。自刑场冒死呼冤后，因数日奔波公衙，竟呕吐不止，经郎中把脉，大吃一惊，方知已怀孕三月有余，加之出入衙门处处使钱，不过数日，已身无分文，店主催债如无常追命，无奈之下，竟沦落街头卖唱。此刻，尚慧娟正满怀凄楚地怀抱琵琶顾自吟唱，自述心曲，忽见店主进屋，问明来意，尚慧娟思索了一阵儿，实在想不透其中蹊跷，又想到自己潦倒客栈缺少银两终究不是个法子，半晌方道："既是店主诚心所邀，一定是靠得住的主儿，奴家遵命便是！"她迟疑了一下，又道："奴家想知道是个什么样的顾主？"

　　店主狡狯地一笑："去了自然知晓！"俩人说着话，顷刻间来到了正房，尚慧娟抬眼一瞧，顿时惊得半晌合不拢嘴，她用颤抖的手指着对方，吃力地说道："你……你个贼子！"

第五十五章

响水湾魔头下毒手
孤弱女守节报痴汉

俩客商正是杨道三和柳学忠。此刻，他俩一脸坏笑地望着尚慧娟。尚慧娟头嗡的一声响，摇摇欲倒，店主忙上前扶住，假笑道："两位先生仰慕尚姑娘才情，不惜花大价钱听你唱小曲的。"

尚慧娟冷冷地瞥了一眼店主，深恨店主出卖了自己，照脸啐了一口店主，不屑地说道："原来是呼三山养的两条狗，本姑娘从不对狗弹唱！"说罢，欲转身离去。

"你说话还是这样刁钻难听！"柳学忠起身拦住了尚慧娟，摘下墨镜，擦了擦又戴上，干笑一声说道，"我想不明白，古大人对你千般好，万般爱，放着荣华富贵不享，却疯疯癫癫替穷酸书生叫屈，你的心让狗掏吃了？咱长话短说，乖乖地跟我们去一个地方——"他抬眼见店主拃挲着两手，一脸迷糊望着自己，摸出两块碎银扔给店主："这儿没你的事！"店主本是见钱眼开的势利小人，此刻，见他们一见面便吹胡子瞪眼睛互不相让，已知他们既是熟人又是仇家，怯怯地望了一眼一脸冰霜的尚慧娟夺门而逃。

尚慧娟已稳住心神，她掠了一下有些散乱的鬓发，顷刻间脸上像结了冰，决绝地说道："俺哪儿也不去，要么你把俺杀了！"

"贱人！"柳学忠顿时大怒，霍地拔出腰刀，却被杨道三一把拦住。他与柳学忠不同，是个刁滑精细之人，他深知呼三山贪恋尚慧娟姿色，现在弄死尚慧娟，呼三山一旦后悔翻脸不认人咋办？他干咳一声道："嫂子出身书香之家，自幼读孔孟之书，演周公之礼，三纲五常娴熟于心，当初督察大人明媒正娶，你是心甘情愿的，而今，你不尊妇道，有家不归，大闹法场，有伤风化！常言道，嫁鸡随鸡，嫁狗随狗，跟我们回家，古大人等着你呢！"

"明明是呼三山还古大人地叫着，那是你亲爹不成？"尚慧娟瞪了杨道三一眼，厉声斥道，"你也配与我谈圣贤之礼！回去告诉姓呼的，让他死了这条心，黄公子才是俺伺候的男人，倘若你们再逼，俺就死给你们看！"

"狗子坐轿，不识抬举！"柳学忠断喝一声，"老子现在就剁了你！"说着刺棱一声拔出刀来，直逼尚慧娟心窝。

"别这样！"杨道三见柳学忠动了杀机，深知这儿是龙兴城闹市，人多眼杂，弄不好麻烦更大，忙上前拦住柳学忠，说道，"嫂子，我知道你不怕死，恨透了我们这些小人，既然你一心想死，那就成全你。不过，你不能在这儿死！"说着，朝柳学忠使个眼色，柳学忠极其麻利地将尚慧娟捆了个结实，顺手又在尚慧娟脸上捏了一把，淫兮兮地笑道："小美人儿，怪不得豹哥喜欢得要命，恨得要死，可惜老子没福消受！"尚慧娟刚喊声"救命"，柳学忠就将一抹桌子布塞进了她的嘴里，可怜一个娇弱女子，只有挣扎的份儿。

子夜时分，尚慧娟被俩人挟着来到黄河南岸的响水湾。因黄河在这儿急转弯，河床变窄，水流湍急，发出阴森的咆哮声，故称为响水湾。此刻，凛冽的河道风裹起尘沙，打得她双眼几乎睁不开。昼夜奔腾不息的黄河水腥味扑面而来，让人感到寒彻骨髓，尚慧娟抬头看了看天，除了几个稀疏的星星向她眨眼外，到处黑魆魆的一片，偶尔传来猫头鹰的叫声，很快淹没在隆隆的波涛声中。月黑风高之夜，在空旷的黄河滩上勒死一个手无缚鸡之力的女子，再往滔滔黄水中一抛，比踩死一只蚂蚁还容易，连尸首也难找寻。尚慧娟深悔不该轻信店主，贪恋小钱，被奸人所图，自己死不足惜，黄公子何人搭救？思量至此，鼻子一酸，潸然泪下。

尚慧娟正自懊悔嗟叹，忽听柳学忠说道："咱们先去船上！"说着，猛地一推尚慧娟，来到船上。

船不算小也不算大，分着后舱和前舱。后舱很大，里面摆着一桌冒着蒸蒸热气的佳肴。令尚慧娟惊讶的是，正中跷足坐着官架十足的呼三山，幽幽的灯光下映着一张傲慢而阴鸷的脸。仇人相见分外眼红，尚慧娟下死眼盯着呼三山一语不发。呼三山似乎有些气馁，刹那间抬起头闪着狠毒的寒芒对视着，两个曾同床共枕又同床异梦的人，各怀着异样的心情，在这黄河渡船上相见，双方谁也不开口，既然捅破了这层窗户纸，说什么话都是多余。杨道三泥鳅般油滑，此刻也不知所措。突然，呼三山扑哧一声笑了："夫人受惊了，为夫特意为你设了酒宴，算是压惊赔罪！"说着竟起身为尚慧娟松绑，瞥了一眼杨道三、柳学忠，嗔道："谁让你俩这样待她，她是我的女人！"转脸又和蔼地对尚慧娟说道："饿了吧，多吃点！"

尚慧娟掏出嘴中抹布，揉了揉捆得发疼的胳膊，昂然入座。

"这就好！"呼三山解嘲地一笑，"今日你我夫妻相聚同饮，着实不易，杨师爷、柳班头，陪你嫂子饮三杯！"

尚慧娟自逃出丰穰后，一直过着饥一顿饱一顿的生活，见此美食，也不客气，竟手撕口嚼吃了个痛快，她心里明镜似的，吃饱了好上路，面对死亡反而没了惧怕。一阵风卷残云，她用袖子擦了擦嘴角，打着饱嗝说道："该送俺上路了！"

杨道三见尚慧娟坦然进食，面对死亡毫无惧色，暗自赞叹：这小娘们真是个人物。遂打着哈哈说道："嫂子，你已怀上大人的骨肉，一身系着两条生命，不如给大人认个错，不再替那穷酸书生叫屈，大人或许——"

尚慧娟一怔，自己怀了身孕，杨道三怎么会知道？她蓦然明白：住进客栈后，一直想吃酸食，根本瞒不过店主，是店主出卖了她！她傲然仰起头，说道："别以为你们杀了俺母子俩，就瞒过世人，躲过了王法。殊不知，老天爷在上头，你们躲过初一躲不过十五，更躲不过报应！"

呼三山狡黠地眨了眨眼，哗的一声打开了扇子，轻摇几下，又忽地合住，脸色变得阴郁难堪。他早知尚慧娟有了身孕，但弄不清她肚里怀的是谁的种，他摁了摁心底深处泛上来的一股醋意，温言说道："你我夫妻一场已是天官赐福，可你偏偏不惜福知命。我早年听一个和尚说，一念不觉可坠地狱，一念觉悟西天见佛，我只问你一句话，只要你承认怀了我的种，我就不杀你！"

尚慧娟闻声低下了头，踌躇了一阵儿，蓦然间仰起了脸，嘴角上吊起一丝冷酷的讥笑，冷冷地看了一眼呼三山把脸扭过一旁。

"快说呀！"杨道三一双椒豆小眼快速地滚动着，假惺惺地催促道，"俗话说，母以子贵，说出来，你母子的命就能保住！"

尚慧娟已将生死置之度外，端起酒杯一口喝干，缓缓说道："我不想与你们这些猪狗不如的东西多说一句废话，可你们非逼着俺，俺就再说一遍，牢房的黄公子，才是我真正的男人！"

"看来你怀上了姓黄的野种！"呼三山失望地颓然落座，旋即一按桌子站了起来，满眼恨意死盯着尚慧娟，"你这贱女人去死吧！"

尚慧娟不再说话，缓缓起身蹒出船舱，站在甲板上，河风顿时把她的衣裳下摆撩得老高，像一尊铁铸的铜像屹立在船头上，她仰起脸冷冰冰说道："姓呼的，你知道窦娥吗？"

"开船！"呼三山见尚慧娟临死不乞求自己，妒恨到了极点。拔出佩剑指着尚慧娟咆哮道："别梦想窦天章替你洗冤，你跟河神诉冤吧！"

"好吧，俺现在就给河神诉诉冤屈！"尚慧娟见船舱内放着自己的琵琶，便弯腰拿起，用手一挑，铮的一声如激流涌泉，曼声唱道，"满天星挡不住月儿明亮，一群鸦怎比得高山凤凰，别看眼前那禽兽高坐庙堂，怎比得黄公子人品端方！"唱罢，她啪的一声摔碎了琵琶，仰天叫道："黄公子，我先行一步了！"说着，纵身跳入滔滔波涛中，眨眼间已没了踪影。

第五十六章
杜巡抚遭谗调湘省
众硕鼠恶语讥良牧

　　谁也没有料到尚慧娟会主动投河自杀。呼三山脸如死灰，踱至船舷，俯身瞧时，尖利的河风裹起混浊的河水掀起一人多高的巨浪，肆无忌惮地冲击和甩打着船舷，发出哗哗啦啦的响声，惊得他倒退几步才站稳。杨道三一个战栗，呼三山连他最喜爱的女人都逼跳黄河，真是狠毒至极，他不胜其寒地颤声问呼三山："她死了？"

　　呼三山似笑非笑、似哭非哭地痴痴地望着脚下的急流漩涡，喃喃自语："这下好了，让杜宗山这个老杂毛找原告去吧！哈哈！"他返身回舱，发疯般地掀翻了满桌佳肴。

　　一切都朝着呼三山事先谋划的方向进行着。光绪八年，因中州省部分官员联名上折参劾杜宗山，加之孝亲王在慈禧太后跟前进谗，中州省官场顿时陷入墙倒众人推的局面。杜宗山原议革任降级使用，幸亏翁同龢在慈禧和光绪驾前据理力争，慈禧一道懿旨将杜宗山平调任三湘省巡抚。杜宗山至死都不明白，这次调职三湘巡抚，竟是一个微不足道的末员小吏从中作祟。

　　此时，巡抚衙门前扎着彩门，衙内大摆宴席，杂役人员穿梭往来摆酒布菜。居中而坐的范良岑既领太子太保刑部尚书一职，又是专程来中州省宣旨的钦差大臣，核桃皮似的一张脸上满是笑纹，好像一群蚂蚁在此集会。一条半苍的辫子搭在椅后，他微眯着双眼，漫不经心地向坐在下首的官员们扫来扫去。他左边坐着一脸庄重的杜宗山，右边坐着五十开外，脸膛黑红油亮发光的贺丰年，虽然他与杜宗山年龄相仿，一个品秩，同为巡抚，杜宗山却是平调，而他却是升迁。原来，自雍正起立有规矩，中州巡抚不受总督节制，而他这次还兼着中州省总督，与其他省巡抚相比，贺丰年不仅是重用，还授右都御史兼署河道。可见，他在光绪皇帝和慈禧太后跟前受宠的分量。

待菜上五味，酒过三巡，坐在主宾位置的范良岑轻咳一声，对默然而坐的杜宗山说道："宦海生波，人生如戏，守份安命，趋吉避凶，此乃先贤古训，这次杜大人到三湘任上，并非是杜大人在中州省有甚过错，更无失德之处，乃是皇上和慈禧老佛爷从通盘考虑。我陛辞时，老佛爷还谆谆告诫，杜宗山乃社稷干城，国家的砥石，告诫他万不可听信闲言，心存芥蒂，要不以物喜不以己悲，到三湘省可放胆做事！凭老佛爷这番话，朝中众臣、各省督抚哪个有这份信任？来，我敬你一杯！"杜宗山木着脸听完这些官场熟透的套话，并没有喜形于色，他不慌不忙，起身离座，说道："请范大人代奏，臣杜宗山不才，岂敢受老佛爷挂念体恤，明日赴湘，克己复礼，恪尽职守，不负老佛爷厚望重托，让三湘百姓沐浴在圣化之中！"语毕，咣地饮干了杯中的酒，然后，满不在乎地走回原处跷足而坐。

贺丰年见杜宗山任上办砸差事还得钦差彩头，心存不满，亦起身敬酒，晃着橄榄似的大脑袋，亮着一副公鸭嗓，又尖又亮地说道："范大人奉旨而来一路鞍马劳顿，我领牧中州，绥靖一方，有失地主之谊。范大人，请你代奏，臣贺丰年蒙皇上如此厚恩，更承老佛爷期许之深，今生今世难报答知遇之恩，唯当以国事为己任，爱民敬业，朝乾夕惕，着实办差，三年内若不把中州省治理得路不拾遗，夜不闭户，衙无诉讼之声，便挂冠封印致仕林下！"说罢，端起酒杯目光炯炯地盯着范良岑。

这是贺丰年早已在腹中不知打了多少遍的谢恩酬词，他深知范良岑是咸丰三年的状元，既文采飞扬，又务真求实，更是老佛爷跟前大红大紫之人，套话虚话过多反而适得其反，不如许一承诺，更加可信。

果然，范良岑紧绷着的脸上泛起了笑容，只有这一笑，才看得出这位长得麻秆细腰尖嘴猴腮，一身贱处的另一面，竟带着崖岸高峻的一代名臣风范。但见他双手从贺丰年手中接过酒杯，说道："贺大人心系社稷，体念当今，一心求治，公忠为国，其志可嘉，宏志可勉，也不枉老佛爷栽培之恩，孝亲王爷的举贤之心！你这杯酒我领了！"说罢，一饮而尽。

　　贺丰年顿时心花怒放，面上却一脸庄重之色："承蒙大人谬赞，丰年愧受！"一转眼见杜宗山默不作声地吃闷酒，忙上前呵呵一笑，说道："皇上和老佛爷让丰年领牧中州，还是萧规曹随不敢丝毫走样，你我同为朝臣，知根知底，相交多年情如手足，兄台这次赴任三湘，凭兄台的能耐，不出一年光景，定会有一番景象，到那时，光绪爷一道旨意，湖广总督的位置恐怕非你莫属，到那时别忘了愚弟与你多年的情分——来，来，来，我敬你一杯！"

　　这本来是官场人事交接一番官话套话，但在杜宗山听来，没有一句不是在挖苦讥讽自己。他本来对贺丰年刚才说的"领牧中州""地主之谊""把中州省治理得路不拾遗，衙无诉讼"的厥词大反胃口。此刻，面对贺丰年的虚情假意，更是气不打一处来，他接过贺丰年敬的酒晃了晃，阴沉着脸说道："恕我直言，有道是物盛则必衰，有隆则有替，愚兄今遭圣上申饬切责，调离中州赴任三湘，戴罪办差，无非是小人从中作梗罢了！不过，宦海沉浮荣辱进退对我来说，浮名末利耳！"说至此，他端起酒杯，一饮而尽，亮了亮杯底又啪地摔个粉碎，轻蔑地扫视了一眼大庭中一群幸灾乐祸看笑话的大小官员，亢声说道："我姓杜的头也不是恁好剃的！中州冤狱惊心，官场盘根错节，前些日，我的原告尚慧娟突然失踪，蹊跷得很，告诉你们，我已派人六百里加急向皇上递了奏折，皇上定会派钦差重新审理此案，等着瞧吧，有些人头上的顶戴牢不牢还很难说！"

　　满厅官员冷不防见杜宗山撂下这杀气腾腾的话，无不心中一惊。贺丰年今儿个原本心情极好，他与呼三山一案也无任何牵连，他到中州省任巡抚，也没有钻刺打点走门路，与杜宗山更无任何过节，没想到官场上的几句客套话，惹得杜宗山如此恼怒，让自己下不来台，更没有想到无意中一句玩笑话，杜宗山在后来几年中，果真坐上了湖广总督的位子。正没做理会时，杂役端上了一道鱼，不禁勃然作色，斥道："桌上已有鱼，岂能再上一盘鱼？"那杂役遭申斥，已知弄错，慌忙把鱼撤下。

　　坐在下面的官员们却误以为贺丰年在借机戏谑杜宗山，都不时地拿眼瞟着杜宗山捂嘴偷笑。坐在偏席的李克已看出贺丰年对杜宗山的不满，回想杜宗山任上时百般挑剔责难自己，借着酒劲起身，笑道："闷坐吃枯酒甚是无味，我说一笑话，博大人们一笑如何？"说着，便挑衅似的注视着杜宗山，杜宗山心知肚明，李克讲的笑话，无非是想含沙射影讥讽自己，巴结贺丰年，干脆别转了脸不予理睬。众官员却在下面撺掇着："快讲！快讲！"

李克借酒装傻，瞥了一眼贺丰年毫无责备的眼神，晃着冬瓜般脑袋，打着酒嗝讲道："话说有一座山神庙，香火旺盛，山神常受八方百姓朝拜，守门的很是眼馋，便对山神说道：'您老人家终日劳累，让我替你守值一次，你屈尊当一下守门的如何？'山神见是守门人，便同意了，不过，山神不放心，便对门人讲：'无论何方朝拜，你不准说话。'守门人诺诺连声。当值第一天，有一个坐着八抬大轿的富翁来山神庙祭拜，拜毕临走时，竟把钱袋子忘在了神龛下。不一会儿，一个穷汉赶来祭拜，拜毕，发现一钱袋放在眼前，大喜，以为是山神赐的，捡上钱袋子回家去了。没多久，又来了一名商人，刚拜毕起身，第一个拜山神的富翁心急火燎地赶回庙中，见没了钱袋子，便指责商人拿了他的钱袋子，商人大呼冤枉，俩人先是吵骂，而后撕扯，闹得不可开交。替神当值的守门人实在忍不下去，当即对俩人说明了真相，才算平息了此事。俩人走后，守门的山神发怒道：'下来！'守门人不服道：'我替你当值，主持公道，何错之有？''你犯了神规！'山神厉声责道，'我让你只受香火不说话，而你偏偏要开口说话，为他们主持公道。你知道吗？富翁的钱袋子是去妓院的嫖资，钱袋子丢了活该！穷人拾了富人的钱袋子，是因为他妈有病，卧床不起，急需用钱，这钱能救全家的命，穷人拾了钱应是命中当有。商人与富翁争吵、撕打，耽搁了时光，坐不上渡船，却坐上了货船。事实上，现在的货船已触礁，正沉江底——别看你在主持公道，实则做了一件谋财害命的大恶事！'守门人此刻大悟，失声叫道：'我的妈呀！原来，官有官道，神有神规，凡事自有老天爷安排，我真是吃着鱼，拿着鱼，多余（鱼）管那闲事！'"

众人听着，先是一阵沉寂，而后哄堂大笑。李克借着酒力踱至杜宗山跟前嘻嘻一笑道："杜大人，我讲的这个笑话你可中意？"

杜宗山为黄少文一案，闹得龙兴城无人不晓，李克的笑话含着骨头露着肉，明摆着挖苦自己多管闲事，心中无名火一蹿一蹿往上拱，别转了脸不理睬李克。范良岑何等人物，早听出话音，想笑，怕失态，吃了一杯酒做掩饰。贺丰年听了却极为开心，竟忍不住说了一个"好"字。底下官员见贺丰年说"好"，跟着起哄喝彩。杜宗山实在忍不下去，喝干了杯中的酒，说道："老夫也讲一个笑话，以佐酒兴如何？"

举座官员平时都受尽了杜宗山的气，眼下又听杜宗山讲故事，颇觉新鲜，齐声说道："好！"

杜宗山心中暗骂这群墙上草随风倒的愚鲁之辈，不打一下他们的气焰难解心头之愤，他哼了一声，冷笑道："话说这一日阎君坐殿理事，忽然来了一个乌龟呈上厚礼，阎王纳礼后，问送礼何事。乌龟道，请大人让我下辈子投胎做个大官！阎王然之。一会儿又来了一个老鳖精，呈上七宝厚礼，阎君又纳之，询问老鳖精，送礼有求何事。老鳖精说道，请大人让我投胎做一个富翁，来生赚上更多的钱！阎君又许之。不久，又来了一位农夫，呈上薄礼，阎王纳礼后问农夫欲求何职。农夫答道，让我下辈子投胎做一条黄河大鲤鱼。阎王诧异问道，为何不求官、不求财，却求来生投胎黄河大鲤鱼？农夫愤然一叹道，黄河大鲤鱼的双眼永远是睁开的，我倒要看看，这些乌龟王八蛋官能做多大，钱能捞多少！"

杜宗山讲完了，厅中死一样的沉寂，只有坐在上首的范良岑大笑起身，赞道："杜大人不愧三贤三圣之首，好！就这样，道乏吧！"

第五十七章

探虚实督抚诈匪枭
维原判赌气埋祸端

　　杜宗山走得很悲哀，统省官员竟无一人十里长亭相送。贺丰年从骨子里看不起他，他甚至怀疑光绪皇上怎会用这个僵古呆板的人为封疆大吏。贺丰年十八岁考中进士，官居御史时，曾上书弹劾军机处首席大臣肃顺，很受慈禧太后器重。同治五年，捻军作乱，他募军三万人，大破捻匪于睢州。光绪元年，任河道总督时，黄河中下游大溃堤，他督率军民抢修二十多个昼夜，保住十几个县，黄水没泛滥成灾，朝廷赐他双眼花翎。这次，他任中州省巡抚，授总督衔，通省军政、民政、财政权力于一身。在他眼中巡抚与上书大臣的距离并不遥远，早晚而已。眼下，令他头疼的是，黄河大堤年年决溃，眼见桃花汛将至，河防事大。因当地官民崇信河神，鼓楼能震慑河神作怪，经几位师爷提议，他对鼓楼进行了大修。台基高十丈，中间是青砖和条石砌成的瓮门，下面可通车行人。鼓楼高处，架牛皮鼓一面，鼓面径长八尺，鼓声浑厚，声传数十里。贺丰年亲率民工修起了两条百里长的土龙，护住了黄河不溃，赢得了官民士商的赞誉。

　　孰料，刚想松口气，朝中御史陈启泰上折弹劾贺丰年祖护中州官员，掩盖冤情，蒙蔽视听。三湘省巡抚杜宗山密奏光绪和慈禧太后，陈述呼三山案中疑点，痛斥中州省官员官官相护，沉冤难昭，引得光绪帝亲自询问案件审办进程，下旨着贺丰年秉公办理。贺丰年如迎头浇了一桶冷水，透心般凉。此刻，他半躺在安乐椅中，一股冷风越窗扑面而来，凉飕飕的，竟没了睡意，一名长随见他背着手进了签押房，给他沏了一杯上等毛尖茶，递到他手中，他张嘴就喝，烫得口中一阵火燎般疼痛，叭的一声把茶碗掷个粉碎，骂道："烫死我呀！"

长随见他无端发火，噤声屏气悄没声息地退了下去。贺丰年坐在藤椅上，顺手取了一份邸报，映入眼帘的头一条："奉旨着刑部会同中州巡抚贺丰年查实呼三山一案，不得违迟。"再往下翻，以陈启泰为首的中州籍在京官员联名奏折赫然在目，嘴嘴见毛、句句辛辣，屎尿盆子一股脑儿全扣在自己头上，顿时气得手脚冰凉，甩手把邸报扔得老远，霍地起身，叫道："来人！"一名戈什哈应声而入，打千儿道："请大人示下！"

"知会按察使林奋、龙兴府尹周道贤速到抚衙议事！"贺丰年脸上余怒未消，两眼射出冷森森的寒光，一边思索一边下令，"还有臬司衙门古月杰！"

"喳！"那戈什哈刚要离去。

"慢！快马传递宛平知府李克，三天内到抚衙见我！"

"喳！"那戈什哈匆匆离去，但瞬间又转了回来，禀道，"他们在门外候着大人召见！"

"让他们进来！"贺丰年高大魁梧，枣红色的脸膛上长着一副令人生威的狮子鼻，一双夜猫般的黄眼珠在眼眶里不安分地来回转动，让人望而生畏。他令人拿来朝服冠带换上，对着铜镜整了整衣冠，见林奋、周道贤、古月杰一干人等迤逦进来，行了庭参之礼，这才伸手一让，笑道："坐下说话吧！"

林奋见贺丰年身着黄马褂，头戴双眼花翎，披挂齐整，一脸肃容，摆架装大，心中不悦。他原是八旗子弟的后裔，与京城的孝亲王有着扯不断的连襟关系。他微睨了一眼贺丰年，接过茶杯沉思着，他倒要看这位靠军功上来的马大哈巡抚，如何应对呼三山一案。周道贤是林奋相邀才来的。呼三山一案是个陪审，林奋当时是主审，林奋不开口说话，自己就装哑巴。他没事人似的望着西隔屏《牧牛图》出神。李克原是贺丰年属下，俩人熟稔得很，常在贺丰年处走动，贺丰年放出口风，让他出任陈许道，这是省府之间设立的监察区，上等肥缺，因黄少文一案，他便提前一天来龙兴城，急于向贺丰年陈说其中利害。呼三山坐在李克下首，他以为赶走了杜宗山，尚慧娟又陈尸黄河，没了原告。孰料，御史陈启泰弹劾此案，光绪下旨复审此案，这是他始料不及的。正胡思乱想，贺丰年操着奉天话开了腔："光绪御批，刑部下令，重审呼三山一案。林兄，你是按察使，老刑名出身，又主审此案，这事在急不宜缓，对皇上和刑部要有一个回复，堵住御史们的嘴。我知道你心中憋屈，反过来看也是件好事，水落石头现之日，便是还你清白之时。我给你说句交底话，倘若案件有出入，本督抚自会上辨折，你说，这案咋审？又如何回复刑部？"

贺丰年这么一说，众人心里顿时轻松了不少。呼三山本来压抑沉重的心情也舒展开来。林奋见贺丰年话说到这个份上，看到了他与杜宗山的不同之处，能体恤下属。心一宽，便清亮了嗓子，说道："卑职以为呼三山一案人证、物证确凿。人犯临刑前反水无非是死前做无谓的挣扎，侥幸多活几天，这种法场翻供喊冤的事我见多了！"他睖了一眼听得专注的贺丰年，遂把呼三山一案说了个梗概。末了，咬金断玉说道："此案丰穰县冯庶、古月杰、李克、周道贤等都参与了审理，逐级会审怎会有纰漏！再说，上报刑部时，杜大人一锤定音，还写了奏折，岂能审错？"

提起杜宗山，贺丰年便来气，伸手把案上的邸报扔给林奋，冷笑道："你看看邸报就知道杜宗山在做什么！"

林奋小心翼翼地捡起邸报默默看完，又顺手递给李克、周道贤依次传阅，众人看后都默不作声，呼三山看后吃惊不小，但迅速镇静下来，想了想说道："人犯畏死翻供自古常有，难道仅因为囚车蹿入城隍庙，便认定此案有冤情？杜大人有些儿戏公务！卑职听说御史陈启泰曾三次弹劾过杜大人任上不廉，现在俩人又同声应气，好得跟合穿一条裤子似的。即便这样，也不能翻手为云覆手为雨，反复无常！"

林奋久与杜宗山面和心不和，听呼三山说到了痒处，乘机添柴煽火道："杜宗山有一次把所贪的银子埋在花盆，上面种花，下面藏银，命用人推车往家送，途中遇到钦差彭玉麟，用人有意将车弄翻，银子撒了一地。彭玉麟忙问用人，是谁这么多银两？用人说，这是杜大人多年的积蓄，运回家乡修桥补路。彭玉麟大喜，说道：'好啊，杜大人修桥铺路，本官应亲自祝贺！'据说，杜宗山又惊又疼又气恼，碍于彭玉麟面子，真的修了一座跨河桥。"

说罢顾自一笑，众人也跟着哄笑。

贺丰年莞尔一笑，但一笑即敛。暗忖："杜宗山虽然调离中州省，但在皇上和慈禧太后那儿还是红得发紫的薰臣，皇上朱批让自己复审，绝不能攻讦杜宗山四面竖墙，为这个案子，两个封疆大吏闹翻脸，打御前官司实在不值。"他百思不解，杜宗山为啥替巨匪呼三山说话，把案子推倒重审？他忽然问道："那个姓陆的监斩官来了没有？"

"没有！"

"传他来见我！"

林奋惊讶地望了一眼贺丰年，忙令人传唤陆天星。须臾，一个三十多岁的青年官员进来，行了庭参礼。贺丰年这才正眼打量陆天星：苦瓜脸上长着一双令人生厌的金鱼眼，因他刚从外边进屋，屋内光线阴暗，加之眼睛近视，一时间竟找不到自己的位置。贺丰年顿生厌恶之心，吃着茶盯着陆天星问道："你叫陆天星，我怎么没有见过你？你又是几时分来的？"

"大人刚刚上任中州省，公务缠身，下属没福晋见！"陆天星坦然地看了一眼贺丰年，欠身答道，"属下光绪三年的大挑出身，原议分在京城，因相貌丑陋，吏部调配中州，授七品候补知县，不是实缺。"

"原来是这样！"贺丰年从陆天星从容不迫的回话中已知此人风骨不俗，旋即一笑道，"监斩呼三山时，为何孟浪草率，称呼三山人犯是个假的？莫非与人犯沾襟？"

"卑职并不认识呼三山，更谈不上有甚瓜葛！"陆天星不卑不亢答道，"人犯临刑前有三点可疑。一是临刑喊冤，按大清律条不能行刑；二是人犯口中核桃滑落，显然是有人做了手脚；三是，囚车入城隍庙，老牛长跪城隍哞叫，实属罕见！"他隐去了与杜宗山去牢房审问黄少文一节。

贺丰年眼中波光流动，已知事出有因，但要深查此案，要得罪省府道县多少官员，自己马上就是火人，刚刚稳定的局面就会变成四面楚歌。想着，他已拿定主意，咯咯一笑道："我还以为你有狄仁杰之才呢，看来也不过如此！你一个蕞尔小吏，辄敢更改刑部判决，铸下大错，念你孟浪无知，又为着公事，不作重惩，罚俸半年，回去闭门思过！"陆天星不服，还想争辩，贺丰年断喝一声："下去！"

眼见着陆天星踽踽而去，贺丰年透了一口气，踱至呼三山跟前。林奋、周道贤见他下死眼盯着呼三山，不知他葫芦里装的什么药，齐把目光射向贺丰年。呼三山浑身不自在。李克在贺丰年麾下办过差，深知他秉性脾气，附在林奋耳旁说道："好戏开场了！"

说话间，贺丰年淡淡地说道："本抚记得不错的话，孝亲王是你的主子吧？"

"是的！"呼三山忙躬身答道，"卑职是光绪七年捐官。您有什么教诲，请明示！"

"不敢！"贺丰年缓缓说道，"我听说你在丰穰县开济善堂，救死扶伤，设立粥棚，修桥补路，老百姓称你'古大善人'可是有的？"

"承蒙大人错爱，那是做人的本分，属下愧受百姓拥戴！"

"你造福乡梓，乐善好施，可见你人品端方，本抚宦海沉浮几十年，能入我法眼的寥寥无几，可你算得上一个，你不要小瞧我这个评语，寻常官员千金难买！"

呼三山听着贺丰年不住嘴地夸赞自己，心中窃喜，脸上却一脸谦恭，欠身道："属下自幼崇儒敬佛，与人为善，不敢贪得中丞金奖！"

"可我偏偏糊涂得很，巨匪刑场喊冤，偏偏死咬着你是呼三山！"贺丰年倏地变脸作色，"朝中御史们弹劾折子上达天听，三河县县令褚光耀也提出质疑，牢中关押的不是呼三山，而是三河县的一名秀才，还有那个女人，一口咬定你是呼三山，中州通省一百多个州县那么多官员，偏偏只攀咬你，是何缘故？嗯？"

林奋等人起初听贺丰年连篇累牍地夸赞一个小小督察，心中有些忌妒，孰料，他突然翻脸，连珠炮似的劈头盖脸质问，不禁大吃一惊。呼三山猝不及防，霎时吓得周身汗流，双膝一软，瘫坐椅中，竟一时说不出话来。

"你叫呼三山，古月杰是你的化名！"贺丰年恶狠狠地盯着呼三山，声音嘶哑而深沉，"本抚哪一点说亏了你？"

呼三山顿时身子矮了半截，"东窗事发"四个字闪电般划过脑海，他感到紧张的气氛如寒气袭人，甚至想夺门而逃。他极力地装作漫不经心地看了一眼花厅内一个个如庙中泥胎般的官员，刹那间有一种被戏弄的感觉，反而平静下来，笑道："大人真会说笑，卑职没有孙猴子七十二般变化，哪儿能变成呼三山！"

"来人，撤他的座，摘下他的顶戴！"贺丰年霹雷火闪毫不留情，大声命令着。两个戈什哈应声跨进门内，恶狼般向呼三山扑过来，呼三山瞬时间清醒过来，他来不及多想，心一横，一脚踢倒了桌子，双手一摆："慢！我有话说！"

"讲！"

呼三山从容地向贺丰年一拱手道："你冤枉好人！"贺丰年手按茶几，狠毒地盯着呼三山，像一只狸猫捺住了一只老鼠，嘴角挂着讥讽的冷笑，喝道："拉倒吧你，往本抚眼里揉沙子，门都没有！没别的，借你这颗人头平了中州冤案，堵住朝中那帮御史的嘴！"

"如果用我的人头平息此案，卑职决不皱眉，但真凶呼三山却逍遥法外！"呼三山此刻已无退路，直视着贺丰年，语气如铁，"我奉命去丰穰，半月内抓获巨匪，匪首自然怀恨于我，借刑场喊冤，嫁祸属下这不足为奇。那名女子移祸本官，属下与那女子素不相识，大人不信，可派人找来当面对质！"他口齿越来越流畅："再者，派人快马到丰穰县查证，若有一人指认我是呼三山，将我明正典刑决不皱眉！还有李大人，丰穰县县令冯庶可为我做证！"

李克早已惊得冷汗淋漓，他深知此案关乎着自己的锦绣前程，遂跨前一步，躬身说道："我担保古月杰不是呼三山！"

林奋、周道贤瞬间都清醒过来，这起命案，已与自己套上了扯不清的牵扯，非维持原判不可，见李克求情，齐声说道："我等愿拿头上的顶戴担保，古大人不是呼三山！"

贺丰年犀着眼，扫了一眼众人，紧绷的脸缓和多了。

呼三山瞬间捕捉到贺丰年虽疑心自己却无证据，干打雷不下雨吓唬一下，向在场的官员敲山震虎，走个样子了事。遂团团一揖说道："感恩各位大人讲公道话，古某终身不忘！"他瞟了一眼底气不足的贺丰年说道："大人，属下一直敬重你的人品，也打心眼佩服你处事公道，还知道您文韬武略超群，凭着功绩一步一步晋升到位极人臣的显赫位置。可我想不通，巨匪呼三山是南石县呼家庄人，住址、年龄、长相与属下格格不入，你凭什么说我是呼三山？您自到中州任上，我事事谨遵宪命办差，从无越权行事，可我实在想不通，不知哪里得罪了您，您当着这么多官员无端嫁祸于我，给我难堪，让我蒙冤，请大人当着众位的面给我一个说法，还我一个清白！"他说到动情处，竟鼻子一酸流下泪来，哽咽道："大人身系通省百姓安危，却凭空无端加罪，属下心里不服，既为您蒙羞，也为通省百姓担忧啊！"

贺丰年听着呼三山软中有硬的反诘，起初脸上还带着居高临下的威严，慢慢地青中泛白，但他毕竟阅历极广，怔忡间，便恢复了常态，突然纵声大笑，上前拍着呼三山肩膀，操着一口东北话，笑嘻嘻地说道："妈拉巴子的，并非我姓贺的与你过不去，有人背后说你的坏话，本抚试试你的心而已！"他扫了一眼林奋、周道贤、李克等人既惊慌又兴奋的面容，大声说道："杜宗山自己断案自己否，留个祸根让咱们打窝里炮！林兄，卷宗我粗略看了一下，倘若无有异议，你派人到三河县查证一下那个黄天福，若无节外生枝，维持原判上报刑部吧！笑话！通省几万万人，有多少大事等着去做，为一个土匪案子耽搁时光，真是扯淡！"

见贺丰年如此处置，林奋等人齐声奉迎："贺大人明察秋毫，我等信服至极！"语毕，一一告辞。呼三山深吸一口气，感觉背上又湿又黏又凉。回到住宅，遂令杨道三布置刺杀陆天星、黄天福不题。

第五十八章

陆天星深夜遭毒手
黄天福庙会遇匪袭

陆天星当众遭贺丰年训斥被赶出抚衙，气得手脚冰凉，深一脚浅一脚向家走去。他是太原人，在龙兴城也没有家眷，在烂面胡同租了三间不起眼的民房，因俸银低，请不起用人，只好让家里侄儿跟着照顾自己生活起居。既然又罚俸半年，图省钱也不摆官体坐轿，干脆安步当车回家。早见侄儿从门里奔出，老远便叫："二叔，有人给你送了幅画！"

陆天星不禁一怔："人呢？"

"客人等不及，走了！"侄儿从案几上拿过画，陆天星取过看时，是一幅再平常不过的山水画，刚想扔掉，突然一个激灵，顿时惊得毛发倒竖。左上角有一首藏头诗："远上寒山雁阵斜，走入深山百姓家，高声叩门惊栖鸟，飞入云天舞彩霞。"四句诗的开头第一个字连起来，隐含"远走高飞"。陆天星何等机灵，有人向他示警，让他逃离这里。他朝侄儿打了噤声手势，佯怒道："这种不堪入目的粗劣字画，你也收？烧了！"说着，便掩了门。侄儿见他神色有异，悄声问道："出了啥事？"陆天星也不言语，立即将黄少文文案底稿全部收拢起来，说道："这些书稿是送给三湘省巡抚杜宗山的，你今晚连夜出城，去长沙，亲手交给杜大人！"侄儿刹那间脸上笑容凝固了，他已明白事态严重。半晌方道："二叔，我走了，你咋办？"陆天星几乎是耳语："我会想办法脱身的，你不用回来，投奔你大叔天亮，把这封信交给他！"说着，含泪挥了挥手，侄儿转身消失在夜幕中。

处理完这些事，陆天星松了一口气。看时辰尚早，稍事休息后，便趁着夜色，向后角门走去。孰料，刚钻出角门，迎头被一枝冰冷枪口顶着头。张眼瞧时，却是柳学忠带着几个黑衣蒙面人冲了过来。柳学忠用枪抵着陆天星的头，阴森森地笑道："你的死期到了！"陆天星死死盯着柳学忠，说道："是林奋派你来的？"

"不，是豹爷呼三山！"柳学忠咯咯笑道，"你太爱管闲事，太碍人眼了，豹爷说了，赏你个全尸！"说着，从兜里摸出一小瓶子，陆天星接过小瓶嗅了嗅，一仰脖喝了下去。蓦地，房顶上一声闷雷响过，便听一阵松涛般雨声哗哗而下，整个龙兴城淹没在麻线般的雨帘中。

黄天福与尚发祥闹翻后，深悔当年救了个白眼狼。他与三河县县令褚光耀商议，去省会龙兴城告状，褚光耀深知案中有案，这个时候让黄天福到省城告状，不仅救不出儿子，反会遭人暗算，便劝黄天福忍耐，静观其变。黄天福悲愤交加，加之又上了年纪，经不起这天塌般的打击，接着又害了一场大病，多亏前些年在城内置有产业，三河县县令褚光耀让他住进城内，又请来汉口郎中及时医治，直到来年开春才算见好。不过已是瘦骨嶙峋，落下个偏头疼的毛病。此时，原任巡抚杜宗山捎书褚光耀，少安毋躁，等待时机，保护好黄天福，黄天福无奈之下便教书糊口。

农历三月十八卯时刚过，黄天福便被观音寺晨钟和悦耳的诵经之声惊醒。他想起今日南街庙会，又值学生放假，便早早地吃过饭，对老伴说了声出外访友，便踽踽出了城南门。

南街庙会紧靠护城河，沿河一溜粉墙碧瓦，绿树掩映，护城河宽约十丈，树影倒挂，天风云影。原是三河县南郊一块佳丽之地。时值会期，四面八方的商家云集在此，错落有致地搭起了席棚，摆上货摊，高一声低一声吆喝着招揽生意。待黄天福赶到时，已是人山人海、锣鼓喧天，三台大戏分东、南、西三个方位对着唱。围着戏台做买卖的更是一个挨着一个，货浪鼓、胡辣汤、锅盔馍、蒸笼包子冒着白气喷香扑鼻。跑马戏、变戏法、唱大书、说鼓词、算卦观相、卖狗皮膏药，三教九流应有尽有。黄天福因走得口渴，见路边一茶馆，端起一碗茶一饮而尽，可付茶钱时，发觉竟忘了带钱。正自尴尬，忽听有人大声叫道："黄员外！"

"是你!"黄天福望去,是一个五大三粗的汉子,身后牵着一头牛犊,慢悠悠地来到跟前,他一眼便认出是火车村的屠宰户黄大发,便笑道,"家业败了,一个穷教书的叫啥员外!"说着,红着脸又道:"身上带钱了没有?替我开碗茶钱!"

黄大发二话没说,掏出一个铜板付了茶钱,一脸郑重地说道:"俺现在不干屠宰卖肉的营生,若不是您那日开导,死后非下地狱不可!"

原来,一次黄天福去城南水车村会友,见黄大发将袖捉刀欲杀一头牛。说来也怪,那头母牛见黄大发向它走来,已是双目流泪,竟迎着黄大发扑通跪下,发出呜呜悲鸣声。黄天福猜测牛腹有崽,猛想起黄少文生死未卜,大动恻隐之心,忙上前阻止,黄大发见一陌生人阻拦,哪肯听劝,一刀捅下,割断了牛的咽喉。可他剥开牛的腹腔时,发现母牛肚中有一个活生生的小牛崽,他才明白母牛向他下跪,竟是为了护腹中的小牛崽,黄大发深悔不已,发誓终生不再做屠宰营生,对小牛犊像呵护亲生儿子一样喂养。此时,他牵着的那头牛,正是那母牛腹中的小牛犊。

黄天福见黄大发提及此事,喟然说道:"知过能改,善莫大焉!"

黄大发抱住牛犊双角眼眶发红,动情地说道:"牛啊,我对不起你,更对不起你娘,你将来老死,我买上等棺材给你下葬,赎我的罪!"

俩人正一搭递一搭说着,一个扎着小角辫的小姑娘蹦跳着来到黄天福面前,闪着一双乌黑的大眼睛,亮着童音说道:"你是黄天福先生吗?"

黄天福慈祥地笑了笑:"爷爷便是!"

"这个送您!"小姑娘把一封信塞在黄天福手中,扭头蹦跳而去,眨眼间融入人海不见踪影。

黄天福飞快地抖开信笺,上面赫然写道:"有人杀你,速避!"下面既无落款日期,又没写姓名。他木呆呆地捏着信笺,手不停地发抖。黄大发见黄天福脸色难堪,忙问缘由,黄天福从极度惊愕中镇定下来,压低嗓音说道:"有人杀我,快走!"话音甫落,人群中一阵喧哗。一个长得像麻秆的瘦高个汉子带着十几个凶眉恶眼的人朝这边走来,恰好一少妇鬓发上斜插一枝海棠花,挎着竹篮迎面走来。瘦高个儿汉子见少妇长得俊俏可人,竟动了邪念,一个眼神，那群恶棍顿时围拢上去故意挤她，那少妇见状，娇喘吁吁地喊道："别挤呀！"

那瘦高个儿汉子淫兮兮地笑道："怕挤着就甭来这儿赶庙会，还想十八摸哩！"边说边向妇人屁股上拧了一下，少妇人顿时羞得满脸通红，想挤出人群，但哪儿能挤得动。

黄天福眼睁睁看着这群街痞光天化日之下在妇人身上摸来蹭去，顿时气得额上青筋蹦得老高，竟不顾危险，对着龇牙咧嘴一脸淫笑的瘦高个儿啪的一个耳光扇去，骂道："不知廉耻的畜生！"

瘦高个冷不防被人捆了一耳光，抬头看是一个鬓发斑白的老者，怒极而狞笑道："老杂毛，你是谁，竟敢搅爷的好事，你知道我是谁？"

"畜生！"黄天福气得五官挪位，冷笑一声喝道，"老夫坐不改名，行不改姓，三河县大黄庄一门五进士后人黄天福！今日管管你们这些没人伦的东西！"

"你是黄天福？"瘦高个儿松开了少妇，惊讶地打量黄天福，突然哈哈大笑，"日你妈，找谁谁送上门来！带上这个老杂毛，找个地方喝茶，走！"一时间，十几个凶煞恶棍一拥而上，架起黄天福就走，黄天福拼死挣扎着，喊道："黄大发，救我！"

黄大发吓蒙了，此刻他醒悟过来，立刻挥鞭驱赶着牛犊横冲过来，那牛犊煞是灵性，见主人发怒，低吼一声，蹶起四蹄直冲过去。刹那间撞翻了几人。赶庙会的人哪儿见过人牛大战，躲避不及，被挤倒一片，好端端的庙会惶乱四散，哭声、骂声、惊叫声与被挤倒人的惨叫声，把庙会场子搅闹得开锅粥般热闹，有少数胆大的，躲在远处看热闹。黄大发赶着牛犊横冲直撞，可时间久了，早已气喘，力不能支。瘦高个儿带着十几个恶棍渐渐占了上风，黄大发腰部和肩上连挨了几记重拳，几乎有些站立不稳。瘦高个儿瞄准时机，一个老鹰叼食，直袭黄天福。

"住手！"正在这时，忽然见一身着长衫的俊秀年轻人跃入场内，也不知他用了啥手法，反手一拧扣住了瘦高个儿的命门，轻轻一推，瘦高个儿已掼出丈外，重重摔在地上，瘦高个儿爬将起来，刺棱一声拔出刀来，张眼看时，顿时蔫了，举起的刀扔在了地上，惶恐地说道："是小姐呀！"

　　来人是呼小燕，她与柳学忠闹翻后，经常女扮男装，行走江湖。今儿赶庙会，见李疤瘌几个人鬼头鬼脑向人打听黄天福的下落，心知不妙，便让女徒弟黑蛋送信。她放心不下又跟踪到这里，救了黄天福。正沉吟着如何处置，猛然，北边一阵人喊马嘶，三河县县令褚光耀得报，有匪徒青天白日在庙会上绑票劫人，不禁大怒，带领人马直奔庙会。呼小燕心中一动，心知他们受哥哥指派，不能把事做得太绝，对着李疤瘌娇叱道："还不快滚，挺尸呀，等着官府来抓你们！"说罢，飞快地钻入人海之中。瘦高个儿正是李疤瘌，他是奉呼三山指派杀黄天福的，不妨让呼小燕给搅黄了。猛听到远处褚光耀大声说道："前后街给我堵死，不要放走一个土匪！"李疤瘌朝一个喽啰照脸一啐，骂道："等死呀！还不快逃！"顿时，一群人狼奔豕突仓皇离去。

第五十九章

黄河渡渔翁救烈女
陈家湾三黑求姻缘

也是尚慧娟命不该绝，她自投入黄水中的刹那间，自忖必死无疑，可叹身负天大的冤仇，不仅没有救出黄少文，反而命绝黄沙。孰料，黄河水急浪高，竟把尚慧娟抛得忽高忽低半沉半浮，随波逐流，飘浮而下，涌到一处宽阔河面的浅水之处，被捕鱼河网绊住，恰巧芦苇丛旁泊着一条渔船。

半夜时分，在船舱中的渔翁忽听得有物体撞船舷之声，怀疑设置河中的渔网兜住了大鱼，忙爬将起来，点起火把仔细观看，果真见离船不远渔网处，飘浮着一个不明物件，忙唤起儿子，俩人合力使劲收网，待拉到船上，竟是一年轻女子。双目紧闭，微微有呻吟之声，忙揿腹捶背，吐出黄水后，又烧碗姜汤，灌上几口，尚慧娟呻吟一声渐渐开目，又吃了半碗姜汤挂面，脸上才泛起血色。起初，尚慧娟暗疑已成鬼魂，见渔翁父子殷勤服侍，才知被人救了，忙挣扎起身盈盈下拜："今得恩公相救，便是再生父母，小女子愿生生世世结草衔环报答救命之恩，但不知恩公仙乡何地，高姓大名，这儿又是何处，离龙兴城有多远？"

渔翁六十开外，因河道风长年吹打，雨淋日晒，核桃皮似的脸上透着一股倔强和憨厚。他和蔼地打量着尚慧娟，笑道："俺看你像大户人家女子，为何落难到此？"

尚慧娟鼻子一酸，两行清泪顺颊而下，刚想说出自己的身世遭遇，乍然想起龙兴城客栈老板出卖自己，落得今日下场，嗫嚅了半天，方编谎说道："小女子姓尚，家住龙兴北街一古玩店，因随兄长到黄河游玩，不幸翻船落水，多亏老伯搭救方保住了性命！"

渔翁半信半疑地看了一眼尚慧娟，微叹一声道："老奴才姓陈，人们称我陈老汉，那是俺的儿子，名叫三黑。这儿是兰平县境内的陈家湾。深更半夜，多有不便，若不嫌弃先到岸上我家稍住，明日再送你回家！"尚慧娟含泪谢过。陈老汉吩咐道："三黑，起锚靠岸回家！"

原来，陈老汉虽是渔翁，却是个吃斋好善之人，见尚慧娟诉说疑点甚多，忽地想起兰平县离龙兴城一百余里，浪大水急漩涡极多，她却漂浮百里大难不死，莫非有鬼神暗中保佑不成？又见尚慧娟明眸皓齿容貌娇美，何不送回家中，好吃好喝供养着，时日久了产生感情，与儿子三黑结为夫妻，岂不更好！当下主意拿定，带着尚慧娟移舟登岸，回到陈家湾。

尚慧娟借着月光瞧时，一扇柴门、三间茅舍，四周则是篱笆藤萝交缠织成围墙。几声犬叫，柴门开处，走出一位布衣裙钗头发花白的老太太，很是惊讶，陈老汉笑道："这姑娘是俺从黄河中救的！"

陈氏把尚慧娟让进屋，拿出自己年轻时的旧衣裳让尚慧娟换下，拉住尚慧娟的手说道："你放心住下，待把身子养好送你回家！"

尚慧娟见陈氏一脸慈爱又说得挚诚，心一酸，不由得想起母亲，拭泪道："您老人家的大恩大德小女子永世不忘！"当下俩人和衣上炕同眠。

翌日，陈氏杀了老母鸡熬汤为尚慧娟调养，三天过去，尚慧娟苍白的脸上泛起潮红，气色也好多了。与陈氏闲磕牙中得知，她生育三个儿子。大儿子小时候出天花着了风，三岁夭折，二儿子十七岁那年与当地一大户女子相好，被大户焖死牢中，大户女子闻听上吊自缢。仅剩下三黑至今还是光棍一人，父子俩以打鱼为生。尚慧娟略觉宽心。只是三黑一双眼时不时有意无意地在自己身上睃来瞟去，让她心中蒙上一层阴影。

一个傍晚，尚慧娟见陈老汉一家人打鱼未归，便烧了两桶热水倒进浴盆，随后，掩上了房门，宽带解衣跳进浴盆，她已经两个多月没有痛快地洗澡了。一边默默地撩水揉搓着自己柔润晶莹的胴体，一边暗自伤神。可惜已不是清白之身，玷污了黄少文的清名。

殊不知，陈三黑悄没声息地摸到了房门，弯腰弓背眯眼隔着门缝偷看尚慧娟洗澡。此刻，只见尚慧娟身材丰腴，肌白如雪，仿佛闻到了她身上散发出来的幽香之气，一颗心情不自禁地怦然直跳，呼吸也变得急促起来，猝不及防，额头竟碰在门楣上，尚慧娟闻声，顿时红晕双颊。她一边慌乱地找衣，一边吃惊地向门外问道："谁?"

"是我!"陈三黑一脚踹开房门，嘿嘿淫笑道，"大妹子，俺帮你搓搓背!"边说边扑向尚慧娟。

尚慧娟又惊又怕，慌乱中穿上小衣，身子还是水淋淋、湿漉漉的，已被陈三黑铁箍般的双臂抱住，满嘴胡楂儿在她脸上、脖子上、胸脯上拱来亲去。她又抓又咬又踢，大呼救命，无奈何，一个弱女子怎能抗得住一个壮得像公牛的男子，任凭她拼死挣扎，却无济于事。危机时刻，忽听得背后一个恼怒的声音传来："三黑，你个畜生!"噗的一声，一个闷棍打在陈三黑身上。

陈三黑忙跳起身来，刚要发作，见陈老汉和娘拎着棍子打来，心一惊，撒腿便跑，陈老汉兀自不休，举着棍子满院追打。陈三黑被追打急了，突然扑通一声跪在院内，梗着脖子瓮声瓮气地说道："爹、娘，自打你救了这个女的，俺第一眼就喜欢上她，让俺娶了她吧，要不，你就打死俺吧!"

"畜生! 这个时候还说混账话!"陈老汉生性倔强，骂道，"穷死饿死也不能欺侮落难之人!"说着红着脸又抢起棍子向三黑打去。

"慢!"陈氏见老头子牛脾气上来，顿生护犊之心，说道，"他爹，三黑也到了娶媳妇的年龄了!"说着瞟了一眼拭泪的尚慧娟。

"那也不能跟土匪一样勉强人家姑娘!"陈老汉高举的木棍放了下来，一屁股坐在椅子上呼呼喘着粗气。陈三黑跪爬几步，抱住陈老汉的双腿说道："爹，她的命是你捡的，让她给俺当媳妇!"

陈氏一把扯过陈三黑："人家是大户人家，不知能看上你不?"说着又瞟了一眼抽泣的尚慧娟。

"她若不依，俺就撺她走。"陈三黑突然发狠地说道，"不过，她走俺也不活了!"

"你这是要娘的命啊!"陈氏眼眶潮湿了。良久，陈氏方嗳嗬地说道：

"让娘去问问这位姑娘，看人家答应不答应！"

此时，尚慧娟已哆哆嗦嗦穿好了衣服，散乱的头发湿漉漉黏糊糊地贴在苍白的脸上。陈氏看了越觉得千娇百媚，美得出奇。暗忖：分明是天上织女星下凡，三黑若能娶到她为妻，真个是祖上有德。沉吟半晌，乃道："姑娘，都怪俺从小把三黑娇惯坏了，真真对不住姑娘！"说着，蹲身对尚慧娟福了一福，又道："老身说句该掌嘴的话，有一事相求，不知姑娘可否应允？"

尚慧娟痴痴地望着窗外的篱笆，任眼泪淌着，木然地说道："老妈请讲！"

"那俺把话挑明！"陈氏嘻嘻笑道，"你也看见了，俺家三黑年岁和你相仿，他喜欢你……"

"你说啥？"尚慧娟一阵眩晕，喃喃地说道，"他喜欢俺？"

"对！"陈氏见尚慧娟没有拒绝，悬着的一颗心放了下来，说话也流畅多了，"姑娘，你眼下举目无亲，身无所归，俺家虽说是个渔户，日子也算过得去，三黑人直心肠热，又肯下力干活，若不嫌弃，你俩做个夫妻，也不枉救你一回！"

尚慧娟觑了一眼老实巴交的陈氏，又见五大三粗长得黑牛似的陈三黑，两只牛眼直勾勾地盯着自己，巴不得一口吞吃了自己。陡然想起黄少文在龙兴城牢房，命如悬丝，胸中一股又酸又甜似气非痰的东西涌了上来，身子痛苦地抽搐着，她用极大的忍耐，不使自己哭出声来。好一阵子方收住泪水，惨然说道："俺是有主的人！"

"你既然是有主的人，跳河做甚？"一直默然不语的陈老汉突然说道，"你到底是什么人？"

"不要逼我！"尚慧娟控制不住自己，大声说道，"不要提及俺那可怜的黄公子！俺是个祸胎，本意在这儿稍住几天就走，可你们偏……"

陈氏被尚慧娟的反常举动惊呆了，她拧着小脚上前，扶住尚慧娟肩膀，说道："说吧，说出来心里好受些！"

尚慧娟似喜似悲地望着陈氏，遂向他们叙述了自己家住哪里，姓啥名谁，尚、黄两家如何联姻，父亲变卦、黄少文被土匪头子呼三山陷害及法场喊冤，自己被龙兴城店主出卖，被逼迫跳入黄河，一五一十说给陈氏一家人听。陈老汉是黄河岸边的小户渔家，平时连县城都很少去，这些事若不是从尚慧娟口中说出来，他们还怀疑是说鼓词、唱小曲编出来的。陈氏听得泪光莹莹，双手合十：“阿弥陀佛！罪过！想不到你有天大的冤枉！”陈三黑直性子牛脾气，此时也气得毛发森竖。陈老汉见她说得如此凄惨，不住仰天长叹。尚慧娟理了一下鬓发，毅然说道：“俺是有身孕之人，待俺把胎儿打掉，还要去省里告状，若不成，就上北京城告御状！”

“佛祖保佑，你准能告赢官司！”陈氏见尚慧娟如此贞烈，深悔三黑鲁莽，歉意地说道，“妞啊！听你口气要堕胎儿，你身子弱，吃不消不说，肚里的孩子还未见娘一面就死去，会遭报应的，不如在这儿住下，生下孩子后，再去救你那黄公子可中？”

尚慧娟泪水再次流了下来，想了想，挺着肚子去告状确实不妥，遂颤声说道：“救命大恩没报又来叨扰你家，若不嫌弃，俺就做你们的女儿吧！”

“俺在佛祖菩萨跟前烧高香了，咋能嫌弃，怕委屈你了！”陈氏上前抚摸着尚慧娟的秀发说道，“三黑，自今往后，她就是你的亲妹妹！”

第六十章

寻踪迹奸雄再失手
恨难消烈女赴帝都

就这样，尚慧娟在陈老汉家安顿下来。她是个遇难不死历尽坎坷之人，乍然从血雨腥风中住进温馨可人的渔家，有一种说不出道不尽的融融亲情。眨眼间半年过去，尚慧娟竟产下一个白白胖胖的男孩，给这个渔家小户带来了无限乐趣。她那阴郁的瓜子脸上，也渐渐绽出了笑容。

一日，风和日丽，暖风怡人。陈老汉和三黑像往日一样在黄河中捕鱼，陈老汉一网撒去，觉得沉甸甸的，忙唤三黑帮忙收网，待拉网出了水面，父子俩乐了，这一网竟捕了九条黄河大鲤鱼。陈老汉笑道："尚姑娘的孩子至今还没有一个正经名字，俺看叫九鱼吧！问问尚姑娘行不！"三黑刚要离去，陈老汉又道："既然孩子叫九鱼，九条鲤鱼不发市了，送回家中让尚姑娘炖汤喝，补补身子骨！"

陈老汉门前有一株粗壮无比的大槐树，树冠枝繁叶茂，像雨伞一样罩下了足有小场大的荫凉。此时，尚慧娟坐在大树下，把儿子放在藤萝编织的摇篮内，埋头为陈家父子缝补衣裳，忽听一阵脚步响，抬眼见三黑一头热汗来到跟前，嘻嘻笑道："爹说他打了一辈子鱼，头一回捕了九条黄河大鲤鱼，爹说俺外甥就叫九鱼，爹还说让你把鱼炖了补补身子骨！"

尚慧娟顿时感到一阵暖流涌遍全身，再次涌出了泪水，她装作眯眼转脸拭去泪水，说道："瞎说啥呀，俺身子骨没那么金贵，把鱼拿到集市上卖了扯块好布料，俺给爹娘还有你每人做件新衣！"

"不，爹说了，让你炖鱼汤喝！"

尚慧娟见他执意让自己熬汤，便放下手中针线活，见九条黄河大鲤鱼每尾三斤多重，虽在鱼篓之中，却拼死翻跃挣扎。每条鲤鱼双目圆睁，泪如雨线，仿佛在向尚慧娟哭诉着不幸。她猛然想起黄少文身陷囹圄，与眼前九条黄河鲤鱼的命运一样悲惨。鼻子一酸，眼角已溅出泪花，起身对陈三黑说道："三黑哥，求你把这九条鲤鱼放回河中，让它们活命去吧！"

陈三黑嗔怪地说道："爹娘都舍不得吃，心疼你，才让俺给你送鱼！"

"爹和娘待俺，俺一辈子忘不了！"尚慧娟一阵愧疚，"他们是信佛吃斋的大善人，怎会不同意，走，咱们去河边放生！"

陈三黑见拗不过她，便和尚慧娟一同来到渡口。尚慧娟放眼望去，浩浩渺渺的河面上蒙了一层似雾非雾的水蒸气，把两岸遮掩得迷迷糊糊苍苍茫茫。尚慧娟合掌默默祈祷："大慈大悲的观世音菩萨，保佑世上的万物，庇护黄公子像九条鲤鱼那样早出牢房！"而后，把九条黄河大鲤鱼放归河中。直到鱼翔深水，才直起腰吁了一口气。

忽听一阵喧闹声，尚慧娟瞧时，见一客船缓缓泊在渡口，舢板上走下来一个商人打扮的汉子，见陈老汉鱼篓里有活鱼，口中骂道："日你妈，打鱼不到市面上卖，费得老子半天好找！李掌柜，叫兄弟们下船打听一下那贱蹄子的消息！"只听船上应了一声，一阵舢板响，走下五六个人来。陈老汉见他们个个相貌凶恶不像善类，也不敢言语。那些人也不理会陈老汉，竟把手伸进鱼篓里挑选，把鱼扔得满地都是。陈老汉气得浑身打战，却不敢沾惹，抬眼见陈氏拧着小脚颤巍巍走来，忙道："三黑他娘，你甭过来，俺这就收工！"但陈氏没有听见，径直朝他走来。

那姓李的汉子凶狠地指着由远而近的陈氏问道："她是你什么人？"陈老汉上前护住陈氏，说道："她是俺老伴。"

"老头，向你打听一个人！"李掌柜问道，"见过一个二十岁左右模样俊俏的娘们儿没有？"

陈老汉闻言一颤，说道："没见过！"说罢，下意识地朝下游的尚慧娟、陈三黑望了一眼。

李掌柜把挑选出来的鱼，用绳子系在一起拎在手上，仔细地盯着陈老汉和陈氏："你儿子和媳妇做啥营生？"

这时，一贼人循着陈氏的目光望去，指着尚慧娟，尖声叫道："这不是豹爷让咱们找的那个婊子吗！豹爷料事真的神了，俺王老虎服了！"原来，呼三山一直未见尚慧娟尸首，不免多疑，便令李疤瘌、王老虎带人化装成商贩沿黄河下游搜寻，不料在这里相遇。

尚慧娟听声辩貌，已认出李疤瘌和王老虎。正自发呆，陈三黑已醒过神来，抓住一条鱼劈脸砸到李疤瘌脸上，嘴里骂道："哪儿来的野种，在这儿撒野！"李疤瘌顾自盯着尚慧娟，一不留神，那条鱼不偏不正恰巧打在李疤瘌脸上。尚慧娟灵机一动借机大喊："快来人呀，有土匪呀！"

"臭婊子，你就是喊破嗓子，也没人救得了你！"李疤瘌、王老虎等人纷纷亮出家伙。李疤瘌怒到极点，牙咬得吱吱作响，指着尚慧娟："识相点跟我走，让你落个全尸！"

陈三黑自从对尚慧娟无礼后，心中一直有愧，见李疤瘌气势汹汹挺刀扑来，亏得他灵性利落，一个箭步挡在尚慧娟面前，顺手抄起渔网兜头向李疤瘌罩下。李疤瘌见势就地十八滚，才算躲了过去，刚想起身，冷不防陈老汉一扁担捣在身上，疼得他嗷嗷直叫。王老虎大怒，刷地一刀直砍陈老汉，陈老汉年岁已高躲得稍慢，左肩已着了一刀，殷红的鲜血渗了出来。尚慧娟见陈老汉负伤，心里一紧，哭着说："爹、娘，他们是冲着我来的，你们快逃吧，万一我死在这里，你们一定去三河县城东大黄庄，找一个叫黄天福的人，让他去北京城告御状，救出黄公子替我报仇！"

王老虎黑着脸说道："姓尚的娘们听着，不是俺要杀你，是豹爷要杀你！"说罢，一挥手吼道："杀光灭净，一个不剩！"李疤瘌等土匪嗷嗷叫着冲杀过来，陈三黑抓起渔网朝土匪们抢去，一边大喊："你们快走，到村里喊人！"

急切间，陈家湾鼓声震天，人喊狗叫，乱糟糟、黑压压一片人朝这儿拥来，他们手里挥舞着搡权、木棍，有的拿着锄头、铡刀等家伙，相互壮胆呐喊着蜂拥而上，土匪们手中虽有刀，但人数少，又经不住这些乡民们人多心齐，陈三黑乘势横冲直撞。混乱之间，李疤瘌、王老虎已是着棍带伤。李疤痫见势不妙，呼哨一声："扯风！"率领土匪退至船上，陈三黑趁机掩杀，土匪们困兽犹斗，双方相持不下。忽见上游漂下一只大船，只听得船上锣鼓声声，摇旗呐喊助威，船头立着一人，三十开外年纪，大声喝道："青天白日，土匪跑这儿害人，你们四个下水，帮帮这些乡民！"

四个年轻后生应了一声，捉刀拿棍跳入水中，向舟靠近。李疤痫、王老虎见乡民们和大船上的人合围而来，忙指挥土匪弃了小舟跳上岸来，王老虎赤着肩膀红着眼大吼一声："弟兄们，杀出去才能活命！"说着挥刀杀来。乡民们虽勇，却没有经过战阵，更没有领头的，缺少章法，见王老虎一帮土匪个个疯了般挥刀乱砍，顿时闪开一条缝隙，让他们逃了出去。众人见土匪遁去，顿时欢呼雀跃，也不追赶。陈老汉忍着伤痛，急忙登上大船致谢，邀请船上掌柜到庄上稍留，又放倒了一头猪，宴请乡民和船上贵人，大家推杯换盏，手比口说直到天黑掌灯时，乡民们才纷纷散去，仅留下船上掌柜和陈老汉一家人细说慢谈。

陈老汉撤去残席，献茶叙话。尚慧娟从帘缝打量此人，见船上掌柜细眉俊眼，儒雅脱俗，言谈举止彬彬有礼，只是眉宇间罩着一层不易察觉的忧郁。尚慧娟暗自琢磨：观船上掌柜像一个谦谦君子，不如随船上掌柜而去。正踌躇，陈老汉说道："恩公，您救了俺女儿，无以报答，请您说出姓名，俺给您立长生牌位！"

"万万使不得。"船上掌柜长叹一声说道，"实不相瞒，我叫陆天亮，字明，山西太原人，同治十三年举人，现在京城作清客。因哥哥陆天星在中州臬司衙门做事。去秋，他在监斩一个叫呼三山的土匪时，因人犯临刑喊冤，他觉得可疑，擅自停刑，替人犯说了公道话，得罪了上司。杜巡抚调任后，家兄便开始倒霉，先是降职不用，后又不明不白死去。我闻讯赶到龙兴城，查哥哥死因，险遭暗算。因哥哥生前养个戏班子，死活不肯散去，便雇了一艘大船扶枢返梓。经陈家湾时见一帮土匪行凶，便帮了你们。"他语调平和，侃侃而谈，说得有点口渴，伸手取茶。陈老汉见状，忙把茶碗递到他手中："请用茶！"陆天亮呷了一口茶问道："这帮歹人为啥要杀你的女儿？"

陆老汉忙道："娟儿，快出来见过恩公！"尚慧娟应了一声，忙掀帘款款走出，陈老汉指着尚慧娟说道："她是俺在黄河浪中救下的，虽是义女却亚赛亲生闺女，那帮土匪为啥追杀她，你问她！"

陆天亮一震，抬眼望去，见尚慧娟雅步从容，身穿杏红罗裙，云鬓半拢，淡妆素抹，虽怀抱婴儿，却丰姿绰约，暗赞世上竟有如此佳人。正自暗叹，尚慧娟把婴儿递给一旁的陈氏，蹲身对着陆天亮福了两福，轻启朱唇道："若非陆先生及时相救，小女子已成刀下之鬼，您大恩大德俺永世不忘！"她扑闪了一下长长睫毛，说道："刚才听恩公所言，你那兄长遭奸人所害，俺猜想一定是他所害！"

"谁？"

"呼三山！"

"啥？"陆天亮一笑道，"呼三山身陷囹圄，自顾不暇，怎能害人？"

"恩公有所不知！"尚慧娟笃定地说道，"呼三山是省臬司衙门古月杰！"

陆天亮不禁骇然问道："牢中关押的又是何人？"

"关在牢中的是俺的丈夫黄少文，顶替呼三山！"尚慧娟眼含星火，"遭天杀的呼三山害得俺们好惨啊！"她悲愤得有点说不下去，掏出手帕拭泪，遂把黄少文顶凶一事说了个梗概。最后，尚慧娟噙着泪，又道："当时奴家在法场喊冤，耳闻目睹，若非恩公兄长相救，俺丈夫黄少文已做刀下之鬼！"她是个十分机敏之人，转脸对陈老汉夫妇说道："爹、娘，土匪苦苦追杀，女儿不能再给你们招灾惹祸！女儿就此别过，告他个昏天黑地，俺就不相信省城没有一个清官！"

"不可鲁莽行事！"陆天亮至此才明白哥哥的死与呼三山有关，不禁又惊又喜。惊的是中州官场竟官匪一家，把大清王法肆意践踏。喜的是，尚慧娟就是人证和原告，为兄报仇有了转机。他微睨了一眼尚慧娟娇美的脸，说道："新任巡抚贺丰年袒护林奋、呼三山一干污吏已成事实，你现在去省里告状，是呼三山巴不得的事。大仇未报，小命不保。依着在下，不如随我同去京城。今年，恩科将开，我联络天下举子，公车上书，到那时，你到三法司告状，大干一场如何？"

陆天亮的一番话，正合尚慧娟心意，她含着泪说道："悉听恩公安排！"

　　陈老汉虽是渔翁，大字不识一个，却也听得出陆天亮说得有理，频频点头应允，陈氏与尚慧娟日久生情，早把尚慧娟当作闺女恋恋不舍，陈三黑搓着手，腼腆地说道："妹子，把孩子留下，俺跟娘天天给小外甥炖鱼汤喝！"

　　"不啦，孩子俺带走！"尚慧娟不由得恻然涕下，人处绝境中，能听到这样的热肠暖语实在不易。她噙泪哽咽地说道："待俺救出黄公子，一定回来孝顺你们二老！"说罢，毅然随陆天亮登舟而去。

第六十一章

大觉寺弱女积阴骘
聆悲歌宰辅暗惊心

尚慧娟随陆天亮去太原老家安葬了陆天星，直到绿稀红瘦之时，才赶到京师。其间，陆天亮与她结为异性兄妹。因陆天亮在京是个单身，便出资在棋盘街租房，尚慧娟为节省开销，执意与戏班中几名旦角住一起，平日给戏班打杂。适逢一名旦角患喉疾，戏班主见尚慧娟长得标致又识字，便对尚慧娟说道："彩旦失音如断梁柱，救台如救火，请尚姑娘帮忙。"

尚慧娟闻听之下，羞得无地自容。戏子、王八、吹鼓手这些下九流的勾当，让她一个大家闺秀登台卖唱，比杀了她还难受。她想了想：坐吃白食受人养活终不是办法。黄少文蒙冤狱中，没有银钱使唤，怎能救夫？昔日韩信受胯下之辱，后来终成大事。不如先应承下来，攒下银钱再作打算，遂蹲身一福道："悉听尊便！"

班主见尚慧娟应允，拿出十二分的力气亲自传授技艺。尚慧娟天资聪颖，又懂得音律，不消几日，唱、念、做、打样样熟稔。《窦娥冤》《陈三两》《铡美案》三场戏开演，她歌喉婉转，清音嘹亮，把窦娥、陈三两、秦香莲演得入木三分，顿时名声大噪，上至王孙贵胄、夫人小姐，下至商贾小贩、市井小民争相观剧。偌大一个戏园，场场爆满。戏班主乐得嘴都笑歪了。一日，尚慧娟邀来陆天亮，提出使钱走门路把诉状递上。要不，到西长安街击登闻鼓喊冤告御状。

陆天亮摇头说道："现已探明，黄少文案子已报刑部，刑部与中州省定谳分歧较大，暂无性命之忧，眼下贸然击登闻鼓，流徙三千里不说，还会打草惊蛇。告御状，朝中得有分量的人替咱说话才成。京师人色又杂，人情冷暖似纸，不如再等上几日，我自有安排。"说罢，诡秘一笑，匆匆离去。

尚慧娟想想也是。一日闲暇，尚慧娟抱着九鱼闲游大觉寺。大觉寺坐落在城东北角，三进院落，寺内佛相庄严，烧香拜佛的善男信女络绎不绝。她洗手拈香，默默祷告佛祖菩萨保佑黄公子早日脱离苦海，许愿毕，拜了三拜，起身时，见一明黄色袋子放在佛龛下，她捡在手中，暗忖：供桌是礼敬佛祖的神圣之处，怎能把它当作供品，必是粗俗之人礼佛不诚，便欲抛去，又觉沉甸甸的，遂抽出看时，不仅一惊，袋内非金非银，竟是一筒卷宗，上面密密麻麻记载着笔录、证词、姓名和手印，好像问官司用的，里边的人物姓名一个也不认识。翻阅几遍竟看不出个头绪，支颐沉思，蓦然醒悟，必是衙中达官显贵礼佛后遗忘于此，失主必返寺院寻找。遂抱着九鱼坐在廊下等候。不一时，忽见一十五六岁少年匆匆入殿，向供桌上寻找。须臾，少年捶胸顿足大哭，边哭边诉："哥，俺害了你啊！"

尚慧娟见他哭得悲切，刚要搭讪，又见一位年纪稍长的人急步走来，老远喝问："赵虎，卷宗真的遗忘在这儿？"

赵虎拭了把泪，说道："嫂嫂嘱托俺，先到寺院进香拜佛，保佑你去云南办案平平安安！俺拜完佛，去王大人府上，一摸身上才想起卷宗忘在这儿，拐回来时，卷宗却不见了！"

那人跺脚埋怨道："嗨，卷宗是云南查案的证据，关乎着十几名官员的身家性命！悔不该……唉！"正自懊丧焦躁，尚慧娟移步上前，从袖中抽出卷宗，说道："官爷，找的是不是这个？"

那人眼前一亮，忙道："正是！"尚慧娟将卷宗送给那人说道："小女子拾得此物，翻阅后，深知事体重大，在此等候多时，让官爷认领！"

那人拱身一礼，说道："走时匆忙，未带银两，敢问芳名、台甫，改日定登门重谢！"

"不必了！小女子不是京城之人，身在异乡，居无定所，说出姓名有辱官爷门庭！"尚慧娟恨透了当官的虚伪，甚至后悔送还卷宗给他，再冤枉无辜好人，极为冷淡地说道："拾金不昧古来有之，非我一人所为！"说完，抱着孩子准备离去。

"慢！"那人手一摆道，"我叫赵侍尧，在刑部做员外郎，你来京城做甚我不便问，这是我的名刺，你拿着，遇到啥难事，或许我能帮上忙！"

尚慧娟这才认真地看了他一眼，只见赵侍尧三十多岁，中等身材，一双剑眉下，点漆般的目光虎虎有神。她迟疑了一下，接过名刺，道了一声万福，匆匆离去。

一日，戏楼前落下一顶不起眼的小轿，轿帘掀处，走出一位面色凝重的老人，手摇一把泥金湘妃竹扇，气度从容，跨进门来，身后长随装束的陆天亮，亦步亦趋不离左右。戏班主见多识广，不禁犯疑：陆天亮举人出身，又在相府当清客，今日竟屈尊为奴，不禁打量老者，两道浓眉下，一双深邃的目光灼灼生威，让人不敢对视，面色清癯中有一种不容置疑的威严，"八"字胡须修剪得十分整洁，看打扮，那神韵似教书先生又像经商掌柜，似阔商又像大官私访到此。戏班主竟猜不透什么来头，怔忡间，陆天亮向戏班主介绍："堂主，这位是皇庄的翁掌柜，闻听戏班一彩旦，唱红了北京城，今日特来观剧，若能博得翁掌柜一笑，保准有赏！"

班主见陆天亮对瘦高老头礼敬有加，哪儿敢怠慢，躬身一礼，赔笑道："爷台们赏脸，楼上有雅座！"说着，伸手一让："请！"

尚慧娟在屏风后看得真切，义兄陆天亮也是一方名流，竟然跟着老者毫无羞惭之色，陡起疑云，忙掀帘走出，"哥"字还未叫出口，陆天亮不认识似的打着哈哈，谦恭地对老者说道："翁掌柜，这位是唱红京城的彩旦！"

翁掌柜转过身来，眯着眼望着尚慧娟，见她相貌清丽，举止大方，略一怔，开口笑道："老夫忙里偷闲慕名而来，请亮出手段！"说着，径直上楼。

尚慧娟目光霍地一挑，见翁掌柜满脸威仪，陆天亮又挤眉弄眼向自己使眼色，她隐隐约约感到老者绝非等闲之人。正胡思乱想，班主从楼梯上噔噔走下，说道："翁掌柜特意点了你的拿手戏《陈三两》，你准备吧！"说完，脚不点地地张罗去了。

在一阵紧锣密鼓声中戏开始了，扮演陈三两的尚慧娟淡妆素描一脸愁容，随着悠扬悲壮的乐声莲步上场，但见她轻舒皓腕，曼声唱道：

陈三两迈步上公庭，一路抬头看分明，衙门好比阎王殿，大堂亚赛剥皮厅。可怜我青楼苦命女，今日落入虎口中，壮大胆我把公堂上，问我一言我应一声……

中原曲子，原是明朝时由洛阳、南阳两地民间艺人，在民间搭高台演唱的大调曲子，乾隆年间演变成为一个大剧种，它以高亢、嘹亮、浑厚、婉转的唱腔而名噪中原大地。尚慧娟扮相佳丽，吐字清晰，唱腔圆润，若沉若浮，不一时台下观众随着剧情已心飞神越，飘飘欲醉。主宾席上的翁掌柜并非寻常掌柜，乃是大清文渊阁殿大学士，太子太保，当今光绪皇帝的师傅一品宰相翁同龢。更是光绪皇帝和两宫太后的薰臣。因朝夕参赞国事，身心疲惫，经陆天亮撺掇才来听戏，乍然听到如此妙音，不禁大为赞叹："我家乡常熟，花鼓戏堪称一绝，而今比较起来，大为逊色！"

陆天亮见翁同龢以掌击节，渐入戏境，借机说道："大人，这彩旦演《窦娥冤》，人在台上唱，台下满场哭，那才叫绝哩！"翁同龢紧盯着戏台上的尚慧娟，忘情地说道："戏剧虽是娱乐，却能体察百姓忧乐！"俩人正说话间，台上的尚慧娟已换了曲调。

因尚慧娟满腹冤屈无处申诉，借戏抒情，声如新莺出谷、乳燕归巢般动听。翁同龢被尚慧娟悲凄哀怨的唱腔深深打动，见尚慧娟眼中汪满了泪水，用询问的目光看了一眼陆天亮，说道："台上的女子若非负有难言的隐痛，怎能动情之深？"

"大人猜得一点不错！"陆天亮何尝不知尚慧娟借戏自述心曲，见翁同龢发问，说道，"台上彩旦原是中州省丰穰县良家女子，因替夫申冤打官司被仇家所逼，无路可走，才沦落卖唱！"

"她丈夫犯的什么罪？"翁同龢突兀地问道。

"大人听说过中州省刑场呼冤的事吗？"

"唔——你说这个做甚？"翁同龢双目炯炯注视着陆天亮，"说来听听！"

"她的丈夫是中州省三河县一秀才，叫黄少文。"陆天亮见翁同龢脸色不善，谨慎地选择着词语说道，"因丰穰县尚家寨发生抢劫案，巨匪呼三山买通官府，把投亲尚家寨的黄少文抓进牢中顶替，直到去年秋决犯人，人犯刑场喊冤，按大清律暂停行刑，现关押在中州省龙兴城大牢！"

"你是为她撞木钟的？"翁同龢铁青着脸，阴寒地说道，"难怪你三番五次拉我来看戏，你收了人家多少银子？"

陆天亮心一横说道："一文钱也没收，也不全为她，为俺哥！"

"你不用说了！"翁同龢环顾四周，观众们惊异的目光朝这里张望，深知这里不是谈事的地方，遂说道，"谢幕后你领她到府上再唱一曲儿！"说罢，竟起身离座，抬脚下楼。

曲终人散时，陆天亮带着尚慧娟来到宰相府。路上他告诉尚慧娟见一贵人。

尚慧娟压根没想到陆天亮带她去宰相府。进得府内，但见朱漆豪门，宅院宽大。映入眼帘的是房宇巍峨，青瓦盖顶，裹檐挑角，五脊六兽相间着珍禽怪兽，俯仰侧卧惟妙惟肖。廊下文窗窈窕，雕梁画壁，庭院相通，错落有致。院内春花夏荷，秋菊冬梅杂植其间，四季凝香吐艳。眼前过往的人物个个相貌俊秀，连穿梭在庭院浇水的仆妇丫鬟也是身穿罗绮，纤尘不染，满脸的福贵相，仿佛有一种看不见、摸不着的威严与尊贵。尚慧娟进到客厅，陆天亮把她介绍给翁同龢时，她才从迷惘中醒过神来，抬眼望去，竟是戏园观剧的翁掌柜，忙蹲身福了两福，说道："爷台传唤小女子，不知要听《窦娥冤》，还是《卷席筒》《大祭桩》？"因紧张，她一口中原话说得又快又脆，轻飘飘、脆生生，听起来十分有趣。

翁同龢见尚慧娟一身村姑装束，局促慌乱间，一口气竟报上这么多戏牌名，不禁破颜一笑，站起身来，在青砖地上踱了几步，问道："听口音你是中州人？"

"嗯！"尚慧娟低下头，羞怯地捏弄衣襟，许久轻声说道，"小女子是宛平府丰穰县尚家寨人！"

"恕老夫冒昧，论资质相貌，你不像小户人家女子！"翁同龢一双深不可测的目光盯着尚慧娟说道，"因何沦落为戏子？你若有为难之处，老夫帮你与家人团聚！"

"不，小女子无家可归！"尚慧娟低声说道，"俺是来寻人的！"

"找谁？"

"寻找大清国第一包青天翁同龢大人！"

"你说什么？"翁同龢一愣，一个卖唱女子竟把自己比作大清国第一包青天！因激动说话有些发抖，"你认识他吗？他又能为你做什么？"

"不认识！"尚慧娟张着一双水汪汪大眼盯着翁同龢，"爷台难道没听说过杨乃武、小白菜的冤案都是他昭雪的吗？"这一冤案，原是尚慧娟来京路上闲磕牙时听陆天亮所讲。在她心目中，只有翁同龢这样的大清官，才能救出黄公子。想不到竟在这儿歪打正着。

"大清国第一包青天！"从一名乡下村姑口中说出来，在翁同龢听来已胜过地方省抚州县官员们一万句奉承话，甚至比皇宫黄钟大吕还好听十倍。此刻，他无心再听尚慧娟唱什么小曲，一向久阴不晴的脸上绽开了笑容。但一笑即敛，问道："你有何冤屈？"

"小女子的冤屈比杨乃武、小白菜还要冤上十倍！"

"噢，难怪你唱的戏尽是冤案！"翁同龢和蔼地说道，"说来听听！"

"俺唱戏无非是排遣心中苦情，说不定翁相爷听到俺唱的戏，会过问俺的官司！"尚慧娟失望地看了翁同龢一眼，摇了摇头，"爷台慈心通天，可惜是做生意的掌柜，即使说给你听，你也管不了！"

"大胆的戏子，胆敢小瞧我家掌柜！"陆天亮佯装大怒，喊道，"来人，轰她出去！"

"慢！你唱的小曲翁相爷已听到了！"翁同龢没想到自己在百姓中有如此的口碑，禁不住眼眶潮湿，手一摆止住了陆天亮，呵呵一笑道，"承蒙你的谬奖，老夫是翁同龢的胞弟，说出来或许能帮上忙！"

尚慧娟一颤，尽管她从陆天亮的怪异眼神中早有预感，可她怎么也想不到他竟是翁同龢的亲弟弟，张了张口竟一时说不出话来。

陆天亮一旁喝道："怎么站着跟翁掌柜说话？"

"不要吓着她！"翁同龢和蔼得像一位父亲，"既然比葛毕氏案还要冤屈，何不去三法司投递诉状？"

"小女子去过刑部，可几个月过去，石沉大海杳无音信哪！"尚慧娟对翁同龢蹲身一礼，遂把呼三山让黄少文替凶一案的来龙去脉说了个清清白白。最后，她抖索着把诉状呈给翁同龢，饮泣不止。

翁同龢听得两眼喷火。他一拍案几，几上茶水溅得满桌淋漓，好像把胸中的怒气发泄在茶水中似的，愤愤说道："官匪勾结，吏治腐败，法纪不整，大清国非毁到这些蚀虫手里不可！"

"俺兄长陆天星死得冤哪！"陆天亮趁机跪了，哽咽地说道，"奴才幼丧父母，蒙兄嫂照顾才得以成人，孰料，正值兄长为朝廷尽力之时，替含冤人说了几句公道话，却被中州省奸小所害。清夜扪心辗转难寐，生不能为哥哥报仇雪冤，他年后九泉之下羞见哥哥！"因在相府，他不敢放声，把头埋在双腿之间抽搐啜泣。

"此事非同小可！"翁同龢看着悲凄不胜的陆天亮，深知此案是继葛毕氏案后，又一起牵动朝野的大案。思索良久，徐徐说道，"事关重大，你们回去后把所知道的都写出来，交与老夫，老夫一定呈给皇上和慈禧老佛爷，下去吧！"

"是！"

尚慧娟旧泪未干新泪盈出，恭恭敬敬向翁同龢福了两福，随陆天亮离去。

第六十二章

贺巡抚固执捂御案
吴钦差倚老卖人情

几日后，翁同龢递牌子觐见了光绪和慈禧太后，上奏中州省官场敷衍塞责，庇护真凶呼三山一案。慈禧太后闻奏大怒，朱批懿旨："清平盛世，李代桃僵诬良为盗，吏治腐败，堪殊惊心。若冤案坐实，抚、道、府、县难辞其咎。着漕运总督吴彦兆为钦差，会同中州巡抚贺丰年秉公复审此案，务必查得水落石出！"

漕运总督衙门设在东江省，因距中州较近，吴彦兆又熟稔律条，慈禧才点吴彦兆复审此案。吴彦兆接懿旨后很是犯难，反复权衡后，便上折以倾心治理黄河水患、无暇顾及此案为由，恳请慈禧委派他人或延缓几日起程。慈禧览后在懿旨中严厉申饬："尔督署河道，乃刑名出身，欺本宫不知情乎？辄以荒谬之词搪塞，畏缩不前，实为藐视圣聪，抗旨不遵！"吴彦兆读后，惊汗淋漓，当即从东江取水路，不消几日到龙兴城，在城隍庙扎下行辕。

贺丰年早接到懿旨和庭寄，万没想到朝廷为了这一小小案件，竟委派钦差复审，心里窝火却又无可奈何，便召人议事。

一时，按察使林奋、周道贤、李克、呼三山等人陆续来到签押房。贺丰年见议事的人到齐了，坐直了身子，正容说道："今日议事，如何应对吴彦兆复审巨匪呼三山一案！老佛爷懿旨已在邸报刊出，庭寄和刑部的咨文都发过来了。吴彦兆办事认真是出了名的，我去拜望，人家清恙在身不见客，存心找茬。诸位好好议一议！"说罢，把庭寄和刑部的批文在手中扬了扬："请几位过目！"

林奋接过庭寄和刑部的批文略一浏览，便递给周道贤等人传阅。待轮到呼三山时，虽在他意料之中，骇得还是一震，偷眼看林奋时，却见他啜了一口茶，清亮了嗓门说道："此案是经过县、府、臬司衙门逐级审验，报刑部批准，经御览勾决的大案。眼下钦差来中州复审，关系重大，不能乱了阵脚，要同舟共济，一切听从贺中丞统筹措置！"贺丰年听着心中熨帖，叹道："林老弟的话我爱听，光绪三年葛毕氏与杨乃武一案前车可鉴！咱不能因呼三山一个毛贼毁了中州局面，断送了诸位前程！"林奋悚然而惕，说道："我粗略地看了卷宗，此案确实疑点较多，呼三山年龄、籍贯、身份、人证、供词都存在着疑点，经不起折腾，一旦事发，通省有多少官员顶戴不保。我把话撂在这儿，不如借风行船，彻查到底，弄他个水落石头现，省得到时候沾上一身臊不合算！"

贺丰年对林奋刚生出的好感一下子消失了。他盯着林奋，目光熠然一闪，咯咯冷笑道："御史们弹劾的文章我已拜读，除了说我袒护属下，也没有啥新鲜玩意，这案子于我而言八棍子也打不着，倘若不维持原判，大事化小，彻查到底，万一翻案，牵涉多少官员，中州官场就会发生地震，谁脸上都没有光彩！"

"你说的话，我不敢苟同！"林奋红脖子涨脸突兀地说道，"光绪御批，老佛爷懿旨，你也敢打马虎眼糊弄？你想跳井别把我们捎带上！"

"林兄，别犯浑！我说两句行不行？"周道贤劝道。贺丰年狠狠地剜了林奋一眼，粗重地透了一口气，说道："道贤，你说——"

"大路朝天，各走半边！"周道贤站起来平静地说道，"要折中一下，钦差查他的案，咱们该查的还要查。不过，要绕过牢中呼三山是不是匪枭这个议题，要从根上认定他是不是参与了丰穰县尚家寨抢劫和杀人。按强盗无论大小都要处斩的律文，万一他不是呼三山，可他参与了抢劫，按匪论处维持原判并不过分！"

一语甫落，贺丰年心中已是雪亮，这样做既避开了钦差吴彦兆复审的锋芒，又维持了原判，还不得罪钦差吴彦兆，又找回了中州官场的体面，一石数鸟，妙不可言！心中一宽，击节赞道："好！"

林奋马上顶了过来："倘若人犯死咬着不承认是呼三山，钦差追问起来，如何应对？"

周道贤笑眯眯地说道："刚才我说过，要在'绕'字上做文章！"

"关键是咋个绕法？"贺丰年低头想了想，略带歉意地对林奋说道，"恕我刚才孟浪，你说得有理，人犯畏死喊冤，即便是狗吠驴叫，可人家说得有鼻子有眼，再敷衍也得查个人证物证俱全，何况老佛爷懿旨，让我明白回奏！"

"此案因卑职而起，解铃还得系铃人！"坐在末位的呼三山起身说道，"既然人犯否认自己是呼三山，自称是三河县人，父亲叫黄天福，何不来个刨根追底？卑职以为，一要派人去三河县，把三河县黄天福带到省城问明真相，省得人犯胡乱攀咬。二要去南石县呼家庄，让地保确认人犯是不是呼三山。最后一条，发文丰穰县县令冯庶，让他带上捕获的老虎寨土匪，指认囚犯，到那时，清者自清浊者自浊，堵住所有人的嘴！"

旁边坐的李克已升迁陈许道员，此刻目不转睛地望着呼三山，听他侃侃而谈，眼睛里充满了疑惑和迷茫，他有点后悔不该与他来往，万一他真是呼三山，自己的锦绣前程岂不断送在他手里！再看坐在上首的贺丰年已颔首默认，若提出异议等于和贺丰年唱对台戏，灵机一动，起身说道："我赞成古月杰提议，至少洗清了中州官场上戾气！"此时的贺丰年心绪逐渐好了起来。他起身踱步，摸着光溜溜的脑门，笑道："今日议得透、议得爽，也是以防万一嘛！何况我与钦差同年……"他洋洋自得正往下说，一名戈什哈捏着一张名刺，禀报："钦差吴彦兆大人来访！"

"开中门，放炮！"贺丰年吩咐道，"五品以上官员随本抚出迎！"他边说边命人服侍，戴起一顶花珊瑚帽子，气宇轩昂一步三摇迈着方步出了议事厅。身后林奋等人也是亦步亦趋出了仪门。此时已是孟冬时节，一团团压低的云块在寒风的驱使下，像万马奔腾，瞬间涌向天际，啸风中裹着的雪粒和扬沙，肆无忌惮地打在众人脸上，生疼生疼的。贺丰年眯眼瞧时，对面的吴彦兆在校尉的簇拥下，面无表情地看着自己，显然等待自己去迎接。忽听到沉雷般三声炮响，树梢上栖鸟惊叫着疾飞而去。贺丰年忙趋步上前，甩了马蹄袖，伏地叩首，朗声说道："太子太保文渊阁大学士、中州巡抚兼总督贺丰年叩接钦差大人！"

"起来吧！"吴彦兆年逾花甲，须眉皆白，长得又高又瘦像麻秆，满脸核桃般皱纹一动不动，一双昏花的眼珠好像两个晶莹的玻璃球，挂在眼眶内不安分地来回滚动着。然而，就这么一副尊容，却是满腹锦绣文章。咸丰二年头名状元。此时，他含笑虚扶贺丰年，略带气喘地说道："你我同为钦差，应执平礼才对！"

贺丰年先是一愣，猛然想起："慈禧懿旨里面，着吴彦兆为钦差大臣，会同中州巡抚秉公复审呼三山一案！"这才醒悟吴彦兆让执平礼的话意。自己也是钦差，想不到吴彦兆心细如发竟如此赏脸，当下心中一喜，遂伸手一让，说道："吴大人，请！"

鼓乐骤然响起，贺丰年与吴彦兆携手并肩而行，回到议事厅。

待宾主落座，吴彦兆在椅中轻咳一声，说道："有人上折弹劾呼三山顶凶一案，老佛爷盛怒之下掀翻了桌子，这才点我为钦差，请贺大人体谅，并非我存心寻你不自在，况且，这案子发生在你任前，与你无甚干系。若真的有人暗中疏通官府诬良顶凶，他瞒得了一时，瞒不了长久，更瞒不过你这位老刑名，你给我透个实底，也好周旋成全。倘若犯人临刑翻供，苟延残喘，期冀躲过法典，咱就查他个水落石出，还中州官场一片蓝天。"说罢，呷了一口茶，仰着脸直盯着贺丰年。

偌大个议事厅坐满了官员，见吴彦兆侃侃而言，软中有硬，硬中有软，官场话说得滴水不漏，都暗自叹服，呼三山听着却句句诛心，竟无端地打了个冷战。贺丰年听了暗舒了一口气，起初，他以为古怪呆板的吴彦兆是一堵撞不倒的硬墙，专为找茬寻衅而来，听话外之音，他还念点私谊，遂一拱手说道："据我所知，呼三山一案并非像有些人说的那样，中州官场无清官，此案经过七审七决才上报刑部，犯人临刑畏死，骤然翻供，这样的事刑场上屡见不鲜，不足为奇！"他有些激动，冷不丁指着呼三山，说道："钦差大人，他像匪枭呼三山吗？"

谁也想不到贺丰年冷不丁撂出这么一句话，呼三山蓦然间惊出了一身冷汗，脸上黄中泛白，心中怦怦直跳。吴彦兆久闻贺丰年性情怪僻，想不到今日遇上，转而一想，世上哪儿有写在脸上的山大王，觉得可笑。陡然间他灵机一动，已有了主意，竟起身煞有介事地看了看坐在末位的呼三山，然后摇了摇头，郑重地说道："本钦差宦海沉浮三十余载，阅人无数，山大王大都长得獐眉鼠目，贼头贼脑，观这位官员，方面大耳，鼻直口阔，一脸富贵相，岂能与呼三山混为一谈，贺大人，你说呢？"

一语未终，贺丰年忍不住噗的一声笑弯了腰，林奋笑得扶住椅子岔了气，连门外当值的戈什哈也忍俊不禁，笑得前仰后合。

呼三山有劫后余生之感，他最怕眼前的糟老头与贺丰年僵持。此刻，他起身来到贺丰年跟前，双手一辑，说道："贺中丞，钦差大人未到之前，你无端诬我为匪，我没往心上放，钦差大人来衙议事，您又无端给我难堪。你若无有证据，请您当着钦差大人的面，给卑职一个说法！"说罢，竟哽咽地说不下去。

贺丰年却嘻嘻一笑，换了个人似的上前拍着呼三山的肩膀，说道："难得吴大人观你面相，他说你不是山大王呼三山，你就是臬司衙门的古月杰！钦差大人的考语万金难买！"呼三山何等机敏，借机下台，扮了一个鬼脸，嬉笑道："中丞大人这覆盆之冤几乎端了我吃饭的家伙！"一句话逗得众官员哄然大笑。吴彦兆见贺丰年给自己演戏心中不是滋味，转念一想，自己是年过花甲官场末路之人，与贺丰年撕破脸皮一查到底，扳倒地方到朝廷一大批官员，岂不是愚不可及？至此，他打定主意当和事佬，面上却冷得石头人似的，板着面孔："贺大人似乎有点游戏公务！"

"这样做不欺君、不欺下、不欺心！"贺丰年身子一探，按着茶杯说道，"区区一件匪案，闹得上下生分，无端猜忌！既然天使到了，你说个章程，该怎么查就怎么查！"

吴彦兆见贺丰年护短，心知只要一言不合，他就会翻脸端茶送客，心里较劲，面上装笑："你知道我这个人，做事从不苟且的，同治九年，张文祥刺死两江总督马新贻一案。当时我是主审官，那案子才真叫难哪！荆棘丛生，盘根错节，丝缠藤萝，我硬是查出真凶，将案情大白天下，还有平捻匪、办洋务……本钦差是靠一刀一枪干出来的!"他唾星四溅,滔滔不绝,夸耀自己当年何等聪察。众官员见他如此倚老卖老不住嘴地炫耀,无不咋舌。贺丰年也不愿拂了他的意,生怕这老古板翻脸找碴儿,强忍着不吱声,直待他言尽词竭时,方见缝插话道:"吴大人,到时你亲自复审?"

"不!钦差办案历来有约定俗成的规矩,何况我年老多病,病体难支。既是会审,不如你我各委派干员一同会审。"吴彦兆微睨了一眼正襟危坐的贺丰年说道,"你那边让按察使林奋主审。这是我这边主审名单,你瞧瞧!"

贺丰年双手接过名单,略一浏览,压在心中的些许不快一扫而光。原来,吴彦兆委派参加审讯名单上的人,都是自己过去任河道总督的属下,这个人情实在太大了,遂大声吩咐:"摆宴,给吴大人接风洗尘!"

第六十三章
一冤再冤冤上加冤
重审复审维持原审

数日后，抚署衙门贴出告示：复审巨匪大盗呼三山。卯时刚过，只听三声鼓响，林奋及三班衙皂按序鱼贯而出，衙役们一声接一声喊着堂威，把大堂弄得阎罗殿似的。大堂外，黑压压的人群中，女扮男装的尚慧娟与阔商装束的陆天亮挤在人丛中翘首张望，他们从北京赶到龙兴城，看钦差大臣是怎样审理黄少文一案的。奇怪的是：公堂外虽摆放着钦差仪仗，大堂上却没有吴彦兆的影子。主审官是按察使林奋，周道贤、李克等人在公座上当陪审。陆天亮久在公衙，粗通官场套路，皱眉说道："钦差不审案，派手下人审理，吃现成饭，难怪冤狱积山。"

尚慧娟正狐疑，却见林奋一拍惊堂木，喝道："带人犯呼三山！"顿时，几名戈什哈唱名似的一声声传递下去，顷刻间，黄少文被押进大堂。陆天亮是第一次见黄少文，见他满身污垢，头发凌乱地披在肩上，只有一双清澈如水的大眼哀伤地环顾左右，仿佛在寻找什么。他顿时心里一紧，难怪御史们弹劾此案有疑，这么一个年纪轻轻的文弱书生怎能与名头响亮已久的呼三山混为一谈？此时，尚慧娟心中如打翻了五味瓶，久不相见，黄少文瘦弱得变了相。心中一酸，眼泪扑簌簌滚落下来。正自伤感，林奋一拍公案，喝道："呼三山，为什么临刑翻供？"

"回大人的话，小民不是呼三山！"黄少文一脸平静地说道，"受人胁迫，才来顶罪！"

"一派胡言！"此时的林奋心中犯疑，一眼看出人犯是个孩子，凭直觉他不是巨匪呼三山。他盯着黄少文半晌，方道："你不承认是呼三山，你叫什么，家住哪里？"

"我叫黄少文，单字斌，光绪七年秀才，家住三河县大黄庄！"黄少文看着一脸狰狞的林奋又道，"我家乃是三河县有名的一门五进士之家。"

他话一出口，满堂皆惊，挤在人群中的尚慧娟激动得热泪长流。林奋始料不及，不安地环顾一下左右，却见李克猛一击案："你胡说，我任宛平知府，复审此案时，尔亲口承认是匪枭呼三山，你死到临头，出尔反尔，竟敢编谎捏造是受人胁迫，才来顶罪！"他恶狠狠地睃了一眼黄少文，喝道："受谁胁迫？讲！"

黄少文顿时被激怒了，他抬起头直视着一脸傲慢的李克，亢声说道："丰穰县捕快班头柳学忠胁迫小民！"

"看来，你是不见棺材不掉泪！"李克一声断喝，"带丰穰县捕快班头柳学忠！"

人群中又是一阵轻微的躁动，两名戈什哈带着柳学忠来到堂上。柳学忠与呼三山早已密谋好，虽第一次来到大堂做证，却不怯场，对着堂上审官团团一揖。李克将响木一拍，厉声喝问："你叫柳学忠？"

"属下乃丰穰县捕快班头柳学忠！"

李克板着脸指着黄少文，对柳学忠问道："他说受你胁迫，才来顶罪，可有此事？"

柳学忠不屑地瞟了一眼黄少文："他畏罪潜逃时，卑职在丰穰县丰穰寺抓获了他。他在大堂上供认不讳自己是老虎寨匪枭呼三山，这个案子多次审讯，罪证确凿。卑职不敢欺天欺心，枉法办事。呼三山记恨卑职，临死才反咬卑职一口，诬陷卑职，请大人明察！"

李克已阴了脸，转问黄少文："尔还有何话要说？"

黄少文见柳学忠当堂撒谎，顿时怒火攻心，大声说道："柳学忠胡说！"

"谁人证明？"

黄少文顿时语塞："这——"

"你不肯招吗？"李克一脸黑线，断喝一声，"来呀！"

"喳!"

"大刑伺候!"

"慢!"林奋一摆手止住了。他站起身来阴笑道:"好一个刁民,编谎做假也不看这儿是什么地方,据你所说柳学忠胁迫你顶罪,谁又是真凶呼三山?"他犀眼盯视着黄少文,黄少文亢声答道:"听柳学忠讲,好像是古月杰!"柳学忠立刻顶了过来:"卑职从没有说过此话!"

"屁话!公堂之上只有是与不是,没有好像!"林奋勃然大怒,"本官办案只重证据,你自称是三河县大黄庄人,你的父亲叫什么,做什么营生?"

见林奋提及父亲,黄少文一阵酸楚,几乎落泪,好一阵子才道:"家父叫黄天福!"

"带人证黄天福!"林奋一声令下,两个戈什哈带着一个年纪六十岁左右,老实巴交的庄稼汉进了大堂,大约他是第一次上公堂,见大堂上坐着牛头马面、方脸大耳的判官,顿时吓得抖成一团,双手抱头埋在两腿中间,大气也不敢出。陪审的李克顿时心吊得老高,倘若他们父子相认,后果不堪设想。但他哪里知道,三河县有两个大黄庄,黄少文家是三河县城东大黄庄,三河县城西也有一个大黄庄,偏偏也有个叫黄天福的人。前些日,呼三山让呼一彪去城西大黄庄扔下三十两银子,威逼着城西大黄庄黄天福做证。此刻,黄天福张皇地看了看四周,勾着头扣着砖缝,猛听林奋断喝一声:"下跪何人?"

"草民……黄天福,种庄稼!"黄天福哆嗦得说不成话。

"家住哪里?做甚营生?"

"三河县大黄庄,种地为生!"

"你是三河县一门五进士的后人黄天福?"

"是!小民是进门五抓屎的黄天福!"

一语甫落,满堂哄笑。林奋忍俊不禁掏出手帕擦嘴掩饰过去,暗笑一门五进士之家怎出了这样的窝囊废。殊不知,呼一彪带着一干土匪威逼黄天福做假证时,这位老实巴交的庄稼汉竟吓得一日拉了五抓稀屎。此时,他不安地睃了一眼像庙中泥胎般的林奋,惊慌之下,又拉了一抓稀屎,顺着裤脚流了出来，黄澄澄一片。顿时，一股又酸又臭又腥的怪味弥漫大堂上，弄得堂上堂下人人掩鼻。

"你认识他吗？"林奋用手帕捂着鼻子，指着黄少文，"他是你儿子吗？"

黄天福认真地看了黄少文一会儿，头摇得像拨浪鼓："俺不认识他！"

林奋又重重一拍公案，戟指着黄少文："你认识他吗？"

黄少文朗声说道："不认识，他不是我爹，他是个假爹！"

围观众人顿时哄堂大笑，尚慧娟大惊之下情知有变，欲挺身上堂指出这是假证，却被陆天亮死死拽住。坐在公座上的李克、周道贤等人几乎笑出声来。林奋强忍住笑，吩咐道："让黄天福画供，带南石县呼家庄的地保！"

南石县呼家庄地保五十岁上下，头戴瓜皮帽子，穿着簇新黑缎团花袍子，抄着手，由戈什哈领着小心翼翼地进来，林奋问道："你是南石县呼家庄的地保，你认识呼三山吗？"

"认识！"地保欠身答道，"俺庄上出了名、官府挂了号的江洋大盗，俺作为乡邻都无脸见人！"

"他是呼三山吗？"

地保戴着一副老花镜，径直走到黄少文面前，贴着黄少文的脸看了看，笃定地说道："他是俺庄上的呼三山，一脸土匪相，呸！"

"胡说八道！"黄少文脸涨得血红，瞠目喝道，"你得了呼三山多少好处，竟昧着良心说假话，你不怕雷劈了你。"

"掌嘴二十！"林奋面无表情，掷下火签。顿时，黄少文一张俊脸红肿起来，满嘴血污，但他仍叫喊不止："俺家遭匪劫时，三河县县令褚光耀带人来救！"

李克深知不把此案办成铁案，自己也难逃干系，遂奸笑道："这个时候还敢攀咬三河县县令褚光耀！"

林奋又是一惊，强忍住心头慌乱，让戈什哈带走地保，他扬了扬手中的卷宗，说道："这里有两份证词，一份是尚发祥指认你带着土匪抢劫他家，另一份是老虎寨土匪毕邱丹指认你是呼三山，你又有何说？"

"回大人话，前一份证词是误会，后一份证词是栽赃。"黄少文舒展了一下身子，已完全平静下来，"小民当时投亲尚家寨，岳父尚发祥嫌俺家败落悔亲，把我赶出门外，我从一个破庙中得知老虎寨土匪要抢劫黄、尚两家订婚之物——端溪血砚，才去尚家寨报信，不料，土匪紧随其后入寨，劫走了端溪血砚！"

一旁的周道贤说道："你熟门熟路，领着一伙土匪抢劫，岂不省了多少事，按大清律强盗不论首从，都是死罪！"

"我是报信，不是抢劫！老虎寨土匪指认我是呼三山，纯属子虚乌有！"

此刻，林奋越审越感到案子疑点较多，若细追深究，案子就会变成一团扯不断的乱麻。他陡然明白，吴彦兆让自己主审，并非对自己信任，而是把一个烫手山芋扔给自己，实则拉自己上船，与贺丰年结成同盟，目的是维持原判，遂冷笑道："死到临头还想抵赖！卷宗上尚发祥已与你对簿公堂，岂能再当面对质，让他看看尚发祥的证词！"两名戈什哈应了一声，把证词递给黄少文。黄少文展目细看，一阵眩晕，几乎站立不住。

林奋见看热闹的人群议论纷纷，深知再审下去，人们的唾沫会淹死自己，遂援笔在手，疾书判词："查呼三山一案，该犯确系匪枭呼三山本人，证据确凿，铁证如山，临刑叫冤，意图弥罪，可恶至极，其罪难逭，罪上加罪，再受活罪，着判斩刑，暂行监禁，案由报刑部翔实核准，呈御览后遵旨执行！"写罢，他直起腰来，深舒一口气，让几名戈什哈摁住黄少文强行画押，引起围观人群起哄。他征询周道贤、李克等官员意见后，当即宣读了判词，吩咐退堂。

黄少文已是五内俱焚，毛发森竖，瞋目骂道："狗官，尔等枉法纵凶，必遭天谴！"他剧烈地咳嗽一下，竟吐出一口殷红的鲜血。堂外，尚慧娟也大叫一声："天哪！你眼瞎了！"也晕了过去。

第六十四章
人市口尚慧娟卖子
刑部堂呼一彪逞凶

　　吴彦兆复审呼三山一案未及三日，便草草作出"维持原判"的判决，消息传出，朝野上下议论纷纷，引起全国舆论哗然。上海、京津等多家报馆，以显要位置刊发署名文章，指责吴彦兆与中州官员沆瀣一气，制造冤案，放纵真凶。中州籍在京官员联名上书弹劾吴彦兆昏聩无能，办案不公。朝中御史陈启泰上书光绪皇帝，言词更为激烈："私不可纵，法不可枉，鱼目不能混淆，黑白焉能颠倒，人命关天，不可草菅！"

　　然而，即便舆论如潮，奏折如雪，吴彦兆也没有改变"维持原判"的复奏。光绪八年冬天，对尚慧娟和陆天亮来说，真是一个寒彻骨髓的冬天啊！

　　尚慧娟返回京城后，心情郁闷，哪儿还有心思登台演戏，终日郁郁寡欢，几乎足不出户。陆天亮回到京城便向翁同龢禀报在龙兴城目睹吴彦兆审案的过程。翁同龢听得很仔细，听后只是微微一叹，没说什么，去宫内当值。陆天亮觉得昭雪无望，便撇开翁同龢求人到刑部打点，银子使得流水似的。可那是一个填不满的无底洞，银子扔进去连个响声也没有。戏班子苦挣的几个钱很快用光了，戏子们没多久便生出怨言。陆天亮索性遣散了戏班子。尚慧娟所有积蓄也全给了陆天亮，让他解救黄公子。结果，钱花个罄尽，黄少文案子没有一点好转的迹象。

　　眼看着坐吃山空，怀中嗷嗷待哺的孩子脸带菜色，身子骨像面条一样软弱无力。尚慧娟一狠心，抱着孩子便来到了京郊胡同人市。举目望去，一街两行尽是面黄肌瘦的难民，到处是隔三错五玉米秆搭建的窝棚。有的饥民靠着墙眯着眼养神，有的跪着向穿戴华贵路过的富人乞讨，有的因刚卖了孩子，一家人撕心裂肺般抱头痛哭，活脱脱的人间地狱。尚慧娟双眉紧蹙双手哆嗦着在孩子后衣襟上插上草标，人们便呼啦一声围了上来。一位中年男子凑到尚慧娟面前，像牛市卖牲口的经纪人一样，托起孩子的下巴瞅了又瞅，笑着说道："天可怜见的小犊子，我出十两银子，卖吗？"

顿时，尚慧娟的心好像从云端里跌落下来，看着怀中的孩子，泪水扑簌簌滚落下来，她猛地抱紧孩子，哽咽地说不出话。半晌，她哆嗦着说道："老爷是积德行善之人，三十两吧，若没急用，孩子是娘身上的一块肉，俺也舍不得卖亲骨肉的！"

那中年男子说道："俺不是人贩子，是俺那不争气的老婆生不出孩子，才出来买孩子的，按你说的，三十两就三十两吧！"说着，扔过银子俯身去抱孩子。孩子乍见一陌生人来抱，哇的一声大哭起来，死死地抱着尚慧娟的脖子不松手。尚慧娟见孩子不肯撒手，舐犊之情顿生，她知道，这一撒手，母子永无再见之日。她紧贴着孩子的小脸，喃喃自语："儿啊，甭怨为娘的心狠，这实在是没有活路啊！"说着，母子俩哭作一团。

中年男子被这凄惨的生离死别触动了情肠，叹了一口气道："俺再添二两银子算成交吧！"说着，又扔过二两银子，从尚慧娟怀中夺过孩子抬脚就走。

"俺不卖娃了！"尚慧娟不知怎的，又猛扑过去，重新把孩子夺了回来，看着哭得气噎声绝的孩子，"九鱼，娘不卖你，咱回家！"

"这由不得你！"突然，一个阴森森的声音传来，那中年男子循声望去，只见一个膀大腰粗、满脸横肉的精壮汉子走了过来，身后跟着三四个街皮混子打扮的人。中年男子见他们到来，对着精壮汉子鞠了一躬，赔笑道："爷，按您的吩咐，俺从棋盘街跟踪到这儿，可她又不卖了！"

尚慧娟抬头闪了一眼，顿时惊得通身是汗，来人竟是呼三山的堂兄呼一彪。忙嚷了声，把三十两银子往那中年男子怀中一塞，抱着孩子就走。呼一彪已阴了脸："想走，没门！大人、孩子一起买！"身边的几个街混混立刻捋袖揎臂扑了过来，不由分说连拽带撕，推搡着尚慧娟母子便走。尚慧娟情急之下大呼："土匪抢人啦，救命啊！"

"住手！"不知何时，陆天亮从人群中钻了出来，指着呼一彪冷笑一声说道，"北京城天子脚下，善化之区，尔竟敢青天白日抢劫民女！"

"羊群里跑出个兔子，就你能！"呼一彪瞪着两只牛蛋眼，轻蔑地看了陆天亮一眼，"敢挡呼大爷的好事，欠揍！"说着，一个眼神，手下的几个人嗷的一声扑了过来。原来，陆天亮到棋盘街寻不着尚慧娟，听人说她母子俩来到京郊人市，急匆匆赶来，恰巧遇上。他原本机灵，顺手从地上抓一把土灰照着呼一彪兜头撒去，又顺势大喊一声："官兵来了！"拉起尚慧娟母子撒丫子就跑，瞬间钻进人堆里。一时，看热闹的人群炸了锅似的喊起来。一队巡逻官兵不知道这儿发生了什么事，"嘟嘟"吹响了哨子，又急匆匆地朝这边跑来。呼一彪揉着酸涩的双目，气得跺脚大骂。中年男子小声说道："二当家的，这儿不比在宛平境内，官兵好像是冲着咱们来的！"一语提醒了呼一彪，他冷喝一声，说道："走！"转眼消失得无影无踪。

尚慧娟随着陆天亮跌跌撞撞逃回棋盘街住处，大哭了一场，陆天亮埋怨尚慧娟不该卖儿子。俩人商量，呼一彪敢在北京城大街上追拿尚慧娟母子，说明母子俩住处已暴露，随时都有被呼一彪抓走的危险，要另找住处。陆天亮决定借朝廷开科选仕之机，联络在京的中原举子，公车上书，尚慧娟则去刑部击鼓喊冤。

刑部是大清最高的三法司之一，设在绳匠胡同。尚慧娟赶到刑部，已过卯时，觑着眼瞧刑部衙门时，一阵寒意袭遍全身。坐北朝南的刑部正门紧闭着，朱漆铜钉上两个栲栳大的衔环首辅，像两个面目狰狞的恶魔，瞠目咧嘴，雄视着前方。仿佛随时张开血盆大口把人活生生吞在肚里。沿街一溜行停放着几十乘各色轿子，不时有官员们进出仪门。仪门两侧十几个木桩似的戈什哈挎枪持刀，注视着前方，甚是肃杀严整。尚慧娟去过县衙、府衙、巡抚衙门，哪儿见过这阴森森阎罗殿般的衙门。踌躇间，忽听到一声威严的断喝："大胆民妇，不得近前！"

尚慧娟唬得心中一跳，本能地向后退了几步，慌惶中无意间向两旁张望一眼，心中又是一缩。原来，扮成轿夫的呼一彪不知何时已跟踪到这儿，双眼充满着怨毒和杀机，直勾勾盯着她，喑哑着嗓门，说道："臭娘们，你还真来了，算你有种！"说着，便往尚慧娟身边凑来。

尚慧娟已无退路，顷刻间，已不知道什么叫恐惧，她紧走几步，站在台阶上秀眉一挑，说道："姓呼的，这儿是北京城，不是丰穰县，哪个怕你！"说完，哼了一声，撒开双脚，几步便跨上了刑部大门洞里，娇喘吁吁地说道："官爷，俺是中州省丰穰县来京告状的，后边那些人是土匪，要杀我！"

站班的戈什哈见一名女子硬闯衙门已觉惊讶，一名年岁大的门官眼尖，瞧见呼一彪和几个街痞打扮的人气势汹汹吆喝着朝衙门口扑来，情知有异，厉声喝道："什么人敢在这儿撒野，难道没有王法了吗？"

呼一彪满脸凶相。他自十三岁上老虎寨当土匪至今，杀人无数，大约他还不知道这儿是大清最高的掌刑之地，竟凶狠地瞪了门官一眼，硬生生地顶了过来："她是俺的婆娘，俺要把她捉拿回家！"

那门官何等人物，阅人无数，一听便知呼一彪当面撒谎，听呼一彪说"捉拿"二字，情知不是好人。尚慧娟在门洞里大声说道："呸！谁是你的媳妇。官爷，他是宛平府老虎寨土匪二当家，叫呼一彪！"

那门官目光霍地一跳，他已明白了大概，沉下脸冷笑道："青天白日敢在刑部门前搅闹？你刚才说拿人就是有罪，来人——统统拿下！"

"喳！"几名戈什哈忽的一声挺刀向呼一彪扑去。呼一彪虽然悍勇，但怎能与训练有素的高手相比，情知不妙，呼哨一声招呼众人撒腿便跑，幸亏跟他来的都有点功夫，几个跃纵，眨眼之间不见人影。当下，已惊动整个刑部衙门，缇骑四出，捉拿呼一彪等人。正在衙门理事的官员也纷纷离座到门洞看稀奇，寻问缘由。正自纷乱间，忽见一顶八人抬绿呢大官轿，在刑部大门口徐徐停下，一位五十多岁、身着一品官服的官员哈腰出轿，见衙门口聚集了众多官员，乱糟糟的，嘤嘤嗡嗡议论不绝，皱了皱两道刷子眉，面带不悦地训斥道："刑部乃国家司法禁地，尔等又是国家掌刑官吏，嘻嘻哈哈成何体统！"说着，用威严的目光扫视着诸官员。

那名门官飞跑过来，就地打了个千儿，禀道："回范大人的话，刚才有一民女被几名歹人追赶到刑部门口，搅闹刑部，我命人捉拿，不料，让那贼人逃走，惊动了诸位大人，请范大人治罪！"

"大胆毛贼，竟在掌刑重地猖狂撒野！"此人叫范良岑，江苏扬州人，咸丰三年状元，从宗人府丞、都察院御史一步步做到刑部尚书。他听了门官禀报，惊愕之余，肚里的火气顿时往上冒，仰着脸吩咐道："知会顺天府尹，限期抓获！"说罢，沉着脸迈步进衙。突然，一声尖厉凄惨的哭喊："冤枉啊！青天大老爷！"

凄惶的哭喊夹着颤声和悲泣，竟把范良岑惊得一怔，旁边的戈什哈暴怒地喝道："不许拦截范大人！把她拉开！"门官趁势禀道："范大人，刚才那伙贼人追拿的就是她！"尚慧娟此时已观察到范良岑是这儿最大的官，她挣脱几名戈什哈的撕扯，爬跪到范良岑面前，高高地把状纸举过头顶："青天大老爷，民女有冤！"

第六十五章

范尚书过问顶凶案
俩抚台拜会掌刑官

范良岑贵胄出身。他的祖父是乾隆癸科状元，叔祖是乾隆乙卯科探花。自小在良好的环境中熏陶长大，踏入仕途后，自咸丰十二年起，他先后弹劾了钦差大臣胜保、直隶总督文煜、陕西巡抚等达官显要，有铁面御史之称。此刻，他打量着跪在自己面前浑身颤抖不已的尚慧娟，心中不禁一动，尚慧娟虽鬓发散乱，粗布蓝衫，却长得眉清目秀、楚楚动人。论资色府上成群的丫鬟仆妇没一人能比得上这个乡下女人。这么一个绝色佳人，怎么会私闯刑部禁地喊冤告状？他环顾周围越聚越多的刑部官员，皱眉问道："你这女子，有冤为何不到顺天府告状，可知道私闯刑部禁地就是犯法？"

"民女知道！"尚慧娟连连叩头，爬跪几步说道，"民女叫尚慧娟，中州省丰穰县人氏。我男人叫黄少文，被老虎寨土匪买通官府，替土匪头子呼三山顶死罪，冤枉了两年。俺去顺天府衙投诉没人理睬，才到这儿告状。刚才追杀民女的叫呼一彪，是宛平府老虎寨二当家的，还是江洋大盗呼三山的堂兄。大人，民女为救丈夫，沦落到这般地步，小女子退是死，喊冤告状罪加一等还是死，请大人给小女子指条活路，俺该去哪里为夫申冤？"说罢，泪水走珠般落下，悲切呜咽不能自持。

范良岑脸上毫无表情，心里却似一锅滚开水沸腾不已，他抬起略带浮肿的眼帘，看了看越围越多的官员们，隐隐约约传来一片唏嘘声："大清开国几百年，竟有这等顶凶案，看来又是一件比杨乃武、小白菜还要冤的案子！"议论声音虽小，范良岑却不能不听，愣怔之下，竟打了个寒噤。自己身为大清国最高司法掌门人，对中州省犯人临刑呼冤却没有细心鞠研复准，追究起来难辞其咎。他攒着眉思忖一会儿，冷冰冰地说道："照你这么说，中州通省没有一个好官？"

"俺丈夫的案子冤屈是真的，至少审俺丈夫的官不是好官！中州包青天在哪里，俺没见着！"尚慧娟张着两只水汪汪的大眼说道，"俺已是死过几次的人啦，何必骗您！"

"钦差吴彦兆亲到中州复审此案，难道又冤你不成？"

"狗屁钦差！根本没有到堂亲审！"尚慧娟鄙夷地说道，"小女子在龙兴城亲眼看到，还是中州那些龌龊官审的案，俺男人的案子能翻过来吗？"

"为何不去西长安街撞登闻鼓？"

尚慧娟深深地吐了一口气，眼泪刷刷地滚落下来："民女也想去撞景阳钟叩阍，可民女有儿子，还是这案子的重要人证，俺若发配三千里，谁来救夫？"

"舍身救夫，忠烈节女"八个大字闪电般在范良岑的脑海中划过。他几步跨过来，要亲自扶起眼前的节烈女子，忽又觉得不妥，迟疑了一下又道："你的案子我亲自问、亲自批！"范良岑此刻已打定主意过问这件案子，遂温言说道："你可有状纸？"

"有！"尚慧娟把状纸擎过头顶，"请大人过目！"

一旁的戈什哈忙接过状纸，恭恭敬敬地呈于范良岑。范良岑抖开状纸略一浏览，赞道："好字！"遂把状纸塞到袖中问道："你住在哪里？"

"民女住在棋盘街戏楼底下！"

"你放心地去吧，我传唤证人时，自然有人去叫你！"范良岑说罢，朝众官员挥了挥手，从容进衙。不料，一名官员在身后说道："范大人留步！"范良岑踅身看时，是员外郎赵侍尧："唔，什么事？"

赵侍尧环顾四周，张了张嘴竟把要说的话强咽了下去。范良岑已会意，挥手让众官员散去："说吧！这里比签押房说话方便得多！"

"谢大人体恤！"原来赵侍尧早已注目这个案子，疑点甚多，只是想不到这个案子的原告，竟是大觉寺拾到卷宗归还自己的那位民女，更想不到她还是一位节烈女子。敬佩之余，斗胆向范良岑进言："范大人果真要亲自审问此案？"

"我要一审到底！"

"有范大人这句话，我就放心！"赵侍尧从容地说道，"请大人立刻派人把这一女子保护起来，不然的话，这女子很难活到明天！"

"此话怎讲？"

"适才卑职听门官所讲，这一女子来刑部喊冤时，有歹徒追杀到衙门口。"赵侍尧直视着范良岑，"假若我猜得不错的话是灭口！"

范良岑惊诧地看着这位年轻官员，顿时省悟："案子一拖几年，必定涉及中州一大批官员的顶戴。"想了想突然冷笑一声："你说的未免危言耸听了吧，难道大清的王法是治驴、治马、治狗的？"

"这个案子我虽不知根底，但中州报刑部的卷宗我着实细研了！"赵侍尧一口顶了过来，"大人试想一下，难道这样的抢劫大案，是巨匪呼三山一人所为？没有一个从犯？还有……"

"你不要再说了！"范良岑越听越心惊，他隐隐约约地意识到这又是一个轰动朝野的冤案，他打断赵侍尧的话，说道，"你去安排，把姓尚的女子安置在一个僻静的地方，派人暗中保护起来！"

"喳！"赵侍尧熟练地打了个千儿，起身离去，范良岑怀着满腹心事，步履蹒跚在走进了签押房，刚坐在椅子上，一名戈什哈匆匆来报："大人，湖广巡抚谭溪霖、三湘省巡抚杜宗山两位大人来拜！"

"快请！"

范良岑忙收摄心神，打起精神，还未出厅相迎，便见谭溪霖、杜宗山两位巡抚联袂而入。谭溪霖笑道："文达兄，有朋自远方来不亦乐乎！"谭溪霖显然与范良岑极为熟稔，一边说笑，一边大模大样地跨进门来，乍见范良岑紧绷着个脸，不觉一怔："不欢迎？"范良岑一边还礼一边让座，说道："两位封疆大吏突然造访，敝衙蓬荜生辉呀！喜欢还来不及呢！"杜宗山却没有谭溪霖那样豪放，虽与范良岑是同年，一句多余的话也不说，他面色凝重地接过一名长随递上的茶，呷了一口说道："我与谭兄奉诏回京述职，顺便看望文达兄！"

谭溪霖用茶盖拨去浮茶，啜了一口，说道："按理说外官不宜干扰京官办案，不过，前不久侄儿给我讲了这样一件怪事。光绪七年，他外出游学三河县时，与当地一位叫黄少文的书生结拜为异姓兄弟，可不知什么缘由，这位结拜兄弟被中州官员当作江洋大盗呼三山给拿了。这年头官场世风日下，还能大变活人？"范良岑惊愕地瞪大了双眼，不认识似的凝视着谭溪霖。谭溪霖嘻嘻地笑道："你不要这样看着我好不好，我到这儿来并不是为姓黄的撞木钟，是好心给你提一句醒，审案时不要偏听地方官员一面之词，葛毕氏冤案乃是前车之鉴，莫毁了你一世清名！"

杜宗山眯着眼睛，笑道："我也是为此案而来。我在中州任上，起初，并没有看重此案，直到秋决时，案犯绑缚刑场，拉囚车的老牛发疯直闯城隍庙，双膝跪地，哞哞长叫，向城隍叫屈，兵士们费了好大劲，才把囚车拉到刑场，行刑时又出了刑场喊冤，我才下令停刑重审。事后我仔细阅卷，疑点较多，又到牢房亲自审问，才知道里边猫腻。据说呼三山四十岁左右，而这个人犯二十岁左右，难道他幼年便上山为匪，可信吗？我刚要追查下去，就调任三湘，终生憾事啊！"说罢长叹一声，从袖中摸出几页信笺，双手呈给范良岑："这是我在中州任上详查的凭据，供年兄在复查此案时做个参照！"

范良岑越发心惊，殊不知，眼前的几页信笺是陆天星丢了命才送到杜宗山手上的。此刻，范良岑接过杜宗山递过的信笺觉得有千斤之重。他心中已是雪亮，两位封疆大吏并非是闲着没事，来啜品茗饮茶叙旧情的，而是事前打底有备而来。但中州官场如此黑暗，是他所始料不及的。他心存感激地看了一眼满脸关切之色的谭溪霖和杜宗山，竟起身一揖道："多谢两位贤兄提醒，我记下了。眼下，此案言官弹劾，言辞激烈，外界舆论又沸沸扬扬，中州巡抚贺丰年又袒护此案，着实棘手，至于下步如何处置还要请旨！"正说着，一阵楼梯响，一名长随急匆匆跨进门来，禀道："几百名举子联名上书都察院，请见尚书林舒，要求复审中州呼三山顶凶一案。林大人维持不住，翁同龢相爷让您速去都察院安抚！"

范良岑头嗡的一声涨得老大，他茫然地看着杜宗山和谭溪霖，俩人知趣，拱手一揖告辞出衙。范良岑也不远送，命人牵过马来，翻身上马，那马长嘶一声，疾驰而去。

第六十六章

封察院士子陈冤情
览直言慈禧摔茶碗

范良岑到都察院时，果见应试的举人黑压压一片，有三百多人聚集在都察院照壁前。时下，春节将至，朔风劲吹，彤云四合，举子们迎着寒风，冻得通红的脸上呈激愤之色。不时有人搓手跺脚取暖。衙门两侧石狮间悬挂着一条白布，上面一行行书字格外刺眼扎心：

钦差无良心办假案冤上加冤，皇上焉能照准；巡抚悖天理枉国法屈了又屈，谁人恭贺丰年！

白底黑字淋淋漓漓煞是醒目。范良岑看了又好气又好笑。上下联中竟把"吴彦兆""贺丰年"俩人名字隐含其内，骂人不露声色。"范大人，这边走！"早有一名戈什哈飞跑而来，见他脸色不善，赔着小心说道。范良岑这才发现街上已戒严，一溜两行戈什哈荷枪卓立，织成一道人墙，严阵以待，爱看热闹的人们，聚集了上千人伸着脖子傻看，大人、小孩嘻嘻嘤嘤议论纷纷，有的甚至起哄为举子们助威。

范良岑随领路的戈什哈进了都察院。忽有人叫道："刑部尚书范大人来了，让他说句公道话！"话音刚落，举子们哗一声围了上来。

范良岑不禁悚然，略一沉吟上了台阶，面对着围上来的举子们，他深知，公车上书是一件轰动天下的大事，既不能发火打压，也不能做缩头乌龟，循循善诱、息事宁人才是上策。他攒足了劲，一双鹰一样的眼睛在人群中扫来扫去，直到众举子安静下来，方轻咳一声，说道："国家开科选才在即，尔等不坐书馆闭门读书，温故纳新，为他日腾跃龙门做打算，反而聚众滋事，肆意污蔑朝廷大员，邪言惑众，扰乱国家司法审判，岂不知王法无情？"

"范大人有所不知，我辈并非有意滋事！"陆天亮闪身出来，撩袍跪地，朗声说道，"我朝早有定例，孝廉因国事上奏，公呈由都察院代奏，何况我等所奏，为中州官员枉法渎职诬良为盗一事。我等自卯时跪候三个时辰，请见林舒大人，他是忙于政事还是戏于公务？再尊贵也该接见一下我们这些举子，可见，政风之污坏，言路之堵塞，大弊也！"陆天亮说罢，目光炯炯，直视范良岑。范良岑任刑部尚书数年，久经沧海，多少二三品大员在他面前局促不安。陆天亮一个小小举子，竟敢面无怯色，侃侃而谈，仅凭这份胆气，算个人物。刹那间，对举子们请见林舒的厌恶之心一下子消失了，生员们对中州呼三山一案有疑问，并没有越轨出格，你林舒架子再大，给生员们解释一下，大事化小也算功德无量。正寻思着，身后一个冰冷的声音传了过来。"痛快！我佩服你的胆量！"不知何时林舒黑着脸走过来。他五十开外，身材高大，满脸的不屑，对范良岑略一点头算是见面礼，而后，瞥了一眼陆天亮，官气十足地说道："一个小小臭虫，请见我有何事呀？"

"你是林大人吧？"陆天亮冷笑一声说道，"我乃应试的举子，不是你眼中的一只臭虫，如果你把我等应试举子比作臭虫，林大人是咸丰三年的进士，又该做何比喻呢？"

举子们在都察院挨饿受冻等了大半晌，眼巴巴地盼着林舒接见，把"万言书"转奏皇上，不料，林舒一见面把举子们比作臭虫，顿时引起共愤，有人起哄喊道："我们是臭虫，你是放屁虫！是大虫、蚀虫。"

"一群不知天高地厚的东西！"林舒的脸上青红不定，气得发昏。大喊一声，"来人，把这些刁顽不化之徒一体拿下！"

"喳！"

"慢！"范良岑一摆手制止了，他很看不惯林舒仗着是满人又是皇族的近支、骄横霸道蛮不讲理的做派，一旦抓这么多人，开科选仕谁还来考，牵涉国家选才大事，必将全国震动。再者，都察院转奏举子上书，是都察院职分内的事。遂一笑说道："林大人不必与这些士子们计较，说不准这里边有俊茂之才，明年开科选仕跃入龙门，出将入相，事业功名不在你我之下呢！如今把他们当贼拿了，交顺天府存档这一污斑，岂不毁了他们一生！"

"朝廷早有禁令，士子不可干预政事！"林舒粗野地打断了范良岑的话。他是皇室后裔，当过镶蓝旗汉军副都统，平步青云，一直做到都察院御史，既是天潢贵胄，又是靠军功被朝廷简拔上来的人，根本不屑范良岑这个汉人出身的刑部尚书。此时，他凶光闪烁，吼道："士子聚众滋事，妄议朝政，史无前例，岂能不了了之？来呀！统统拿下！"

"喳！"

范良岑被林舒呛声，顿时涨红了脸，已是呼吸不匀。论职位他与林舒都是正一品，论起实权还在林舒之上，刚要发作，压一压林舒的傲气，陆天亮从举子中站了出来，对林舒也不行礼，从容地说道："林大人，你平时就是这样办差，不问来由，以随便抓人来搪塞皇上？难怪这些年八方狼烟，四海不靖，国事艰难，原来是你们这些误国佞臣挡道，堵塞圣听！"他不屑地看了一眼林舒："是我鼓动举子们上万言书的，不要连累他们，请把我给抓了！"说罢，哼了一声，却面向范良岑一提袍角从容地跪了下来。

"小泥鳅还想翻大浪！"林舒翻着眼皮盯着陆天亮说道，"谁是你的同伙？"

"我们都是！"举人们被林舒的粗暴行为激怒了，像开闸的潮水涌着向林舒。士兵们持枪对准举人们。因没有下令，不敢开枪。林舒见举人们大水漫堤般向自己压来，连连后退。装腔作势地叫道："你们要造反不成！"

陆天亮此时已将生死置之度外。半个月来，他联络山西举子，人串人、人拉人串联中州、江南数省举子。举子们对呼三山顶凶一案早有所闻，经陆天亮一游说，如同干柴遇烈火，一点即着。

陆天亮趁机鼓动，娓娓而言："我的兄长陆天星七品官员，在中州抚署衙门供职，假呼三山刑场呼冤时，他是监斩官，因发现人犯调包，仗义执言，结果被人用毒酒害死。还有，假呼三山的妻子被真凶呼三山追杀黄河渡口，被我所救。我等举子按朝廷法度上书，又身犯何罪？你以独断为聪察、以抓人堵塞言路，以你这样的胸襟和心田，可对得起当今的圣君，对得起你每月俸银？"

范良岑与林舒为同年进士，范良岑因是汉人，常遭林舒的白眼，一直隐忍着。今见陆天亮说的都是自己想说又不能说、不敢说的话，让人听着既解恨又痛快。此刻，他睃了一眼脸色青红不定的林舒暗笑："看你今日如何收场！"

林舒已被陆天亮连珠炮般犀利的言辞击得头昏脑涨，好一阵儿，方醒过来，狞笑道："范兄，你掌管刑部，像这样的害群之马先革去功名，再送他们去蹲大牢，杀他几个，看他们还以下犯上不？"

一语甫落，众举子顿时炸了锅，有揎臂高声呼叫的，有唾弃咒骂的，还有朝林舒扔砖头瓦块的，如开锅粥般一片混乱。林舒红了眼手舞口说，但人声嘈杂，兵士们听不清他说了什么，只是紧紧护着林舒。

"林兄！"范良岑见举人们辱尽了林舒的颜面，方从人缝里挤了过来，对林舒说道，"公车上书，大清史无前例，举子们明摆着占理儿，你我又何必为中州那群腌臜官苦撑硬扛，做挡箭牌呢？不如折中一下，暂接了万言书，先把他们遣散了，然后，再暗中派人拿了领头的，你看这样行不？"说罢，紧盯着林舒不语，那神情仿佛在说，你若再不听劝，一意孤行，老子抬脚就回刑部，看你如何收场，向皇上交差。

这一刻林舒已完全冷静下来，公车上书是一件亘古未有、轰动天下的大事，史官言官们非记档不可，老子凭什么替中州官员背一个阻塞言路的黑锅？主意拿定，他粗重地叹了一口气说道："一切依你！你接万言书，与我进宫面见老佛爷！"

范良岑心中一阵别扭，林舒接举子们的万言书是他的职责所系，作为刑部尚书接万言书岂不是代人受过。转而又想，公车上书，朝野瞩目，自己接了万言书，平息了这场风波，岂不是功在林舒之上？思量着心中已豁然洞开，他含笑接过陆天亮的万言书，又婉言劝减举子们几句，众举子在一片称赞欢呼声中散去。

遣散了这群举子，范良岑和林舒俩人立刻至西华门递牌子觐见。此时，慈禧已知道几百名举子封察院的事，因朝中事情太多，她不甚详尽，招来翁同龢寻问，待范良岑呈上万言书时，慈禧还笑谓众人道："朝中多事，百弊众生，书生们有何良策救国？"说着，便俯首细看。刚看上几页，慈禧太后的脸色越来越阴暗，两道柳叶眉不由自主地高挑起来。翁同龢深知慈禧火爆脾气，顿时心里一紧，却听慈禧念道：

"光绪七年，中州省宛平府老虎寨巨匪呼三山，横行数省，积案重重。先劫三河县大黄庄，黄家遭殃；后洗丰穰县尚家寨，殃及池鱼。因尚、黄两家自幼订婚，三河县黄少文投亲丰穰县，岂知黄泉路越走越近。丰穰县尚发祥嫌贫悔亲，攀龙梦愈演愈真。为掩罪孽，呼三山买通官府，诬良为匪。冯县令施尽酷刑，故而酿此奇冤。府官受贿自然维持原判，省抚不辨真伪，没有异议，督抚有意袒护，谁敢秉公断案？故而酿成刑场呼冤。钦差年迈昏聩，复审由他人代办，可怜牢中秀才，更是冤上加冤……"

慈禧读至此，已是脸色铁青，嘴唇哆嗦，一双凤眼喷出火来。她伸手端茶，却插进茶水中，气得抓起玉瓷茶碗啪地摔得粉碎，又一扫案几上的文书、图章、砚儿、细糕宫点，掀洒得满地皆是。翁同龢、范良岑、林舒见慈禧如此盛怒，悄无声息地一旁跪了。

太监和宫女吓得大气也不敢出，蹲在地上拾掇着地上的物件。慈禧气咻咻地说道："大清国出此顶凶奇案，可见吏治腐败官匪不分，到了触目惊心的地步！翁同龢，派人将漕运总督吴彦兆、中州巡抚贺丰年锁拿进京，交部议处！"

"老佛爷暂息雷霆之怒！"翁同龢在地上重重地叩头说道，"此案虽引起举子们共愤，外界舆论哗然。但臣认为，案情尚不明朗，似乎证据不足，骤然兴动大狱，锁拿两名一品大员，势必引起朝野震动，不如将此案交刑部查处。限期破案，待水落石出之时，再依律处置两位大员不迟！"他早已得知，是门人陆天亮鼓动举子公车上书，早晚这事要泄露出去，不如早作顺水人情，先保住吴彦兆和贺丰年两位头上的顶戴，显得自己至公无私。

林舒仗着是皇室近支，鼓着一双蛤蟆眼说道："为一群举子闹事，锁拿两位朝廷柱石，不值！不如把领头闹事的抓起来！"

"北围明年初要开科，杀应试的举子会寒了士子们的心！"范良岑深知此案关乎着刑部的声誉，不如大事化小，小事化了。再说，吴彦兆和贺丰年俩人在慈禧跟前的恩宠不在自己之下，遂伏地叩首道："太后息怒，臣查阅中州卷宗时，该案确有很多遗漏和不明之处，不如暂缓锁拿吴彦兆、贺丰年两位大员，把案犯和人证押解刑部审明后再作定夺！"

慈禧已恢复常态，觉得翁同龢、范良岑说的都是老诚谋国之言，仰着脸想了想，说道："贺丰年、吴彦兆辜恩欺主，暂缓锁拿，顶凶案非同小可，必须严查！翁同龢！"

"臣在！"

"你草拟懿旨，着中州巡抚贺丰年将人犯和涉案人员即刻押送刑部审理，不得延误！"

"喳！"翁同龢状元手笔，当即援笔在手，文思涌动，一气呵成，恭呈慈禧御览用印后，命人用八百里加急发往中州。

慈禧仿佛余怒未消地又道："国家设刑化民，旨在惩恶扬善，安抚百姓。然中原腹地居然官匪勾结，枉法顶凶，骇人听闻！范良岑派刑部干吏速去中州勘实查明，三个月破不了案，尔自请罪折回家抱崽吧。"她目光熠然一闪，又倏地隐去，愤愤地说道："倘若真像举子们万言书上写的，本宫非诛几个大吏不可！"说罢，冷哼了一声拂袖而去。

范良岑出了宫门，直接回到了刑部衙门。当即唤来员外郎赵侍尧，命他秘密到中州查明案件真相。

此时，范良岑斜靠在椅中，阴郁的目光盯着赵侍尧，见他目光深沉，脸色凝重，以为他不愿接这一棘手案子，身子前倾，捻须又道："尔若疑惧，另派他人查办！"

赵侍尧从范良岑庄重的神色中已掂量出查办呼三山一案的分量。此案若翻，必将拔出萝卜带出泥，要扳倒一大批官员。赵侍尧是有名的赵大胆，突然仰天大笑道："范大人乃朝廷柱石，尚且不惧，我一个小小的六品员外郎，何足道哉！大人尽自放心，三月内不能结案，我挂冠归隐山林！"范良岑不禁动容。他每天所见官员尽是奉迎上司，遇到棘手案子绕着躲着。唯独赵侍尧实心办差，他拍拍赵侍尧的肩膀，一脸庄重："大丈夫立身处事博取功名在此一举！"而后，又喟然一叹道："官员都像你这样，何愁诉讼不平，冤狱不靖！道乏吧！"赵侍尧出了刑部回到家中，立刻打理行装。

夫人赵氏貌美且贤，得知赵侍尧赴中州省查办顶凶大案，联想前年查办云南报销案，赵侍尧险遭不测，顿时一阵慌恐。她望着刚毅的丈夫，心中充满着忧伤和眷恋，鼻子一酸，竟滴下泪来。

赵侍尧叹息一声道："早知官场这么腌臜，悔不该同治十三年考中进士，来这肮脏官场。"他唏嘘一阵，说道："我近日便离京去中州，万一不测，你切莫为我举哀申冤，悄悄带上幼子回长安老家，隐名埋姓扶养儿子，保我赵氏一门血脉！"不知怎的，赵侍尧竟为自己的话语感动，不禁潸然泪下。

俩人正自凄惶，赵虎匆匆来禀："有一位叫陆天亮的先生求见！"

"快请！"赵侍尧擦干眼泪，推开赵氏，大步迎了上去。

第六十七章
赵大胆夜宿呼家庄
呼地保仗势欺良善

翌年农历二月二龙抬头节，赵侍尧带上赵虎悄无声息地出了京城，但见天气阴晦，大雾弥漫，路边麦苗在寒风的吹拂下不安地抖动着，赵侍尧被凉风一吹，陡然一个激灵，心中升起一种不祥之感。这时，陆天亮纵马追了上来，滚鞍下马，双手一拱道："陆某追赶大人，只为奉劝一句话！"

原来，经尚慧娟介绍，赵侍尧结识了陆天亮。除夕，赵侍尧与陆天亮又促膝长谈，深知此人胆识过人。因笑道："有何见教？请讲！"

"大人，今日为黑道禁忌日。我占了一个坎卦，出行有险！"陆天亮一脸诚恳地说道，"君子知命不履险地，不如推迟几天，再择吉日？"

赵侍尧闻言一怔，默默地取出六枚乾隆铜钱，合掌摇了摇往空中一抛，六枚铜钱散落在地。陆天亮俯身看时，失声说道："蹇卦，难也，险在前，见险而止，知矣哉，不利大人涉险远行！"

赵侍尧仔细看卦，想了想笑道："卦象变幻无穷，不可僵板照搬书本。自古祸兮福兮、福祸相依，阴阳之变存乎一理。昔年康熙擒鳌拜，大战前有人占了一卦，同为蹇卦，为重险之象，康熙深解易理，凶凶为上吉，离险亨通，依旧擒住了鳌拜。"他看了一眼陆天亮，又道："卦中有喜神主西南，凶星在东北，本卦虽取险却利见大德之人，往有功也，大吉！"

陆天亮想不到赵侍尧如此博学，佩服之余，尚自放心不下，说道："明明是个凶卦，不利出行，大人偏偏牵强附会，我无话可说！不过你看这天气，云升东北，雾罩西南，大雾如雨，天地昏暗，路程遥远，不如我随大人同行，也好有个照应！"

赵侍尧一哂说道："你若随我去中州，尚小姐母子在京城有个闪失，如何是好？"

"是尚小姐让我与你做伴！"陆天亮说道，"我让戏班主照看她，范大人又派人暗中保护，京城首善之区，料无大碍。再说，京城距中州路程远，我随大人结伴同行，聊补寂寞之苦！"

赵侍尧爽朗地一笑："我奉皇命出行查案，旨在为民洗冤，剪恶安良，乃是天道。天道即是大道、人道，违者便是不祥，魑魅魍魉奈何于我！前面就是官道，我光明磊落出行，坦坦荡荡办差，何为不吉！你与我同赴不测之地，日后切莫后悔！"

陆天亮见赵侍尧如此坦荡豁达，说道："俺跟定你了！"遂与赵侍尧翻身上马，马后一鞭，疾驰而去。

赵侍尧出京之后，先去五台山拜佛烧香，又到保定盘桓游玩数日。贺丰年早从京城获悉，暗中派人打探行踪。见赵侍尧一个浪荡公子游乐山水，戒心松懈。但贺丰年这次失算了，赵侍尧进入中州境后，一反常态，风餐露宿日夜兼程，待进入宛平境时，已是杨柳吐青，野花媚人季节。赵侍尧与陆天亮每到一处便访问本处乡土风俗。不知不觉进入伏牛山深处，山路崎岖十八弯，怪石嶙峋冲霄汉。又走了一天，但见山正面和风煦日，山背面却是山风飕飕，细雨霏霏，赵侍尧不禁感叹："一山有四季，十里不同天。"山里不同京城，客店和村落稀少，荆棘横生崎岖难行。待到呼家庄时已是酉正时分。

赵侍尧骑在马上观察，呼家庄坐落在群山峻岭中，东有帽山，西有驼峰，中间地带一马平川，乌沉沉、黑森森像一个集镇，山货、杂货铺子、小吃等琳琅满目。此刻，已近傍晚，灰白色炊烟袅袅娜娜升空而起，汇成一条宽大的灰白色幔幛，宛如一条白龙在空中缓缓摇摆舞动。集市上各种摊贩吆喝的叫卖声交汇在一起，甚是热闹。赵侍尧他们在一家"呼家老店"歇脚住下。客店饮食住宿、汤水供应周备俱全。仨人又累又饿，见满桌山味佳肴，如风卷残云，顷刻间吃个罄尽。吃过晚饭，便泡脚上床准备歇息。忽然，一阵悠扬的琴声伴着女伶柔美的歌喉传来，在这乌云遮月的深山小店里，让人听了格外甜美入耳。赵侍尧赞道："想不到在这儿能听到如此妙音！"竟披衣趿鞋，循声而去。陆天亮见赵虎已酣睡，忙紧随其后。

俩人约行半箭之地，来至十字街口，果见坐北朝南有一排门面房，门楣上方写着"呼家庄戏楼"。赵侍尧俩人进得屋来，张眼看时不禁失笑，这算什么戏楼，三间门面箔扎瓦房又低又矮，后边厢房打通，摆着几排低矮的条凳、方桌，坐着四五十人喝茶听戏，舞台仅占半间房，台上老者拨弦伴奏，女的淡妆素抹，怀抱琵琶边奏边唱：

> 阎郎啊，想当初你家也是楼阁一片，转眼间被赵昌化为云烟，我只说富豪大户多良善，又谁知尔虞我诈藏黑肝，从此后荣华富贵心生厌，世态炎凉我盼桃源，愿学天上七仙女，不恋天宫恋尘寰……

这女子吐字如珠落玉盘般清晰，歌喉似冷泉滴月般婉转，如泣如诉，缕缕不绝。台下不少人听得竟沾襟抹泪。赵侍尧一听便知唱的是《阎家滩》，想起自幼父母双亡，靠兄嫂供养读书，才得以考中进士，一双虎目竟溢满了泪水，不禁痴了，待曲终人散时，赵侍尧还沉浸在戏中，陆天亮推了他一把，见台上老者收场子，从袖中摸出一锭银子，足有二两，递给了老汉，轻声说道："出门卖艺，着实不易，做个补贴用吧！"

那老汉接过银子忙唤过卖艺女子打躬作揖。突然，蹿过来一个中年汉子，歪嘴斜眼疤癞脸，辫子盘在头顶，上前从老汉手中夺过银子，瞟了一眼赵侍尧和陆天亮，悠闲地抖着一条腿，怪笑道："哪……哪个坑里肥鳖，给……给你女儿的卖身钱？"

老汉猝不及防，抬眼看时，顿时吓得两腿颤抖，结结巴巴地赔笑道："呼大爷，这……是两位客官赏的，俺和女儿这些天还没有吃过一顿饱饭。再说，俺女儿连个像样的行头也没有。您高抬手放过俺们吧！"那女子杏眉倒竖，上前拉过老汉："姓呼的，俺和爹爹一分钱没要在这儿唱半月了，为啥不给腰牌放俺们走？"

"哟嗨，有……有野男人给你撑腰，说话底气壮啦！"那中年汉子顺势在那女子胸脯上抓了一把，淫笑道，"没上老子的……床就想走，没……没门！"

"呸！"那女子涨红了脸，一口啐在那中年汉子的脸上，"畜生不如的下流胚子，仗着老虎寨呼三山是你堂侄，欺辱俺卖唱的算啥本事！"说着，拉着那老汉的手："爹，不要腰牌了，咱走！"那中年男子一把攥住女子手腕，奸笑道："走？往哪走？今晚住……住俺家！"赵侍尧顿时热血上涌，上前劝解，却被那汉子一把推开，吼道："一个野杂种，敢……敢……敢管老子的闲事，滚——"

赵侍尧顿时气得浑身乱抖。平时，他在刑部不知提审过多少江洋大盗，哪个见他不是老鼠见猫般吓得浑身筛糠。眼下，一个山村的恶棍竟如此不法，欺男霸女还作践自己，正自恼怒，陆天亮忽地上前，一个清脆的耳光扇在那人脸上，怒骂道："谁给你的胆，竟敢这么欺压百姓，没有王法了吗？"

那汉子捂着半紫的脸，盯着陆天亮，突然仰天大笑："老子叫……叫呼明清，呼家庄……庄地保，在这儿，老子就是光绪爷！"说着，一招手，立刻拥进来四五个壮汉，捋袖攒拳横眉冷对陆天亮俩人。老人见赵侍尧要吃亏，忙推赵侍尧俩人快走，唱戏女子也劝道："爷是啥身份，犯不着与畜生怄气！"

"想走……可以，我要验腰牌！"呼明清已听出赵侍尧俩人是外地口音，格外嚣张，"摆十桌酒席，唱三天大戏，再向老子磕……磕……磕……一百个响头，让大爷我高兴……才中！"

"清平地界，你要打劫不成！"陆天亮气往上撞，待要发作，赵侍尧陡然想起，中州往刑部报呼三山一案的卷宗上，有个地保呼明清指认黄少文是呼三山。他惊觉地扯了一下陆天亮的衣角，装着害怕的样子，说道："俺们是过往客商，不知呼地保要验啥腰牌？"

"让他们……见识一下！"呼明清让一个精壮汉子把腰牌递给赵侍尧。赵侍尧看时，是一块比铜钱略大一圈的明黄铜牌，上面刻着"呼三山"三个镏金字，心中顿时咯噔一下，他疑惑地望着呼明清问道："呼三山是谁？腰牌有甚用处？"

"说出来吓破你的狗胆！"呼明清因得意说话也不结巴，"呼三山是天天过年、夜夜成亲的老虎寨大当家，方圆几百里，宛平府十三县提起呼三山的大名，连小孩都吓得噤声，没有腰牌你能走出大山四十八寨吗？"

"骗谁呀！俺在龙兴城做买卖时听说过，刑场上喊冤的那个土匪头子叫呼三山！"赵侍尧满脸的不相信，"呼三山还在坐着牢哩！"

"放你娘的狗臭屁，那……那是替死鬼！"呼明清勃然大怒，喝道，"这儿是他的家乡，呼三山还做着……着……"他觉得说漏了嘴，硬生生把"官"字咽了下去，横着眼警觉地打量着似商非商、似官非官、气度从容的赵侍尧俩人，恶声叼气地问道："你俩是什么人？"

"山西客商！"赵侍尧一经证实，心中还是惊骇不已，思量着已有了主意，笑道，"这块腰牌我要了，开个价！"

"十两银子一个！"

"我出二十两银子买两块！"赵侍尧用手指了指卖唱父女。

呼明清见对方愿出大价钱买腰牌顿时忘了戒心，得意地奸笑道："真是个肥鳖，不过，这女子还没破苞开荤，既然你是个肥鳖，外加……加五十两银子保护费，让大爷我消……消消火气！"

"三十两，再多不买了！"

"三十两就三十两！"呼明清一脸得瑟，把两块腰牌交给赵侍尧。这时，客戏店掌柜从人群中冒了出来，对呼明清耳语了一阵。原来，店主隔窗看见赵虎一个人在屋内擦枪，顿时生疑，忙报知呼明清，呼明清顿时阴了脸："来呀！把这两个响马给……给……给绑起来！"几个精装汉子应了一声，立刻逼了过来。

那卖唱父女见势不妙，忙道："恩公，快走！"饶是陆天亮眼疾手快，抓过茶壶兜头向呼明清砸去，拉过赵侍尧便跑，卖唱父女紧随其后。呼明清猝不及防，被滚烫的开水烫个满脸花，捂着脸疼得嗷嗷直叫："抓响马啊！"看戏的人们吓得东躲西藏，赵侍尧对吓呆的卖艺父女说道："老伯，快逃！"

赵侍尧平生第一次让人当贼寇捉拿。眼见得镇上敲锣打梆，四周村丁执着火把大呼小叫追了上来，店主在火光中指指点点，村丁们吆喝声渐近。他

恨透了店主出卖自己，转脸对卖唱父女说道："老伯，我乃北京城刑部官员
赵侍尧，专程到呼家庄私访，不料连累你们，这块腰牌送给你，逃生去吧！"

那老者满眼是泪，接过腰牌连声说道："俺父女害了爷台，咱们分开逃，
逃出去一个是一个！"那女子杏眼喷火："我王小花今日跟他们拼了！"说
着，返转身迎了上去。

第六十八章

蒙面侠仗义助清官
丰穰城一清惩恶棍

"不可！"陆天亮一把拽过王小花。呼明清指着赵侍尧吼道："抓……抓……抓住那个小白脸响马，赏银十两！"壮丁们嗷嗷叫着冲了上来。赵侍尧暗暗叫苦，眼见得村落四周灯笼火把喊杀渐近，看了一眼陆天亮，惨笑道："悔不听你的话，才有今日横祸！"话音甫落，一个蒙面人凌空落下，赵侍尧大叫一声："我命休也！"

孰料，蒙面人嘿嘿一笑道："赵大人，不必惊慌，我来救你！"说着一扬手，前边的几名壮丁顿时捂着脸哭爹叫娘疼得在地上打滚。呼明清扶起看时，原来壮丁们脸上着了梅花针。呼明清大怒，挥刀吼道："逮着一个，赏银十两！杀死一个，赏银二十！"壮丁们霎时又打起精神，嗷嗷叫着追上来。

"赵大人快走，呼明清这条恶棍交给我！"那蒙面人解开腰带，手中一抖，竟是一条皮鞭，舞得天女散花般扑向呼明清。赵侍尧与陆天亮奔回客栈，唤上赵虎，牵出马匹，一跃上马，追风般飞驰而去。王小花父女也趁机逃出。蒙面人见赵侍尧走远，刷地一鞭把呼明清打翻在地，说了声："恕不奉陪！"跳出圈子，几个腾跃，翻墙越脊已不见踪影。

赵侍尧三人沿山路朝西南方向狂奔，路上隘口果真有壮丁盘查，幸喜有印着"呼三山"三个字的腰牌，遇卡便放行。黎明时分，进入丰穰县境内，遂放辔缓行上了驿道。放眼望去，远山含黛，小鸟翩跹，远处村落传来牛哞羊咩和村民们叽叽喳喳的说笑声。三个遇难落荒之人劫后余生，恍若有隔世之感。赵侍尧舔着嘴唇说道："不知卖唱父女逃出虎口没有？万一不测，缺了人证！"陆天亮却道："蒙面人是谁？为啥救咱？"

赵侍尧摇头苦笑道："猜不透，反正与咱们有缘分！"

走了一个时辰，到了丰穰县城。此时，一轮红日喷薄而出，巍峨高大的城楼像踱上了一层金光，显得格外庄严辉煌。赵侍尧三人随着人流互相搭讪着进了城门，一街两行卖烧饼、羊肉汤锅、水煎包子馍、油烙馍、胡辣汤各等小吃店散发着阵阵葱姜味，赵虎咂了咂嘴流着口水，说道："哥，俺饿了！"

赵侍尧看了一眼赵虎满脸的馋相，点了点头，遂寻了一家郑记老店美美饱食一顿，歇息一日不具细说。

翌日，仨人养足了精神，刚要出门，忽听门外有人问道："掌柜的，姓赵的客商住在哪个房间？"

赵侍尧大吃一惊，莫非呼家庄的人追赶到此？忙隔窗望去，竟是一名手摇折扇、身着蓝布中衣的英俊公子，觉得眼熟，怔忡间，店掌柜已跨进门来笑道："赵爷，有人拜访！"话音甫落，那青年公子已跨进门来，双手一拱笑道："赵兄，害得我好找啊！"

赵侍尧先是一愣，但瞬间认出了尚慧娟，哈哈一笑，伸手相让，那店主很知趣，退了出去。

"赵大人！"尚慧娟唯恐赵侍尧在丰穰有闪失，千里迢迢从京城赶来。此刻，她压低嗓子说道："呼三山盘踞丰穰多年，眼线极多，他家深宅大院，情势复杂，俺赶制了一张图，供你备用！"

赵侍尧目光霍地一跳，接过图样仔细观看，十分佩服尚慧娟的精细。尚慧娟在一旁指点道："这是呼三山前院和厢房，这儿是后花园池心岛，有暗道。他的大老婆林月娥就囚禁这儿！"她口说手比，足足说了半个时辰，末了又道："呼三山捐官后，把院落改了又改，房中有房，穴中有穴，万一遇到不测，去后花园找林月娥！"

赵侍尧静静地听着尚慧娟介绍，望着这位才貌双全的烈烈女子，嗔怪地问道："孩子呢？"尚慧娟闪着一双大眼："俺交给了戏班主照看！"赵侍尧不放心地又道："这儿认识你的人较多，不宜抛头露面，你就在这儿住下，我和赵虎乔装一番，出去走走。"尚慧娟笑道："不妨！"言毕，便在嘴上贴上胡须，头戴瓜皮帽子，俨然一位公子哥儿。

呼三山宅院在城十字街，自捐官后又修葺一新，门楣高大，灰墙碧瓦，一大片房舍在阳光下闪烁生辉。此刻，赵侍尧身着蓝布长衫，手摇鹅毛羽扇，后边跟着书童装束的赵虎，擎着一块白布，上面写着："一笔如刀，劈开昆仑分玉石；二目如电，能观沧海辨鱼龙。"悠悠晃晃来到呼三山住宅。尚慧娟、陆天亮跟在后边，装着闲逛，仿佛在欣赏这座宅院的建筑风格。奇怪的是，大门前，站满了挑着水桶的百姓，有的满脸气愤，有的相互私语。一位年轻后生愤然说道："没天理了，同是街坊邻居，凭啥不让大伙吃井里的水，还古大善人哪？"赵侍尧拨开人缝瞧时，不禁骇然，见两盘石磨扣压在水井上，井边站着几个横眉竖目的街痞。一位白发老者低声下气对着一个刀疤脸说道："王管家，看在街坊邻居的分上，您老人家行行好，给这些人一口水喝！"

"呸！"被称作王管家的正是王老虎，此刻，牛眼一瞪，说道，"此井是我开，吃水拿钱来，十文一担水，留下卖水财！"

赵侍尧自出生以来，见过街痞恶霸，还没有见过水霸，眼见那白须老者唉声叹气摇头离去，便火往上撞，刚想发作，忽听呼三山宅院大门吱呀呀而开，几名家丁凶狠地把一位满头白发的老者推搡到门外。那老者气咻咻地说道："当初我女儿嫁给姓古的，说好的价钱三千两，你们只给三百两。俺女儿三年未回娘家，你们把俺女儿拐卖到哪了，还骗我把三河县姓黄的后生告到衙门坐大牢，俺要去北京城告你们！"

尚慧娟头嗡的一声涨得老大，脸色苍白得无半点血色，整个身子剧烈地颤抖着。赵侍尧见尚慧娟脸色有异，悄声问道："哪儿不舒服？"尚慧娟哆嗦着说道："他是俺爹！"赵侍尧刚要再问，随着守门的一声断喝："闪开！"从门里走出一位长弧脸、尖下巴，长着一双老鼠眼的中年人。尚慧娟一眼认出是杨道三。杨道三手摇折扇，慢悠悠地踱至尚发祥面前，说道："你这条老疯狗，瞎叫唤个啥呀！古大人对尚家千般好、万般护，你他妈竟然去县里、府里告古大人的刁状，你的心让狗扒吃了？再者，你女儿卖身钱，能值三千两银子？婊子一个！放着荣华富贵不享，跟一个野男人跑了，你他妈还有脸来这儿要人，尿泡尿照照自己——尿样，呸！"

尚发祥来呼三山家找女儿，谁知道遇上杨道三这条恶狼，顿时气得头蒙，便不顾一切向杨道三撞去。杨道三猝不及防，竟被撞个仰面叉，顿时火冒三丈，跳起来吼道："打，打死这个老杂毛！"几名家丁立刻凶狠围着尚发祥一阵猛踢猛揍。尚慧娟惨叫一声刚要上前，被陆天亮拉住。这时，一个蓬头垢面浑身脏兮兮的道士弓着腰拄着拐杖，颤巍巍地走来，口中笑道："乖儿子，又在欺侮老人？让我一清给撞上了！"说着话，手中拂尘一扫，正在猛打尚发祥的几名家丁顿时捂住脸蹲在地上打滚儿号叫。杨道三吓得妈呀一声溜回院内。一清道人弯腰将尚发祥扶起，又起身笑嘻嘻地向人群瞭望了一下，倏地，王老虎挥刀向一清砍去，陆天亮惊叫一声："道长小心！"

一清像脑后长了眼睛似的侧身躲过，见旁边放着木梯，抓过梯子，说了声："无量寿佛！"竟把梯子舞得像风车一样。几个照面过去，一清踢飞了王老虎的砍刀。王老虎恼羞成怒，呼哨一声："上！"跌倒在地的几名家丁从地上爬起嗷的一声围攻一清。

一清索性把木梯直竖起来，噌噌几下攀到梯顶，说了声："起！"木梯像人行走一样穿梭在王老虎和几名家奴中间，众人不禁轰然喝彩："好！"喝彩声未尽，一清竟连人带梯压倒在王老虎的身上。王老虎顿觉一座大山向他压下，肋骨断折几根，撕心裂肺般号叫一声晕死过去。却见一清丢下木梯，飞身向石磨踢去，那石磨竟轻飘飘飞起落在他手上，一清像饭店跑堂伙计端着菜盘一样，轻轻地将石磨放在柳树下，竟面不改色，气不发喘。围观的众人沉寂了一会儿，接着又爆发出一片雷鸣般的喝彩声。

赵虎看呆了，叹道："真是个奇人！"赵侍尧却问尚慧娟："刑部卷宗上写得明明白白，王老虎在大牢关押，是呼匪一案的主要人证，怎么会在这里？"尚慧娟刚要解释，却见一清踱到赵侍尧和尚慧娟面前，诡谲地一笑道："居士有缘！"径直去了，嘴中还念念有词："道可道，非常道，名可名，非常名。"

刹那间，尚慧娟觉得一清道人极像死去的哥哥尚玉龙，刚想去追问究竟，却见赵侍尧摇动手中的铜铃喊道："看流年大运，批终生祸福!"

　　王老虎忍痛爬起身，听着赵侍尧低一声高一腔地吆喝着，格外心烦，又看着众人从那口井中汲水，满肚皮火气涌了上来，红着眼，踉踉跄跄向赵侍尧走来。

第六十九章

员外郎恃才演神算
俩害虫问卜自取辱

见王老虎朝赵侍尧走来，尚慧娟拽了下赵侍尧衣角，小声说道："恶狗咬人，咱们避一下！"赵侍尧冷哼一声，迎着王老虎气度从容地走了过去。王老虎见一个算卦先生对他不躲不闪，反而一怔停住脚步，龇着黄板牙，上一眼下一眼地打量着赵侍尧，冷笑道："一个臭算卦的也要惹爷生气！"

"大路朝天各走半边！"赵侍尧见王老虎眉短眼凶，脸上二寸长的刀疤像一条蜈蚣，在阳光下格外刺眼，通身上下一股狂傲凶悍之气，让人一看就觉得不是善类，遂冷冷地说道，"丰穰城天宽地广，我算卦糊口养家，你即便是冯县令，管得着吗？"

"这——"王老虎竟一时语塞，顿了顿，纵声大笑，倏地又敛了笑容，"在丰穰县城敢与爷这么说话的不多，算你有种。那好，老子昨晚做了一个梦，我骑大马上山，回来时在自己房前转了三圈，可找不到房门，只见房前屋后长着黑森森的松柏树，你说这梦是好还是坏？"众人闻听觉得有趣，放下水桶围拢上来看热闹。尚慧娟暗暗叫苦，但她不知赵侍尧自幼饱读诗书，三坟五典、诸子百家无所不晓。赵侍尧见对方寻事而来，心想何不借机压压他的气焰，白了他一眼，故意不发一言。

王老虎见他这样，撇了撇嘴说道："爷一看就知道你一肚子青菜屎，装幌子算卦骗人，爷这就掀了你的摊子！"

"慢！"赵侍尧这才慢悠悠地说道，"本想给你留点体面，偏偏你逼着，那就直说吧。你骑马上山，预示着飞黄腾达，将来有官做！"王老虎一听咧嘴乐了，"当官！豹哥说那是迟早的事！"赵侍尧话锋一转道："可马在八卦中是离卦，它是火，引火上山，山上有树，遇木必着。从字形上看，山上有人，是一个'凶'字；找不到房门，又绕宅三圈，你灾祸在三个月后出现！"说罢，含笑不语。

王老虎又是一阵狂笑："想吓唬我讹俩钱？爷是那么好诓的？偏不信你那鬼把戏，你说爷是做啥营生的？"

"你说出一个字我给你推算！"

"爷是个瞪眼瞎不识字！"王老虎耸了耸肩膀。忽见人群中一小孩拉着一个女人的手叫道："妈，我饿！"王老虎嘿嘿一笑道："那就'饿'吧！"

赵侍尧淡淡一笑说道："'我'字左边加'食'便是'饿'，你是一人吃饱，全家不饥之人，是个光棍。"

王老虎当下心中一惊："那你说爷是什么人？"

赵侍尧笑道："饿者，饥也，此乃不凡之人。然而，'饥'字右边是个'几'字，去掉'食'字上面的'人'字，下面是个'艮'，像'良'又不'良'，故而不良之人者也！"

围观人群见赵侍尧如此神算，不禁轰然喝彩，尚慧娟初时替赵侍尧暗中捏了一把汗，此时方知此人才学不在黄少文之下。王老虎见众人哄笑自己，刚想发作又忍住了，他阴狠地盯着赵侍尧，冷笑道："你能说出我姓什么，多大岁数，出身家世，我就服你！"

"你不识字，这不能怪你，请指一物亦可！"

王老虎从腰中抽出一把短刀顺势在地上划了一画。

"地为'土'，'土'上一画，你姓王，'王'字横看像'卅'，你今年刚好三十一岁！"

王老虎脱口说出："这不算，知道我王老虎的人太多了！"

"你三岁丧父，八岁丧母，是你婶母收养了你！"赵侍尧盯着王老虎的脸，侃侃而言，"你婶母靠纺花织布供养你上学，可你顽皮刁悍，竟打跑了先生，婶母责你，你不服，辍学改行学做木匠，又欺侮木匠师傅的女儿被赶出师门，四处游荡，最后落草，背了多少条人命，你心里明白！我说的可有一事不准？"

王老虎起初一脸傲慢地听着，慢慢地竟面如死灰。他哪里知道，这是赵侍尧在刑部查阅呼三山卷宗时得知的，有些是他临时编造的，想不到此时竟派上了用场。王老虎吃惊地连连后退："他妈的，你身上带有耳报神，老子还不能信你！"

"信不信在你心里！"赵侍尧见王老虎已被击中要害，乘势说道，"观你面相，看你流年，你眼下应在牢狱，因贵人罩着，才逍遥法外！我说的有假吗？你祖上积德行善，留给你的那一点福报，让你给折腾尽了，你知道不？"

"鬼，活见鬼！"王老虎满脸恐慌，心惊肉跳，这些法不传六耳之事，他怎会知道得这么清楚，他后退几步。刹那间，脸色又变得狰狞可怖，眉眼一瞪，握紧了短刀，阴森森地说道："妖道！你当众满嘴胡诌，我看你是欠揍！"刹那间，王老虎动了杀心。他抬眼见众人跃跃欲试想请眼前道人推算，当下又气又妒又不服气，他从人群中找出一个孕妇，拉至赵侍尧面前，干咳一声说道："隔皮不识货，你说她肚子里怀的是男还是女？"

那女人当着众人面，顿时羞得满脸通红，因身子肥大无法弯腰施礼，半晌方蝇蚊嘤嗡般羞怯怯地说了一句："俺想生个儿子！"

"那就以'子'为字！"赵侍尧仔细端详那女子，不胜感慨地说道，"子曰：'不孝有三，无后为大。'劝你家男人多存善念，你已经生了两个闺女，还不警惕，这'子'字拆开为'一''了'，你腹中怀的还是个丫头！"

那女子顿时眼中涌出了泪水，竟忘了这是公众场合，说道："我娘家也是大户人家，嫁与姓贾的男人不争气，抽大烟败了家，他又去偷……唉！这次，俺一定劝他洗手，多积点阴德！"

"若能改过，三年后你准能生个胖小子！"赵侍尧转脸对着王老虎："你可服气？"

王老虎此时如同喝醉了一般，蒙眬地盯着赵侍尧，喃喃地说道："请先生指条明路！"

"放下屠刀，立地成佛！"赵侍尧盯着塌了架的王老虎，"若能归入我门下，或许有一线生望！"

"想收服我？"王老虎目光呆滞，想起老虎寨大碗喝酒、大块吃肉、大秤分金、逍遥快活的往事又犯踌躇，"容我再想想！"

"旁门左道，何必信他！"杨道三不知何时从人群中走出，他闪着一双椒豆眼，手摇泥金折扇，在赵侍尧面前立定，冷笑道，"我说一'友'字，若能算出，方可信服。"

赵侍尧笑道："'友'字去头谓之'反'，先生你扪心自问可做过背友之事？"

杨道三顿时脸涨得像紫茄子，急急地说道："不对，不是这个'友'，是有无的'有'！"

"'有'字拆开为'大'字缺一捺，'朋'字缺半边！"赵侍尧叹道，"恕我直言，先生一生缺朋少友！"

杨道三不觉一慌，皱眉说道："你又错了，是申酉的'酉'字！"

赵侍尧正容说道："此字仍然不佳，天子为至尊，'酉'字是'尊'字去了头和脚，恕我直言，你交友时，竟连寸心诚意也没有！"

杨道三听着，陡然心里一颤，回想起与呼三山昧良心、使黑心、劫财害命的往事，他惊恐地躲闪着赵侍尧那逼人的目光，两只手下意识地攥着，良久冷笑道："我相识满天下，往来无白丁，岂会缺朋少友？真乃笑话！"

赵侍尧见他心虚，趁机说道："我算卦从不诳语，准与不准你自己知道。依我看来，比如眼前这朱门豪宅，也不过是一座凶宅罢了！"他冷傲地仰着头，吩咐赵虎："走！"

"先生留步！"

赵侍尧循声望去，只见一个身材高大、满脸粉刺疙瘩的汉子大步走来。尚慧娟闪眼望去，如遭电击一般。来人正是丰穰捕快班头柳学忠。这些日子不见，柳学忠似乎比以前发福了些，两眉雄浑，眼藏杀机，通身上下充满着刁蛮与凶狠。尚慧娟想不明白：花容月貌的呼小燕怎么与一个猪狗不如的魔头同床共枕？正自乱想，柳学忠笑嘻嘻地说道："活神仙，你怎知这是一座凶宅？烦请屈驾看看这宅院风水，顺便给我家主子爷推算一下官能做多大。"

这正中赵侍尧下怀，赵侍尧表面上却慢条斯理地说道："我若算得准，你多给三两银钱！"

第七十章

林月娥大义具实证
赵侍尧虎穴震匪胆

柳学忠奸笑道："你若推算不准——"

"分文不取！"赵侍尧昂然随柳学忠进入院内。

这是一座很大的宅院，正中一座明三暗五上房，当中屏门四扇，穿过屏门进入中院，院内花草芬芳，绿树掩映。正北上房一溜七间，东配房三间。西厢房三间，院内搭有天棚，放着琴桌。陆天亮见一个小县城的宅院如此豪华气派，暗自惊讶。尚慧娟故地重游，偷窥一眼以前住的房屋，依然文窗窈窕竹帘掩门，因几经风雨，窗棂上古铜色的清漆已有轻微的剥落，罩上了蛛网，蒙上了灰尘，因怕人认出，勾着头，尽量躲避人们的目光。

柳学忠也不住地打量这几个人。他觉得赵侍尧确有神通，因呼三山要他广交江湖奇能之士，他才请赵侍尧进院看风水，尚慧娟似乎眼熟，但又想不起在哪里见过。陆天亮相貌堂堂，赵虎人小鬼大，东张西望，不禁犯疑："请问道长，你身后的几位是什么人？"

"噢！"赵侍尧坦然一笑道，"一位是我的书童，那两位是我的徒弟！"

尚慧娟猝不及防，不禁一阵心慌，但事到临头，反而气定神闲，双手抱拳略一点头，算是见礼。但这一瞬间，柳学忠心中一寒，觉得尚慧娟可疑。恰巧，赵虎翻了一个跟头，嘻嘻笑道："俺是玉皇大帝驾前的善财童子！"引来众人哄笑。柳学忠又剜了一眼尚慧娟，一笑了之。

赵侍尧仔细观看院内的走向、门外水口走向，像一个老学究在勘察这里的地形物貌。良久，赵侍尧驻足捻须盯着柳学忠，突兀地说道："你不是这里的主人。"

柳学忠不禁愕然，旋即一笑道："你是怎么知道的？"

"这宅地虽是一座凶宅，若贵人居住，却是一块上等宝地。古人云：'此宅左短右边长，君子居之大吉祥，后边齐整方圆吉，庶人居之难镇堂！'"

柳学忠心服地一笑："不瞒你说，这是省臬司衙门古大人的宅院，我与古大人沾襟带亲，仅是走动走动罢了！"

赵侍尧盯着柳学忠又道："观君相貌，你在公门行走？"

"是！"柳学忠身子一挺，答道，"我叫柳学忠，丰穰县捕快班头！"

赵侍尧在一株老槐树下立定，以手加额向北瞭望移时，说道："后花园可有水池假山？"

柳学忠一脸惊讶："你是怎么知道的？"

赵侍尧粲然一笑道："宅地虽佳，大门山向却不利。"他用手指着北边，"你看，后花园本是修身养性、乐而忘归的地方，因水塘假山，居然有一股怨气直冲霄汉，会给这家主人带来灾祸的！"

柳学忠揉了揉眼睛，张目眺望良久，又摇了摇头："啥？怨气？看不清！"

"肉眼凡胎岂能看到，到后院一看便知！"赵侍尧笑了笑，抬脚进了后花园。后花园占地十几亩，围墙的四角都修有亭榭和岗楼。一塘清水中央矗立着用石头垒砌的假山，假山内建有一座八角楼，仅有一条木栈通往池岸。尚慧娟明白，这里是呼三山的大老婆林月娥居住的地方。也正是这个不幸的女人揭开了呼三山的面纱，救自己逃出了虎口。她忍不住轻咳一声，向赵侍尧丢了一个眼神，殊不知这一个不经意的眼神，几乎给他们带来了杀身之祸。赵侍尧心领神会，信口吟道："此宅花园有水池，人若居之最不宜，鬼怪出入人不吉，先贵后凶少人知！"

柳学忠听不惯这文绉绉的话，龇着黄板牙问道："这儿的阴气太重？"

"对！"赵侍尧笃定地说，"妖孽作祟，就在这假山上！"说着，竟踏上通往假山的木栈。

柳学忠突然制止道："那儿不能去！"

"有本道在此何惧之有？尔在此稍候！"赵侍尧回首一笑道，"待本道除了妖孽，还你家主人一块贵宅福地！"说着，竟头也不回上了假山。

"谁来这儿打搅老娘的清静！"阁楼里突然传出厉声喝问。

尚慧娟推开门，觑着眼瞧时，一位白发如银、布裙荆钗的老太婆停下手中活计，一双怨毒的目光怒视着这几位不速之客。此人正是林月娥。几年不见，林月娥竟满头银丝乱颤，仿佛老了十几岁。意外的是，林月娥的双脚上没有铁链。阁楼的门也没有上锁，屋子内摆放着零散的盆罐和横七竖八的药材，散发着浓重的中草药味。尚慧娟见林月娥眼神中充满着敌意，伸手摘下毡帽，一缕秀发瀑布一样垂落耳后，又顺手撕下胡须，林月娥眼前霍地一亮，惊喜地叫道："是你！"但旋即又敛了笑容，垂下眼帘道："你来做什么？"

"大姐，多谢你上次的救命之恩！"尚慧娟对林月娥深施一礼，拉过赵侍尧急促地说道："林大姐，这位是北京城刑部的赵大人，微服私访到此，特来救你出去！"

"哄骗老娘！"林月娥满脸的不相信。

赵侍尧深知，此刻不亮出身份，林月娥是不会相信的。他冷冷地说道："赵虎，你把刑部的戡合拿出来，让林大姐瞧瞧！"因为静，赵侍尧的话林月娥听得格外清爽，竟微微一震。

赵虎从贴身汗巾内取出绣着黄龙锦缎封面的锦封，从里边抽出刑部戡合，摆在林月娥面前。林月娥仔细看上面嵌着刑部殷红的大印，惊怔之下，突然伏地叩头："民女见过青天大老爷！"

一句话叫得赵侍尧心里热烘烘的，他双手搀起林月娥说："尚小姐说你深明大义，今日一见果真不虚！"

"民女明白赵大人来意，俺就实话实说，呼三山是古月杰！"她一边说着，一边从头上摘下精致的蝴蝶发髻，送给赵侍尧，赵侍尧忙双手接过，展目细观，这是一块和田玉雕琢而成的蝴蝶发髻，左翼上雕刻着"百年好合"，右翼琢着"呼三山敬送爱妻"字样，仿佛诉说着当年这对夫妻是何等的恩爱。赵侍尧默然良久，说道："林大姐，我奉命微服私访，查证呼三山的劣迹，是为民雪冤，你得谅解，这发髻暂由我保管，成吗？”

“连这个锦囊也一并送给你！”林月娥把印有“呼三山”三字黄澄澄的铜腰牌和锦囊递给了赵侍尧，垂泪道，“腰牌你收管好，锦囊你回京后再阅！”她叹了一口气，又道：“挨千刀的呼三山，事发是迟早的事。不过，俺俩是结发夫妻，他负了俺，那是他的事，民女只知道嫁鸡随鸡，从一而终。唉！上次帮尚小姐逃走后，俺就想到他的末日到了。可他是俺男人，俺还要用家传秘方配制药丸保他的命，他三日不服我配的药丸，便生不如死！”

赵侍尧看着地上摆放的药材，不解地问道：“为啥？”

“烟土害了他！”林月娥平静地说道，“若不凭这个，上次俺放尚小姐这一条，他就把我剁了！他现在省城做官，日子久了，对我管得也松了些！”尚慧娟这才明白林月娥没有铁链锁足的原因。正自嗟叹，林月娥用冷得令人发怵的语气说道：“配制药丸是为人妻恪守妇道的本分，给大人送证据是一个草民维护国家法度的职责！赵大人，这两者孰佳？”

赵侍尧猝不及防，竟一时语塞，想不到一个土匪头子的女人，乃是一个重情重义的烈烈女子。他想了想，实在没有适当的话语来安慰她。他心里翻腾得厉害，沉吟半晌，方道：“你跟我走吧，离开这个鬼窝，或许心情会好些！”

“不！”林月娥决绝地说，“法场上砍他头之日，俺还要去收尸呢！”

说话间，忽听外边人声嘈杂，柳学忠恶声恶气地骂道：“牛屎道士，快给老子滚出来！”

众人俱是一惊。尚慧娟情知有变，忙贴上假胡须，戴上瓜皮毡帽，开门看时，不禁倒吸了一口冷气。池塘四周层层叠叠站满了手持棍棒刀枪的家丁。

林月娥忽地起身，急急地说道：“尚姑娘，快领着赵大人从地道里逃生吧！”

“不！”赵侍尧虎眉倒竖，沉声说道，“堂堂的朝廷命官竟让人当贼拿了，成何体统！”

“嫂子，出来吧！”外边的杨道三嗑着牙花子，吸了吸鼻子，黑着脸向壮丁们喝令道，"都给我听好了，拿住一人，赏二两烟土！"

赵侍尧情急之下，把林月娥拉出门外，笑吟吟跨过门槛，望着一脸狠毒的柳学忠："何不早说，原来住着尊夫人！"

"拉鸡巴倒吧你！"柳学忠横眉立目，吼道，"你是谁？来干什么？"

赵侍尧神色凝重，淡淡地说道："一个算卦走江湖的，何劳柳班头劳师动众！"

杨道三奸笑一声，指着尚慧娟说道："你的这位徒弟，我怀疑是古大人失踪的夫人。"

"你认错人啦，她是个哑巴！"赵侍尧推着林月娥来到岸上，故作惊讶地说道，"敢问古大人有几房姨太太？"

杨道三被赵侍尧出奇的镇静和不怒而威的气势慑得一愣，但瞬间回过神来，指着尚慧娟说："把她裤子扒了，看看是公是母！"

话音未落，紧绷着脸的林月娥一记响亮的耳光扇在杨道三的脸上，骂道："轮不到你在这儿驴叫，老娘才是这儿的主人！"

杨道三猝不及防挨了林月娥一耳光，面目变得狰狞可怖，刚要发作又忍了下来，竟破颜笑道："夫人教训得极是！不过，这几个人来历不明，形迹可疑，怕是盗贼踩点！"

"你们连算卦先生也不放过？"林月娥板着脸，斥道，"放他们走！"

"恕小弟不能从命！"柳学忠根本不把林月娥放在眼里，他横了一眼尚慧娟，狠狠地一挥手，"来呀，扒光她的衣服！"众家丁应了一声，上前架住了尚慧娟。

"砰"的一声枪响，赵侍尧不知何时掏出一支毛瑟短枪，抬手一枪，空中一只麻雀应声落地，众人俱是一惊。柳学忠去省城见戈什哈肩上挎有长枪，从没有见过这把乌黑铮亮短枪，他越发感到赵侍尧不是寻常之人，竟愣住了。赵侍尧吹了吹冒着青烟的枪口，走到杨道三跟前，用枪指着他的头，冷森森地问道："放人，不然，哼！"

杨道三平时在衙门吆五喝六仗势作威惯了，哪儿见过这阵势，顿时吓木了半边身子，期期艾艾地说道："先生，别误会，我是县衙的师爷，放人！"

　　两名壮丁松开了尚慧娟，但赵侍尧手中的枪并没有移开杨道三的头，喝问道："你与柳班头平时是这样办差的?"

　　杨道三一双绿豆眼不停地眨着，听口气像是官场上走动的人，强笑道："敢问台甫、名讳?"

　　赵侍尧高傲地仰起脸说道："我知道你很想知道我是谁，现在，我可以明白地告诉你，你不配问。你们要知道，这天是大清的天，丰穰县是大清的县，管好你这些家奴，要遵法爱民，不要随意仗势欺人!"

　　杨道三眨巴着椒豆眼，见赵侍尧气度潇洒，一双深不见底的瞳仁闪着寒光，慑得他心中一慌，忙给柳学忠递了个眼色。

　　"一个外乡人也敢在这儿撒野!"柳学忠刁笑一声，断然喝道，"拿下!"家丁们立时扑了过来。突然，一支冰冷的枪管抵住了柳学忠的头，陆天亮讥讽地喝道："老虎不发威，你还以为是只病猫哩! 你信不信，我手指一动，能打碎你的头!"一阵凉风吹来，柳学忠打了个寒战。赵侍尧用枪顶着杨道三，沉声喝道："让他们散了!"杨道三已惊得魂不附体，骂道："让开!"家丁们立刻散去。

　　眼睁睁看着赵侍尧一行人大摇大摆走出了大门，柳学忠跺脚骂道："他娘的，哪儿有拿枪的算卦先生，这事得报与豹哥知道!"

　　一种不祥之感爬上杨道三心头，他木然地点了点头，阴郁地说道："他们是京城派下来的官员。"

第七十一章

尚发祥弥留生忏悔
花豹子猜忌起杀心

赵侍尧回到客栈，与陆天亮、尚慧娟稍议了一下，既然身份暴露了，干脆一不做二不休，去县衙会冯庶。

可冯庶去省城述职未归，候补县令郑绍绪对这个案子忌讳颇深，装聋作哑一问三不知。赵侍尧离开县衙，索性在丰穰城住下。可人们闻听他们询问呼三山时，顿时吓得摇头噤声，沿街询问冯庶的官声，一位屠夫说得贴切："丫鬟女坐当堂——看是掌柜不当家！"赵侍尧懒得再问，直奔尚家寨。因刚过小满节气，天气乍热，响晴无云。豫西南久旱不雨，禾田龟裂。大道上浮尘数寸，逃荒的人流一拨又一拨不断头，杂沓的脚步踩过，大道上更是乌烟瘴气。赵侍尧久居京城，畏热怕寒，但仍穿戴整齐一丝不乱，骑在马上默默想事，赵虎人小鬼大，说笑打诨倒也不觉寂寞。

尚发祥此时已卧床不起，他原本身体就弱，又不忌口，背上的百鸟朝王痈疮复发，逐渐加重。自尚慧娟从呼三山家逃走后，他好像从天上一下子跌落到险不可测的深谷里。呼三山的家奴们三天两头登门讨要尚慧娟的压床钱，闹得举家鸡犬不宁。开春后，尚发祥患上了噎食病，稍一进食便呕吐不止。因家道败落，日子难过，便辞去了所有丫鬟仆人。偌大宅院仅剩下他和老伴李氏。此时，他静静地躺在床上，瞪着失神的双目，隔窗看着天上朵朵莲花云缓缓移动，感到生命已走到了尽头。老树掩隐下的朱门豪宅已成过眼浮云，很快便不属于自己，想起昔年黄天福雪天相救、慷慨赠宝的一幕幕场景，胸中便一阵绞疼。若不是自己嫌贫爱富，诬告黄少文致其蒙冤下狱，娟儿定会在床前端汤送水侍奉着，是自己犯贱害得女儿有家不能归，有亲不能认。他觉得自己是多么愚不可及。良久，他无声地透了一口气，昏昏睡去，可刚闭上眼就做噩梦，梦见无数飞禽怪兽登门讨债索命，惊得通身冷汗淋漓。一阵凉风漫过，满院树木婆娑起舞，发出狼嚎般呜呜的声音。从树上飘落下来的黄叶惊恐不安地上下跳动着、抖动着，仿佛在嘲笑他可悲可鄙又可笑的一生。

这次遭呼三山家奴毒打气哽在喉，火气攻心，痛疮骤然崩发，因无万灵膏外敷，又无慧净的百草汤内服，痛彻骨髓。老伴李氏去大桥镇请郎中未归。他瞥了一眼床头案几上放着的那碗面条饭，一股冷清凄凉的孤独感涌上心头。他喊了一声李氏，无人应腔，两行浊泪顺颊而下，浑身痛苦地抽搐着，连赵侍尧、尚慧娟他们四人进来，竟都无觉察。

尚发祥昏沉中听到响动，脸上的皱纹像晒干了的榆树皮，轻轻地抖动了一下，睁开昏花的老眼，半晌才看到赵侍尧，有点惊愕。嚅动了一下嘴唇，说道："你是谁？"

"在下是京城刑部员外郎赵侍尧，特来查办呼三山一案。您女儿尚慧娟讲，关在牢里的，是她未婚夫，叫黄少文，三河县大黄庄人，可你是原告，证词中却说他是呼三山，你能解释一下吗？"

"娟儿在哪儿？"尚发祥一撑身子竟坐了起来，人在临死之际，满腔都是悲酸的往事，无限留恋自己的亲人。此刻，尚发祥昏眊的双目溢满了泪水，望着面前的陌生人，颤声说道："我要见娟儿！"

"爹，俺在这儿！"尚慧娟看着枯瘦如柴的父亲，心里一阵酸热。她摘下毡帽，撕下胡须，现出了女儿身，扶着尚发祥躺下，噙着泪说道："爹，你去呼三山家讨啥钱，那儿是贼窝！"她端起床头柜上那碗饭，斜坐在床上："爹，俺喂你，趁热吃点吧！"鼻子一酸，泪水又夺眶而出。

"不用了！"尚发祥气息微弱地苦笑道，"我是个有今天没有明天的末路人，你回来了，爹有话对你讲。从古月杰家逃出来的丫鬟兰花讲：古月杰是呼三山，是老虎寨花豹子。"尚慧娟木木地点了点头说道："俺俩是一块逃出来的。"尚发祥仰天叹道："我好悔呀，我把亲生女儿推进了火坑。赵大人，关在牢里的叫黄少文，不是呼三山，是尚家未过门的女婿。都怨我恩将仇报，与虎谋皮，最后落个人不人、鬼不鬼的下场。"说着，两行清泪顺着两腮落下。他仿佛是熬尽了的油灯，随时都有熄灭的可能，声音却更清晰："人生不能重来，如果有来世，我情愿为黄家当牛作马。娟儿，父债子还……"他一阵痰涌，脸色像黄表纸一样，许久，张着口呵了半天气，才咳出一口痰，喃喃地说道："由你来还吧！"

赵侍尧见他悔恨交加，不禁动容："尚先生，把你知道的写出来，交给我也算是赎罪。这种事不要对外人讲，事不密丧其身哪！"

尚发祥脸上露出一丝惨笑，好像燃尽蜡烛的余光很快又暗淡下去："谢大人提醒！老朽去过县、府衙门，陈述黄少文不是呼三山，可官老爷没见着，反被当作疯子轰出衙门。为这，呼三山派人几次下毒灭口，都让我侥幸逃脱，我撑着一口气不死，是在等你们。哦，你要的东西在这儿！"他从枕下取出一卷纸交给赵侍尧道："老夫死不足惜，有一个心愿未了！"

"你说出来，在下一定照办！"

"求大人为牢中呼三山的替身——黄少文洗冤！"

"我答应你！"赵侍尧笃定地说道。尚发祥眼神随即暗淡下来，脸色像烟灰一样青中泛白，他长叹一声道："可惜我作孽太重，看不到呼三山砍头的那一天了！"言毕，哇地吐了一口鲜血，塌了架般瘫在床上。

这时，赵虎进屋禀报："外面一老婆婆领着一个男子朝这儿走来。"

尚慧娟闪身门外看了一眼又返回屋内，说道："是俺娘请的郎中！"

"郎中是呼三山的眼线！"尚发祥喉头哽了一下，急急说道，"娟儿，快领他们从后门走吧！"

尚慧娟满脸是泪，几年来对父亲的不满，顷刻间化作一股热流涌遍全身，热切地拉住尚发祥的手，泣道："爹，俺留下伺候你！"

"不要管我！"尚发祥挣脱尚慧娟的手，仿佛用尽了全身力气，声音也硬朗了许多，说道，"记住我说的话，办正事要紧！"

尚慧娟哽咽着轻轻地替他掖了掖被角，退了出来。

赵侍尧对尚发祥拱手一礼，说了声"保重"，遂从后门走出。

半月后，这位二十多岁考中秀才，一生都在追逐名利反遭家败人亡的尚员外，带着不尽的遗憾和悔恨离开了人世。他死时眼睛睁得大大的，始终没有合上。不久，老伴李氏也相继而亡。呼三山做梦也没有想到，尚发祥死前出具的证据，竟击中了他的致命之处。

赵侍尧微服私访的消息很快传播开来，惊恐与不安笼罩着丰穰县衙。柳学忠快马星夜驰往龙兴城。

呼三山在龙兴城郊外置的一处宅院，此刻成了他与柳学忠秘密见面的地方。柳学忠把赵侍尧在丰穰县微服私访情况细说了一遍。呼三山很专注地听着，两道浓眉锁在一起。沉默良久，说道："杨道三最近在做啥？"

"此人猴精得很，可聪明过头就是糊涂！"柳学忠呷了一口茶，说道，'他与候补知县郑绍绪近乎得很，我猜测他是在留后路！"

"你让他来龙兴城一趟，此人首鼠两端，耍聪明、使诡计，不敲打他一下，他就不知道马王爷有几只眼，要他知道此时反水等于自杀！"呼三山暴躁地在屋内来回踱步，脸色阴沉十分难看，冷笑一声，说道，"杨道三曾多次对我说，你脑后有反骨，他竟忘了你是我的亲妹夫。你盯紧点，他若有异常举动，就让他永远闭口，事后报个酒后暴毙！"

柳学忠心里一阵发凉，暗忖："杨道三为保你姓呼的，拼死累活，到头来你却要杀他！"思量着心里一阵发毛，面上却不显山露水，身子一挺，说道："事不迟疑，我现在就回丰穰！"

"慢！"呼三山摆手制止了他，"这些都是芥癣之疾，记住，眼下最关键的是刑部那个姓赵的，我猜测不错的话，他们眼下在三河县，寻找城西大黄庄那个黄天福。你告诉二当家的，让他多派些人手，把姓赵的黑了，反正不在丰穰县作案，让三河县那个二杆子县令褚光耀顶黑锅！"

柳学忠惊恐地睁大了眼，迟疑地应了一声，转身离去。

赵侍尧哪儿能想到，前边等待他的，比他预料中的还要凶险十倍。黄昏时分，他们来到了三河县大黄庄。映入眼帘的非青堂瓦舍、朱门豪宅，而是一片残垣断壁。尚慧娟蓦然想起幼时在这儿与黄少文玩耍嬉戏的情景，心中一阵酸楚凄惶。正自唏嘘，前边传来一阵哭声，黑乎乎地围着一堆人。待走近时，赵侍尧看到一位六十多岁的老婆婆，伏在一个躺在地上的年轻人身上，呼天抢地地号哭："儿啊！后半晌还在地干活，回家喝碗凉水，你就去了，让娘咋活啊！"

赵侍尧见这位老太婆哭得凄惨，不由动了恻隐之心，温言说道："老人家，你儿子患的啥病？"老太婆泪眼模糊抬起头，见是外乡人，咽着气说道："俺儿平时连个头疼脑热都没有过，锄了半晌地，不知怎么就死了！"老婆婆说着又放了声。赵侍尧俯身翻了翻年轻人的眼皮，又搭手把脉好一阵儿，平静地说道："你儿子是暑热病，还有口幽幽气，快，找块门板来，或许有救！"

第七十二章

员外郎疗疾探实情
贤媳妇释嫌认公婆

"你能救活俺儿子?"老婆子拭着泪,向赵侍尧跪了下去。"快起来,救人要紧!"赵侍尧令人抬来了门板,将小伙子放在门板上,先用拇指掐人中穴、十宣穴,又轻揉百会、印堂、足三里,再拿捏合谷、太冲、曲池、风池等穴,而后撬开牙关,灌下一碗姜汤,足足忙乎一个时辰,那小伙子竟哼了一声,身子动了动。有人叫道:"他醒了!"赵侍尧忙在小伙头上轻轻叩了三下,见小伙子脸色逐渐好转,又灌了一碗姜汤,方转身对老婆子说道:"不得事了!"老婆子看时,小伙子已睁开了眼睛,迷惑地问道:"娘,我是咋啦?"

老婆子噙着泪花,笑道:"你娃子命大,遇上了救命活菩萨!"那小伙子闻听,挣扎着起身要磕头,却被赵侍尧摁住:"你这病是因劳作过累、暑热攻心所致,待会儿再熬碗绿豆汤喝下,断没事的!"

乡下人哪儿见过不用药把死人救活的。看热闹的人越聚越多。老婆子见儿子双目炯炯,脸上气色霁和已是心宽,磕了无数个头,说道:"请恩人说出姓名,俺给您立长生牌位!"

"俺不是郎中,是路过的。"赵侍尧和蔼地搀起老婆子,说道,"请问老妈妈,这儿有一个叫黄天福的人吗?"

"这——"老婆子陡然变色,上一眼下一眼不住地打量赵侍尧,许久方道,"恩人,您问这个干啥?"

"有事见他!"

一位中年汉子穿着短褂，摇着一把竹扇，一脸警惕地盯着赵侍尧，生冷地问道："你是什么人？"

尚慧娟环顾众人，刚才他们还是一脸的诚敬，骤然间却凶煞神似的怒视着赵侍尧，她有些纳罕，嘴张了张又咽了下去，一时间空气仿佛凝固，死一样的寂静，只有树上的蝉儿不知趣地没完没了叫着。突然，赵侍尧仰天大笑："久闻这儿是一门五进士的名门望族，德化礼仪之乡，竟容不下一个过路客商！"

"你认识黄天福？"那中年汉子突兀地问道。

"不认识！"赵侍尧摇了摇头。

"你找他做甚？"

"他儿子让我捎话给他老人家！"

"呼三山派来的！"那中年汉子大喊一声，"乡亲们，把他们抓起来送官府！"众乡邻发一声喊，手持木棍、铁锨扑了上来。

"他们是好人！"被赵侍尧救活的小伙子与母亲拼死挡住众人。中年汉子又盯了一眼赵侍尧，似乎迟疑了一下，又一挥手："上！"

"慢！"尚慧娟猜测到中年汉子是黄天福家族的近支，跨前一步说道，"实不相瞒，我是黄天福未过门的儿媳妇！"说着，摘下帽子，满头乌黑的秀发垂了下来，一个活脱脱的美人，在夕阳余辉下显得格外俊俏。众人刹那间被尚慧娟的美貌惊呆了。他们听说黄少文押赴刑场砍头时，有位女子冒死到刑场相救，想不到长得跟七仙女一般。怔忡间，尚慧娟蹲身福了一福说道："这位大哥，麻烦你告诉一声俺可怜的公婆，俺姓尚，是来认亲的！"

"谁要认老黄家这门穷亲呀？"说话间一位满头皓发、双目失明的老婆婆拄着拐杖，由一位头发蓬乱的老汉扶着颤巍巍走来。尚慧娟对黄天福夫妇记忆模糊，但她还是听得十分耳熟，一眼认出面前的两位老者，正是未来的公爹、公婆，不禁喜从悲来，泪水紧接着涌了出来。原来，黄少文母亲因思念儿子终日啼哭，竟哭瞎了双眼。她虽目不视物，却耳音极好，身子战栗了一下，凛然说道："是呼三山派你们来的吧，要命，拿去！莫要连累了乡亲们！"

尚慧娟含着泪道："娘，您想错了！"

"谁是你娘？"黄少文母亲厉声喝问，"你是谁？"

黄天福被李疤癞、王老虎追杀后，一直过着隐居般的生活。此刻，他警惕地打量着面前的尚慧娟。一双笼烟眉下，杏子眼秋波流盼，白皙的鹅蛋脸上，不笑亦晕，虽一身布衣，却掩饰不住天仙般的美貌，仿佛一株亭亭玉立的君子兰，超凡脱俗，他觉得眼前的姑娘面熟，拍着脑袋想了想："你是——"

"俺是娟儿，丰穰县尚家寨的！"尚慧娟百味俱足，眼前的黄天福花白的头发在风中丝丝乱颤，原本硬朗的身板深深地向前佝偻着，仿佛一阵风吹来，就能把他刮倒。婆母虽双目失明，还紧紧搀扶着黄天福那摇摇欲倒的瘦弱身躯，顿时，内疚、悔恨、爱怜，像倒了五味瓶似的涌上心头。她强摁住突突乱跳的心，嘤嘤地叫了声："爹、娘！"嗓子一哽，竟跪了下去。

不料，黄天福的老伴却绷着脸，厉声说道："你是黄家儿媳，有啥凭证？"

尚慧娟默默地从脖子上摘下玉佛，双手擎过头顶："爹、娘，二老请看！"

黄天福接过玉佛，只看了一眼已是老泪纵横。黄少文母亲轻轻抚摸着再熟稔不过的玉佛。刹那间，十几年前丈夫雪夜救尚发祥，两家联姻，黄家遭劫，儿子去丰穰投亲，尚发祥嫌贫爱富，把儿子当贼告上公堂送进班房，多少新仇旧恨涌上心头，她咬牙骂道："贱人——还俺儿子！"抡起拐杖照尚慧娟劈头打来，赵侍尧看得真切，跨前一步抓住拐杖，恳切地说道："老太太，她九死一生来这儿认亲，你却这样待她！"

"你是谁？"黄天福老伴使劲想抽回拐杖，可哪里抽得动。

"我是谁并不重要！"赵侍尧说道，"你不该黑白不分冤枉好人！"这时，黄天福已是泪眼模糊对老伴说道："那次，俺能逃出尚家寨，多亏她深夜相救！"他声音嘶哑哽咽："娟儿，俺的好儿媳啊——"

"真是冤家呀！"黄少文母亲早闻儿媳为救儿子险些丧命，今儿见媳如此贤淑，爱怜之心顿生，扔下拐杖，说了声，"孩子——"便大放悲声。

"娘！"尚慧娟膝行数步，忘情地扑到婆母怀中恸哭，黄天福也扑过来哭作一团。众乡邻见他们一家哭得凄惶，无不伤心坠泪，连稚气未退的赵虎也哭得泪人一样。

久不说话的陆天亮见黄天福夫妇认下尚慧娟，遂双手一拱，朗声说道："请问，谁是地保？"

那中年汉子满眼疑惑地盯着陆天亮："你是谁？有什么事？"

陆天亮满脸带笑："在下有一事不明，黄天福夫妇既然认了尚姑娘为儿媳，为何在龙兴城大堂上却不认自己的亲生儿子？"

"这叫什么话，俺和老伴压根没有去龙兴城大堂认子，又是那些龌龊官编派捏造的！"黄天福戛然止住哭声，警惕地说道，"你们究竟是什么人？"

尚慧娟忙收泪起身，对众人福了两福，指着赵侍尧说道："这位是北京城刑部的赵大人，微服私访到这儿，专程复查黄公子受冤一案！"

地保眼前一亮，见赵侍尧长得浓眉大眼，鼻正口阔，相貌不俗，刚毅沉稳中透着凛然正气，忙躬身一礼说道："小的便是大黄庄地保，请赵大人恕罪，因土匪要杀我大伯灭口，三河县县令褚光耀大人嘱托，要乡邻们保护他！"

赵侍尧陷入深思，卷宗上写得明白，三河县黄天福不认黄少文这个儿子，而眼前的黄天福夫妇根本没去龙兴城，难道其中另有隐情？他目光流动，久闻褚光耀是一位强项令，一直无缘相会，何不向褚光耀讨个说法！他瞟了黄天福夫妇一眼，旋即收回目光，对地保说道："你既是庄上地保，你敢随我去见褚光耀大人吗？"

第七十三章

强项令堂上断诉讼
乖儿子遭训遣原籍

地保爽朗一笑："黄少文是俺近支兄弟，他被官府冤屈，当作土匪头子呼三山关在龙兴大牢，我若不敢做证，还算个男人吗？"

"好！"赵侍尧和蔼地对黄天福夫妇说道，"随我去京城认你儿子黄少文，行不？"黄天福顿时激动得热泪纵横，泣道："谢大人周全！不过，这事儿得让三河县褚光耀大人知道，若没褚大人保护，俺老两口早被人害了！"

赵侍尧一哂道："咱们明日去会褚大人！"

翌日，地保牵来一辆骡车，拉上黄天福夫妇随赵侍尧进城，不消一个时辰，便进了三河县城内。三河县是名郡大城，古老的城墙、巍峨的城门楼在旭日的照耀下熠熠闪光。蜿蜒的洮河自西北向东南逝去，环绕着大半个古城，仿佛一位慈祥的母亲怀抱着一个婴儿。河中帆船如梭，岸上商客如蚁。一街两行商铺如林，街衢纵横。天南地北，操着不同口音的人到这儿做生意。熙熙攘攘，嘈嘈杂杂，甚是热闹。县衙设在城北的一座城隍庙。褚光耀到任后，又大修过一次，整个衙门焕然一新。

赵侍尧等人在衙门前下车，大门两旁柱漆楹联甚是精神：

> 莫寻仇莫负气莫听教唆，到此地费心费力费钱，就胜人终累己。
> 要酌理要揆情要度时世，做这官不勤不清不慎，易造孽难欺天。

一笔颜体行书遒劲有力，赵侍尧看了笑道："褚光耀是个达人！"抬脚进了衙门，不禁一怔，公衙正门口摆放着一个大火盆，盆内炭火汹汹冒着火苗。赵侍尧纳罕，天气酷热，门口放个火盆做甚？陆天亮也觉新鲜，睃了一眼赵侍尧，苦笑着摇了摇头。

当值的衙皂认识黄天福，见他身后跟着几个陌生人，不禁一愣，赵虎上前递上名刺，那衙皂看了看，把赵侍尧让至签押房，敬上茶水，笑道："褚大人正在升堂断案，请稍候！"赵侍尧久在刑部，还未见过县太爷断案，觉得好奇，一边喝茶一边笑道："你去忙，俺几个权当旁听观众！"那衙皂说了声"失陪"，便匆匆离去。

忽听一阵儿鼓鸣之声，须臾，便听一声高唱："大老爷升堂啰！"赵侍尧几个人在签押房坐着闲聊。正堂内的情形略能看个大概，坐在正堂主座的褚光耀虽看不清楚，但他的声音却听得清爽。少时，褚光耀轻咳一声说道："带原告、被告上堂！"

赵侍尧觑着眼瞧时，有些奇怪，两个书生装束的年轻人，都长得身材颀长，眉清目秀。奇怪的是，两人彬彬有礼携手上堂，哪儿似一对对簿公堂的冤家对头。正自诧异，忽听褚光耀一拍惊堂木，开口说道："张良才，照你所说，夏氏是你的亲生母亲？"他的声音不高，却带着巨大的恫吓，"现在你母病故，你要尽孝，把母亲葬于祖茔？"

"是！"张良才拱手答道，"我幼年丧父，没有母亲养育就没有我张良才今日，况且家母生前立有遗言，死后葬在张家祖坟。百善孝为先，做儿子的要秉承母亲遗愿，让逝者安息！"

褚光耀转脸问另外一个年轻人："郭亮，你有何话要讲？"

郭亮叩首说道："家母从张家改嫁郭姓生下我，从此与姓张的已恩断义绝，眼下家母驾鹤西去，按风俗应葬于我郭家祖坟！"

"噢！原来你俩是异父同母的骨肉兄弟，都是孝子！"褚光耀心中已经雪亮。他抬眼看了看张良才与郭亮，两人都是温文尔雅，一脸善相。他思量了半晌，已得主意，遂提笔判道：

"女人命苦，莫过丧夫，人子尽孝，首推孝母。二子厚葬母亲，无可非议。两家突起争执，左右两难。照常理，下堂便不认母，夏氏与张姓脱离关系。论亲情，母子骨肉情深。家贫子幼，不改嫁无有生路。呼天抢地，再丧夫情何以堪，况临终遗言，依情依法，然律文重事实不重心愿，判夏氏尸棺葬于郭家是依律文，判夏氏衣冠葬于张姓，照顾亲情，张、郭两家各得其便，不违此判，青冢招魂，共尽哀礼！"

褚光耀念罢判词笑呵呵说道："两位可服本官判决？"张良才暗忖，把母亲生前衣冠追还葬埋，也是人子尽孝的一点心愿，遂叩首称谢。郭亮听得褚光耀让其葬母，已是感动得涕泪交流，不住地叩首说道："谢青天大老爷公断！"

耳房内赵侍尧见褚光耀如此判决，于情、于法、于理都天衣无缝，觉得新奇又好笑。已知褚光耀是位能吏，不由放下心来，弛然叹道："和稀泥，大德政！"忽听褚光耀又断喝一声："带李大毛控告杨二姐诱奸一案人等上堂！"心中不由一凛。

衙皂应了一声，带进三个人来，分别在原被告石上跪了。赵侍尧觑着眼瞧时，一位是年届花甲的庄稼人，一张苦瓜脸上充满着惶惑和不安，浑身战栗。他旁边跪的是一位二十岁左右的美貌女子，嘴角微微上翘，一双丹凤眼含着羞涩、怨恚，不用猜，一定是杨二姐。原告石上跪着的是李大毛。李大毛衣着光鲜，额头上油光发亮，满脸不在乎，俨然一副绅士派头。赵侍尧不禁纳闷，杨家父女一个弱户人家，怎敢招惹有势大户？正自诧异，褚光耀一拍惊堂木，开口问道："李大毛，你告杨三父女色相勾引，骗你钱物？"

"是！"李大毛叩头答道。

"杨家父女何时用色相骗你财物？"

"杨家是小的的佃户，去年秋，因杨家缴不起租子，便请小的到他家吃酒，杨家父女把我灌醉，弄到他女儿床上，做了风流事。事后，小的便免了他家半年租子，从此便与他女儿有了来往，前日晚上，他们父女又请小的到他家吃酒，趁我酒醉，又把小的弄到杨二姐闺房，把小的打了一顿，要求免了全年租子。小的回家默谋，觉得丢不起人才来告官，请大老爷明断！"李大毛显然识文断字，回话得体，说得头头是道。

褚光耀思量了一阵，突然说道："谁能证明？"

李大毛忙道："小的的佃户可以做证，他们都在大堂门外！"

褚光耀吩咐道："带他们上堂！"

几个衣着不整的佃户进来跪下，口齐不一地说道："大老爷，俺们东家冤枉啊！"

褚光耀缓缓地转过身，看着吓得浑身筛糠面色苍白的杨二姐父亲，问道："你叫什么名字？"

"俺叫杨三！"

褚光耀盯视杨三良久，突兀地喝问："杨三，他们说的都是真的？"

杨三用乞怜的目光，看了一眼威武得像庙里神像般的褚光耀，垂下眼帘，心中一阵慌乱，结结巴巴地说道："是……不是，俺家是种他的田，可他……他……他……"竟颤抖得说不出话来。

"他们都是大睁两眼说瞎话的人！到了这个时候，俺也不怕丢人现眼，大不了一死！"杨二姐满脸通红，愤愤地说道，"这些佃户是李大毛用银子使出来的。前天晚上，小女子在房中洗澡，李大毛翻墙入院偷看，后来，他竟破门而入搂抱俺，俺拼命挣扎，大呼救命，邻居们赶来，把他摁住，俺爹胆小怕事，放了这个畜生，他却反咬一口，说俺用色相勾引他。大老爷可派人到街上随便打听，那晚上俺哭得凄惶，一街两行谁人不知晓？你让证人们摸着心口窝，凭良心说话！"

褚光耀的脸阴了下来，起身踱至那几个佃户跟前，沉声说道："杨二姐说的可是真的？你们若出假证，哼哼！公堂之上王法无情！"

"这——"几个佃户深深地伏下头去。良久，有一位胆大的佃户起身至李大毛跟前，说道："东家，你给的钱还给你！"说罢，把钱扔在地上，径直离去，其他佃户也纷纷起身，把钱扔在李大毛面前下堂离去。

褚光耀倏地转身，冷哼了一声道："李大毛，这如何解释？"

李大毛如同电击一般，木头人似的不言语，好一阵儿醒过神来，咬着牙强撑着说道："反正我与杨二姐通奸是实！"

"真不要脸，你脖子上的血手印是咋来的？"杨二姐一口顶了回来，"前晚你偷偷摸摸进屋，撕扯俺时，是不是让俺抓破的？"

褚光耀又把目光射向李大毛，果真见李大毛脖子上五个鲜红血手印清晰可见。李大毛嗫嚅了一下道："那是蚊虫叮咬，我不小心抓破的！"说话底气显然不足。

褚光耀低首想了想，对杨二姐说道："你许配有人家吗？"

杨二姐脸红到脖子根，他的父亲杨三插话道："还未许配人家！"

"这就好办！"褚光耀转身入座吩咐道，"稳婆带杨二姐到西厢房检验！"稳婆应了一声，便带杨二姐进入偏房。

少许，稳婆领杨二姐复至堂上，把验单呈至公案，褚光耀阅后，已是铁青了脸，瞟了李大毛一眼，断喝一声："李大毛，你可知罪？"

"我冤枉啊！"

"你不肯招吗？"褚光耀晃了晃验单气势如虹，"验单上明明白白，人家黄花大闺女一个，何来与你这厮通奸，讲！"

李大毛此刻已吓得灵魂出窍，低下了头，乞怜地看了一眼褚光耀，叩首道："杨二姐美貌，小的想纳作小妾，多次遣人做媒，杨家不允。前晚，乘人不备溜入她家，见杨二姐洗澡，暗想不如生米做成熟饭，杨家若嫌丢人，必让杨二姐嫁我，不料杨二姐又抓又叫，惊动了街坊，小的想吓唬他家，便反咬一口，来衙告状！小的说的句句是实，求大人高抬贵手，成全这桩姻缘！"说完，他哆哆嗦嗦呈上一封信，又道："宛平府钱师爷给大人您的！"褚光耀起身离座，接过书信，冷冷地睃了一眼杨大毛，吩咐道："来呀！"一名书办应声而出，褚光耀扬了扬手中书信，阴笑一声，说道："扔炭火盆烧了！"

"是！"书办应声而去。直到书信在火盆燃尽。

"来人！"褚光耀返回公座，断喝一声震得满屋乱颤。他不屑地看了一眼李大毛，判道："杨二姐如花少女，竟被疯狗攀咬，杖脊李大毛四十！"衙皂应了一声，按倒李大毛噼里啪啦一阵板子响，直打得李大毛杀猪般号叫："褚祖谋兄台救我！"

"慢！"褚光耀立起身来，褚祖谋是自己的大儿子，莫非与此案有牵连？可自己的儿子并未向自己求情枉法，遂喝问道："你与褚祖谋是什么关系？"

"小的与您家褚公子吃过一次酒！"

"你可使银子让他说合这场官司？"

"那倒没有！"李大毛哭丧着脸说道，"大老爷看在我与你家公子交往的分上饶了我吧！"

"唔？"褚光耀咯咯冷笑道，"杨二姐，那晚上你的洗澡水还在吗？"

杨二姐此时已知褚大人是个清官，但不知问洗澡水是何用意，脸一红忙叩头道："那晚事急，还在闺房未泼。"

褚光耀一脸怪笑，又高声判道："判李大毛把浴汤喝尽，荡涤风流罪过，枷号三月，以匡正人心，退堂！"

赵侍尧久在刑部，见过无数案件，罚喝洗澡水的断法却闻所未闻，不觉好笑。怔忡间，褚光耀神清气闲地退堂走了出来，刚想上前寒暄，却见褚光耀招招手，一个文质彬彬的白面书生走到他面前，怯怯地叫了声："爹！"

褚光耀一脸黑线，指着大堂门口烧得正旺的炭火盆，沉声喝道："你知道它是做什么用的？"

白面书生叫褚祖谋，褚光耀的长子。此刻见父亲脸色不善，怯生生地答道："用来烧毁替诉讼说情的信函！"

"你在衙内是大少爷，出衙便是褚衙内，尔整日不读圣贤之书，循孔孟之礼，却在街上与泼皮李大毛这等猪狗不如的东西一起吃酒，竟不觉得丢人现眼？时日久了，岂不包揽诉讼，说合官司，有辱褚家门风？"褚光耀一看到儿子便劈头盖脸一阵训斥，"你还是回江南老家用功苦学，明年参加乡试！"

赵侍尧这才明白，大门口摆放的炭火盆是堵那些包揽诉讼、徇私枉法说人情的口的。他平静地看着褚祖谋，却见他委屈地看了一眼严父，眼眶已汪满了泪水，分辩道："前些日，几位同窗邀儿子游福胜寺，巧遇李大毛，他死乞白赖拉吃酒，推辞不过，才去了酒馆——"

"你不用解释！前日去了酒馆，今日就是烟馆，明日便是妓院！余杭县知县刘锡彤的大少爷，为杨乃武一案包揽诉讼，古稀之年万里充军乃是前车之鉴！"褚光耀厉声打断儿子的话，"管家！派人送大少爷回疆山老家闭门读书！"

　　褚祖谋迟疑了一下，说道："儿子临去有一言相告：官场险恶，您老又刚正不阿，遇事多加变通才能保身！"褚光耀乍听之下，刚刚泛起的一丝笑容瞬间即逝，正容说道："为父食朝廷俸禄，牧一方百姓，堂堂正正做官，清清白白做人，何惧之有！"

　　至此，赵侍尧才真正领略了褚光耀这位强项令的铮铮傲骨，不由肃然起敬，打量此人：五旬开外，身材高大，一双野鹰般的黄眼珠下，长着一个令人生畏的狮子鼻，正是这副尊容，多少盗贼在他手下领刑伏法，多少显贵上门求情被他嗤之以鼻，为此得罪不少官绅，以致他二十年没有升迁，但他却把三河县治理得路不拾遗，百姓安乐。赵侍尧正自发呆，褚光耀已信步走了过来。书办介绍："这位是京城来的赵大人。"赵侍尧拱手一礼道："褚大人断案让在下耳目一新！"虽是捧场戏话，褚光耀也未能免俗，脸上绽开笑容，说道："褚某早接到刑部咨文，想不到您这么快就到了，不巧公务在身，让您久坐枯等，失敬得很！"

第七十四章

扮客商能吏访人证
充公衙乡民救良牧

赵侍尧爽朗一笑，说道："我来中州是复查呼三山一案。不瞒大人，我去了三河县大黄庄，黄天福夫妇根本没去龙兴城认子，何来供词？难道还有另一个黄天福不成？"

"大人不愧是刑部的能员干吏！"褚光耀见赵侍尧沉稳干练，见地独到，顿生惺惺相惜之感，款款说道，"你疑得不错，我与大黄庄黄天福很是熟稔，他儿子是光绪七年秀才，论起来，我还是他儿子的座师！"褚光耀尽量压抑内心的激动，又道："想不到一个秀才变成了江洋大盗呼三山，押在死牢。这年头，贼通官，官通贼，贼又管着官。不料想，还能大变活人！前不久，老夫查访得知，三河县城西确实有一个大黄庄，几十户人家，村里也有一个叫黄天福的，我怀疑这个黄天福被人当枪使了！"他长吁了一口气，说道："为这，我才把城东大黄庄的黄天福保护起来，以备将来上宪下令让他做证，可等来等去，等来的是省臬司衙门和宛平府衙的训斥，骂我是二杆子县令，狗咬耗子多管闲事。还有人杀黄天福灭口！这么简单的案子，连老百姓都知道怎么断，可上边却偏偏一拖几年哪！"

褚光耀的一番话说得赵侍尧悚然动容，联想在丰穰县的所见所闻，抚膝叹道："褚大人心迹皇天可鉴，真人面前不打诳语，我明日便去城西大黄庄，去查证那个黄天福！"

"不过，此行要微服私访，还要带上老夫才成！"

"依你！"赵侍尧眼中波光一闪，暗自叹服褚光耀虑事缜密。

第二日，赵侍尧与褚光耀等人扮成行商，带上几个伙计打扮的跟班衙皂，迤逦出了城西门。不到两个时辰便到了大黄庄村边。此时，烈日如流火，把大片庄稼地炙烤得像蒸馍锅似的。褚光耀骑在马上，用马鞭遥指："村东边有一瓜棚，先吃瓜消消暑气！"

赵侍尧张眼望去，果真见有一片碧绿的瓜园，瓜棚建在一株浓密的老槐树下，他朝褚光耀略一点头，纵马到了那里，一边下马解衣扣，一边揩脸上的汗水。这时，从瓜棚走出一个五十多岁的种瓜老汉，憨厚地笑道："客官买瓜呀？"

"快挑上等好瓜！"赵虎久在京城，哪儿见过这一大片瓜地，顺手摘了一个，两手一掬，崩地绽开，露出了黑籽红瓤，嘎嘣咬了一口，赞道："好瓜——多少钱一斤？"

老汉笑道："自己种的，啥钱不钱的，随便吃——"说着，便弯腰摘瓜。

赵侍尧见种瓜老汉憨厚实诚，从袖中摸出一块银饼塞到老汉手中，说道："老伯，这是瓜钱，请收下。顺便向你打听一个人！"

老汉见银饼足有二两，知道遇上了阔主顾，笑道："俺的瓜不值这么多银钱，不知客官打听何人？"

"黄天福。"

种瓜老汉乍闻之下，惊得浑身一震，手一颤瓜落在地，良久方道："俺叫黄天福，找俺做甚？"

"俺想问你受何人指派，在省城公堂之上替人做假证，害得俺丈夫身陷死牢！"尚慧娟女扮男装，混在跟班的人群内，她突兀上前，愤愤地说道，"你这样做良心何忍！"

黄天福仿佛遭电击一般，趔趄一下几乎栽倒，勉强站稳，脸色变得又青又黄，豆大的汗珠从耳根淌下。他瞪着惊恐和昏花的眼睛，打量着这群似商又似官的陌生人，问道："你们是什么人？"

"你尽管放心，我们不是歹人。"褚光耀见黄天福一副惶恐失措的样子，摆手制止了尚慧娟，语气平和而诚恳地说道，"据老夫所知，你不是城东大黄庄一门五进士的后代，为啥你冒充人家后人去省城，在公堂上做假证，究竟是何原因？又是谁让你这么做的？"

黄天福感到一阵眩晕，大脑一团乱麻似的，他翕动着嘴唇，一时又无从说起。他不明白，那些人为啥逼他冒充三河县城东大黄庄黄天福，去省城的大堂上做证，这种昧良心丧天理的事，像一座大山压得他喘不过气来。每逢想起，便心悸肉跳。去年的一天，突然来了一群人，自称是三河县衙门公差，让他去省城公堂上，指认一个非亲非故之人。其实，公堂上指认的那个年轻后生他根本不认识。既然不认识，公堂上老爷却还让自己在证言上摁手印。此时，他微睨一眼与自己年龄相差不多的褚光耀，陡然觉得他面熟，很像前年在邻村断案的县太爷。想着，大热天禁不住打了一个寒战，哆嗦着问道："你们问这些做甚？"

赵侍尧何等机敏，此时若不亮出身份，种瓜老汉是不会说出内情的。他忙上前扶住："老伯，这位是三河县县令褚光耀大人！"

尽管黄天福已猜测出褚光耀是三河县的父母官，但一经赵侍尧捅破这层窗户纸，证实这位三河县家喻户晓的褚青天时，他还是吓得心里发揪，双腿发软，怔忡间，他艰难地跪了下去，叩首说道："小老儿拜见青天大人！"褚光耀忙哈腰扶起，呵呵一笑道："把你去龙兴做证的缘由说给老夫！"

"是！"黄天福小心翼翼地站起身，想不到一脸威仪的褚光耀竟这么平易近人，他顿了顿，有些迷惘地说道，"让我冒充城东大黄庄一门五进士后人的，是衙门的公差！难道大人不知？"

"叫什么名字？"褚光耀有些意外，随即问道，"这人长什么样？"

"姓呼！"黄天福咽了一口唾沫，"还有一个姓李，叫啥名，小老儿不知道，另外那些跟班的人，小老儿也不敢问！"

赵侍尧闻听又是一惊，在刑部案卷上看到有呼一彪、李疤瘌名字的土匪。刚想上前盘问，却听褚光耀问道："这些人找你时，可有本官的火牌？"

"俺不识字，不懂这个。"黄天福闪了一眼一脸专注的褚光耀，说道，"小老儿上八辈子都是庄户人家，哪儿能与城东一门五进士家相比，起初，俺也不应允这事，可不成啊，姓呼的把刀架在俺脖子上，若不从，俺孙子就没命了。唉，自古民不与官斗，糊糊涂涂跟人家去了省城！"

"你孙子怎么了？"

"在姓呼的手上！"黄天福老泪纵横，浑身颤抖，哀求道，"前些年，俺儿子焖死在山西煤窑，儿媳改嫁，求大老爷抬抬胳膊，放了俺孙子，保住黄家的这一条根！"

褚光耀见他吓成这样，缓缓地说道："你不要害怕，三河县衙门没有姓呼的，容我查清楚后，自然给你一个说法！"

说话间，紧挨着瓜田的玉米地噼里啪啦一阵响，西瓜地忽然冒出几个满脸凶相的精壮汉子，他们旁若无人地闯进瓜田，又是踢，又是掰西瓜，口中嚷道："日你妈，黄老头，好瓜你藏哪儿啦，尽剩些长得跟气包蛋似的劣角子瓜，还不快挑几个好瓜——呼掌柜，快进来，吃西瓜解暑气！"只听有人应了一声，随着一阵脚步杂沓声，又有五六个人进了西瓜地，他们也不问西瓜价钱，口里啃着，怀里揣着。顷刻间，把一大片西瓜地翻了个遍，瓜皮、烂瓜扔得满地都是。黄天福又气又恨又怕，却不敢发作，低声对褚光耀说道："大人，领头的高个子姓呼，跟在身后的姓李！是他俩逼俺去的龙兴城！"

褚光耀觑着眼瞧时，见这些人腰里都挎着家伙，衙门公差打扮，自己一个也不认识，正盘算着如何套出这些人的来历，那个姓呼的棱着一双牛蛋眼，蹚着瓜秧走过来问道："喂，你们哪个道上的？"

黄天福忙上前护住褚光耀说道："他们是过路的客商，吃瓜乘凉歇脚的！"

"老子咋看他们不像好人！"姓呼的咧开大嘴咬着西瓜，眼珠子乱转，打量着这群陌生人，突兀地问道，"你们是客商，怎的不见货物？"

"废话！"赵虎见姓呼的下死眼盯着褚光耀，向前跨了一步，说道，"你们是什么人？"

"我们是三河县衙门公干！"此人正是老虎寨二当家呼一彪。因怕城西大黄庄黄天福变卦反水，扣下黄天福的孙子做人质，又闻京城派人下来复查此案，便带着李疤瘌来这儿探风，见赵虎外地口音，年岁又小，顿时放下心来，咯咯阴笑道："我们奉三河县县令褚大人钧命，特来盘查过往行人有无盗匪，你小子一脸匪气，不像是好人，来呀！"

"慢！"赵侍尧突然仰天大笑，"你们奉褚大人钧命可有火牌？我是褚大人朋友，正想到衙门拜访一下！"说毕，转脸对气得五官错位的褚光耀嘻嘻笑道："你与褚光耀大人是换帖兄弟，有公差引荐咱们，正好到衙门做客！"

褚光耀立刻领悟到赵侍尧的用意。看呼一彪身后的那几个人，一个个威猛彪悍，满脸邪气，横瞧竖看都不是善类。再瞧身后几个跟班的，已悄悄围拢上来，赵侍尧一脸不在乎，右手摸到腰间，握住了短枪，心中稍宽，故意问道："你在县衙供什么职？我怎么不认识你？把你的火牌亮出来让老夫瞧瞧！"

"你活腻了，敢盘查老子！"呼一彪自幼干月黑风高杀人放火的勾当，乍见这个平常不过的糟老头，见自己不知躲避，反而盘问自己来历，顿时大怒，刚要发作，身后一个长得麻秆细腰的精瘦汉子，突然指着赵虎尖声叫道："这不是从呼家庄逃走的那个鳖孙吗？冤家路窄啊！"

赵虎见对方认出了自己，抄起一个西瓜朝对方劈脸打去，打了对方一个满脸花，嘴里不住地叫道："哥、褚大人，他们是强盗！"说着，又抄起一个西瓜朝呼一彪砸去，呼一彪侧身躲了过去，手下人纷纷亮出了刀枪。

"大胆毛贼，竟敢在本官面前冒充公差！"褚光耀两眉倒剔，怒喝道，"拿下！"

"喳！"

几个跟班的嗷叫一声，老鹰扑食般压了过去。呼一彪扯下腰带，迎风一抖，竟是一把钢刀，阴笑道："你是三河县县令褚光耀？这些年你拿了我手下多少弟兄。弟兄们！狗官认出了咱们，杀呀！"说着，一把刀舞得像风车一样扑了过来，只听一阵刀枪撞击响，已有两名跟班的刀枪被呼一彪的钢刀磕飞，另两名跟班的肩膀已受伤。呼一彪挺刀直取褚光耀，嘿嘿怪笑道："今日杀了你，替我那死去的兄弟报仇！"说着，举刀向褚光耀砍下。危急关头，只听砰的一声枪响，呼一彪手中钢刀哐当一声落地，褚光耀张目望去，赵侍尧一枪打在呼一彪的胳膊上，呼一彪后退了一步，惊恐地打量着赵侍尧，颤声问道："你他妈什么人，敢打老子黑枪？"

"我乃朝廷派来的命官，专来索你命的活阎王！"赵侍尧提着枪，厉声喝道，"还不跪下受缚！"

呼一彪突然把手一挥："兄弟们，横竖是一死，杀光这些朝廷的鹰犬！"土匪们闻声嗷嗷叫着又杀上来，赵侍尧大怒，对着呼一彪打了一枪，但子弹卡壳，一名悍匪已冲了上来，危急中，陆天亮抬手一枪，击中悍匪右肩，那悍匪捂着带血的胳膊，怒骂道："狗官，你敢开枪杀我李疤癞，爷宰了你！"红着眼又扑了上来。跟班的见贼人势大，护着褚光耀、尚慧娟、赵侍尧，且战且走。褚光耀懊悔地叫道："赵大人，都怨我虑事不周，才有今日之祸！"话音未落，一只银镖挂着风声飞向呼一彪面门，李疤癞举刀磕去，随着哐当一声响，刀已斜飞，一个蓬头垢面的道士飘然而入，那道士几个连环腿，把李疤癞踢翻在地，嘻嘻笑道："乖儿子，还逞强不？"

几名跟班的疾速上前，顷刻间把李疤癞缚得米粽似的。尚慧娟一旁看那脏兮兮的道士，与哥哥尚玉龙极为相似，忍不住高声叫道："哥，俺是娟妹！"那道人朝尚慧娟望了一眼，迟疑了一下，连发三镖，冲在前面的几名匪徒纷纷挂伤。

呼一彪火冒三丈，挺刀大叫："李兄弟，我来救你！"土匪们见呼一彪不要命地往前冲，发一声喊冲了上来。

眼见土匪们不要命地往上冲，众人顿时紧张起来，急切间，只听西北角一阵敲锣打鼓声和杂乱的呐喊声。褚光耀又惊又急又悲怆："赵大人，我年近花甲，跟着你们，终是个累赘，不要管我，将来审理呼三山一案时，你们一定要将今天发生的事说清楚！"说着，他竟流下泪来，赵侍尧噙着泪点了点头，正自悲怆，尚慧娟叫道："我们有救了，这里的乡民们与土匪们干上了！"

原来，瓜棚的黄天福见呼一彪他们是冒牌货，趁乱溜回村里，告诉了乡亲们，乡邻们这些日子受尽了呼一彪这帮土匪的欺侮，很快聚集起来，高举铁钗、棍棒、斧头、铁锹等，呐喊一声与土匪们混战在一起。跟班的衙役也趁势掩杀，土匪们本来人少，呼一彪受伤、李疤癞被擒，早已乱了阵脚，经不住一群庄稼汉的围攻，仓促间阵脚大乱。呼一彪还想救李疤瘌，被道士一镖打中左肩，他见大势已去，呼哨一声带着残匪仓皇逃走。

褚光耀此时才把心放下，疲惫地站在大槐树下，一时便见乡民们押着李疤瘌走了过来，赵侍尧寻那道人时，却不见了踪影，懊悔不迭。

第七十五章

李疤痫西瓜田倒戈
陈许道遣信使遭辱

李疤痫被押了过来，黄天福这些日子受尽李疤痫凌辱，猛扑过去，一个扇风掌打在李疤痫脸上，骂道："狗杀才，你把俺孙子藏哪儿了？还俺孙子，俺的娃啊！"竟蹲在地上悲恸得泣不成声。赵侍尧看了看围在槐树下黑压压的乡民们，深知乡民们散去才能审讯，说道："褚大人，乡民们忠义，今日多亏他们出手相助，我回京后，一定申报刑部予以嘉奖！"

一语提醒了褚光耀，他让人扶着，站在一小方桌上，扯着嗓子说道："乡亲们，我乃三河县县令褚光耀，微服私访于此，多亏你们出手相助才擒获土匪。谁是这儿的地保？"人群中闪出一壮汉，抱拳道："我是！"褚光耀吩咐道："你把今日参战的乡民们登记一下，不分老幼每人发放奖银三两，再免去今明两年赋税！"乡民们闻听无不欢呼雀跃，纷纷离去。

"赵大人！"褚光耀说道，"山贼李疤痫，你应带回京审理！"

"不！"赵侍尧望着远方，好像看透天上云层似的，徐徐说道，"案子发生在你辖区，由你严加鞫审才对！"

褚光耀是个机敏练达之人，当即明白赵侍尧不愿标榜，把功劳推给自己，暗自钦佩赵侍尧人品贵重。一招手，两名跟班把李疤痫押到跟前。

"李疤痫，假扮官衙公差，你可知罪？"褚光耀板着脸，两道倒"八"字眉下一双三角眼咄咄逼人，"还不从实招来！"

"啰唆个球！老子犯的是杀头罪！"李疤痫瘦得像烟杆，却匪性不减，两道浓粗的鸡心眉下，闪着鬼火般的目光，梗着脖子跺脚大叫道，"老子十四岁上山入伙，摘过人心，喝过人血，没打算活到今日，想让爷招供，呸！不就是一死吗！"

"你要死撑硬扛到底，不肯招吗？"褚光耀是审案老手，并不动怒，他用手指着黄天福说道，"难道你能捂住他的嘴吗？能堵住全村老百姓的口吗？我让你从实招来，是免去你皮肉之苦！"

"李疤瘌，我听说你自幼没了爹娘，吃百家饭长大的！"赵侍尧见李疤瘌一副死猪不怕开水烫的架势，突兀地说道，"为啥还祸害老百姓？"

李疤瘌一双贼眼闪着贼光反问道："你是谁？"

"他是京城刑部的赵大人！"褚光耀一双三角眼闪着寒光，"你吃了豹子胆，竟敢谋害刑部官员，难道你能逃脱三千六百刀剐刑吗？"

李疤瘌惊愕地瞪大了眼，吃惊地打量着一身行商打扮的赵侍尧：面如满月，二目如电，气度高雅地朝自己点了点头。他怔了半晌，方道："你咋知道我自小没爹没娘？"褚光耀一旁说道："他是打鬼钟馗，阴阳两界的事没有他不晓得的！"

赵侍尧不紧不慢地摇着一把湘妃竹扇，盯着李疤瘌说道："本官还知道你有个姐姐，因长得漂亮，被当地财主诱奸羞忿自杀，你哥哥到县衙告状，反被闷死在班房。你一怒之下杀了财主上山为匪。眼下是老虎寨的四当家！"赵侍尧说的这些是他在刑部查阅卷宗时，留意老虎寨匪首们的个人简历获知的，想不到此时竟派上了用场。见李疤瘌一头雾水痴痴地看着自己，知道击中了对方要害，便添油加醋道："你和呼三山在黄河渡口将一姑娘沉尸，还有你在桃花渡口陈家湾——"

"甭说了，你是神仙中不中！"李疤瘌头像炸了般疼痛，抖动着干瘦的身躯，大叫道，"反正已经做了，老子都认，来吧，杀了我！"

"杀人的种类分几十种，那得看你犯的是什么罪，像奸淫幼女、拐卖妇女、谋财害命、杀害无辜的，按律文刑罚有五马分尸、凌迟、剁碎，不一而论，其实最厉害的是炮烙，让活人赤身裸体躺在烧得通红的铁板上烤焦，或让人犯抱着烧红的铜柱，或让饿狗攀咬撕拽，直到剩下一堆白骨……"

李疤瘌顿时像霜打的茄子，耷拉着个头，浑身不自主地战栗着，连种瓜老汉黄天福闻听之下也是惊得一个趔趄，几乎晕倒。霎时，空气仿佛凝固了似的，只有大槐树上的树叶随风摆动，发出沙沙的声音，好像无数个冤魂野鬼如泣如诉。一贯杀人如麻的李疤瘌，再也受不了赵侍尧的刻意渲染，早已浑身麻木，瞪着一双惊恐的眼睛，大叫："杀人越货与官府作对的事我都干过，可拐卖儿童、祸害良家妇女的事我从未干过，凭啥让我遭此刑罚！"

"凭这一点，你还有点良心！"赵侍尧语气变得异常柔和，缓缓说道，"行善与作恶只是一念之差，我也怜惜你空有一身本领，可惜你跟了呼三山，现在若回头走正道还不迟，这要看你自己……"一番絮絮细语，柔中有刚，刚柔相济，既合天理又符人情。褚光耀审讯过无数罪犯，老官熟宦，熟稔法律，此时才真正领悟山外有山，天外有天，不由向赵侍尧投去钦佩的目光，暗赞此人年纪轻轻却有胆有识，前程不可限量。李疤瘌低首想了想，自知罪孽深重，料无生路，万想不到面前的年轻官员竟能对自己网开一面，扑通一声跪倒在地，磕了无数响头，说道："大人既然知道小的身世可怜，当土匪是事出无奈，事已至此，小的愿立功赎罪，大人问吧，凡是小的知道的……"

"你们为啥来城西大黄庄劫票？"赵侍尧眉梢轻挑，缓缓地问道，"一个种瓜老头穷得叮当响，有啥用场？"

"大人有所不知，三河县有两个大黄庄。"李疤瘌眯缝着眼好像在回忆过去，"两年前，小的与呼三山到三河县城东大黄庄劫过一票，劫了皇帝佬赐给一姓黄的一个砚台，事后知道被劫的主儿叫黄天福！"

"呼一彪是什么人？"

李疤瘌抬起头来说道："刚才逃走的那个黑大个，他与呼三山是堂兄弟，老虎寨的二当家。前些日子，呼一彪带几个兄弟来这儿，当时我问，一个种瓜老头有啥油水，还把他孙子藏在村南地窖里，有啥用场？呼一彪说，大当家在打官司，这个黄天福用途大得很，能把一河水搅浑！"

化装成跟班的尚慧娟陡然明白大堂上假黄天福做假证的原因，刚想插话，赵侍尧又问道："古月杰是不是呼三山？"

"呼三山是一个来无踪去无影的人，除了山寨几个当家的，很难见到他本人！"李疤瘌张着一双贼眼，说道，"呼三山在丰穰开药店，化名古月杰，那是个幌子。"

"他不在山寨，土匪们能听他的？"

"不听也得听！"李疤瘌神色黯然，"山寨上到处是呼三山的眼线，人看人，人盯人，手下人稍有不满，这人便死定了，逃跑被抓回的，当场开膛破肚、砍头，也有沉尸山涧的！"赵侍尧心中不禁一沉，呼三山如此阴险狠毒，在山寨经营又如此缜密，是他始料未及的。思量着，赵侍尧轻声问道："你咋犯浑，几次在三河县作案，你不怕让官府抓住？"

"豹爷飞鸽传书，朝廷派个姓赵的来宛平查案，京里省里放出话来，谁能取他的人头，赏银十万两！"

赵侍尧不禁骇然，他断定呼三山顶凶一案，是一个官匪勾结上下联手制作的冤案。更想不到这个时候官匪结盟，不惜重金沿途设卡买自己的项上人头。沉吟间已有了主意，他对李疤瘌说道："看来你善根未断，没有骗我，当着褚大人的面我放了你。来呀，给他松绑！"陆天亮忙上前给李疤瘌松了绑。

李疤瘌摸着被捆得发麻的双臂，满眼的惊愕与迷惑。半晌方道："回山寨呼三山已信不过我，我也不想再回山寨干那些伤天害理的勾当，小的想跟着大人将功赎罪！"说罢，趴在地上磕了几个响头。

赵侍尧微笑道："你是个犯罪之人，眼下还不能留在我身边，你回山寨做个内应，你对他们说，在押解的路上，你砍伤了两名官兵逃出来的，褚大人往上呈报抓捕盗匪的文书中，自然有两名官差受伤的记录，呼三山会相信你！待剿平山寨土匪，你戴罪立功，将来我和褚大人赦免你的死罪，再资助你些银钱，置地盖房，娶妻生子，老婆娃子热炕头，岂不更好？"

褚光耀对赵侍尧已是刮目相看，经他寥寥数语，竟把一个杀人如麻罪孽深重的魔头拉出了十八层地狱，勾画出花一样的前程。李疤瘌原想必死无疑，想不到竟遇到了贵人大难不死，伏在地上不住地磕头，哽咽道："俺给你立长生牌位！"

放走了李疤瘌，褚光耀又命人唤来地保和黄天福的族人，让他们一一画押，举证城西大黄庄黄天福的身份。又按照李疤瘌提供的线索，在村南地窖里找回了黄天福的孙子。爷孙俩见面，自有一番哭诉凄惶。

回到三河县衙，第二日，褚光耀摆宴为赵侍尧接风洗尘，还未开宴，门人来报："陈许道台李克派信使请见！"

李克升迁陈许道台，正值春风得意之时。因刑部派人复查呼三山一案，心存疑惧，便派信使见褚光耀。褚光耀虽与他有上下属关系，却因政见不和而心照不宣，信使登门，他顿觉扫兴，皱眉摆手道："不见！"赵侍尧劝道："李克为前任宛平知府，宛平发生惊天大案，他难脱干系，今日派信使来三河县，必有说辞，不如看他葫芦里卖啥药，也好做个防备！"

褚光耀愈发觉得赵侍尧是个人物，遂一笑吩咐道："让他在客厅候着！"遂撩袍端带进了客厅。李克信使有四十岁左右，个头不高，胖乎乎像一只油桶，一张圆脸上也算五官端正，只是左脸颊上长了蚕豆般一块黑痣，让人看了很不舒服。见褚光耀跨进客厅，大咧咧地在椅中欠了欠身子，说道："奉李大人钧令，特来送信！"说罢，拿眼瞟了瞟阴沉着脸的褚光耀，起身把书简递给褚光耀。

褚光耀接过书简，拆开看时，是一副浑水养鱼水彩画，左上角题着几行钟玉小楷："河水浑浊波连波，苇中鱼鳖难捉摸，难得糊涂画马虎，世上对错最难说。"褚光耀看完心中已是雪亮，显然李克暗示他不要插手呼三山一案。但他揣着明白装糊涂，笑谓信使道："李大人升迁之喜不忘卑职，荣幸之至，信使千里迢迢来此，莫非仅送浑水养鱼图乎？"

信使欺褚光耀年老，满脸傲慢之色，好像宣旨的钦差，仰着脸，梗着脖，活像一只鼓足了气的蛤蟆，口气狂傲地说道："李大人口传钧令，近闻褚县令欲将黄天福解往省城，与匪枭呼三山对质，而呼案已经定谳落幕，岂不是画蛇添足，多此一举。尔已过天命之年，岂不闻'慎独'二字？"

褚光耀微睨了一眼这个狂傲无边又不知天高地厚的家伙，忍了忍说道："李大人焉何无书信，岂不闻空口无凭乎！"信使诡谲地一笑道："褚大人宦海沉浮这么多年，殊不知'鹰过长空不留痕乎'！"褚光耀冷笑一声道："你可知这是什么地方？"

信使见褚光耀顷刻间变脸作色，有点心虚地佯笑道："三河县官衙！"褚光耀咯咯一笑，指着楹联念道："与百姓有缘才来此地，期寸心无愧不负斯民。你回去禀告李大人，此案关乎三河县百姓生死，是非曲直理应查个水落石出，老朽岂能枉法遮盖，迎合上司！"

信使哈哈大笑："李大人念起与你多年旧情，才派我良言相劝，想不到一个蕞尔小吏竟如此不识抬举！"

"何方恶棍来此指手画脚？"褚光耀见信使如此倨傲轻薄无礼，一拍案几，吼道，"好一个大胆的狂妄之徒，竟敢冒充李克大人信使，在这儿招摇撞骗欺瞒本官，来人——"几个衙皂在门外见褚光耀发怒，急趋而入，拱手一礼道："大人有何吩咐？"

褚光耀咬牙命道："抽二十鞭子，轰出衙门！"

信使此时才晓得褚光耀不是好惹的角色，逞威风逞错了地方，想溜，已经晚了，早被几个彪悍衙皂掀翻了座位，架到隔壁，噼里啪啦一顿鞭子猛抽，赶出了衙门。

第七十六章
心计穷丢车自相残
耍聪明猎狼反毙命

赵侍尧私访三河县的消息，很快传到了呼三山那里，他有一种大祸临头的不祥之感，像一头受惊的野狼在屋内不停地来回踱步。用人们见他脸色不善，吓得缩首噤声，一用人见他伸手取茶，忙双手递上，他呷了一口烫得嘴疼，啪的一声摔碎了茶碗，命人掌嘴二十，打得这个用人嘴角渗血。呼三山正自发作下人，忽地竹帘一挑，杨道三笑嘻嘻地掀帘而入，笑道："大人生哪门子气哟！"

呼三山也觉失态，弛然一笑，对用人道："到账房上支十两银子作家用补贴！"用人乍闻之下又破涕为笑，刚才还像恶魔似的大魔头眨眼间又变成了菩萨，千恩万谢去了。呼三山这才说道："你来得正好，我正要找你，说吧！"

"二当家在三河县栽了，李疤痢让官府抓了！"杨道三一口气喝干了一杯茶，缓过神来，一双椒豆眼飘忽不定，"刑部姓赵的与三河县姓褚的，两人铁了心跟咱们作对，三河县城西那个黄天福也被他们收买了！"

"我知道你担心关押在牢里那个姓黄的穷秀才顶缸的事，纸里包不住火，不妨事的，这叫老案子出现新枝节，有贺巡抚一大干官员扛着，怕啥？"呼三山睃了一眼满身风尘一脸倦色的杨道三，故作镇静地一哂说道，"家里可好？"

"柳学忠脑后有反骨！"杨道三迟疑了一下，直视着呼三山，"他是你妹丈，可我还是要说，这个时候后院不能着火！"

"你有何证据？"呼三山突然心中不是滋味，脸上的肌肉不自觉地抖动了一下，"你要知道，疏不间亲！"

杨道三迎着呼三山咄咄逼人的目光，急切分辩道："他在外边养了女人，据说与冯庶有牵连！"

"唔？"呼三山惊愕地睁大了双眼，问道，"是冯庶出钱让他养女人？"

"那女人是冯庶老婆的使唤丫头，你妹子为这事才与柳学忠闹翻离家的！"杨道三坐直了身子，冷冷说道，"冯庶是啥人？墙上草两边倒，万一有个风吹草动准卖咱们！前不久的一个晚上，我撞见柳学忠在冯庶的后堂吃酒，俺感到蹊跷，一个捕快班头跟一个县令在后堂吃酒有些反常，便伏在窗外偷听。只听他俩说'戴罪立功'的话儿，这不是要反咱们的水吗？第二天，我花了三十两银子给柳学忠的野女人送了一对玉镯，那女人撇着嘴说：'谁稀罕丰穰这个破县城，住这儿没意思，汉口那才叫好去处！俺那当家的说，过不了多久搬那儿住呢！'俺一听就傻了眼，奶奶的，树还没倒猢狲就要散，预备后事。"

呼三山听得非常仔细，两道浓眉已锁在了一起，许久方起身透了一口气，从袖子中摸出一张三百两银票，递给杨道三说道："危难时刻见人心，你花三十两银子为我办事，我不能让你吃亏，你跟我一场，取的是你对我的忠心，我已替你捐了官，你的履历报到了省抚衙，提拔你做丰穰县县丞的票拟，马上就要批下来，你放心，有我在，天塌不下来！"

杨道三顿时感动得五内俱焚，跪了下去："听你说话真暖心暖肺，为你做事那才叫痛快！有啥事你只管吩咐，水里火里俺决不皱眉头！"

"谁在我背后玩心眼耍花枪，我绝不能让他有好下场！"呼三山呷了一口茶，眼中射出两道寒芒，盯着杨道三说道，"你速回丰穰，盯紧他的一举一动，他去什么地方，跟谁在一起，玩哪些女人！"呼三山从袖中摸出一个小花瓷瓶，几乎从牙缝里挤出话道："这是五步断魂散，有反骨的那个人不是喜欢吃酒吗，你暗中放在转酒壶里——"他长叹一声又道："非我不仁，做兔死狗烹之事，家贼不靖，后患无穷！甭说他是我的亲妹夫，就是我的亲爹亲娘，只要他背叛了，我也要屠了他们，不然的话，山寨弟兄们会死无葬身之地！"

杨道三接过瓷瓶，陡然一股寒气直袭脊背，暗忖："若非柳学忠当初救你，你能有今天吗？此人心毒到这个份上，有朝一日他会对我下手吗？"面上却佯笑道："你是佛祖菩萨转世，我知道你的苦心，咱这样做，还不是让柳学忠给逼的！"

"办好了，后半生享不尽的荣华富贵！"呼三山瞬间又恢复了常态，款款而言，"记住，只要我不出事，你们就会在大树下乘凉。再说，过了这个坎，我日后不会亏待你的。事不宜迟，你现在就回丰穰县！"杨道三应了一声，告辞了。

"来人！"呼三山站起身来，面无表情地吩咐道，"备轿，去臬司衙门！"

几天后，杨道三返回丰穰县，因他是出公差，按照衙门规矩应先到衙门向县令冯庶交差，不知怎的，离县衙约一箭之地时他又拐回来，杨道三很犯踌躇。他盘算着借冯庶名义宴请柳学忠，在酒里下毒，毒死柳学忠，万一案发，让冯庶顶缸。可是，冯庶即将卸任调离，候补县令郑绍绪等着接任冯庶，郑绍绪不像冯庶窝囊，猴精猴能，万一事发，郑绍绪很容易查到自己，遂又转身离开。恰巧柳学忠退值，见杨道三一副魂不守舍的样子，拍着杨道三的肩头，阴笑道："一步之差谬之千里！"

"此话怎讲？"杨道三警惕地问道，"愚兄笨拙，不明白你的意思！"

柳学忠呵呵一笑："你若先到衙门见冯庶，我今日就与你分道扬镳！"

"为啥？"

柳学忠倏地敛了笑容，悄声说道："冯太爷见风向不利，恐怕要反水，找门路忙着调离，这个时候你与他套近乎，莫非与他一道，脚底抹油——溜之大吉？"

杨道三心中一震，这才知道外表大咧咧的柳学忠心细如发，自己的一举一动都在他的监视之下。一瞬间，额头上渗出细密汗珠，口中却道："你我生死弟兄，我若有二心天打雷劈！"

"跟你开个玩笑，何必当真！"柳学忠满脸堆笑，说道，"走，吃酒去，咱俩好好说说话！"

柳学忠请吃酒正中杨道三下怀，柳学忠是个酒猫，每喝必醉，趁他酒醉时下手正是机会。面上却推辞道："今日有事，改日再吃！"柳学忠面色不悦，讥讽地说道："冯县令真把你调教成了，连酒都不敢吃了！"

"笑话！"杨道三扬起脸说道，"谁把这个二百五县令当回事，若不是为了豹爷，老子早就不伺候他了！"

"这才是过命交情的好兄弟！"柳学忠拉着杨道三来到一家烧鸡店，笑道，"我去买俩烧鸡，去你家里喝个痛快！"

杨道三的宅院在丰穰城的西北角，四邻不靠，孤零零的一所宅院，杨道三因早年死了老婆也没再娶。柳学忠随杨道三回到家中，但见宅院四周都是杨柳和灌木，院内还搭了个葡萄架，遮天蔽日，阴凉碧幽，给人一种幽静荒寂的感觉，不禁赞道："真是个吃酒的好地方！"

三大杯老酒下肚，柳学忠便涨红了脸，额上青筋暴起，像数根蚯蚓趴在脸上，更显得阴森可怖。他夹起一块鸡腿塞进嘴里，毫无顾忌地嘎嘣嘎嘣大嚼着，不胜感慨道："今日吃酒，不知明日还能相聚吃酒不？你我弟兄得寻条后路啊！"

杨道三觉得神情恍惚，手执转酒壶给柳学忠斟上酒，说道："咱们不能乱了阵脚散了劲，天塌下来有大个子顶着，有豹爷这棵大树撑着罩着，怕啥！来，喝！"

几个回合下来，柳学忠舌头已是打卷，眼也乜斜了，嘴角流出了涎水，显然是酒沉了。杨道三心里明白，下在酒杯里的五步断魂散发作了。此时，他像一只老狼叼住了一只小白兔，眯着眼仔细地打量着趴在桌上的柳学忠。柳学忠抽搐了一下，嘴角渗出了殷红的血水，痛苦地说道："肚子好疼呀！莫非你在酒里下了毒？"

"是的！"杨道三知道他肚里药性已经发作，慢悠悠地倒了一碗水，却不急着递给柳学忠喝，紧盯着柳学忠那张扭曲的脸，冷冷一笑，"柳班头，你精明一世，却糊涂一时，非我心狠手辣不念多年兄弟情分，往酒里下毒。要你命的，是你的丈人哥呼三山，谁叫你脑后长反骨，你到阎王爷那里甭告我，我也很冤屈，我不杀你，呼三山要杀我呀！放心吧，我会厚葬你的！

哦，对了，念咱兄弟一场，我请丰穰寺和尚念佛超度你的亡灵！"说着，把手中的茶水泼在柳学忠脸上，磔磔怪笑道："还有啥后事要交代的？"

"想害老子死的人还没有出生！"突然，柳学忠一个鲤鱼打挺跳将起来，哈哈大笑，"你喝了我的十步断肠散，还想活命！"

"你……你……"杨道三瞬间像被抽干了血，顿时脸色苍白，仿佛有人勒住了自己的脖子觉得呼吸困难，肚子也开始一阵阵剧疼，浑身也猛烈地颤抖着、抽搐着。他愕然盯着柳学忠，惨笑道："你分明喝了我的五步断魂散，怎么会不死，难道呼三山给的药是假的？"

"药倒不假！"柳学忠一脸怪笑，"死前让你明白，老子是玩鹰的，怎能让鹰啄了眼？实话给你讲，我每喝一口酒，不是吐在茶碗里就是洒在衣襟上，你太精明了！精明过头就是傻蛋，老子毕竟是呼三山的嫡亲妹夫！"

"你与呼三山事先套通，挖坑让我跳？"杨道三血脉贲张。刹那间，他变得异常清醒，踉踉跄跄扶着桌子："我明白了，兔死狗烹，杀我灭口！"

"取你性命的是呼三山，我也不想这样做，可你知道的太多了！"柳学忠看也不看杨道三，冷笑道，"一个脚踏两只船的小人。你见呼三山大势已去，暗地与冯庶串通一气，像你这样的病癫皮狗，哪座庙里敢收留你，留着你替官府戴罪立功！只有闭了口才省了多少麻烦！你放心上路，日后我会向冯县令报个纵酒过度暴病死亡的验单！"

"我不想死，还能替你们做事，我有计谋扳回危局！"杨道三只觉得眩晕腿软，想吐又吐不出来，腹内钻心般疼，浑身在冒冷汗，他忽地跪下哭道，"看在你我兄弟一场的分上，把解药给我！"

"一切都晚了！"柳学忠鄙夷地看着杨道三死乞白赖的可怜相，更加反感，他咬着牙凶狠地说道，"男子汉大丈夫死则死矣，怎么连条狗都不如！"说罢，抬脚朝杨道三心窝上踢去。杨道三在地上翻滚着。突然，他挣扎起身，啐道："我在地狱等着你！"说着，他拼尽全身力气抓起酒壶向柳学忠砸去，柳学忠侧身躲过，照着杨道三头部飞起一脚，杨道三闷哼一声趴在地上，头一歪再也不动，瞪着一双昏眊眼睛，茫然望着门外。柳学忠弹了弹身上的灰尘，很快消失在门外。

第七十七章
黄河滩部曹救囚犯
贺巡抚倨傲种祸端

关在龙兴城牢房的黄少文对外边发生的事一点也不知道。刚关押时，三天一小审、五天一大审，狱卒们用蘸了水的马鞭不停地抽打，牢头怕弄出人命，让牢房犯人们折磨，没过几日，黄少文已是体无完肤，瘦得皮包骨头，多亏监号关着一个叫赵飞的人，此人略通拳脚，因村上恶霸欺侮近族佃户女儿，该女跳河自杀，他抱打不平，杀死恶霸判斩在监。监号的人都很怕他，外边常有人到狱中给他送酒送肉。他见黄少文白白净净一文弱书生被折磨得七荤八素不成人样，问明黄少文冤屈后，顿时大怒，喝退犯人，把自己的酒食分给黄少文，黄少文身子骨慢慢地硬朗起来。牢中枯坐嫌日长，黄少文从丰穰县来时挟带一本《金刚经》，便精研细读这部大乘经书。有时读到精妙之处，便与监号的犯人们讲解，日子倒也不觉枯寂。

一日，狱卒打开牢门，令犯人们到黄河堤上做工。黄河途径龙兴城，又称悬河，它像一条桀骜不驯的黄龙水怪，每年汛期总要作祟泛滥。近些日子，上游连降大雨，下游数省已溃决几处，巡抚贺丰年下了一道又一道征用民工上河修堤的命令，还嫌人数不足，便听从呼三山的建议，打开牢房让犯人上河修堤。黄少文、赵飞在官兵的押送下来到河工上。

六月的骄阳像一个巨大的火球，洒在大地上像着了一层火，泛着白雾般蒸汽，仿佛要把人们烤焦似的。黄少文久坐牢房很少见太阳，骤然在蒸笼般的热浪下做苦力，哪儿能支撑得住，多亏有赵飞帮着。几日打熬下来，浑身蜕了一层皮。一日，他又饥又渴又累又晕，刚想靠着河堤喘口气，监工的皮鞭像雨点般打落下来，霎时，汗水与血水交织在一起，疼得他差点昏过去。

午饭时，赵飞悄声对黄少文说道："黄兄弟，你我二人都是身负深仇大恨之人，与其受折磨窝囊而死，不如拼着命逃出去！"

"怎么个逃法？"黄少文一眼不眨地看着赵飞，"北边是大河，其他三面都有兵卒看守，咱俩能飞过黄河？"

"俺仔细看过，午后是看守们最困乏松懈的时候！"赵飞压低了嗓门说道，"渡口有一条船泊在那里，只要咱俩逃到船上，便能摇橹渡河，到那时谁能奈何了咱兄弟俩！"

"慢着，容我再想想！"黄少文大脑飞快地转动着，显然赵飞的话已深深地打动了他，只要能逃过黄河，去找娟妹，再一起去北京告御状。他觉得这事来得太突然，有些玄乎，沉吟良久，方道："倘若逃不出去，咱俩的小命恐怕要丢在这里！"

"横竖是死，砧板上的鱼也要蹦三蹦！"赵飞默默地从衣兜里摸出一枚铜钱，向空中抛了三次，他看后笑道："大吉！俺每次行事都靠这个占卜，菩萨会保佑咱们的！"

一阵熏风热浪掠堤而过，卷起一团团黄沙，朝宽阔的河面上漫去。黄少文怅怅地望着混浊的河水，心中充满着恐惧和希望。午末时分，赵飞、黄少文两人慢慢地靠近了渔船，赵飞向岸上监棚望去，大约是酷热难耐的缘故，竟发现无一名看守值哨，遂向黄少文打了一个手势，俩人飞跃上船，赵飞极为熟练地摇动了双桨，渔船开始慢慢地滑动，黄少文不禁一阵狂喜，念了声阿弥陀佛。突然，船舱中一声响亮，竟冒出几个披挂齐整、手执刀枪的官兵，赵飞一见不妙，刚想投水却被两名看守死死摁住，黄少文暗暗叫苦后悔不迭。顷刻间，俩人被捆得米粽般押到岸边，只听监棚一声断喝："把逃犯带进来！"

"喳！"几名看守把他俩推进了监棚内。黄少文抬头看时，一股寒气顺着脊背嗖嗖往上爬。上首坐的竟是呼三山。原来，刑部派赵侍尧暗访南石、丰穰、三河县的消息传到省城后，呼三山昼夜惶恐不安。他与林奋多次密议，借黄河汛期修堤之名设套让黄少文逃走，再抓回杖毙灭口，没了主犯，岂不一了百了。赵飞跺脚悔道："黄兄弟，实指望让你逃出，去皇帝佬那里告御状，哥哥死不足惜，反而害了你！"

黄少文见呼三山骤然出现，已明白掉进了对方陷阱，料想今日必死无疑，昂然说道："能与哥哥黄泉路上同行，也是小弟前世修来的福分！"

"住口！"呼三山傲然喝道，"尔等身为囚犯，不思悔改，反而趁修河工之时畏罪潜逃，可谓罪上加罪，来呀！"

"喳！"

"拖出去，杖脊八十！"

"喳！"几个看守眨眼间把黄少文二人拖到了外边，噼里啪啦一阵猛打。黄少文自入狱以来受刑多了，咬着牙忍着不吭一声，那赵飞性情刚烈骂声不绝，呼三山见状气得三尸暴作，狂躁地喝道："打！打！往死里打！"行刑的看守一脸无奈地说道："不是俺们与你俩过不去，是这位大人着实要你俩的小命！"一边说着一咬牙照准赵飞后脑一杖劈下，万点红珠随杖迸飞，可怜赵飞一世豪杰一命呜呼。另一名看守对准黄少文高高举起了木棍……

"住手！"一声威严的断喝震得在场的人俱是一怔，看守一惊，高举的木棒迟迟没有落下。众人循声望去，一位三十多岁的年轻人快步走来，周围警戒的戈什哈立刻炸了锅，以为抢劫犯人，哗的一声，有的护住呼三山，有的护住黄少文，还有几名戈什哈提刀执戟直逼来人。霎时，整个空气紧张得凝固了似的。呼三山见来人年岁不大，清秀冷峻的面孔，像一尊雕刻的石像凛然生威。他一惊之下站起身来，乍着胆喝问道："何方毛贼光天化日之下，私闯禁区抢劫人犯，来呀！拿下！"

"谁敢拿我！"来人阴冷地说道，"我乃刑部官员赵侍尧是也！"

呼三山万没想到赵侍尧这个时候会出现在河工，眼看杖毙黄少文被搅黄，他瞟了一眼行刑的看守，厉声喝道："谁让你们停下，给我打！"

行刑的看守犹豫地望了一眼呼三山，对准黄少文举起了木棒。

砰的一声枪响，赵侍尧抬手朝天放了一枪，吹了吹冒烟的枪口盯着呼三山厉声喝问："你是谁，竟敢草菅人命？"

呼三山横了一眼半路里杀出的程咬金，深知此刻不杖毙黄少文，后患无穷，一咬牙断喝一声"打"。话音甫落，一只冰凉的枪口已对准了他的脑袋。不知何时，陆天亮已站在他的身后，说道："想灭口，谁给你的胆？"

一名年岁较大的看守忙打千儿禀道："官爷，他是臬司衙门的古月杰大人，请不要误会！"

"没错，找的就是他！"赵侍尧气定神闲踱至呼三山跟前，把刑部关防戳合在呼三山面前晃了晃，说道，"我叫赵侍尧，是刑部派往中州办案的，带走！"陆天亮趁势扭住了呼三山。

"慢！"按察使林奋飞马而至，见呼三山被陆天亮拿枪抵着脑袋，问道："什么人擅自拿我臬司衙门古督察？"

赵侍尧已认出林奋，上前拱手一礼道："林大人，在下乃刑部员外郎赵侍尧，来中州办案，古月杰涉嫌较大，要带京审理！"说着，把刑部关防戳合递给林奋。

林奋原在抚衙与贺丰年商议如何对付赵侍尧查案一事，刚回臬司衙门，书办禀报刑部有个叫赵侍尧的去了河工上，便策马赶来。吃惊之余，接过赵侍尧递给的名刺，刑部戳合仔细验看，得知赵侍尧仅是刑部的六品员外郎，顿生轻慢之心，面上却一脸假笑："赵大人来中州办差，失敬得很！"他转身指着呼三山："忘了介绍，这位是臬司衙门古督察，赵大人带古督察回京审理，一来品秩不够，二来要经贺中丞同意才成！"

"林大人不要误会，赵某是代天奉命办案，已无品秩之隔，押解匪首呼三山进京复审乃职责所系！"原来，赵侍尧从三河县到龙兴城，先去了臬司衙门，林奋躲着不见。又闻呼三山押着人犯上河修堤，觉得蹊跷，因让死囚犯做苦役上河修堤有违大清律例，便直奔河工，恰遇呼三山杖脊赵飞和黄少文，他双手一拱道："请林大人指明哪个是匪首呼三山？"林奋手一招，两名戈什哈拖着软得像面条似的黄少文来到跟前，赵侍尧定睛瞧时，黄少文虽满身血污尘垢，眉宇轮廓却与大黄庄黄天福长得极为相似，遂道："林大人，这个人犯我要带回京城审理！"

"恐怕不成！"

"怎么，刑部的批文在中州行不通？"

"后生子，言重了！"林奋见赵侍尧干练利落，口气强硬，一点也不买他这个按察使的账，心中不快，遂起刁难之心，他平时到刑部办事时见过此人，俩人仅是个点头交情，但对赵侍尧来中州办案，越过自己的门槛极为不满，挑着眉梢打着官腔说道："贺中丞是一盆水清到底的好官。眼下，他亲自过问此案，在这个节骨眼上，不经贺大人同意，我怎能把人犯交付与你？一句话，有贺大人的手令我立马放人，望赵大人体恤！"说罢，笑眯眯望着赵侍尧，耸了耸肩，装出一副无奈的样子。

"此人可恶！"赵侍尧马上意识到林奋抬贺丰年这尊神来压制自己，一个中原大省的掌刑之人，纵容手下打死犯人，可见此人平时专横到何种地步，想起离京时刑部尚书范良岑特意嘱咐，他与贺丰年是同年，查案受阻时可直接面见贺丰年，遂对林奋说道："烦请林大人引荐，卑职这就晋见贺中丞，顺便给林大人提个醒，匪首呼三山是老佛爷和光绪皇上下旨查办的案子，请立即停止用刑，若有半点闪失你我都吃罪不起！"

听着赵侍尧绵里藏针的话，林奋已知这位年轻的刑部官员是一个难缠的刺头，转脸吩咐道："既然刑部赵大人发话，把人犯带下去好好看管！"

看守们应了一声，刚要拖走黄少文。赵侍尧一摆手："慢！卑职要带着这个重刑犯晋见贺中丞。"赵侍尧何等机警，他已看出林奋要对黄少文下毒手，遂向林奋说道："古月杰已涉嫌此案，请林大人让古月杰同去巡抚衙门，待禀过贺中丞后，卑职还要把他带回京城审理！"

"这个恐怕不妥吧，古督察官职比你还大着哪！"听着赵侍尧不知天高地厚的话语，林奋火气已蹿至脑门，暗骂："老子当广西按察使时，你还在穿开裆裤、抹鼻涕！"他忍了忍又想："贺丰年是出名的炮筒子脾气，不如让他去碰这个硬钉子，碰个鼻青脸肿那才叫绝哩！"正自盘算，忽听陆天亮叫道："姓古的，你蹲茅厕再不出来，我开枪啦！"林奋见呼三山已溜开，心中暗笑，故意地说道："古大人呢？——噢，出恭啦！"

待林奋领着赵侍尧来到巡抚衙门时，贺丰年刚午休起床，因天气闷热还穿着便服，趿着拖鞋，坐在窗前适意地饮茶。忽见林奋一头热汗闯了进来，禀报了河工上所发生事。贺丰年拧着眉毛，阴沉沉说道："一个六品堂官也要请见本抚，不见！"林奋道："倘若不见，会让刑部和京城御史们捏着把柄！"贺丰年木着脸道："先让那姓赵的在花厅候着，晾他一晾，老夫再去会他！"

赵侍尧在客厅候了足足一个时辰也未见贺丰年踪影，正自焦躁，忽听门外一声高唱："贺大人到！"接着，门帘一挑，身材高大的贺丰年穿着一身便服大步走进客厅居中坐了，林奋也旁边坐定，赵侍尧不慌不忙，亢声说道："刑部员外郎赵侍尧拜见中丞大人！"说罢伏地叩首。贺丰年见赵侍尧是一个年轻娃娃，不禁眉头一皱，他傲然睃了一眼赵侍尧，竟不起身虚扶，大咧咧地说了声："起来吧！你急着见本抚有什么事呀？"

"卑职奉命押解人犯呼三山到京复审！"赵侍尧见贺丰年如此拿大心中不悦，忍了忍朗声说道，"因林奋大人讲，在中州无贺中丞的手令，卑职便带不走人犯及人证，故来叨扰！"言毕，恭恭敬敬地呈上刑部戡合。

贺丰年从一名戈什哈手中接过刑部戡合略一浏览，顺手扔在案几上，淡淡地说道："区区一个山贼呼三山，竟搅得举国皆知，还惊动得圣驾不安，这都是做臣子的失职。林大人，难道呼三山一案臬司衙门审得不明，非要押解京城复审不成？"

"呼三山一案，县、府、臬司已审得瓜清水白！"林奋深知贺丰年的用心，朗声说道，"我敢拿头上的顶戴担保，呼三山一案不是冤案，更不是错案，而是铁案！"

"那就暂不将此案移交刑部！"贺丰年懒洋洋地打着哈欠，对赵侍尧说道，"刑部那里由本抚交代，你没什么事就道乏吧！"

"慢！"赵侍尧见贺丰年如此怠慢公务，强摁住胸中的无名火，跨前一步说道，"卑职离京时，范良岑大人特修书一封给贺中丞！"说着，双手把书信呈给贺丰年："请中丞大人知会臬司衙门，让卑职带走呼三山一干人犯！"

贺丰年粗略地看了看，笑道："范老夫子文章雄压天下，他对地方官员办差却失聪得很，老夫还是那一句话，中州的案子由中州查办，不必多此一举！"

赵侍尧见贺丰年连范良岑的账都不买，又跨前一步，争辩道："据下官所查，呼三山一案弊病丛生，多方查证疑似顶凶，关押的凶犯是三河县人，叫黄少文，并非主凶呼三山！"

"唔？谁是主凶？"贺丰年身子往前一探，棱着一双蛤蟆眼晶光灼灼，喝问道，"真凶又在哪里？"

"多方疑点已指向枭司衙门的古月杰！"

贺丰年顿时涨红了脸，腾地起身踱了几步，嘿嘿冷笑道："一个小小的刑部的堂官，竟敢捕风捉影，查办一个五品官员，天下奇闻。瞧你年轻孟浪，不与计较，看在范老夫子的面上，给你稍存体面，这里是中州，不是刑部，想查就查，想抓就抓，你再敢搅闹中州公务，别怪本抚翻脸不认人！"

赵侍尧见贺丰年如此武断，心中愤然，脱口说道："久闻中州官场官官相护，赵某今日也算领教了。不过，为防有变，前几日，我已六百里加急公文发往京城！"

贺丰年顿时气蒙了，万想不到一个蕞尔小吏，竟敢与封疆大吏叫板，不禁勃然作色道："一个小小部曹，竟越级犯上，来呀！撤他的座！"

"喳！"

第七十八章

奉圣喻侍郎巡中州
耍刁蛮巡抚反遭辱

赵侍尧见几名戈什哈气势汹汹扑来，咣当一声掀翻了面前的桌子，朗声说道："贺中丞你权势再大，大不过大清的王法！一个封疆大吏竟如此失聪失察，做出顽钝愚鲁之事，难道你就不怕案子清白之日，你有欺君之嫌？"

"放屁！"贺丰年人高马大，性情暴烈，他是文进士出身，太平天国猖乱时，他文革武职，靠军功一步步熬到今天的位置，深得两宫太后的宠爱，简在帝心。此刻见赵侍尧这个愣头青，出言不逊顶撞自己，顿时如火上添油，怒极反笑道："给你存点体面，你竟如此浅薄无知不受抬举，通省几千万子民，万几公务都得我去处理，哪有闲工夫与你一个末等小吏闲磨牙！来呀！轰出去！"

"喳！"几名戈什哈轰然应了一声，便恶狠狠地推搡着赵侍尧往外走。赵侍尧抽身大叫道："贺中丞，你擅自中止办案，你知道是什么后果？实话对你讲，我不查清呼三山一案，决不过黄河！"

"少拿大话吓唬我！你过不过黄河与我有何相干？！"贺丰年一脸的不屑，气咻咻地说道，"本督抚给你透个底，不论谁来中州省办差，只要绕过我的门槛，不照我说的去做，门都没有！"

赵侍尧幡然醒悟，难怪呼三山一案折腾了几个年头，原来有一棵大树罩着树下纵横交错的丝藤缠萝！还想再辩，一书办拿着一张泥金拜帖飞一样地跑进来，对贺丰年禀道："刑部右侍郎王云生大人前来宣旨！"贺丰年接过帖子时，上面写道："贺公，愚弟王云生谨叩。"

"王云生来中州凑什么热闹？"贺丰年有些惊诧，捏着拜帖发呆，他对王云生是再熟悉不过，他是出了名的一根筋。长安县王村人，进士出身，任过山西省按察使、东江省布政使。因性格倔强，开罪了不少权贵，平调刑部任右侍郎。他抬眼望着窗外盛开的姹紫嫣红的石榴花，暗忖：难道王云生也是为此案而来？许久才把目光收回来，一扫眼见戈什哈眼巴巴地望着自己，吩咐道："放炮！开中门迎接！"

刹那间，三声炮响过，贺丰年穿袍贯带，带着三品以上官员，迈着方步迎出仪门。抬眼望去，钦差的仪仗"一"字摆开，肃穆整齐，王云生身着黄马褂气度从容，中军校尉护围中间甚是气派。众官员"啪"的一打马蹄袖依序跪下，贺丰年紧走几步伏地叩首："请钦差大人移步抚衙叙话！"王云生双手虚扶一下道："贺兄辛苦！"在鼓乐声中将王云生迎进了衙内。香案设在接官厅的滴水檐下，贺丰年撩袍行了三拜九叩大礼，朗声说道："奴才贺丰年恭请圣安，万岁，万万岁！"

"圣躬安！"王云生朗声答道。他又矮又黑又瘦，给人一种猥琐的感觉，尤其是一双夜猫眼下面匀称地长着两颗大麻子，让人看了格外不舒服，但这副尊容，却是大清国的掌刑之官，有多少不法之徒闻名丧胆。震惊全国的"江宁周五杀朱彪一案"，有两名犯人被地方官员冤屈论死，他在复审时发现疑点，亲自复查，弄清了真相，开释了无辜。风传他在惩治贪官时，两宫太后暗示他法外施恩，他却装聋作傻，硬着手脖砍了人头。为这，平时也没少开罪人，他的官职距正一品一步之遥，却总是升不上去。此时，他像一只温驯的狸猫，微眯着眼走到香案前，南面立定，朗声说道："贺丰年听旨：览奏不胜骇然！呼匪一案疑窦丛生，不白甚多，该犯年龄有疑，籍贯不实，从犯竟无一人，朝廷委派能员查之又查，然搁之又搁，敦促再三案子亦然，数载已过，无甚进展，尔等平日何所事事，莫非与盗寇有染乎？着中州巡抚贺丰年协同刑部干吏将涉案人犯、人证、卷宗押送刑部审理，钦此！"

贺丰年脸上青红不定，双手从王云生手中接过圣旨，仔细浏览，见上面没有慈禧太后的批谕又略觉宽心，遂伸手一让，说了声"请"把王云生让进客厅。王云生见贺丰年一脸的不自在，心中不忍，遂含笑说道："愚兄知道你在中州的苦处，出力不讨好，好在朱批上没有'辜恩渎职'四个字，这下你省心了，由刑部审理，我这个糟老头可受罪不轻啊！"

贺丰年见王云生满嘴的假仁假义虚情假话，恨不得一口浓痰吐在他那张得意的脸上，但他是钦差沾惹不起，想着自己任上诸事顺手，政绩卓然，此案移送刑部，万一有假，中州多少官员因这个案子让刑部一锅烩了，岂不是前功尽弃？便说道："巨匪呼三山罪不可逭，迟早要押解京城审理，不过，本抚疑惑有人暗中作梗，请钦差大人代奏，呼三山与一干人证暂缓几日解京，臣受两朝皇恩，亲自复审此案，澄清之后一并连人证解往北京，方不负皇上和慈禧太后的托付之重！"

"那咋能成！"王云生呷了一口茶，已明白贺丰年起了刁难之心，遂好心劝道："钦命大案，切不可意气用事，呼三山案发时，你任东河道总督，何必呢，倘若有碍官声，到时我会站出来替你讨个说法！皇上一心求治，你要默察圣心，做个能臣，莫存侥幸之心，万一不测抱憾终身，不值！"王云生不紧不慢徐徐而谈，句句设身处地替贺丰年着想，但字字是含骨挟肉，点到为止恰到好处。此时，贺丰年这才真的看清这个糟老头的风骨，欲再辩解，忽听门外有人高声报名："刑部员外郎赵侍尧拜见钦差大人！"仅这一声，官厅周围的大小官员无不面面相觑。贺丰年一脸的不自在，他明白这个粘嘴腻牙的刑部小吏必是寻晦气而来。他睃了一眼王云生，只见他捻着山羊胡须，笑吟吟地吩咐道："让他进来吧！"

霎时，偌大个官厅一声咳痰不闻，众人见赵侍尧一副天不怕地不怕的模样，都把目光投向贺丰年。贺丰年虽心中不悦，但碍于王云生又无可奈何。只见赵侍尧步履从容返回客厅，甩了一下马蹄袖，朗声说道："刑部员外郎赵侍尧拜见钦差大人，恭请皇上圣安！"

"圣躬安！"王云生是赵侍尧的同乡，又是恩师，交情笃厚。原来，刑部尚书范良岑接到赵侍尧六百里加急后，深感事体重大，便与宰相翁同龢等人联名上奏慈禧太后和光绪皇上，光绪皇上和慈禧太后盛怒之下，委任王云生为中州宣旨使。此刻，他扫了一眼满脸憔悴、人瘦了一圈的赵侍尧，忙哈腰扶起，说道："尔在中州办差，急着见本钦差，有什么急事要奏？"

"回钦差大人的话！"赵侍尧一躬身，说道，"贺大人擅自不让卑职带走匪枭呼三山和一干人证，庇护下属，阻碍我传唤重大嫌疑人古月杰！"

"必是你贪功冒进孟浪行事，惹得贺大人不快，弄砸了局面！"王云生佯怒发作赵侍尧，转脸一笑道，"贺兄，这究竟是怎么一回事？"

贺丰年见王云生俩人一唱一和演双簧，心中不快，但他心里咬牙面上开花，一哂说道："并非不让他带走呼三山一干人证，而是暂缓几日，让我亲自审问后再带走不迟！"

赵侍尧当即顶了回来："钦差大人，卑职在河工上亲眼所见，枭司衙门古月杰杖毙囚犯，若迟半刻，呼三山已死于非命，依卑职所见，押解呼三山进京审理刻不容缓！"

"姓赵的，你血口喷人！"林奋红脖子涨脸一拍案几站了起来，厉声说道，"犯人在河工上潜逃被抓回，打几板子松松筋骨，让他收收匪性长长记性，是枭司衙门的职责所在，瞧着你为刑部办差，多少留点面子，竟蹬鼻子上脸，搅闹地方司法！"

"林大人，你是按察使，熟稔法律，打几板子能把人打死，这又作何解释？"赵侍尧一点也不买林奋的账，"分明是蓄谋已久灭口销证，实话告诉你，我已经私访了三河县城东大黄庄的黄天福，与三河县县令褚光耀一同去城西大黄庄，见到了冒充城东一门五进士的黄天福，擒获了匪首李疤瘌，人证物证俱全。"遂把访查过程略说了一遍，末了，他盯着林奋一字一板说道："林大人，你祸在眼前，还如此愚鲁无知！该醒醒了！"

"两个黄天福？"林奋大骇。因复审呼三山一案时，他是主审，倘若翻案，后果不堪设想。但他是满人出身，根本没把赵侍尧放在眼里，见赵侍尧竟当着王云生和贺丰年这么多官员，把自己说得一文不值，额上青筋暴起，咆哮道："我乃三品按察使，怎是愚鲁顽钝之人？你一个六品堂官算什么东西！三河县县令褚光耀是有名的十八偓、二五眼，老百姓打官司到县衙，经他判的案，一律是富人输穷人赢，分明是你与褚光耀受了呼三山的贿，故意把水搅混，替呼三山翻案！"贺丰年趁机煽风点火说道："褚光耀是有名的褚疯子。三河县城北裴营佃户媳妇勾引佃主一案，他竟阴阳颠倒，判佃主调戏良家女子，打板四十，枷号三月，佃主气愤不过，把状子告到我这里，若不是顾着官家体面，我早革了他的职！”

“贺大人，据下官在三河县查访，三河县县令褚光耀断案时，县衙大堂放上一盆炭火，凡有到公衙说情的信笺一律焚之，依律公断，百姓们给褚光耀送了万民伞，还建了生祠，称褚青天！褚大人亲口对我说，黄天福之子黄少文是光绪七年的秀才，自己又是他的座师，这岂能有假？”

“疯子说的话只有鬼才相信！”贺丰年又恨又无奈，他眼中闪着仇恨的火花，倨傲地仰起脸，从案几上抓起水烟壶，啪地用火煤子点上烟猛抽一口，吐着浓浓的烟雾，冷笑道，“我已经上奏吏部，他的县令位子坐不了几天了！”

“我知道贺中丞不待见我，可我还是要说！”赵侍尧压根不看贺丰年脸色说话，咯咯一笑道，“据卑职查证，南石县呼家庄地保、丰穰县尚家寨尚发祥都认证牢中关押的不是呼三山，而是三河县大黄庄一门五进士后人黄少文。”

“什么！”贺丰年心中一阵凉意，头上冒出了冷汗，有些口吃地说道，“怎么会是这样？”

赵侍尧警惕地扫视着官厅，未见古月杰，心中一沉，冷笑道：“贺大人，请立即传唤古月杰！”

贺丰年深知事态的严重性，让刑部带走古月杰，就意味着要翻案，到时候，朝廷追查，闹腾起来，中州官场会掀起轩然大波，局面很难控制。他咬着牙，下死眼盯着赵侍尧：“为什么要带走古月杰？”林奋也帮腔道：“圣旨上没让带走古月杰！”

“因为我对中州官员信不过！”赵侍尧对王云生一躬身，说道，“钦差大人，卑职请大人借一步说话！”

王云生见赵侍尧与林奋、贺丰年闹到这种地步，才知道事情比原来想象的复杂得多。他心里明白，岸上观火是绝对不成的，自己已经卷入此案的漩涡之中，遂起身离座，踱步深思。贺丰年大声说道：“背人没好话，请当着众人面讲！”

"那好！"赵侍尧被激怒了，亢声说道，"卑职怀疑有人放走古月杰，请借钦差大人中军，捉拿古月杰！"

"放肆！"贺丰年不待王云生发话，便暴跳如雷，"堂堂五品官员竟会弃官潜逃，真乃满嘴胡言！"

"钦差大人，中州官场水深着哪！"赵侍尧蹙眉说道，"我猜测，古月杰已逃出龙兴城，让我带中军火速搜查古月杰住处！"

贺丰年眼中闪着火苗，狞笑道："倘若古月杰还在按察院——"

"你扒了我这身官服！"赵侍尧斩钉截铁地说道，"不，砍了属下这颗脑袋给贺中堂当夜壶用！"

一句话说得满堂哄笑，连贺丰年也忍俊不禁破颜一笑，但他一笑即敛，话中带刺地说道："既然如此，你看着办吧，倘若姓古的在按察院，看你咋收场！"

"话不能这么说！"王云生坐直了身子咯咯笑道，"你得体谅刑部办差的难处，咱们都是皇上的奴才，替皇上办差，若不当面撇清，皇上那儿我是交不上差的。"转脸对赵侍尧说道："带上中军，给你一个时辰，差使办砸，贺丰年杀你我不救！"

"喳！"赵侍尧一转身去了。

贺丰年向林奋丢了一个眼神，说道："你陪姓赵的——"

林奋心领神会，刚要转身离去，却被王云生拦住道："不必，我已答应赵侍尧，眼下谁也不能离开抚署衙门！"

"你就那么相信姓赵的？"林奋仗着叔父在军机处，沉声地说道，"若卑职硬要走出巡抚衙门呢？"

"来呀，封了这座官厅！"

"喳！"王云生十几名贴身侍卫一拥而入，有两名彪悍侍卫已将林奋挟住。

王云生慢悠悠地起身踱着方步，像是自语又像是对贺丰年诉说："本钦差来中州宣旨，老佛爷特意从大内选拔十名护卫以防不测。"他一个眼神，另有两名侍卫已在贺丰年身后立定。贺丰年虽然带过兵平过捻匪，此刻也不禁打了个寒战。窗外，他的十几名护卫见贺丰年受制，也哗的一声拥进客厅，静听贺丰年号令。刹那间，官厅内外剑拔弩张，空气紧张得像结了冰，只有挂在墙上的西洋自鸣钟嗒嗒地响个不停。

众人在难熬的时辰中度过，正没理会处，赵侍尧捏着一大把书信舞动着走进花厅，高声报道："按察院的古月杰已不知去向，这是古月杰与老虎寨通信的书简！"众人看贺丰年时，已是面色苍白，瘫坐在椅中。

王云生见贺丰年难堪，笑道："贺兄，我奉皇命带人犯、人证回京审理，请办交割。再者，古月杰有重大嫌疑，已畏罪潜逃，请下海捕文书！"

贺丰年又惊又怒又不服气，死盯着王云生，梗着脖子冷笑道："我要是不从呢？"

"你敢抗旨？我请天子剑！"王云生实在忍无可忍，咬着牙，心一横，板着脸说道，"我奉光绪皇上密谕、老佛爷懿旨，着令中州巡抚贺丰年将呼三山一干人犯、证人、卷宗、嫌疑人古月杰，即刻交割刑部员外郎赵侍尧押京审理，违者按抗旨论处！"

此言一出，满厅人面面相觑，林奋羞中添怒，带着对钦差大臣的畏惧，贺丰年万想不到王云生为此案，会不顾同僚情谊来这一手，恼怒中夹杂着忌恨和对圣命难违的恐慌，半晌方回过神来撩衣跪下，口称："奴才贺丰年谨遵圣命！"赵侍尧激动得一颗心几乎跳出胸膛。见贺丰年跪地发怔，他是何等机敏之人，忙上前搀扶。王云生一摆手制止了他，亲自扶起贺丰年道："你不逼我，我怎会这样！"

"我会上密折参你！"贺丰年霍地自个儿起身，红着眼仇恨地盯着王云生，王云生不经意地笑了笑："随你！"径直离去，贺丰年悻悻地对林奋道："移交吧！"转身见一个亲兵发愣，啪的一个耳光，吼道："蠢材，速传古月杰见我！"

"喳！"那戈什哈去而复转，禀道，"古月杰不见了！"

第七十九章
懦县令抚署泄黑幕
莽巡抚心虚托人情

眼睁睁见王云生和赵侍尧带走了黄少文一干人等，贺丰年憋在胸中的怒火顷刻间爆发了。一扫眼见案几上摆放着文房四宝、批文、茶碗等凌乱不堪，仿佛变成王云生、赵侍尧俩人咧嘴讥笑自己，他猛地一扫案几上的文书、茶碗等物件，顿时淋淋漓漓撒落满地。书办忙俯身小心翼翼地收拾散落在地上的物件，稍微慢点，贺丰年抬脚踢去，嗔怒骂道："没用的蠢材！滚！"

林奋皱着眉满腹心事，见贺丰年发这么大的火气，婉言劝道："有道是将军额上能跑马，宰相肚里能行船，中丞怎能与这些下人一般见识！"

"拉倒吧，都是一群窝囊废！"贺丰年一阵光火，训斥道，"亏你是按察使，审案老手，却让赵侍尧这个屎壳子还没蜕的龟孙钻了空子，真让你们给丢尽了脸！"

林奋见贺丰年把火气往自己身上撒，心中不快，反唇相讥道："卑职虽说奉职无能，此案每审理一步，都是按您的钧令去做的，既然刑部怀疑是顶凶案，当初丰穰县冯庶审理此案时，必定清楚案子的来龙去脉，何不招来问个明白？"

一语提醒了贺丰年，他突然觉得有点失态，做事鲁莽，颓然落座，摸着脑门粗重地叹息一声说道："眼下皇上下旨，御史弹劾，钦差刁难，通国皆知，万众瞩目，倘若真的是顶凶案，你我的前程岂不毁在呼三山身上！你去趟丰穰见冯庶，问明根由后，不管顶凶不顶凶，要在根上下功夫，让案子变成疑案、悬案，无法定谳！"

林奋瞬间已明白贺丰年在措置退路，他深知事态严重，顾不得与贺丰年理论，笑道："不用去了，冯庶昨日已到龙兴，等着见您！"

"速传冯庶见我！"贺丰年已不再狂躁，攒着眉思量了半晌，依着案几援笔在手，奋笔疾书，而后朝外喊道，"来人——"

"喳！"一书办应声而入，贺丰年把信装进书简，郑重地说道："掘地三尺，寻找古月杰，将此信交到他手中！"书办应了一声，转身离去，又被贺丰年唤回，说道："你若把此事泄露出去，明日你就不在这儿当值！去吧！"

林奋一旁瞧着，这才看透平日里大大咧咧对啥事都满不在乎的贺丰年，粗犷豪爽的性格中，还有心细如发的一面。正思量着，一个身着六品袍服顶戴的年轻官员哈腰进来，那官员打起精神提足了劲，甩了甩马蹄袖高声报名："丰穰县县令冯庶叩拜中丞大人金安！"说着便俯地叩首有声。

"起来吧！"贺丰年看着冯庶，温存地说道，"冯庶，别忙着请我的安，还有按察使林奋大人呢！"

冯庶起身对贺丰年打了个千儿，抬头四下搜寻林奋。因他眼睛高度近视，脸几乎贴在了林奋身上，林奋矜持地干咳了一声，冯庶这才看清楚，忙对林奋行了庭参礼。贺丰年看着这个活宝，想象着他平时坐堂理事情景，紧绷着的面孔突然松弛了一下，几乎笑出声来，装着咳嗽掩饰过去，沉吟移时，问道："冯庶，你急着见本抚有何事禀报呀？"

"回中丞大人话，卑职在丰穰时日已久，难免开罪乡绅大贾，倘若勉强下去，恐怕引起非议，有伤圣上谆谆教诲，辜负了中丞殷殷期望！"冯庶自黄少文刑场呼冤后，深知东窗事发是迟早的事，又闻刑部派员到丰穰县复查此案，更是一日数惊，彻夜难眠，一刻也不愿待在丰穰这个贼窝，便来撞贺丰年的木钟。此时，他咽着气说道："求中丞大人体谅卑职的难处，给卑职调换个地方，让公、忠、勤、能的候补知县郑绍绪继任属下！"说着，把呈文擎过头顶。

贺丰年接过呈文，觉得一沉，用手一摸，旋即明白了呈文中还挟带一块金砖，装作不经意地瞟了一眼跷足而坐默然品茶的林奋，轻轻把呈文放在几上，沉吟一下，说道："你知恩图报，忠君敬上，本抚心里清爽得很。不过，有件事我想问一下，如果据实回禀，你调离丰穰县是一句话的事！"

冯庶的脸色一下变得苍白，他已经隐隐约约预感到贺丰年要问什么，但他毕竟是久经风浪之人，很快静下心来，赔笑道："中丞大人对卑职厚爱有加，你尽管问，卑职决不欺隐，知无不言！"

"很好！"贺丰年一笑即敛，说道，"你在丰穰抓获巨匪呼三山时，是怎么审理定谳的？既然事实清楚，又怎么会反反复复掀起轩然大波，闹得满世界人都知道是一个冤案，你给我交个实底，有林奋大人做证，说出来我不怪罪你，呼三山是否花钱找人顶凶，牢房关押的呼三山是不是个调包？你从中捞了多少好处？"

冯庶提得老高的心一下子仿佛掉进无底的深渊中，浑身剧烈地抖动着，翕着嘴唇痴人一样怔怔地看着贺丰年，竟一时说不出话。光绪七年，尚家寨发生的抢劫案顿时涌上心头。几年间，这案子翻了又翻，查了又查，沸沸扬扬，举国瞩目，害得自己恐慌心悸彻夜难眠，日子久了，年纪轻轻竟落下了眩晕头痛病。思来想去，三十六计走为上，才来走贺丰年的门路。实在不行，辞去这个县令解甲归田，当一田家翁也比当窝囊县令强上十倍。孰料贺丰年竟亲口过问这个顶凶案，难道他又要拣软柿子捏，借刀杀人？他隔着眼镜片睨了一下面无表情的林奋，扑通一声跪了下去。

"你不要害怕！"贺丰年见冯庶吓得三魂出窍情知有变，便温言说道，"事关抚、臬、道、府、县几级官员的生死荣辱，我不能心中没底，你起来，据实说！本抚也好有个安置！"

冯庶慌乱地爬了起来，摘下眼镜擦了擦又哆哆嗦嗦戴上，颤声说道："承蒙中丞大人给卑职做主，属下说完死也心甘。其实狱中的呼三山叫黄少文，是三河县一名秀才，臬司衙门的古月杰才是真正的呼三山！"

冯庶一语如旱地惊雷，贺丰年骇得一跳，腾地起身离座，老驴拉磨般踱了几步，不认识似的盯着冯庶，良久，冷笑一声说道："大白天尽说疯话，古月杰是京城孝亲王颐贤门下，由孝亲王保荐出来做官，我不相信古月杰吃屁风，放着五品官不当，甘心为匪！"

"卑职原本也不相信，后来发生的事证实了他是元凶！"冯庶从极度的恐慌中恢复了平静，面前这位口含天宪权高位重的督抚亲自垂询自己，虽说是摸底，但无论怎么说，他已搅和在此案中，地地道道成了一堵挡风墙，心中一宽说话也流畅了，"光绪七年春，丰穰县尚家寨尚发祥家中端溪血砚遭劫后，呼三山很快就成了我的阶下囚，可惜，我刚上任不到半年，双脚踏生地，没料到刑名师爷、捕快班头都是呼三山安插在县衙的细作。说来也巧，遭抢的尚发祥竟认贼作父，把未过门的女婿黄少文告上公堂，诬他为匪，他们趁机调换人犯，要放走呼三山，我发现事态严重严查此事，他们威吓我说，反正俺们犯的是死罪，临死前，先杀你娘后杀你妻，再杀你儿子不留根。我暗中派书童去宛平府、省里求救，信竟落到呼三山和柳学忠他们手中，我的书童阿毛被杀。李克大人派师爷送亲笔书信还骂我昏庸，不明事理，令卑职放了关在牢中的呼三山。天下事有时候真是阴阳错位，不久，罪犯呼三山竟变成了省里的古督察，亲到丰穰县督办此案，关押的尚家女婿黄少文起初死不承认，后来，不知怎的，竟主动承认是呼三山，无奈之下，我为匪人所逼，临危失节，上了贼船，糊糊涂涂结了案，成了行尸走肉形同摆设的空架子县令，犯下弥天罪孽，永坠阿鼻地狱万劫不复。生，有愧中丞大人知遇之恩，死，羞见祖上泉下之灵！"说完，悲不自禁，伏地叩头痛哭失声。

贺丰年闻听不胜惊骇，看林奋时，亦是惊诧莫名，傻子看戏般呆在那里，说道："林兄，你看这事如何处置？"

林奋深知此事非同小可，沉吟一会儿，厉声喝问道："冯庶，因为你临危变节，才犯下这十恶不赦之罪，既然有罪还要祸人，拉一个李克垫背，你找死吗？"

"卑职不敢！"冯庶说出了心中的憋屈，胸中畅快多了，亢声答道，"为防不测，李克当年给我的书信，卑职保存尚好！"他边说边从衣袖中掏出一张皱巴巴已发黄了的信件呈给了贺丰年。贺丰年粗略地浏览了一下，便知冯庶所言不虚，又见冯庶官服不整，面容憔悴，一个堂堂的知县竟落魄到如此地步，恻隐之心顿生，低首想了想，说道："论起你的罪孽，本抚把你削职下狱也不为过，念起你十年寒窗三下考场来之不易，又对本抚讲了实情，暂缓追究，回头把你所知详细地写出来密陈给我。顺便给你提个醒，你已经把天捅出了个洞，涉及多少官员头上的顶戴和身家性命，本抚还得费心劳力修补这个窟窿，倘若你把今儿说的话泄露出去，孝亲王爷怪罪下来，我也救不了你！"他想了想，用征询的目光盯着林奋："你还有什么要交代的？"

"中丞！"林奋已从极度的惊怔中静了下来，说道，"冯庶再回丰穰任职怕有不妥，应暂避一下风头，候补知县郑绍绪暂时代理丰穰县县令，你看如何？"

"很好！冯庶暂留抚署衙门任职。本督抚上奏吏部，票拟不久便会批下来，你道乏吧！"贺丰年看着一下子老了许多、步履蹒跚踽踽离去的冯庶嗟叹不已，权衡再三，对林奋说道："冯庶今日所言，你我已受牵连，龙兴府尹周道贤是刑部尚书范良岑的门生，两家世交渊源极深，素闻范良岑喜欢收藏古董，酷爱宋纸，你安排一下。还有，给周道贤道理讲透，利害挑明，他也是涉案之人，让他即刻动身去京城范尚书府上，范良岑与我同年，我修书一封，让他面呈范尚书！"林奋答应着，刚要离去又被贺丰年叫住了："派得力之人寻找古月杰，不，要生擒呼三山！一有消息马上报我！"林奋默然一躬，转身离去。

第八十章

蓄险心呼一彪献策
处绝境店掌柜报警

呼三山趁赵侍尧与林奋争执的机会，借机去茅房，溜进戏园子佯装看戏，苦思冥想但妙计难出。因心中烦躁又回到住处，一眼瞥见几上放着一封书简，取过看时，却是一首诗，上面写道："月儿弯弯照九州，木下有火焦了头，乱蜂飞舞齐拥出，三十六计走为首。"下面也没有落款人的姓名与日期，觉得字体眼熟，突然间一个激灵，这首诗隐含着"月杰快走"四字，写诗人竟与巡抚贺丰年平时批文的字体相似，他陡然感到一股寒气向他袭来。他抖着手将书信点燃，刚触火苗，又猛地抽回熄了，把信揣在怀中，冷笑一声，自语道："有这封书简在手，老子就有了防身的盾牌。"他装作没事人似的在门外转悠一圈，回房后将室内收拾一番，又伏在几上匆匆疾书几行字，看后觉得没有纰漏，唤来门人，吩咐道："明儿你把这封书信交给林奋大人，替我代禀一声，京城孝亲王爷有急事召我进京！"布置停当，他一刻也不耽误，打马飞奔丰穰县城。

呼三山自龙兴城做官后，丰穰县城的济善堂便关门歇业。此刻，闻讯赶来议事的呼一彪、王老虎等几位山寨当家的，围着一张八仙桌，看着默默绕室徘徊的呼三山，等着他发话。

"我的官是做到头了，原打算学梁山宋江走招安的路子，给山寨的弟兄谋个一官半职，将来衣锦还乡荣光耀祖，眼下看来，这条道走不通。为啥？三河县那个二杆子县令褚光耀要把一门五进士的黄天福弄到京城，与牢中姓黄的穷书生相认，调包顶缸的事，迟早要露馅。"呼三山猛然止步，脸色铁青中泛着潮红，却又不服，仿佛在发泄着心中的愤懑，"京城来了个姓赵的愣头青，官不大却是个刺头，仗着钦差的势，连贺巡抚都不放在眼里，指名道姓要抓我进京，若不是我溜得快，现在就是人家的阶下囚，我死不足惜，可害苦了山寨的弟兄们！"呼三山满脸悲切与颓丧，说到动情处竟落下泪，从袖中摸出一沓银票往桌上一放，说道："这是五十万两银票，拿去给弟兄们分了，告诉山寨的弟兄们，占山为匪终究不是长久之计，先避避风头，有亲的投亲，有友的投友！待过了这道坎，咱们东山再起！"说罢，泪如雨下。

"这个时候不能散伙！奶奶个熊，兔子急了咬人，狗急了跳墙，自古华山一条道，官府不放过咱们，不如拼个鱼死网破！"坐在呼三山下首的呼一彪深知事体重大，铜铃眼一瞪，杀气森森，说话跟打雷似的，"姓林的女人妨主克夫是个祸根，若不是她向姓尚的女人透风，放走了姓尚的女人，岂能有今天这个局面？老子宰了这个贱人！"他本来是火爆脾气，越说越来气，霍地起身捉刀在手，要去后花园杀了林月娥。

"慢着！把她杀了，大当家的病犯了，谁配药丸？再说，现在杀了她也于事无补！"李疤瘌自从被赵侍尧义释后，感念赵侍尧不杀之恩，重返山寨当卧底。他深知呼三山一日离了林月娥配制的药丸，便生不如死，林月娥还不能死，留着将来是个重要人证。他瞟了一眼不置可否的呼三山，未见柳学忠与杨道三，不禁起疑，但表面上情绪很是亢奋，激动地说道："干咱这一行的，过的都是刀尖上舔血的日子。横竖是个死，不如轰轰烈烈地死。不过，凡事总得有个周全的法子，活人不能让尿憋死，不如派绺子下山，打探京城姓赵的走哪条道，让山寨的人扮作官兵，由柳捕头带着，在通往京城的道上截杀了那帮鸟人，来个死无对证，岂不一了百了！"

众人闻听都觉得眼前一亮，把目光投向呼三山，呼三山大喜，但随即脸色又黯淡下来，叹道："此计甚好，可惜柳班头毒死杨道三后，不见踪影，有人说他带一个婊子钻进深山老林，过上了隐名埋姓的日子！"他突然觉得说漏了嘴，干咳一声自圆其说道："好好的弟兄，这个时候闹生分打窝里炮。眼下正是用人之际，缺一个大闹天宫的孙悟空，倘若有柳班头，凭他那办事利索劲儿，铲除这帮鸟人也不是件难事，没了人证、物证，案子就成了无头案，到那时，皇帝佬子也是干瞪眼着急！唉！都怨我手软心善，没笼住人家的心！"

在座的乍闻柳学忠杀了杨道三均是一怔，大家心里明镜似的："土地爷不开口，老虎能吃人？没有你花豹子的指派，柳学忠焉敢杀人？"一时间，众人不安地互望一眼，默然不语，呼三山见众人一时无语，关切地注视着王老虎说道："王兄弟，你说呢？"

"没了张屠户，还能吃带毛猪！"王老虎霍地挺身站起，他与呼一彪年龄相仿，看上去比呼一彪老得多，个头不高，五短身材，背有点驼，长弧脸上长着一块蚕豆般的黑痣，黑痣上面还长了几根红毛，但就这么一个猥琐得令人生厌的破相，十三岁上山入伙当土匪，吃过人心喝过狼血，不知有多少好汉死在他的刀下，凭着心狠手辣，坐上了山寨第三把交椅。此时，他脸涨得黑红，眼露凶光，暗哑着嗓门说道："豹爷，柳学忠是你妹夫，是个啥号人你心里清楚，脑后有反骨的人，遇个风吹草动，比兔子溜得还快，眼下没了他，咱们还要过这道坎。我自幼丧父失母，流浪街口当混痞，是大当家你收留了我，整日大块吃肉大碗喝酒，好不逍遥快活！你就是我的再生父母。让我与老李带人做了这票！大当家你尽管放心，倘若事败，我俩落入官府手中，我承认是呼三山，老李就是呼一彪。我俩上西市口挨刀的时候，别忘了给我俩买口上等棺材！"因激动，王老虎说到这里，呼吸不匀，胸膛一起一伏，竟落下泪来。

"谁让咱们是生死兄弟！"呼三山顿时热血沸腾，一股似气似血的狂野之气又涌上心头，目光炯炯寒气逼人，但瞬间又暗淡下来，摇头叹道，"让你俩为我送命，不值！不如我向朝廷投案自首，死了我一个，保全了山寨弟兄！"

"豹爷您尽说疯话！"王老虎饱含泪水，泣道，"就是死，眼下还轮不到您，让我王老虎死在您前边！"呼三山扫了一眼闷坐不语的呼一彪，喟然一叹道："我平生杀人过多，也不愿以杀人为乐，不想杀人，可姓赵的要砍咱们的头，我猜测通缉我的画像不久便贴满城邑村落。万一失手你我长相差异甚大，又不是呼家庄的人，姓赵的小子猴精得很，恐怕瞒不过他，咱们现在是赢起输不起呀！活不做干净，咱们死无葬身之地！"

"我与老李带人杀了这帮狗杂碎！"呼一彪因酒精的作用双眼布满红血丝，瞥了一眼满脸假仁假义的呼三山，心中泛起一阵厌恶。他明白，呼三山是学三国刘备的哭将法，激自己去办这掉脑袋的事。他从怀中掏出一张皱巴巴发黄的地图，摊在案几上，一手摸着光溜溜的脑门，一手指着地图，不紧不慢地比画着："从眼下情势看，官府这帮人急于返京，必取近道，我料他们走范县、临清、河间。由保定入京城的路上，有一个叫老鸦岭的地方，山大林密，便于隐蔽，咱们在这儿设套……"

呼三山像一只闻到荤腥的猫，身子一探，狐疑地转动着眼珠，不无担心地说道："这里离京城较近，稍有风吹草动，打蛇不成反累犬！"呼一彪指着蜡烛咧嘴一笑道："满屋通亮，灯下发昏，这叫灯下黑，在皇城脚下干这一票，出乎常人预料，即便有风险，但这儿山大林密，地形复杂，进退方便，把握较大！"呼一彪侃侃而言，众人在这一刻，才真正看透这个山寨二当家心底细密狠辣，并非浪得虚名。

呼一彪一番计议对呼三山来说有顿开茅塞之效，他眼中闪出希冀的光芒，突然，鼻子一酸，双膝一软跪了下去，说道："小弟欠下哥哥的大恩，只能下辈子当牛作马偿还！我实不愿大哥为弟效命，但此举关系着山寨弟兄们的生死存亡，非你不可！哥走后，家里的事你尽管放心，有小弟在，嫂子侄儿就不会受苦！"他说到这里竟触动了情肠，潸然落泪，哽咽地说不下去。

"有你这些话，下辈子咱们还作弟兄！万一事败，我就是老虎寨大当家，替你扛着！"呼一彪也不禁动容，猛地起身，抱过一坛老酒，打开了盖子，牛饮一阵儿，用衣袖擦了擦嘴角，朝李疤瘌一招手，喝道，"兵贵神速，咱们出发！"

王云生因奉密旨巡查云南盐务报销一案，把押解疑犯、人证进京的要务交于赵侍尧，又担心赵侍尧官小弹压不住中州护送的兵士，便把钦差扈从中军拨给他一部遣用，自己则轻车简从南下云南不题。

赵侍尧当下催动人马晓行夜宿，专择人烟稠密的驿道而行。不久，便穿保定离了河北地界，进入崎岖山道直趋津京。因天公不作美，飕飕的凄风裹着淙淙大雨，肆无忌惮地向这群穿峡走谷的特殊人群扫来扫去，浑黄的潦水顺着山梁流入山谷之中，顷刻间汇成一股浩荡又浑浊的洪流，卷着石块、草根、树枝、杂草势不可挡地冲刷着山涧峡谷，仿佛要把整个山峦荡平似的。披着油衣的兵士三人押着一辆油壁车，排着"一"字长蛇阵，艰难地在黄土驿道上行驶，偶尔有兵士不慎倒地，但这些训练有素的兵士一个鲤鱼打挺又站了起来，握刀挺胸警惕地注视着前方徐徐而行。走在前面的赵侍尧抬眼看天，昏暗的云层贴着山峰掠过山梁，像一群受惊的野马飞快地向前奔跑着，一座座山峦仿佛都在似雾似霾的水气中浸泡着、游动着。赵侍尧不禁暗暗叫苦，这前不着村、后不靠店的荒山野岭中，如何寻个合适的地方打尖歇脚。

突然，一乘飞骑疾驰而来，满身泥浆的陆天亮滚鞍下马禀道："前面有一座寺院，可否暂避一时？"

赵侍尧勒住马，果断地说道："传令下去，到前面寺院歇息！"

约莫半个时辰，赵侍尧一行人马进了寺院。空落冷清的大院内积满了潦水，院内的苍松翠柏在风雨的肆虐下波涛似的摇曳起伏，落下的残枝败叶满地都是，大殿房坡上露着几处窟窿，裸露着木椽和檩条，在凄风苦雨中瑟缩地抖动着。赵侍尧抬眼望去，山门虽破，但门楣上端"大佛寺"三个泥金楷书却遒劲有力。正中的大雄宝殿供着佛像，法相庄严。赵侍尧见房顶雨水滴湿了佛像，遂解下身上的油衣、斗笠盖在佛祖菩萨塑像上，出了大殿，见东西厢房的门敞开着。檐下楹柱虽然剥落，但掩饰不住大佛寺昔日的鼎盛。正自张望着，一群山鸟扑棱棱从殿宇内冲天飞起，转瞬间无有踪影。赵侍尧大声吩咐道："先吃点干粮，待风停雨住寻一家好店让大伙吃饱喝足，再美美睡上一觉！"赵虎一旁说道："哥，这么大一座寺院，怎么没有一个和尚？"

一语提醒了赵侍尧，他大声说道："佛门净地，不可弄脏了佛像，亵渎了三宝！"话音甫落，猛听得一阵喧哗，几名兵士推搡着一位老汉走了过来。赵侍尧定睛看时，老汉五旬开外，五官和善，骤然见拥进一群官不像官匪不像匪的陌生人，顿时吓得三魂出窍浑身筛糠，双膝一软，跪下叩头，说道："求大王饶了小老儿吧！"

"老人家，起来叙话！我们不是土匪！"赵侍尧忙扶起老者，温言抚慰道，"老丈贵姓？家住哪里？为啥落单在这儿？"

那老汉满脸狐疑，问道："你们不是与老鸦岭的强人一伙的？"

"大伯，你看俺像土匪吗？"尚慧娟走上前摘下头巾，乌黑的秀发垂落双肩，露出了女儿身，稳稳重重对老汉敛衽一礼，指着寺门外一排油壁棚车说道，"土匪哪儿能有这等车辆，不瞒你说，这位是京城赵大人，是专抓盗匪为民除害的清官！"

那老汉见尚慧娟瓜子脸、笼烟眉，一双深潭似的杏仁眼波光粼粼，亚赛仙女下凡一般，哪儿像个土匪婆。怔忡半晌，突然长叹一声说道："小老儿姓李，叫李常顺，房县人，女儿年方二十，招姑家表兄为婿，在老鸦岭开一饭店，因距京城不远，生意还算凑合，只是前些日子突然来了一群公差打扮的人，店开不下去了！"

赵侍尧问道："难道当官的吃饭不给钱？"

"他们白吃白喝不说，还抢了小老儿的店……"李常顺见赵侍尧年岁不大，面如满月，剑眉虎目，一身豪气，略觉宽心，拭泪说道，"还打伤了俺的女婿，俺上前与他们理论，一位当差的恶声叼气地说道，等做完这趟买卖，让俺女儿给他当姨太太，俺也跟着他享清福。俺女儿是有夫之妇，咋能作小，有心告发他们，又怕他们杀了俺的女儿。今日下雨，俺来大佛寺进香，求佛祖保佑，碰巧遇上你们这些贵人！"

"哈哈，贵人不敢当！"赵虎呵呵一笑道，"救你们的佛菩萨显灵了！"

"不许胡闹！"赵侍尧白了赵虎一眼，和蔼地问道，"这伙当差的是哪个衙门的？"

"听口音不像本地的！"李常顺指着尚慧娟说道，"与这位姑娘的口音相似！"

"难道是他们！"尚慧娟心中一动，问道，"老伯，他们姓什么？"

"不知道！"李常顺摇了摇头说道，"那些人称领头的呼大人！"

赵侍尧陡然明白，难怪一路上风平浪静，看来对方是在麻痹松懈自己。这里虽距京城较近，但山大谷深径幽林密，容易隐蔽，杀死十个八个人如同捻死几只蚂蚁，只需往深山峡谷中一抛，尸骨难寻，日后官府发现，天子脚下绥靖地带，当官的为保头上乌纱不敢如实上报，轻描淡写地往上报个有人不小心坠入山崖致死即可。他心绪一时间又乱又糟，面上却不动声色地问道："这伙强人有多少人，为首的长相是啥模样？"李常顺想了想，说道："大约二十个人，为首的四十多岁，膀大腰圆，黑铁塔似的，满脸络腮胡子，眼跟铜铃一样，怪吓人的。就是他要夺小女做妾，还有一个长得麻秆细腰，说话尖声尖气，公鸭嗓，他们腰里都掖着家伙。"

"俺知道是谁！"尚慧娟闪了一眼赵侍尧，"领头的叫呼一彪，是冲着咱们来的！"

赵侍尧背着手绕着佛像徐徐踱步，默默地思索着。倏地，他转过身，对李常顺说道："老伯，想救你女儿出火坑吗？"

李常顺绝望的脸上充满了希望："官爷，女儿是小老儿的命根子，只要能救出俺女儿，让俺做啥都中！"

"你回去如此这般这般……"

李常顺的苦瓜脸上露出了笑容，说道："俺这就回去！"

第八十一章
设巧计员外郎施诈
布罗网呼一彪遭擒

一个时辰后，赵侍尧一行人马向老鸦岭挺进。老鸦岭因成千上万只乌鸦在此筑巢繁衍而得名。此时风停雨歇，只有零星的雨丝像雾一样洒在人们脸上，让人很是惬意。赵侍尧马上望去，只见群山连绵叠起，犹如波涛涌动，满山遍野怪石嶙峋。山涧泉水从石缝中汩汩溢出，融入沟沟坎坎，把一座座山峰作养得蓊蓊郁郁，丽色四射。赵侍尧弛然一叹："如此景色诱人之地，将是一个你死我活的战场！"

黄天福见赵侍尧身临险境处变不慌，暗叹此人将来必成大器。忽然，一阵聒噪之声骤起，众人循声望去，无数只乌鸦在山岭上空盘旋。陆天亮马上遥指道："看，老鸦岭客栈！"赵侍尧沉声吩咐道："按我布置的去做，不得有误！"说着，两腿一夹，飞奔岭上。

老鸦岭客栈坐北朝南，前酒楼后客房，宽敞明亮，紧靠驿道，是进入京城的咽喉要道。此刻，店老板李常顺早守在门口，他按赵侍尧的吩咐，回店后一切顺着呼一彪，呼一彪哪儿知道其中的缘由，顿时放松了对他的警惕。少时，赵侍尧一干人马在店前下马，李常顺装作不认识迎了来，一边哈腰点头往店里让，一边不厌其烦地絮叨着："客官，俺这店是百年老店，当年康熙爷私访时在这歇过马、点过菜、品过酒，还留有御壶，现成的酒菜，头顿饭菜只收本钱，只当俺孝敬你，图个长远。还有热水，您先烫一下脚，再到楼上用餐，只是上面呼军门在吃酒，脾气不是太好，别搅闹了人家的兴，算是体恤小老儿了。"

赵侍尧何等机警之人，已知呼一彪他们在楼上吃酒，笑道："隔席不答话，各吃各的有啥妨碍！"说着从袖中摸出一块银子，足有五两重，扔给了李常顺，说道："不用找了，多的赏你！"李常顺眼笑成一条线，遂招呼一旁发愣的女婿："把爷台们的拉脚牲口牵到后院，用豌豆拌黄酒喂着。"

赵侍尧吩咐道："后楼宽敞，咱们的人都到后楼用餐！"他一边说着话，一边脚不跕地登梯上楼，黄天福紧跟其后，尚慧娟怕贼人认出，还是女扮男装勾着头拾级而上。

楼上很宽敞，四角都挂满了玻璃罩灯，映得楼上楼下一片雪亮。楼正中大厅原本都有屏风隔着，设有雅座，今日骤然来了这么多客人，便撤去屏风，只有靠西南角窗前有一张屏风半掩，里边设一桌，有六七人，个个长得魁梧彪悍，旁若无人地喝酒吃肉，短枪腰刀掖在襟下时隐时现，让人一看就知不是良善之辈。酒楼上骤然来这么多客人，这些吃酒的人半点也不觉惊讶，似乎在意料之中，大吃大嚼大说大笑，根本不把赵侍尧他们放在眼里。尚慧娟偷眼望去，差点叫出声来——坐在上首的不是别人，正是老虎寨二当家呼一彪，紧挨着坐在下首的竟是刚被释放不久的李疤瘌。她再看赵侍尧时，从容闲适没事人一样跷足品茶，朝尚慧娟略一点头，吩咐道："上菜！"

"好嘞！"李常顺应了一声，便指挥伙计们穿梭般往楼上布菜。赵侍尧朝黄天福说了声"请"便举箸而食。尚慧娟见他如此静气，渐渐稳住了心神，他们是困乏饿极之人，乍见满桌佳肴清香扑鼻，便迫不及待地大吃起来，只有陆天亮和赵虎没有动筷，他们装着内急寻厕转到后厨，见厨子们衣襟下摆掖着短刀，心知不妙忙溜到楼上，对赵侍尧说道："哥，楼上楼下有不三不四之人晃悠，连灶房厨子们腰里都掖着家伙！"

赵侍尧闻听坦然一笑，故意大声说道："瞎说，前面是皇城，善化之区，贼人吃了豹子胆敢在这儿搅闹！"黄天福从来没有像今天这样清醒过，乘机嚷道："枯坐吃饭，缺酒乏味，《水浒传》武二郎景阳冈醉打猛虎，鲁智深相国寺醉酒倒拔杨柳，能弄点酒来，若真遇上毛贼，老朽也来个醉打老鸦岭！"

赵侍尧当即吩咐李常顺："每张桌上一坛子陈年老酒！"

"好嘞！"店掌柜一声高唱，便忙不迭下楼张罗。顷刻间，饭桌上便摆上了一坛老酒。尚慧娟不饮酒也不敬酒，专拣清淡的夹菜自用，赵侍尧与陆天亮互望一眼，俩人举杯一碰即饮，甚是默契。正自浅饮，忽然，西南角桌上的李疤瘌打着酒嗝踱了过来，对着赵侍尧丢了一个眼神，剔着牙问道："方才哪位先生说这儿有贼，贼在哪儿？整个客店只我们几个人吃酒，难道我们是贼？谁是当家的，请借一步说话，我们呼军门有话要问！"黄天福微睨一眼陆天亮，陆天亮刚要起身，却被赵侍尧摁住了，冷冷说道："你们是什么人？"

"鄙人叫呼长寿，直隶臬司衙门公干，负责缉拿境内盗匪，你们说有贼，我能不问吗？"呼一彪头戴毡帽，身着长衫，嘴唇上胡须修剪成"一"字形。显然，他是精心化过装的。此时，他已认出赵侍尧和黄天福，干笑一声，说道："既然同在客店吃饭就是有缘，不如对饮几杯——来呀！拿酒！"

"好嘞！"李常顺高唱一声，"给老客们上酒喽！"店伙计忙不迭地把一坛老酒送到呼一彪手上。呼一彪执壶踱至赵侍尧桌上，假笑道："今日有酒今朝醉，边吃边喝边说贼！我先喝为敬，自饮三杯！"说罢，一仰脖喝干了三杯酒。

"既然官爷抬举，在下奉陪三杯！"赵侍尧从呼一彪手中接过酒壶，定睛细瞧竟是一盏精致的景德镇瓷壶，上面绘着喜鹊登枝栩栩如生，遂笑道："想不到这山野小店竟有这等宝物！"李常顺指着酒壶赔笑道："当年康熙爷赐赏给俺祖上的！若不是你们这些贵人来店，小老儿还真舍不得拿出来呢！"赵虎在一旁插话道："哥，酒是祸水，出门在外小心为妙！"

"一派胡言！杜康造酒，三年不醒，酒这玩意儿自古就有知味停车、闻香下马之说，呼军门乃官府之人，给盗贼一千个胆，他们也不敢在酒内下毒！"赵侍尧佯装呵斥赵虎，"咱这做买卖的，东不管西不管，酒管；赚也罢赔也罢，喝罢！来、来、来，我与呼军门对饮三杯！"说完一仰脖喝了下去，又亲自执壶给呼一彪斟酒。呼一彪见赵侍尧先喝为敬，冷笑一声，毫不迟疑，举杯而饮。霎时，俩人推杯换盏牛饮一番，众人见他俩一见如故又如此亲热，也纷纷行令吃酒，酒楼上顿时一片吆喝之声。李疤瘌在一旁暗暗叫苦。陆天亮吃得醉醺醺的，端着酒杯踉踉跄跄踱至黄天福跟前，乜斜着眼说道："跋山涉水这么多日子，累死我了，想不到还有个酒福，黄先生，来，喝！"

黄天福年岁大了，本不沾酒，可他从赵侍尧沉稳干练的气度上渐渐静下心来，遂向陆天亮一笑，举杯饮下。半个时辰不到，只觉得头昏眼花，浑身发软伏在桌上，睁眼看众人时，都趴在桌上酣然不醒，当下大骇，却不能动弹，心中暗暗叫苦不迭。

此时的赵侍尧说话已语无伦次，脚步不稳，瞪着一双迷离的醉眼："官爷，来，喝！"蓦然间趴在桌上酣然不动。呼一彪阴毒地盯视着伏在桌上一摊泥似的赵侍尧，恶狠狠地笑道："孙悟空一个跟头十万八千里，难逃如来佛的手掌心，尔不过是朝廷派下来的一条狗，算什么东西，还想坏俺老呼家的事，今日先把你剁了，看你还办个什么鸟案！"说罢，举刀向赵侍尧砍去。李疤瘌见状一惊，拦住道："使不得！"呼一彪脸色骤变，低吼道："老四，你怎么向着官府的人？"

李疤瘌说道："这儿离京城较近，人多眼杂，万一被官府发现，不好脱身！"

呼一彪盯着李疤瘌那张干瘦的脸，厉声喝问："难道你投降了官府？"

李疤瘌干笑一声说道："我劝你降了罢，不然的话，今日就是你的死期！"

"放屁！待我杀了狗官，再把你这吃里爬外的狗杂种剁了喂狗！"说着，扬起刀对准赵侍尧往下猛剁。嗖的一声，一颗石子不偏不歪打在呼一彪的手腕上，咣当一声刀落在地。张眼望去，竟是醉眼迷离的陆天亮。呼一彪大怒，红着眼嗷嗷叫着，撇开赵侍尧，挺刀直取陆天亮。伏在桌上的赵侍尧忽地直起身来，笑吟吟地指着呼一彪："你还不投降，更待何时？"

呼一彪有些迷惘，环顾左右，忽见倒在地上的客商纷纷爬起，亮出家伙，霎时，刀枪剑戟对着自己，再环顾手下，一个个摇摇晃晃醺然倒地。刹那间，他天旋地转，眼一黑什么也不知道了。

店主李常顺拉着女儿女婿一排朝赵侍尧跪下："多谢大人！"赵侍尧忙弯

腰扶起，指着那把古铜色的酒壶笑道："还得谢你救了俺们呢！"

李常顺笑道："这把酒壶叫阴阳壶，也叫转壶，壶胆与壶皮相隔着，机关在壶柄上，有两个气眼，摁住那个，堵住这边流那边，这帮贼杀的，只知道下蒙汗药害人，哪儿知道害人不成反害己。"众人这才知道缘由。正说着话，陆天亮已把五花大绑的呼一彪拖了过来。赵侍尧取过一碗凉水朝呼一彪兜头泼去，顷刻，呼一彪蒙眬间睁开了双目。

"你叫什么名字？哪里人氏？"赵侍尧沉着脸，老官熟牍轻车熟路地问道，"奉谁的指令冒充官府来暗算我们？"

"你是谁？"呼一彪瞪着惺忪的牛蛋眼，说道，"奶奶的，敢审问老子，我乃北京刑部官员！"

赵侍尧嘲讽道："你这个假李逵今日碰上了真李逵！实话告诉你，本官乃刑部员外郎赵侍尧是也！说吧，免得皮肉之苦！"

"老子行不更名，坐不改姓，宛平府老虎寨大当家，叫呼三山，人送绰号花豹子！"呼一彪情知败露，梗着脖子大叫道，"来吧，给老子个痛快的，哈哈！"

"看来你是铁了心冒充呼三山！"赵侍尧英武的面孔像天神下凡，指着尚慧娟问道，"你认识她吗？"

"不认识！"呼一彪不屑地说道。

"俺认识你！"尚慧娟摘下头巾，现出了女儿身，她杏眼圆睁，喷着火苗，"二当家，你再看看我是谁？"

"呸！臭婊子！"呼一彪恶狠狠地盯着尚慧娟，"你这个骚狐狸精，想当初你与我睡觉时，可不是这个骚样子！哈哈哈……"

啪啪两声清脆的耳光响过，陆天亮指着嘴角渗血的呼一彪，吼道："你他妈再满嘴喷粪，老子废了你，让你生不如死！"

呼一彪顿时半边脸红肿起来，像一只斗狗场上被咬败的疯狗，怨毒地看着陆天亮，大脑极力地搜索着，突然眼睛一亮，想起在三河县城西大黄庄交手时见过面，随即脸色暗淡，闭上眼睛不说话。

"二当家的何必硬挺尸啊！"李疤瘌一副小人得志样子，他慢悠悠走了过来，奸笑道，"认栽吧！官府已下了海捕文书，正在缉拿呼三山，他跑得了和尚跑不了寺！"呼一彪一脸颓丧，哼了一声别转了脸。

赵侍尧见已经蔫了的呼一彪勾着头不语，突然插话说道："呼三山买通官府衙门让人顶凶的事，本官已经查清核实，他虽畏罪潜逃，捉拿他是迟早的事，你何必替他挨刀挡枪！"

"你放屁！"呼一彪突然睁开眼，刹那间面目变得更加狰狞可怖，骂道，"要不是老子这趟买卖出了家鬼，走了水，你早就是老子砧板上的肉，刀下的鬼，操你妈的李疤瘌，老子就是死了到阴间也饶不了你！"

"呀呸！"李疤瘌一口浓痰吐在呼一彪脸上，回骂道，"好言相劝你竟不识趣，等着挨刀吧！"

"来呀，把这个顽冥不化的东西押下去！"赵侍尧立起身长长地吁了一口气说道，"弟兄们，这次半路剿匪有功，回京后，奏请上宪每人赏五两银子。收拾好了咱们进京！"

众人欢呼雀跃，李疤瘌紧走几步，牵过赵侍尧的枣红马说道："赵大人，俺宾服了您，自此以后跟着您水里火里决不皱眉，俺给你牵马坠镫！"说完，竟学着古人的样子，弯腰伏在马下当蹬马石。赵侍尧不再犹豫，踩着李疤瘌的背翻身上马。

第八十二章

因缘寺枭雄失机缘
佛像前觉空谈果报

　　此刻，呼三山正奔走于通往京城的山道上。天公又不作美，暴雨如注，水雾茫茫，深山峡谷贼风阴冷袭人。呼三山又急又饿又乏，抬头望天，一块块一层层云团排山倒海般从头顶上压过，风声、雨声、灌木的摇曳声，一阵紧似一阵，丝毫没有歇停的意思，百步以外分不清实物，好像专与他作对似的发着淫威。想着往日一日三餐鸡鸭鱼肉、水果海鲜尽情享受，还嫌味道油腻，而如今落逃荒山野谷，饥肠辘辘，真有两世为人之感。

　　正没理会时，忽见山道旁有一小店，遂下马进店。转眼间，店伙计给他端上酒饭。呼三山诧异问道："怎么上这么多饭菜？"店伙计答道："客官进店时是俩人哪！"呼三山顿时大怒："胡说！"店伙计分辩道："小的分明看见客官身后一个尖嘴猴腮的人跟着进店，才上两份饭菜！"呼三山听伙计描述，跟在身后的人分明是杨道三，惊骇之下哪儿有心思吃饭，愤然离店，打马而去。行走不远，迎面走来一位头戴斗笠身披蓑衣之人，呼三山误认杨道三阴魂索命，忙右手握枪，待近前细瞧，却是一位和尚，心一宽，用马鞭指着和尚，说道："喂！前面可有人家避雨？"

　　和尚放下背篓，合掌念了声"阿弥陀佛"，用手指道："前面不远是因缘寺，施主可到那里避雨！"说罢，背起竹篓匆匆离去。

　　呼三山不再迟疑，打马狂奔不到一里许，便见一座依山而建的寺院。寺内钟声悠悠，诵经之声悦耳——因缘寺到了。

　　这是一座在崇山峻岭中不多见的寺院，占地五十余亩，四重院落，阔大的山门前，不知是何朝代栽植的六株合抱不住的银杏树。烟笼雾罩，掩隐着一溜青砖碧瓦的房舍。呼三山幼年听老年人讲，银杏树称为神树，通身是宝，可入草药。一阵山风漫过，满树黄叶发出飒飒之声，仿佛在诉说着人世间的善与恶、情与仇。进得山门，大雄宝殿释迦牟尼佛妙像生辉，左文殊右普贤法相庄严，衣带飒然。穿过大殿，过庭倒厦供奉着脚踩莲花手拈净瓶五彩装颜的观世音菩萨。再往别处看，满墙壁画多彩多姿，交相辉映。香炉内香烟袅袅，满院生香，可谓佛门净地，让人万虑皆空。呼三山正自嗟叹，忽听一声："阿弥陀佛！"

呼三山回过头看时，是一位年轻的小沙弥，打着雨伞笑眯眯地看着自己，遂打着官腔说道："小和尚，快去回禀寺院方丈，送上斋饭让我享用！"

小沙弥见他出言不逊，不满地白了他一眼，仍不失礼数地一掌当胸，说道："施主请回，俺家师父正闭门参禅，信士一概不见，望乞恕罪！"说完，径直离去。

"回来！"一个浑厚持重的声音传来。呼三山正自懊恼，忽见一位须眉皆白面色红润的僧人从禅房出来，微睨了一眼呼三山，合掌念了声"阿弥陀佛"方道："出家人慈悲为怀，不可慢怠施主！"

呼三山见僧人慈眉善眼，一副笑嘻嘻的模样，很像殿里供奉的弥勒佛，觉得好笑，大咧咧地说道："和尚，有饭吗？"

"请施主到净舍稍坐！"僧人伸手一让，呼三山将马交给小沙弥牵到马厩喂着，随僧人进了净舍。屋内收拾得干净整齐，正中挂一幅《达摩渡江图》。靠墙有张八仙桌，两边摆着椅子。呼三山一屁股坐在椅中，倨傲地跷起二郎腿："和尚咋个称呼？"僧人双手合掌，说道："老衲觉空，是这儿的方丈，敢问施主贵姓，在哪儿高就？"

呼三山此刻最忌别人问及姓名来历，心中顿时充满了杀机，转而又想，荒山野岭一个寺院和尚又不是官府衙门，怕甚，遂道："我姓古，名月杰，中州人，做绸缎生意！"觉空二目微睁，睨了他一眼没有言语。少时，小沙弥送来斋饭，呼三山看时，竟是四盘素菜，十分精巧：豆腐炒白菜、清蒸藕盒、醋泡花生米、杏仁拌蘑菇，两个馍、一碗小米粥，散发着幽幽的清香味。觉空轻声说道："请施主用斋！"

呼三山平日吃惯了大鱼大肉，很少素食，但他是饿极之人，顷刻间把饭菜扫了个精光。末了，还吃兴未尽地舔了舔嘴唇，觉得是他有生以来吃得最香的一顿饭。见觉空笑眯眯地望着自己，想着不雅的吃相，从怀中摸出一张银票，甩给觉空，说道："这是饭资！"觉空看时，是一张二百两银票，又把银票推了回去，合掌说道："舍饭乃我佛慈悲喜舍，老衲断不敢收受谢资！"

呼三山从未见过施财不受之人，当下不禁纳罕，说道："送钱不要，稀奇！"竟鬼使神差又把银票推了过来："我有一事挂怀，有劳方丈！"

"施主请讲！"

"我自幼至今常做一个相同的梦！"呼三山迟疑地吸了一下嘴唇，说道，"十八岁前，常做梦挑着一担清水，行走在群山之中，身轻如燕不觉累。十八岁后，梦见以前挑的一担清水，慢慢地变得混浊污臭不堪，压得肩疼腰酸。这么多年，几乎每夜重复地做着同一个怪梦！"

觉空霍然开目，扫了一眼呼三山，见他眼圈发暗，印堂发乌，把那张二百两的银票又推给呼三山，说道："施主可置办香花、水果供品，焚香跪拜弥勒佛像前，一个时辰后再见老衲！"言讫，唤来小沙弥领呼三山去了。

呼三山随小沙弥来到天王殿，但见殿门楹柱上嵌着：

大肚能容断却许多烦恼事
笑容可掬结成无数欢喜缘

呼三山献上香花、水果，焚香对弥勒佛跪拜后，便坐在佛龛下的一个蒲团上。起初，他不以为然，环顾四壁，佛像亦然，心中暗骂觉空老秃驴故弄玄虚，可半个时辰后，以往的怪梦又出现了。他看见自己挑着一担污臭难闻的浊水，沿着崎岖山道，转过一峰又一峰，自己硬朗的身板被压成弓形。稍事歇息，发现满山峡谷遗弃着横七竖八的白骨，沟壑里隐隐约约传来妇孺们凄厉的哭叫声。正自诧异，忽见那些躺在地上的白骨，竟一个个摇摇晃晃站立起来，领头的好像是杨道三，紧跟着梅香、王小六带着许多披头散发青面獠牙的怪兽，哭喊着朝自己扑来。呼三山顿觉阴风习习，吓得大叫一声："方丈救我！"旋即惊醒，竟是南柯一梦。

"阿弥陀佛！"觉空方丈不知何时已踱至殿内，仍是一副笑嘻嘻的模样，问道，"施主这会儿又梦到了什么？"

呼三山竭力地按捺着怦怦乱跳的心，望着微笑的觉空，跳起来说道："真他妈邪门，我刚睡着，又做了那个怪梦。"

"施主既是中原人，你去过汴州吗？"

呼三山警惕地横了觉空一眼，右手不自觉伸向腰间，握住了枪。觉空在他狰狞的一瞥中，不禁咦了一声。呼三山瞬间恢复了常态，笑道："汴州是几代皇帝住过的地方，贸易繁华，我多次去那里经商！"

"汴州古城有一座龙亭，龙亭前有潘杨二湖，两湖水虽然相连，但潘仁美府前的湖水污秽不堪，杨令公门前湖水清澈见底。"觉空语气平和地笑问道："施主可知其中缘由？"

呼三山自光绪七年到龙兴做官，多次去汴州游玩，对汴州老街小巷再熟悉不过，怎能不知潘杨二湖，但却对潘杨两家门前湖水的清澈、污秽不知情，遂一哂说道："我一个生意人哪儿懂这个，愿闻其详！"

"杨家舍身报国，一门忠烈，世代忠良作养门前一湖清水；潘家奸佞祸国，陷害忠臣，作践门前湖水污臭不堪。天理昭昭，同是一湖水，忠烈与奸邪果报不同！"觉空缓缓踱至呼三山面前，突兀说道，"你我在此相遇既是有缘，施主扪心自问，梦中一事，岂不自明！"

呼三山先是怔怔地听着，此时双膝一软坐了下去，喃喃地说道："依你所说，不是好梦？"

"施主差也！"觉空徐徐说道，"人生福祸皆由前世和今生所造，前世做了善事积下福报，好像往钱庄存银，今世来享受。前世作恶，就像欠债，今生来偿还。有些人虽然祖上积德，但今生不行善，子孙不积德，做亏心事，好比钱庄取银，很快就会用尽。不过，梦乃虚空之谈，好比水中月、镜中花，虚无缥缈，偶做一梦，不必挂怀。可几十年同做一梦，绝非偶然，意在警示。老衲推断，你祖德原本不薄，留下一担甘甜清水，让后辈享用，莫非施主平日不修德惜福，机械权谋，亏心负义种下恶果，把祖上留下的福德折腾得七零八落，好端端的一担清水被你搅作得臭气熏天！"

"放肆！"呼三山勃然大怒，竟忘了自己身在寺院，仿佛置身中州臬司衙门，眉眼一瞪，喝道，"大胆秃驴，我乃朝廷命官，有公干路过此地，竟敢在本官面前妖言乱语，凭这一条，就是大不敬罪！"

"刚才施主说是做丝绸生意，怎么又变作朝廷命官了？"觉空并不生气，嘻嘻一笑道，"来呀！"

小沙弥应声而入，双手合十叫了声："师父！"

"把那张告示取来，让施主瞧瞧！"

"是！"小沙弥走出复又转回，恭恭敬敬将一张钤着官府大印的通缉令递到呼三山手中，呼三山展目看时，顿时惊得面如土色，通缉令明明白白画着自己的图像，姓名、籍贯、出身和悬赏银两。

此时，北方的秋天已是寒气袭人，呼三山额上已沁出细密的汗珠。倏地一个念头闪过：莫非这个秃驴要捉拿于我！他恶狠狠地盯着觉空移时，又扑哧一笑，说道："实不相瞒，我乃中州老虎寨大当家呼三山，人送绰号花豹子，也是中州臬司衙门官员，事发后流落于此，求大师救我！"说罢，竟跪了下去。

第八十三章
呼三山起意杀方丈
孝王府颐贤辱魔头

　　"施主请起!"觉空双手扶起,说道,"施主若能放下屠刀,皈依我佛,发忏悔之心,或有一线生望!"

　　"让我出家当和尚?"呼三山像马蜂蛰住屁股似的跳起身来,盯视觉空良久,哈哈大笑道:"我一个山大王,手下有上万号人马,几十个山头,靠钻刺打点才到官府做官,放着锦绣前程不走,让我整日面对青灯古佛,诵经打坐,过清汤寡水的日子?休想!别看官府缉拿我,北京城我有靠山,眼下一点小灾星还不是他老人家一句话的事儿!"

　　觉空仍笑吟吟地说道:"世人爱荣华,无不争场面,名利终是贼,贪心是祸根!施主既然与佛无缘,老衲有一言奉告:福分滚滚也有干涸之时,不要耍小聪明,你进了北京城,再出来就难了!"

　　呼三山像被人猛抽了一鞭子,愣怔了一下,有些不服气,下死眼盯着觉空,未及说话,小沙弥献茶进来,遂虎着脸棱了小沙弥一眼,气呼呼说道:"告辞!"悻悻离去。

　　呼三山赌气离开了因缘寺,打马狂奔半个时辰,陡然想到觉空对自己知根知底,他若报官,岂不贻害无穷,不如杀了觉空,烧了因缘寺一了百了,遂勒马回寺,哪儿还有觉空人影,不禁怒上加怒,拔出短枪抵着小沙弥问觉空哪里去了,小沙弥一点也不害怕,反而笑嘻嘻地说道:"师父知道你还会来的!"

　　"为啥?"

"师父说,你要杀他!"小沙弥瞪着一双明亮的眸子说道,"他挂单云游去了!"

呼三山顿时气馁,把枪掖在腰里,问道:"何时回寺?"

"不知道!"小沙弥说道,"俺师父临走时让我把这个交给你!"

呼三山接过看时,却是一首偈语:

> 因果分明定不差,自古种豆岂生麻。
> 善恶若无分果报,世人怎会拜菩萨。

呼三山像一具抽干的僵尸,木呆呆地默然不语。良久,发出狼一般的号叫:"难道他不是人,是神仙!我要杀了他!"说罢,翻身跨马飞驰而去。

呼三山到孝亲王府时已是暮色苍茫。因天阴得重,王府门前和走廊上已挂起了气死风玻璃灯,几个戈什哈钉子似的挺胸凸肚按刀而立,一派肃杀之气。他小心翼翼地走过去,见几个门人正在那里喝茶聊天摆龙门阵,因久不来王府,门人一个也不认识,刚开口说了句:"我要见常全福……""去去去,常管家是你叫的?站一边等!"一个门人极不耐烦地打断了他的话。

呼三山叹道:"想不到一个一呼百应的地方官,进了京城,连王府看家护院的一条狗都不如!"正叹息,一大群护卫和太监簇拥着一个人在门前下马。呼三山闪眼瞧时,此人五十开外,微胖的圆脸白皙红润,"一"字眉下,深潭似的眸子炯炯有神,给人一种沉稳干练飘逸潇洒的感觉——此人正是三朝元老举朝皆知的孝亲王颐贤。呼三山忙上前打千儿行礼:"奴才给孝王爷请安!"

颐贤看也不看呼三山,说了声:"进来吧!"径直朝门里走去。颐贤身后的管家常全福眼睛一亮说道:"这不是古大人吗,何时来的京?快起来!"门人见常管家如此抬举,忙赔笑解释:"奴才见他眼生,就没让他进来!"

"随我来!"常全福一手拉着呼三山,穿堂入室来到王府正院的东厢房——常全福的住处。呼三山给常全福行了礼,悬着的一颗心才放下来,笑道:"久不来王府,添了这么多生面孔,侯门深似海呀!"说道从袖中摸出一张三千两的银票，恭恭敬敬地递给常全福，赔着笑说道："莫嫌礼薄，请笑纳！"

常全福收下银票说道："你事发了，这个时候你竟敢来北京，往枪口上撞，够胆大的，王爷说了，他护不了你！"

"常管家！"呼三山陡然间已平静下来，"好汉做事好汉当，我绝不连累你们，你现在把我送官，我也无怨言。为啥？王爷是我的再生父母，是我的靠山。不过，我有几句心腹话要说出来。我出来做官，是孝亲王爷的举荐，做奴才的到死也忘不了他老人家。虽说案子出现了反复，但中州通省官员乃至刑部官员，与此案牵涉的大有人在。眼下，我走背时运吃着官司，已与王爷脱不了关系，这官司打赢打输还在两可之间，他救不救我都是一样，荣辱与共休戚相关哪！我这次来，求你在王爷面前多添美言，让我觐见一下王爷，死了也甘心！"呼三山触动情肠竟落下泪来。

常全福在室内踱了几步，想了想道："我去见王爷，至于王爷见不见你，就看你的造化了！"说罢，起身出门。不到一袋烟的时辰，常全福踅了回来，笑道："王爷每晚歇息前要洗脚，你端上这盆洗浴水见王爷。"

呼三山默默地端着花边瓷盆洗浴水来到王爷书房。颐贤靠在椅子上，见呼三山进来，眼帘微微抬了一下，又把目光移向别处。呼三山赔着小心，笑道："王爷整日为国事操劳，松泛一下身子骨。奴才特意用艾叶、当归、红花十几种中草药熬着用来泡脚，解乏泻肝火！"说着话，见颐贤对自己视有若无，便放下浴盆，双膝跪下小心翼翼地脱下颐贤的靴袜，轻轻地把颐贤双脚放进浴盆，一边细细地洗着，一边拿捏揉搓着小腿和双脚……

颐贤眯着双目，尽自让呼三山揉搓着，不知过了多久，突兀开了口："几日进京的？"

"今日刚到京！"

"有难处吃官司了才想起本王，我的脸真让你这狗才给丢尽了！"颐贤挺了挺身子，抬起眼帘，两道寒芒直视着呼三山，"你给我透实底，你是不是山贼呼三山？嗯，当初本王瞎了眼抬举你做官，你在下边作威作福，出了命案官司，闹腾到老佛爷和皇上那里，雪不盖尸时又来我这儿撞木钟，我可说亏了你?"

呼三山精神堤防几乎到崩溃边缘,他忽然意识到颐贤对自己了如指掌,不如承认是呼三山,但刹那间又改变了主意,他一边捏脚,一边轻声说道:"王爷真会取笑,你冤枉了奴才!"

"放屁!"颐贤大怒,一脚把呼三山踢了个仰面叉,吼道,"刑部尚书范良岑上午给我讲你的案子,包括你的身份已查清坐实,何来的冤枉?"门外的常全福闻声吓了一跳,想不到这位温文尔雅平和大度、言语温存、举朝皆知的贤王发起火来竟如此厉害,就连在走廊中的侍女与小厮也吓得不敢出声。

呼三山猝不及防被颐贤踢倒在地,洗脚水溅洒了他一身,桀骜不驯的野性顷刻间充满全身,脸色也变得极为难看,但他还是忍了下去,瞬间又恢复了平静,忙爬起身双膝跪下,把颐贤的双脚抽出来擦干,穿上鞋子,下着气说道:"奴才对天发誓,我不是山贼呼三山,我在丰穰县开药堂、设粥棚救人无数,上天垂爱才让我与王爷结缘,放出来做官,奴才谨遵王爷教诲,做事勤勉,恪尽职守,丰穰县的案子,是奴才查办出来的,县、府、道、臬司、抚署诸衙门逐级审理得瓜清水白。王爷知道,吴彦兆钦差乃大清第一清官,去中州复查此案时,还夸赞此案证据确凿,铁案难翻。细思量,也是奴才立功报主心切,难免树大招风,引来非议,小人们趁机作祟,让王爷金面蒙羞添尘,为奴才背黑锅。"呼三山哽咽了一下,拭泪道:"奴才至今才明白,好人难做,清官难当。平心而论,眼下把我往死地整的那帮奸臣,也都是王爷的死对头,杀鸡儆猴让王爷看,中州巡抚贺丰年是王爷的人,也被他们折腾得七零八落。奴才死不足惜,只是对不起王爷天高地厚之恩啊!"呼三山攒眉挤目,痛心疾首,不知哪句话触动灵魂,竟伏地饮泣不止,只是碍于在王府不敢放声。

"起来吧!"颐贤已不再恼怒,双目充满着柔和慈爱的光芒,"俊鸟登高枝,人往高处走,人之常情嘛。"他突然意识到,这么一个小小的民事案件怎么会闹到慈禧那里,背后定有人指使,联想起近几年慈禧处处压制排斥,又拉又打又用又防的一幕幕情景,一股又酸又涩的苦水涌上喉头。他话锋一转,语气也缓和得多了:"本王今日骂你打你是疼你、爱你,你要明白,你是本王举荐的官，你的一言一行都关联着本王的声誉，外面传言你是山贼呼三山，说得有鼻有眼，我不能心中没底，你立功报主心切，难免招惹人忌，朝中有人嚼舌根在预料之中，你的事本王不会袖手旁观的，道乏吧！"

呼三山重重地三叩首，才拭泪起身，望着既装钟馗又装菩萨的颐贤，咽着气说道："王爷高厚之恩，奴才纵是磨成扣、化成灰也忘不了！"说罢，端着洗脚盆竟哭着去了。

颐贤思量移时，朝外喊道："常管家——"

常全福应声而入，颐贤吩咐道："明日拿我的名刺，去刑部见范良岑，问问中州案子是怎么回事！"

"喳！"

此刻，呼三山滞留门外并未走远，会心一笑转身离去。颐贤对转身离去的常全福一招手说道："回来！"

常全福一脸迷糊："主子，有什么吩咐？"

颐贤呷了一口茶，压低声音说道："记住，你暗中派人把古月杰给我盯死看牢，他住什么地方，接触什么人，每天去哪些地方，见哪些人，说什么话都给我弄清，有个风吹草动立时给我回话，听明白吗？"

常全福万想不到刚才还是谦恭温雅、话语暖心暖肺的玉面佛菩萨，转脸又变成黑脸阎王，忙欠身答道："属下明白！"

'你未必明白。"颐贤高傲地仰着头，咬着细碎的白牙，阴冷地说道，"他是不是呼三山，不能凭他一面之词，中州出了这么大的事，他不给我留只言片语，咱不能让老佛爷攥住把柄，必要时让他永远消失！"

常全福惊愕地瞪大眼睛，一股寒意顺着脊梁往上爬，忙叩首道："奴才照办！"

第八十四章

尚书府门生贿尚书
送糊涂管家示糊涂

话说龙兴府尹周道贤受贺丰年委派来到京城。因他是范良岑的得意门生，与范府上下极为熟稔，拜帖递上不到半个时辰，府上管家便笑眯眯地迎上来，笑道："范中堂支走了所有客人，让你到松韵轩花厅！"周道贤从袖中摸出一块银子塞给管家，遂弹衣正冠直趋花厅。刚到门口，便听范良岑朗声笑道："道贤吗？进来吧！"

周道贤是带着贺丰年的使命来的，虽说此案与他牵涉不大，但此行已无声地表明卷入了这场官场纷争的漩涡之中。当下，他挑帘进屋，扎手握脚伏地叩首，行了师生大礼。范良岑笑道："这是在家里，哪来这些虚礼，坐吧！几时来京的？"周道贤应了一声才拿捏着坐下。范良岑满意地看着得意的高足，三十八九岁年纪，颀身玉立，白净的面孔上一双漆黑的眸子如星辰闪烁，十分精干利落，见他有些局促，缓缓说道："你来得正好，我有事问你！"

周道贤忙起身一躬，肃然说道："恩师请讲！"

"你在中州龙兴府尹任上四年有余，呼三山的案子究竟是怎么一回事？"范良岑不慌不忙，打火点烟猛抽了一口，吐着浓浓烟雾，细眯着眼盯着周道贤，徐徐说道，"中州按察使林奋与巡抚贺丰年的呈文我看了，刑断呼三山杀人越货、劫财害命是板上钉钉的事实，出现反复是犯人临刑畏死才法场喊冤。可前任巡抚杜宗山离任时，亲到刑部谈及此案疑点较多，朝中御使风闻而上，弹劾中州官员贪墨不法，官匪一体草菅人命，真像戏词所说洪洞县里没好人。眼下官司已闹到慈禧老佛爷和皇上那儿，沸沸扬扬天下皆知。老夫掌管刑部，职责所系，心中不能没有个数！"说完，一双三角眼好像要把周道贤五脏六腑看透似的。

"学生正为此事而来！"周道贤轻咳一声，清亮了一下嗓子说道，"恩师面前不说诳语，呼三山一案实属调包顶凶，大清开国以来罕见的冤案！"范良岑心里一紧，怕什么来什么，自己身为刑部尚书，出现冤狱有不可推诿的责任，但他是久经沧海之人，瞬间又恢复了平静，漫不经心地呷了一口茶，问道："何以见得？中州巡抚贺丰年的呈文咬金断玉地写着：呼三山一案是审得最清、断得最明的铁案。"

"问题的症结就在这里！"周道贤迎着范良岑灼人的目光，娓娓而言，"呼三山是大匪枭一点不假，可他与别的山大王不同，他不在山寨，而是化名古月杰，在丰穰县城开一个济善堂药铺为幌子，暗中操纵山寨，干些月黑风高杀人劫财的勾当。丰穰县县令冯庶上任不久，境内发生血案，很快将他捉拿归案。可呼三山盘踞丰穰多年，县衙里师爷、捕快班头都是他安插的眼线。他们以杀母害妻小要挟冯庶，冯庶向宛平知府李克求助，书信被李克的师爷截获，送给了贼人。一个堂堂的丰穰县县令，硬是被歹人逼着拉上贼船，释放了呼三山。不久，呼三山捐了五品候补知府，因他是孝亲王爷的门人，吏部派他到中州臬司衙门任职，逼着冯庶将三河县来丰穰投亲的一个秀才当贼办了，屈打成招替呼三山顶凶！"

"冯庶临危变节与虎谋皮，可恶！"范良岑默默地听着，已有点后悔，不该向周道贤打听此案，他感觉到，周道贤今日登门是做说客而来。他看了一眼周道贤，问道："宛平知府李克，还有省臬司衙门林奋，他们如何复审此案？"

"李克态度暧昧，根本没做复审，他在案卷上的批语是：与原审相同，绝无疑议！上报中州臬司衙门，按察使林奋是一个心浮气躁之人，见犯人没有翻供，也不加详查便报往巡抚衙门，原巡抚杜宗山见三级审讯供词未变，也未细审，便写奏折上报刑部，刑部奏请皇上御批，直到犯人临刑喊冤，此案才事发！"

范良岑纳闷，区区一件匪案，怎么能惊动慈禧太后和光绪皇帝，遂问道："官司闹到今天这个地步，有原告吗？"

"有！是一名女子！"周道贤呷了一口茶，清了清嗓门，说道，"这女子是替身未过门的媳妇，因美貌被呼三山看中，骗娶此女纳为侧室。不料，呼三山大老婆醋海生波，将呼三山真实身份及种种黑幕，向此女抖搂出来，此女逃离虎口后，卖唱来京告御状，恰遇上书房大臣翁同龢，翁相一怒之下将案子捅到了慈禧太后和光绪那儿！"周道贤口说手比，只拣证据确凿的说，言简意赅，曲线分明，却隐瞒了刑场上监斩官陆天星擅自停刑，不明不白死去这段隐情。

"天下竟有这等奇事！呼三山蕞尔毛贼，竟能左右朝廷命官兴风作浪！"范良岑听得很专注，对周道贤的话深信不疑。这些话他在贺丰年呈文里根本找不到。自光绪登基以来，杨乃武小白菜一案闹得天下皆知，让朝廷丢尽了颜面，紧接着又掀出一个云南报销案，初步查证涉及官员一百多人，眼下又冒出中州这一惊天大案，官场龌龊不堪的丑闻再次抖搂出来，加上民间流言蜚语，不亚于朝中发生地震，朝廷的体面何存！他虽精通经史，阅历极深，此时却理不出个头绪，抚着山羊胡须思索良久，用询问的口气说道："贺丰年知道这些腌臜事不？"

"知道！"周道贤平静地说道，"贺巡抚报刑部呈文里有些话能说，有些话不能往上写，故而委派学生——"

"你得了贺丰年多少好处？"范良岑顿时阴了脸，"师生情谊竟一文不值，变成了枉法的敲门砖！"

"学生深知恩师为人正派，实不该趟这浑水，因抗不过贺丰年的威逼，还是来了！"周道贤见范良岑脸色不善，忙起身离座，跪了下去，怯生生说道，"贺巡抚给你修书一封，还让学生送来一幅宋版的《清明上河图》！"

范良岑乃咸丰三年头名状元，不仅文章做得像花朵一样，而且擅长书法，通晓经史，喜好收藏，善于鉴别。此时，他微睨了一眼那幅《清明上河图》，立刻认出是张择端真迹。但他的心情却糟糕透了，恨不得一脚踢飞周道贤手中那价值连城的古画。但他没有这样做，几十年的宦海生涯，练就了喜怒不形于色的相臣肚量，他无声地叹息了一声，索贺丰年信笺看时，寥寥几行精瘦小楷却触目惊心：

良岑年兄，呼三山一案，县、府、臬、抚几级衙门已秉公依律断理，无可厚非，然刑部员外郎赵侍尧借查案之机，依仗刑部赫势，与奸民同气连枝，以假充真，图谋翻案，殊失鲁莽。以区区之案小题大做，欲置一百多名官员于不测之地，让朝廷蒙羞，圣上焦忧。兄乃达人，孰轻孰重，自不赘述，望唯公是裁！

范良岑阅毕，顿时陷入两难境地，不管贺丰年信中措辞如何委婉，意图很明确，要刑部维持原判，但赵侍尧赴中州是皇上旨意，刑部委派，钦差王云生是朝中有名的刺头，涉及国家刑典律条，恐怕不那么容易变通。他起身踱了几步，突然有了主意，打火烧了此信，直到燃尽才笑谓周道贤道："今日你来看望，老夫不曾见过贺巡抚的信函！"周道贤满脸疑惑："恩师，贺大人要你个回话！"

"回话谈不上！"范良岑已打定主意，"书信归书信，你说归说，今日老夫只能听听，到底怎么办，还得看皇上和慈禧太后旨意。总之，看情势而定。噢！还有这幅名画，金贵得很，你拿走，君子爱人以德，老夫怎能夺人之爱！"说罢已端茶起身。

"恩师，贺巡抚夸您是有名的范神眼，让您老甄别一下是不是赝品。"周道贤见范良岑毫不客气地端茶送客，笑道，"画儿先放这儿，您老鉴别后学生再取回。"说罢，见范良岑不置可否，便把那幅画放在几上，默然一躬退了出来。

目送周道贤离去，范良岑迫不及待地摊开《清明上河图》，不禁感叹："果真是张择端真迹，人间尤物啊！"正自观看，忽然一阵脚步声响，管家老王头气喘吁吁地进来禀道："孝亲王府管家常全福求见！"

范良岑不禁诧异："一个王府管家，有何事见我？"

"回老爷的话，奴才问了，常管家说，王爷有一件东西，让您老过目！"

"什么物件？"

"常管家不肯说出，非见你不可！"

范良岑不禁皱眉，感到奇怪，哪儿有一个权倾朝野摄理朝政的王爷给臣下送礼。想了想吩咐道:"让他在客厅候着!"

常全福第一次到范良岑府上,久等不见范良岑,心中难免焦躁。范良岑历来是先观人后见客,打量常全福时,差点笑出声来,常全福五短身材像木桶,硕大冬瓜脑袋上长着一双绿豆眼,极不安分地眨动着,两条罗圈腿走起路来像只大猩猩,一晃一扭很是滑稽。范良岑见晾他差不多了,才昂然进了客厅。常全福忙双手一揖,操着一副破锣似的公鸭嗓说道:"王爷让奴才把这个送给你!"

范良岑从常全福手中接过明黄绸缎包裹的长条木匣,小心翼翼地放在桌上却不急于打开,谨慎地问道:"王爷有什么吩咐?"

常全福诡谲地笑道:"有人给王爷送了一幅字画,王爷说你是方家,让您给甄别一下!奴才这就告辞!"

"来呀!拿五十两银票送常管家喝茶!"

常全福就势打了千儿,说道:"谢大人恩典!"

待常管家离去,范良岑忙打开明黄锦面的檀木匣看时,不禁怔了,竟是宫中物件,里边是一枚绿莹莹碧森森的如意,还有一幅字,竟是郑板桥真迹"难得糊涂"四个行书大字。陡然间,范良岑一个激灵,猛然想起周道贤讲,呼三山是孝亲王颐贤门人,心中已是雪亮。不言而喻要自己"难得糊涂"。范良岑玲珑剔透之人,暗自佩服颐贤用心精巧,不用传话,不用片语,大雪无痕般把意思传递给对方,实在是高人一筹。突然,他感到身上汗毛一炸,呼三山一案朝野瞩目,光绪和慈禧太后多次过问,下旨严查,自己对此案装傻作呆,万一皇上和慈禧不满,自己一个好好的尚书不做,由人摆弄,受夹板子气不说,还会成为千夫所指的罪魁祸首。但他很快又否定了,颐贤皇室近支,论起来还是慈禧太后的小叔子,又是皇叔,送来的宫中物件又代表着谁呢,是颐贤的意思还是皇上和慈禧太后的旨意?他凝视着窗外那株姹紫嫣红的紫荆花,陷入深深的焦虑之中。

是夜,他歇在书房,却一夜没有睡好,天刚透明便起床洗漱,胡乱吃了几口饭,坐轿来到刑部,进了签押房,刚坐定,一名长随进门禀道:"员外郎赵侍尧请见!"

第八十五章

范尚书徇私斥能吏
员外郎犯颜抗权贵

"让他进来吧！"范良岑经过一夜的熟虑，已打定主意要摁下这个案子。此时，他适意地呷了一口茶，顺手拿起几上邸报，还未看上几行，便见赵侍尧跨进门来，由他行了庭参礼，方道："何事见我？"

赵侍尧见范良岑摆谱装大，不禁诧异，遂朗声说道："属下呈送中州省呼三山一案的卷宗，大人可曾过目？"

"唔，这个！"范良岑放下邸报，打量面前的赵侍尧。白净的"国"字脸上一双眸子虎虎有神，盯着自己毫无半点怯意，雪白的马蹄袖翻着，一双黑得发亮的辫子甩在脑后，通身上下纤尘不染，显得十分沉稳干练。不禁暗忖，此人去中州查案不到半年，竟历练得如此出息，今日若不磨磨他的棱角，很难打发这个刺头。遂绷着脸，说道："因刑部公务烦冗，已粗略地看了个大概。不过，近些时日，各种流言蜚起，顺便给你提个醒，你这次去中州种祸不浅！中州巡抚贺丰年、按察使林奋联名上书，弹劾你在中州查案期间，仗着老夫撑腰，收受贿赂，与奸民为伍，诬陷臬司衙门官员古月杰是匪首呼三山！"

赵侍尧没想到范良岑今日换个人似的替他人说话，有些惊讶，看了一眼范良岑，肃然说道："大人，此案乃天子一号大案，属下岂敢掉以轻心，贪财枉法！属下从未想过，更没有做过此等之事。反而中州督抚、臬司、府县官场龌龊，相互勾结，徇私枉法。古月杰是中州臬司衙门官员不假，但他是匪枭呼三山也没错。刨根追底还是一个'匪'字，卑职在中州要带走呼三山时，把你的亲笔信呈给贺丰年，他反而说你迂腐僵板。"遂把自己在中州查案九死一生的情景和盘托出，末了又道："中州贺丰年、林奋他们竭力袒护呼三山，无非是怕东窗事发，祸及官位，怕丢掉乌纱帽！请大人莫偏听偏信，毁了一世英名！"

范良岑闻听之下，心中骇然，脸色黯淡下来。贺丰年不买自己的账，仗着是光绪和慈禧的宠臣。孝亲王颐贤乃三朝元老，朝野势力庞大。明摆着，贺丰年与他是一条线上的，倘若他们联手攻讦，刑部立刻就会陷入一片沼泽泥潭，很难善后。眼下唯有等和拖，走一步看下步。思量着范良岑拿定了主意，脸一寒，训斥道："依你所说，中州官员都是与呼三山一个鼻孔出气的二五眼瞪眼瞎？实话给你讲，丰穰县乡绅联名向刑部上书，担保古月杰不是呼三山！这么多人担保还能有假？"范良岑把一份文卷摔给赵侍尧。

赵侍尧很是迷惑，平日里有长者之风的范良岑为什么无端发这么大的火？他默然拾起地上文卷仔细看后，遂说道："大人水清如镜明察秋毫，难道看不出，这是中州官员怂恿地方劣绅向刑部示威，意在把水搅混，阻止查办呼三山一案！难道三河县的黄天福一干人证都不是证据？"

"你狂妄！"平素里涵养极好的范良岑再也按捺不住，一股怒火腾地涌到脸上，拍案而起，断然喝道，"你这是跟我说话！别忘了自己的身份。你找的证人黄天福，据说是个疯子，疯子的话怎能为凭？丰穰的尚慧娟是原告没错，却是个婊子，中州官员指控你与这女子有染！还有土匪李疤痢胡咬麦秸，你重刑之下何供没有！呼一彪供词上压根就没指认古月杰是呼三山！别忘了，老夫刑名出身，办过多少大案要案，大风大浪啥没见过，单凭你那三脚猫功夫，竟敢在本部堂面前说三道四，你也配？若不是念你十年寒窗，三下科场才有今日，得之不易，撵你出刑部还不是一句话的事！"

赵侍尧乍然听着一连串尖酸刻薄的反诘，头轰的一声涨得老大。但他毕竟胆大心细，转而一想又犯迷糊，当初去中州查办呼三山案子时，范良岑叮嘱再三："此案乃是御案，朝野瞩目，大丈夫立身于世，求取功名，流芳百代在此一举！"区区几个月的光景范良岑怎么出尔反尔，变脸比翻书还快？他深吸一口气，亢声说道："久闻中州官场官匪勾结，原本以为是谣传，看来是草灰蛇线不为无因，难怪这一惊天冤案一拖就是几年，大人身为国家刑司掌门，熟稔法律，剖断疑案堪称一代宗师，多少疑难杂案无一逃过大人法眼，怎么会相信中州官员的一面之词，去徇私情、枉国法、辜圣恩？"他盯着坐在椅中脸色变得越来越阴沉的范良岑，诚挚地说道："属下恳请大人即刻下令，抓捕呼三山，以正天听！"说罢，伏地叩首有声。

范良岑气得头摇手颤，他忽地起身离座，急急地踱上几步，狠狠地盯住赵侍尧，怒极反笑道："你现居几品官？"

"六品。"

范良岑突然纵声大笑道："你知道老夫是几品官？"

"内阁大学士，官居一品！"

"你一个芝麻大的官儿，也敢在本部堂面前挑三横四，蹭头上脸！"范良岑看着一下子变得脸色苍白的赵侍尧，刹那间有一种机枢重权在握的满足与快感。他操着一口江南话，连声冷笑道："中州贺巡抚乃一品大员，在皇上和慈禧太后那儿恩宠不在本部堂之下，按察使林奋三品大员，还有周道贤、李克哪一个不比你官职大，哪一个不比你猴精猴能？你犯上失仪，要挟本部堂擒拿中州臬司衙门官员，仅凭这一条大不敬，你就吃罪不起！"他满脸恨意地盯着一脸不服的赵侍尧，陡然想起"肩头跑马肚里行船相臣雅量"。一瞬间心情似乎平静下来，说道："这样吧，查办呼三山一案到此为止。你非礼失仪，念你是因公办案与本部堂争论，不与你计较，后生子，你回家好好读几本书，不再心浮气躁了，再回刑部当差！"

想不到冒死查办沉疴几年的呼三山一案已胜券在握，竟凭着范良岑三言两语就要半途而废，赵侍尧仿佛受到了极大的侮辱。刹那间涨红了脸，额上的青筋突起，下死眼盯着范良岑，大声抗争道："大人这话卑职不敢苟同，属下查办呼三山一案乃是皇差，不是范大人私事，你说不查就不查？别忘了还有钦差王云生大人呢！卑职吃的是皇上俸禄，吃皇粮就要忠君事主，为皇上办差。我今日把话撂在这儿，只要我赵侍尧一天不离开刑部，这案子一天就不能改！"范良岑从没有受过下属当面奚落，脸上挂不住，一扫风瞧见签押房外走廊下站满了各司看热闹的官员，断喝一声："来呀！把这个不懂礼义廉耻的疯子轰出去!"

"喳!"几名戈什哈从门外进来,架起赵侍尧便往外拖。赵侍尧不屈地挣扎着:"范大人,鱼为贪饵遭钓钩,鸟为衔虫被网羁。你身为国家掌刑之官,岂能为贪官开脱,为匪所遭,难道不怕夜里做噩梦,冤魂野鬼向你索命!"

范良岑气得呼呼直喘,咆哮道:"以前错看你是刑部的一棵苗子,原来是一个满嘴喷粪俗不可耐的犟驴!"说罢,抓起几上一方端砚啪地摔得粉碎。

赵侍尧满腔希望却在范良岑面前碰了一头灰,顿时气得七窍生烟,此事早惊动各司的大小官员,大家争相看他红头涨脸地从签押房甩袖而去。品头论足,尖酸刻薄的风凉话传于赵侍尧耳中,无啻于火上浇油。赵侍尧突然站住了,男子汉大丈夫受此奇耻大辱,还有何脸面立于世上!抬眼见刑部楹柱上写着"善到此地心不愧,恶过吾门胆自寒"的楹联,一个闪念在脑海中出现:不如死谏唤起人们良知,黄少文的案子或许有望。他扫了一眼四周龇牙咧嘴,满脸轻薄之色,说风凉话的大小官员,突然仰天大笑:"大丈夫立身于世为民雪冤,开罪上宪,死有何憾!"略一迟疑,便朝楹柱上一头撞去。

"慢!"一位与赵侍尧年纪稍长的官员见赵侍尧衣冠不整直趋楹柱,知道他一心寻死,忙疾步上前拉住,笑道:"年兄,这是犯哪门子痰气?堂堂五尺男儿怎做女儿态!"赵侍尧气得发昏,怔了半晌,方认出是刑部侍郎张之群。张之群乃江南总督张香帅的胞兄。当年,他去江南看望哥哥,当地绅士商贾请他到黄鹤楼吃酒,欺他年幼,出言不逊,张之群一怒之下,让商贾们抱来账簿,仅过目一遍即当众焚毁,商贾们哭着告到张香帅那里。张香帅刚要申斥,张之群却笑道:"这有何难,我再写一份账簿!"说罢,当众挥写,商贾们看时,竟无一谬误。此后,武汉三镇对张氏兄弟刮目相看。此时,赵侍尧恍恍惚惚看着穿戴齐整干净利落的张之群:"啊!是张大人,托你照看我家犬子,切莫推托……你若有难处,我也不强求——"

"真是一根筋!"张之群一把拉了他就走,低声说道,"你去中州办差的事我知道了,这里边九曲十八弯复杂着哩,范尚书揣着明白装糊涂,一心想当和事佬,你连这还看不透?皇上关注的大案谁能抗得住,等着瞧吧,够他姓范的喝一壶的。走,喝酒去!"正说着话,见一群太监簇拥着孝亲王颐贤,一边说笑着进了刑部大门。张之群见了忙松开赵侍尧，微笑着迎上去向颐贤行礼："臣张之群给王爷请安！"

颐贤含笑扶起张之群，亲切地说道："大家经常见面，哪儿来的虚套——噢，那位好面熟，叫什么名字？"

赵侍尧早认出颐贤，心里清楚呼三山的后台主子便是颐贤，见他问及自己，佯装没听见，仰着脸冷哼一声径直转身不睬。管家常全福见赵侍尧如此无礼，喝道："芥草籽大的官儿，也敢在王爷面前摆谱称大，俺家王爷一句话，官就做到头了！"他狗仗人势顾自说着，冷不防颐贤一个扇风巴掌抡了过来，啪的一声，打得他一个趔趄。

第八十六章

张之群品茶释权变
贤宰辅夤夜访能吏

"混账！"颐贤变脸作色，喝道，"一个上不了台面的东西，这儿有你说话的份儿？"常全福一心巴结颐贤，溜须拍马竟拍到了马蹄上，结结实实挨了一嘴巴，见颐贤发怒，吓得龟缩扈从后面，哪儿敢再言语。

此时，早惊动了签押房的范良岑，忙迎出门，伏地叩首道："奴才参见王爷！"颐贤像换个人似的满面春风扶起范良岑，范良岑起身又是一揖，笑道："王爷驾临应知会奴才一声，作臣子的也好有个准备！"颐贤笑道："本王兼管刑部，来这里走走是职责所系，哪儿来的俗礼！"转脸见张之群满脸沉稳望着自己，无半点献媚邀宠之色，笑谓张之群道："小人心性，显摆逞能媚主邀宠，若与之计较肺早气炸了——听说你清贫得连个仆人都请不起，做官清到这个份儿上，可敬！往后缺什么，尽管说出来！"

"谢王爷抬爱！"张之群望着温馨可人的颐贤，仍是一副不卑不亢的面孔，一哂道，"臣闻良马不念秣，烈士不苟营。过惯了清汤寡水的日子，淡饭菜根香，心安茅屋稳！"

"说得好！良金百锻不失其彩，美玉百涅不渝其洁！"颐贤见张之群在自己面前毫无局促慌乱之色，又不失礼数，已知张之群风骨不在他哥哥之下，是个很难拉拢的角色，遂热切赞道，"朝廷若都是像你兄弟俩这样的臣子，何来内忧外患！小王还要与范大人谈公务，自便吧！"说罢，抬脚往签押房走去。张之群这才笑嘻嘻地拍着赵侍尧的肩头："走吧，喝酒去！"

经张之群一调和，赵侍尧死谏的心一下子被甩到九霄云外，遂与张之群相继而出。此时，已是孟冬时节，天又阴得重，未到酉正时分，天色灰麻麻已视物不清。俩人联袂来到东街胡同，一街两行挂满了各种风味小吃的招牌，"天下第一面"、陕西羊肉泡馍、热河火锅、油煎鲜饺等各类摊位、饭铺比比皆是。饭店掌柜为招揽顾客，让伙计们扯着嗓子一声高一声低吆喝着，加之顾客们的讨价还价声，插科打诨的笑骂声，如沸水盈锅般甚是热闹。赵侍尧闻着一阵阵扑鼻的葱姜蒜味，才知道自己饿了。张之群好像讨厌人声嘈杂，皱着眉领着赵侍尧七拐八弯，来到一座临街出檐门面房，门楣上首四个泥金大字："闻香下马。"两侧楹柱上写着："人走茶不凉，客来酒犹香。"

赵侍尧不禁笑道："这老板会做生意，人情味浓！"张之群道："那是请高人编写的，在京城做生意的，身后都有个后台罩着。你再看看门联落款，就知道老板来头！"赵侍尧细瞧时，对联落款竟是范良岑，心中不悦，抽身便走。张之群一把拉住，恰好跑堂的伙计迎上来，唱歌似的吆喝道："二位爷台楼上请！"

张之群颔首一笑，携赵侍尧拾级上楼，雅间内靠窗放着一张八仙桌，地板擦得锃明发亮，一尘不染，旁边还放着文房四宝，专供客人题诗写词，对伙计说道："这雅间我包了！"随手从袖中摸出二两银子往桌上一放："黄山顶上茶！"伙计又续唱一句："扬子江中水！"

"好一副佳联！"赵侍尧称赞之余不禁纳罕，久闻黄山顶上茶，扬子江中水是大内贡品，一个小小的饭店怎能有这物件？他用询问的目光盯视着张之群。张之群一哂道："年兄有所不知，别看这小胡同饭店窝憋不起眼，店老板来头都大得出奇，他们与宫中太监勾着手，太监们从大内弄出来的！"

伙计赔笑道："啥事瞒不过这位爷台的法眼，俗话说，偷来的锣敲不得，真人面前不说假话，茶与水都是地道的大内贡品，只要爷台出了这店，小的便不认这一壶了！"赵侍尧莞尔一笑道："年兄，你是请小弟来喝酒还是来品茶？"

"两者兼而有之！"张之群吩咐伙计，"烧一壶温水送过来！"伙计应了一声，转身噔噔下楼。少时，伙计手举托盘复转上楼，把一壶温水放在几上。张之群打开锦盒，顺手抓了一把茶叶放进杯子，伙计忙提壶用温水沏了，放在二位面前："二位爷，请用茶！"赵侍尧因顶撞范良岑气得口干舌燥，见碗中几片淡黄茶叶漂浮上面，端起茶杯呷了两口，又扑地吐出来："年兄，这是什么茶，温不溜秋的，一点茶味也没有！"

张之群笑笑，慢悠悠地说道："怎么没有茶香？你喝得急了，来呀，送一壶烧开的水！"伙计应了一声，片刻间工夫，便送上一壶开水，张之群亲自把壶，朝茶杯冲了一些沸水，轻声说道："年兄，你看！"赵侍尧看时，只见飘浮的茶叶在杯中上下飞舞，沉沉浮浮，一丝细微的清香溢了出来。赵侍尧忍不住端杯喝茶，张之群忙道："别急！"说着，又执壶向杯中倒水，赵侍尧再看时，杯中漂浮不定的茶叶在一阵沉浮之后，开始下沉杯底，一缕又醇又香又醉人的茶味弥漫得满屋生香，赵侍尧端起杯子呷了一口，脱口赞道："好茶！"

张之群端起杯子品了一口，转脸笑眯眯地问赵侍尧："同是黄山茶、扬子江中水，为什么茶味不同？"

"一杯用温水沏，一杯用沸水沏，当然不同！"

"年兄聪明！"张之群感叹道，"用水不同，杯中茶叶沉浮就不同，用温水沏的茶，茶叶漂浮在水上，没有沉浮，怎能散发茶的清香呢？而用沸水冲沏的茶，茶叶沉沉浮浮，最后沉在杯底，就显出了黄山茶的炽烈、清幽、醇厚。人活在这世上，只有经历一次次沉浮和坎坷，才能留下一脉幽香，今日你在刑部捋了虎须，与刑部掌门人叫板，我敢保证不出三天，你像这黄山茶一样放出清香来，成了名震京华令人瞩目的人物，这事不愁不传到皇上那儿！"

"照年兄这么说，我还得感谢范部堂的成全呢！"至此，他才明白张之群以茶喻人的良苦用心，感念之余，一晒道，"我偏不信这个邪，御批的案子还敢枉法，今晚我写密折据实上奏。只要他敢与贺丰年、孝亲王他们搅和在一起，辜恩枉法，渎职害民，别看我一个小小六品堂官，小鸡娃也要斗斗恶老雕！"

"说得好！查办呼三山顶凶案，跟品茶一样，较量几个回合，方能显出英雄本色！"赵侍尧的话很合张之群胃口，顿生知音之感。刚想顺着这个话题说下去，忽见有闲杂人员在门外来回晃悠，生怕隔墙有耳，把要说的话咽了下去，忙吩咐伙计上菜送酒，又压低声音说道："这儿不是说话的地方，咱们吃酒行令乐上一乐。"少时，跑堂的端上酒菜，俩人推杯换盏，直吃到戌时才出店离去。赵侍尧打着酒嗝回到家里，推门一看不禁愣住，原来，内阁大学士军机大臣首辅宰相翁同龢与刑部右侍郎王云生在客厅吃茶消遣，妻子抱着孩子与赵虎在一旁侍候。赵侍尧惊得酒也醒了一半，问道："两位大人莫非要捉拿下官啊？"

"荒谬！你见过哪个朝代一品宰相带着火票领着兵马捉拿一个区区六品官员？"翁同龢见赵侍尧醉眼蒙眬进屋，慢悠悠地站起身，笑道，"你官职不大，胆气不小，以下犯上，大闹刑部，已惊动当今圣上和太后老佛爷！这一次闯祸不小！"

"我与翁相饿着肚子还没吃饭呢！"王云生说道，"怎么，有这样待客的？"

赵侍尧满腹狐疑，对愣在一旁挓挲着手的赵虎吩咐道："快去市面置办一桌像样的酒席！"

赵虎哭丧着脸说道："连买米的钱都是嫂子陪嫁首饰当的，哪儿有钱置办酒席！"

王云生见赵侍尧尴尬，从袖中摸出一张五十两银票塞给赵虎说道："快去！"

翁同龢初见赵侍尧狂放不羁，心中有些不悦。此刻见赵侍尧家境如此寒酸，还冒着丢职罢官的风险实心为朝廷做事，不禁动容，心中那点些微不快一扫而走，叹息一声，刚想抚慰几句，赵侍尧锁着眉头，说道："是福不是祸，是祸躲不过，我这样的末位官员，也犯不着二位大人物登门！"

一句话说得翁同龢喷茶而笑，赵侍尧疑得一点没错，仅凭翁同龢的身份，相府门前有多少达官贵人排队等候会见，没有大事，他犯不着屈尊降贵来到一个六品堂官家里拉家常。他向王云生略一领首，压低嗓音说道："有密旨！"

饶是赵侍尧有赵大胆之称，此刻已惊得额上渗出细密的汗粒，愣怔之下猛然醒悟道："这……这太突然了，媳妇快摆香案！"说罢，便要跪下。

"不必！"翁同龢一摆手道，"让你媳妇和孩子暂行回避！"待赵侍尧媳妇拉着孩子去了里间屋子，他南面立定，口述道："奉老佛爷懿旨，特殊境况，免礼听宣：颐贤恃功傲上，弄权结党，欺君幼弱，蔑视本宫，庇护城狐社鼠，纵容污吏枉法，以致中州呼三山一案三年未果，着令刑部右侍郎王云生总司重任、员外郎赵侍尧协同办案，务必查个水落石出！"

王云生、赵侍尧俩人齐声说道："唯老佛爷懿旨是从！"翁同龢示意俩人起身坐下。赵侍尧激动地眼里涌出泪花，说道："太后圣明，这真是天下百姓之福，翻了大清第一冤案，敲响了枉法官员的丧钟，我敢断定，像这样的顶凶案绝非一起。"

正说着话，赵虎拎着食盒进来，顷刻之间，八仙桌上布满了一盘盘香气四溢的佳肴。赵侍尧向赵虎丢了一个眼神，赵虎会意，去门外把风。翁同龢毫不谦让居中坐下，王云生左边相陪。赵侍尧心中郁结戾气一扫而光，横坐在下席口，打开酒瓶，一股酒香味扑鼻而来，脱口吟道："酒香引出贵人至！"王云生捻须一笑，吟道："美味招来圣贤客！"说完，俩人相视而笑。

翁同龢久在帝侧老成持重，专拣清淡素食。赵侍尧心中高兴，咣地饮了一杯酒，叹道："想不到权倾朝野的孝亲王爷竟与当今皇上和老佛爷过不去，没有圣上皇恩浩荡，哪儿有他今天显赫地位！"王云生接口道："我这次去云南，查办盐务报销一案，可谓关山重重，多方查证又是颐贤从中插手，暗中使绊，阻碍办案！"

"颐贤擅权欺主，与谋反何异！"赵侍尧默谋移时，说道，"老佛爷何不降道懿旨，公布他结党营私专权乱政的罪行，将其擒拿明正典刑，岂不省了很多麻烦？"

"谈何容易！"翁同龢饮了一杯酒，手按酒杯陷入沉思：若不奉密旨，八棍子也打不着到这个背街小巷的微末官员家中吃酒。三杯下肚，脸上泛出红光，他瞥了一眼沉思中的赵侍尧一双又黑又大深不见底的瞳仁，英俊潇洒中透着成熟，暗赞此人风骨不俗，将来必有一番作为，但他说话语气如同寒霜："颐贤乃三朝元老，皇室近支，树大根深，内外心腹门生故吏布满朝野，若发明旨，他不奉诏怎么办，逼急了穷途跳墙，引起国家动荡，如何稳住局面，到那时如何善后？再者，颐贤行动诡秘，做事不着痕迹，真凭实据的把柄不多，无故下旨杀有功之臣，如何向天下人交代？"

这一连串的反诘，把王云生和赵侍尧都说怔了。良久，赵侍尧起身一揖，诚恳地说道："翁相责得极是，确实是老成谋国之言！"王云生笑道："愚以为，在查清呼三山顶凶一案上撕开口子，找出实据，顺藤摸瓜，还怕他赖账不成！"

"晚生认为应分三步走！"赵侍尧征询的目光望着翁同龢，"不知该讲不该讲？"

"讲！"翁同龢眼睛一亮，身子前倾，说道，"商议就是你说我议，最后拿主意嘛！"

"颐贤权高震主，心雄气傲，插手各部积久成习，引起朝野不满，已成不争的事实，何不顺水推舟将计就计！"赵侍尧侃侃说道，"借范良岑让我停查呼三山一案之机，请病假休养，麻痹松懈对方。我推断，呼三山必来京寻他的主子颐贤，咱暗中布置人手，在孝亲王府周围盯梢，只要抓住他，一切都好办！"

"嗯！"翁同龢与王云生互望一眼点了点头。

"眼下还不能与颐贤撕破脸，这是第二步。还得有劳二位大人，近些时日多去孝亲王府走动，一来打听对方消息，二来转移他视线，让其无法分身！"赵侍尧款款而言，"最后一步，以刑部的名义发文中州，责令按察使林奋，带上古月杰进京述职。他若不来是抗命犯上。他若来京，古月杰便在我们掌控之中。总之，这三步棋无论如何走法，都要让范良岑以刑部的名义给中州下令，让对方不疑，兴许还误认为来京述职升迁呢！"

一席话说得条理分明，一环扣一环，滴水不漏，翁同龢不禁对赵侍尧刮目相看。他毕竟当首辅多年，眼中火花一闪又恢复了原来的样子，想了想补充说道："老夫以上书房的名义发文六部，这样，范良岑下令中州按察使林奋、带古月杰来京述职就顺理成章！"

王云生顺着思路说道："只要他们挪窝，便奏请老佛爷或请旨皇上派能员去中州主持臬司衙门日常事务，让其后院失火，首尾不能相顾。不管咋说，范良岑停止查办呼三山一案，不光是让煮熟的鸭子放飞了，凭这一条，他与老佛爷和皇上生了二心，我要上密折参他，一来扫他的面子，二来让皇上和老佛爷给他下点毛毛雨，提个醒，不要跟着颐贤转，在案子上不打横炮作耗咱们。这样做，并非是对范良岑落井下石，恰恰是为了他好，只要把案子翻过来，皇权一收，颐贤脸面无光，朝中作臣子的自然能默察圣意，上折子弹劾他。到那时，颐贤恐怕虎落平阳遭犬欺了！"思路默契，王云生一番话便显得周匝缜密，赵侍尧暗自佩服，仅凭这番神算无遗的对策，足够一生受用不尽。

翁同龢击掌笑道："好！不过，此事不宜声张，万一泄密，后果将不堪设想！"

赵侍尧顿时热血沸腾，伏地叩首道："此事上不告父母，下不告妻儿，一旦事情有变，我一人承担，决不连累二位大人！"说罢，双目炯炯盯视着翁同龢。王云生发誓道："若事有变，唯死而已，决不牵扯皇上和老佛爷！"

翁同龢眼中放着异彩，他深为二人的精诚报国所感动，忙扶起俩人，又执壶给他俩斟满了酒："来，咱们同饮一杯！"说罢，三人举杯而饮。这时，赵虎从门外跨进屋内："哥，大事不好，尚慧娟的儿子被人偷走了！"

第八十七章
柳学忠挟技换人质
王云生荣升刑部堂

　　原来，尚慧娟在棋盘街戏楼演堂会，忽然见戏台下的柳学忠恶毒地朝她怪笑，她情急之下喊了声："抓贼人！"戏院便炸了锅。柳学忠很快消失在混乱的人群里。待陆天亮带人抓时，尚慧娟的儿子九鱼失踪了。正无可奈何时，一个叫花子送来一封信。

　　赵侍尧从赵虎手中接过来看时，寥寥几行，锥心刺目。

慧娟爱妻雅鉴：

　　你儿子落在我手，若想换回孽种，让姓赵的鸟官带上呼一彪到西山报恩寺交换，迟则，兔崽子休想活命。

　　至嘱！

　　信无署名，又无日期，赵侍尧中州之行，精研过呼三山信函，一看便知是他亲笔。他冷笑一声道："有此信，又增加了一条证据！"言讫，将信呈给翁同稣与王云生传阅。

　　"怎么样？"王云生看完信双眉紧锁，口气沉甸甸地说道，"有何良策？"

　　"将计就计，同意换人！"赵侍尧经过简短地考虑后，遂将谋划和盘端出。

　　王云生低首想了想，觉得此计可行。他是老刑名出身，顺着赵侍尧思路拾遗补阙。刹那间，一个完整的狩猎计划详尽得滴水不漏……

翁同龢见王云生与赵侍尧谋事如此细密周全，略觉放心，捻须一笑道："打狼擒贼不是宰辅职责，我还有事，有事禀我，告辞！"王云生、赵侍尧目送他升轿而去，又踅身回屋，细细密议了一阵后，王云生才离去。

翌日，天阴得很重，浓浓的雾霾笼罩着北京城，显得格外寒冷潮湿。此时，尚慧娟的心情像阴霾的天气一样，压抑得喘不过气来。卯时刚过，她便朝西郊报恩寺走去。报恩寺是雍正初年所建，依岗傍水，占地四十多亩。巍峨高大的殿宇隐藏在碧幽幽阴森森的松柏之中。适逢寒冬，京城人崇佛，不少善男信女冒着严寒，烧香还愿。骤然间，和尚的诵经声、木鱼的敲击声、寺院内阵阵松涛声，伴随着悠扬的钟鼓声，让人感到这儿是一个六欲寂灭、清静虚幻的世界。

尚慧娟进得寺门，倒厦出檐的楹柱上一笔颜体字煞是醒目："欲除烦恼须无我，各有因缘莫羡人。"她下意识地环顾四周，见扮作阔商进香的赵侍尧身着长袍，戴着墨镜，手拄拐杖，举手投足绅士派头十足。呼一彪被几名扮作随从的兵士左右挟持着，向寺院深处走去。她装着没事人一样，步履从容地跨进慈悲殿，焚香跪拜，默默地祈祷大慈大悲的观世音菩萨保佑孩子平安。起身时，觉得有人轻轻地碰了她一下，狐疑间，手中接了一个纸团，展开看时，上面歪歪扭扭一行小字："报恩寺后院禅房见！"

尚慧娟看了一眼离她不远的赵侍尧，赵侍尧一个眼神示意她照办。她出殿门，绕到后院，见后角门开着，抬脚迈了过去。这里地处高坡，风大气寒，游人罕至，满坡枯树残叶，白茅伏波十分荒凉。山冈的半坡处，有一座低矮的茅屋仿佛不胜其寒微微颤抖着，好像向世人诉说僧人们静坐参禅的过去、现在和未来。尚慧娟深知不知有多少双眼睛盯着自己，她心慌地看了看身后的赵侍尧，赵侍尧镇静得出奇，努了努嘴，示意她继续朝前走，还未走上几步，忽听一个暗哑的声音传来："呼一彪在哪里？"

"俺儿子在哪里？"尚慧娟情急之下竟把事前赵侍尧教她说的话抛在脑后，反问道，"我要先见到孩子！"

对方口气十分蛮横："你让二当家跟我说话！不然撕票！"

"你让我先看到孩子！"尚慧娟寸步不让，"把孩子还给我，我让呼一彪走过去！”

“你这个狐狸精！从认识你的第一天起，你就把我当成傻屄二杆子，因为你害死了多少山寨弟兄，害得我有家不能归！”对方突然把话题岔开，说出的每一个字几乎都是在齿缝中蹦出来，“你把老子逼上梁山，我拿你的儿子开刀！”说着，果真从茅屋中传出孩子稚嫩的哭叫声：“妈妈——”

“九鱼，妈在这儿——”尚慧娟听到孩子揪心裂肺般的哭喊声，犹如无数钢针穿心，好像一个受伤的羔羊，说话带着哭腔，哀求道，“姓呼的，我求你看在往日的情分上放了孩子吧！”

“呸！你也知道情分？你这个婊子，该让你尝尝失去儿子的滋味！”对方口气充满了怨毒，顿了顿，又道，“天可怜见的孩子，谁叫他生错了地方！”

尚慧娟真的急了，猛地把隐藏在巨石后面的呼一彪推到了前面，喊道：“看清楚了吧，他就是老虎寨二当家呼一彪，只要你把孩子还给我，我保证放人！”

“你让二当家的走过来，我就放孩子过去！”对方仍然没有露面，突然发问，“二当家，你为啥不说话？”

“他懒得理你！”尚慧娟见孩子哭得揪心，突然朝茅屋走去，边走边说，“你只要放了孩子，我去你那边换回二当家！”

“站住！你个妨主的贱货！这些年为了你害得老子抛家舍业，有家难归。你儿子的命能抵得上老子兄弟的命吗！”茅屋里的人拖着哭腔，亡夫哭灵般絮絮叨叨。

尚慧娟觉得声音有异，不像呼三山的声音，狐疑地喝道：“你是谁，呼三山在哪里？”对方沉默了一阵子，哈哈笑道：“怎么连老子的声音都听不出来！老子数三个数，让二当家的与我说话，不然，老子就杀了兔崽子！”

情势顿时紧张起来。赵侍尧正担心，尚慧娟突然打断对方：“姓呼的，孩子不光是我的，也是你的，你才是孩子的亲爹！”

“放屁！谁信你？”

“你若不相信，问问你的大老婆林月娥！”这次尚慧娟听得真切，对面不是呼三山的声音，但又来不及多想，又道，“你想咋认都随你！”

对方突然没了声音。双方都没有料到这个节骨眼上，尚慧娟会说出孩子是呼三山的，伏在乱草石堆中的陆天亮很难相信，当年黄河渡口拼着命救出的孩子，竟是大匪首呼三山的孽种。赵侍尧何等机敏，他抓住这个千载难逢的机会，一个手势，手下的人猫着腰悄没声息地扑向茅屋。尚慧娟情急之下说出这一隐秘，已泣不成声，但瞬间又明白过来，这些年与呼三山的爱恨情仇全集中到孩子身上。此刻，她不顾一切地向茅屋扑去，边走边喊："姓呼的，虎毒不食子，难道要害死你的亲生儿子……我当面给你说清楚！"

砰的一声枪响，从尚慧娟耳根擦过，吓了她一跳，惊怔之下竟呆在那里。对方阴沉沉地骂道："臭婊子，人不换了，让你的人退回去，他们再往前一步，老子现在就杀了这个孽种！"

"不要！"尚慧娟这次听得再清楚不过，脱口说道，"你是柳学忠，谁派你来冒充呼三山的？"

赵侍尧见对方是冒名顶替的假货，已知交换人质成为泡影，挺身喊道："柳学忠，你是丰穰县捕快班头，吃着朝廷的俸禄，不替官府效力，怎么与匪盗为伍？乖乖投降吧，交出孩子将功补过，本官有好生之德，饶你不死！"

"姓赵的，你给我听好了，老子从出道的那一天起，干的就是白刀子进红刀子出的勾当！"柳学忠幼年跟一道人学口技，模仿极强，此刻，见对方已经认出，索性探出半截身子，满脸杀气望着对方。他自毒死杨道三后，携一个窑姐逃进湖北房县深山老林隐姓埋名，谁知还是被呼三山"请回"，让他扶危救主。因有口技之能，呼三山让他拿孩子换回呼一彪。不料，尚慧娟这个贱蹄子竟识破自己，又道出孩子是呼三山的。呼三山娶了五房姨太太，都没生出一男半女。这孩子若真是呼三山的种，他同意交换吗？他扫了一眼吃了哑药一样的呼一彪，叫道："二当家的，你说句痛快话，我该怎么做，这孩子若是呼家骨肉，换，还是不换？"

呼一彪被两个武功高手左右挟持，口中又塞了破布说不出话，但耳音尚好，此刻闻听孩子是呼家骨肉，又见化了装的兵士虎视眈眈盯着茅屋，憋足了劲，竟一口吐出了破布，吼道："快跑，保孩子！"话音甫落，嘴又被堵上，急得他跺脚眦目呜呜乱叫。柳学忠见状，抬手一枪。霎时，双方开枪交火，但胜负很快分出。赵侍尧人多势重，手中快枪是从外国新购的。一阵排枪过后，压得柳学忠抬不起头来，他哭喊着："二当家的，对不住了！"抱着孩子绕到一处陡峭地方，一棵歪脖槐树上系着一根棕绳直垂下边，因孩子受到惊吓，哇哇哭个不停。柳学忠用手帕塞到孩子嘴里，抓住绳子猴子般向下滑去……

待赵侍尧带人冲进茅屋，除三具尸体一个重伤外，哪儿有柳学忠的踪影。赵侍尧用枪逼着身受重伤的土匪追问柳学忠的下落，那人艰难地向茅屋后指了指，头一歪，一命呜呼。赵侍尧提枪冲过去，竟是绝壁悬崖，一根系在树上的棕绳直垂崖底，随风荡悠。尚慧娟凄凉地喊道："九鱼，妈在这儿——"赵侍尧说了声："追！"

一连几天，呼三山销声匿迹，王云生让赵侍尧带着人，像梳子一样对京城大街小巷、茶馆、酒肆、码头、客栈、戏楼、妓院，凡是呼三山可能隐身的地方，梳理了一遍，仍然杳无音信。孰料，暗中盯梢孝亲王府的眼线也被发现。颐贤狂怒之下告至慈禧太后那儿，拍桌子瞪眼要挟慈禧查办赵侍尧，革职王云生。慈禧对刑部严词申饬。这个时候，范良岑竟替颐贤说话，偏袒此案，暗中销毁了不满意的成文底稿，并奏光绪皇上和慈禧，维持原判。中州省按察使林奋呈文，古月杰早赴刑部述职，可刑部哪儿有古月杰的踪影，分明是暗中放人搪塞。牢中的呼一彪死咬着自己是呼三山。李疤瘌本是小人心性，也趁机反水，使本来已经明晰的案子再次变得扑朔迷离。一时间案子陷入了泥潭之中。尚慧娟整日以泪洗面，进食很少，瘦得人走了相，整日躺在床上，望着天花板喃喃自语，陆天亮虽听不懂她说些什么，但心里明镜似的——失子之痛。赵侍尧深知心病无医可治，照这样下去，尚慧娟瘦弱的身子撑不了多久。到那时，没了原告和得力证人，后果不堪设想！

一日，刑部退值后，赵侍尧到王云生府上下棋解闷，忽听到花厅外一阵急促的脚步声，正自惊异，太监李莲英一干人等拥进门来，李莲英对王云生说道："有旨意！"

王云生这才看清是翁同龢前来传旨，家人们急忙回避。一阵忙乱过后，香案摆在滴水檐下，李莲英给翁同龢躬身说道："请翁相宣旨！"翁同龢额首，王云生早跪了下去。翁同龢神定气爽地南面立定，轻咳一声朗声宣道：

"奉天承运皇帝诏曰，王云生跟随先帝多年，刑部任职公忠勤能，慎心行事，深宵朕躬，着晋升王云生正一品文渊阁大学士，领刑部尚书一职，毋负朕望，钦此！"

因圣旨来得有些突然，王云生有些茫然。他在刑部任侍郎二十多年，从没有想过领刑部尚书一职，竟一时怔住，忘记了谢恩。翁同龢见王云生愣怔不语，笑道："云生公，难道你敢违抗圣命？"

王云生恍惚之间，叩首说道："奴才恭谢圣恩！"

"这是天大的喜事，老夫心中好高兴！"翁同龢春风满面，快步扶起王云生说道，"范良岑丁忧，回江南守孝三年，临去时还给你留有书信一封！"说着，从袖中摸出一封信，王云生双手接过，展开看时：

> 夫博厚配地，高明配天，贤兄出任刑部掌门实乃国家之幸，因夜读熙朝江苏巡抚张伯行传略，难禁长夜啸叹，追思任上中州省呼三山一案，未能了断，偏听门人之言，险涉不测之地，一念之差，留下终生遗憾。员外郎赵侍尧智勇兼备，可堪大用。非无病呻吟，亡羊补牢犹未晚也，伏期案子大白之日，把酒问盏，以慰俊杰！

王云生读完此信，吁了口气，叹道："人非圣贤，孰能无过，坦然引咎，可敬！"他吩咐道："弄几个精致小菜，再把窖藏的陈年茅台挖出来！侍尧不必回避，出来吧，你如今已是声震京华的人物，连范老夫子信上都在夸赞你哪，陪我与翁相对酌几杯！"

"恭喜王中丞！"赵侍尧满脸笑容从屏风后面走了出来。原本焦虑的心，顷刻间被刑部这么大的人事更替化解得干干净净，双手一拱说道："山重水复，柳暗花明啊。有范老夫子这封信，一切都好办！"

顷刻间，王府家人走马灯似的布菜上酒。仨人因心中兴奋举杯而饮，酒至正酣，门人领着赵虎进来，拍手跺脚说道："哥，尚小姐去南街会呼三山啦！"

"啊！"赵侍尧闻听，陡然惊出一身冷汗，酒也醒了不少。

第八十八章

处绝境捕头生二心
尝果报魔头会烈女

　　柳学忠没有换回呼一彪，呼三山有一种大势已去的失落感。已知李克、林奋绝非赵侍尧的对手，对方像国手布局，在沉默中聚集力量，步步逼近。此时，他像掉进陷阱里的困兽，眼中闪着阴狠的寒光，不停地在室内踱步。少时，他突然叫道："来人——"

　　王老虎应声而入，双手一拱说道："豹爷有何吩咐？"

　　呼三山眼中放出寒芒，盯视着王老虎那剽悍的五短身材移时，方冷冷说道："豹哥有难，你咋办？"

　　"我说过，小弟是豹爷从死人堆里扒出来的人，恩同父母，过命交情！"王老虎枣红色的脸膛上泛着酒坛子般的光亮，嗡声嗡声地说道，"你一句话，小弟水里火里决不皱眉！"

　　呼三山一拍案几，厉声喝问："可你为啥吃里爬外，背后向我捅刀子？"

　　王老虎惶惑地看了呼三山一眼，怔住了。他虽粗心却不是笨蛋，愣了半晌，大声说道："你的话小弟不明白，你直说！"

　　"你看看这个！"呼三山将一封书简甩给了王老虎，王老虎疑惑地展开信笺看时，上面歪歪扭扭写道："王老虎已让刑部姓赵的收买，当了官府眼线，速杀之，以绝后患，切切！"下面也无落款日期。

　　王老虎自幼与柳学忠在山寨为匪，一眼便认出是柳学忠的亲笔，顿时气得嘴歪眼斜，破口骂道："想当年我还救过柳学忠的命，而今，他栽赃害我！豹爷，你让柳学忠来，我们俩当面对质，拿不出证据，老子跟他玩命！"王老虎做梦也想不到，这封告密信是呼三山模仿柳学忠的笔迹写的。

呼三山嗤地一笑道："你是啥样人我心里清楚得很，等这个坎过了，再与他撕掳这件事。"王老虎气得嗷嗷直叫："奶奶个熊，上次，您让他去报恩寺交换二当家，姓尚的女人高声喊着：'孩子是豹爷亲生儿子！'柳学忠往孩子嘴里塞块破布，活活把孩子憋死。他还逼着弟兄们说，孩子是交换人时，被官府掐死的，还不让把姓尚女人说的话透给您！"

"孩子的尸首在哪里埋着？"

"报恩寺后边山坳里！"

呼三山脑子里嗡的一声，脸涨得像紫茄子一样，目光游弋不定，神情恍惚，两条腿不听使唤地颤抖着，浑身瘫软地站不起来。为续呼家烟火，跟他上床的女人连自己也记不清有多少，唯独尚慧娟给自己生了个儿子，那孩子他见过，白白胖胖，虎灵灵的两只眼挺惹人逗，偏偏造化弄人，让柳学忠给弄死了。他思量半晌，已是拿定了主意。王老虎惊恐地望着一脸杀气的呼三山，生怕他顷刻间雷霆大发。不料，呼三山竟平静得出奇，目光幽幽地看着他，温和地说道："这是五百两银票，拿着用！"边说边塞到王老虎手中。把王老虎感动得热泪模糊，刚想离去，呼三山咬着牙阴沉沉地说道："你去南街胡同聚仙茶楼查看一下，我要会那姓尚的贱人！哦，还有，叫上柳学忠一起去，若有异常，做掉他！"

目送王老虎离去，呼三山一股又酸又涩的苦水泛了上来，想起当年被柳学忠所擒，在牢中苦苦乞求，拿嫡亲妹子呼小燕青春才换来今天的这身官皮，又想到亲生儿子还未叫上一声爹，就被柳学忠害死，恨得他牙根痒痒的。恍惚中看见那白胖小子张着小手喊着爹朝怀中扑来，心中一喜，下意识伸手去抱时，竟是柳学忠进来，顷刻间眼中火星乱冒。仅是一瞬间，目光又变得亲切起来，瞬间的变化岂能瞒过柳学忠，他装作没事人似的，关切地问道："豹哥要会那姓尚的臭婊子？"

"不是婊子，是你嫂子，她还给我生了个胖小子呢！"呼三山纠正道，"可惜那孩子死了！"

"双方打斗时被官兵弄死的！嫂子确实说过孩子是豹哥的骨血，可她早先为啥不说，偏偏在节骨眼上说出来，不可信！"柳学忠很快清醒过来，毕竟是自己捂死了呼三山的儿子，再辩白，人家也不全信，他顺势跪下，说道，"豹哥您不能去见那女人，倘若你执意要去，就让我去，死，也让我替你而死！"说着，双眼竟饱含着泪水。

呼三山眼睛湿润了，但很快又忍住了，他太了解柳学忠的为人，他的性格比狐狸还狡猾，比虎狼还凶残，说瞎话连眼睛都不眨，他在演戏让自己看。他弯腰扶起柳学忠，假意哽咽道："你是我妹丈，咋能怀疑你杀死了孩子，即使真的是你杀死了孩子，哥哥我也不怨你！不过，有句话我不得不说，眼下什么局面你未必清楚，这个时候，咱们谁也走不掉，为啥？刑部尚书王云生还有姓赵的不让咱们走，贺丰年、李克、林奋一干官员能放过咱们？不过，局势也不是你想的那么糟糕，孝亲王、吴钦差、贺巡抚、林奋一大批官员都是朝中重臣，哪一个是案外之人？万一有事，咱就撕破脸皮，来个鱼死网破，到最后还是旗鼓相当，至少打个平手。"他狞笑一声，又道："我去会那姓尚的女人，她是祸根，她还不知道孩子的死讯，要挟她换回二当家。你枪法准，藏在暗处，找机会干掉她，扳回局面！"

柳学忠深知吊在呼三山这棵歪脖树上，迟早会上西市口挨刀，他一番声泪俱下的表白，目的是借机逃走，当下破涕而笑，说道："咱们是打断胳膊连着筋的亲戚，小弟听你的！"当下俩人又密议了一阵子，柳学忠亲到聚仙楼布置了一番不题。

待尚慧娟赶到南街聚仙茶楼已是未时，聚仙茶楼位于南街闹市，车来人往，十分喧哗。进得茶楼，但见宾客满座，有品茗说笑的，有打情骂俏的，有默坐沉吟下棋的，还有说书弹唱的，各色人等，杂七杂八混坐茶肆。尚慧娟不禁皱眉，呼三山怎么会挑选这个鱼龙混杂的地方见面？以为自己来错了地方，退出门外再瞧"聚仙茶楼"四个泥金大字灿灿发亮。正自踌躇，一伙计径直走到尚慧娟面前，哈腰说道："尊驾可姓尚？"尚慧娟僵僵地点了点头。

"楼上有一位客官吩咐小的，姓尚的小姐来此，可到楼上雅间！"说罢，将手一让，说了声，"请——"

尚慧娟迟疑了一下，随店伙计登上二楼，进了雅间，闪眼看时，房间很大，中间有一道屏风相隔，也许是客人爆满的缘故，店主人把它一分为二，中间放着黑漆圆桌，上边还摆放着两盘精致点心，却空荡荡杳无一人，问道："人呢？"店小二诡谲地笑笑，给尚慧娟斟上茶，说了声："慢用！"掩门离去。

尚慧娟确有些口渴，端起茶杯一饮而尽，隔窗往下看时，楼下坐满了吃茶的人，人们毫无顾忌地谈天说地，喧哗之声不绝于耳，仿佛每个人都在嘲笑她，嘲笑中含着不屑和鄙视。陡然间，她忽然明白，这儿居高临下，茶楼内外的一切尽收眼底。如果发生意外，在人群中逃跑极为方便。正自思量，觉得身后有异样响动。她转过头来，呼三山从屏风后走了出来，脸上挂着一丝丝狞笑，冰冷的话语显着客气："夫人，久违了！"说罢，竟撩衣坐在了尚慧娟的对面，阴寒地盯着爱到极点又恨到骨髓的尚慧娟，像一只久困铁笼放出的饿狼，审视着面前呻吟的羔羊。良久，假笑道："多日不见，竟越发漂亮了！"

"呸！谁是你的夫人！"尚慧娟脸色煞白，望着眼前曾同床共眠又水火不容的男人，她积聚着全身力量，冷冷地说道，"孩子呢？我要见他！"

"孩子是我的种吗？"

"是的！"尚慧娟恨极而大声说道，"他是你的亲生儿子，孩子在哪儿？"

"你又在蒙混本夫，我还要拿他换回二当家！"呼三山眯着眼睛说话语气又刁又蛮，"谁人做证？"

"问你的大老婆林月娥，她能给你说清楚！"

"你说的是实情？"

"信不信由你！"

呼三山从尚慧娟口中得知孩子是他的，仿佛被人当头打了一闷棍，脸上的五官开始变得扭曲，突然间神经质地仰天大笑道："我有儿子啦！"然而还未喊上几声，又双手捂脸蹲在墙角呜呜地哭了起来，忽地又双膝跪下，哀求道："我这辈子最喜欢的人是你，你是我的心肝，我的命根子，你不要猪脑子一根筋去告我，我的靠山大得很，你跟我走，告什么屌状，我让你一辈子享不尽荣华富贵，再给我生下一大堆儿子！就算我求你啦！"说罢，鸡啄米般不住地叩头。

"我上辈子是作孽太多，还是吹灭了佛前灯，怎会遇到你这个禽兽不如的畜生！"尚慧娟鄙夷地望着满脸泪痕的呼三山，闪着火苗的杏子眼充满着恨意，她厉声喝道，"孩子在哪儿？"

"孩子死了，埋在报恩寺后山坡上！"呼三山已经绝望。尚慧娟的话似重锤敲打着他那极其脆弱的心扉，环顾四周，这儿除了冰雕玉砌的冷美人尚慧娟外，什么也没有。他擤了一把鼻涕，猛然跳了起来，喊道："天哪！你怎么这么狠心，让我害死了自己的亲生儿子，啊哈哈……"他瞪着一双充满血丝的双眼大哭大叫："你这个妨男人的狐狸精，自打我认识了你就开始倒霉，我的官做不成了，我的堂兄呼一彪又被官府抓住！我他妈鬼迷心窍，怎么会遇上你这个吃人不吐骨头的女妖怪！"

第八十九章
聚仙楼呼三山被擒
勤政殿孝亲王逼宫

尚慧娟闻听儿子已经惨死，头嗡的一声一阵眩晕，泪水断了线般顺腮而下，她犹如掉进冰窟里，身子激烈地抽搐着、哆嗦着。许久，戟指着呼三山嘶哑地说道："人常说虎毒不食子，可你比虎狼还毒万分！圣人说，人有五伦。可你却无半点人性，连人渣都不配！"此刻，仇恨、愤怒、悲伤、怨恨让她忘记身在何处，竟不顾一切朝呼三山扑去，发疯般喊道："你赔俺儿子！"

突然一声枪响，尚慧娟像被牛车撞住了似的，一下子摔倒在地，只觉得右肩膀湿黏黏的，右胳膊抬不起来，但她仍艰难地爬起，抬眼见屏风后柳学忠磔磔怪笑着，端着冒烟的枪口对着自己。她艰难爬起，身子晃了晃，朝呼三山扑去。柳学忠再次举枪对准尚慧娟。

"不要开枪，我要让她慢慢地死去，让她活着比死还难受，还要让她换回二当家！"呼三山声嘶力竭地诅咒着，脸上挂着泪珠，两道连心眉拧成疙瘩，显得格外阴森可怖。他从身上摸出一把铮亮的短剑，凝视着尚慧娟那张惊世骇俗的俊脸，咬牙说道："老子先破了你的相！看你还勾老子魂不！"说着，举剑朝尚慧娟脸上划下。

一颗石子不偏不歪地打在呼三山的手腕上，咣当一声，短剑掉落在地上，随着一条人影倏地一晃，一位蒙面人破门而入，抬脚朝呼三山面门踢去。呼三山自幼习武，惊骇之下就地一滚，躲过了这致命的一脚，慌乱中他朝柳学忠叫道："快开枪，杀了这个王八蛋！"

　　柳学忠被神人天降的气势震住了，怔忡间，慌乱中开了一枪，却打在了窗棂上，未等他再开枪时，一支银镖打在他的左肩，吓得他"哎呀"一声，急急翻窗而下。王老虎久伏在此，对着柳学忠抬手就是一枪。柳学忠见是王老虎打自己黑枪，惊怔之下，喝问："谁让你背后向我下黑手？"王老虎怪笑道："你猜猜。"边说边朝柳学忠开枪，柳学忠恨透了他，反手一枪，王老虎应声倒下，柳学忠趁机溜走。

　　此时，整个聚仙楼已炸了营，乱成一锅粥，有尖叫着往楼下跑的，也有由楼下往楼上跑的，有的吓得钻到桌椅下，有的抱着头蹲在墙角，有的不顾一切拼命往门外跑，因门窄人多拥挤不堪又卡在那里，一时间脚步杂沓声、人们惊恐的尖叫声、桌椅倒地茶碗的破碎声、叫骂声、哭喊声、诅咒声把一个好端端的聚仙茶楼搅和得七零八落。茶店老板拍腿打掌，哭喊着："我的茶店呀——"

　　呼三山见楼上楼下乱作一团，急于脱身，但面前的蒙面人是一道不可逾越的硬墙，几招过去被蒙面人打趴在地，他闪着鬼火般的目光，哀求道："好汉，你我素不相识，又无冤仇，放我一马，我保你一辈子享不完的荣华富贵！"

　　"你不认识我，可我认识你！"蒙面人沉声喝道，"面朝墙蹲下！"抬眼见尚慧娟捂着流血的肩膀，艰难地扶着椅子站了起来，忙上前扶着，就在这一刻，呼三山拔枪对准了蒙面人，尚慧娟瞧得真切，发出一声尖厉的惊叫声，但惊叫声甫落，一只银镖已扎在了呼三山的手腕上，呼三山手一松，枪咣当一声掉在楼板上。

　　蒙面人走过去，对着呼三山踢了一脚，用冷得发噤的声音说道："老虎寨的大当家，还用这下三烂的手段。"说着，一把扯下窗帘撕成布条，三下五去二把呼三山绑了个结实，扔在墙角。尚慧娟恨透了呼三山，趁机扑上去手抓口咬又脚踢。

　　突然，楼下一阵骚动，有人喝道："把聚仙楼围了，一只耗子也不放过！"尚慧娟隔窗看时，赵侍尧戎装佩剑，带着一干兵士大踏步上楼，她喜极而泣，喊道："赵大人！"

赵侍尧来到楼上，见呼三山一脸沮丧被缚在墙角，蒙面人却没了踪影。赵侍尧令人搀扶尚慧娟下楼包扎，将呼三山押出聚仙楼。

回到刑部，赵侍尧对呼三山进行审讯。此刻的呼三山犹如铁笼中的金钱豹狂躁不安，梗着脖子挑衅似的盯着赵侍尧不语，赵侍尧打量着面前这位横行豫、鄂、皖数省，黑白两道都趟得开的乱世枭雄，四十岁上下年纪，五官也算匀称，只是两道连心浓眉倒剔，鹰一样的眼睛充满着凶狠与好斗。赵侍尧审理过无数绿林大盗，没有一个敢用这样的眼神瞪着自己，强摁住心头的无名火，口气阴冷地说道："呼三山，事已至此，还不从实招来？免受皮肉之苦！"

"你认错了人！"呼三山哪儿在乎这虚声恫吓，亢声说道，"我不叫呼三山，叫古月杰，中州省臬司衙门的五品官员，吏部存着档呢，不相信去中州臬司衙门问林奋大人！"

一上来便与赵侍尧硬顶上了，赵侍尧看着傲气十足的呼三山，阴笑道："你不想招供？"

"忘记告诉你一声，你不过是刑部一个小小的六品的堂官，审理我，你还不配！"

"皇城德化礼仪之区，你竟敢持枪伤人，已触犯大清刑律。甭说你一个小小的候补五品，就是一品二品封疆大吏，贝子王孙一旦犯事，在本官面前一文不值！"赵侍尧脸上带着刻薄的冷笑，"来呀，拖出去用刑！"呼三山跺脚大叫："士可杀不可辱！"

"你也配称士！"赵侍尧目光闪烁，冷哼一声，"本官今日辱定你了！"

几名兵士架起呼三山脚不点地往外走。骤然间，便听隔壁一阵噼里啪啦皮鞭声，呼三山养尊处优惯了，哪儿经得起这阵子猛抽狠打，起初还死撑着不吱一声，到最后竟杀猪般号叫起来。

赵侍尧见呼三山不肯招认，不由火起，厉声喝道："只要打不死他，什么刑都可以用！"

但赵侍尧这次失算了，酷刑用遍，呼三山昏死几次，咬死称自己是朝廷命官古月杰，是孝亲王颐贤的门人。赵侍尧正自气恼，陆天亮进来说道：

"打不服这狗娘养的，咱设法捣他的软肋，要不这样……"他对赵侍尧耳语一番，赵侍尧一哂道："依你！"

呼三山被刑部擒获的消息很快传到中州，贺丰年、林奋深知其中利弊，当即派人到刑部找内线，打探案子进程，王云生指令赵侍尧封锁消息，来往的文书一律不署名，阅后立即销毁。贺丰年闻不出案子任何情况，继而又到孝亲王府告刁状。颐贤兼管着刑部，刑部抓自己的门人连个招呼也不打，正自窝火，贺丰年又从中挑唆，不啻火上浇油。他令人叫来刑部尚书王云生，劈脸斥道："刑部擒拿中州臬司衙门的官员为何不向我禀报？亏还是本王荐你当上的刑部尚书！"

王云生是出了名的老犟筋，任刑部尚书后，倔脾气似乎比以前收敛些，当下一拱手，不咸不淡地说道："请王爷体谅属下的难处，奴才担负着缉拿天下匪盗重任，是职责所系，你当初举荐我任刑部尚书，属下还以为王爷天下为公、任人唯贤呢！眼下看来，你也藏了私意。擒拿中州臬司衙门官员一事，是不是匪首呼三山，刑部正在审理，很快就见分晓，到时候自然要禀王爷，况且这案子朝野关注，举国注目，你又何必为这一区区案子惹火伤身呢！"

颐贤听了又好气又好笑又恼恨，黑着脸想想，又无可挑剔，竟一时语塞。王云生双手一拱道："王爷若没事奴才告退！"说罢，不失礼数地默然一躬，转身离去。颐贤望着王云生远去的身影，气得啪地摔碎了茶碗，咬牙说道："我倒要看看，刑部尚书的位子你还能坐上几天！"

此刻，宫中的慈禧正在垂询上书房大苤翁同龢和刑部右侍郎张之群。赵侍尧因品秩低微，第一次进宫觐见，难免有些紧张。只听张之群瓮声瓮气地禀道："云贵盐务报销案、黑龙江佃主奸污佃户女儿闹出一家九命案，中州匪枭顶凶案，都因孝亲王爷一句话，搁置了几年，致使人犯逍遥法外，好人蒙冤受屈。刑部虽是掌管大清律条的衙门，却形同虚设，官司如何断，全凭王爷一句话！"

慈禧太后听得很专注，白皙的面皮上泛着红润，显得比实际年龄年轻得多。忽然，她指着赵侍尧，说道："你叫什么来着？"

"回太后的话！"赵侍尧见问到自己，叩首说道，"卑职赵侍尧，同治十三年进士，在刑部任六品员外郎！"由于紧张的缘故，竟有些口吃，慈禧竟被逗得一笑，翁同龢叱道："给老佛爷回话，成何体统！"

"别难为他了，大冷的天，他额头上出汗！"慈禧极为和蔼地注视着赵侍尧，"你去了中州省了解很多事，说说吧，中州顶凶一案，是怎么一回事？"

赵侍尧见慈禧和颜霁色，一颗悬着的心松了下来，遂把在中州查案的根根枝枝口说手比说了个大概。末了，他语气恳切地说："微臣拿身家性命担保，匪首呼三山即是中州臬司衙门的古月杰，古月杰是呼三山的化名，因有孝亲王爷罩着，他才横行无法，这个脓包不挤，长此以往，刑部的差事就无法干！"

慈禧见他说得条理清楚，切中要害，不仅暗赞：竟是一个人才。遂叹道："官匪同穴，蛇鼠一窝，可见中州吏治腐败至极！此案涉及百姓安乐，动摇朝廷根本，哀家决心已定，此次不论查到谁，不论他官职多高，权势多大，都要一层一层查下去。"她沿着思路正往下说，太监进来打千儿禀道："孝亲王爷颐贤请见！"慈禧阴郁地一笑："让他进来吧！"

须臾间，颐贤大咧咧地走进殿内，一甩马蹄袖跪了下去："臣弟恭请皇嫂金安！"未等慈禧发话，竟自起身。慈禧目光一凛，旋即笑道："孝亲王有何事要奏？"

"臣弟奏刑部尚书王云生不请上训，擅自捕拿中州臬司衙门官员，逼官顶凶，袒护真凶，势必冤屈县、府、道抚逐级官员，请太后把他撤职查办！"

颐贤号称贤王，平素温文尔雅，从不刁蛮动粗，今日在慈禧面前如此耍横，慈禧颇觉意外地盯了颐贤一眼，说道："你今日怎么啦，王云生刚任刑部尚书，就要撤职，为什么？"

颐贤毫不示弱地顶了回来："呼三山一案，涉及中州不少官员。贺丰年任上政绩卓异，不能因区区一件民事案子冷了百官的心，朝廷应存体面，撤掉一个王云生，稳了中州局面，何乐而不为！"

赵侍尧见颐贤一上来就抓住王云生不放，挺身说道："古月杰虽为中州臬司衙门的官员，但他有老虎寨匪首呼三山的重大嫌疑。他在聚仙楼持枪将此案的原告打伤，被卑职当场擒获，王爷要治罪，由我一人承担！"

"你是谁？"

"卑职刑部六品员外郎赵侍尧！"

"真乃乾坤倒置，一个末位小吏，这儿有你说话的份儿？"颐贤仰天大笑，震得满殿嗡嗡作响，他向慈禧连跨两步，嚷道，"请皇嫂下懿旨，把他送养蜂夹道狱神庙关押起来！"

"这儿是太后召见大臣议事的龙庭，不是王爷您的私宅！"赵侍尧说话声音又尖又亮，"卑职食皇俸、雪冤狱、平民怨，请问王爷，属下犯了哪条罪，凭什么把下官送狱神庙治罪？"

颐贤咆哮道："你狂妄！"

颐贤今日一反常态地为中州官员开脱，殊不知触了慈禧"结党"的忌讳。此刻，慈禧已阴了脸，冷冷说道："呼三山一案举国瞩目，撤了实心办差的王云生，何以向天下人交代！"

颐贤被噎得一怔，眼中闪着又羞又怒的火苗，狠狠盯了一眼面前的慈禧，当年若不是自己帮她除掉顾命八大臣，坐在这个位置的不一定是她。然而，兔死狗烹、鸟尽弓藏乃千古不变之理，此刻，他才明白慈禧要借呼三山一案向自己开刀。他哼了一声说道："那也不能作践下面官员，以后谁还给朝廷实心办差？"

"哀家以为，是他们自己作践了自己！呼三山的案子刚开始审理，他们就擅你孝亲王的木钟，你管着刑部，究竟对此案知道多少？"慈禧冷冷地看了一眼颐贤，又道，"疥癣之疾不足虑，吏治才是大文章。案子没做最后审理，你敢肯定这里面没有地方官员贪墨枉法？"

翁同龢见慈禧脸色越来越阴，口气越来越严厉，便向张之群递眼色，张之群会意，跨前一步，朗声说道："臣下认为，呼三山一案应由刑部、都察院、大理寺三法司会审，显示朝廷至公无私！"张之群说这话时装着不经意的样子瞟了一眼颐贤，颐贤却没说什么，只是一口接一口喘着粗气。

翁同龢一躬身，禀道："张之群所言极是，请老佛爷定夺！"

"照准所奏，让三法司会审此案，你们议个参审名单呈上来，道乏吧！"

"喳！"翁同龢、张之群、赵侍尧吁了一口气鱼贯退出，颐贤第一次在慈禧面前碰了个硬钉子，气得脸上青红不定，一跺脚悻悻出宫去了。

第九十章
三法司会审顶凶案
暗使绊大堂起波澜

数日后，三法司同时放出告牌，审理呼三山顶凶一案。市民们最爱看热闹，闻听是光绪皇帝和慈禧太后御批的大案，立刻轰动了北京城。刚过卯时，不计其数的人们蜂拥而至大理寺。为防止意外，王云生调来几队御林军，从紫禁城到大理寺，沿街两行撒满了岗哨。还有一队持枪巡逻的兵士踩在冻得铁板似的街道上，发出咔嚓咔嚓的声音，仿佛昭示着天家的威严。此时，雨水节令刚过，杨柳含翠，杏蕊吐白，房脊上积雪开始融化，但北京城还很冷，沿街两行滴水檐下挂着一条条一尺来长的冰凌条。因天阴得重，米线般的雪粒伴着刺骨的寒风，打在看热闹人们眼上酸溜溜的。一位老者捻须叹道："案子有冤，老天爷会发怒的！"

须臾间，衙门口黑压压人群闪出一道缝隙，由赵侍尧领着尚慧娟徐徐走来。此时，东边的太阳从云缝中露出脸来，折射出万道霞光。人们踮脚伸颈，争相观看告状女子。今儿，尚慧娟身穿月白夹袄，浓密乌黑的鬓发上戴着一束白花，长长的睫毛下一双乌黑的丹凤眼，含着不尽的愁思和倔强，真个是女要俏一身孝，立时引来人们议论："嗨，告御状的是个女的，这哪儿是个告状的，分明是天上的嫦娥下凡！"尚慧娟受不住周围人们热辣辣的目光和叽叽喳喳的议论，羞怯地勾着头，咬着嘴唇，提着一颗忐忑的心进了衙门。赵侍尧把鼓槌递给尚慧娟："不要害怕，拿着它使劲敲，把满腹的冤屈敲出来！"

咚、咚、咚，一串春雷似的鼓声响过，值日官一声高唱："升堂——"

三班衙役、师爷一拥而出，衙皂们握着水火棍呈雁形分站两旁，喊着堂威。刑部尚书王云生、右侍郎张之群、都察院御史林舒和大理寺正卿贾正道等官员迈着方步，一步三摇从签押房步入大堂。因王云生主审，居中而坐，林舒、贾正道、张之群分坐两侧，其他官员按品秩依序而坐。赵侍尧因品秩低坐在下首。忽听大堂上王云生一拍堂木，喝道："带原告上堂！"

"喳！"

尚慧娟被带上堂来，不安地跪在原告石上，抬首看了一眼像庙中阎君似的王云生，把状纸举过头顶说道："民女见过青天大老爷！"

"把状纸呈上来！"王云生轻声说道，"不要拘束，你的案子惊动了当今圣上和慈禧老佛爷，今日会给你个公断——带人犯古月杰！"

少时，两名戈什哈押着呼三山过来。仅几天时间，呼三山觉得像度过了几十年，人也仿佛苍老了许多。原来，张之群与赵侍尧在审讯他时，采纳陆天亮的建议，把他与呼一彪合囚在一个号子里。让他二人随意说话，最后，俩人竟翻脸吵了起来，呼一彪埋怨呼三山恋官贪色，弄砸局面。呼三山反责怪呼一彪连尚慧娟都杀不了，他俩的争吵被假扮囚徒的卧底听个一清二白，并假意上前劝解。天明，张之群、赵侍尧再审呼三山时，卧底亮出了身份，呼三山懊悔不已。在他绝望无助准备破罐子破摔之际，牢头送饭时，馍内夹了一个纸条，让他咬死是中州臬司衙门官员，他心里明白，消息必是王爷府的常管家传来的，心里顿时有了底气。此时，他铁锁银铛进了大堂，闪了一眼跪在原告石上的尚慧娟，双手团团一揖，朗声说道："拜见各位大人！"一语未毕，忽听王云生一拍堂木，喝道："下跪的可是中州臬司衙门五品督察古月杰？"

"正是卑职！"

"好一个五品督察古月杰！"王云生略一思量，指着尚慧娟冷笑一声问道，"你认识她吗？"

"认识！"呼三山口气笃定，"光绪七年属下明媒正娶的侧室！"

"既然是你的侧室，为啥变成了原告？"王云生轻车熟路有板有眼地说道，"天下哪儿有自己老婆告丈夫是匪枭呼三山，一告就是几年，作何解释？"

呼三山一阵心悸，已知对方是审案老手，但他毕竟在黑白两道上混迹多年，略一思忖，说道："回大人的话，卑职起初也很纳闷，后来才明白是妻少夫衰的缘故。"一语未了，立刻引来看热闹人群的骚动，持戈的兵士们忙上前维持，人群才算平静下来。王云生办案无数，还未遇到过这样难缠的对手，当下，一边思索一边冷喝道："正因为她是你的侧室，知根知底，才告你是披着官皮的匪枭呼三山！"

"卑职冤枉！"呼三山面不改色，说道，"卑职娶她不久便到省城任上，她空房难熬淫荡成性，暗中与老虎寨匪首呼三山有染已久，日久生情，被我发现才逐级上告，反而诬陷卑职。案子已经中州两任巡抚、臬台大人多次审讯，证据凿实，求大人明察秋毫，还我一个清白！"

王云生猛一击案："谁是呼三山？"

呼三山吓了一跳，勉强笑道："当然是牢中关押的那位叫呼三山。"

"不是这样的！"尚慧娟乍闻之下羞得只差钻砖缝里。她突然抬起头来，没了羞怯，下死眼盯着呼三山，大声说道，"你真不要脸。当初，你把我未婚夫弄到班房顶凶，又让赃官冯庶到我家保媒，只要我嫁给你，你就答应放了我未婚夫，为了救我未婚夫我才嫁给你。多亏你大老婆林月娥给我透气，我才知道你是呼三山。林月娥帮我逃脱后，你派人追杀到龙兴城客栈，我在黄河响水湾投河前，你在船上亲口说自己是呼三山。我到北京后，又偷走了我的孩子。呼一彪被官府拿住，你又写信拿孩子换呼一彪，你既是朝廷命官，为啥与呼一彪这些土匪搅在一起？"

王云生绷着脸问呼三山："这作何解释？"

呼三山怨恨地看了一眼尚慧娟，说道："我责她不守妇道，她才血口喷人诬陷我，我派人寻找她，不让她在外面招蜂引蝶丢人现眼。还有，卑职不认识叫呼一彪的人，拿孩子换回呼一彪更是无从说起！"

王云生目光灼然一闪，扬了扬手中的一张信笺，冷笑道："你认识这个吗？"说着，把手中的信笺摔给呼三山。

呼三山诧异地接过，展目看时，再熟悉不过的笔体映入眼帘——竟是自己写给尚慧娟拿孩子换回呼一彪的信。他一阵眩晕，迷惘的目光中充满着震惊和恐惧。一阵寒风裹着雪粒席地扑来，打在玻璃窗上一片碎响。倏地，呼三山一个机灵，狞声说道："这不是真的，我何时写信给那个婊子，你们看花了眼，这是栽赃、诬陷！"

"好一张利口！"王云生冷笑一声说道，"带人证林月娥上堂！"

"禀大人，林月娥在丰穰县家中自尽！"赵侍尧起身躬身一礼，说道，"不过，林月娥死前送给丰穰县县令郑绍绪一封遗书，郑绍绪八百里加急送给了属下！"说着，从袖中摸出信笺，呈给王云生。王云生略一浏览，盯着呼三山，却不宣读信中内容，转过脸厉声喝道："冯庶，你是丰穰县第一审官，你是怎样审理此案的？"

冯庶坐在下首一个不起眼的地方，古月杰是不是呼三山他心中明镜似的。想起当初审理呼三山的情景，心中一阵刺痛，他今天既是陪审，又是人证。王云生顾及官家体面，赏他一个座位，他原是抱定了哑巴进庙门一句话不说。不料，王云生审讯伊始便提及自己。来京前，贺丰年、林奋百般叮嘱，让他咬死古月杰不是呼三山，此时，见大堂肃穆森严，难免临危失色，他定了定神，起身整衣躬身答道："卑职上任丰穰县不到半年，辖区便发生劫宝命案，审讯呼三山一案时，宛平知府李克手书一封，言称古月杰不是匪首呼三山！"说罢，把当初李克给他的书信呈给了王云生，又道："有李克大人做证，卑职岂敢多疑，依律断了呼三山一案。"王云生暗骂了一声："滑吏！"略一浏览，将李克的书信推给张之群。呼三山见冯庶把当年李克的书信保存至今，留作后路，心中不安，转而一想，有李克书信作护身符岂不更好，便立刻响应道："幸亏当时李克大人明察秋毫给我清白！"

尚慧娟立马顶了回来："宛平知府李克与你是结拜兄弟，是你喂饱的一条狗，当然替你说话。还有，你害死自己的亲生儿子，约我去聚仙茶楼，你哭着问我孩子是谁的，你让柳学忠在暗处打俺黑枪，作何解释？"呼三山反唇相讥道："贱人，你不守妇道，天知道孩子是谁的孽种，陷害本夫要遭报应的！"王云生将惊堂木重重一拍，喝道："都住口，带人犯李疤瘌！"

顷刻间，李疤瘌被带上大堂，在一旁跪了。王云生喝道："李疤瘌，你可知这是什么地方？本官问你，若据实回奏，可赎你以前罪恶！"李疤瘌惶恐地瞟了一眼呼三山，说道："是！"

"抬起头来！"王云生目光炯炯闪着寒意，指着呼三山道，"你认识他吗？"

"认识！"李疤瘌爬跪一步，答道，"他叫古月杰，是丰穰县济善堂的古大掌柜，后来到省里做官！"

"李疤瘌，你为何翻供？"赵侍尧气得脸色煞白，喝道，"你供词上白纸黑字，古月杰是呼三山，为何欺瞒朝廷？"

李疤瘌把头埋得低低的，浑身瑟缩发抖，半晌发出无助的呻吟和痛苦的叹息："让你们逼的！"

"胡说！"赵侍尧拍案而起，"谁指使你这样说的？"

"酷刑之下，啥样供词没有！"呼三山在一旁龇着黄板牙，讥讽地说道，"卑职也是见过世面的人，从未见过逼官为匪的！"

王云生与张之群低语了几句，吩咐道："带呼一彪上堂！"

"喳！"须臾间呼一彪被带进大堂，王云生看时，此人身高五尺开外，满脸横肉，络腮胡子，发辫散乱却匪性不减，一双铜铃般黄眼珠子不安分地向大堂上扫来扫去，当他目光与呼三山相遇时一触避开，细心的王云生还是发现他的嘴唇不经意地哆嗦一下。他冷峻地扫了一眼呼一彪，喝问李疤瘌："你认识他吗？"

第九十一章
冤三载书生吐真情
父认子夫妇指元凶

"认识！"李疤痫在牢中，牢头让他背三夜"土布袋"，受不住酷刑才变卦的。此刻，他颤抖着手，擦去脑门上渗出的汗珠，睃了赵侍尧一眼，哆嗦着指向呼一彪，说道："山寨大当家呼三山！"呼三山长吁了一口气。

王云生见案情陡转之下，是他始料不及的，正自攒眉思索，赵侍尧却不急不躁地追问呼三山："既然你不承认是呼三山，呼一彪又自称是呼三山，当初你去丰穰县缉拿的呼三山又是谁？是谁从中调包顶凶？你又作何解释？"

呼三山竟一时语塞，额上渗出汗来："这个……"

"你不肯招吗？"王云生见赵侍尧心思如此灵动，不禁暗赞，他与张之群迅速交换一个眼神，嘿嘿冷笑道，"带呼三山上堂！"

黄少文被几名戈什哈带上堂来，众人闪目看时，见黄少文身穿粗布夹袄，浆洗得一尘不染，蝌蚪眉下一双大眼充满着哀伤，因久不见阳光，脸色苍白得几乎没有血色。张之群不禁纳罕：一个文静得像姑娘般的俊后生，怎会是一个杀人如麻的江洋大盗？众人正自诧异，王云生一脸阴笑开了口："呼一彪，你既然承认自己是呼三山，那么他又是谁？"

呼一彪抱定自己是呼三山，没想到王云生让他指认黄少文是什么人，他本性粗野，竟被问个大张嘴，攒眉想了想，吼道："啰唆个球，老子就是呼三山！"

"据本官所知，你不是呼三山，既然你死心塌地为别人顶凶，就让事实说话！"王云生说完又对黄少文和蔼地说道，"你认识他吗，他叫什么名字？"

"回大人的话!"黄少文从容说道,"我不认识他,据我所知,古月杰才是老虎寨匪首呼三山。光绪七年,三河县、丰穰县尚、黄两家血案,端溪血砚被劫均是他所为,请大人明察!"

"住口!"呼三山吼道,"来人,大棍伺候!"

"慢!这儿是京城!"王云生怪笑一声,说道,"你以为这是中州省臬司衙门,摆什么谱,耍什么威风?案子牵涉到你,就让证据说话!"他转脸对黄少文说道:"你认识李疤瘌吗?端溪血砚又是怎么一回事?"

"李疤瘌,不认识!"黄少文叩头说道,"端溪血砚乃乾隆皇上赐我祖上,又是尚、黄两家定亲之物。三河县县令褚光耀大人知道此事。光绪七年,我在龙兴城被砍头的前天晚上,丰穰县捕快班头柳学忠到牢房给我灌了哑药,让我死前当个明白鬼,并亲口告诉我,要我命的人是呼三山,臬司衙门的古月杰就是呼三山,端溪血砚是呼三山送给北京一个王爷的敲门砖。大人,你试想,世上哪儿有自己抢自己之理。再说,呼三山啸聚山林二十余年,是出了名的花豹子,我刚二十出头,论年龄和呼三山占山为王的时日也不相符啊!"

黄少文一番话,让久坐不语的林舒坐不住了。他是中州按察使林奋的近支族叔。贺丰年花重金请他在审理此案时维持原判。此时,见案情急转直下。一拍案几,断喝一声:"小小年纪伶牙俐齿,善言巧变,既然你不承认是呼三山,本官问你,上有钦差,下有县、府、道、抚逐级会审,难道他们都审错了,这上面有你的口供和画押,如何解释?"大堂上站班的衙皂也趁势把水火棍捣得一片山响,助威喊道:"讲、讲!"

黄少文见林舒人高马大,面如重枣,一脸狰狞之色,亚赛庙中阎君,不觉心慌意乱。尚慧娟在一旁看得真切,脱口说道:"大人,这里边的内幕民女知晓!"林舒喝道:"住口,问到你再回话!"呼三山忙不迭响应道:"幸亏大人明断!"

黄少文已静下心来,悲怆地望了一眼尚慧娟,官司打到这般地步,若不是她舍命相救,自己有几个脑袋也保不住,心一宽,说话也变得流畅起来,遂把父亲黄天福雪地救尚发祥,到尚、黄两家结亲,正月十五元宵节端溪血砚遭劫，去丰穰县尚家寨投亲遭逐。尚家寨血案后，自己糊涂被抓，冯庶又糊涂判案，县、府、道、司、抚一直到刑部维持原判的曲曲弯弯一股脑儿说出。最后，黄少文泣道："我替呼三山顶凶，既是无奈也是自愿！"

"此话怎讲？"久不说话的张之群身子前倾，喝道，"你明知顶凶被判死罪，为啥还要顶替呼三山？难道你不知道替人顶凶有罪？"

黄少文叩首泣道："人活在天地之间，无非是'忠义'二字，因尚发祥是草民未来的岳丈，我若不替呼三山顶凶，尚家便要家破人亡，我未过门的媳妇便要落入老虎寨贼窝，遭土匪们轮奸，还要被卖到青楼。当初，丰穰县捕快班头柳学忠对我说，让我在牢里蹲上几个月，由呼三山保释出来，我为了尚家，为了未婚媳妇只好认了。后来才知道他们是编谎让我跳坑顶凶，把我往死里整，我拼死熬刑，希冀到了大堂上，让大人们得到实情。"

尚慧娟五内俱焚，哭着说："你傻呀！"

"舍生取义"四个字闪电般划入王云生大脑，想不到年纪轻轻、弱不禁风的一介书生，竟是一个忠义之士。一时间大堂上静得连一根针掉地都能听见。呼三山冷笑一声道："既然编派得有鼻子有眼，我无话可说，可传丰穰县班头柳学忠当堂对质！"

王云生警觉地瞥了一眼，心想：柳学忠还未归案，这秘不外传的消息，他是怎么知晓的？看来是有人在暗中做了手脚，他睃了一眼呼三山，反唇相讥道："一个流寇山贼，学梁山宋江，想招安当官发财——老母猪照镜子，里外不是人，别以为柳学忠还未抓到，你就能逍遥法外，来呀，带黄天福夫妇上堂！"

黄天福夫妇相互搀扶步履蹒跚被带进大堂。因他们第一次来到国家最高掌刑之地，难免有点心慌和不安。黄少文的母亲因思念儿子哭瞎了双眼，满头银发丝丝乱颤。因小脚走路不便，几乎是靠在黄天福身上走进大堂的，口中不停地念叨："我的儿啊，你在哪儿？"黄天福虽经过世面，因黄少文受尽了煎熬和惊吓，大脑受到刺激。虽是初春，北京地气回暖，但他还穿着厚厚的棉袍，额前寸余长的白发沾满了尘垢，浑身颤抖着，口中不停地说着："青天大老爷，我儿子是被贼人冤枉的！"王云生冷笑一声："呼三山，你看他是谁?"

黄少文循声望去,正是日夜思念的父母。几年不见,昔日健朗的父亲已是瘦骨伶仃,憔悴的母亲瞪着一双瞎眼,浑身哆嗦着。黄少文百感交集,竟跪着扑了过来,哭着喊道:"爹、娘,儿子不孝,连累了你们!"尚慧娟如梦初醒,也扑过来抱住二老恸哭。黄天福夫妇三年未见儿子一面,此时,听到儿子那久违而熟悉的声音,张开双臂,叫了声"儿啊",紧紧地抱住黄少文,顿时泣不成声。刹那间,公堂竟跟灵堂似的哭作一团,连大门口围观的众人也沾襟拭泪。

"把他们拉开!"王云生见他们一家人哭得凄惶,已明白黄少文与黄天福是父子无疑。他粗重地吁了一口气,重重地一拍案几,问道:"黄天福,你今年多大岁数?家住哪里?做何营生?"

黄天福忙跪下回话:"我今年五十三岁,三河县大黄庄人,咸丰三年举人,教书为生!"

"既是举人,为何还让儿子做强盗?"呼三山突兀地说道,"认一个强盗儿子,要杀头的!"

"谁让你插话!"王云生变色说道,"别忘了你是涉案之人!"他转脸和蔼地说道:"黄天福,他是你儿子,有何凭证?"

"俺儿子咸丰十年五月十八卯时所生!"黄天福读过《周易》,黄少文出生时,他按年、月、日、时四柱预测掐了八字,所以记得清爽,他想了想又道:"他小时候爬树掏鸟蛋摔下来过。"

呼三山立即插话:"既是从树上摔下来,验看有无伤疤就知道了!"

黄少文的母亲虽双目失明,但耳音极好,觉得呼三山话音熟悉,她凛然抬起头,嘴唇哆嗦了一下,大声说道:"你真不要脸,俺儿子从树上摔下来十几年,现在还能验出伤疤,倘若摔有残疾,你能让他顶匪吗?噢,对了,你说话的声音跟抢俺家的土匪头子豹爷的声音一样!"黄天福恍然大悟,指着呼三山:"对,就是他!"

夫妇俩话一出口,王云生、张之群兴奋地交换了一下目光,大理寺所有官员的目光射向了呼三山。呼三山万没想到这俩老不死的竟当堂认出自己,深悔当初没一刀把他俩劈了，怒喝道："有何凭证？你是在诬陷本官！"

王云生温和地说道："黄天福，你认定他是花豹子？"

黄少文母亲托着下巴，张着一双失明的双目说道："他抢劫俺家时，穿一身皂衣，露出半边脸，眉头上长块黑痣，比俺儿子屁股上的胎记小得多，他逃离时，丢下一块明黄黄的腰牌，在褚光耀大人那儿存着！"

"眉头上长痣的人多得是！"呼三山咬牙骂道，"死老婆子，诬陷本官要犯律条的！"

"少安毋躁！"王云生瞟了一眼呼三山，眉梢果真有一黑痣，遂不紧不慢地说道，"你不要打岔，让她把话说完——黄老太太，慢慢想、细细说，你适才说儿子身上长有胎记？"

"这个与豹爷不一样，眉梢没长黑痣！"黄少文母亲歪着头想了想，说道，"俺儿生下来时，屁股上长个黑痣！"

"有多大？"

"铜钱那么大！"黄少文母亲翻着白眼想了想，说道，"你验，要是俺儿子屁股上没有胎记，你就治俺老婆子死罪！"

"胎记是长在左边还是右边？"

"俺老了，记性差！"黄少文母亲想了想，"反正胎记长在屁股上！"

"左边屁股！"黄天福语气不容置疑，"不会有错的！"

"来呀！"王云生吩咐道，"带呼三山到后堂勘验！"说完，竟起身离座跟随衙皂们来到后堂，衙皂们立刻扒掉了黄少文的裤子，王云生定睛看时，屁股上果真有个铜钱大的黑痣，王云生一句话也不说，返回大堂，踱至呼三山跟前，冷笑道："案子经纬真假已经分明，呼三山是个替身，到了这个时候，你该招了，不然的话，哼——"

第九十二章
滴血认子书生清白
证据凿实奸雄末路

呼三山面如死灰，呼一彪睨了一眼瞬间塌了架的呼三山，大声说道："大丈夫死则死矣，何必做脓包势求人膝下！"一语提醒了呼三山，他霍地挺身说道："仅凭胎记就认定他们是父子关系，我不服！"林舒插话道："证据单调，有失公允，倘有谬误，岂不贻笑天下？"

"滴血认子！"赵侍尧起身离座，款款说道，"宋慈撰写《洗冤集录》中有记载，不妨用此法甄别！"

林舒不悦，他是孝亲王爷的人，遂板着脸斥道："这是公堂，三法司会审，岂能游戏公堂！"

赵侍尧亢声说道："此法虽说古板，上不欺君，下不欺民，更不欺心！"久坐不语的大理寺正卿贾正道也大为赞同，极为赏识地看着赵侍尧，鼓励地说道："古有成例，此法可行！"

"喳！"赵侍尧令人打来一盆清水，仵作手捏竹篾划破黄少文和黄天福俩人指尖。此刻，正值午初时分，人体血脉旺盛，俩人指尖上的鲜血滴入清澈见底的水盆中。赵侍尧一边俯身查看，一边大声解释："倘若他俩不是父子，水盆中的两滴血就不会在水中相遇交合，若是父子，两滴血同性相吸，就会交汇溶合在一起。"公堂上在座的官员都是断案行家能手，都觉得新鲜有趣，纷纷引颈观看。偌大一个公堂，寂静得一声咳痰不闻。移时，赵侍尧激动地喊道："两滴血融合在一块，他俩实属父子无疑！"

"慢！"林舒愤然离座，他深恨吏部当初怎么没把赵侍尧这个刺头打发到偏远山区做官，而是分派到刑部，搅和得官场扎手碍眼。此时，他不顾御史身份，指着两名戈什哈吩咐仵作道："划破他俩的手指，让血滴进水盆。"瞬间，两名戈什哈的指尖血滴入水盆中。

赵侍尧查看后，大声禀报："两人的血各自一体，互不相溶！"

一语甫落，呼三山顿时脸色蜡黄。林舒脸色一沉，自己满人出身，自誉为铁汉，竟败给一个小小的六品堂官，觉得脸上像蒙了一块屎尿布般无地自容，张了张嘴，长叹一声瘫坐椅中默然无语。王云生则精神大振，他赞赏地看了一眼赵侍尧，兴奋得脸上放光。这招滴血认子让案子胜算已定。他令人给黄少文去刑，黄少文父子三人及尚慧娟泪流满面，当场伏地叩头，高呼："皇上万岁，老佛爷千千岁，青天大老爷公侯万代。"赵侍尧心里暖烘烘的。王云生咯咯一笑道："三河县城西还有另一个黄天福，他已供出是你们逼他冒充三河县城东一门五进士后人，这是他的供词！"王云生扬了扬手中的证据："还有何话可讲？"

王云生冰冷简短的话语，让呼三山几乎失去了挣扎与自信，但他毕竟是久经沧海之人，一仰脖子，仰天大笑。

王云生不禁大怒："你笑什么？"

呼三山像一只斗狗场上咬红了眼的疯狗，说道："我笑大人审案不明，枉为国家掌刑之官！"王云生竟嗤地一笑道："尔好比一个上杀锅的褪毛猪，你干号几声也是寻常事，你这张臭嘴若不开口，这案子还真不好了结呢！说吧，本官断得怎么不公？"

"既然姓黄的不是呼三山，必是丰穰县捕快班头柳学忠、县令冯庶俩人从中枉法作弊找人顶凶，与我何干！"

王云生最担心的是少了关键人证柳学忠。抬眼见，站在证人席上形同木偶的冯庶，一脸悔恨的可怜之相，恻隐之心顿生。正自思索，堂外一阵急促的击鼓声。

王云生喝道："带击鼓人上堂！"

不多时，击鼓人被带上大堂，众人望去，一位道人装束的汉子拖着被捆得米粽般的柳学忠走进大堂，他抬脚照柳学忠膝窝踹了过去，喝道："跪下!"黄少文双目放出异样光芒,刚要相认,忽听尚慧娟惊喜地叫了一声:"哥!"

来人正是尚玉龙,此时,他温存地朝尚慧娟望了一眼,而后,对王云生肃然一揖道:"大人,他是丰穰县捕快班头柳学忠,是呼三山的妹丈,今儿大人审案,少不了这个人证!"原来,呼三山抢劫尚家寨时,尚玉龙在打斗中揭开呼三山面纱的刹那间中枪倒地,被清虚道长救起。这几年行走江湖上。赵侍尧、尚慧娟几次遇险,都是他暗中相助。这次柳学忠自聚仙茶楼逃走,化装成小贩出城时,被尚玉龙抓个正着。

王云生断喝一声:"柳学忠,你招还是不招?"

柳学忠心中一寒,双膝发软,他绝望地望了一眼庙中泥胎般的王云生,很快低下了头,又瞥了一眼满脸沮丧的呼三山,想起呼小燕虽是自己的妻子,却形同虚设,杨道三用毒酒加害灭口,被自己识破一幕幕往事,长叹一声道:"豹哥,别怪我不仁,是你不义在先,我怕熬刑,顾不了你!"言讫,对王云生一揖道:"我招便是,他是呼三山,老虎寨的大当家,古月杰是他的化名。"遂把当初如何诱逼冯庶让黄少文顶凶始末细说了一遍,说到最后,他盯着王云生问道:"如果我把知道的都说出来,能免我一死吗?"

"赎罪立功,大清律条上明明白白!"王云生挑着眉梢白了一眼早已跪在犯官石上的冯庶,似笑非笑地对柳学忠说道,"你原是捕快班头,岂不明白这个!"

柳学忠双手据地,像一只受伤的大灰狼,望着王云生道:"如果我说出来牵涉的官员比你的官大,你能做主吗?"

呼一彪嗔怒骂道:"柳学忠,杀头的罪你也敢说!"

"你给我住口!"王云生怒不可遏,"官再大也大不过皇上,大不过王法!"他警惕地转动着一双夜猫般黄眼珠子说道:"这是御案,请放胆讲来!"

柳学忠深知自己的小命存乎一念之间,他歪着脑袋想了想,说道:"当初,呼三山让我找人顶罪,我问他将来一旦事发,咋办?他说,贪官遍地,法不治众,万一事发,京里还有孝亲王爷罩着,给他送端溪血砚就是防着万一!"

　　柳学忠话语甫落，王云生、林舒、贾正道、张之群等人面面相觑，心中骇然。黄少文、尚慧娟此时才明白两家遭此横祸的根由，原来是定亲之物——端溪血砚惹的祸。想起这些年人不人鬼不鬼般活着，俩人不禁潸然泪下。李疤瘌见柳学忠反水，忙跪爬几步，说道："孝亲王府有个姓常的，昨晚去牢中逼俺翻供，求大老爷恕罪！"堂内堂外的皂吏、听审看热闹的人们又是一片窃议。

　　"让他们画供！"王云生说完转脸盯着冯庶喝道，"柳学忠讲的是真的？"

　　冯庶浑身一颤，尴尬万分，点了点头说道："卑职被他们所逼，万不得已上了贼船，怨我昏聩无知，辜负了皇恩，可怜我十年寒窗，三下考场，换来头上顶戴，竟毁于这帮奸小之手！"说罢，伏地叩首有声。

　　"你不叫昏聩，是犯贱！"王云生冷哼一声，说道，"一个堂堂朝廷六品县令，为虎谋皮，犯下十恶不赦大罪，还替匪枭做媒，下贱得不能再贱了！把你请罪折呈上来，我代呈皇上御览，到时候我会帮你说话的！"冯庶噙着眼泪应允着，哆嗦着把认罪折呈给王云生，转脸朝呼三山啐道："姓呼的，你也有这一天！"

　　呼三山心中蓦然泛起大难临头的凄凉与孤独之感。平时与呼一彪他们计议，觉得算无遗策，此时才觉得四面漏风，八面跑气，身边的人一个个背他离去。他仇恨地剜了一眼王云生，一咬牙说道："柳学忠乃反复无常小人，他诬陷我为孝亲王爷送宝，有何证据？"

　　王云生一脸鄙夷之色，冷冷说道："你的大老婆林月娥不会诬陷你吧！"王云生拿起林月娥的绝命书朝呼三山晃了晃，轻咳一声念道：

　　　　三山夫君惠览，风骤雨寒，魂断残柳，妾绝命前再叫声豹哥，从此与你阴阳两隔矣。遥想当年，西厢抚琴，吟诗赏月，何等恩爱惬意。孰料，你与老虎寨匪盗勾结，毒死我父，囚妾地牢，逼妾给你配制摇头丸，假善人之名行盗匪之实。抢劫三河县大黄庄、丰穰尚家寨定亲之物——端溪血砚，换来你头上乌纱，继而逼良顶凶，霸占人妻，因事泄败，差人送毒酒灭妾之口，方知尔良心泯灭。古人云：因果循环丝毫不爽，妾尝以残躯替你佛前赎罪，然鸩酒穿肠，扁鹊缩手，无常迫命之际，将你所做恶事详列示众，以备官府所查。呜呼！将死之人，其言也哀，非无病呻吟，你受戮之日，妾在莲台替你忏悔！

林月娥绝笔

王云生念完，又拿出一个蝴蝶玉石发髻让赵侍尧示给呼三山，呼三山目光一滑，吓个半死，发髻左翼上骇然写着"呼三山敬送爱妻林月娥"字样，扎眼醒目。王云生看着软瘫下来的呼三山，冷笑道："柳学忠替你卖命，你却要杀他，林月娥替你赎罪，你用毒酒害她，上苍瞎了眼给你披了一张人皮，来世上祸害人。"他从几上又拿出一张纸，大声说道："这是尚发祥临终前的忏悔信，要不要再念给你听？你杀人、劫宝、夺妻、贩毒、害岳父，五毒俱全——地狱之门正向你开着！"

呼三山不知什么时候溜到地上，干号道："我冤枉！"

"冤枉？"王云生口气像结了冰似的寒气袭人，"凭你的名号，哪座庙里能留住你？来呀，带南石县呼家庄地保！"

说话间，呼家庄地保被带上大堂。

"小……小的呼……呼……明清拜见大老爷！"

王云生说道："起来回话，你认识呼三山吗？"呼明清起身瞭见大堂上坐着给卖唱父女银钱的过路客商——赵侍尧正目光灼灼盯着自己，顿时吓木了半边身子，说道："大……大……大老爷，俺……俺唱着回话，行……行不？"赵侍尧知他是个结巴，又见他吓成这样，遂一笑道："随你！"呼明清歪着头，指着呼三山，扯着破锣般嗓门，唱道："堂上大人你是听，俺是地保呼明清，豹爷就是呼三山，古月杰是他的假姓名。"

"放屁！"呼三山恶毒地看了一眼地保，骂道，"我不认识你！"

呼明清仰着脸继续唱道："论辈分俺是你三叔，做假证官家定罪名！"

呼明清道情唱完，已笑倒一片。张之群令人带地保下去，淡淡地说道："赵侍尧，你说给他听吧！"

"是!"赵侍尧望了一眼脸色苍白的呼三山，娓娓说道，"地保说得没错，你叫呼三山，绰号花豹子，人称豹爷，化名古月杰!"

呼三山感到一阵寒气袭来，他猜出对方对自己的身世了如指掌，正要辩解，赵侍尧侃侃说道："呼家湾有一个叫呼本顺的人，他是一名撬门入室的毛贼。一次，他偷窃林姓大户时，一名贼人强行与这家主妇求欢遭到拒绝，淫贼拔刀欲杀，他出手相救，赶走了采花贼，东家回来后，他俩结为异性兄弟，成为莫逆之交。不久，呼本顺夫妇被人害死，留下一双儿女，大的十几岁，小的嗷嗷待哺，林家收留他兄妹俩，为防贼人除根，林家便卖家产躲进深山，成为远近闻名的林道长，教他们习文练武。兄妹俩长大后，道长把女儿嫁给了男孩为妻。但男孩却喜欢结交绿林大盗，贩卖烟土，掠人财物。林道长得知后严加训斥，他却用药酒毒死林道长，对妻子百般虐待，染上毒瘾后，逼妻配制摇头丸。不久，他们搬到丰穰县城开办了济善堂，明面上济世活人，暗中是老虎寨的大当家。"赵侍尧顿了顿，"呼三山，你想知道这故事中的人与你的瓜葛吗?"

第九十三章

惊黑幕光绪黜百官
笼才士慈禧施恩惠

呼三山见对方对自己知根知底，心中升起一阵无名的恐慌，爱与恨和着酸甜苦辣涌了上来，他梗着脖子叫道："我不想听，也不想知道！"

"呼本顺是你的生父，林道长是你的岳丈，他女儿便是你妻林月娥！还有你亲生儿子都被你活活害死，你妹乃一侠女，花样容貌，你为了贪生求荣，却逼她嫁给柳学忠！"赵侍尧见呼三山脸色白中透黄，乘势追击，"可惜你父亲是个义贼，却怎么生了你这个无人伦的东西！拿着抢劫的端溪血砚行贿京城王爷，换来头上顶戴，要挟官员制造顶凶奇冤。陆天星监斩犯人发现有假，你却派人毒死，你扪心自问，我哪一点说亏了你！"

呼三山双手掩面，鬼哭般嘶叫着："你说我有个妹妹，她在哪儿？我要见她！"

"俺在这儿——"看热闹的人群中闪出一个甬道，一个俊秀的女子款步走上大堂。黄少文眼睛一亮，叫道："燕妹！"呼小燕视而不闻，走上大堂，对着王云生蹲身福了两福，又对呼三山敛衽一礼："哥，好汉做事好汉当，认栽吧！"

呼三山仿佛从噩梦中醒来，有些口吃地问道："燕妹……你说些什么？"

呼小燕闪着一双受伤的泪眼，说道："圣人说，女子年幼，跟从父兄，出嫁之后，跟从丈夫。可你为了自己，逼我嫁给柳学忠这个猪狗不如的畜生，你不觉得良心上亏欠些啥？你知道这些年俺是咋过来的？"

呼三山泪眼婆娑，说道："燕妹，你杀了我吧！"

　　呼小燕瞟了一眼身体瘦弱仍不失俊雅的黄少文，默默地踱了过去，凝视着文静的黄少文，心中五味杂陈，惨笑道："当初，与谭雄飞咱仨人论文时，我已暗慕兄台。不料，缘分未熟，俺哥哥害苦了你，俺在这儿赔礼了！"说着，蹲身对黄少文福了一福。黄少文见她容颜惨淡，劝慰道："一切都过去了，这是俺命中劫数！"呼小燕睃了一眼尚慧娟，凄楚地笑道："有尚姑娘照顾你俺放心！你且珍重，俺先走一步！"说着，她一个箭步，拔出一名戈什哈腰间的佩刀横在颈上。黄少文急喊："且慢——"呼小燕痴痴地望着黄少文，她勉强笑了笑，猛地一横，可怜一株花魂赴泉台。众人起身看时，已香消玉殒，哪儿还有救。

　　黄少文惨呼一声扑了过来，抱住呼小燕大哭不止……

　　呼三山撕心裂肺般惨叫一声："燕妹——"哇地喷出一口鲜血，软面泥一样晕倒在地，半晌清醒过来，凄然笑道："不用审了，我就是呼三山！"

　　王云生深吸了一口气，援笔在手，高声判道："查呼三山顶凶一案，可谓恶贯满盈，假善人之名，行强盗之实，闻宝劫砚，见艳猎色；贿赂百官，诬良为盗，制造奇冤，其罪当诛，罪不可逭，着判呼三山凌迟处死。呼一彪、柳学忠等一干人犯与匪枭同恶相济，按律当斩，报呈皇上御览后施刑。冯庶等涉案官员，姑息养奸，袒护盗匪，申奏皇上定夺后遵旨严惩。黄少文含冤三载，无罪释放。尚玉龙、尚慧娟舍生取义，竖牌坊一座，以彰节烈。"

　　三日后，光绪帝御批：此案继葛毕氏案后又一罕见冤案，涉案官员严惩不贷。慈禧懿批：丰穰县令冯庶发配边疆充军，贺丰年、吴彦兆、林奋、李克、周道贤及参与审理的一百多名官员，革职降级或发往军台效力赎罪。孝亲王颐贤从此称病不朝，光绪皇帝下旨摘去冠顶东珠。这位深遭慈禧猜忌，有着贤王美称的孝亲王，随着职务的解除与权力削弱从此一蹶不振。赵侍尧因平反冤案有功，授五品衔，任命安徽凤阳知府。而后数载，擢升刑部尚书。

　　黄少文与尚慧娟劫后重逢，深感亏欠尚慧娟太多，暗中发誓此生永不分离。尚慧娟经此大难，显得更加娴静沉稳，每日细心照顾黄天福夫妇，把黄少文照顾得更加细微，甚至连穿衣、穿袜、洗脚之类都是亲自动手，唯一不同的是性格变得郁郁寡欢，有时不知不觉流泪。黄少文便同父母商议回三河县老家。

一日，黄少文收拾行装，打点返乡。忽然，从门外来了一位操着公鸭嗓的黄衣太监，要黄少文即刻进宫。黄少文第一次进宫，但见宫内警戒森严，殿宇巍峨。官员们翎带辉煌气宇轩昂地穿梭往来。他傻乎乎地跟着太监进了勤政殿，殿门挂了一条玉帘，两旁侍立着翁同龢、王云生几个股肱大臣，隔帘坐着面如冠玉般的慈禧，她一双凤目波光粼粼，关切地注视着黄少文。刹那间，黄少文清醒过来，忙伏地叩首："小民拜见老佛爷，千岁，千千岁！"

"三年沉冤一朝平反，委屈你了！"慈禧觉得黄少文身上有一种说不清惹人爱的高雅气质，今日，她显得很随和，"取宝砚来，送归本主！"

王云生从太监手中接过端溪血砚，郑重地交给跪接的黄少文。黄少文百感交集，想起尚、黄两家因宝砚遭受灭顶之灾的一幕幕往事，一股气流涌上脑门，他激动地大声说道："谢太后恩典！不过，小民奏请太后收回成命！"

慈禧诧异地问道："怎么了？"

王云生喝道："你要犯上抗旨？"

"不敢！"黄少文朗声说道，"宝砚乃先皇御赐黄门先祖，传至吾辈，因家道中落保护不周而落贼手，有伤先皇圣化，今儿失而复得，全仗太后之功。端溪血砚原本是宫中之宝，这方宝砚若搁置龙案，皇上用他诏诰天下，可造福亿兆百姓。但赐给寻常百姓，除了供养、炫耀门庭外，则招贼人惦记，引来杀身之祸，君子无罪，怀璧其罪，前车之鉴，求太后洞察！"

"你的心思哀家明白，不要宝砚，想讨点赏钱？"

"不，太后误解了草民的初衷！"

"那你想要什么，尽管说！"

"草民啥也不要。无功受禄，寝食难安！"

"想不到你小小年纪，忠孝节义俱全！"慈禧一双凤目晶莹闪烁，"陪哀家宫外走走！"说着，缓缓起身，由太监扶着踱出殿外。此时，天气晴好，和风煦煦，宫殿外冰雪消融，唯有一口大缸的缸口一圈白雪未融化。慈禧触景生情，口出上联："雪落缸口天赐一条玉带。"翁同龢、王云生一干官员深知慈禧用意，无人接对。黄少文信口吟道，"虹出海外地涌半副金环！"慈禧大喜，说道："你资质聪慧学问又好，哀家留你京城伴读，待秋闱开科取士，为国家效力岂不更好！"

慈禧这番话倘若给常人讲，可谓恩宠无比，在黄少文听来却如芒刺背，惊怔之下，竟无言以对，王云生见状，喝道："还不叩头谢恩！"

第九十四章
弃荣华书生救节女
归故里慧净度痴汉

　　黄少文一个激灵，忙伏地叩首道："小民才智平平，承蒙太后隆恩。留京伴读谁不渴望？博取功名为国效力乃男儿本色。然熊掌鱼肉两者不可得兼，父母年迈多病，经此劫难，恐怕难涉关河。我若留京，二老榻前谁人侍奉汤药？在朝廷，无草民数日不嫌人少；在父母，有草民一人则倍增欢乐。恳请老佛爷慈悲！"

　　慈禧一双美目波光一闪，随即暗淡下来，脸色变得阴郁，王云生目光灼灼扫了一眼黄少文，凛然喝道："放肆，你要抗懿旨？""草民不敢！"黄少文惊得一颤，脸色绯红，怔忡间忽然吟道，"世间爹妈情最真，泪血溶入儿子身，殚竭心力终为子，可怜天下父母心。"

　　这首诗是慈禧母亲七十大寿时，慈禧因无时间回家，为母亲而作。而今从黄少文口中吟出，慈禧竟激动得双手发抖，泪水早溢满了眼眶，她装作抬头看天，不经意拭去眼角泪水，又见黄少文语出诚恳，回奏得体，不禁动容，满眼都是赞赏之色："尔一片忠孝之心可嘉。朝中大臣都像你这样忠孝仁义，该有多好，哀家赐你点什么呢？"

　　当初，黄少文考中秀才时，曾随父拜望三河县县令褚光耀，褚光耀见黄少文知礼孝顺，谈起慈禧为母祝寿诗，不妨今日派上用场。此时，黄少文已激动得泪眼模糊，趁机说道："草民未过门的媳妇因告御状，九死一生，求太后垂怜，赦免她无罪！"黄少文说到这里声音有些哽咽。

　　慈禧不禁动容，天下竟有这等荣华富贵都不要的重情重义之士，竟破颜一笑道："依你所奏，赏你一柄如意，祝你们夫妻吉祥如意！道乏吧！"

黄少文出了紫禁城顿觉天蓝地阔，天上的太阳和朵朵白云像一幅水彩画般格外好看，连大街上往来的人们也觉得亲切可爱。眼下，他该做的第一件事，便是携父母离京回家，与尚慧娟行合卺大礼，当他兴冲冲回到棋盘街客栈时，父亲告诉他一个惊人的消息："尚慧娟走了！"

"她去哪儿？"黄少文急急地问道，"她临走留下话没有？"

"临去时让我告诉你，别再找她，她想静一静。"

黄少文顿时僵在那里，刚才那充满喜悦的激动心情顿时化作一身冷汗，他一口气跑到街上，盲目地跑着，喊着娟妹的名字，从熙熙攘攘人流中，搜寻着尚慧娟那娇弱的身影。可徜徉在眼前的，是一个个南来北往陌生的面孔。他发疯般地找陆天亮寻问，甚至毫无顾忌地叩开了赵侍尧的府门，打听尚慧娟的下落，他们都木然地摇头。时辰一刻一刻地逝去，幻想时幻时灭。几天煎熬，黄少文双目蒙上了黑眼圈。无奈之下，携父母回到了阔别三年的三河县大黄庄，安顿好父母，跨马直奔丰穰县尚家寨。

尚玉龙告诉他："娟妹确实回来过，去爹娘的坟上祭拜后，前日她又出门了！"尚玉龙身着道衣，一脸的憨厚，傻乎乎地望着黄少文失魂落魄的样子，笑道："娟妹临去时留有一封信让我转给你！"

黄少文迫不及待地拆开信笺，贪婪地读道："浩天残月，疾风枯草。经此大变，妾方知凡事皆因果撮合而成。若无雪夜救父，何来尚、黄两家联姻，若非家父昧亲，焉有恶狼入室。君乃三河县书香门第，雅岸高峻。因尚门不义，陷君于不测之地，思来悔之晚矣，妾乃丰穰寒门弱女，柳絮残花，藏污纳垢之躯，岂配先生高雅之身？今朝枷锁已开，明日鹿鸣宴捷足，何愁天涯无芳草！承君厚爱，妾已知足，好姻缘不能依咱，世间事难遂心愿，明月能有几时圆，旧债未还新债添。惶恐无计之时，剃度莲台之下，古佛青灯念弥陀。悲哉，见也难，别也难，难诉妾万语千言，盼来世再续前缘，佛前忏悔，祝君平安！"

黄少文看毕，惊得半晌合不拢嘴，好一阵子清醒过来，一把抓住尚玉龙前襟，喝道："你父昧亲，害得我坐了三年牢房。今儿你又悔亲，弄这封假信糊弄俺，你把俺娟妹藏到哪啦？"

望着一脸凶相的黄少文，尚玉龙并不恼怒，嘻嘻笑道："妹夫，娟妹栖身何处，信上写得明明白白！"一语提醒了黄少文，他松开尚玉龙，翻身上马，猛加一鞭，那马泼风般朝丰穰寺奔去。

丰穰寺始建于唐高宗永徽四年。据传，唐玄奘西天取经归来，见此云蒸霞蔚，百鸟欢叫，将刻写在贝叶上的《金刚经》存放此处，唐代柳宗元曾有"闲持贝叶书，步出东斋读"的诗句。从此，丰穰寺与少林寺、白马寺齐名。黄少文到丰穰寺时，已是余晖散尽，夜幕渐合。僧人们正在做晚课，木鱼声声，诵经之声悦耳。三年前，这儿是柳学忠设计冤抓他的地方，寺内的一草一木他有着抹不掉的记忆。抬眼望去，院内苍松翠柏森然，丰穰寺前数株银杏挺拔。殿宇檐牙高琢，造型古雅，仿佛在向世人诉说着人世间的悲欢离合。但他此刻无心观看，从大雄宝殿、卧佛殿、观音殿找起，可哪儿有尚慧娟的踪影。最后，他来到僧人诵经的法堂，见一位背影酷似尚慧娟的尼僧，忙上前相认，却又不是，一连几次都认错了人。一名知客双手合十问道："施主寻找何人？"黄少文抱拳一揖："在下寻找一位刚出家的尚姑娘！"知客道："施主所寻的女师父已随了安师太云游去了！"

黄少文一阵失落，陡然一个念头：寻不着娟妹，何不出家丰穰寺！正自惆怅，一位斜披袈裟的和尚从殿内踱出，黄少文眼睛一亮，脱口叫道："慧净师父！"

慧净徐徐踱至银杏树下，盘膝坐下，双手合十念道："阿弥陀佛！"黄少文打量慧净，三年前，他容貌枯悴，衣衫褴褛，怀抱两只白鸽，数次救自己于危难。而今像换了个人似的，面色红润，双目深邃，一身土黄色僧衣纤尘不染。黄少文顷刻间被他的慈笑所滋养，心灵一下子仿佛得到了净化，遂躬身问道："请问大德，可曾见着我的娟妹？"

慧净微睁二目，看了一眼黄少文，喃喃吟道："无心话儿无心猜，心底清凉看世态，夫妻本是夙世债，不是冤家不聚来。有缘即有，无缘不在。"黄少文何等聪慧，遂双手合十道："承蒙大德指点，我愿遁入空门，请大德慈悲接渡！"

慧净道："尔六根不净，舍不得放下，有求于佛而终不能成佛，佛门不收这样弟子！"

黄少文心有不甘，反诘道："大德出家之前亦是俗人，读了几本经书，亦敢妄自尊大？"

慧净微开二目，说道："难怪姓尚女子对你舍命相救。不过，你家堂上现有佛两尊，并非金彩装成栴檀雕刻，尔只需诚敬供养，何必入空门拜佛，时日久了自能成佛！"说罢，起身径直去了。

黄少文恍然大悟，家中父母不正是两尊活佛！望着慧净远去的背影，伏地叩首，喃喃说道："多谢大和尚教诲！"

翌日，黄少文回到了三河县大黄庄，殷勤地服侍自己的父母。五年后，黄天福夫妇相继谢世，黄少文也离开了大黄庄。有人见到，黄少文去丰穰寺出了家，跟一名肩上落着一对白鸽的和尚云游去了。也有人说，黄天福夫妇死后，来了一位俊俏姑娘，带着黄少文去了黄河渡口陈家湾。还有人说得更玄乎，他与姓尚的姑娘去了一个没人烟的地方，过着世外桃源般的生活。

2021 年 9 月 26 日于邓州

跋

释印生

如果说"四书五经"是古代圣贤规范人们行为、教人处事的百科全书，那么这部《顶凶》乃是劝人向善、直陈因果报应的醒世恒言。书中故事发生在光绪初年的豫西南地区，作者在尊重历史案件的基础上，演绎加工而成。叙事简洁，论事不苟，悬念迭起，妙语成趣，折射出晚清官场上蛇鼠同穴，官匪一家，草菅人命，坑害百姓的腐败现象，展示出一对青年男女真挚纯洁、爱而不淫、舍生取义的铮铮傲骨，可谓铁肩担道义，妙手著文章。

老衲愚鲁，试将书中宗趣浅示一二。一是忍辱顶凶。忍辱不是懦弱，而是一种智慧，更是一种担当。纵观全书，一条顶凶主线贯穿始终。主人翁黄少文为治疗未来岳丈的顽疾，千辛万苦赴丹霞寺求药，虽药到病除，却归功于山贼呼三山；婢女黉夜调戏黄少文，明知暗中有人指使，"淫贼材料"帽子仍被强扣头上；为保护尚慧娟不沦落青楼，黄少文明知是悬崖陷阱，却甘愿顶凶呼三山，险成冤鬼。一桩桩顶缸的曲折故事，折射出一代才俊为情舍命、义薄云天的高贵品质。二是用心不同，果报不同。所谓一念之正为之善，一念之邪为之恶。善心行事，必得善报，妄心行事，必得恶果，此乃千年不变之定律。黄少文被尚发祥赶出家门，穷困潦倒，相士观相，言称活不过三日。但他见危解困，活了五命，积下阴德，大难不死。反之，匪首呼三山假善人之名，行强盗之实，靠钻刺打点，官做到五品督察，骗取了尚慧娟的身，却没有换来尚慧娟的心，虽红极一时，机关算尽，到头来亲手害死了自己的亲生儿子。应验了人善人欺天不欺，自己作孽自己受。三是崇德兴仁，改过自新。人的一生穷通富贵，虽说因果通三世，命中有定数，实则存乎自己的方寸之间。平时厚植元气，乐善不倦，利世济人，善事做多了，就好比往银行存钱，福报必至。然而人非圣贤，孰能无过。了凡先生曾说改过要发耻心、畏心、勇心。若不真心改过，小者如芒刺背，大者如蛇啮指。久而久之，焉有命乎。书中山贼呼三山祖德原本不薄，可他以杀人越货，夺人妻女为能事，把祖德折腾得七零八落，有缘于大德点化，却贪恋眼前富贵，仍私行不义，傲然无愧，招来人天共愤，到头来机关算尽，了结卿卿性命。因此，改过自新，如亡羊补牢，可谓放下屠刀，立地成佛。

老衲久居山林，与空寂做伴，偶读此书，耳目一新，字里行间洋溢着一缕清风。以文化之，应世弘化，必将起到资政育人作用。乃欣然提笔抒发感慨，也算随缘吧！

后　记

古往今来，大凡贤达著书立说的目的，皆是资政育人，劝人崇德向善，弘扬中华民族文化。然而，我并非著书巨匠，却无意中承此重任。

2005 年，我的恩师任积太先生，时任南阳市委宣传部副部长，嘱托我写一部发生在豫西南的晚清奇案小说，并交给我几页简单的素材。我深知自己肚里墨水存货不多，便婉言谢绝，但遭到任积太先生的严厉申斥。当时，任老师已身患肺癌，时日不多，我只好勉强应承。是年，任老师病逝。

就这样，我带着恩师重托，于 2007 秋着手构思和自我补课。工作之余，笔耕不辍。历经十三年锲而不舍，终于积沙成丘，遂成此书。

《顶凶》一书付梓之际，我惴惴然深感不足。这件奇案发生于晚清，因时空跨度较长，可资参考的案件线索几乎没有，故小说情节和人物形象描写只能依靠虚拟。因此主人公黄少文、尚慧娟和匪枭呼三山等诸多人物，在形象塑造、性格刻画、内涵表达等方面，描述勾画不够丰满，情节协调不够完美，实为憾事。

虽困难重重，拙作毕竟还是出版问世了。但是，离不开身后的无名英雄，我的同事李书戈女士，不仅鼓励、支持我完成任积太先生的临终遗愿，还在百忙中为此书录入打印，个中辛劳、不言而喻，即便是"满纸荒唐言"，也可谓"一把心酸泪。"孙理达先生多次为此书建言、献策；郑州大学出版社编辑暴晓楠老师恰到好处地拾遗补阙，使此书日臻严谨完美。挚友李新勇，桐柏县委常委、统战部部长李耀，邓州市政府秘书长魏新果等领导，都给予了支持和帮助。在此，一并深表谢意。

作者

二〇二一年十二月

本故事纯属虚构，若有雷同，纯属巧合。